逸仙文学读本丛书
主编 林岗 谢有顺

中国现代文学读本

刘卫国 陈淑梅 编

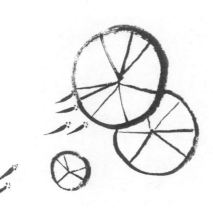

中山大学出版社
SUN YAT-SEN UNIVERSITY PRESS

·广州·

版权所有　翻印必究

图书在版编目（CIP）数据

中国现代文学读本/刘卫国，陈淑梅编. —广州：中山大学出版社，2017.5
（逸仙文学读本丛书/林岗，谢有顺主编）
ISBN 978-7-306-05813-3

Ⅰ. ①中… Ⅱ. ①刘… ②陈… Ⅲ. ①中国文学—现代文学—作品综合集 Ⅳ. ①I216.2

中国版本图书馆 CIP 数据核字（2016）第 203729 号

出版人：	徐　劲
策划编辑：	嵇春霞
责任编辑：	陈　霞
封面设计：	林绵华
版式设计：	林绵华
责任校对：	王　睿
责任技编：	何雅涛
出版发行：	中山大学出版社
电　　话：	编辑部 020-84111996，84113349，84111997，84110779
	发行部 020-84111998，84111981，84111160
地　　址：	广州市新港西路 135 号
邮　　编：	510275　传　真：020-84036565
网　　址：	http://www.zsup.com.cn　E-mail: zdcbs@mail.sysu.edu.cn
印　刷　者：	江门市新教彩印有限公司
规　　格：	787mm×1092mm　1/16　25.25 印张　553 千字
版次印次：	2017 年 5 月第 1 版　2017 年 5 月第 1 次印刷
定　　价：	62.00 元

如发现本书因印装质量影响阅读，请与出版社发行部联系调换

《逸仙文学读本丛书》编委会

主　编：（按姓氏拼音排序）
　　　　林　岗　谢有顺
顾　问：（按姓氏拼音排序）
　　　　程光炜（中国人民大学文学院教授、博士生导师）
　　　　陈思和（复旦大学中文系教授、博士生导师）
　　　　陈晓明（北京大学中文系教授、博士生导师）
　　　　丁　帆（南京大学中文系教授、博士生导师）
　　　　於可训（武汉大学文学院教授、博士生导师）
委　员：（按姓氏拼音排序）
　　　　陈　希　郭冰茹　哈迎飞　胡传吉　黄　灯　李俏梅
　　　　李金涛　刘卫国　申霞艳　伍芳斐　吴　敏　袁向东
　　　　张　均

凡　例

一、《中国现代文学读本》为《逸仙文学读本丛书》之一种。

二、本读本收录1917年至1949年间小说、新诗、散文与话剧经典作品，适用于广大文学爱好者、文学研究者阅读收藏。

三、本读本以思想性与艺术性兼顾为标准，选择经典性作品，其中难免有个人偏好，又因篇幅限制，难免又有遗珠之憾。敬请读者对选目提出宝贵意见。

四、现代文学作品在发表及后来的出版过程中往往多有修改，本读本一般以初次发表本或初版本为准，尽力保存作品原貌，只有个别作品采取后来修改后的定本。

五、本读本大多数作品已获出版授权，如发现未获授权的作品，请作家家属与我们联系，我们将支付稿费，略表谢意。

附记：中山大学中文系2014级研究生肖惠文同学为本读本的选目、录入工作做出了重要贡献，中山大学中文系2016级研究生黄海丹同学为本读本的校对工作做出了重要贡献，特此感谢。

目录

诗歌篇

刘半农
  教我如何不想她 …………………… 3

郭沫若
  炉中煤——眷恋祖国的情绪 … 4
  天狗 …………………………………… 5

汪静之
  伊底眼 ………………………………… 6

徐志摩
  雪花的快乐 …………………………… 7
  偶然 …………………………………… 8

闻一多
  祈祷 …………………………………… 9
  静夜 …………………………………… 10

戴望舒
  有赠 …………………………………… 12
  单恋者 ………………………………… 12
  寂寞 …………………………………… 13

林徽因
  你是人间的四月天——一句爱的赞颂 ……………………… 15

冯 至
  蛇 ……………………………………… 16
  听 ……………………………………… 16
  《十四行诗》之十六 ……………… 17

金克木
  雨雪 …………………………………… 19

艾 青
  手推车 ………………………………… 20
  雪落在中国的土地上 ……………… 21

何其芳
  雨天 …………………………………… 24
  欢乐 …………………………………… 25

卞之琳
  尺八 …………………………………… 26

穆 旦
  合唱二章 2 ………………………… 27
  赞美 …………………………………… 28
  旗 ……………………………………… 30

陈敬容
　　夜思 ·················· 31

郑　敏
　　生的美——痛苦，斗争，忍受
　　 ·················· 32

散文篇

胡　适
　　名教 ·················· 35

鲁　迅
　　灯下漫笔 ················ 41
　　这样的战士 ·············· 45
　　女吊 ·················· 46

周作人
　　喝茶 ·················· 49
　　苍蝇 ·················· 50

朱自清
　　儿女 ·················· 53
　　论吃饭 ················· 56

郁达夫
　　钓台的春昼 ·············· 60

徐志摩
　　我所知道的康桥 ············ 65

梁遇春
　　"春朝"一刻值千金——懒惰汉
　　的懒惰想头之一 ············ 71

沈从文
　　桃源与沅州 ·············· 74

老　舍
　　话剧观众须知二十则 ·········· 78

林语堂
　　言志篇 ················· 80

巴　金
　　《春天里的秋天》（序） ······ 83

冯　至
　　一个消逝了的山村 ··········· 85

王了一
　　夫妇之间 …………… 88

梁实秋
　　女人 ………………… 90
　　下棋 ………………… 92

钱锺书
　　读伊索寓言 ………… 94
　　论快乐 ……………… 96

张爱玲
　　更衣记 ……………… 99

话剧篇

田汉
　　名优之死（第一幕）……… 107

夏衍
　　上海屋檐下（第一幕）…… 114

曹禺
　　原野（序幕）……………… 133

郭沫若
　　屈原（第五幕第二场）
　　……………………… 150

小说篇

鲁迅
　　孤独者 ……………… 161

郁达夫
　　沉沦 ………………… 173

丁玲
　　莎菲女士的日记 …… 194

柔石
　　为奴隶的母亲 ……… 216

沈从文
　　萧萧 ………………… 230

茅盾
　　《子夜》（第一章）…… 238

穆时英
　　上海的狐步舞（一个断片）
　　……………………… 252

叶 紫
　　丰收 ················ 259

张天翼
　　包氏父子 ················ 286

老 舍
　　断魂枪 ················ 311

萧 红
　　小城三月 ················ 316

张爱玲
　　倾城之恋 ················ 330

钱锺书
　　猫 ················ 353

巴 金
　　《寒夜》（第一章） ················ 378

路 翎
　　预言 ················ 383

赵树理
　　传家宝 ················ 387

诗歌篇

○ 刘半农

教我如何不想她

天上飘着些微云，
地上吹着些微风。
啊！
微风吹动了我头发，
教我如何不想她？

月光恋爱着海洋，
海洋恋爱着月光。
啊！
这般蜜也似的银夜，
教我如何不想她？

水面落花慢慢流，
水底鱼儿慢慢游。
啊！
燕子你说些什么话？
教我如何不想她？

枯树在冷风里摇，
野火在暮色中烧。
啊！
西天还有些儿残霞，
教我如何不想她？

选自刘半农《扬鞭集》，1920年9月北京新书局1926年版

○ 郭沫若

炉中煤
——眷恋祖国的情绪

啊，我年青的女郎！
我不辜负你的殷勤，
你也不要辜负了我的思量。
我为我心爱的人儿
燃到了这般模样！

啊，我年青的女郎！
你该知道了我的前身？
你该不嫌我黑奴卤莽？
要我这黑奴的胸中，
才有火一样的心肠。

啊，我年青的女郎！
我想我的前身
原本是有用的栋梁，
我活埋在地底多年，
到今朝总得重见天光。

啊，我年青的女郎！
我自从重见天光，
我常常思念我的故乡，
我为我心爱的人儿
燃到了这般模样！

原载《时事新报·学灯》1920年2月3日

天 狗

我是一条天狗呀！
我把月来吞了，
我把日来吞了，
我把一切的星球来吞了，
我把全宇宙来吞了，
我便是我了！

我是月底光，
我是日底光，
我是一切星球底光，
我是 X 线底光，
我是全宇宙的 Energy 底总量！

我飞奔，
我狂叫，
我燃烧。
我如烈火一样地燃烧！
我如大海一样地狂叫！
我如电气一样地飞跑！
我飞跑，
我飞跑，
我飞跑，
我剥我的皮，
我食我的肉，
我吸我的血，
我啮我的心肝，
我在我神经上飞跑，
我在我脊髓上飞跑，
我在我脑筋上飞跑，

我便是我呀！
我的我要爆了！

原载《时事新报·学灯》1920 年 2 月 7 日

○ 汪静之

伊底眼

伊底眼是温暖的太阳；
不然，何以伊一望着我，
我受了冻的心就热了呢？

伊底眼是解结的剪刀；
不然，何以伊一瞧着我，
我被镣铐的灵魂就自由了呢？

伊底眼是快乐的钥匙；
不然，何以伊一瞅着我，
我就住在乐园里了呢？

伊底眼变成忧愁的引火线了；
不然，何以伊一盯着我，
我就沉溺在愁海了呢？

选自汪静之《蕙的风》，上海亚东图书馆 1922 年版

○ 徐志摩

雪花的快乐

假如我是一朵雪花，
翩翩的在半空里潇洒，
　　我一定认清我的方向——
　　　飞飏，飞飏，飞飏，——
这地面上有我的方向。

不去那冷寞的幽谷，
不去那凄清的山麓，
　　也不上荒街去惆怅——
　　　飞飏，飞飏，飞飏，——
你看，我有我的方向！

在半空里娟娟的飞舞，
认明了那清幽的住处，
　　等着她来花园里探望——
　　　飞飏，飞飏，飞飏，——
啊，她身上有朱砂梅的清香！

那时我凭借我的身轻，
盈盈的，沾住了她的衣襟，
　　贴近她柔波似的心胸——
　　　消溶，消溶，消溶——
溶入了她柔波似的心胸！

原载《志摩的诗》新月书店 1924 年版

偶　　然

我是天空里的一片云，
偶尔投影在你的波心——
　　你不必讶异，
　　更无须欢喜——
在转瞬间消灭了踪影。

你我相逢在黑夜的海上，
你有你的，我有我的，方向；
　　你记得也好，
　　最好你忘掉，
在这交会时互放的光亮！

原载《晨报副刊·诗镌》，1926 年 5 月 27 日

○ 闻一多

祈　祷

请告诉我谁是中国人，
启示我，如何把记忆抱紧；
请告诉我这民族的伟大，
轻轻的告诉我，不要喧哗！

请告诉我谁是中国人，
谁的心里有尧舜的心，
谁的血是荆轲聂政的血，
谁是神农黄帝的遗孽。

告诉我那智慧来得离奇，
说是河马献来的馈礼；
还告诉我这歌声的节奏，
原是九苞凤凰的传授。

谁告诉我戈壁的沉默，
和五岳的庄严？又告诉我，
泰山的石霤还滴着忍耐，
大江黄河又流着和谐？

再告诉我，哪一滴清泪
是孔子吊唁死麟的伤悲？
那狂笑也得告诉我才好，——
庄周淳于髡东方朔的笑。

请告诉我谁是中国人,
启示我,如何把记忆抱紧;
请告诉我这民族的伟大,
轻轻的告诉我,不要喧哗!

选自闻一多诗集《死水》,上海新月书店 1928 年版

静　　夜

这灯光,这灯光漂白了的四壁;
这贤良的桌椅,朋友似的亲密;
这古书的纸香一阵阵的袭来;
要好的茶杯贞女一般的洁白;
受哺的小儿接呷在母亲怀里,
鼾声报道我大儿康健的消息……
这神秘的静夜,这浑圆的和平,
我喉咙里颤动着感谢的歌声。
但是歌声马上又变成了诅咒,
静夜!我不能,不能受你的贿赂。
谁希罕你这墙内尺方的和平!
我的世界还有更辽阔的边境。
这四墙既隔不断战争的喧嚣,
你有什么方法禁止我的心跳?
最好是让这口里塞满了沙泥,
如其它只会唱着个人的休戚!
最好是让这头颅给田鼠掘洞,
让这一团血肉也去喂着尸虫,
如果只是为了一杯酒,一本诗,
静夜里钟摆摇来的一片闲适,
就听不见了你们四邻的呻吟,
看不见寡妇孤儿抖颤的身影,
战壕里的痉挛,疯人咬着病榻,
和各种惨剧在生活的磨子下。
幸福!我如今不能受你的私贿,

我的世界不在这尺方的墙内。
听！又是一阵炮声，死神在咆哮。
静夜！你如何能禁止我的心跳？

选自闻一多诗集《死水》，上海新月书店 1928 年版

○ 戴望舒

有　赠

谁曾为我束起许多花枝？
灿烂过又憔悴了的花枝。
谁曾为我串起许多泪珠？
又倾落到梦里去的泪珠。

我认识你充满了怨恨的眼睛，
我知道你愿意缄在幽暗中的话语，
你引我到了一个梦中，
我却又在另一个梦中忘了你。

我的梦和我的遗忘中的人，
哦，受过我暗自祝福的人，
终日有意地灌溉着蔷薇，
我却无心地让寂寞的兰花愁谢。

选自戴望舒诗集《望舒草》，上海现代书局1933年版

单恋者

我觉得我是在单恋着，
但是我不知道是恋着谁；

是一个在迷茫的烟水中的国土吗，
是一枝在静默中零落的花吗，
是一位我记不起的陌路丽人吗？
我不知道。
我知道的是我的胸膨胀着，
而我的心悸动着，像在初恋中。

在烦倦的时候，
我常是暗黑的街头的踯躅者，
我走遍了嚣嚷的酒场，
我不想回去，好像在寻找什么。
飘来一丝媚眼或是塞满一耳腻语，
那是常有的事。
但是我会低声说：
"不是你！"然后踉跄地又走向他处。
人们称我为"夜行人"
尽便吧，这在我是一样的；
真的，我是一个寂寞的夜行人，
而且又是一个可怜的单恋者。

选自戴望舒诗集《望舒草》，上海现代书局1933年版

寂　　寞

园中野草渐离离
托根于我旧时的脚印，
给他们披青春的彩衣；
星下的盘桓从兹消隐。

日子过去，寂寞永存，
寄魂于离离的野草，
像那些可怜的灵魂，
长得如我一般高。
我今不复到园中去，

寂寞已如我一般高；
我夜坐听风，昼眠听雨，
悟得月如何缺，天如何老。

选自戴望舒诗集《灾难的岁月》上海星群出版社1948年版

○ 林徽因

你是人间的四月天
——一句爱的赞颂

我说你是人间的四月天；
笑响点亮了四面风；轻灵
在春的光艳中交舞着变。

你是四月早天里的云烟，
黄昏吹着风的软，星子在
无意中闪，细雨点洒在花前，

那轻，那娉婷，你是，鲜妍
百花的冠冕你戴着，你是
天真，庄严，你是夜夜的月圆。

雪化后那片鹅黄，你像；新鲜
初放芽的绿，你是；柔嫩喜悦
水光浮动着你梦期待中白莲。

你是一树一树的花开，是燕
在梁间呢喃——你是爱，是暖，
是希望，你是人间的四月天！

原载《学文》创刊号，1934年5月

○ 冯至

蛇

我的寂寞是一条长蛇,
冰冷地没有言语——
你万一梦到它时,
千万啊,莫要悚惧!

它是我忠诚的侣伴,
心里害着热烈的乡思;
它在想着那浓密的草原,——
你头上的,浓郁的乌丝。

它月影一般轻轻地,
从你那儿轻轻走过;
它把你的梦境衔了来,
像一只绯红的花朵!

选自冯至诗集《昨日之歌》,北新书局1927年版

听

在我的心房演奏着什么音乐,
我自己呀也不能说明,

也许是深秋的小河同落叶,
低吟着一段旧日的深情,
也许是雷雨的天气,
狂叫着风雨和雷霆:
你喜欢的是怎样的声息,
只要看,你怎样地一听!

如果你是一片淡淡的情绪,
它哀诉的声音便充满了凄清——
它说旧日也散布过爱的种子,
可是希望的嫩叶都已凋零……
如果你紧紧地向我的心房挨近
像一轮烈日在地上熏蒸,
那么,风雨雷霆你便不难听见,
听出来一片新鲜的宇宙的呼声。

选自冯至诗集《北游及其他》,北平沉钟社 1929 年版

《十四行诗》之十六

我们站立在高高的山巅,
化身为一望无际的远景,
化成面前的广漠的平原,
化成平原上交错的蹊径。

哪条路、哪道水,没有关联,
哪阵风、哪片云,没有呼应;
我们走过的城市、山川,
都化成了我们的生命。

我们的生长、我们的忧愁,
是某某山坡的一棵松树,

是某某城上的一片浓雾；

我们随着风吹，随着水流，
化成平原上交错的蹊径，
化成蹊径上行人的生命。

　　　　　　　　选自冯至诗集《十四行集》，明日社 1942 年版

○ 金克木

雨 雪

我喜欢下雨下雪，
因为雨雪是你的名字。

我喜欢雨和雨中的小花伞，
我们可以把脸在伞下藏着；
我可以仔细比比雨丝和你的头发，
还可以大胆一点偷看你的眼睛。

我喜欢有一阵微风迎面吹来，
于是你笑了笑把伞转向前面；
我喜欢假装数伞上的花纹，
却偷眼看伞的红光映上你的脸；
于是我们把脚步放得更慢，更慢，
慢慢听迎面来的细语的雨点。

我喜欢春天的江南，江南的春天，
我喜欢微雨的黄昏，黄昏的微雨；
我喜欢微雨中小小的红花纸伞，
我喜欢下雨，因为我喜欢你。

但我更喜欢晶莹的白雪，
愿意作雪下的柔软的泥。

1936年作，选自金克木《雨雪集》，湖南文艺出版社1986年版

○ 艾青

手推车

在黄河流过的地域
在无数的枯干了的河底
手推车
以唯一的轮子
发出使阴暗的天穹痉挛的尖音
穿过寒冷与静寂
从这一个山脚
到那一个山脚
彻响着
北国人民的悲哀

在冰雪凝冻的日子
在贫穷的小村与小村之间
手推车
以单独的轮子
刻画在灰黄土层上的深深的辙迹
穿过广阔与荒漠
从这一条路
到那一条路
交织着
北国人民的悲哀

选自艾青诗集《北方》，南天出版社 1943 年版

雪落在中国的土地上

雪落在中国的土地上,
寒冷在封锁着中国呀……

风,
像一个太悲哀的老妇,
紧紧地跟随着
伸出寒冷的指爪
拉扯着行人的衣襟,
用着像土地一样古老的话
一刻也不停地絮聒着……

那从林间出现的,
赶着马车的
你中国的农夫
戴着皮帽
冒着大雪
你要到哪儿去呢?

告诉你
我也是农人的后裔——
由于你们的
刻满了痛苦的皱纹的脸
我能如此深深地
知道了
生活在草原上的人们的
岁月的艰辛。

而我
也并不比你们快乐啊
——躺在时间的河流上

苦难的浪涛
曾经几次把我吞没而又卷起——
流浪与监禁
已失去了我的青春的
最可贵的日子，
我的生命
也像你们的生命
一样的憔悴呀

雪落在中国的土地上
寒冷在封锁着中国呀……

沿着雪夜的河流，
一盏小油灯在徐缓地移行，
那破烂的乌篷船里
映着灯光，垂着头
坐着的是谁呀？

——啊，你
蓬发垢面的少妇，
是不是
你的家
——那幸福与温暖的巢穴——
已被暴戾的敌人
烧毁了么？
是不是
也像这样的夜间，
失去了男人的保护，
在死亡的恐怖里
你已经受尽了敌人刺刀的戏弄？

咳，就在如此寒冷的今夜，
无数的
我们的年老的母亲，
都蜷伏在不是自己的家里，
就像异邦人
不知明天的车轮

要滚上怎样的路程……
——而且
中国的路
是如此的崎岖
是如此的泥泞呀。

雪落在中国的土地上,
寒冷在封锁着中国呀……

透过雪夜的草原
那些被烽火所啮啃的地域,
无数的,土地的垦殖者
失去了他们所饲养的家畜
失去了他们肥沃的田地
拥挤在
生活的绝望的污巷里。
饥馑的大地
朝向阴暗的天
伸出乞援的
颤抖的两臂。

中国的苦痛与灾难
像这雪夜一样广阔而又漫长呀!

雪落在中国的土地上,
寒冷在封锁着中国呀……

中国,
我的在没有灯光的晚上
所写的无力的诗句
能给你些许的温暖么?

选自艾青诗集《北方》,南天出版社 1943 年版

○ 何其芳

雨 天

北方的气候也变成南方的了：
今年是多雨的夏季。
这如同我心里的气候的变化，
没有温暖，没有明霁。

是谁第一次窥见我寂寞的泪，
用温存的手为我拭去？
是谁窃去了我十九岁的骄傲的心，
而又毫无顾念地遗弃？

呵，我曾用泪染湿过你的手的人，
爱情原如树叶一样，
在人忽视里绿了，在忍耐里露出蓓蕾，
在被忘记里红色的花瓣开放。

红色的花瓣上颤抖着过成熟的香气，
这是我日与夜的相思，
而且飘散在这多雨水的夏季里，
过分地缠绵，更加一点润湿。

原载《社会日报·星期论坛》1933 年第 8 期

欢 乐

告诉我，欢乐是什么颜色？
像白鸽的羽翅，鹦鹉的红嘴？
欢乐是什么声音？像一声芦笛，
还是从簌簌的松声到潺潺的流水？

是不是可握住的，如温情的手？
可看见的，如亮着爱怜的眼光？
会不会使心灵微微地颤抖，
或者静静的流泪，如同悲伤？

欢乐是怎样来的？从什么地方？
萤火虫一样飞在朦胧的树荫？
香气一样散自蔷薇的花瓣上？
它来时脚上响不响着铃声？

对于欢乐，我的心是盲人的目，
但它是不是可爱的，如我的忧郁？

原载《社会日报·星期论坛》1933 年第 7 期

○ 卞之琳

尺　八

像候鸟衔来了异方的种子，
三桅船载来了一枝尺八，
从夕阳里，从西海头。
长安丸载来的海西人，
夜半听楼下醉汉的尺八，
想一个孤馆寄居的番客，
听了雁声，动了乡愁，
得了慰藉于邻家的尺八，
次朝在长安市的繁华里，
独访取一枝凄凉的竹管……
（为什么年红灯的万花间，
还飘着一缕凄凉的古香；）
归去也，归去也，归去也——
像候鸟衔来了异方的种子，
三桅船载来一枝尺八，
尺八乃成了三岛的花草。
（为什么年红灯的万花间，
还飘着一缕凄凉的古香？）
归去也，归去也，归去也——
海西人想带回失去的悲哀吗？

原载《大公报》文艺副刊 1935 年 11 月 22 日

穆旦

合唱二章

2

让我歌唱帕米尔的荒原,
用它峰顶静穆的声音,
混然的倾泻如远古的熔岩,
缓缓迸涌出坚强的骨干,
像钢铁编织起亚洲的海棠。
O 让我歌唱,以欢愉的心情,
浑圆天穹下那野性的海洋,
推着它倾跌的喃喃的波浪,
像嫩绿的树根伸进泥土里,
它柔光的手指抓起了神州的心房。
当我呼吸,在山河的交铸里,
无数个晨曦,黄昏,彩色的光,
从昆仑,喜马,天山的傲视,
流下了干燥的,卑湿的草原,
当黄河,扬子,珠江终于憩息,
多少欢欣,忧郁的,澎湃的乐声,
随着红的,绿的,天蓝色的水,
向远方的山谷,森林,荒漠里消溶。
O 热情的拥抱!让我歌唱,
让我扣着你们的节奏舞蹈,
当人们痛哭、死难、睡进你们的胸怀,
摇曳,摇曳,化入无穷的年代,
他们的精灵,O 你们坚贞的爱!

选自《穆旦诗集(1939—1945)》,1947 年 5 月由作者在沈阳自费出版

赞 美

走不尽的山峦的起伏，河流和草原，
数不尽的密密的村庄，鸡鸣和狗吠，
接连在原是荒凉的亚洲的土地上，
在野草的茫茫中呼啸着干燥的风，
在低压的暗云下唱着单调的东流的水，
在忧郁的森林里有无数埋藏的年代。
它们静静地和我拥抱：
说不尽的故事是说不尽的灾难，沉默的
是爱情，是在天空飞翔的鹰群，
是干枯的眼睛期待着泉涌的热泪，
当不移的灰色的行列在遥远的天际爬行；
我有太多的话语，太悠久的感情，
我要以荒凉的沙漠，坎坷的小路，骡子车，
我要以槽子船，漫山的野花，阴雨的天气，
我要以一切拥抱你，你，
我到处看见的人民呵，
在耻辱里生活的人民，佝偻的人民，
我要以带血的手和你们一一拥抱。
因为一个民族已经起来。

一个农夫，他粗糙的身躯移动在田野中，
他是一个女人的孩子，许多孩子的父亲，
多少朝代在他的身边升起又降落了
而把希望和失望压在他身上，
而他永远无言地跟在犁后旋转，
翻起同样的泥土溶解过他祖先的，
是同样的受难的形象凝固在路旁。
在大路上多少次愉快的歌声流过去了，
多少次跟来的是临到他的忧患；
在大路上人们演说，叫嚣，欢快，

然而他没有，他只放下了古代的锄头，
再一次相信名词，溶进了大众的爱，
坚定地，他看着自己溶进死亡里，
而这样的路是无限的悠长的，
而他是不能够流泪的，
他没有流泪，因为一个民族已经起来。

在群山的包围里，在蔚蓝的天空下，
在春天和秋天经过他家园的时候，
在幽深的谷里隐着最含蓄的悲哀：
一个老妇期待着孩子，许多孩子期待着
饥饿，而又在饥饿里忍耐，
在路旁仍是那聚集着黑暗的茅屋，
一样的是不可知的恐惧，一样的是
大自然中那侵蚀着生活的泥土，
而他走去了从不回头诅咒。
为了他我要拥抱每一个人，
为了他我失去了拥抱的安慰，
因为他，我们是不能给以幸福的，
痛苦吧，让我们在他的身上痛苦吧，
因为一个民族已经起来。

一样的是这悠久的年代的风，
一样的是从着倾圮的屋檐下散开的
无尽的呻吟和寒冷，
它歌唱在一片枯槁的树顶上，
它吹过了荒芜的沼泽，芦苇和虫鸣，
一样的是这飞过的乌鸦的声音。
当我走过，站在路上踟蹰，
我踟蹰着为了多年耻辱的历史
仍在这广大的山河中等待，
等待着，我们无言的痛苦是太多了，
然而一个民族已经起来，
然而一个民族已经起来。

原载《文聚》创刊号，1942 年 2 月

旗

我们都在下面,你在高空飘扬,
风是你的身体,你和太阳同行,
常想飞出物外,却为地面拉紧。

是写在天上的话,大家都认识,
又简单明确,又博大无形,
是英雄们的游魂活在今日。

你渺小的身体是战争的动力,
战争过后,而你是唯一的完整,
我们化成灰,光荣由你留存。

太肯负责任,我们有时茫然,
资本家和地主拉你来解释,
用你来取得众人的和平。

是大家的心,可是比大家聪明,
带着清晨来,随黑夜而受苦,
你最会说出自由的欢欣。

四方的风景,由你最想感受,
是大家的方向,因你而胜利固定,
我们爱慕你,如今属于人民。

原载《益世报·文学周刊》1947年6月7日

○ 陈敬容

夜　　思

留不住的白日，让它去，
必要来的黑夜，已经来，
也不过是暂时的安息，
暂时地，睡去了多少恨，多少爱。

纷纷扰扰的到头都落入平静，
被黑夜收尽了所有的色彩；
清晨有鸡声报晓，有阳光照耀，
而坟墓中的死者永不会醒来。

因为活着，我们才眷恋这世界，
从荆棘和陷阱中挣扎起来，
一旦不幸跌倒，可什么全不带。

让一切呈露应有的心态，
去留存殁，该落的落，该开的开，
谁给安排？但都有一个重点在那儿等待。

选自陈敬容诗集《交响集》，上海星群出版社1948年版

○ 郑敏

生的美
——痛苦，斗争，忍受

剥啄，剥啄，剥啄，
你是那古树上的啄木鸟，
在我沉默的心上不住地旋绕
你知道这里躲藏有怯懦的虫子
请瞧我多么顺从地展开了四肢

冲击，冲击，冲击，
海啸飞似地挟卷起海涛
朝向高竖的绝壁下奔跑
每一个冷漠的拒绝
更搅动大海的血液

沉默，沉默，沉默，
像树木无言地把茂绿舍弃
在地壳下忍受黑暗和压挤
只有当痛苦深深浸透了身体
灵魂才能燃烧，吐出光和力

选自郑敏诗集《诗集（一九四二——一九四七）》，文化生活出版社1949年版

散文篇

○ 胡适

名教

中国是个没有宗教的国家，中国人是个不迷信宗教的民族。——这是近年来几个学者的结论。有些人听了很洋洋得意，因为他们觉得不迷信宗教是一件光荣的事。有些人听了要做愁眉苦脸，因为他们觉得一个民族没有宗教是要堕落的。

于今好了，得意的也不可太得意了，懊恼的也不必懊恼了。因为我们新发现中国不是没有宗教的：我们中国有一个很伟大的宗教。

孔教早倒霉了，佛教早衰亡了，道教也早冷落了。然而我们却还有我们的宗教。这个宗教是什么教呢？提起此教，大大有名，他就叫做"名教"。

名教信仰什么？信仰"名"。

名教崇拜什么？崇拜"名"。

名教的信条只有一条："信仰名的万能。"

"名"是什么？这一问似乎要做点考据。《论语》里孔子说，"必也正名乎"，郑玄注：

> 正名，谓正书字也。古者曰名，今世曰字。
> 《仪礼》"聘礼"注：
> 名，书文也。今谓之字。
> 《周礼》"大行人"下注：
> 书名，书文字也。古曰名。
> 《周礼》"外史"下注：
> 古曰名，今曰字。
> 《仪礼》"聘礼"的释文说：
> 名，谓文字也。

总括起来，"名"即是文字，即是写的字。

"名教"便是崇拜写的文字的宗教；便是信仰写的字有神力，有魔力的宗教。

这个宗教，我们信仰了几千年，却不自觉我们有这样一个伟大宗教。不自觉的缘故正是因为这个宗教太伟大了，无往不在，无所不包，就如同空气一样，我们日日夜夜在空气里生活，竟不觉得空气的存在了。

现在科学进步了，便有好事的科学家去分析空气是什么，便也有好事的学者去分析这个伟大的名教。

民国十五年有位冯友兰先生发表一篇很精辟的《名教之分析》。冯先生指出"名教"便是崇拜名词的宗教，是崇拜名词所代表的概念的宗教。

冯先生所分析的还只是上流社会和知识阶级所奉的"名教"，它的势力虽然也很伟大，还算不得"名教"的最重部分。

这两年来，有位江绍原先生在他的"礼部"职司的范围内，发现了不少有趣味的材料，陆续在《语丝》《贡献》几种杂志上发表。他同他的朋友们收的材料是细大不捐，雅俗无别的；所以他们的材料使我们渐渐明白我们中国民族崇奉的"名教"是个什么样子。

究竟我们这个贵教是个什么样子呢？且听我慢慢道来。

先从一个小孩生下地说起。古时小孩生下地之后，要请一位专门术家来听小孩的哭声，声中某律，然后取名字。现在的民间变简单了，只请一个算命的，排排八字，看他缺少五行之中的那行。若缺水，便取个水旁的名字；若缺金，便取个金旁的名字。若缺火又缺土的，我们徽州人便取个"灶"字。名字可以补气禀的缺陷。

小孩命若不好，便把他"寄名"在观音菩萨的座前，取个和尚式的"法名"，便可以无灾无难了。

小孩若爱啼啼哭哭，睡不安宁，便写一张字帖，贴在行人小便的处所，上写着：

　　天皇皇，地皇皇，我家有个夜哭郎。
　　过路君子念一遍，一夜睡到大天光。

文字的神力真不少。

小孩跌了一交，受了惊骇，那是骇掉了"魂"了，须得"叫魂"。魂怎么叫呢？到那跌交的地方，撒把米，高叫小孩子的名字，一路叫回家，叫名便是叫魂了。

小孩渐渐长大了，在村学堂同人打架，打输了，心里恨不过，便拿一条柴炭，在墙上写着诅咒他的仇人的标语："王阿三热病打死。"他写了几遍，心上的气便平了。

他的母亲也是这样。她受了隔壁王七嫂的气，便拿一把菜刀，在刀板上剁，一面剁，一面喊"王七老婆"的名字，这便等于刮剁王七嫂了。

他的父亲也是"名教"的信徒。他受了王七哥的气，打又打他不过，只好破口骂他，骂他的爹妈，骂他的妹子，骂他的祖宗十八代。骂了便算出了气了。

据江绍原先生的考察，现在这一家人都大进步了。小孩在墙上会写"打倒阿毛"了。

他妈也会喊"打倒周小妹"了。

他爸爸也会贴"打倒王庆来"了。

他家里人口不平安，有病的，有死的。这也有好法子。请个道士来，画几道符，大门上贴一张，房门上贴一张，毛厕上也贴一张，病鬼便都跑掉了，再不敢进门了。

画符自然是"名教"的重要方法。

死了的人又怎么办呢？请一班和尚来，念几卷经，便可以超度死者了。念经自然也是"名教"的重要方法。符是文字，经是文字，都有不可思议的神力。

死了人，要"点主"。把神主牌写好，把那"主"字上头的一点空着，请一位乡绅来点主。把一只雄鸡头上的鸡冠切破，那位赵乡绅把朱笔蘸饱了鸡冠血，点上"主"字。从此死者灵魂遂凭依在神主牌上了。

吊丧须用挽联，贺婚贺寿须用贺联；讲究的送幛子，更讲究的送祭文寿序。都是文字，都是"名教"的一部分。

豆腐店的老板梦想发大财，也有法子。请村口王老师写副门联："生意兴隆通四海，财源茂盛达三江。"这也可以过发财的瘾了。

赵乡绅也有他的梦想，所以他也写副门联："总集福荫，备致嘉祥。"

王老师虽是不通，虽是下流，但他也得写一副门联："文章华国，忠孝传家。"

豆腐店老板心里还不很满足，又去请王老师替他写一个大红春帖："对我生财"，贴在对面墙上，于是他的宝号就发财的样子十足了。

王老师去年的家运不大好，所以他今年元旦起来，拜了天地，洗净手，拿起笔来，写个红帖子，"戊辰发笔，添丁进财。"他今年一定时运大来了。

父母祖先的名字是要避讳的。古时候，父名晋，儿子不得应进士考试。现在宽的多了，但避讳的风俗还存在一般社会里。皇帝的名字现在不避讳了。但孙中山死后，"中山"尽管可用作学校地方或货品的名称，"孙文"便很少人用了；忠实同志都应该称他为"先总理"。

南京有一个大学，为了改校名，闹了好几次大风潮，有一次竟把校名牌子抬了送到大学院去。

北京下来之后，名教的信徒又大忙了。北京已改做"北平"了；今天又有人提议改南京做"中京"了。还有人郑重提议"故宫博物院"应该改作"废宫博物院"。将来这样大改革的事业正多呢。

前不多时，南京的《京报附刊》的画报上有一张照片，标题是"军事委员会政治训练部宣传处艺术科写标语之忙碌"。

图上是五六个中山装的青年忙着写标语；桌上，椅背上，地板上，满铺着写好的标语，有大字，有小字，有长句，有短句。

这不过是"写"的一部分工作；还有拟标语的，有讨论审定标语的，还有贴标语的。

五月初济南事件发生以后，我时时往来淞沪铁路上，每一次四十分钟的旅行所见的标语总在一千张以上；出标语的机关至少总在七八十个以上。有写着"枪毙田中义一"的，有写着"活埋田中义一"的，有写着"杀尽矮贼"而把"矮贼"两字倒转来写，如报纸上寻人广告倒写的"人"字一样。

"人"字倒写，人就会回来了："矮贼"倒写，矮贼也就算打倒了。

现在我们中国已成了口号标语的世界。有人说，这是从苏俄学来的法子。这是很冤枉的。我前年在莫斯科住了三天，就没有看见墙上有一张标语。标语是道地的国货，是"名教"国家的祖传法宝。

试问墙上贴一张"打倒帝国主义"，同墙上贴一张"对我生财"或"抬头见喜"，有什么分别？是不是一个师父传授的衣钵？

试问墙上贴一张"活埋田中义一"同小孩子贴一张"雷打王阿毛"，有什么分别？是不是一个师父传授的法宝？

试问"打倒唐生智""打倒汪精卫"，同王阿毛贴的"阿发黄病打死"，有什么分别？

王阿毛尽够做老师了，何须远学莫斯科呢？

自然，在党国领袖的心目中，口号标语是一种宣传的方法，政治的武器。但在中小学生的心里，在第九十九师十五连第三排的政治部人员的心里，口号标语便不过是一种出气泄愤的法子罢了。如果"打倒帝国主义"是标语，那么，第十区的第七小学为什么不可贴"杀尽矮贼"的标语呢？如果"打倒汪精卫"是正当的标语，那么"活埋田中义一"为什么不是正当的标语呢？

如果多贴几张"打倒汪精卫"可以有效果，那么，你何以见得多贴几张"活埋田中义一"不会使田中义一打个寒噤呢？

故从历史考据的眼光看来，口号标语正是"名教"的正传嫡派。因为在绝大多数人的心里，墙上贴一张"国民政府是为全民谋幸福的政府"正等于门上写一条"姜太公在此"，有灵则两者都应该有灵，无效则两者同为废纸而已。

我们试问，为什么豆腐店的张老板要在对门墙上贴一张"对我生财"？岂不是因为他天天对着那张纸可以过一点发财的瘾吗？为什么他元旦开门时嘴里要念"元宝滚进来"？岂不是因为他念这句话时心里感觉舒服吗？

要不然，只有另一个说法，只可说是盲从习俗，毫无意义。张老板的祖宗传下来每年都贴一张"对我生财"，况且隔壁剃头店门口也贴了一张，所以他不能不照办。

现在大多数喊口号，贴标语的，也不外这两种理由：一是心理上的过瘾，一是无意义的盲从。

少年人抱着一腔热沸的血，无处发泄，只好在墙上大书"打倒卖国贼"，或"打倒日本帝国主义"。写完之后，那二尺见方的大字，那颜鲁公的书法，个个挺出来，好生威武，他自己看着，血也不沸了，气也稍稍平了，心里觉得舒服的多，可以坦然回去休息了。于是他的一腔义愤，不曾收敛回去，在他的行为上与人格上发生有益的影响，却轻轻地发泄在墙头的标语上面了。

这样的发泄感情，比什么都容易，既痛快，又有面子，谁不爱做呢？一回生，二回熟，便成了惯例了，于是"五一""五三""五四""五七""五九""六三"……

都照样做去：放一天假，开个纪念会，贴无数标语，喊几句口号，就算做了纪念了！

于是月月有纪念，周周做纪念周，墙上处处是标语，人人嘴上有的是口号。于是老祖宗几千年相传的"名教"之道遂大行于今日，而中国遂成了一个"名教"的国家。

我们试进一步，试问，为什么贴一张"雷打王阿毛"或"枪毙田中义一"可以发泄我们的感情，可以出气泄愤呢？

这一问便问到"名教"的哲学上去了。这里面的奥妙无穷，我们现在只能指出几个有趣味的要点。

第一，我们的古代老祖宗深信"名"就是魂，我们至今不知不觉地还逃不了这种古老迷信的影响。"名就是魂"的迷信是世界人类在幼稚时代同有的。埃及人的第八魂就是"名魂"。我们中国古今都有此迷信。《封神演义》上有个张桂芳能够"呼名落马"；他只叫一声"黄飞虎还不下马，更待何时！"黄飞虎就滚下五色神牛了。不幸张桂芳遇见了哪吒，喊来喊去，哪吒立在风火轮上不滚下来，因为哪吒是莲花化身，没有魂的。《西游记》上有个银角大王，他用一个红葫芦，叫一声"孙行者"，孙行者答应一声，就被装进去了。后来孙行者逃出来，又来挑战，改名叫"行者孙"，答应了一声，也就被装了进去！因为有名就有魂了。民间"叫魂"，只是叫名字，因为叫名字就是叫魂了。因为如此，所以小孩在墙上写"鬼捉王阿毛"，便相信鬼真能把阿毛的魂捉去。党部中人制定"打倒汪精卫"的标语，虽未必相信"千夫所指，无病自死"；但那位贴"枪毙田中"的小学生却难保不知不觉地相信他有咒死田中义一的功用。

第二，我们的古代老祖宗深信"名"（文字）有不可思议的神力，我们也免不了这种迷信的影响。这也是幼稚民族的普通迷信，高等民族也往往不能免除。《西游记》上如来佛写了"唵嘛呢叭咪吽"六个字，便把孙猴子压住了一千年。观音菩萨念一个"唵"字咒语，便有诸神来见。他在孙行者手心写一个"迷"字，就可以引红孩儿去受擒。小说上的神仙妖道作法，总得"口中念念有词"。一切符咒，都是有神力的文字。现在有许多人真相信多贴几张"打倒军阀"的标语便可以打倒张作霖了。他们若不信这种神力，何以不到前线去打仗，却到吴淞镇的公共厕所墙上张贴"打倒张作霖"的标语呢？

第三，我们的古代圣贤也曾提倡一种"理智化"了的"名"的迷信，几千年来深入人心，也是造成"名教"的一种大势力。卫君要请孔子去治国，孔老先生却先要"正名"。他恨极了当时的乱臣贼子，却又"手无斧柯，奈龟山何！"所以他只好做一部《春秋》来褒贬他们："一字之贬，严于斧钺；一字之褒，荣于华衮。"这种思想便是古代所谓"名分"的观念。尹文子说：

善名命善，恶名命恶。故善有善名，恶有恶名。……今亲贤而疏不肖，赏善而罚恶。贤不肖，善恶之名宜在彼；亲疏赏罚之称宜属我。……"名"宜属彼，"分"宜属我。我爱白而憎黑，韵商而舍徵，好膻而恶焦，嗜甘而逆苦。白黑商徵，膻焦甘苦，彼之"名"也；爱憎韵舍，好恶嗜逆，我之"分"也。定此名分，则万事不乱也。

"名"是表物性的,"分"是表我的态度的。善名便引起我爱敬的态度,恶名便引起我厌恨的态度。这叫做"名分"的哲学。"名教","礼教"便建筑在这种哲学的基础之上。一块石头,变作了贞节牌坊,便可以引无数青年妇女牺牲她们的青春与生命去博礼教先生的一篇铭赞,或志书"列女"门里的一个名字。"贞节"是"名",羡慕而情愿牺牲,便是"分"。女子的脚裹小了,男子赞为"美",诗人说是"三寸金莲",于是几万万的妇女便拼命裹小脚了。"美"与"金莲"是"名",羡慕而情愿吃苦牺牲,便是"分"。

现在人说小脚"不美",又"不人道",名变了,分也变了,于是小脚的女子也得塞棉花,充天脚了。——现在的许多标语,大都有个褒贬的用意:宣传便是宣传这褒贬的用意。说某人是"忠实同志",便是教人"拥护"他。说某人是"军阀","土豪劣绅","反动","反革命","老朽昏庸",便是教人"打倒"他。故"忠实同志""总理信徒"的名,要引起"拥护"的分。"反动分子"的名,要引起"打倒"的分。故今日墙上的无数"打倒"与"拥护",其实都是要寓褒贬,定名分。不幸标语用的太滥了,今天要打倒的,明天却又在拥护之列了;今天的忠实同志,明天又变为反革命了。于是打倒不足为辱,而反革命有人竟以为荣。于是"名教"失其作用,只成为墙上的符篆而已。

两千年前,有个九十岁的老头子对汉武帝说:"为治不在多言,顾力行何如耳。"两千年后,我也要对现在的治国者说:治国不在口号标语,顾力行何如耳。一千多年前,有个庞居士,临死时留下两句名言:

但愿空诸所有。
慎勿实诸所无。

"实诸所无",如"鬼"本是没有的,不幸古代的浑人造出"鬼"名,更造出"无常鬼","大头鬼","吊死鬼"等等名,于是人的心里便像煞真有鬼了。我们对于现在的治国者,也想说:

但愿实诸所有。
慎勿实诸所无。

末了,我们也学时髦,编两句口号:
打倒名教!
名教扫地,中国有望!

原载《新月》1928年1卷5号

○ 鲁迅

灯下漫笔

一

　　有一时，就是民国二三年时候，北京的几个国家银行的钞票，信用日见其好了，真所谓蒸蒸日上。听说连一向执迷于现银的乡下人，也知道这既便当，又可靠，很乐意收受，行使了。至于稍明事理的人，则不必是"特殊知识阶级"，也早不将沉重累坠的银元装在怀中，来自讨无谓的苦吃。想来，除了多少对于银子有特别嗜好和爱情的人物之外，所有的怕大都是钞票了罢，而且多是本国的。但可惜后来忽然受了一个不小的打击。

　　就是袁世凯想做皇帝的那一年，蔡松坡先生溜出北京，到云南去起义。这边所受的影响之一，是中国和交通银行的停止兑现。虽然停止兑现，政府勒令商民照旧行用的威力却还有的；商民也自有商民的老本领，不说不要，却道找不出零钱。假如拿几十几百的钞票去买东西，我不知道怎样，但倘使只要买一枝笔，一盒烟卷呢，难道就付给一元钞票么？不但不甘心，也没有这许多票。那么，换铜元，少换几个罢，又都说没有铜元。那么，到亲戚朋友那里借现钱去罢，怎么会有？于是降格以求，不讲爱国了，要外国银行的钞票。但外国银行的钞票这时就等于现银，他如果借给你这钞票，也就借给你真的银元了。

　　我还记得那时我怀中还有三四十元的中交票，可是忽而变了一个穷人，几乎要绝食，很有些恐慌。俄国革命以后的藏着纸卢布的富翁的心情，恐怕也就这样的罢；至多，不过更深更大罢了。我只得探听，钞票可能折价换到现银呢？说是没有行市。幸而终于，暗暗地有了行市了：六折几。我非常高兴，赶紧去卖了一半。后来又涨到七折了，我更非常高兴，全去换了现银，沉垫垫地坠在怀中，似乎这就是我的性命的斤两。倘在平时，钱铺子如果少给我一个铜元，我是决不答应的。

　　但我当一包现银塞在怀中，沉垫垫地觉得安心，喜欢的时候，却突然起了另一思想，就是：我们极容易变成奴隶，而且变了之后，还万分喜欢。

假如有一种暴力,"将人不当人",不但不当人,还不及牛马,不算什么东西;待到人们羡慕牛马,发生"乱离人,不及太平犬"的叹息的时候,然后给与他略等于牛马的价格,有如元朝定律,打死别人的奴隶,赔一头牛,则人们便要心悦诚服,恭颂太平的盛世。为什么呢?因为他虽不算人,究竟已等于牛马了。

我们不必恭读《钦定二十四史》,或者入研究室,审察精神文明的高超。只要一翻孩子所读的《鉴略》,——还嫌烦重,则看《历代纪元编》,就知道"三千余年古国古"的中华,历来所闹的就不过是这一个小玩艺。但在新近编纂的所谓"历史教科书"一流东西里,却不大看得明白了,只仿佛说:咱们向来就很好的。

但实际上,中国人向来就没有争到过"人"的价格,至多不过是奴隶,到现在还如此,然而下于奴隶的时候,却是数见不鲜的。中国的百姓是中立的,战时连自己也不知道属于那一面,但又属于无论那一面。强盗来了,就属于官,当然该被杀掠;官兵既到,该是自家人了罢,但仍然要被杀掠,仿佛又属于强盗似的。这时候,百姓就希望有一个一定的主子,拿他们去做百姓,——不敢,是拿他们去做牛马,情愿自己寻草吃,只求他决定他们怎样跑。

假使真有谁能够替他们决定,定下什么奴隶规则来,自然就"皇恩浩荡"了。可惜的是往往暂时没有谁能定。举其大者,则如五胡十六国的时候,黄巢的时候,五代时候,宋末元末时候,除了老例的服役纳粮以外,都还要受意外的灾殃。张献忠的脾气更古怪了,不服役纳粮的要杀,服役纳粮的也要杀,敌他的要杀,降他的也要杀:将奴隶规则毁得粉碎。这时候,百姓就希望来一个另外的主子,较为顾及他们的奴隶规则的,无论仍旧,或者新颁,总之是有一种规则,使他们可上奴隶的轨道。

"时日曷丧,予及汝偕亡!"愤言而已,决心实行的不多见。实际上大概是群盗如麻,纷乱至极之后,就有一个较强,或较聪明,或较狡猾,或是外族的人物出来,较有秩序地收拾了天下。厘定规则:怎样服役,怎样纳粮,怎样磕头,怎样颂圣。而且这规则是不像现在那样朝三暮四的。于是便"万姓胪欢"了;用成语来说,就叫作"天下太平"。

任凭你爱排场的学者们怎样铺张,修史时候设些什么"汉族发祥时代""汉族发达时代""汉族中兴时代"的好题目,好意诚然是可感的,但措辞太绕湾子了。有更其直捷了当的说法在这里——

一,想做奴隶而不得的时代;

二,暂时做稳了奴隶的时代。

这一种循环,也就是"先儒"之所谓"一治一乱";那些作乱人物,从后日的"臣民"看来,是给"主子"清道辟路的,所以说:"为圣天子驱除云尔。"

现在入了那一时代,我也不了然。但看国学家的崇奉国粹,文学家的赞叹固有文明,道学家的热心复古,可见于现状都已不满了。然而我们究竟正向着那一条路走呢?百姓是一遇到莫名其妙的战争,稍富的迁进租界,妇孺则避入教堂里去了,因为那些地方都比较的"稳",暂不至于想做奴隶而不得。总而言之,复古的,避难的,无智愚贤不肖,似乎都已神往于三百年前的太平盛世,就是"暂时做稳了奴隶的时代"了。

但我们也就都像古人一样，永久满足于"古已有之"的时代么？都像复古家一样，不满于现在，就神往于三百年前的太平盛世么？

自然，也不满于现在的，但是，无须反顾，因为前面还有道路在。而创造这中国历史上未曾有过的第三样时代，则是现在的青年的使命！

二

但是赞颂中国固有文明的人们多起来了，加之以外国人。我常常想，凡有来到中国的，倘能疾首蹙额而憎恶中国，我敢诚意地捧献我的感谢，因为他一定是不愿意吃中国人的肉的！

鹤见祐辅氏在《北京的魅力》中，记一个白人将到中国，预定的暂住时候是一年，但五年之后，还在北京，而且不想回去了。有一天，他们两人一同吃晚饭——

> 在圆的桃花心木的食桌前坐定，川流不息地献着出海的珍味，谈话就从古董，画，政治这些开头。电灯上罩着支那式的灯罩，淡淡的光洋溢于古物罗列的屋子中。什么无产阶级呀，Proletariat 呀那些事，就像不过在什么地方刮风。
>
> 我一面陶醉在支那生活的空气中，一面深思着对于外人有着"魅力"的这东西。元人也曾征服支那，而被征服于汉人种的生活美了；满人也征服支那，而被征服于汉人种的生活美了。现在西洋人也一样，嘴里虽然说着 Democracy 呀，什么什么呀，而却被魅于支那人费六千年而建筑起来的生活的美。一经住过北京，就忘不掉那生活的味道。大风时候的万丈的沙尘，每三月一回的督军们的开战游戏，都不能抹去这支那生活的魅力。

这些话我现在还无力否认他。我们的古圣先贤既给与我们保古守旧的格言，但同时也排好了用子女玉帛所做的奉献于征服者的大宴。中国人的耐劳，中国人的多子，都就是办酒的材料，到现在还为我们的爱国者所自诩的。西洋人初入中国时，被称为蛮夷，自不免个个蹙额，但是，现在则时机已至，到了我们将曾经献于北魏，献于金，献于元，献于清的盛宴，来献给他们的时候了。出则汽车，行则保护：虽遇清道，然而通行自由的；虽或被劫，然而必得赔偿的；孙美瑶掳去他们站在军前，还使官兵不敢开火。何况在华屋中享用盛宴呢？待到享受盛宴的时候，自然也就是赞颂中国固有文明的时候；但是我们的有些乐观的爱国者，也许反而欣然色喜，以为他们将要开始被中国同化了罢。古人曾以女人作苟安的城堡，美其名以自欺曰"和亲"，今人还用子女玉帛为作奴的赞敬，又美其名曰"同化"。所以倘有外国的谁，到了已有赴宴的资格的现在，而还替我们诅咒中国的现状者，这才是真有良心的真可佩服的人！

但我们自己是早已布置妥帖了，有贵贱，有大小，有上下。自己被人凌虐，但也可以凌虐别人；自己被人吃，但也可以吃别人。一级一级的制驭着，不能动弹，也不想动弹了。因为倘一动弹，虽或有利，然而也有弊。我们且看古人的良法美意罢——

　　"天有十日，人有十等。下所以事上，上所以共神也。故王臣公，公臣大夫，大夫臣士，士臣皂，皂臣舆，舆臣隶，隶臣僚，僚臣仆，仆臣台。"（《左传》昭公七年）

　　但是"台"没有臣，不是太苦了么？无须担心的，有比他更卑的妻，更弱的子在。而且其子也很有希望，他日长大，升而为"台"，便又有更卑更弱的妻子，供他驱使了。如此连环，各得其所，有敢非议者，其罪名曰不安分！

　　虽然那是古事，昭公七年离现在也太辽远了，但"复古家"尽可不必悲观的。太平的景象还在：常有兵燹，常有水旱，可有谁听到大叫唤么？打的打，革的革，可有处士来横议么？对国民如何专横，向外人如何柔媚，不犹是差等的遗风么？中国固有的精神文明，其实并未为共和二字所埋没，只有满人已经退席，和先前稍不同。

　　因此我们在目前，还可以亲见各式各样的筵宴，有烧烤，有翅席，有便饭，有西餐。但茅檐下也有淡饭，路旁也有残羹，野上也有饿莩；有吃烧烤的身价不资的阔人，也有饿得垂死的每斤八文的孩子（见《现代评论》二十一期）。所谓中国的文明者，其实不过是安排给阔人享用的人肉的筵宴。所谓中国者，其实不过是安排这人肉的筵宴的厨房。不知道而赞颂者是可恕的，否则，此辈当得永远的诅咒！

　　外国人中，不知道而赞颂者，是可恕的；占了高位，养尊处优，因此受了蛊惑，昧却灵性而赞叹者，也还可恕的。可是还有两种，其一是以中国人为劣种，只配悉照原来模样，因而故意称赞中国的旧物。其一是愿世间人各不相同以增自己旅行的兴趣，到中国看辫子，到日本看木屐，到高丽看笠子，倘若服饰一样，便索然无味了，因而来反对亚洲的欧化。这些都可憎恶。至于罗素在西湖见轿夫含笑，便赞美中国人，则也许别有意思罢。但是，轿夫如果能对坐轿的人不含笑，中国也早不是现在似的中国了。

　　这文明，不但使外国人陶醉，也早使中国一切人们无不陶醉而且至于含笑。因为古代传来而至今还在的许多差别，使人们各各分离，遂不能再感到别人的痛苦；并且因为自己各有奴使别人，吃掉别人的希望，便也就忘却自己同有被奴使被吃掉的将来。于是大小无数的人肉的筵宴，即从有文明以来一直排到现在，人们就在这会场中吃人，被吃，以凶人的愚妄的欢呼，将悲惨的弱者的呼号遮掩，更不消说女人和小儿。

　　这人肉的筵宴现在还排着，有许多人还想一直排下去。扫荡这些食人者，掀掉这筵席，毁坏这厨房，则是现在的青年的使命！

原载《莽原》1925 年第 2 期和第 5 期

这样的战士

要有这样的一种战士——

已不是蒙昧如非洲土人而背着雪亮的毛瑟枪的;也并不疲惫如中国绿营兵而却佩着盒子炮。他毫无乞灵于牛皮和废铁的甲胄;他只有自己,但拿着蛮人所用的,脱手一掷的投枪。

他走进无物之阵,所遇见的都对他一式点头。他知道这点头就是敌人的武器,是杀人不见血的武器,许多战士都在此灭亡,正如炮弹一般,使猛士无所用其力。

那些头上有各种旗帜,绣出各样好名称:慈善家,学者,文士,长者,青年,雅人,君子……。头下有各样外套,绣出各式好花样:学问,道德,国粹,民意,逻辑,公义,东方文明……。

但他举起了投枪。

他们都同声立了誓来讲说,他们的心都在胸膛的中央,和别的偏心的人类两样。他们都在胸前放着护心镜,就为自己也深信心在胸膛中央的事作证。

但他举起了投枪。

他微笑,偏侧一掷,却正中了他们的心窝。

一切都颓然倒地;——然而只有一件外套,其中无物。无物之物已经脱走,得了胜利,因为他这时成了戕害慈善家等类的罪人。

但他举起了投枪。

他在无物之阵中大踏步走,再见一式的点头,各种的旗帜,各样的外套……

但他举起了投枪。

他终于在无物之阵中老衰,寿终。他终于不是战士,但无物之物则是胜者。

在这样的境地里,谁也不闻战叫:太平。

太平……。

但他举起了投枪!

原载《语丝》周刊 1925 年第 58 期

女 吊

大概是明末的王思任说的罢:"会稽乃报仇雪耻之乡,非藏垢纳污之地!"这对于我们绍兴人很有光彩,我也很喜欢听到,或引用这两句话。但其实,是并不的确的;这地方,无论为那一样都可以用。

不过一般的绍兴人,并不像上海的"前进作家"那样憎恶报复,却也是事实。单就文艺而言,他们就在戏剧上创造了一个带复仇性的,比别的一切鬼魂更美,更强的鬼魂。这就是"女吊"。我以为绍兴有两种特色的鬼,一种是表现对于死的无可奈何,而且随随便便的"无常",我已经在《朝花夕拾》里得了介绍给全国读者的光荣了,这回就轮到别一种。

"女吊"也许是方言,翻成普通的白话,只好说是"女性的吊死鬼"。其实,在平时,说起"吊死鬼",就已经含有"女性的"意思的,因为投缳而死者,向来以妇人女子为最多。有一种蜘蛛,用一枝丝挂下自己的身体,悬在空中,《尔雅》上已谓之"蚬,缢女",可见在周朝或汉朝,自尽的已经大抵是女性了,所以那时不称它为男性的"缢夫"或中性的"缢者"。不过一到做"大戏"或"目连戏"的时候,我们便能在看客的嘴里听到"女吊"的称呼。也叫作"吊神"。横死的鬼魂而得到"神"的尊号的,我还没有发见过第二位,则其受民众之爱戴也可想。但为什么这时独要称她"女吊"呢?很容易解:因为在戏台上,也要有"男吊"出现了。

我所知道的是四十年前的绍兴,那时没有达官显宦,所以未闻有专门为人(堂会?)的演剧。凡做戏,总带着一点社戏性,供着神位,是看戏的主体,人们去看,不过叨光。但"大戏"或"目连戏"所邀请的看客,范围可较广了,自然请神,而又请鬼,尤其是横死的怨鬼。所以仪式就更紧张,更严肃。一请怨鬼,仪式就格外紧张严肃,我觉得这道理是很有趣的。

也许我在别处已经写过。"大戏"和"目连",虽然同是演给神,人,鬼看的戏文,但两者又很不同。不同之点:一在演员,前者是专门的戏子,后者则是临时集合的 Amateur——农民和工人;一在剧本,前者有许多种,后者却好歹总只演一本《目连救母记》。然而开场的"起殇",中间的鬼魂时时出现,收场的好人升天,恶人落地狱,是两者都一样的。

当没有开场之前,就可看出这并非普通的社戏,为的是台两旁早已挂满了纸帽,就是高长虹之所谓"纸糊的假冠",是给神道和鬼魂戴的。所以凡内行人,缓缓的吃过夜饭,喝过茶,闲闲而去,只要看挂着的帽子,就能知道什么鬼神已经出现。因为这戏开场较早,"起殇"在太阳落尽时候,所以饭后去看,一定是做了好一会了,但都不是精彩的部分。"起殇"者，绍兴人现已大抵误解为"起丧"，以为就是召鬼，其实是专限于横死者的。《九歌》中的《国殇》云："身既死兮神以灵，魂魄毅兮为鬼雄"，当然连战死者在内。明社垂绝，越人起义而死者不少，至清被称为叛贼，我们就这样的一同招待他们的英灵。在薄暮中，十几匹马，站在台下了；戏子扮好一个鬼王，蓝面鳞纹，手执钢叉，还得有十几名鬼卒，则普通的孩子都可以应募。我在十余岁时候，就曾经充过这样的义勇鬼，爬上台去，说明志愿，他们就给在脸上涂上几笔彩色，交付一柄钢叉。待到有十多人了，即一拥上马，疾驰到野外的许多无主孤坟之处，环绕三匝，下马大叫，将钢叉用力的连连刺在坟墓上，然后拔叉驰回，上了前台，一同大叫一声，将钢叉一掷，钉在台板上。我们的责任，这就算完结，洗脸下台，可以回家了，但倘被父母所知，往往不免挨一顿竹篠（这是绍兴打孩子的最普通的东西），一以罚其带着鬼气，二以贺其没有跌死，但我却幸而从来没有被觉察，也许是因为得了恶鬼保佑的缘故罢。

这一种仪式，就是说，种种孤魂厉鬼，已经跟着鬼王和鬼卒，前来和我们一同看戏了，但人们用不着担心，他们深知道理，这一夜决不丝毫作怪。于是戏文也接着开场，徐徐进行，人事之中，夹以出鬼：火烧鬼，淹死鬼，科场鬼（死在考场里的），虎伤鬼……孩子们也可以自由去扮，但这种没出息鬼，愿意去扮的并不多，看客也不将它当作一回事。一到"跳吊"时分——"跳"是动词，意义和"跳加官"之"跳"同——情形的松紧可就大不相同了。台上吹起悲凉的喇叭来，中央的横梁上，原有一团布，也在这时放下，长约戏台高度的五分之二。看客们都屏着气，台上就闯出一个不穿衣裤，只有一条犊鼻裈，面施几笔粉墨的男人，他就是"男吊"。一登台，径奔悬布，像蜘蛛的死守着蛛丝，也如结网，在这上面钻，挂。他用布吊着各处：腰，胁，胯下，肘弯，腿弯，后项窝……一共七七四十九处。最后才是脖子，但是并不真套进去的，两手扳着布，将颈子一伸，就跳下，走掉了。这"男吊"最不易跳，演目连戏时，独有这一个脚色须特请专门的戏子。那时的老年人告诉我，这也是最危险的时候，因为也许会招出真的"男吊"来。所以后台上一定要扮一个王灵官，一手捏诀，一手执鞭，目不转睛的看着一面照见前台的镜子。倘镜中见有两个，那么，一个就是真鬼了，他得立刻跳出去，用鞭将假鬼打落台下。假鬼一落台，就该跑到河边，洗去粉墨，挤在人丛中看戏，然后慢慢的回家。倘跑得慢，他就会在戏台上吊死；洗得慢，真鬼也还会认识，跟住他。这挤在人丛中看自己们所做的戏，就如要人下野而念佛，或出洋游历一样，也正是一种缺少不得的过渡仪式。

这之后，就是"跳女吊"。自然先有悲凉的喇叭；少顷，门幕一掀，她出场了。大红衫子，黑色长背心，长发蓬松，颈挂两条纸锭，垂头，垂手，弯弯曲曲的走一个全台，内行人说：这是走了一个"心"字。为什么要走"心"字呢？我不明白。我只知道她何以要穿红衫。看王充的《论衡》，知道汉朝的鬼的颜色是红的，但再看后来的文字和图画，却又并无一定颜色，而在戏文里，穿红的则只有这"吊神"。意思是很容易了然的；因为她投缳之际，准备作厉鬼以复仇，红色较有阳气，易于和生人相接近，……绍兴的妇女，至今还偶有搽粉穿红之后，这才上吊的。自然，自杀是卑怯的行为，鬼魂报仇更不合于科学，但那些都是愚妇人，连字也不认识，敢请"前进"的文学家和"战斗"的勇士们不要十分生气罢。我真怕你们要变呆鸟。

她将披着的头发向后一抖，人这才看清了脸孔：石灰一样白的圆脸，漆黑的浓眉，乌黑的眼眶，猩红的嘴唇。听说浙东的有几府的戏文里，吊神又拖着几寸长的假舌头，但在绍兴没有。不是我袒护故乡，我以为还是没有好；那么，比起现在将眼眶染成淡灰色的时式打扮来，可以说是更彻底，更可爱。不过下嘴角应该略略向上，使嘴巴成为三角形：这也不是丑模样。假使半夜之后，在薄暗中，远处隐约着一位这样的粉面朱唇，就是现在的我，也许会跑过去看看的，但自然，却未必就被诱惑得上吊。她两肩微耸，四顾，倾听，似惊，似喜，似怒，终于发出悲哀的声音，慢慢地唱道：

奴奴本身杨家女，
呵呀，苦呀，天哪！……

下文我不知道了。就是这一句，也还是刚从克士那里听来的。但那大略，是说后来去做童养媳，备受虐待，终于弄到投缳。唱完就听到远处的哭声，这也是一个女人，在衔冤悲泣，准备自杀。她万分惊喜，要去"讨替代"了，却不料突然跳出"男吊"来，主张应该他去讨。他们由争论而至动武，女的当然不敌，幸而王灵官虽然脸相并不漂亮，却是热烈的女权拥护家，就在危急之际出现，一鞭把男吊打死，放女的独去活动了。老年人告诉我说：古时候，是男女一样的要上吊的，自从王灵官打死了男吊神，才少有男人上吊；而且古时候，是身上有七七四十九处，都可以吊死的，自从王灵官打死了男吊神，致命处才只在脖子上。中国的鬼有些奇怪，好像是做鬼之后，也还是要死的，那时的名称，绍兴叫作"鬼里鬼"。但男吊既然早被王灵官打死，为什么现在"跳吊"，还会引出真的来呢？我不懂这道理，问问老年人，他们也讲说不明白。

而且中国的鬼还有一种坏脾气，就是"讨替代"，这才完全是利己主义；倘不然，是可以十分坦然的和他们相处的。习俗相沿，虽女吊不免，她有时也单是"讨替代"，忘记了复仇。绍兴煮饭，多用铁锅，烧的是柴或草，烟煤一厚，火力就不灵了，因此我们就常在地上看见刮下的锅煤。但一定是散乱的，凡村姑乡妇，谁也决不肯省些力，把锅子伏在地面上，团团一刮，使烟煤落成一个黑圈子。这是因为吊神诱人的圈套，就用煤圈炼成的缘故。散掉烟煤，正是消极的抵制，不过为的是反对"讨替代"，并非因为怕她去报仇。被压迫者即使没有报复的毒心，也决无被报复的恐惧，只有明明暗暗，吸血吃肉的凶手或其帮闲们，这才赠人以"犯而勿校"或"勿念旧恶"的格言，——我到今年，也愈加看透了这些人面东西的秘密。

原刊《中流》1936 年 1 卷 3 期

○ 周作人

喝　茶

　　前回徐志摩先生在平民中学讲"吃茶"，——并不是胡适之先生所说的"吃讲茶"——我没有工夫去听，又可惜没有见到他精心结构的讲稿，但我推想他是在讲日本的"茶道"（英文译作 Teaism），而且一定说的很好。茶道的意思，用平凡的话来说，可以称作"忙里偷闲，苦中作乐"，在不完全的现世享乐一点美与和谐，在刹那间体会永久，是日本之"象征的文化"里的一种代表艺术。关于这一件事，徐先生一定已有透彻巧妙的解说，不必再来多嘴，我现在所想说的，只是我个人的很平常的喝茶罢了。

　　喝茶以绿茶为正宗，红茶已经没有什么意味，何况又加糖——与牛奶？葛辛（George Gissing）的《草堂随笔》（*Private Papers of Henry Ryecroft*）确是很有趣味的书，但冬之卷里说及饮茶，以为英国家庭里下午的红茶与黄油面包是一日中最大的乐事，支那饮茶已历千百年，未必能领略此种乐趣与实益的万分之一，则我殊不以为然。红茶带"土斯"未始不可吃，但这只是当饭，在肚饥时食之而已；我的所谓喝茶，却是在喝清茶，在赏鉴其色与香与味，意未必在止渴，自然更不在果腹了。中国古昔曾吃过煎茶及抹茶，现在所用的都是泡茶，冈仓觉三在《茶之书》（*Book of Tea*, 1919）里很巧妙的称之曰"自然主义的茶"，所以我们所重的即在这自然之妙味。中国人上茶馆去，左一碗右一碗的喝了半天，好像是刚从沙漠里回来的样子，颇合于我的喝茶的意思，（听说闽粤有所谓吃工夫茶者自然更有道理，）只可惜近来太是洋场化，失了本意，其结果成为饭馆子之流，只在乡村间还保存一点古风，唯是屋宇器具简陋万分，或者但可称为颇有喝茶之意，而未可许为已得喝茶之道也。

　　喝茶当于瓦屋纸窗下，清泉绿茶，用素雅的陶瓷茶具，同二三人共饮，得半日之闲，可抵十年的尘梦。喝茶之后，再去继续修各人的胜业，无论为名为利，都无不可，但偶然的片刻优游乃正亦断不可少。中国喝茶时多吃瓜子，我觉得不很适宜；喝茶时可吃的东西应当是清淡的"茶食"。中国的茶食却变了"满汉饽饽"，其性质与"阿阿兜"相差无几，不是喝茶时所吃的东西了。日本的点心虽是豆米的成品，但那优雅的形色，朴素的味道，很合于茶食的资格，如各色的"羊羹"（据上田恭辅氏考据，说是出于中国唐时的羊肝饼），尤有特殊的风味。江南茶馆中有一种"干丝"，用豆腐干切成细丝，加姜丝酱油，重汤炖热，上浇麻油，出以供客，其利益为"堂倌"所独有。豆腐干中本有一种"茶干"，今变而为丝，亦颇与茶相宜。在南京时常食此品，据云有某寺方丈所制为最，虽也曾尝试，却已忘记，所记得者乃只是下关的江天阁而已。学生们的习惯，平常"干丝"既出，大抵不即食，等到麻油再加，开水重换之后，始行举箸，最为合式，因为一到即罄，次碗继至，不遑应酬，否则麻油三浇，旋即撤去，怒形于色，未免使客不欢而散，茶意都消了。

吾乡昌安门外有一处地方名三脚桥（实在并无三脚，乃是三出，因以一桥而跨三汊的河上也），其地有豆腐店曰周德和者，制茶干最有名。寻常的豆腐干方约寸半，厚可三分，值钱二文，周德和的价值相同，小而且薄，才及一半，黝黑坚实，如紫檀片。我家距三脚桥有步行两小时路程，故殊不易得，但能吃到油炸者而已。每天有人挑担设炉镬，沿街叫卖，其词曰：

辣酱辣，
麻油炸，
红酱搨，
辣酱搨；
周德和格五番油炸豆腐干。

其制法如上所述，以竹丝插其末端，每枚三文。豆腐干大小如周德和，而甚柔软，大约系常品，唯经过这样烹调，虽然不是茶食之一，却也不失为一种好豆食。——豆腐的确也是极好的佳妙食品，可以有种种的变化，唯在西洋不会被领解，正如茶一般。

日本用茶淘饭，名曰"茶渍"，以腌菜及"泽庵"（即福建的黄土萝卜，日本泽庵法师始传此法，盖从中国传去）等为佐，很有清淡而甘香的风味。中国人未尝不这样吃，唯其原因，非由穷困即为节省，殆少有故意往清茶淡饭中寻其固有之味者，此所以为可惜也。

选自周作人《雨天的书》，北京新潮社 1925 年版

苍　　蝇

苍蝇不是一件很可爱的东西，但我们在做小孩子的时候都有点喜欢他。我同兄弟

常在夏天乘大人们午睡，在院子里弃着香瓜皮瓤的地方捉苍蝇，——苍蝇共有三种，饭苍蝇太小，麻苍蝇有蛆太脏，只有金苍蝇可用。金苍蝇即青蝇，小儿谜中所谓"头戴红缨帽身穿紫罗袍"者是也。我们把他捉来，摘一片月季花的叶，用月季的刺钉在背上，便见绿叶在桌上蠕蠕而动，东安市场有卖纸制各色小虫者，标题云"苍蝇玩物"，即是同一的用意。我们又把他的背竖穿在细竹丝上，取灯芯草一小段，放在脚的中间，他便上下颠倒的舞弄，名曰"戏棍"；又或用白纸条缠在脚上纵使飞去，但见空中一片片的白纸乱飞，很是好看。倘若捉到一个年富力强的苍蝇，用快剪将头切下，他的身子便仍旧飞去。希腊路吉亚诺思（Lukianos）的《苍蝇颂》中说："苍蝇在被切去了头之后，也能生活好些时光。"大约二千年前的小孩已经是这样的玩耍的了。

现在受了科学的洗礼，知道苍蝇能够传染病菌，因此对于他们很有一种恶感。三年前卧病在医院时曾作有一首诗，后半云：

  大小一切的苍蝇们，
  美和生命的破坏者，
  中国人的好朋友的苍蝇们呵，
  我诅咒你的全灭，
  用了人力以外的
  最黑最黑的魔术的力。

但是实际上最可恶的还是他的别一种坏癖气，便是喜欢在人家的颜面手脚上乱爬乱舔，古人虽美其名曰"吸美"，在被吸者却是极不愉快的事。希腊有一篇传说说明这个缘起，颇有趣味。据说苍蝇本来是一个处女，名叫默亚（Muia），很是美丽，不过太喜欢说话。她也爱那月神的情人恩迭米盎（Endymion），当他睡着的时候，她总还是和他讲话或唱歌，使他不能安息，因此月神发怒，把她变成苍蝇。以后她还是记念着恩迭米盎，不肯叫人家安睡，尤其是喜欢搅扰年轻的人。

苍蝇的固执与大胆，引起好些人的赞叹。何美洛思（Homeros）在史诗中常比勇士于苍蝇，他说，虽然你赶他去，他总不肯离开你，一定要叮你一口方才罢休。又有诗人云，那小苍蝇极勇敢地跳在人的肢体上，渴欲饮血，战士却躲避敌人的刀锋，真可羞了。我们侥幸不大遇见渴血的勇士，但勇敢地攻上来舐我们的头的却常常遇到。法勃尔（Fabre）的《昆虫记》里说有一种蝇，乘土蜂负虫入穴之时，下卵子虫内，后来蝇卵先出，把死虫和蜂卵一并吃下去。他说这种蝇的行为好像是一个红巾黑衣的暴客在林中袭击旅人，但是他的剽悍敏捷的确也可佩服，倘使希腊人知道，或者可以拿去形容阿迭修思（Odssyeus）一流的狡侩英雄罢。

中国古来对于苍蝇也似乎没有什么反感。《诗经》里说："营营青蝇，止于樊。岂弟君子，无信谗言。"又云："非鸡则鸣，苍蝇之声。"据陆农师说，青蝇善乱色，苍蝇善乱声，所以是这样说法。传说里的苍蝇，即使不是特殊良善，总之决不比别的昆虫更为卑恶。在日本的俳谐中则蝇成为普通的诗料，虽然略带湫秽的气色，但很能表出温暖热闹的境界。小林一茶更为奇特，他同圣芳济一样，以一切生物为弟兄朋友，苍蝇当然也是其一。检阅他的俳句选集，咏蝇的诗有二十首之多，今举两首以见一斑。一云：

　　笠上的苍蝇，比我更早地飞进去了。

这诗有题曰《归庵》。又一首云：

　　不要打哪，苍蝇搓他的手，搓他的脚呢。

我读这一句，常常想起自己的诗觉得惭愧，不过我的心情总不能达到那一步，所以也是无法。《埤雅》云："蝇好交其前足，有绞蝇之象……亦好交其后足。"这个描写正可作前句的注解。又绍兴小儿谜语歌云：

　　像乌豇豆格乌，像乌豇豆格粗，
　　堂前当中央，坐得拉胡须。

也是指这个现象。（格犹云"的"，坐得即"坐着"之意。）

据路吉亚诺思说，古代有一个女诗人，慧而美，名叫默亚，又有一个名妓也以此为名，所以滑稽诗人有句云："默亚咬他直达他的心房。"中国人虽然永久与苍蝇同桌吃饭，却没有人拿苍蝇作为名字，以我所知只有一二人被用为诨名而已。

一九二四年七月
选自周作人《雨天的书》，北京新潮社 1925 年版

○ 朱自清

儿　女

　　我现在已是五个儿女的父亲了。想起圣陶喜欢用的"蜗牛背了壳"的比喻，便觉得不自在。新近一位亲戚嘲笑我说，"要剥层皮呢！"更有些悚然了。十年前刚结婚的时候，在胡适之先生的《藏晖室札记》里，见过一条，说世界上有许多伟大的人物是不结婚的；文中并引培根的话，"有妻子者，其命定矣。"当时确吃了一惊，仿佛梦醒一般，但是家里已是不由分说给娶了媳妇，又有甚么可说？现在是一个媳妇，跟着来了五个孩子；两个肩头上，加上这么重一副担子，真不知怎样走才好，"命定"是不用说了；从孩子们那一面说，他们该怎样长大，也正是可以忧虑的事。我是个彻头彻尾自私的人，做丈夫已是勉强，做父亲更是不成。自然"子孙崇拜"，"儿童本位"的哲理或伦理，我也有些知道；既做着父亲，闭了眼抹杀孩子们的权利，知道是不行的。可惜这只是理论，实际上我是仍旧按照古老的传统，在野蛮地对付着，和普通的父亲一样。近来差不多是中年的人了，才渐渐觉得自己的残酷；想着孩子们受过的体罚和叱责，始终不能辩解——像抚摸着旧创痕一样，我的心酸溜溜的。有一回读了有岛武郎《与幼小者》的译文，对了那种伟大的、沉挚的态度，我流下泪来了。去年父亲来信，问起阿九，那时阿九还在白马湖呢；信上说，"我没有耽误你，你也不要耽误他才好。"我为这句话哭了一场；我为什么不像父亲的仁慈？我不该忘记，父亲怎样对待我们来着！人性许真是二元的，我是这样地矛盾；我的心像钟摆似的来去。

　　你读过鲁迅先生的《幸福的家庭》么？我的便是那一类的"幸福的家庭"！每天午饭和晚饭，就如两次潮水一般。先是孩子们你来他去地在厨房与饭间里查看，一面催我或妻发"开饭"的命令。急促繁碎的脚步，夹着笑和嚷，一阵阵袭来，直到命令发出为止。他们一递一个地跑着喊着，将命令传给厨房里佣人；便立刻抢着回来搬凳子。于是这个说，"我坐这儿！"那个说，"大哥不让我！"大哥却说，"小妹打我！"我给他们调解，说好话。但是他们有时候很固执，我有时候也不耐烦，这便用着叱责了，叱责还不行，不由自主地，我的沉重的手掌便到他们身上了。于是哭的哭，坐的坐，局面才算定了。接着可又你要大碗，他要小碗，你说红筷子好，他说黑筷子好；这个要干饭，那个要稀饭，要茶要汤，要鱼要肉，要豆腐，要萝卜；你说他菜多，他说你菜好。妻是照例安慰着他们，但这显然是太迂缓了。我是个暴躁的人，怎么等得及？不用说，用老法子将他们立刻征服了；虽然有哭的，不久也就抹着泪捧起碗了。吃完了，纷纷爬下凳子，桌子上是饭粒呀，汤汁呀，骨头呀，渣滓呀，加上纵横的筷子，欹斜的匙子，就如一块花花绿绿的地图模型。吃饭而外，他们的大事便是游戏。游戏时，大的有大主意，小的有小主意，各自坚持不下，于是争执起来；或者大的欺负了小的，或者小的欺负了大的，被欺负的哭着嚷着，到我或妻的面前诉苦；我大抵仍旧要用老法子来判断的，但不理的时候也有。最为难的，是争夺玩具的时候：这一个的与那一个的是同样的东西，却偏要那一个的；而那一个便偏不答应。在这种情形之下，不论如何，终于是非哭了不可的。这些事件自然不至于天天全有，但大致总有好些起。我若坐在家里看书或写什么东西，管保一点钟里要分几回心，或站起来一两次的。若是雨天或礼拜日，孩子们在家的多，那么，摊开书竟看不下一行，提起笔也写不出一个字的事，也有过。我常和妻说，"我们家真是成日的千军万马呀！"有时是不但"成日"，连夜里也有兵马在进行着，在有吃乳或生病的孩子的时候！

　　我结婚那一年，才十九岁。二十一岁，有了阿九；二十三岁，又有了阿菜。那时我正像一匹野马，那能容忍这些累赘的鞍鞯，辔头，和缰绳？摆脱也知是不行的，但不自觉地时时在摆脱着。现在回想起来，那些日子，真苦了这两个孩子；真是难以宽宥的种种暴行呢！阿九才两岁半的样子，我们住在杭州的学校里。不知怎的，这孩子特别爱哭，又特别怕生人。一不见了母亲，或来了客，就哇哇地哭起来了。学校里住着许多人，我不能让他扰着他们，而客人也总是常有的；我懊恼极了，有一回，特地骗出了妻，关了门，将他按在地下打了一顿。这件事，妻到现在说起来，还觉得有些不忍；她说我的手太辣了，到底还是两岁半的孩子！我近年常想着那时的光景，也觉黯然。阿菜在台州，那是更小了；才过了周岁，还不大会走路。也是为了缠着母亲的缘故吧，我将她紧紧地按在墙角里，直哭喊了三四分钟；因此生了好几天病。妻说，那时真寒心呢！但我的苦痛也是真的。我曾给圣陶写信，说孩子们的磨折，实在无法奈何；有时竟觉着还是自杀的好。这虽是气愤的话，但这样的心情，确也有过。后来孩子是多起来了，磨折也磨折得久了，少年的锋棱渐渐地钝起来了；加以增长的年岁了理性的裁制力，我能够忍耐了——觉得从前真是个"不成材的父亲"，如我给另一个朋友信里所说。但我的孩子们在幼小时，确比别人的特别不安静，我至今还觉如此。我想这大约还是由于我们抚育不得法；从前只一味地责备孩子，让他们代我们负起责任，却未免是可耻的残酷了！

　　正面意义的"幸福"，其实也未尝没有。正如谁所说，小的总是可爱，孩子们的小模样，小心眼儿，确有些教人舍不得的。阿毛现在五个月了，你用手指去拨弄她的下巴，或向她做趣脸，她便会张开没牙的嘴格格地笑，笑得像一朵正开的花。她不愿在屋里待着，待久了，便大声儿嚷。妻常说，"姑娘又要出去溜达了。"她说她像鸟儿般，每天总得到外面溜一些时候。润儿上个月刚过了三岁，笨得很，话还没有学好呢。他只能说三四个字的短语或句子，文法错误，发音模糊，又得费气力说出；我们老是要笑他的。他说"好"字，总变成"小"字；问他"好不好"？他便说"小"，或"不小"。我们常常逗着他说这个字玩儿；他似乎有些觉得，近来偶然也能说出正确的"好"字了——特别在我们故意说成"小"字的时候。他有一只搪磁碗，是一毛钱买的；买来时，老妈子教给他，"这是一毛钱。"他便记住"一毛"两个字，管那只碗叫"一毛"，有时竟省称为"毛"。这在新来的老妈子，是必需翻译了才懂的。他不好意思，或见着生客时，便咧着嘴痴笑；我们常用了土话，叫他做"呆瓜"。他是个小胖子，短短的腿，走起路来，蹒跚可笑；若快走或跑，便更"好看"了。他有时学我，将两手叠在背后，一摇一摆的；那是他自己和我们都要乐的。他的大姊便是阿菜，已是七岁多了，在小学里念着书。在饭桌上，一定得罗罗唆唆地报告些同学或他们父母的事情；气喘喘地说着，不管你爱听不爱听。说完了总问我："爸爸认识么？""爸爸知道么？"妻常禁止她吃饭时说话，所以她总是问我。她的问题真多：看电影便问电影里的是不是人？是不是真人？怎么不说话？看照相也是一样。不知谁告诉她，兵是要打人的。她回来便问，兵是人么？为什么打人？近来大约听了先生的话，回来又问张作霖的兵是帮谁的？蒋介石的兵是不是帮我们的？诸如此类的问题，每天短不了，常常闹得我不知怎样答才行。她和润儿在一处玩儿，一大一小，不很合式，老是吵着哭着。但合式的时候也有：譬如这个往这个床底下躲，那个便钻进去追着；这个钻出来，那个也跟着——这个床到那个床，听见笑着，嚷着，喘着，真如妻所说，像小狗似的。现在在京的，便只有这三个孩子；阿九和转儿是去年北来时，让母亲暂带回扬州去了。

　　阿九是欢喜书的孩子。他爱看《水浒》，《西游记》，《三侠五义》，《小朋友》等；没有事便捧着书坐着或躺着看。只不欢喜《红楼梦》，说是没有味儿。是的，《红楼梦》的味儿，一个十岁的孩子，那里能领略呢？去年我们事实上只能带两个孩子来；因为他大些，而转儿是一直跟着祖母的，便在上海将他俩丢下。我清清楚楚记得那分别的一个早上。我领着阿九从二洋泾桥的旅馆出来，送他到母亲和转儿住着的亲戚家去。妻嘱咐说，"买点吃的给他们吧。"我们走过四马路，到一家茶食铺里。阿九说要熏鱼，我给买了；又买了饼干，是给转儿的。便乘电车到海宁路。下车时，看着他的害怕与累赘，很觉恻然。到亲戚家，因为就要回旅馆收拾上船，只说了一两句话便出来；转儿望望我，没说什么，阿九是和祖母说什么去了。我回头看了他们一眼，硬着头皮走了。后来妻告诉我，阿九背地里向她说："我知道爸爸欢喜小妹，不带我上北京去。"其实这是冤枉的。他又曾和我们说："暑假时一定来接我啊！"我们当时答应着；但现在已是第二个暑假了，他们还在迢迢的扬州待着。他们是恨着我们呢？还是惦着我呢？妻是一年来老放不下这两个，常常独自暗中流泪；但我有什么法子呢！想到"只为家贫成聚散"一句无名的诗，不禁有些凄然。转儿与我较生疏些。但去年离开白马湖时，她也曾用了生硬的扬州话（那时她还没有到过扬州呢），和那特别尖的小嗓子向着我："我要到北京去。"她晓得什么北京，只跟着大孩子们说罢了;但当时听着,现在想着的我,却真是抱歉呢。这兄妹俩离开我,原是常事,离开母亲,虽也有过一回,这回可是太长了;小小的心儿,知道是怎样忍耐那寂寞来着!

　　我的朋友大概都是爱孩子的。少谷有一回写信责备我说,说儿女的吵闹,也是很有趣的,何至可厌到如我所说;他说他真不解。子恺为他家华瞻写的文章,真是"蔼然仁者之言"。圣陶也常常为孩子操心:小学毕业了,到什么中学好呢?——这样的话,他和我说过两三回了。我对他们只有惭愧!可是近来也渐渐觉得自己的责任。我想,第一该将孩子们团聚起来,其次便该给他们些力量。我亲眼见过一个爱儿女的人,因为不曾好好地教育他们,便将他们荒废了。他并不是溺爱,只是没有耐心去料理他们,他们便不能成材了。我想我若照现在这样下去,孩子们也便危险了。我得计划着,让他们渐渐知道怎样去做人才行。但是要不要他们像我自己呢?这一层,我在白马湖教初中学生时,也曾从师生的立场上问过丏尊,他毫不踌躇地说:"自然啰。"近来与平伯谈起教子,他却答得妙,"总不希望比自己坏啰。"是的,只要不"比自己坏"就行,"像"不"像"倒是不在乎的。职业,人生观等,还是由他们自己去定的好;自己顶可贵,只要指导,帮助他们去发展自己,便是极贤明的办法。

　　予同说,"我们得让子女在大学毕了业,才算尽了责任。"SK说,"不然,要看我们的经济,他们的材质与志愿;若是中学毕了业,不能或不愿升学,便去做别的事,譬如做工人吧,那也并非不行的。"自然,人的好坏与成败,也不尽靠学校教育;说是非大学毕业不可,也许只是我们的偏见。在这件事上,我现在毫不能有一定的主意;特别是这个变动不居的时代,知道将来怎样?好在孩子们还小,将来的事且等将来吧。目前所能做的,只是培养他们基本的力量——胸襟与眼光;孩子们还是孩子们,自然说不上高的远的,慢慢从近处小处下手便了。这自然也只能先按照我自己的样子;"神而明之,存乎其人,"光辉也罢,倒霉也罢,平凡也罢,让他们各尽各的力去。我只希望如我所想的,从此好好地做一回父亲,便自称心满意。——想到那狂人"救救孩子"的呼声,我怎敢不悚然自勉呢?

选自朱自清散文集《背影》,上海开明书店 1928 年版

论吃饭

　　我们有自古流传的两句话:一是"衣食足则知荣辱",见于《管子·牧民》篇,一是"民以食为天",是汉朝郦食其说的。这些都是从实际政治上认出了民食的基本性,也就是说从人民方面看,吃饭第一。另一方面,告子说,"食色,性也",是从人生哲学上肯定了食是生活的两大基本要求之一。《礼记·礼运》篇也说到"饮食男女,人之大欲存焉",这更明白。照后面这两句话,吃饭和性欲是同等重要的,可是

照这两句话里的次序，"食"或"饮食"都在前头，所以还是吃饭第一。

这吃饭第一的道理，一般社会似乎也都默认。虽然历史上没有明白的记载，但是近代的情形，据我们的耳闻目见，似乎足以教我们相信从古如此。例如苏北的饥民群到江南就食，差不多年年有。最近天津《大公报》登载的费孝通先生的《不是崩溃是瘫痪》一文中就提到这个。这些难民虽然让人们讨厌，可是得给他们饭吃。给他们饭吃固然也有一二成出于慈善心，就是恻隐心，但是八九成是怕他们，怕他们铤而走险，"小人穷斯滥矣"，什么事做不出来！给他们吃饭，江南人算是认了。

可是法律管不着他们吗？官儿管不着他们吗？干吗要怕要认呢？可是法律不外乎人情，没饭吃要吃饭是人情，人情不是法律和官儿压得下的。没饭吃会饿死，严刑峻法大不了也只是个死，这是一群人，群就是力量：谁怕谁！在怕的倒是那些有饭吃的人们，他们没奈何只得认点儿。所谓人情，就是自然的需求，就是基本的欲望，其实也就是基本的权利。但是饥民群还不自觉有这种权利，一般社会也还不会认清他们有这种权利；饥民群只是冲动的要吃饭，而一般社会给他们饭吃，也只是默认了他们的道理，这道理就是吃饭第一。

三十年夏天笔者在成都住家，知道了所谓"吃大户"的情形。那正是青黄不接的时候，天又干，米粮大涨价，并且不容易买到手。于是乎一群一群的贫民一面抢米仓，一面"吃大户"。他们开进大户人家，让他们煮出饭来吃了就走。这叫做"吃大户"。"吃大户"是和平的手段，照惯例是不能拒绝的，虽然被吃的人家不乐意。当然真正有势力的尤其有枪杆的大户，穷人们也识相，是不敢去吃的。敢去吃的那些大户，被吃了也只好认了。那回一直这样吃了两三天，地面上一面赶办平粜，一面严令禁止，才打住了。据说这"吃大户"是古风；那么上文说的饥民就食，该更是古风罢。

但是儒家对于吃饭却另有标准。孔子认为政治的信用比民食更重，孟子倒是以民食为仁政的根本；这因为春秋时代不必争取人民，战国时代就非争取人民不可。然而他们论到士人，却都将吃饭看做一个不足重轻的项目。孔子说，"君子固穷"，说吃粗饭，喝冷水，"乐在其中"，又称赞颜回吃喝不够，"不改其乐"。道学家称这种乐处为"孔颜乐处"，他们教人"寻孔颜乐处"，学习这种为理想而忍饥挨饿的精神。这理想就是孟子说的"穷则独善其身，达则兼善天下"，也就是所谓"节"和"道"。孟子一方面不赞成告子说的"食色，性也"，一方面在论"大丈夫"的时候列入了"贫贱不能移"一个条件。战国时代的"大丈夫"，相当于春秋时的"君子"，都是治人的劳心的人。这些人虽然也有饿饭的时候，但是一朝得了时，吃饭是不成问题的，不像小民往往一辈子为了吃饭而挣扎着。因此士人就不难将道和节放在第一，而认为吃饭好像是一个不足重轻的项目了。

伯夷、叔齐据说反对周武王伐纣，认为以臣伐君，因此不食周粟，饿死在首阳山。这也是只顾理想的节而不顾吃饭的。配合着儒家的理论，伯夷、叔齐成为士人立身的一种特殊的标准。所谓特殊的标准就是理想的最高的标准；士人虽然不一定人人都要做到这地步，但是能够做到这地步最好。

经过宋朝道学家的提倡，这标准更成了一般的标准，士人连妇女都要做到这地步。这就是所谓"饿死事小，失节事大"。这句话原来是论妇女的，后来却扩而充之普遍应用起来，造成了无数的惨酷的愚蠢的殉节事件。这正是"吃人的礼教"。人不吃饭，礼教吃人，到了这地步总是不合理的。

士人对于吃饭却还有另一种实际的看法。北宋的宋郊、宋祁兄弟俩都做了大官，住宅挨着。宋祁那边常常宴会歌舞，宋郊听不下去，教人和他弟弟说，问他还记得当年在和尚庙里咬菜根否？宋祁却答得妙：请问当年咬菜根是为什么来着！这正是所谓"吃得苦中苦，方为人上人"。做了"人上人"，吃得好，穿得好，玩儿得好；"兼善天下"于是成了个幌子。照这个看法，忍饥挨饿或者吃粗饭、喝冷水，只是为了有朝一日可以大吃大喝，痛快的玩儿。吃饭第一原是人情，大多数士人恐怕正是这么在想。不过宋郊、宋祁的时代，道学刚起头，所以宋祁还敢公然表示他的享乐主义；后来士人的地位增进，责任加重，道学的严格的标准掩护着也约束着在治者地位的士人，他们大多数心里尽管那么在想，嘴里却就不敢说出。嘴里虽然不敢说出，可是实际上往往还是在享乐着。于是他们多吃多喝，就有了少吃少喝的人；这少吃少喝的自然是被治的广大的民众。

民众，尤其农民，大多数是听天由命安分守己的，他们惯于忍饥挨饿，几千年来都如此。除非到了最后关头，他们是不会行动的。他们到别处就食，抢米，吃大户，甚至于造反，都是被逼得无路可走才如此。这里可以注意的是他们不说话；"不得了"就行动，忍得住就沉默。他们要饭吃，却不知道自己应该有饭吃；他们行动，却觉得这种行动是不合法的，所以就索性不说什么话。说话的还是士人。他们由于印刷的发明和教育的发展等等，人数加多了，吃饭的机会可并不加多，于是许多人也感到吃饭难了。这就有了"世上无如吃饭难"的慨叹。虽然难，比起小民来还是容易。因为他们究竟属于治者，"百足之虫，死而不僵"，有的是做官的本家和亲戚朋友，总得给口饭吃；这饭并且总比小民吃的好。孟子说做官可以让"所识穷乏者得我"，自古以来做了官就有引用穷本家穷亲戚穷朋友的义务。到了民国，黎元洪总统更提出了"有饭大家吃"的话。这真是"菩萨"心肠，可是当时只当作笑话。原来这句话说在一位总统嘴里，就是贤愚不分，赏罚不明，就是糊涂。然而到了那时候，这句话却已经藏在差不多每一个士人的心里。难得的倒是这糊涂！

第一次世界大战加上五四运动，带来了一连串的变化，中华民国在一颠一拐的走着之字路，走向现代化了。我们有了知识阶级，也有了劳动阶级，有了索薪，也有了罢工，这些都在要求"有饭大家吃"。知识阶级改变了士人的面目，劳动阶级改变了小民的面目，他们开始了集体的行动；他们不能再安贫乐道了，也不能再安分守己了，他们认出了吃饭是天赋人权，公开的要饭吃，不是大吃大喝，是够吃够喝，甚至于只要有吃有喝。然而这还只是刚起头。到了这次世界大战当中，罗斯福总统提出了四大自由，第四项是"免于匮乏的自由"。"匮乏"自然以没饭吃为首，人们至少该有免于没饭吃的自由。这就加强了人民的吃饭权，也肯定了人民的吃饭的要求；这也是"有饭大家吃"，但是着眼在平民，在全民，意义大不同了。

抗战胜利后的中国，想不到吃饭更难，没饭吃的也更多了。到了今天一般人民真是不得了，再也忍不住了，吃不饱甚至没饭吃，什么礼义什么文化都说不上。这日子就是不知道吃饭权也会起来行动了，知道了吃饭权的，更怎么能够不起来行动，要求这种"免于匮乏的自由"呢？于是学生写出"饥饿事大，读书事小"的标语，工人喊出"我们要吃饭"的口号。这是我们历史上第一回一般人民公开的承认了吃饭第一。这其实比闷在心里糊涂的骚动好得多；这是集体的要求，集体是有组织的，有组织就不容易大乱了。可是有组织也不容易散；人情加上人权，这集体的行动是压不下也打不散的，直到大家有饭吃的那一天。

1947年6月—21日作。

○ 郁达夫

钓台的春昼

因为近在咫尺,以为什么时候要去就可以去,我们对于本乡本土的名区胜景,反而往往没有机会去玩,或不容易下一个决心去玩的。正唯其是如此,我对于富春江上的严陵,二十年来,心里虽每在记着,但脚却没有向这一方面走过。一九三一,岁在辛未,暮春三月,春服未成,而中央党帝,似乎又想玩一个秦始皇所玩过的把戏了,我接到了警告,就仓皇离去了寓居。先在江浙附近的穷乡里,游息了几天,偶而看见了一家扫墓的行舟,乡愁一动,就定下了归计。绕了一个大弯,赶到故乡,却正好还在清明寒食的节前。和家人等去上了几处坟,与许久不曾见过面的亲戚朋友,来往热闹了几天,一种乡居的倦怠,忽而袭上心来了,于是乎我就决心上钓台访一访严子陵的幽居。

钓台去桐庐县城二十余里,桐庐去富阳县治九十里不足,自富阳溯江而上,坐小火轮三小时可达桐庐,再上则须坐帆船了。

我去的那一天,记得是阴晴欲雨的养花天,并且系坐晚班轮去的,船到桐庐,已经是灯火微明的黄昏时候了,不得已就只得在码头近边的一家旅馆的楼上借了一宵宿。

桐庐县城,大约有三里路长,三千多烟灶,一二万居民,地在富春江西北岸,从前是皖浙交通的要道,现在杭江铁路一开,似乎没有一二十年前的繁华热闹了。尤其要使旅客感到萧条的,却是桐君山脚下的那一队花船的失去了踪影。说起桐君山,却是桐庐县的一个接近城市的灵山胜地,山虽不高,但因有仙,自然是灵了。以形势来论,这桐君山,也的确是可以产生出许多口音生硬,别具风韵的桐严嫂来的生龙活脉。地处在桐溪东岸,正当桐溪和富春江合流之所,依依一水,西岸便瞰视着桐庐县市的人家烟村。南面对江,便是十里长洲;唐诗人方干的故居,就在这十里桐洲九里花的花田深处。向西越过桐庐县城,更遥遥对着一排高低不定的青峦,这就是富春山的山子山孙了。东北面山下,是一片桑麻沃地,有一条长蛇似的官道,隐而复现,出没盘曲在桃花杨柳洋槐榆树的中间,绕过一支小岭,便是富阳县的境界,大约去程明道的墓地程坟，总也不过一二十里地的间隔。我的去拜谒桐君，瞻仰道观，就在那一天到桐庐的晚上，是淡云微月，正在作雨的时候。

　　鱼梁渡头，因为夜渡无人，渡船停在东岸的桐君山下。我从旅馆踱了出来，先在离轮埠不远的渡口停立了几分钟。后来向一位来渡口洗夜饭米的年轻少妇，弓身请问了一回，才得到了渡江的秘诀。她说："你只须高喊两三声，船自会来的。"先谢了她教我的好意，然后以两手围成了播音的喇叭，"喂，喂，渡船请摇过来！"地纵声一喊，果然在半江的黑影当中，船身摇动了。渐摇渐近，五分钟后，我在渡口，却终于听出了咿呀柔橹的声音。时间似乎已经入了酉时的下刻，小市里的群动，这时候都已经静息，自从渡口的那位少妇，在微茫的夜色里，藏去了她那张白团团的面影之后，我独立在江边，不知不觉心里头却兀自感到了一种他乡日暮的悲哀。渡船到岸，船头上起了几声微微的水浪清音，又铜东的一响，我早已跳上了船，渡船也已经掉过头来了。坐在黑影沈沈的舱里，我起先只在静听着柔橹划水的声音，然后却在黑影里看出了一星船家在吸着的长烟管头上的烟火，最后因为被沉默压迫不过，我只好开口说话了："船家！你这样的渡我过去，该给你几个船钱？"我问。"随你先生把几个就是。"船家的说话冗慢幽长，似乎已经带着些睡意了，我就向袋里摸出了两角钱来。"这两角钱，就算是我的渡船钱，请你候我一会，上山去烧一次夜香，我是依旧要渡过江来的。"船家的回答，只是恩恩乌乌，幽幽同牛叫似的一种界音，然而从继这鼻音而起的两三声轻快的咳声听来，他却似已经在感到满足了，因为我也知道，乡间的义渡，船钱最多也不过是两三枚铜子而已。

　　到了桐君山下，在山影和树影交掩着的崎岖道上，我上岸走不上几步，就被一块乱石绊倒，滑跌了一次。船家似乎也动了恻隐之心了，一句话也不发，跑将上来，他却突然交给了我一盒火柴。我于感谢了一番他的盛意之后，重整步武，再摸上山去，先是必须点一枚火柴走三五步路的，但到得半山，路既就了规律，而微云堆里的半规月色，也朦胧地现出一痕银线来了，所以手里还存着的半盒火柴，就被我藏入了袋里。路是从山的西北，盘曲而上，渐走渐高，半山一到，天也开朗了一点，桐庐县市上的灯火，也星星可数了。更纵目向江心望去，富春江两岸的船上和桐溪合流口停泊着的船尾船头，也看得出一点一点的火来。走过半山，桐君观里的晚祷钟鼓，似乎还没有息尽，耳朵里仿佛听见了几丝木鱼钲钹的残声。走上山顶，先在半途遇着了一道道观外围的女墙，这女墙的栅门，却已经掩上了。在栅门外徘徊了一刻，觉得已经到了此门而不进去，终于是不能满足我这一次暗夜冒险的好奇怪僻的。所以细想了几次，还是决心进去，非进去不可，轻轻用手往里面一推，栅门却呀的一声，早已退向了后方开开了，这门原来是虚掩在那里的。进了栅门，踏着为淡月所映照的石砌平路，向东向南的前走了五六十步，居然走到了道观的大门之外，这两扇朱红漆的大门，不消说是紧闭在那里的。到了此地，我却不想再破门进去了，因为这大门是朝南向着大江开的，门外头是一条一丈来宽的石砌步道，步道的一旁是道观的墙，一旁便是山坡，靠山坡的一面，并且还有一道二尺来高的石墙筑在那里，大约是代替栏杆，防人倾跌下山去的用意，石墙之上，铺的是二三尺宽的青石，在这似石栏又似石凳的墙上,尽可以坐卧游息,饱看桐江和对岸的风景,就是在这里坐它一晚,也很可以,我又何必去打开门来,惊起那些老道的恶梦呢?

空旷的天空里,流涨着的只是些灰白的云,云层缺处,原也看得出半角的天,和一点两点的星,但看起来最饶风趣的,却仍是欲藏还露,将见仍无的那半规月影。这时候江面上似乎起了风,云脚的迁移,更来得迅速了,而低头向江心一看,几多散乱着的船里的灯光,也忽明忽灭地变换了一变换位置。

这道观大门外的景色,真神奇极了。我当十几年前,在放浪的游程里,曾向瓜州京口一带,消磨过不少的时日。那时觉得果然名不虚传的,确是甘露寺外的江山,而现在到了桐庐,昏夜上这桐君山来一看,又觉这江山之秀而且静,风景的整而不散,却非那天下第一江山的北固山所可与比拟的了。真也难怪得严子陵,难怪得戴征士,倘使我若能在这样的地方结屋读书,以养天年,那还要什么的高官厚禄,还要什么的浮名虚誉哩?一个人在这桐君观前的石凳上,看看山,看看水,看看城中的灯火和天上的星云,更做做浩无边际的无聊的幻梦,我竟忘记了时刻,忘记了自身,直等到隔江的击柝声传来,向西一看,忽而觉得城中的灯影微茫地减了,才跑也似地走下了山来,渡江奔回了客舍。

第二日清晨,觉得昨天在桐君观前做过的残梦正还没有续完的时候,窗外面忽而传来了一阵吹角的声音。好梦虽被打破,但因这同吹筚篥似的商音哀咽,却很含着些荒凉的古意,并且晓风残月,杨柳岸边,也正好候船待发,上严陵去;所以心里虽怀着了些儿怨恨,但脸上却只现出了一痕微笑,起来梳洗更衣,叫茶房去雇船去。雇好了一只双桨的渔舟,买就了些酒菜鱼米,就在旅馆前面的码头上上了船,轻轻向江心摇出去的时候,东方的云幕中间,已现出了几丝红晕,有八点多钟了。舟师急得厉害,只在埋怨旅馆的茶房,为什么昨晚上不预先告诉,好早一点出发。因为此去就是七里滩头,无风七里,有风七十里,上钓台去玩一趟回来,路程虽则有限,但这几日风雨无常,说不定要走夜路,才回来得了的。

过了桐庐,江心狭窄,浅滩果然多起来了。路上遇着的来往的行舟,数目也是很少,因为早晨吹的角,就是往建德去的快班船的信号,快班船一开,来往于两岸之间的船就不十分多了。两岸全是青青的山,中间是一条清洗的水,有时候过一个沙洲。洲上的桃花菜花,还有许多不晓得名字的白色的花,正在喧闹着春暮,吸引着蜂蝶。我在船头上一口一口地喝着严东关的药酒,指东话西地问着船家,这是什么山,那是什么港,惊叹了半天,称颂了半天,人也觉得倦了,不晓得什么时候,身子却走上了一家水边的酒楼,在和数年不见的几位已经做了党官的朋友高谈阔论。谈论之余,还背诵了一首两三年前曾在同一的情形之下做成的歪诗。

　　不是尊前爱惜身,伴狂难免假成真。
　　曾因酒醉鞭名马,生怕情多累美人。
　　劫数东南天作孽,鸡鸣风雨海扬尘,
　　悲歌痛哭终何补,义士纷纷说帝秦。

直到盛筵将散，我酒也不想再喝了，和几位朋友闹得心里各自难堪，连对旁边坐着的两位陪酒的名花都不愿意开口。正在这上下不得的苦闷关头，船家却大声的叫了起来说：

"先生，罗苎过了，钓台就在前面，你醒醒罢，好上山去烧饭吃去。"

擦擦眼睛，整了一整衣服，抬起头来一看，四面的水光山色又忽而变了样子了。清清的一条浅水，比前又窄了几分，四围的山包得格外的紧了，仿佛是前无去路的样子。并且山容峻削，看去觉得格外的瘦格外的高。向天上地下四围看看，只寂寂的看不见一个人类。双桨的摇响，到此似乎也不敢放肆了，钩的一声过后，要好半天才来一个幽幽的口响，静，静，静，身边水上，山下岩头，只沉浸着太古的静，死灭的静，山峡里连飞鸟的影子也看不见半只。前面的所谓钓台山上，只看得见两大个石垒，一间歪斜的亭子，许多纵横芜杂的草木。山腰里的那座祠堂，也只露着些废垣残瓦，屋上面连炊烟都没有一丝半缕，像是好久好久没有人住了的样子。并且天气又来得阴森，早晨曾经露一露脸过的太阳，这时候早已深藏在云堆里了，余下来的只是时有时无从侧面吹来的阴飕飕的半箭儿山风。船靠了山脚，跟着前面背着酒菜鱼米的船夫走上严先生祠堂去的时候，我心里真有点害怕，怕在这荒山里要遇见一个干枯苍老得同丝瓜筋似的严先生的鬼魂。

在洞堂西院的客厅里坐定，和严先生的不知第几代的青孙谈了几句关于年岁水旱的话后，我的心跳也渐渐儿的镇静下去了，嘱托了他以煮饭烧菜的杂务，我和船家就从断碑乱石中间爬上了钓台。

东西两石垒，高各有二三百尺，离江面约两里来远，东西台相去只有一二百步，但其间却夹着一条深谷。立在东台，可以看得出罗苎的人家，回头展望来路，风景似乎散漫一点，而一上谢氏的西台，向西望去，则幽谷里的清景，却绝对的不像是在人间了。我虽则没有到过瑞士，但到了西台，朝西一看，立时就想起了曾在照片上看见过的威廉退儿的祠堂。这四山的幽静，这江水的青蓝，简直同在画片上的珂罗版色彩，一色也没有两样，所不同的就是在这儿的变化更多一点，周围的环境更芜杂不整齐一点而已，但这却是好处，这正是足以代表东方民族性的颓废荒凉的美。

从钓台下来，回到严先生的祠堂——记得这是洪杨以后严州知府戴盘重建的祠堂——西院里饱啖了一顿酒肉，我觉得有点酩酊微醉了。手拿着以火柴柄制成的牙签，走到东面供着严先生神像的龛前，向四面的破壁上一看，翠墨淋漓，题在那里的，竟多是些俗而不雅的过路高官的手笔。最后到了南面的一块白墙头上，在离屋檐不远的一角高处，却看到了我们的一位新近去世的同乡夏灵峰先生的四句似邵尧夫而又略带感慨的诗句。夏灵峰先生虽则只知崇古，不善处今，但是五十年来，像他那样的顽固自尊的亡清遗老，也的确是没有第二个人。比较起现在的那些官迷的南满尚书和东洋宦婢来，他的经术言行，姑且不必去论它，就是以骨头来称称，我想也要比什么罗三郎郑太郎辈，重到好几百倍。慕贤的心一动，醺人臭技自然是难熬了，堆起了几张桌椅，借得了一枝破笔，我也向高墙上在夏灵峰先生的脚后放上了一个陈屁，就是在船舱的梦里，也曾微吟过的那一首歪诗。

从墙头上跳将下来，又向龛前天井去走了一圈，觉得酒后的干喉，有点渴痒了，所以就又走回到了西院，静坐着喝了两碗清茶。在这四大无声，只听见我自己的啾啾喝水的舌音冲击到那座破院的败壁上去的寂静中间，同惊雷似地一响，院后的竹园里却忽而飞出了一声闲长而又有节奏似的鸡啼的声来。同时在门外面歇着的船家，也走进了院门，高声的对我说：

"先生，我们回去罢，已经是吃点心的时候了，你不听见那只鸡在后山啼么？我们回去罢！"

原载《论语》半月刊 1932 年第一期

○ 徐志摩

我所知道的康桥

一

我这一生的周折，大都寻得出感情的线索。不论别的，单说求学。我到英国是为要从罗素。罗素来中国时，我已经在美国。他那不确的死耗传到的时候，我真的出眼泪不够，还做悼诗来了。他没有死，我自然高兴。我摆脱了哥伦比亚大博士衔的引诱，买船票过大西洋，想跟这位二十世纪的福禄泰尔认真念一点书去。谁知一到英国才知道事情变样了：一为他在战时主张和平，二为他离婚，罗素叫康桥给除名了，他原来是 Trinity College 的 fellow，这一来他的 fellowship 也给取消了。他回英国后就在伦敦住下，夫妻两人卖文章过日子。因此我也不曾遂我从学的始愿。我在伦敦政治经济学院里混了半年，正感着闷想换路走的时候，我认识了狄更生先生。狄更生（Goldsworthy Lowes Dickinson）是一个有名的作者，他的《一个中国人通信》（Letters form John China man）与《一个现代聚餐谈话》（A Modern Symposium）两本小册子早得了我的景仰。我第一次会着他是在伦敦国际联盟协会席上，那天林宗孟先生演说，他做主席；第二次是宗孟寓里吃茶，有他。以后我常到他家里去。他看出我的烦闷，劝我到康桥去，他自己是王家学院（King's College）的 fellow。我就写信去问两个学院，回信都说学额早满了，随后还是狄更生先生替我去在他的学院里说好了，给我一个特别生的资格，随意选科听讲。从此黑方巾黑披袍的风光也被我占着了。初起我在离康桥六英里的乡下叫沙士顿地方租了几间小屋住下，同居的有我从前的夫人张幼仪女士与郭虞裳君。每天一早我坐街车（有时骑自行车）上学，到晚回家。这样的生活过了一个春，但我在康桥还只是个陌生人，谁都不认识，康桥的生活，可以说完全不曾尝着，我知道的只是一个图书馆，几个课室，和三两个吃便宜饭的茶食铺子。狄更生常在伦敦或是大陆上，所以也不常见他。那年的秋季我一个人回到康桥，整整有一学年，那时我才有机会接近真正的康桥生活，同时，我也慢慢的"发现"了康桥。我不曾知道过更大的愉快。

二

"单独"是一个耐寻味的现象。我有时想它是任何发见的第一个条件。你要发见你的朋友的"真",你得有与他单独的机会。你要发见你自己的真,你得给你自己一个单独的机会。你要发见一个地方(地方一样有灵性),你也得有单独玩的机会。我们这一辈子,认真说,能认识几个人?能认识几个地方?我们都是太匆忙,太没有单独的机会。说实话,我连我的本乡都没有什么了解。康桥我要算是有相当交情的,再次许只有新认识的翡冷翠了。啊,那些清晨,那些黄昏,我一个人发痴似的在康桥!绝对的单独。

但一个人要写他最心爱的对象,不论是人是地,是多么使他为难的一个工作?你怕,你怕描坏了它,你怕说过分了恼了它,你怕说太谨慎了辜负了它。我现在想写康桥,也正是这样的心理,我不曾写,我就知道这回是写不好的——况且又是临时逼出来的事情。但我却不能不写,上期预告已经出去了。我想勉强分两节写:一是我所知道的康桥的天然景色;一是我所知道的康桥的学生生活。我今晚只能极简的写些,等以后有兴会时再补。

三

康桥的灵性全在一条河上;康河,我敢说,是全世界最秀丽的一条水。河的名字是葛兰大(Granta),也有叫康河(River Cam)的,许有上下流的区别,我不甚清楚。河身多的是曲折,上游是有名的拜伦潭——"Byron's Pool"——当年拜伦常在那里玩的;有一个老村子叫格兰骞斯德,有一个果子园,你可以躺在累累的桃李树荫下吃茶,花果会掉入你的茶杯,小雀子会到你桌上来啄食,那真是别有一番天地。这是上游;下游是从骞斯德顿下去,河面展开,那是春夏间竞舟的场所。上下河分界处有一个坝筑,水流急得很,在星光下听水声,听近村晚钟声,听河畔倦牛刍草声,是我康桥经验中最神秘的一种:大自然的优美、宁静,调谐在这星光与波光的默契中不期然的淹入了你的性灵。

但康河的精华是在它的中权,著名的"Backs",这两岸是几个最蜚声的学院的建筑。从上面下来是 Pembroke, St. Katharine's, King's, Clare, Trinity, St. John's。最令人留连的一节是克莱亚与王家学院的毗连处,克莱亚的秀丽紧邻着王家教堂(King's Chapel)的宏伟。别的地方尽有更美更庄严的建筑,例如巴黎赛因河的罗浮宫一带,威尼斯的利阿尔多大桥的两岸,翡冷翠维基乌大桥的周遭;但康桥的"Backs"自有它的特长,这不容易用一二个状词来概括,它那脱尽尘埃气的一种清澈秀逸的意境可说是超出了画图而化生了音乐的神味。再没有比这一群建筑更调谐更匀称的了!论画,可比的许只有柯罗(Corot)的田野;论音乐,可比的许只有肖班(Chopin)的夜曲。就这,也不能给你依稀的印象,它给你的美感简直是神灵性的一种。

假如你站在王家学院桥边的那棵大椈树荫下眺望,右侧面,隔着一大方浅草坪,是我们的校友居（Fellows Building），那年代并不早，但它的妩媚也是不可掩的，它那苍白的石壁上春夏间满缀着艳色的蔷薇在和风中摇头，更移左是那教堂，森林似的尖阁不可淹的永远直指着天空；更左是克莱亚，啊！那不可信的玲珑的方庭，谁说这不是圣克莱亚（St. Clare）的化身，哪一块石上不闪耀着她当年圣洁的精神？在克莱亚后背隐约可辨的是康桥最潢贵最骄纵的三一学院（Trinity），它那临河的图书楼上坐镇着拜伦神采惊人的雕像。

但这时你的注意早已叫克莱亚的三环洞桥魔术似的摄住。你见过西湖白堤上的西冷断桥不是？（可怜它们早已叫代表近代丑恶精神的汽车公司给铲平了，现在它们跟着苍凉的雷峰永远辞别了人间。）你忘不了那桥上斑驳的苍苔，木栅的古色，与那桥拱下泄露的湖光与山色不是？克莱亚并没有那样体面的衬托，它也不比庐山栖贤寺旁的观音桥，上瞰五老的奇峰，下临深潭与飞瀑；它只是怯伶伶的一座三环洞的小桥，它那桥洞间也只掩映着细纹的波鄰与婆婆的树影，它那桥上栉比的小穿阑与阑节顶上双双的白石球，也只是村姑子头上不夸张的香草与野花一类的装饰；但你凝神的看着，更凝神的看着，你再反省你的心境，看还有一丝屑的俗念沾滞不？只要你审美的本能不曾泯灭时，这是你的机会实现纯粹美感的神奇！

但你还得选你赏鉴的时辰。英国的天时与气候是走极端的。冬天是荒谬的坏，逢着连绵的雾盲天你一定不迟疑的甘愿进地狱本身去试试；春天（英国是几乎没有夏天的）是更荒谬的可爱，尤其是它那四五月间最渐缓最艳丽的黄昏，那才真是寸寸黄金。在康河边上过一个黄昏是一服灵魂的补剂。啊！我那时蜜甜的单独，那时蜜甜的闲暇。一晚又一晚的，只见我出神似的倚在桥阑上向西天凝望：——

看一回凝静的桥影，
数一数螺钿的波纹：
我倚暖了石阑的青苔，
青苔凉透了我的心坎；……
还有几句更笨重的怎能仿佛那游丝似轻妙的情景：
难忘七月的黄昏，远树凝寂，
像墨泼的山形，衬出轻柔暝色，
密稠稠，七分鹅黄，三分桔绿，
那妙意只可去秋梦边缘捕捉；……

四

这河身的两岸都是四季常青最葱翠的草坪。从校友居的楼上望去，对岸草场上，不论早晚，永远有十数匹黄牛与白马，胫蹄没在恣蔓的草丛中，从容的在咬嚼，星星的黄花在风中动荡，应和着它们尾鬃的扫拂。桥的两端有斜倚的垂柳与椈荫护住。水是澈底的清澄，深不足四尺，匀匀的长着长条的水草。这岸边的草坪又是我的爱宠，在清朝，在傍晚，我常去这天然的织锦上坐地，有时读书，有时看水；有时仰卧着看天空的行云,有时反仆着搂抱大地的温软。

但河上的风流还不止两岸的秀丽。你得买船去玩。船不止一种:有普通的双桨划船,有轻快的薄皮舟(canoe),有最别致的长形撑篙船(punt)。最末的一种是别处不常有的:约莫有二丈长,三尺宽,你站直在船梢上用长竿撑着走的。这撑是一种技术。我手脚太蠢,始终不曾学会。你初起手尝试时,容易把船身横住在河中,东颠西撞的狼狈。英国人是不轻易开口笑人的,但是小心他们不出声的皱眉!也不知有多少次河中本来优闲的秩序叫我这莽撞的外行给捣乱了。我真的始终不曾学会;每回我不服输跑去租船再试的时候,有一个白胡子的船家往往带讥讽的对我说:"先生,这撑船费劲,天热累人,还是拿个薄皮舟溜溜吧!"我哪里肯听话,长篙子一点就把船撑了开去,结果还是把河身一段段的腰斩了去。

你站在桥上去看人家撑,那多不费劲,多美!尤其在礼拜天有几个专家的女郎,穿一身缟素衣服,裙裾在风前悠悠的飘着,戴一顶宽边的薄纱帽,帽影在水草间颤动,你看她们出桥洞时的姿态,捻起一根竟像没有分量的长竿,只轻轻的,不经心的往波心里一点,身子微微的一蹲,这船身便波的转出了桥影,翠条鱼似的向前滑了去。她们那敏捷,那闲暇,那轻盈,真是值得歌咏的。

在初夏阳光渐暖时你去买一支小船,划去桥边荫下躺着念你的书或是做你的梦,槐花香在水面上飘浮,鱼群的唼喋声在你的耳边挑逗。或是在初秋的黄昏,近着新月的寒光,望上流僻静处远去。爱热闹的少年们携着他们的女友,在船沿上支着双双的东洋彩纸灯,带着话匣子,船心里用软垫铺着,也开向无人迹处去享他们的野福——谁不爱听那水底翻的音乐在静定的河上描写梦意与春光!

住惯城市的人不易知道季候的变迁。看见叶子掉知道是秋,看见叶子绿知道是春;天冷了装炉子,天热了拆炉子;脱下棉袍,换上夹袍,脱下夹袍,穿上单袍:不过如此罢了。天上星斗的消息,地下泥土里的消息,空中风吹的消息,都不关我们的事。忙着哪,这样那样事情多着,谁耐烦管星星的移转,花草的消长,风云的变幻?同时我们抱怨我们的生活,苦痛、烦闷、拘束、枯燥,谁肯承认做人是快乐?谁不多少间咒诅人生?

但不满意的生活大都是由于自取的。我是一个生命的信仰者,我信生活决不是我们大多数人仅仅从自身经验推得的那样暗惨。我们的病根是在"忘本"。人是自然的产儿,就比枝头的花与鸟是自然的产儿;但我们不幸是文明人,入世深似一天,离自然远似一天。离开了泥土的花草,离开了水的鱼,能快活吗?能生存吗?从大自然,我们取得我们的生命;从大自然,我们应分取得我们继续的资养。哪一株婆婆的大木没有盘错的根柢深入在无尽藏的地里?我们是永远不能独立的。有幸福是永远不离母亲抚育的孩子,有健康是永远接近自然的人们。不必一定与鹿豕游,不必一定回"洞府"去;为医治我们当前生活的枯窘,只要"不完全遗忘自然"一张轻淡的药方我们的病象就有缓和的希望。在青草里打几个滚,到海水里洗几次浴,到高处去看几次朝霞与晚照——你肩背上的负担就会轻松了去的。

这是极肤浅的道理,当然。但我要没有过过康桥的日子,我就不会有这样的自信。我这一辈子就只那一春,说也真可怜,算是不曾虚度。就只那一春,我的生活是自然的,是真愉快的!(虽则碰巧那也是我最感受人生痛苦的时期)。我那时有的是闲暇,有的是自由,有的是绝对单独的机会。说也奇怪,竟像是第一次,我辨认了星月的光明,草的青,花的香,流水的殷勤。我能忘记那初春的睥睨吗?曾经有多少个清晨我独自冒着冷去薄霜铺地的林子里闲步——为听鸟语,为盼朝阳,为寻泥土里渐次苏醒的花草,为体会最微细最神妙的春信。啊,那是新来的画眉在那边调不尽的青枝上试它的新声!啊,这是第一朵小雪球花挣出了半冻的地面!啊,这不是新来的潮润沾上了寂寞的柳条?

　　静极了,这朝来水溶溶的大道,只远处牛奶车的铃声,点缀这周遭的沉默。顺着这大道走去,走到尽头,再转入林子里的小径,往烟雾浓密处走去,头顶是交枝的榆荫,透露着漠楞楞的曙色;再往前走去,走尽这林子,当前是平坦的原野,望见了村舍,初青的麦田,更远三两个馒形的小山掩住了一条通道。天边是雾茫茫的,尖尖的黑影是近村的教寺。听,那晓钟和缓的清音。这一带是此邦中部的平原,地形像是海里的轻波,默沉沉的起伏;山岭是望不见的,有的是常青的草原与沃腴的田壤。登那土阜上望去,康桥只是一带茂林,拥戴着几处娉婷的尖阁。妩媚的康河也望不见踪迹,你只能循着那锦带似的林木想象那一流清浅。村舍与树林是这地盘上的棋子,有村舍处有佳荫,有佳荫处有村舍。这早起是看炊烟的时辰:朝雾渐渐的升起,揭开了这灰苍苍的天幕(最好是微霭后的光景),远近的炊烟,成丝的、成缕的、成卷的、轻快的、迟重的、浓灰的、淡青的、惨白的,在静定的朝气里渐渐的上腾,渐渐的不见,仿佛是朝来人们的祈祷,参差的翳入了天听。朝阳是难得见的,这初春的天气。但它来时是起早人莫大的愉快。顷刻间这田野添深了颜色,一层轻纱似的金粉糁上了这草,这树,这通道,这庄舍。顷刻间这周遭弥漫了清晨富丽的温柔。顷刻间你的心怀也分润了白天诞生的光荣。"春"!这胜利的晴空仿佛在你的耳边私语。"春"!你那快活的灵魂也仿佛在那里回响。

　　……

　　伺候着河上的风光,这春来一天有一天的消息。关心石上的苔痕,关心败草里的花鲜,关心这水流的缓急,关心水草的滋长,关心天上的云霞,关心新来的鸟语。怯伶伶的小雪球是探春信的小使。铃兰与香草是欢喜的初声。窈窕的莲馨,玲珑的石水仙,爱热闹的克罗克斯,耐辛苦的蒲公英与雏菊——这时候春光已是缦烂在人间,更不须殷勤问讯。

　　瑰丽的春放。这是你野游的时期。可爱的路政,这里不比中国,哪一处不是坦荡荡的大道?徒步是一个愉快,但骑自转车是一个更大的愉快,在康桥骑车是普遍的技术;妇人、稚子、老翁,一致享受这双轮舞的快乐。(在康桥听说自转车是不怕人偷的,就为人人都自己有车,没人要偷)。任你选一个方向,任你上一条通道,顺着这带草味的和风,放轮远去,保管你半天的逍遥是你性灵的补剂。这道上有的是清荫与美草,随地都可以供你休憩。你如爱花,这里多的是锦绣似的草原。你如爱鸟,这里多的是巧啭的鸣禽。你如爱儿童,这乡间到处是可亲的稚子。你如爱人情,这里多的是不嫌远客的乡人，你到处可以"挂单"借宿，有酪浆与嫩薯供你饱餐，有夺目的果鲜恣你尝新。你如爱酒，这乡间每"望"都为你储有上好的新酿，黑啤如太浓，苹果酒、姜酒都是供你解渴润肺的……带一卷书，走十里路，选一块清静地，看天，听鸟，读书，倦了时，和身在草绵绵处寻梦去——你能想象更适情更适性的消遣吗？

　　陆放翁有一联诗句："传呼快马迎新月，却上轻舆趁晚凉。"这是做地方官的风流。我在康桥时虽没马骑，没轿子坐，却也有我的风流：我常常在夕阳西晒时骑了车迎着天边扁大的日头直追。日头是追不到的，我没有夸父的荒诞，但晚景的温存却被我这样偷尝了不少。有三两幅书画似的经验至今还是栩栩的留着。只说看夕阳，我们平常只知道登山或是临海，但实际只须辽阔的天际，平地上的晚霞有时也是一样的神奇。有一次我赶到一个地方，手把着一家村庄的篱笆，隔着一大田的麦浪，看西天的变幻。有一次是正冲着一条宽广的大道，过来一大群羊，放草归来的，偌大的太阳在它们后背放射着万缕的金辉，天上却是乌青青的，只剩这不可逼视的威光中的一条大路，一群生物！我心头顿时感着神异性的压迫，我真的跪下了，对着这冉冉渐翳的金光。再有一次是更不可忘的奇景，那是临着一大片望不到头的草原，满开着艳红的罂粟，在青草里亭亭的像是万盏的金灯，阳光从褐色云斜着过来，幻成一种异样的紫色，透明似的不可逼视，霎那间在我迷眩了的视觉中，这草田变成了……不说也罢，说来你们也是不信的！

　　一别二年多了，康桥，谁知我这思乡的隐忧？也不想别的，我只要那晚钟撼动的黄昏，没遮拦的田野，独自斜倚在软草里，看第一个大星在天边出现！

1926 年 1 月 15 日作
选自徐志摩散文集《巴黎的鳞爪》，上海新月书店 1927 年版

○ 梁遇春

"春朝"一刻值千金
——懒惰汉的懒惰想头之一

十年来，求师访友，足迹走遍天涯，回想起来给我最大益处的却是"迟起"，因为我现在脑子里所有聪明的想头，灵活的意思多半是早上懒洋洋地赖在床上想出来的。我真应该写几句话赞美它一番，同时还可以告诉有志的人们一点迟起艺术的门径。谈起艺术，我虽然是门外汉，不过对于迟起这门艺术倒可说是一位行家，因为我既具有明察秋毫的批评能力，又带了甘苦备尝的实践精神。我天天总是在可能范围之内，尽量地滞在床上——是我们的神庙——看着射在被上的日光，暗笑四围人们无谓的匆忙，回味前夜的痴梦——那是比做梦还有意思的事，——细想迟起的好处，唯我独尊地躺着，东倒西倾的小房立刻变做一座快乐的皇宫。

诗人画家为着要追求自己的幻梦，实现自己的痴愿，宁可牺牲一切物质的快乐，受尽亲朋的诟骂，他们从艺术里能够得到无穷的安慰，那是他们真实的世界，外面的世界对于他们反变成一个空虚。迟起艺术家也具有同等的精神。区区虽然不是一个迟起大师，但是对于本行艺术的确有无限的热忱——艺术家的狂热。所以让我拿自己做个例子罢。当我是个小孩时候，我的生活由家庭替我安排，毫无艺术的自觉，早上六点就起来了。后来到北方念书去，北方的天气是培养迟起最好的沃土，许多同学又都是程度很高的迟起艺术专家，于是绝好的环境同朋辈的切磋使我领略到迟起的深味，我的忠于艺术的热度也一天一天地增高。暑假年假回家时期，总在全家人吃完了早饭之后，我才敢动起床的念头。老父常常对我说清晨新鲜空气的好处，母亲有时提到重温稀饭的麻烦，慈爱的祖母也屡次向我姑母说"早起三日当一工"（我的姑母老是起得很早的），我虽然万分不愿意失丢大人们的欢心，但是为着忠于艺术的缘故，居然甘心得罪老人家。后来老人家知道我是无可救药的，反动了怜惜的心肠，他们早上九点钟时候走过我的房门前还是用着足尖；人们温情地放纵我们的弱点是最容易刺动我们麻木的良心，但是我总舍不得违弃了心爱的艺术，所以还是懊悔地照样地高卧。在大学里，有几位道貌岸然的教授对于迟到学生总是白眼相待，我不幸得很，老做他们白眼的鹄的，也曾好几次下个决心早起，免得一进教室的门，就受两句冷讽，可是一年一年地过去，我足足受了四年的白眼待遇，里头的苦处是别人想不出来的。有一年寒假住在亲戚家里，他们晚饭的时间是很早的，所以一醒来，腹里就咕隆地响着，我却按下饥肠，故意想出许多有趣事情，使自己忘却了肚饿，有时饿出汗来，还是坚持着非到十时是不起来的。对于艺术我是多么忠实，情愿牺牲。枵腹做诗的爱伦波，真可说是我的同志。后来人世谋生，自然会忽略了艺术的追求；不过我还是尽量地保留一向的热诚，虽然已经是够堕落了。想起我个人因为迟起所受的许多说不出的苦痛，我深深相信迟起是一门艺术，因为只有艺术才会这样带累人，也只有艺术家才肯这样不变初衷地往前牺牲一切。

但是从迟起我也得到不少的安慰，总够补偿我种种的苦痛。迟起给我最大的好处是我没有一天不是很快乐地开头的。我天天起来总是心满意足的，觉得我们住的世界无日不是春天，无处不是乐园。当我神怡气舒地躺着时候，我常常记起勃浪宁的诗："上帝在上，万物各得其所。"（鱼游水里，鸟栖树枝，我卧床上。）人生是短促的，可是若使我们有过光荣的青春，我们的一生就不能算是虚度，我们的残年很可以傍着火炉，晒着太阳在回忆里过日子。同样地一天的光阴是很短促的，可是若使我们有过光荣的早上（一半时间花在床上的早晨！）我们这一天就不能说是白丢了，我们其余时间可以用在追忆清早的幸福，我们青年时期若使是欢欣的结晶，我们的余生一定不会很凄凉的，青春的快乐是有影子留下的，那影子好似带了魔力，惨淡的老年给它一照，也呈出和蔼慈祥的光辉。我们一天里也是一样的，人们不是常说：一件事情好好地开头，就是已经成功一半了；那么，赏心悦意的早晨是一天快乐的先导。迟起不单是使我天天快活地开头，还叫我们每夜高兴地结束这个日子；我们夜夜去睡时候，心里就预料到明早迟起的快乐——预料中的快乐是比当时的享受，味还长得多——这样子我们一天的始终都是给生机活泼的快乐空气围住，这个可爱的升平景象却是迟起一手做成的。

迟起不仅是能够给我们这甜蜜的空气，它还能够打破我们结结实实的苦闷。人生最大的愁忧是生活的单调。悲剧是很热闹的，怪有趣的，只有那不生不死的机械式生活才是最无聊赖的。迟起真是唯一的救济方法。你若使感到生活的沉闷，那么请你多睡半点钟（最好是一点钟），你起来一定觉得许多要干的事情没有时间做了，那么是非忙不可——"忙"是进到快乐宫的金钥，尤其那自己找来的忙碌。忙是人们体力发泄最好的法子，亚里士多德不是说过人的快乐是生于能力变成效率的畅适。我常常在办公时间五分钟以前起床，那时候洗脸拭牙进早餐，都要限最快的速度完成，全变做最浪漫的举动，当牙膏四溅，脸水横飞，一手拿着头梳，对着镜子，一面吃面包时节，谁会说人生是没有趣味呢？而且当时只怕过了时间，心中充满了冒险的情绪。这些暗地晓得不碍事的冒险兴奋是顶可爱的东西，尤其是对于我们这班不敢真真履险的懦夫。我喜欢北方的狂风，因为当我们衔着黄沙往前进的时候，我们仿佛是斩将先登，冲锋陷阵的健儿，跟自然的大力肉搏，这是多么可歌可泣的壮举，同时除开耳孔鼻孔塞点沙土外，丝毫危险也没有，不管那时是怎地像煞有介事样子。冒险的嗜好哪个人没有，不过我们胆小，不愿白丢了生命，仁爱的上帝，因此给我们遮地蔽天的刮风，做我们安稳冒险的材料。住在江南的可怜虫，找不到这一天赐的机会，只得英雄做时势，迟些起来，自己创造机会。就是放假期间，十时半起床，早餐后抽完了烟，已经十一时过了，一想到今天打算做的事情一件也没有动手，赶紧忙着起来——天下里还有比无事忙更有趣味的事吗？若使你因为迟起挨到人家的闲话，那最少也可以打破你日常一波不兴无声无闻的生活。我想凡是尝过生活的深味的人一定会说痛苦比单调灰色生活强得多，因为痛苦是活的，灰色的生活却是死的象征。迟起本身好似是很懒惰的，但是它能够给我们最大的活气，使我们的生活跳动生姿；世上最懒惰不过的人们是那般黎明即起，老早把事做好，坐着呆呆地打呵欠的人们。迟起所有的这许多安慰，除开艺术，我们哪里还找得出来呢？许多人现在还不明白迟起的好处，这也可以证明迟起是一种艺术，因为只有艺术人们才会这样地不去睬它。

现在春天到了，"春宵苦短日高起"，五六点钟醒来，就可以看见太阳，我们可以醉也似地躺着，一直躺了好几个钟头，静听流莺的巧啭，细看花影的慢移，这真是迟起的绝好时光。能让我们天天多躺一会儿罢，别辜负了这一刻千金的"春朝"。

《懒惰汉的懒惰想头》是当代英国小品文家 Jerome K Jerome（杰罗姆·凯·杰罗姆）的文集名字（*Idle Thoughts of an Idle Fellow*），集里所说的都是拉闲扯散，瞎三道四的废话，可是自带有幽默的深味，好似对于人生有比一般人更微妙的认识同玩味——这或者只是因为我自己也是懒惰汉，官官相卫，惺惺惜惺惺，那么也好，就随它去罢。"春宵一刻值千金"这句老话，是谁也知道的，我觉得换一个字，就可以做我的题目。连小小二句题目，都要东抄西袭凑合成的，不肯费心机自己去做一个，这也可以见我的懒惰了。

在副题目底下加了"之一"两字，自然是指明我还要继续写些这类无聊的小品文字，但是什么时候会写第二篇，那是连上帝都不敢预言的。我是那么懒惰，有时晚上想好了意思，第二天起得太早，心中一懊悔，什么好意思都忘却了。

选自梁遇春散文集《春醪集》，上海北新书局1930年版

○ 沈从文

桃源与沅州

　　全中国的读书人，大概从唐朝以来，命运中注定了应读一篇《桃花源记》，因此把桃源当成一个洞天福地。人人皆知道那地方是武陵渔人发现的，有桃花夹岸，芳草鲜美。远客来到，乡下人就杀鸡温酒，表示欢迎。乡下人都是避秦隐居的遗民，不知有汉朝，更无论魏晋了。千余年来，读书人对于桃源的印象，既不怎么改变，所以每当国体衰弱发生变乱时，想做遗民的必多，这文章也就增加了许多人的幻想，增加了许多人的酒量。至于住在那儿的人呢，却无人自以为是遗民或神仙，也从不曾有人遇着遗民或神仙。

　　桃源洞离桃源县二十五里。从桃源县坐小船沿沅水上行，船到白马渡时，上南岸走去，忘路之远近乱走一阵，桃花源就在眼前了。那地方桃花虽不如何动人，竹林却很有意思。如椽如柱的大竹子，随处皆可发现前人用小刀刻画留下的诗歌。新派学生不甘自弃，也多刻下英文字母的题名。竹林里间或潜伏一二蓝径壮士，待机会霍地从路旁跃出，仿照《水浒传》上英雄好汉行为，向游客发个利市来个措手不及，不免吃个小惊。桃源县城则与长江中部各小县城差不多，一入城门最触目的是推行印花税与某种公债的布告。城中有棺材铺，官药铺，有茶馆酒馆，有米行脚行，有和尚道士，有经纪媒婆，庙宇祠堂多数为军队驻防，门外必有个武装同志站岗。土栈烟馆皆照章纳税，受当地军警保护。代表本地的出产，边街上有几十家玉器作坊，用珉石染红着绿，琢成酒杯笔架等物，货物品质平平常常，价钱却不轻贱。另外还有个名为"后江"的地方，住下无数公私不分的妓女，很认真经营她们的业务。有些人家在一个菜园平房里，有些却又住在空船上，地方虽脏一点倒富有诗意。这些妇女使用她们的下体，安慰军政各界，且征服了往还沅水流域的烟贩，木商，船主，以及种种过路人，挖空了每个顾客的钱包，维持许多人生活，促进地方的繁荣。一县之长照例是个读书人，从史籍上早知道这是人类一种最古的职业，没有郡县以前就有了它们，取缔既与"风俗"不合，且影响及若干人生活，因此就很正当的向这些人来抽收一种捐税（并采取了个美丽名词叫作"花捐"），把这笔款项用来补充地方行政，保安，或城乡教育经费。

桃源既是个有名地方，每年自然有许多"风雅"人，心慕古桃源之名，二三月里携了《陶靖节集》与《诗韵集成》等物，来到桃源县访幽探胜。这些人往桃源洞赋诗前后，必尚有机会过后江走走，由朋友或专家引道，这家那家坐坐，烧匣烟，喝杯茶，看中意某一个女人时，问问行市，花个三元五元，便在那龌龊不堪万人用过的花板床上，压着那可怜妇人胸膛放荡一夜。于是纪游诗上多了几首无题诗，"巫峡神女""汉皋解佩""刘阮天台"等等典故，一律被引用到诗上去。看过了桃源洞，这人平常若是很谨慎的，自会觉得应当过医生处走走，于是匆匆的回家了。至于接待过这种外路"风雅人"的神女呢，前一夜也许陆续接待过了三个麻阳船水手，后一夜又得陪伴两个贵州省牛皮商人。这些妇人说不定还被一个水手，一个县公署执达吏，一个公安局书记，或一个当地小流氓，长时期包定占有，客来时那人往烟馆过夜，客去后再回到妇人身边来烧烟。

妓女的数目，占城中人口比例数不小。因此仿佛有各种原因，她们的年龄都比其他大都市更无限制。有些人年在五十以上，还不甘自弃，同孙女辈行来参加这种生活斗争，每日轮流接待水手同军营中火夫。也有年纪不过十三四岁，乳臭尚未脱尽，便在那儿服侍客人过夜的。

她们的技艺是烧烧鸦片烟，唱点流行小曲，若来客是粮子上跑四方的人物，还得唱唱军歌党歌，与电影明星的流行歌曲，应酬应酬，增加兴趣。她们的收入有些一次可得洋钱二十三十，有些一整夜又只得三毛五毛。这些人有病本不算一回事，实在病重了，不能作生意挣饭吃，间或就上街走到西药房去打针，六零六，三零三扎那么几下，或请走方郎中配副药，朱砂茯苓乱吃一阵，只要支持得下去，总不会坐下来吃白饭。直到病倒了，毫无希望可言了，就叫毛伙用门板抬到那类住在空船中孤身过日子的老妇人身边去，尽她咽最后那一口气。死去时亲人呼天抢地哭一阵，罄所有请和尚安魂念经，再托人赊购副四合头棺木，或借"大加一"买副薄薄板片，土里一埋也就完事了。

桃源地方已有公路，直达号称湘西咽喉的武陵（常德），每日皆有八辆十辆新式载客汽车，按照一定时刻在公路上奔驰。距常德约九十里，车票价钱一元零。这公路从常德且直达湖南省会长沙，汽车路程约四点钟，车票价约六元。公路通车时，有人说这条公路在湘省经济上具有极大意义，对于黔省出口特货运输可方便不少。这人似乎不知道特货过境每次皆三百担五百担，公路上一天不过十几辆汽车来回，若非特货再加以精制，每天能运输特货多少？关于特货的精制，在各省严厉禁烟宣传中，平民谁还有胆量来作这种非法勾当。假若在桃源县某种铺子里，居然有人能够设法购买一点黄色粉末药物，作为谈天口气，随便问问也就会弄明白那货物的来源是有来头的。大股东中大头脑有什么"龄"字辈"子"字辈，还有沿江之督办，上海之闻人。且明白出产地并不是桃源县城。运输出口时或用轮船直往汉口，却不需藉公路汽车转运长沙。

真可称为桃源名产值得引人注意的，是家鸡同鸡卵。街头巷尾无处不可以发现这种冠赤如火庞大庄严的生物，经常有重达一二十斤的。凡过路人初见这地方鸡卵，必以为是鸭卵或鹅卵。其次，桃源有一种小划子，轻捷，稳当，干净，在沅水中可称首屈一指。一个外省旅行者，若想到湘西的永绥、乾城、凤凰，研究湘边苗族的分布状况，或想从湘西往四川的酉阳、秀山，调查桐油的生产，往贵州的铜仁，调查朱砂水银的生产，往玉屏调查竹料种类，注意造箫制纸的工业，皆可在桃源县魁星阁下边，雇妥那么只小船，沿沅河溯流而上，直达目的地，到地时取行李上岸落店，毫无何等困难。

　　一只桃源小划子上只能装载一二客人。照例要个舵手，管理后梢，调动船只左右。张挂风帆，松紧帆索，捕捉河面山谷中的微风。放缆拉船，量渡河面宽窄与河流水势，伸缩竹缆。另外还要拦头工人，上滩下滩时看水认容口，出事前提醒舵手躲避石头、恶浪与洑流，出事后点篙子需要准确，稳重。这种人还要有胆量，有气力，有经验。张帆落帆都得很敏捷的即时拉桅下绳索。走风船行如箭时，便蹲坐在船头上叫喝呼啸，嘲笑同行落后的船只。自己船只落后被人嘲骂时，还得回骂；人家唱歌也得用歌声作答。两船相碰说理时，不让别人占便宜。动手打架时，先把篙子抽出拿在手上。船只逼入急流乱石中，不问冬夏，都得敏捷而勇敢的脱光衣裤，向急流中跳去，在水里尽肩背之力使船只离开险境。掌舵的有事不能尽职，就从船顶爬过船尾去，作个临时舵手。船上若有小水手，还应事事照料小水手，指点小水手。更有一份不可推却的职务，便是在一切过失上，应与掌舵的各据小船一头，相互辱宗骂祖，继续使船前进。小船除此两人以外，尚需要个小水手居于杂务地位，淘米、烧饭、切菜、洗碗，无事不作。行船时应荡桨就帮同荡桨，应点篙就帮同持篙。这种小水手大都在学习期间，应处处留心，取得经验同本领。除了学习看水，看风，记石头，使用篙桨以外，也学习挨打挨骂。尽各种古怪希奇字眼儿成天在耳边反复响着，好好的保留在记忆里，将来长大时再用它来辱骂旁人。上行无风吹，一个人还负了纤板，曳着一段竹缆，在荒凉河岸小路上拉船前进。小船停泊码头边时，又得规规矩矩守船。关于他们经济情势，舵手多为船家长年雇工，平均算来合八分到一角钱一天。拦头工有长年雇定的，人若年富力强多经验，待遇同掌舵的差不多。若只是短期包来回，上行平均每天可得一毛或一毛五分钱，下行则尽义务吃白饭而已。至于小水手，学习期限看年龄同本事来，有些人每天可得两分钱作零用，有些人在船上三年五载吃白饭。一个不小心，闪不知被自己手中竹篙弹入乱石激流中，泅水技术又不在行，在水中淹死了，船主方面写得有字据，生死家长不能过问。掌舵的把死者剩余的衣服交给亲长，说明白落水情形后，烧几百钱纸，手续便清楚了。

　　一只桃源划子，有了这样三个水手，再加上一个需要赶路，有耐心，不嫌孤独，能花个二十三十的乘客，这船便在一条清明透澈的沅水上下游移动起来了。在这条河里在这种小船上作乘客，最先见于记载的一人，应当是那疯疯癫癫的楚逐臣屈原。在他自己的文章里，他就说道："朝发汪渚兮，夕宿辰阳。"若果他那文章还值得称引，我们尚可以就"沅有芷兮澧有兰"与"乘舲上沅"这些话，估想他当年或许就坐了这种小船，溯流而上，到过出产香草香花的沅州。沅州上游不远有个白燕溪，小溪谷里生长芷草，到如今还随处可见。这种兰科植物生根在悬崖罅隙间，或蔓延到松树枝桠上，长叶飘拂，花朵下垂成一长串，风致楚楚。花叶形体较建兰柔和，香味较建兰淡远。游白燕溪的可坐小船去，船上人若伸手可及，多随意伸手摘花，顷刻就成一束。若崖石过高，还可以用竹篙将花打下，尽它堕入清溪洄流里，再从溪里把花捞起。除了兰芷以外，还有不少香草香花，在溪边崖下繁殖。那种黛色无际的崖石，那种一丛丛幽香眩目的奇葩，那种小小洄旋的溪流，合成一个如何不可言说迷人心目的圣境！若没有这种地方，屈原便再疯一点，据我想来，他文章未必就能写得那么美丽。

　　什么人看了我这个记载，若神往于香草香花的沅州，居然从桃源包了小船，过沅州去，希望实地研究解决《楚辞》上几个草木问题。到了沅州南门城边，也许无意中会一眼瞥见城门上有一片触目黑色，因好奇想明白它，一时可无从向谁去询问。他所见到的只是一片新的血迹，并非古迹。大约在清党前后，有个晃州姓唐的青年，北京农科大学毕业生，用党务特派员资格，率领了两万以上四乡农民，肩持各种农具，上城请愿。守城兵先已得到长官命令，不许请愿群众进城。于是双方自然发生了冲突。一面是旗帜，木棒，呼喊与愤怒，一面是一尊机关枪同四支步枪。街道那么窄，结果站在最前线上的特派员同四十多个青年学生与农民，便皆在城门边牺牲了。其余农民一看情形不对，抛下农具四散吓跑了。那个特派员的尸体，于是被兵士用刺刀钉在城门木板上，示众三天。三天过后，便抛入屈原所称赞的清流里喂鱼吃了。几年来本地人派捐拉夫，在应付差役中把日子混过去，大致把这件事也慢慢的忘掉了。

　　桃源小船载客到沅州府，舵手把客人行李扛上岸，讨得酒钱回船时，这些水手必乘兴过皮匠街走走。那地方同桃源的后江差不多，住下不少经营最古职业的人物，地方既非商埠，价钱可公道一些。花四百钱关一次门，上船时还可以得一包黄油油的上净丝烟，那是十年前的规矩。照目前百物昂贵情形想来，一切当然已不同了，出钱的花费也许得多一点，收钱的待客也许早已改用"美丽牌"代替"上净丝"了。

　　或有人在皮匠街蓦见水手，对水手发问："弄船的，'肥水不落外人田'，家里有的你让别人用，用别人的你还得花钱，上算吗？"

　　那水手一定会拍着腰间麂皮抱兜，笑眯眯的回答说："大爷，'羊毛出在羊身上'，这钱不是我桃源人的钱，上算的。"

　　他回答的只是后半截，前半截却不必提。本人正在沅州，离桃源远过六七百里，桃源那一个他管不着。

　　便因为这点哲学，水手们的生活，比起风雅人来似乎洒脱多了。若说话不犯忌讳，无人疑心我祖护无产阶级，我还想说，他们的行为，比起那些读了些"子曰"，带了五百家香艳诗去桃源寻幽访胜，过后江，讨经验的"风雅人"来，也实在还道德得多。

原载《国闻周报》1935 年 12 卷 11 期

○ 老舍

话剧观众须知二十则

（一）在观剧之前，务须伤风，以便在剧院内高声咳嗽，且随地吐痰。

（二）入剧场务须携带甘蔗，桔柑，瓜子，花生，……以便弃皮满地，而重清洁。最好携火锅一个，随时"毛肚开堂"。

（三）单号戏票宜入双号门，双号戏票宜入单号门。楼上票宜坐楼下，楼下票宜坐楼上。最好无票入场，有位即坐，以重秩序。

（四）未开幕，宜拼命鼓掌。

（五）家事、官司、世界大战，均宜于开幕后开始谈论，且务须声震屋瓦。

（六）演员出场应报以"好"声，鼓掌副之。

（七）每次台上一人跌倒，或二人打架，均须笑一刻钟，至半点钟，以便天亮以前散戏。

（八）演员吸香烟，口中真吐出烟来，或吸水烟，居然吹着了火纸捻，必须报以掌声。

（九）入场就座，切勿脱帽，以便见了朋友，好脱帽行礼。

（十）观剧时务须打架一场。

（十一）出入厕所务须猛力开闭其门。开而不关亦佳，以便臭味散出，有益大家。

（十二）演员每说一"妈的"，或开一小玩笑，必赞以"深刻"，以示有批评能力。

（十三）入场务须至少携带幼童五个，且务使同时哭闹，以壮声势。最好能开一个临时的幼稚园。

（十四）幕闭，务须掀开看看，以穷其究竟。

（十五）换景，幕暂闭时，务须以手电筒探照，使布景人手足失措，功德无量。

（十六）鼓掌应继续不停，以免寂寞。

（十七）观剧宜带勤务兵或仆人数位，侍立于侧。

（十八）七时半开戏，须于九时半入场，入场时且应携煤气灯一个，以免暗中摸索。

（十九）入场切勿携带火柴，以便吸烟时四处去借火。

（二十）末一幕刚开，即须退出，且宜猛摔椅板，高射手电。若于走道中停立五六分钟，遮住后面观众，尤为得礼。

原载《时事新报》1942年5月5日

○ 林语堂

言志篇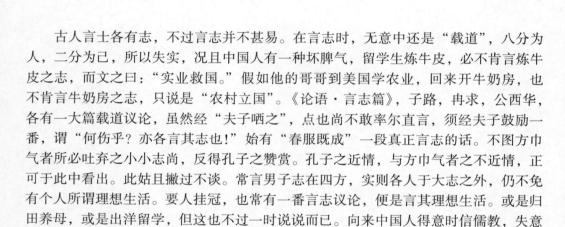

古人言士各有志，不过言志并不甚易。在言志时，无意中还是"载道"，八分为人，二分为己，所以失实，况且中国人有一种坏脾气，留学生炼牛皮，必不肯言炼牛皮之志，而文之曰："实业救国。"假如他的哥哥到美国学农业，回来开牛奶房，也不肯言牛奶房之志，只说是"农村立国"。《论语·言志篇》，子路，冉求，公西华，各有一大篇载道议论，虽然经"夫子哂之"，点也尚不敢率尔直言，须经夫子鼓励一番，谓"何伤乎？亦各言其志也！"始有"春服既成"一段真正言志的话。不图方巾气者所必吐弃之小小志尚，反得孔子之赞赏。孔子之近情，与方巾气者之不近情，正可于此中看出。此姑且撇过不谈。常言男子志在四方，实则各人于大志之外，仍不免有个人所谓理想生活。要人挂冠，也常有一番言志议论，便是言其理想生活。或是归田养母，或是出洋留学，但这也不过一时说说而已。向来中国人得意时信儒教，失意时信道教，所以来去出入，都有照例文章，严格的言，也不能算为真正的言志。

据说古希腊有圣人代阿今尼思，一日正在街上滚桶中晒日，遇见亚力山大帝来问他有何所请。代阿今尼思客气的答曰：请皇帝稍为站开，不要遮住阳光，便感恩不尽了。这似乎是代阿今尼思的志愿。他是一位清心寡欲的人，冬夏只穿一件破衲，坐卧只在一只滚桶中。他说人的欲愿最少时，便是最近于神仙快乐之境。他本有一只饮水的杯，后来看见一孩子用手拿水而饮，也就毅然将杯抛弃，于是他又觉得比前少了一种挂碍，更加清净了。

代阿今尼思的故事，常叫人发笑，因为他所代表的理想，正与现代人相反。近代人是以一人的欲愿之繁多为文化进步的衡量。老实说，现在人根本就不知他所要的是什么。在这种地方，发见许多矛盾，一面提倡朴素，又一面舍不得洋楼汽车。有时好说金钱之害，有时却被财魔缠心，做出许多尴尬的事来。现代人听见代阿今尼思的故事，不免生羡慕之心，却又舍不得要看一张真正好的嘉宝的影片。于是仍有所谓言行之矛盾，及心灵之不安。

自然，要爽爽快快打倒代阿今尼思主张，并不很难。第一，代阿今尼思生于南欧天气温和之地。所以寒地女子，要穿一件皮大氅，也不必于心有愧。第二，凡是人类，总应该至少有两套里衣，可以替换。在书上的代阿今尼思，也许好像一身仙骨，传出异香来，而在实际上，与代阿今尼思同床共被，便不怎样爽神了。第三，将这种理想贯注于小学生脑中，是有害的，因为至少教育须养成学子好书之心，书是代阿今尼思所绝对不看的。第四，代阿今尼思生时，尚未有电影，也未有 Mickey Mouse 的滑稽影戏画，无论大人小孩说他不要看 Mickey Mouse，一定是已失其赤子之心，这种朽腐的魂灵，再不会于吾人文化有什么用处。总而言之，一人对于环境，能随时注意，理想兴奋，欲愿繁复，比一枯槁待毙的人，心灵上较丰富，而于社会上也比较有作为。乞丐到了过屠门而不大嚼时，已经是无用的废物了。诸如此类，不必细述。

代阿今尼思所以每每引人羡慕者，毛病在我们自身。因为现代人实在欲望太奢了，并且每不自知所欲为何物。富家妇女一天打几圈麻将，也自觉麻烦。电影明星在灯红酒绿的交际上，也自有其觉到不胜烦躁，而只求一小家庭过清净生活之时，朝朝寒食，夜夜元宵之人，也有一旦不胜其腻烦之觉悟。若西人百万富翁之青年子弟，一年渡大西洋四次，由巴黎而南美洲，而尼司，而纽约，而蒙提卡罗，实际上只在躲避他心灵的空虚而已。这种人常会起了一念，忽然跑入僧寺或尼姑庵，这是报上所常见的事实。

我想在各人头脑清净之时，盘算一下，总会觉得我们决不会做代阿今尼思的信徒，总各有几样他所求的志愿。我想我也有几种愿望，只要有志去求，也并非绝不可能的事。要在各人看清他的志操，有相当的抱负，求之在己罢了。这倒不是外方所能移易。兹且举我个人理想的愿望如下，这些愿望十成中能得六七成，也就可算为幸福了。

我要一间自己的书房，可以安心工作。并不要怎样清洁齐整。不要一位 Story of San Michele 书中的 Madamoiselle Agathe 拿她的揩布到处乱揩乱擦。我想一人的房间，应有几分凌乱，七分庄严中带三分随便，住起来才舒服。切不可像一间和尚的斋堂，或如府第中之客室。天罗板下，最好挂一盏佛庙的长明灯，入其室，稍有油烟气味。此外又有烟味，书味，及各种不甚了了的房味，最好是沙发上置一小书架，横陈各种书籍，可以随意翻读。种类不要多，但不可太杂，只有几种心中好读的书，及几次重读过的书——即使是天下人皆詈为无聊的书也无妨。不要理论太牵强板滞乏味之书，但也没什么一定标准，只以合个人口味为限。西洋新书可与《野叟曝言》杂陈，孟德斯鸠可与福尔摩斯小说并列。不要时髦书，马克斯，T. S. Elliot，Jame Joyces 等，袁中郎有言，"读不下去之书，让别人去读"便是。

我要几套不是名士派但亦不甚时髦的长褂，及两双称脚的旧鞋子。居家时，我要能随便闲散的自由。虽然不必效顾千里裸体读经，但在热度九十五以上之热天，却应许我在佣人面前露了臂膀，穿一短背心了事。我要我的佣人随意自然，如我随意自然一样。我冬天要一个暖炉，夏天一个浇水浴房。

我要一个可以依然故我不必拘牵的家庭。我要在楼下工作时，听见楼上妻子言笑的声音，而在楼上工作时，听见楼下妻子言笑的声音。我要未失赤子之心的儿女，能同我在雨中追跑，能像我一样的喜欢浇水浴。我要一小块园地，不要有遍铺绿草，只要有泥土，可让小孩搬砖弄瓦，浇花种菜，喂几只家禽。我要在清晨时，闻见雄鸡喔喔啼的声音。我要房宅附近有几棵参天的乔木。

我要几位知心友，不必拘守成法，肯向我尽情吐露他们的苦衷。谈话起来，无拘无碍，柏拉图与《品花宝鉴》念得一样烂熟。几位可与深谈的友人。有癖好，有主张的人，同时能尊重我的癖好与我的主张，虽然这些也许相反。

我要一位能做好的清汤，善烧青菜的好厨子。我要一位很老的老仆，非常佩服我，但是也不甚了了我所做的是什么文章。

我要一套好藏书，几本明人小品，壁上一帧李香君画像让我供奉，案头一盒雪茄，家中一位了解我的个性的夫人，能让我自由做我的工作。酒却与我无缘。

我要院中几棵竹树，几棵梅花。我要夏天多雨冬天爽亮的天气，可以看见极蓝的青天，如北平所见的一样。

我要有能做我自己的自由和敢做我自己的胆量。

选自林语堂散文集《我的话》，上海时代书局 1934 年版

○ 巴　金

《春天里的秋天》（序）

  春天。枯黄的原野变绿了。新绿的叶子在枯枝上长出来。阳光温柔地对着每个人微笑，鸟儿在歌唱飞翔。花开放着，红的花，白的花，紫的花。星闪耀着，红的星，绿的星，白的星。蔚蓝的天，自由的风，梦一般美丽的爱情。
  每个人都有春天。无论是你，或者是我，每个人在春天里都可以有欢笑，有爱情，有陶醉。
  然而秋天在春天里哭泣了。
  这一个春天，在迷人的南国的古城里，我送走了我的一段光阴。
  秋天的雨落了，但是又给春天的风扫尽了。
  在雨后的一个晴天里，我同两个朋友走过泥泞的道路。走过石板的桥，走过田畔的小径，去访问一个南国的女性，一个我不曾会过面的疯狂的女郎。
  在一个并不很小的庄院的门前，我们站住了。一个说着我不懂的语言的小女孩给我们开了黑色的木栅门，这木栅门和我的小说里的完全不同。这里是本地有钱人的住家。
  在一个阴暗的房间里，我看见了我们的主人。宽大的架子床，宽大的凉席，薄薄的被。她坐起来，我看见了她的上半身。是一个正在开花的年纪的女郎。
  我们三个坐在她对面一张长凳上。一个朋友说明了来意。她只是默默地笑，笑得和哭一样。我默默地看了她几眼。我就明白我那个朋友所告诉我的一切了。留在那里的半个多小时内，我们谈了不到十句以上的话，看见了她十多次秋天的笑。
  别了她出来，我怀着一颗秋天的痛苦的心。我想起我的来意，我那想帮助她的来意，我差不多要哭了。
  一个女郎，一个正在开花的年纪的女郎……我一生里第一次懂得疯狂的意义了。
  我的许多年来的努力，我的用血和泪写成的书，我的生活的目标无一不是在：帮助人，使每个人都得着春天，每颗心都得着光明，每个人的生活都得着幸福，每个人的发展都得着自由。我给人唤起了渴望，对于光明的渴望；我在人的前面安放了一个事业，值得献身的事业。然而我的一切努力都给另一种势力摧残了。在唤醒了一个年轻的灵魂以后，只让他或她去受更难堪的蹂躏和折磨。

　　于是那个女郎疯狂了。不合理的社会制度，不自由的婚姻、传统观念的束缚，家庭的专制，不知道摧残了多少正在开花的年青的灵魂，我的二十八年的岁月里，已经堆积了那么多、那么多的阴影了。在那秋天的笑，像哭一样的笑里，我看见了过去一个整代的青年的尸体。我仿佛听见一个痛苦的声音说："这应该终止了。"

　　《春天里的秋天》不止是一个温和地哭泣的故事，它还是一个整代的青年的呼吁。我要拿起我的笔做武器，为他们冲锋，向着这垂死的社会发出我的坚决的呼声"Je accuser"（我控诉）。

选自巴金《春天里的秋天》，开明书店 1932 年版

○冯至

一个消逝了的山村

在人口稀少的地带，我们走入任何一座森林，或是一片草原，总觉得它们在洪荒时代大半就是这样。人类的历史演变了几千年，它们却在人类以外，不起一些变化，千百年如一日，默默地对着永恒。其中可能发生的事迹，不外乎空中的风雨，草里的虫蛇，林中出没的走兽和树间的鸣鸟。我们刚到这里来时，对于这座山林，也是那样感想，绝不会问到：这里也曾有过人烟吗？但是一条窄窄的石路的残迹泄露了一些秘密。

我们走入山谷，沿着小溪，走两三里到了水源，转上山坡，便是我们居住的地方。我们住的房屋，建筑起来不过二三十年，我们走的路，是二三十年来经营山林的人们一步步踏出来的。处处表露出新开辟的样子，眼前的浓绿浅绿，没有一点历史的重担。但是我们从城内向这里来的中途，忽然觉得踏上了一条旧路。那条路是用石块砌成，从距谷口还有四五里远的一个村庄里伸出，向山谷这边引来，先是断断续续，随后就隐隐约约地消失了。它无人修理，无日不在继续着埋没下去。我在那条路上走时，好像是走着两条道路，一条路引我走近山居，另一条路是引我走到过去。因为我想，这条石路一定有一个时期宛宛转转地一直伸入谷口，在谷内溪水的两旁，现在只有树木的地带，曾经有过房屋，只有草的山坡上，曾经有过田园。

过了许久，我才知道，这里实际上有过村落。在七十年前，云南省的大部分，经过一场浩劫，回、汉互相仇杀，有多少村庄城镇在这时衰落了。当时短短的二十年内，仅就昆明一个地方说，人口就从一百四十余万降落到二十五万。这里原有的山村，是回民的，可是汉人的，是一次便毁灭了呢，还是渐渐地凋零下去，我们都无从知道，只知它们是在回人几度围攻省城时成了牺牲。现在就是一间房屋的地基都寻不到了，只剩下树林、草原、溪水，除却我们的住房外，周围四五里内没有人家，但是每座山，每个幽隐的地方还都留有一个名称。这些名称现在只生存在从四邻村里走来的、砍柴、背松毛、放牛牧羊的人们的口里。此外它们却没有什么意义；若有，就是使我们想到有些地方曾经和人发生过关系，都隐藏着一小段兴衰的历史吧。

我不能研究这个山村的历史，也不愿用想象来装饰它。它像是一个民族在世界里消亡了，随着它一起消亡的是它所孕育的传说和故事。我们没有方法去追寻它们，只有在草木之间感到一些它们的余韵。

最可爱的是那条小溪的水源，从我们对面山的山脚下涌出的泉水；它不分昼夜地在那儿流，几棵树环绕着它，形成一个阴凉的所在。我们感谢它，若是没有它，我们就不能在这里居住，那山村也不会曾经在这里滋长。这清冽的泉水，养育我们，同时也养育过往日那村里的人们。人和人，只要是共同吃过一棵树上的果实，共同饮过一条河里的水，或是共同担受过一个地方的风雨，不管是时间或空间把他们隔离得有多么远，彼此都会感到几分亲切，彼此的生命都有些声息相通的地方。我深深理解了古人一首情诗里的句子："日日思君不见君，共饮长江水。"

其次就是鼠曲草。这种在欧洲非登上阿尔卑斯山的高处不容易采撷得到的名贵的小草。在这里每逢暮春和初秋却一年两季地开遍了山坡。我爱它那从叶子演变成的，有白色茸毛的花朵，谦虚地掺杂在乱草的中间。但是在这谦虚里没有卑躬，只有纯洁，没有矜持，只有坚强。有谁要认识这小草的意义吗？我愿意指给他看：在夕阳里一座山丘的顶上，坐着一个村女，她聚精会神地在那里缝什么，一任她的羊在远远近近的山坡上吃草，四面是山，四面是树，她从不抬起头来张望一下，陪伴着她的是一丛一丛的鼠曲从杂草中露出头来。这时我正从城里来，我看见这幅图像，觉得我随身带来的纷扰都变成深秋的黄叶，自然而然地凋落了。这使我知道，一个小生命是怎样鄙弃了一切浮夸，孑然一身担当着一个大宇宙。那消逝了的村庄必定也曾经像是这个少女，抱着自己的朴质，春秋佳日，被这些白色的小草围绕着，在山腰里一言不语地负担着一切。后来一个横来的运命使它骤然死去，不留下一些夸耀后人的事迹。

雨季是山上最热闹的时代，天天早晨我们都醒在一片山歌里。那是些从五六里外趁早上山来采菌子的人。下了一夜的雨，第二天太阳出来一蒸发，草间的菌子，俯拾皆是：有的红如胭脂，青如青苔，褐如牛肝，白如蛋白，还有一种赭色的，放在水里立即变成靛蓝的颜色。我们望着对面的山上，人人踏着潮湿，在草丛里，树根处，低头寻找新鲜的菌子。这是一种热闹，人们在其中并不忘却自己，各人盯着各人眼前的世界。这景象，在七十年前也不会两样。这些彩菌，不知点缀过多少民族童话，它们一定也滋养过那山村里的人们的身体和儿童的幻想吧。

这中间，高高耸立起来那植物界里最高的树木，有加利树。有时在月夜里，月光把被微风摇摆的叶子镀成银色，我们望着它每瞬间都在生长，仿佛把我们的身体，我们的周围，甚至全山都带着生长起来。望久了，自己的灵魂有些担当不起，感到悚然，好像对着一个崇高的严峻的圣者，你若不随着他走，就得和他离开，中间不容有妥协。但是，这种树本来是异乡的，移植到这里来并不久，那个山村恐怕不会梦想到它，正如一个人不会想到他死后的坟旁要栽什么树木。

秋后，树林显出萧疏。刚过黄昏，野狗便四出寻食，有时远远在山沟里，有时近到墙外，作出种种求群求食的嗥叫的声音。更加上夜夜常起的狂风，好像要把一切都给刮走。这时有如身在荒原，所有精神方面所体验的，物质方面所获得的，都失却了功用。使人想到海上的飓风，寒带的雪潮，自己一点也不能作主。风声稍息，是野狗的嗥声，野狗声音刚过去，松林里又起了涛浪。这风夜中的噪声对于当时的那个村落，一定也是一种威胁，尤其是对于无眠的老人，夜半惊醒的儿童和抚慰病儿的寡妇。

在比较平静的夜里，野狗的野性似乎也被夜的温柔驯服了不少。代替野狗的是麂子的嘶声。这温良而机警的兽，自然要时时躲避野狗，但是逃不开人的诡计。月色朦胧的夜半，有一二猎夫，会效仿麂子的嘶声，往往登高一呼，麂子便成群地走来。……据说，前些年，在人迹罕到的树丛里还往往有一只鹿出现。不知是这里曾经有过一个繁盛的鹿群，最后只剩下了一只，还是根本是从外边偶然走来而迷失在这里不能回去呢？反正这是近乎传说了。这美丽的兽，如果我们在庄严的松林里散步，它不期然地在我们对面出现，我们真会像是 Saint Eustache 一般，在它的两角之间看见了幻境。

两三年来，这一切，给我的生命许多滋养。但我相信它们也曾以同样的坦白和恩惠对待那消逝了的村庄。这些风物，好像至今还在述说它的运命。在风雨如晦的时刻，我踏着那村里的人们也踏过的土地，觉得彼此相隔虽然将及一世纪，但在生命的深处，却和他们有着意味不尽的关连。

1942 年写于昆明
选自冯至散文集《山水》，文化生活出版社 1947 年版

○ 王了一

夫妇之间

　　五伦之中，夫妇最早。若不先有夫妇，就不会有所谓父子兄弟。至于君臣，更是后起的事。也许有人说，应该是朋友最早，因为应该先是男女恋爱，然后结为夫妇。这话也有相当的理由。不过，依《旧约》里说，阿当和夏娃是上帝所预定的夫妇，他们并没有经过恋爱的阶段。由此看来，仍该说是夫妇最早。至少，西洋人不会反对我这一种说法。

　　上帝对夏娃说："你必恋慕你丈夫，你丈夫必管辖你。"这是夏娃听信了蛇的话之后，上帝对女人的处分。这两句话就是万世夫妇的祸根，一切夫妇之间的妒忌和争吵，都是由此而起。近来有人说结婚是爱情的坟墓，这话应该是对的，不信试看中国旧小说里，才子和佳人经过了许多悲欢离合，著书的人无不津津乐道，一到了金榜题名，洞房花烛，那小说也就戛然而止，岂不是著者觉得再说下去也就味同嚼蜡了吗？

　　为什么结婚是爱情的坟墓呢？因为结婚之后爱情像启封泄气的酒，由醉人的浓味渐渐变为淡水的味儿；又因油盐酱醋把两人的心腌得五味俱全，并不像恋爱时代那样全是甜味了。成了家，妻子便把丈夫当做马牛：磨房主人对于他的马，农夫对于他的牛，未尝不知道爱护，然而这种爱护比之热恋的时候却是另一种心情！成了家，丈夫便把妻子当做狗，既要她看家，又要她摇尾献媚！对不住许多配偶，我这话一说，简直把极庄严正经的"人伦"描写得一钱不值。但是，莫忘了我所说的是"爱情的坟墓"；那些因结了婚而更升到了"爱情的天堂"的人，是犯不着为看了这一段话而生气的。

　　古人说："妻不如妾，妾不如妓，妓不如偷。"这话已经不合时代了。现在该说"婚不如姘"。某某高等民族最聪明，正经配偶之外往往另有外遇。正经配偶为的是油盐酱醋，所以女人非有二十万以上的财产就不容易嫁出去，男人若有巨万的家财，白发红颜也不妨相安，外遇为的是醇酒，就非十分倾心的人不轻易以身相许了。据说感情好的夫妻也不妨有外遇，因为富于热情的人，他的热情必须有所寄托，然而热情和感情是可以并行不悖的，凡为了夫或要看外遇而反目的人简直是观念太旧，脑筋不清楚。天啊！若依这种说法，我想有许多"痴心女子"，在结婚之前唯恐他的心上人不热情，结婚以后，却又唯恐他太热情了。

随你说观念太旧也好，脑筋不清楚也好，夫妇之间往往免不了吃醋。占有欲是爱情的最高峰吗？有人说不，一千个不。但是，我知道有人不许太太让男理发匠理发，怕他的手亲近她的红颜和青丝；又有人不许太太出门，若偶一出门，回来他就用香烟烙她的脸，要摧毁她的颜色，让别人不再爱她，以便永远独占。

夫妇反目，也是难免的事情。但是，老爷噘嘴三秒钟，太太揉一会儿眼睛，实在值不得记入起居注。甚至老爷把太太打得遍体鳞伤，太太把老爷拧得周身青紫，有时候却是增进感情的要素，而劝解的人未必不是傻瓜。莫里哀在《无可奈何的医生》里，叙述斯加拿尔打了他的妻子，有一个街坊来劝解，那妻子就对那劝解者说："我高兴给他打，你管不着！"真的，打老婆，逼投河，催上吊的男子未必为妻所弃，也未必弃妻；揪丈夫的头发，咬丈夫的手腕的女人也未必预备琵琶别抱。倒反是有些相敬如宾的摩登夫妇，度了蜜月不久，突然设宴话别，揽臂去找律师，登离婚广告，同时还相约常常通信，永不相忘。

从前常听街坊劝被丈夫打了的妻子说："丈夫丈夫，你该让他一丈。"这格言并没有很多的效力。在老爷的字典里是"妇者伏也"，在太太的字典里却是"妻者齐也"。甚至于太太把自己看得比老爷高些。从前有一个笑话说，老爷提出"天地"，"乾坤"……等等字眼，表示天比地高，乾比坤高；太太也提出"阴阳"，"雌雄"……等等字眼，表示阴在阳上，雌在雄上。至于现代夫妇之间，更是太太们有一种优越感。其实，若要造成家庭幸福，最好是保持夫妇间的均势，不要让东风压倒西风，也不要让西风压倒东风。否则我退一尺，他进十寸，高的越高，高到三十三重天堂，为玉皇大帝盖瓦，低的越低，低到一十八层地狱，替阎罗老子挖煤，夫妇之间就永远没有和平了。

选自王了一散文集《龙虫并雕斋琐语》，上海观察社 1949 年版

○ 梁实秋

女　人

　　有人说女人喜欢说谎。假如女人所捏撰的故事都能抽取版税，便很容易致富。这问题在什么叫做说谎。若是运用小小的机智，打破眼前小小的窘僵，获取精神上小小的胜利，因而牺牲一点点真理，这也可以算是说谎，那么，女人确是比较的富于说谎的天才。有具体的例证。你没有陪过女人买东西吗？尤其是买衣料，她从不干干脆脆的说要做什么衣，要买什么料，准备出多少钱。她必定要东挑西拣，翻天覆地，同时口中念念有词，不是嫌这匹料子太薄，就是怪那匹料子花样太旧，这个不禁洗，那个不禁晒，这个缩头大，那个门面窄，批评得人家一文不值。其实，满不是这么一回事，她只是嫌价码太贵而已！如果价钱便宜，其他的缺点全都不成问题，而且本来不要买的也要购储起来。一个女人若是因为炭贵而不升炭盆，她必定对人解释说："冬天升炭盆最不卫生，到春天容易喉咙痛！"屋顶渗漏，塌下盆大的灰泥，在未修补之前，女人便会向人这样解释："我预备在这地方安装电灯。"自己上街买菜的女人，常常只承认散步和呼吸新鲜空气是她上市的唯一理由。艳羡汽车的女人常常表示她最厌恶汽油的臭味。坐在中排看戏的女人常常说前排的头等座位最不舒适。一个女人馈赠别人，必说："实在买不到什么好的……"其实这东西根本不是她买的，是别人送给她的。一个女人表示愿意陪你去上街走走，其实是她顺便要买东西。总之，女人总欢喜拐弯抹角的，放一个小小的烟幕，无伤大雅，颇占体面。这也是艺术，王尔德不是说过"艺术即是说谎"么？这些例证还只是一些并无版权的谎话而已。

　　女人善变，多少总有些哈姆雷特式，拿不定主意；问题大者如离婚结婚，问题小者如换衣换鞋，都往往在心中经过一读二读三读，决议之后再复议，复议之后再否决，女人决定一件事之后，还能随时做一百八十度的大转弯，做出那与决定完全相反的事，使人无法追随。因为变得急速，所以容易给人以"脆弱"的印象。莎士比亚有一名句："'脆弱'呀，你的名字叫做'女人！'"但这脆弱，并不永远使女人吃亏。越是柔韧的东西越不易摧折。女人不仅在决断上善变，即便是一个小小的别针位置也常变,午前在领扣上,午后就许移到了头发上。三张沙发,能摆出若干阵势;几根头发,能梳出无数花头。讲到服装,其变化之多,常达到荒谬的程度。外国女人的帽子,可以是一根鸡毛,可以是半只铁锅,或是一个畚箕。中国女人的袍子,变化也就够多,领子高的时候可以使她像一只长颈鹿,袖子短的时候恨不得使两腋生风,至于钮扣盘花,滚边镶绣,则更加是变幻莫测。"上帝给她一张脸,她能另造一张出来。""女人是水做的",是活水,不是止水。

　　女人善哭。从一方面看,哭常是女人的武器,很少人能抵抗她这泪的洗礼。俗语说:"一哭二睡三上吊",这一哭确实其势难当。但从另一方面看,哭也常是女人的内心的"安全瓣"。女人的忍耐的力量是伟大的,她为了男人,为了小孩,能忍受难堪的委曲。女人对于自己的享受方面,总是属于"斯多亚派"的居多。男人不在家时,她能立刻变成为素食主义者,火炉里能爬出老鼠,开电灯怕费电,再关上又怕费开关。平素既已极端刻苦,一旦精神上再受刺激,便忍无可忍,一腔悲怨天然的化做一把把的鼻涕眼泪,从"安全瓣"中汩汩而出,腾出空虚的心房,再来接受更多的委曲。女人很少破口骂人(骂街便成泼妇,其实甚少,)很少揎袖挥拳,但泪腺就比较发达。善哭的也就常常善笑,迷迷的笑,吃吃的笑,格格的笑,哈哈的笑,笑是常驻在女人脸上的,这笑脸常常成为最有效的护照。女人最像小孩,她能为了一个滑稽的姿态而笑得前仰后合,肚皮痛,淌眼泪,以至于翻筋斗!哀与乐都像是常川有备,一触即发。

　　女人的嘴,大概是用在说话方面的时候多。女孩子从小就往往口齿伶俐,就是学外国语也容易琅琅上口,不像嘴里含着一个大舌头。等到长大之后,三五成群,说长道短,声音脆,嗓门高,如蝉噪,如蛙鸣,真当得好几部鼓吹!等到年事再长,万一堕入"长舌"型,则东家长,西家短,飞短流长,搬弄多少是非,惹出无数口舌;万一堕入"喷壶嘴"型,则琐碎繁杂,絮聒唠叨,一件事要说多少回,一句话要说多少遍,如喷壶下注,万流齐发,当者披靡,不可向迩!一个人给他的妻子买一件皮大衣,朋友问他"你是为使她舒适吗?"那人回答说:"不是,为使她少说些话!"

　　女人胆小,看见一只老鼠而当场昏厥,在外国不算是奇闻。中国女人胆小不至如此,但是一声霹雷使得她拉紧两个老妈子的手而仍战栗不止,倒是确有其事。这并不是做作,并不是故意在男人面前做态,使他有机会挺起胸脯说:"不要怕,有我在!"她是真怕。在黑暗中或荒僻处,没有人,她怕;万一有人,她更怕!屠牛宰羊,固然不是女人的事,杀鸡宰鱼,也不是不费手脚。胆小的缘故,大概主要的是体力不济。女人的体温似乎较低一些,有许多女人怕发胖而食无求饱,营养不足,再加上怕臃肿而衣裳单薄,到冬天瑟瑟打战,袜薄如蝉翼,把小腿冻得作"浆米藕"色,两只脚放在被里一夜也暖不过来,双手捧热水袋,从八月捧起,捧到明年五月,还不忍释手。抵抗饥寒之不暇,焉能望其胆大。

　　女人的聪明,有许多不可及处,一根棉线,一下子就能穿入针孔,然后一下子就能在线的尽头处打上一个结子,然后扯直了线在牙齿上砑砑两声,针尖在头发上擦抹两下，便能开始解决许多在人生中并不算小的苦恼，例如缝上衬衣的扣子，补上袜子的破洞之类。至于几根篾棍，一上一下的编出多少样物事，更是令人叫绝。有学问的女人，创辟"沙龙"，对任何问题能继续谈论至半小时以上，不但不令人入睡，而且令人疑心她是内行。

选自梁实秋《雅舍小品》，台北正中书局1949年版

下　棋

　　有一种人我最不喜欢和他下棋，那便是太有涵养的人。杀死他一大块，或是抽了他一个车，他神色自若，不动火，不生气，好像是无关痛痒，使你觉得索然寡味。君子无所争，下棋却是要争的，当你给对方一个严重威胁的时候，对方的头上青筋暴露，黄豆般的汗珠一颗颗的在额上陈列出来，或哭丧着脸做惨笑，或咕嘟着嘴做吃屎状，或抓耳挠腮，或大叫一声，或长吁短叹，或自怨自艾口中念念有词，或一串串的噎嗝打个不休，或红头涨脸如关公，种种现象不一而足，这时节你"行有余力"，便可以点起一支烟，或品一碗茶，静静地欣赏对方的苦闷的象征。我想猎人困逐一只野兔的时候，其愉快大概略相仿佛。因此我悟出一点道理，和人下棋的时候，如果有机会使对方守窘，当然无所不用其极，如果被对方所窘，便努力作出不介意状，因为既不能积极的给对方以痛苦，只好消极的减少对方的乐趣。

　　自古博弈并称，全是属于赌的一类，而且只是比"饱食终日无所用心"略胜一筹而已。不过弈虽小术，亦可以观人，相传有慢性人，见对方走当头炮，便左思右想，不知是跳左边的马好，还是跳右边的马好，想了半个钟头而迟迟不决，急的对方拱手认输。是有这样的慢性人，每一招都要考虑，而且是加慢的考虑，我常想这种人如加入龟兔竞赛，也必定可以获胜。也有性急的人，下棋如赛跑，劈劈拍拍，草草了事，这仍是饱食终日无所用心的一贯作风。下棋不能无争，争的范围有大有小，有斤斤计较而因小失大者，有不拘小节而眼观全局者，有短兵相接做生死斗者，有各自为战而旗鼓相当者，有赶尽杀绝一步不让者，有好勇斗狠同归于尽者，有一面下棋一面诟骂者，但最不幸的是争的范围超出了棋盘，而拳足交加。有下象棋者，久而无声响，排闼视之，原来他们是在门后角里扭作一团，一个人骑在另一个人的身上，在他的口里挖车呢，被挖者不敢出声，出声则张口，张口则车被挖回，挖回则必悔棋，悔棋则不得胜，这种认真的态度憨得可爱。我曾见过二人手谈，起先是坐着，神情潇洒，望之如神仙中人，俄而棋势吃紧，两人都站起来了，剑拔弩张，最后到了生死关头，两个人都跳到桌上去了！

笠翁《闲情偶寄》说弈棋不如观棋，因观者无得失心。观棋是有趣的事，如看斗牛、斗鸡、斗蟋蟀一般。但是观棋也有难过之处，观棋不语是一种痛苦。喉间硬是痒的出奇，思一吐为快。看见一个人要入陷阱而不作声是几乎不可能的事，如果说得中肯，其中一个人要怨恨你，暗暗的骂一声"多嘴驴！"另一个人也不感激你，心想"难道我还不晓得这样走！"如果说的不中肯，两个人都要一齐嗤之以鼻，"无见识奴！"如果根本不说，憋在心里，受病。所以有人于挨了一耳光之后还要捂着热辣辣的嘴巴大呼"要抽车！要抽车！"

下棋只是为了消遣，其所以能使这样多人嗜之不疲，是因为它颇合于人类好斗的本能，这是一种"斗智不斗力"的游戏。所以瓜棚豆架之下，与世无争的村夫野老不免一枰相对，消此永昼；闹市茶寮之中，常有有闲人士下棋消遣，"不为无益之事，何以遣此有涯之生？"宦海里翻过身最后隐退东山的大人先生们，髀肉复生而英雄无用武之地，也只好闲来对弈，了此残生，下棋全是"剩余精力"的发泄。人总是要斗的，总是要钩心斗角的和人争逐的。与其和人争权夺利，还不如在棋盘上多占几个官，与其招摇撞骗，还不如在棋盘上抽上一车。宋人笔记曾载有一段故事："李讷仆射，性下急，酷好弈棋，每下子安详，极于宽缓，往往躁怒作，家人悲则密以弈具陈于前，讷睹，便欣然改容，以取其子布弄，都忘其恚矣。"（《南部新书》）下棋有没有这样陶冶性情之功，我不敢说，不过有人下起棋来把性命都置之度外。我有两个朋友下棋，警报作，不动声色，俄而弹落，棋子被震的在盘上跳荡，屋瓦乱飞，其中一位棋瘾较小者变色而起，被对方一把拉住，"你走！那就算是你输了。"此公深得棋中之趣。

选自梁实秋《雅舍小品》，台北正中书局 1949 年版

○ 钱锺书

读伊索寓言

比我们年轻的人，大概可以分作两类。第一种是和我们年龄相差得极多的小辈；我们能够容忍这种人，并且会喜欢而给予保护；我们可以对他们卖老，我们的年长只增添了我们的尊严。还有一种是比我们年轻得不多的后生，这种人只会惹我们的厌恨以至于嫉忌，他们已失掉尊敬长者的观念，而我们的年龄又不够引起他们对老弱者的怜悯；我们非但不能卖老，还要赶着他们学少，我们的年长反使我们吃亏。这两种态度是到处看得见的。譬如一个近三十的女人，对于十八九岁女孩子的相貌，还肯说好，对于二十三四岁的少女们，就批判得不留情面了。所以小孩子总能讨大人的喜欢，而大孩子跟小孩子之间就免不了时常冲突。一切人事上的关系，只要涉到年辈资格先后的，全证明了这个分析的正确。

把整个历史来看，古代相当于人类的小孩子时期。先前是幼稚的，经过几千百年的长进，慢慢地到了现代。时代愈古，愈在前，它的历史愈短；时代愈在后，它积的阅历愈深，年龄愈多。所以我们反是我们祖父的老辈，上古三代反不如现代的悠久古老。这样，我们的信而好古的态度，便发生了新意义。我们思慕古代不一定是尊敬祖先，也许只是喜欢小孩子，并非为敬老，也许是卖老。没有老头子肯承认自己是衰朽顽固的，所以我们也相信现代一切，在价值上、品格上都比了古代进步。

这些感想是偶尔翻看《伊索寓言》引起的。是的，《伊索寓言》大可看得。它至少给予我们三种安慰。第一，这是一本古代的书，读了可以增进我们对于现代文明的骄傲。第二，它是一本小孩子读物，看了愈觉得我们是成人了，已超出那些幼稚的见解。第三呢，这部书差不多都是讲禽兽的，从禽兽变到人，你看这中间需要多少进化历程！我们看到这许多蝙蝠、狐狸等的举动言论，大有发迹后访穷朋友、衣锦还故乡的感觉。但是穷朋友要我们帮助，小孩子该我们教导，所以我们看了《伊索寓言》，也觉得有好多浅薄的见解，非加以纠正不可。

例如蝙蝠的故事：蝙蝠碰见鸟就充作鸟，碰见兽就充作兽。人比蝙蝠就聪明多了。他会把蝙蝠的方法反过来施用：在鸟类里偏要充兽，表示脚踏实地；在兽类里偏要充鸟，表示高超出世。向武人卖弄风雅，向文人装作英雄；在上流社会里他是又穷又硬的平民，到了平民中间，他又是屈尊下顾的文化份子：这当然不是蝙蝠，这只是——人。

蚂蚁和促织的故事：一到冬天，蚂蚁把在冬天的米粒出晒；促织饿得半死，向蚂蚁借粮，蚂蚁说："在夏天唱歌作乐的是你，到现在挨饿，活该！"这故事应该还有下文。据柏拉图《对话篇·菲德洛斯》（*Phaedrus*）说，促织进化，变成诗人。照此推论，坐看着诗人穷饿、不肯借钱的人，前身无疑是蚂蚁了。促织饿死了，本身就做蚂蚁的粮食；同样，生前养不活自己的大作家，到了死后偏有一大批人靠他生活，譬如，写回忆怀念文字的亲戚和朋友，写研究论文的批评家和学者。

狗和他自己影子的故事：狗衔肉过桥，看见水里的影子，以为是另一只狗也衔着肉；因而放弃了嘴里的肉，跟影子打架，要抢影子衔的肉，结果把嘴里的肉都丢了。这篇寓言的本意是戒贪得，但是我们现在可以应用到旁的方面。据说每个人需要一面镜子，可以常常自照，知道自己是个什么东西。不过，能自知的人根本不用照镜子，不自知的东西，照了镜子也没有用——譬如这只衔肉的狗，照镜以后，反害他大叫大闹，空把自己的影子，当作攻击狂吠的对象。可见有些东西最好不要对镜自照。

天文家的故事：天文家仰面看星象，失足掉在井里，大叫"救命"；他的邻居听见了，叹气说："谁叫他只望着高处，不管地下呢！"只向高处看，不顾脚下的结果，有时是下井，有时是下野或下台。不过，下去以后，决不说是不小心掉下去的，只说有意去做下属的调查和工作。譬如这位天文家就有很好的借口：坐井观天。真的，我们就是下去以后，眼睛还是向上看的。

乌鸦的故事：上帝要捡最美丽的鸟作禽类的王，乌鸦把孔雀的长毛披在身上，插在尾巴上，到上帝前面去应选，果然为上帝挑中，其它鸟类大怒，把它插上的毛羽都扯下来，依然现出乌鸦的本相。这就是说：披着长头发的，未必就真是艺术家；反过来说，秃顶无发的人，当然未必是学者或思想家，寸草也不生的头脑，你想还会产生什么旁的东西？这个寓言也不就此结束，这只乌鸦借来的羽毛全给人家拔去，现了原形，老羞成怒，提议索性大家把自己天生的毛羽也拔个干净，到那时候，大家光着身子，看真正的孔雀、天鹅等跟乌鸦有何分别。这个遮羞的方法至少人类是常用的。

牛跟蛙的故事：母蛙鼓足了气，问小蛙道："牛有我这样大么？"小蛙答说："请你不要涨了，当心肚子爆裂！"这母蛙真是笨坯！她不该跟牛比伟大的，她应该跟牛比娇小。所以我们每一种缺陷都有补偿，吝啬说是经济，愚蠢说是诚实，卑鄙说是灵活，无才便说是德。因此世界上没有自认为一无可爱的女人，没有自认为百不如人的男子。这样，彼此各得其所，当然不会相安无事。

老婆子和母鸡的故事：老婆子养只母鸡，每天下一个蛋。老婆子贪心不足，希望它一天下两个蛋，加倍喂她。从此鸡愈吃愈肥，不下蛋了——所以戒之在贪。伊索错了！他该说，大胖子往往是小心眼。

狐狸和葡萄的故事：狐狸看见藤上一颗颗已熟的葡萄，用尽方法，弄不到嘴只好放弃，安慰自己说："这葡萄也许还是酸的，不吃也罢！"就是吃到了，他还要说：

"这葡萄果然是酸的。"假如他是一只不易满足的狐狸,这句话他对自己说,因为现实终"不够理想"。假如他是一只很感满意的狐狸,这句话他对旁人说,因为诉苦经可以免得旁人来分甜头。

驴子跟狼的故事:驴子见狼,假装腿上受伤,对狼说:"脚上有刺,请你拔去了,免得你吃我时舌头被刺。"狼信以为真,专心寻刺,被驴子踢伤逃去,因此叹气说:"天派我做送命的屠夫的,何苦做治病的医生呢!"这当然幼稚得可笑,他不知道医生也是屠夫的一种。

这几个例可以证明《伊索寓言》是不宜做现代儿童读物的。卢梭在《爱弥儿》(*Emile*)卷二里反对小孩子读寓言,认为有坏心术,举狐狸骗乌鸦嘴里的肉一则为例,说小孩子看了,不会跟被骗的乌鸦同情,反会羡慕善骗的狐狸。要是真这样,不就证明小孩子的居心本来欠好吗?小孩子该不该读寓言,全看我们成年人在造成什么一个世界、什么一个社会,给小孩子长大了来过活。卢梭认为寓言会把纯朴的小孩子教得复杂了,失去了天真,所以要不得。我认为寓言要不得,因为它把纯朴的小孩子教得愈简单了,愈幼稚了,以为人事里是非的分别、善恶的果报,也像在禽兽中间一样的公平清楚,长大了就处处碰壁上当。缘故是,卢梭是原始主义者(Primitivist),主张复古,而我呢,是相信进步的人——虽然并不像寓言里所说的苍蝇,坐在车轮的轴心上,嗡嗡地叫到:"车子的前进,都是我的力量。"

钱锺书散文集《写在人生边上》,上海开明书店 1946 年版

论 快 乐

在旧书铺里买回来维尼(Vigny)的《诗人日记》(*Journal d'un poète*),信手翻开,就看见有趣的一条。他说,在法语里,喜乐(bonheur)一个名词是"好"和"钟点"两字拼成,可见好事多磨,只是个把钟头的玩意儿(Si le bon heur n'etait qu'une bonne heure!)。我们联想到我们本国话的说法,也同样的意味深永,譬如快活或快乐的快字,就把人生一切乐事的飘瞥难留,极清楚地指示出来。所以我们又慨叹说:"欢娱嫌夜短!"因为人在高兴的时候,活得太快,一到困苦无聊,愈觉得日脚像跛了似的,走得特别慢。德语的沉闷(langweile)一词,据字面上直译,就是"长时间"的意思。《西游记》里小猴子对孙行者说:"天上一日,下界一年。"这种神话,确反映着人类的心理。天上比人间舒服欢乐,所以神仙活得快,人间一年在天上只当一日过。从此类推,地狱里比人间更痛苦,日子一定愈加难度;段成式《酉阳杂俎》就说:"鬼言三年,人间三日。"嫌人生短促的人,真是最快活的人;反过来说,真快活的人,不管活到多少岁死,只能算是短命夭折。所以,做神仙也并不值

得，在凡间已经三十年做了一世的人，在天上还是个未满月的小孩。但是这种"天算"，也有占便宜的地方：譬如戴君孚《广异记》载崔参军捉狐妖，"以桃枝决五下"，长孙无忌说罚得太轻，崔答："五下是人间五百下，殊非小刑。"可见卖老祝寿等等，在地上最为相宜，而刑罚呢，应该到天上去受。

"永远快乐"这句话，不但渺茫得不能实现，并且荒谬得不能成立。快过的决不会永久；我们说永远快乐，正好像说四方的圆形，静止的动作同样地自相矛盾。在高兴的时候，我们空对瞬息即逝的时间喊着说："逗留一会儿罢！你太美了！"那有什么用？你要永久，你该向痛苦里去找。不讲别的，只要一个失眠的晚上，或者有约不来的下午，或者一课沉闷的听讲——这许多，比一切宗教信仰更有效力，能使你尝到什么叫做"永生"的滋味。人生的刺，就在这里，留恋着不肯快走的，偏是你所不留恋的东西。

快乐在人生里，好比引诱小孩子吃药的方糖，更像跑狗场里引诱狗赛跑的电兔子。几分钟或者几天的快乐赚我们活了一世，忍受着许多痛苦。我们希望它来，希望它留，希望它再来——这三句话概括了整个人类努力的历史。在我们追求和等候的时候，生命又不知不觉地偷度过去。也许我们只是时间消费的筹码，活了一世不过是为那一世的岁月充当殉葬品，根本不会想到快乐。但是我们到死也不明白是上了当，我们还理想死后有个天堂，在那里——谢上帝，也有这一天！我们终于享受到永远的快乐。你看，快乐的引诱，不仅像电兔子和方糖，使我们忍受了人生，而且仿佛钓钩上的鱼饵，竟使我们甘心去死。这样说来，人生虽痛苦，却不悲观，因为它终抱着快乐的希望；现在的账，我们预支了将来去付。为了快活，我们甚至于愿意慢死。

穆勒曾把"痛苦的苏格拉底"和"快乐的猪"比较。假使猪真知道快活，那么猪和苏格拉底也相去无几了。猪是否能快乐得像人，我们不知道；但是人会容易满足得像猪，我们是常看见的。把快乐分肉体的和精神的两种，这是最糊涂的分析。一切快乐的享受都属于精神的，尽管快乐的原因是肉体上的物质刺激。小孩子初生了下来，吃饱了奶就乖乖地睡，并不知道什么是快活，虽然它身体感觉舒服。缘故是小孩子时的精神和肉体还没有分化，只是混沌的星云状态。洗一个澡，看一朵花，吃一顿饭，假使你觉得快活，并非全因为澡洗得干净，花开得好，或者菜合你口味，主要因为你心上没有挂碍，轻松的灵魂可以专注肉体的感觉，来欣赏，来审定。要是你精神不痛快，像将离别时的宴席，随它怎样烹调得好，吃来只是土气息，泥滋味。那时刻的灵魂，仿佛害病的眼怕见阳光，撕去皮的伤口怕接触空气，虽然空气和阳光都是好东西。快乐时的你一定心无愧怍。假如你犯罪而真觉快乐，你那时候一定和有道德、有修养的人同样心安理得。有最洁白的良心，跟全没有良心或有最漆黑的良心，效果是相等的。

发现了快乐由精神来决定，人类文化又进一步。发现这个道理，和发现是非善恶取决于公理而不取决于暴力，一样重要。公理发现以后，从此世界上没有可被武力完全屈服的人。发现了精神是一切快乐的根据，从此痛苦失掉它们的可怕，肉体减少了专制。精神的炼金术能使肉体痛苦都变成快乐的资料。于是，烧了房子，有庆贺的人;一箪食,一瓢饮,有不改其乐的人;千灾百毒,有谈笑自若的人。所以我们前面说,人生虽不快乐,而仍能乐观。譬如从写《先知书》的所罗门直到做《海风》诗的马拉梅(Mallarmé),都觉得文明人的痛苦,是身体困倦。但是偏有人能苦中作乐,从病痛里滤出快活来,使健康的消失有种赔偿。苏东坡诗就说:"因病得闲殊不恶,安心是药更无方。"王丹麓《今世说》也记毛稚黄善病,人以为忧,毛曰:"病味亦佳,第不堪为燥热人道耳!"在着重体育的西洋,我们也可以找着同样达观的人。工愁善病的诺凡利斯(Novalis)在《碎金集》里建立一种病的哲学,说病是"教人学会休息的女教师"。罗登巴赫(Rodenbach)的诗集《禁锢的生活》(Les Vies Encloses)里有专咏病味的一卷,说病是"灵魂的洗涤(puration)"。身体结实、喜欢活动的人采用了这个观点,就对病痛也感到另有风味。顽健粗壮的十八世纪德国诗人白洛柯斯(B. H. Brockes)第一次害病,得是一个"可惊异的大发现(eine be-wunderung swürdige Erifindung)"。对于这种人,人生还有什么威胁?这种快乐,把忍受变为享受,是精神对于物质的最大胜利。灵魂可以自主——同时也许是自欺。能一贯抱这种态度的人,当然是大哲学家,但是谁知道他不也是个大傻子?

是的,这有点矛盾。矛盾是智慧的代价。这是人生对于人生观开的玩笑。

选自钱锺书散文集《写在人生边上》,上海开明书店1946年版

○ 张爱玲

更衣记

如果当初世代相传的衣服没有大批卖给收旧货的，一年一度六月里晒衣裳，该是一件辉煌热闹的事罢。你在竹竿与竹竿之间走过，两边拦着绫罗绸缎的墙——那是埋在地底下的古代宫室里发掘出来的甬道。你把额角贴在织金的花绣上。太阳在这边的时候，将金线晒得滚烫，然而现在已经冷了。

从前的人吃力地过了一辈子，所作所为，渐渐蒙上了灰尘；子孙晾衣裳的时候又把灰尘给抖了下来，在黄色的太阳里飞舞着。回忆这东西若是有气味的话，那就是樟脑的香，甜而稳妥，像记得分明的快乐，甜而怅惘，像忘却了的忧愁。

我们不大能够想象过去的世界，这么迂缓，安静，齐整——在满清三百年的统治下，女人竟没有什么时装可言！一代又一代的人穿着同样的衣服而不觉得厌烦。开国的时候，因为"男降女不降"，女子的服装还保留着显著的明代遗风。从十七世纪中叶直到十九世纪末，流行着极度宽大的衫裤，有一种四平八稳的沉着气象。领圈很低，有等于无。穿在外面的是"大袄"。在非正式的场合，宽了衣，便露出"中袄"。"中袄"里面有紧窄合身的"小袄"，上床也不脱去，多半是妖媚的桃红或水红。三件袄子之上又加着"云肩背心"，黑缎宽镶，盘着大云头。

削肩，细腰，平胸，薄而小的标准美女在这一层层衣衫的重压下失踪了。她的本身是不存在的，不过是一个衣架子罢了。中国人不赞成太触目的女人。历史上记载的耸人听闻的美德——譬如说，一只胳膊被陌生男子拉了一把，便将它砍掉——虽然博得普遍的赞叹，知识阶级对之总隐隐地觉得有点遗憾，因为一个女人不该吸引过度的注意；任是铁铮铮的名字，挂在千万人的嘴唇上，也在呼吸的水蒸气里生了锈。女人要想出众一点，连这样堂而皇之的途径都有人反对，何况奇装异服，自然那更是伤风败俗了。

出门时裤子上罩的裙子，其规律化更为彻底。通常都是黑色，逢着喜庆年节，太太穿红的，姨太太穿粉红。寡妇系黑裙，可是丈夫过世多年之后，如有公婆在堂，她可以穿湖色或雪青。裙上的细褶是女人的仪态最严格的试验。家教好的姑娘，莲步姗姗,百褶裙虽不至于纹丝不动,也只限于最轻微的摇颤。不惯穿裙的小家碧玉走起路来便予人以惊风骇浪的印象。更为苛刻的是新娘的红裙,裙腰垂下一条条半寸来宽的飘带,带端系着铃。行动时只许有一点隐约的叮当,像远山上宝塔上的风铃。晚至一九二〇年左右,比较潇洒自由的宽褶裙入时了,这一类的裙子方才完全废除。

穿皮子,更是禁不起一些出入,便被目为暴发户。皮衣有一定的季节,分门别类,至为详尽。十月里若是冷得出奇,穿三层皮是可以的,至于穿什么皮,那却要顾到季节而不曾顾到天气了。初冬穿"小毛",如青种羊,紫羔,珠羔;然后穿"中毛",如银鼠,灰鼠,灰脊,狐腿,甘肩,倭刀;隆冬穿"大毛",——白狐,青狐,西狐,玄狐,紫貂。"有功名"的人方能穿貂。中下等阶级的人以前比现在富裕得多,大都有一件金银嵌或羊皮袍子。

姑娘们的"昭君套"为阴森的冬月添上点色彩。根据历代的图画,昭君出塞所戴的风兜是爱斯基摩氏的,简单大方,好莱坞明星仿制者颇多。中国十九世纪的"昭君套"却是颠狂冶艳的,——一顶瓜皮帽,帽檐围上一圈皮,帽顶缀着极大的红绒球,脑后垂着两根粉红缎带,带端缀着一对金印,动辄相击作声。

对于细节的过分的注意,为这一时期的服装的要点。现代西方的时装,不必要的点缀品未尝不花样多端,但是都有个目的——把眼睛的蓝色发扬光大起来,补助不发达的胸部,使人看上去高些或矮些,集中注意力在腰肢上,消灭臀部过度的曲线……古中国衣衫上的点缀品却是完全无意义的,若说它是纯粹装饰性质的罢,为什么连鞋底上也满布着繁缛的图案呢?鞋的本身就很少在人前露脸的机会,别说鞋底了。高底的边缘也充塞着密密的花纹。

袄子有"三镶三滚","五镶五滚","七镶七滚"之别,镶滚之外,下摆与大襟上还闪烁着水银盘的梅花,菊花,袖上另钉着名唤"阑干"的丝质花边,宽约七寸,挖空镂出福寿字样。

这里聚集了无数小小的有趣之点,这样不停地另生枝节,放恣,不讲理,在不相干的事物上浪费了精力,正是中国闲阶级一贯的态度。惟有世上最清闲的国家里最闲的人,方才能够领略到这些细节的妙处。制造一百种相仿而不犯重的图案,固然需要艺术与时间;欣赏它,也同样地烦难。

古中国的时装设计家似乎不知道,一个女人到底不是大观园。太多的堆砌使兴趣不能集中。我们的时装的历史,一言以蔽之,就是这些点缀品的逐渐减去。

当然事情不是这么简单。还有腰身大小的交替盈蚀。第一个严重的变化发生在光绪三十二三年。铁路已经不这么稀罕了,火车开始在中国人的生活里占一重要位置。诸大商港的时新款式迅速地传入内地。衣裤渐渐缩小,"阑干"与阔滚条过了时,单剩下一条极窄的。扁的是"韭菜边",圆的是"灯果边",又称"线香滚"。在政治动乱与社会不靖的时期——譬如欧洲的文艺复兴时代——时髦的衣服永远是紧匝在身上,轻捷利落,容许剧烈的活动,在十五世纪的意大利,因为衣裤过于紧小,肘弯膝盖,筋骨接榫处非得开缝不可。中国衣服在革命酝酿期间差一点就胀裂开来了。"小皇帝"登基的时候,袄子套在人身上象刀鞘。中国女人的紧身背心的功用实在奇妙

——衣服再紧些，衣服底下的肉体也还不是写实派的作风，看上去不大像个女人而像一缕诗魂。长袄的直线延至膝盖为止，下面虚飘飘垂下两条窄窄的裤管，似脚非脚的金莲抱歉地轻轻踏在地上。铅笔一般瘦的裤脚妙在给人一种伶仃无告的感觉。在中国诗里，"可怜"是"可爱"的代名词。男子向有保护异性的嗜好，而在青黄不接的过渡时代，颠连困苦的生活情形更激动了这种倾向。宽袍大袖的，端凝的妇女现在发现太福相了是不行的，做个薄命的人反倒于她们有利。

那又是一个各趋极端的时代。政治与家庭制度的缺点突然被揭穿。年轻的知识阶级仇视着传统的一切，甚至于中国的一切。保守性的方面也因为惊恐的缘故而增强了压力。神经质的论争无日不进行着，在家庭里，在报纸上，在娱乐场所。连涂脂抹粉的文明戏演员，姨太太们的理想恋人，也在戏台上向他的未婚妻借题发挥，讨论时事，声泪俱下。

一向心平气和的古国从来没有如此骚动过。在那歇斯底里的气氛里，"元宝领"这东西产生了——高得与鼻尖平行的硬领，像缅甸的一层层叠至尺来高的金属项圈一般，逼迫女人们伸长了脖子。这吓人的衣服与下面的一捻柳腰完全不相称，头重脚轻，无均衡的性质正象征了那个时代。

民国初建立，有一时期似乎各方面都有浮面的清明气象。大家都认真相信卢骚的理想化的人权主义。学生们热诚拥护投票制度，非孝，自由恋爱。甚至于纯粹的精神恋爱也有人实验过，但似乎不会成功。

时装上也显出空前的天真，轻快，愉悦。"喇叭管袖子"飘飘欲仙，露出一大截玉腕。短袄腰部极为紧小。上层阶级的女人出门系裙，在家里只穿一条齐膝的短裤，丝袜也只到膝为止，裤与袜的交界处偶然也大胆地暴露了膝盖，存心不良的女人往往从袄底垂下挑拨性的长而宽的淡色丝质的裤带，带端飘着排穗。

民国初年的时装，大部分的灵感是得自西方的。衣领减低了不算，甚至被蠲免了的时候也有。领口挖成圆形，方形，鸡心形，金刚钻形。白色丝质围巾四季都能用。白丝袜脚跟上的黑绣花，像虫的行列，蠕蠕爬到腿肚子上。交际花与妓女常常有戴平光眼镜以为美的。舶来品不分皂白地被接受，可见一斑。

军阀来来去去，马蹄后飞沙走石，跟着他们自己的官员，政府，法律，跌跌绊绊赶上去的时装，也同样的千变万化。短袄的下摆忽而圆，忽而尖，忽而六角形。女人的衣服往常是和珠宝一般，没有年纪的，随时可以变卖，然而在民国的当铺里不复受欢迎了，因为过了时就一文不值。

时装的日新月异并不一定表现活泼的精神与新颖的思想。恰巧相反，它可以代表呆滞；由于其他活动范围内的失败，所有的创造力都流入衣服的区域里去。在政治混乱期间，人们没有能力改良他们的生活情形。他们只能够创造他们贴身的环境——那就是衣服。我们各人住在各人的衣服里。

一九二一年，女人穿上了长袍。发源于满洲的旗装自从旗人入关之后一直与中土的服装并行着的，各不相犯，旗下的妇女嫌她们的旗袍缺乏女性美，也想改穿较妩媚的袄裤，然而皇帝下诏，严厉禁止了。五族共和之后，全国妇女突然一致采用旗袍，倒不是为了效忠于清朝，提倡复辟运动，而是因为女子蓄意要模仿男子。在中国，自古以来女人的代名词是"三绺梳头，两截穿衣"。一截穿衣与两截穿衣是很细微的区别，似乎没有什么不公平之处，可是一九二〇年的女人很容易地就多了心。她们初受西方文化的熏陶，醉心于男女平权之说，可是四周的实际情形与理想相差太远了，羞愤之下，她们排斥女性化的一切，恨不得将女人的根性斩尽杀绝。因此初兴的旗袍是严冷方正的，具有清教徒的风格。

政治上，对内对外陆续发生的不幸事件使民众灰了心。青年人的理想总有支持不了的一天。时装开始紧缩。喇叭管袖子收小了。一九三〇年，袖长及肘，衣领又高了起来，往年的元宝领的优点在它的适宜的角度，斜斜地切过两腮，不是瓜子脸也变了瓜子脸，这一次的高领却是圆筒式的，紧抵着下颔，肌肉尚未松弛的姑娘们也生了双下巴。这种衣领根本不可恕。可是它象征了十年前那种理智化的淫逸的空气——直挺挺的衣领远远隔开了女神似的头与下面的丰柔的肉身。这儿有讽刺，有绝望后的狂笑。

当时欧美流行着的双排钮扣的军人式的外套正和中国人凄厉的心情一拍即合。然而恪守中庸之道的中国女人在那雄赳赳的大衣底下穿着拂地的丝绒长袍，袍叉开到大腿上，露出同样质料的长裤子，裤脚上闪着银色花边。衣服的主人翁也是这样的奇异的配搭，表面上无不激烈地唱高调，骨子里还是唯物主义者。

近年来最重要的变化是衣袖的废除。（那似乎是极其艰难危险的工作，小心翼翼地，费了二十年的工夫方才完全剪去。）同时衣领矮了，袍身短了，装饰性质的镶滚也免了，改用盘花钮扣来代替，不久连钮扣也被捐弃了，改用嵌钮。总之，这笔账完全是减法——所有的点缀品，无论有用没用，一概剔去。剩下的只有一件紧身背心，露出颈项、两臂与小腿。

现在要紧的是人，旗袍的作用不外乎烘云托月忠实地将人体轮廓曲曲勾出。革命前的装束却反之，人属次要，单只注重诗意的线条，于是女人的体格公式化，不脱衣服，不知道她与她有什么不同。

我们的时装不是一种有计划有组织的实业，不比在巴黎，几个规模宏大的时装公司如 Lelong's Schiaparelli's，垄断一切，影响及整个白种人的世界。我们的裁缝却是没主张的。公众的幻想往往不谋而合，产生一种不可思议的洪流。裁缝只有追随的份儿。因为这缘故，中国的时装更可以作民意的代表。

究竟谁是时装的首创者，很难证明，因为中国人素不尊重版权，而且作者也不甚介意，既然抄袭是最隆重的赞美。最近入时的半长不短的袖子，又称"四分之三袖"，上海人便说是香港发起的，而香港人又说是上海传来的，互相推诿，不敢负责。

一双袖子翩翩归来，预兆形式主义的复兴。最新的发展是向传统的一方面走，细节虽不能恢复，轮廓却可尽量引用，用得活泛，一样能够适应现代环境的需要。旗袍的大襟采取围裙式，就是个好例子，很有点"三日入厨下"的风情，耐人寻味。

男装的近代史较为平淡。只一个极短的时期，民国四年至八九年，男人的衣服也讲究花哨，滚上多道的如意头，而且男女的衣料可以通用，然而生当其时的人都认为那是天下大乱的怪现状之一。目前中国人的西装，固然是谨严而黯淡，遵守西洋绅士的成规，即使中装也长年地在灰色，咖啡色，深青里面打滚，质地与图案也极单调。男子的生活比女子自由得多，然而单凭这一件不自由，我就不愿意做一个男子。

衣服似乎是不足挂齿的小事。刘备说过这样的话："兄弟如手足，妻子如衣服。"可是如果女人能够做到"丈夫如衣服"的地步，就很不容易。有个西方作家（是萧伯纳么？）曾经抱怨过，多数女人选择丈夫远不及选择帽子一般的聚精会神，慎重考虑。再没有心肝的女子说起她"去年那件织锦缎夹袍"的时候，也是一往情深的。

直到十八世纪为止，中外的男子尚有穿红着绿的权利。男子服色的限制是现代文明的特征。不论这在心理上有没有不健康的影响，至少这是不必要的压抑。文明社会的集团生活里，必要的压抑有许多种，似乎小节上应当放纵些，作为补偿。有这么一种议论，说男性如果对于衣着感到兴趣些，也许他们会安份一点，不至于千方百计争取社会的注意与赞美，为了造就一己的声望，不惜祸国殃民。若说只消将男人打扮得花红柳绿的，天下就太平了，那当然是笑话。大红蟒衣里面戴着绣花肚兜的官员，照样会淆乱朝纲。但是预言家威尔斯的合理化的乌托邦里面的男女公民一律穿着最鲜艳的薄膜质的衣裤，斗篷，这倒也值得做我们参考的资料。

因为习惯上的关系，男子打扮得略略不中程式，的确看着不顺眼，中装上加大衣，就是一个例子，不如另加上一件棉袍或皮袍来得妥当，便臃肿些也不妨。有一次我在电车上看见一个年轻人，也许是学生，也许是店伙，用米色绿方格的兔子呢制了太紧的袍，脚上穿着女式红绿条纹短袜，嘴里衔着别致的描花假象牙烟斗，烟斗里并没有烟。他吮了一会，拿下来把它一截截拆开了，又装上去，再送到嘴里吮，面上颇有得色。乍看觉得可笑，然而为什么不呢，如果他喜欢？……秋凉的薄暮，小菜场上收了摊子，满地的鱼腥和青白色的芦粟的皮与渣。一个小孩骑了自行车冲过来，卖弄本领，大叫一声，放松了扶手，摇摆着，轻倩地掠过。在这一刹那，满街的人都充满了不可理喻的景仰之心。人生最可爱的当儿便在那一撒手罢？

选自张爱玲散文集《流言》，上海五洲书报社 1944 年版

话剧篇

○ 田汉

名优之死（第一幕）

人　物

刘振声——名老生

刘凤仙——坤角青衣

刘芸仙——坤角老生

萧郁兰——坤角花旦

左宝奎——小丑

杨大爷——当地流氓化的绅士

王梅庵——小报记者

何景明——新闻记者

阿　蓉——刘凤仙的跟包

阿　福——刘振声的跟包

经　理

琴　师

其　他

时　间

现代

地　点

上海

第一幕

　　大京班后台。名角儿扮戏的特别戏房。

　　名丑左宝奎扮好《乌龙院》里的张文远，坐在刘老板的大镜子前面，故意地仔细端详。

　　萧郁兰，一位新来的坤角花旦，扮好阎惜姣也坐在镜子前面跟左宝奎闲谈。

左宝奎　（把面部化妆斟酌了好一会）今晚也不知怎么回事，老扮不好。

萧郁兰　（一面理着头上的珠翠）得了。扮得再好也是个小花脸儿。

左宝奎　（仍是一面匀粉）别瞧我是个小花脸儿，在阎惜姣的眼睛里面，还是个大大的小白脸儿呢。

萧郁兰　这才叫"情人眼里出西施"。

左宝奎　不，不是"出西施"，是"出张文远"。（彼此大笑）这是咱们唱戏的挺公道的地方，人家自以为是漂亮人物，够得上骗人家老婆的，咱们在戏台上偏叫他去丑。

萧郁兰　（微笑）不过左老板也只好在戏台上骗骗人家的老婆罢了。

左宝奎　那不就成了吗？人总得安分，像我这样的平凡人，能够在后台跟萧小姐这样的聪明姑娘聊聊天，就够幸福的了。

萧郁兰　同我？我有什么好？我看你同她才谈得起劲呢。

左宝奎　别瞎说了，"她"是谁？

萧郁兰　（努一努嘴）你听！

内刘凤仙唱《玉堂春》中一段〔二六〕："打发公子回原郡，悲悲切切转回楼门，公子立誓不再娶，玉堂春到院我誓不接人。"接着台下叫"好"之声，和许多怪声。

左宝奎　（悟）哦，凤仙儿啊！

萧郁兰　可不是吗？

左宝奎　（鄙笑）那种没有良心的女人，我同她谈得起劲儿？

萧郁兰　（低声）怎么说她没有良心？

左宝奎　你不知道她跟刘老板的关系？

萧郁兰　我才来半个多月嘛。

左宝奎　我告你吧。……

后台经理匆匆上。

经　理　老板来了没有？

左宝奎　还没有来。

经　理　老板从不误场的，今天怎么啦？

左宝奎　是啊，平常总是老早就来了的，今天许是有了什么事吧？

经　理　（顿足）这怎么办！《玉堂春》就要下了。

左宝奎　叫前台码后点儿吧，他一会儿准到的，误不了。

经理下。

萧郁兰　（女性的好奇心，低声）你说，她怎么没有良心？

左宝奎　（低声）我对你说了，你可别告诉人家。

萧郁兰　那自然哪！

左宝奎　谁相信你？叫一个女人守秘密，好比叫孙悟空守蟠桃园，非坏事不可。你得发誓。

萧郁兰　那么，你且听了……

左宝奎 （戏味）大姐请讲。

萧郁兰 左老板对我说了真情实话，我要是告诉了人家，天把我怎么长，地把我怎么短。

左宝奎 哈，哈，你倒唱起《坐宫》来了。

萧郁兰 好，这一下可真发誓了。我若告诉了人家，到下一辈子再变女人。

左宝奎 还再唱花旦。

萧郁兰 左老板也再唱小花脸儿跟我配戏。

左宝奎 得了，我下一辈子再唱小花脸儿可受不了。……老实告诉你吧，你猜凤仙儿先前是干什么的。

萧郁兰 我怎么知道？

左宝奎 她呀，她是从小就卖给人家当小丫头的。时常给她太太打得满屋子转。有一回她失手打碎了她太太的一个玉钏子，一想这可没有命了，才逃到外面来。她又没有亲戚朋友可找，就躲在人家屋子后头哭。这给刘老板看见了，可怜她，把她收留在家里，替她出钱请师父叫她学戏，老板也亲自指点她，跟她制行头，在她身上真没有少花心血。

萧郁兰 那么现在鼎鼎大名的刘凤仙是刘老板给一手提拔出来的了？

左宝奎 可不是？

萧郁兰 这么说起来，凤仙儿得大大地报答刘老板才对啊！

左宝奎 可不是？从前这孩子对刘老板倒还好，近来可越不成话了。

内刘凤仙唱《玉堂春》中的一段："皮氏一见变了脸，她说犯妇害官人，约同乡邻共地保，拉拉扯扯到公庭。"

台下采声和怪声叫好之声不绝。

萧郁兰 凤仙儿的人缘可真不坏！

左宝奎 咳，论聪明，论扮相，谁不说是一块好料？可是这年头就容不了好东西。……老板最讲究戏德、戏品，巴巴地望她做个好角儿，哪知道她偏不在玩意儿上用工夫，专在交际上用工夫。因此外行越欢迎，内行就越看不顺眼儿了。……这还不算，你看见那老坐在右边楼上第一个包厢里的那个戴尖顶儿帽的没有？

萧郁兰 （想一想）是不是那姓杨的？

左宝奎 你怎么认识他？

萧郁兰 昨天他还同一个报馆里的记者问我要照片儿呢。

左宝奎 你得当心，那真是个坏蛋，社会上有了这种人就像家里有一窝小耗子似的，什么好东西不给破坏完。

萧郁兰 他今晚又来了吗？

左宝奎 怎么没有来？他每晚都不告假，有许多真想看咱们的戏的，不是没有钱，就是没有工夫，偏偏他有的是钱，有的是工夫。

萧郁兰 我看他每逢凤仙儿上，他就坐在那儿看戏。凤仙儿一下，他就溜到后台来了。难道还想打凤仙儿的坏主意吗？

左宝奎　不是打她的坏主意，莫非真爱她的艺术？

萧郁兰　他岂不知凤仙儿是刘老板的？

左宝奎　这年头讲的是霸道，只要是自己喜爱的，管他是谁的？不过这个也不能全怪人家，只怪自个儿不好。（笑望萧郁兰）像咱们萧小姐这样的正派姑娘，人家能勾引得坏吗？

萧郁兰　（笑了）那倒很难说。

刘振声跟包阿福上。

左宝奎　（对阿福）阿福，老板来了吗？

阿　福　来了。（预备脸水等）

内刘凤仙唱《玉堂春》中的一段："王公子一家多和顺，奴与他露水夫妻有的什么情？"

接着有人怪声叫"好嘛"。

经理疾上。

经　理　老板还没有来吗？

阿　福　来了，来了。

经　理　（拭汗）真把我给急死了，再不来可真要误了。

左宝奎　还不要紧，叫前台再码后点儿。

经理下。

刘振声，一代名优，抑郁执拗之态可掬，便服上。

左宝奎　哦呀，老板来了。

刘振声　（略拱手）辛苦，辛苦！

左宝奎
　　　　辛苦，辛苦！
萧郁兰

刘振声就坐，吸烟后，徐徐洗面化妆。

左宝奎　怎么这个时候才来？他们催了好几趟了。

刘振声　家里来了几个老朋友，前面谁的戏？

左宝奎　凤仙儿的《玉堂春》，早就要下了。您没有来，才叫他们码后。

刘振声　唔。（穿上彩裤，着上靴）阿福，撂头。

阿福给刘振声撂水纱，戴上网巾等……

刘振声　（一面扮戏，慨然对左宝奎）我也许不久要上烟台去。

左宝奎　为什么？

刘振声　今天有一个朋友从烟台来邀角儿，我说我去。

左宝奎　（惊）您怎么到那样的小地方去？

刘振声　那个地方虽小，可是懂得我的倒很多。再说，我也想走动一下。……

左宝奎　（同情）您走动一下我也赞成。凤仙儿呢？当然跟您一块儿去哪。

刘振声　（一面扮戏，默然有顷）谁管得着人家呢。

左宝奎、萧郁兰相视默然。

内刘凤仙白:"大人哪……〔二六〕:王公子好比采花蜂,想当初花开多茂盛,他好比蜜蜂儿飞来飞去采花心,到如今朝风暮雨摧残尽,为何不见蜜蜂行?"

内小生白:"快快出院去吧。"

内刘凤仙白:"是,悲切切哭出了都察院……"

左宝奎　凤仙儿快下了。

内刘凤仙唱:"看他把我怎样行?"

刘凤仙　着《玉堂春》戏装上。

左宝奎　辛苦,辛苦!

刘凤仙　辛苦,辛苦!今天可真倒霉。弦子调门打得那么高,把我的嗓子都给逼哑了,后台还老是码后码后的。唷,先生您可来了!

刘振声　(点头)来了。

刘凤仙　怎么来得这么晚哪?家里有什么事吗?

刘振声　来了几个朋友。

刘凤仙　永康给我送衣服来了没有?

刘振声　没有。(扮得差不多好了)

刘凤仙　阿蓉回头去催一催。(卸妆)

阿　蓉　(替刘凤仙卸妆)是。

杨大爷,一头戴尖头儿帽的绅士,同一小报记者王梅庵由右上。

杨大爷　(对王梅庵)你到后台来过没有?

王梅庵　没有。

杨大爷　到后台来玩比在前台看戏有趣得多。

左宝奎将上场,恰与杨大爷相撞。

杨大爷　啊,左老板!(握手)

左宝奎　呀,杨大爷,老没有见。

杨大爷　你这坏蛋,不是昨晚还见过的么?

左宝奎　哦,对,咱们昨晚还见过的哩。这些日子我不知怎么了,老是头昏脑胀的。难得杨大爷每晚都来捧我。阿福,给杨大爷倒茶。

内声:"左老板快上了。"

左宝奎　请坐,请坐,我一会儿就来陪您。(带着笑匆匆下场)

杨大爷　(望着他下场,回头向王梅庵)这个坏蛋,他当我每晚是来捧他的。

王梅庵　哈哈!这样的误会是常常有的。

杨大爷　(忽见刘振声,有些惶愧,赶忙招呼)啊,刘老板,您好!

刘振声　(冷然敷衍)好,您好,请坐。

杨大爷　(介绍王梅庵)这位王先生,是《春申日报》的。

刘振声　(略起声)哦,请坐。

杨大爷　这是刘老板。(四顾寻刘凤仙)

萧郁兰默坐等候上场。

杨大爷　（见萧郁兰）哦，萧小姐，您可好！
萧郁兰　（微笑）我好。杨大爷您好？
杨大爷　好。（给王梅庵介绍）这位就是萧郁兰萧小姐。
王梅庵　哦。（招呼）
杨大爷　萧小姐虽是唱花旦的，可是后台都恭维她是个女圣人，像我们这样的人她睬都不睬哩。哈哈！
王梅庵　真乃艳如桃李，冷若冰霜！
萧郁兰　（笑）哪儿啊？我是个蠢孩子，什么话也谈不上来。您那多原谅！
杨大爷　别客气了。瞧您多会说话。哈哈，萧小姐，在北京的时候我也常看你的戏，那时候你的名字叫玉兰，怎么这会儿又改了郁兰了呢？
萧郁兰　从前有爸爸有妈妈的时候心里挺痛快的，所以叫玉兰；这会儿单剩了我一个出门在外，心里老是挺蹩扭，挺郁闷的，所以就改了郁兰了。
杨大爷　这用得着什么郁闷呢？像萧小姐这样的姑娘到哪儿都是受欢迎的。还是叫玉兰的好。我挺喜欢这名字。（用手指写在掌心）玉兰！（向掌心一吻）
萧郁兰　（鄙视地微笑）怕不够味儿吧。
杨大爷　够味儿极了！

王梅庵，萧郁兰皆笑。

刘凤仙　换好旗袍由屏风后面转出来。
萧郁兰　够味儿的在后头呢。
内丑白："大姐，开门来。"
萧郁兰　（忙念戏词）来了……（向杨大爷等）您坐会儿。（一笑匆下）
刘凤仙　唷！杨大爷，您刚来的吗？
杨大爷（狠狈）啊，凤仙！我们来了一会儿了……我给你介绍，这位是《春申日报》的王先生。（对王梅庵）这就是刚才演《玉堂春》的——你叫好把嗓子都给叫哑了的刘小姐。
刘凤仙　哦，请坐。
杨大爷　王先生一向仰慕你的艺术，几次要我带他来看你。
刘凤仙　不敢当。
王梅庵　刘小姐的色艺我们一向是很仰慕的。昨天我还在报上发表一篇介绍您的文章，您的玩意儿可真棒，有些读者还提议要给您封王哩！
刘凤仙　唷，那怎么敢当？都是您捧得好。
杨大爷　是呀，前回你那张照片就是在王先生的报上登出来的。
刘凤仙　谢谢！
王梅庵　可惜是本装的，而且小了一些，最好请刘小姐再给我一张大一点儿的戏装。
刘凤仙　有，家里有。《汾河湾》的，《御碑亭》的全有。杨大爷常到我家的，回头请杨大爷交给您得了。

刘振声一面化妆，一面嫉怒的表情。

杨大爷 对，你找我吧。

王梅庵 好，不过顶好是《玉堂春》的。

刘凤仙 那倒没有。

杨大爷 不要紧啊，回头我带她去拍几张得了，总归关于凤仙儿的事都包在我身上。

刘振声 （忍无可忍，以拳击桌）什么东西！

杨大爷 （推开王梅庵，怒目对刘振声）你骂谁？

刘振声 （不欲启衅，最后的隐忍）我骂别人，不关你的事。

杨大爷 说话可得清楚一点。

刘振声 没有什么清楚不清楚，谁不是东西，我就骂的是谁。

杨大爷 （瞪眼）好！（四目对射）

内旦白："三郎随我来。"

丑："来了！"

萧郁兰，左宝奎同下场，就是说同回扮戏的房里。

萧郁兰 （打量一下）怎么哪？

左宝奎 嗳呀，杨大爷，我不是说一会儿就来陪您的吗？怎么生我这么大的气呢？

萧郁兰 老板，望着他干么？快上呀！

众人内白："退堂了。"

刘振声 （由愤怒回复到他的艺术的世界）列位，少陪了。（下）

刘振声内唱《乌龙院》〔二簧平板〕："大老爷打罢了退堂鼓，衙前来了宋公明。"

——幕落

原载《南国》月刊 1929 年第 1 期

○ 夏　衍

上海屋檐下（第一幕）

人　物

林志成——三十六岁。
杨彩玉——其妻，三十二岁。
匡　复——彩玉的前夫，三十四岁。
葆　珍——其女，十二岁。
黄家楣——亭子间房客，二十八岁。
桂　芬——其妻，二十四岁。
黄　父——五十八岁。
施小宝——前楼房客，二十七八岁。
小天津——她的情夫，三十岁左右。
赵振宇——灶披间房客，四十八岁。
其　妻——四十二岁。
阿　香——其女，五岁。
阿　牛——其子，十三岁。
李陵碑——阁楼房客，五十四岁。
其　他——换旧货者，卖菜者，包饭作伙计等。

布　景

三幕同一场所。

时　间

一九三七年四月，黄梅时节的一日间。

第一幕

　　上海东区习见的"弄堂房子"，横断面。右侧是开着的后门，从这儿可以望见在弄内来往的人物。接着是灶披间，前面是自来水龙头和水门汀砌成的水斗，灶披间上方是亭子间的窗，窗开着，窗口稍下是马口铁做成的倾斜的雨庇，这样，下雨的日子女人们也可以在水斗左右洗衣淘米，亭子间窗口挂着淘箩、蒸架……和已洗未干的小孩尿布。灶披间向左，是上楼去的扶梯，勾配很急，楼梯的边上的中间已经踏成圆角，最下的一两档已经用木板补过。楼梯的平台，靠右是进亭子间的房门，平台上斜挂着一张五支光的电灯，灯罩已经破了一半。平台向左，可以看见上前楼去的扶手。楼梯左侧，用白木薄板隔成的"后间"，不开灯的时候，里面阴暗得看不出任何的东西。再左隔着一层板就是"客堂间"，狭长的玻璃窗平门。最左是小天井，和前门的一半，天井和后门天井一样地搭着马口铁皮的雨庇，下面胡乱地堆着一些破旧的家具、小煤炉、板桌等等。这一楼一底的屋子一共住着五家。客堂间是二房东林志成一家，灶披间是小学教员赵振宇的房间，透过窗和门，可以看见和窗口成直角地搭着一张铁床，窗口是一张八仙桌，桌子对面是一架小行军床，门内里方的壁上是壁橱、筷笼等等，进门处是碎砖垫高了的煤炉、锅子、食具……。失了业的洋行职员黄家楣住在亭子楼上，楼梯平台上放着一只火油炉子，这就是他们烧饭的地方。前楼只住着施小宝一个，她不开"火仓"，午饭夜饭都吃包饭。看不见的阁楼住着一个年老的报贩，常常酗酒，有一点变态，因为他老是爱哼《李陵碑》里面的"盼娇儿，不由人……"的词句，所以大家就拿"李陵碑"当作了他的名字。

客堂间是二房东住的地方，陈设比较整齐，从一张写字台和现在已经改作衣橱用了的一口玻璃书橱看来，可以知道林志成过去也许还是个"动笔头"的知识阶级。

这是一个郁闷得使人不舒服的黄梅时节。从开幕到终场，细雨始终不曾停过。雨大的时候丁冬的可以听到檐漏的声音，但是说不定一分钟之后，又会透出不爽朗的太阳。空气很重，这种低气压也就影响了这些住户们的心境。从他们的举动谈话里面，都可以知道他们一样地都很忧郁，焦躁，性急，……所以有一点很小的机会，就会爆发出必要以上的积愤。

上午八点以前，天在下雨，室内很暗，杨彩玉正在收拾房间和已吃过了早餐的碗盏，葆珍独自向着桌子，按着一只玩具用的桌上小钢琴，眼睛热心地望着桌上的书本，嘴里低声地唱着。

后门口，赵振宇的妻子正在门边买小菜，阿香挤在身边。赵振宇戴着眼镜，热心地在看报，阿牛收拾着书包，预备去上学。

弄堂前后卖物与喧噪之声不绝。

葆　珍　（唱着）"……可是我问你：贩来一疋布，赚得几毛几？……（调子不对，重新唱过）……可是我问你：贩来一疋布，赚得几毛几？要知他们得了你的钱，立刻变成枪弹子……"

杨彩玉　葆珍！时候不早啦！

葆　珍　（撅一撅嘴，不理会）"……要知他们得了你的钱，立刻变成枪弹子，一颗颗，一颗颗，……将来都是打在你的心坎里……"

杨彩玉　跟你说，时候不早啦！

葆　珍　我还没有唱会呐，今天放了学，要去教人的。……

杨彩玉　自己不会，还教人？（从床上拎起一件衣服）衣服脱了也不好好地挂起来，往床上一扔，十二岁啦，自己的身体管不周全，还想教别人，做什么"小先生"！

葆　珍　（将书本收拾）这件要洗啦！

杨彩玉　洗，你倒很方便，这样的下雨天，洗了也不会干。（将衣服挂起）

葆　珍　（跑过去很快地除下来，往洗了脸的脸水中一扔）穿不干净的衣服，不卫生！

杨彩玉　（又好笑又生气）我不知道，要你说！（端了面盆到天井里去）

葆　珍　（收拾了书包）阿牛！（拎了书包往灶披间走）

赵　妻　（声）卖就卖，不卖拉倒！（狠狠地提着菜篮进来，卖菜的手里数着铜板，好像受了什么天大的委屈似的挤进门来，拼命地说）

卖菜的　照你说，两个半铜板一两，也差三个铜板呐，连篮一斤二两，除了七两的篮，十一两，二百七十五……

赵　妻　谁说七两？（将篮里的茭白猛地覆在地上，用秤称着空篮）我说八两半……

卖菜的　（上前一步瞧着她的秤）嗳嗳，嗳，你瞧……

赵　妻　（做了一做秤的样子，就算数了，向里面走）卖就卖，不卖拿去！

卖菜的　好啦好啦，添两个铜板……

赵　妻　（回身摸袋，故意迟疑，好容易将两个铜板交给卖菜的，当卖菜的挑起篰正要走的时候，她就很快地从他的篰里面拿了一支茭白）添一支！

卖菜的　（情急）这怎么行？……

赵妻狠命地将门关上，阿香帮着将身子顶住。

赵　妻　你这卖菜的顶不爽快！（回头来自言自语地）下了这十天半个月的雨，简直连青菜茭白也买不起了！

卖菜的　（声）喂喂……（推了几下门，也只得罢了，拖长了嗓子）嗳……茭白喽白菜——

赵振宇望妻子看了一眼，露出微笑，很快地又将眼光移向报纸上。

葆　珍　（大声地）阿牛，昨天教你的歌学会了？

阿　牛　（从灶披间伸出头来）不准你叫，你得叫我赵琛！

葆　珍　（故意地）偏叫，阿牛，阿牛，牛——

阿　牛　你真的叫？

葆　珍　你不是属牛吗？

阿　牛　那我也叫！叫你阿拖，拖油……

葆　珍　（急了）赵琛！

阿　牛　哈哈哈……（回进去拿书包）

杨彩玉正提了菜篮出来，葆珍撅起了小嘴，对她母亲瞪了一眼。

杨彩玉　什么？你——

葆　珍　（指着阿牛）阿牛，他又说啦，叫我——

杨彩玉　（一抹阴影从她的脸上掠过，低声而有力地）别理他，去念书吧！点心钱拿了没有？

葆珍摇头，杨彩玉回去拿钱给她。

此时林志成从前面推门进来，板着面孔，好像受了一肚子的委屈似的，一声不发，把弹簧锁的钥匙往袋子里一塞，从桌上拿起一杯开水，吞也似地喝了，胡乱地往床上一躺。

杨彩玉　（有点讶异）什么，你不舒服？

林志成不语。

杨彩玉　衣服也不换……（将挂了的寝衣除了给他）

林志成仍不理。

杨彩玉　（生气了）怎么的？你这人，老是跟我寻气，我又不是你的出气洞！

林志成看见杨彩玉生气了，便挣起半个身子来，预备换衣服，欲言又止。

杨彩玉不理会他，提了菜篮和葆珍一同出去，随手将从客堂到后间的门带上。林志成换了衣服，纳头便睡。

阿　牛　（看见葆珍去上学，喊）等一等，林葆珍！（回头对他母亲）妈，五个铜板买铅笔。

赵　妻　没有！

阿　牛　先生说要！

赵　妻　先生说要，我说不要！

赵振宇笑着从袋子里摸出了几个铜板来交给阿牛。

阿　牛　（对葆珍）后面的两句，我还不会唱……

葆　珍　后面的？……（带着调子）"一颗颗，一颗颗……"

阿　牛　唔，你再唱一遍……

二人欲下。

杨彩玉　（从后面）葆珍！放了学就回来，在外面乱跑，给你爸爸知道了又会……

葆　珍　（表示不快）什么爸爸爸爸……（下）

桂芬买了小菜回来，与杨彩玉遇个正着，赵妻情情地对杨彩玉望了一眼。

杨彩玉　（为着掩饰，对桂芬）喔，你早啊！（出门去）

赵　妻　（很快地对桂芬）听见吗？

桂　芬　什么？

赵　妻　（用嘴望门外一撇低声地）说起了她爸，葆珍就生气，嘟起了嘴。（模仿着）"什么爸爸爸爸"，唔，现在时势变了，小孩儿人事懂得早，一点儿事情也瞒不过啦！

桂　芬　（微笑）十二三岁啦怎么还不懂！（在水斗边把小菜一件件地拿出来）

赵　妻　（向客堂间方面听了一下，低声）可是听说姓林的跟她妈结婚，她还很小呐。

桂　芬　照理说，姓林的待她也很不错，我正在说呐，这样的晚爷，总算很少啦。

赵　妻　（抢着）可不是，我们搬到这儿来快一年啦，从来也没有听见打过骂过她，有时候，姓林的跟她妈妈寻事，发脾气，可是一看见她，就会什么话也没有啦。

桂　芬　唔，这是天性吧，不是自己生的，总有点儿两样。况且，她的同伴们又爱跟她开玩笑，什么拖油瓶……（笑）小孩儿总是好胜的。

赵　妻　（停了一停）你还不知道呐，她跟我们阿牛讲话，讲到姓林的事，总是林伯伯，从来也没听她叫过爸爸。

桂　芬　那不是他们以前就认识吗？

赵　妻　哪止认识，姓林的和她自己的爸爸还是好朋友呐，听说。

桂　芬　喔，那为什么……

突然，天上骤雨一般地落下一阵大点子的雨来。

赵　妻　唰，做黄梅真讨厌，又潮又闷，人也闷死啦！

桂　芬　唔，接连的下雨，橡皮套鞋也漏啦！

赵　妻　（看见桂芬在洗鱼和肉）喔，今天买了这许多？

亭子楼上黄父高声地咳嗽。

桂　芬　（强笑着）乡下的爸爸来啦，总得买一点！

赵　妻　喔，我倒忘记啦！——上海没来过吧。（剥着茭白）

桂　芬　嗯，本来，去年秋天打算来的——

赵　妻　喔，（想起了似的）来看看新添的孙儿，对吗？

桂　芬　（勉强地笑着）他，也有五六年不回去啦！

赵　妻　老先生倒很清健，三公司，大马路，都陪他去玩过啦？

桂　芬　差不多，初到上海，总得这一套。

赵　妻　昨晚上回来很晚啦，你们黄先生陪他去玩了大世界？

桂　芬　不，就在这儿近处，上"东海"去看了影戏。（自发地笑了）可是花了钱，他倒不爱看，说，人的头一会儿大，一会儿小，看到有点儿懂的时候，便又卜的跳过去啦。

赵　妻　（同意她）电影儿我也不爱看，一闪一闪的把头也弄晕啦，老年人总是爱看大戏的，陪他去看一本《火烧红莲寺》吧。去年年底，我的哥哥陪我去看了一本，喔，真好极啦，行头又好，布景又新，电灯一黑，台上的什么都变啦。真的，让他看了回乡下去，（笑）也许，几天几晚也讲不完呢。

桂　芬　嗳，家楣也是这么说。

赵　妻　在上海还得住几天吧？

桂　芬　（俯下眼睛）说不定，总还有几天吧。

赵　妻　好福气！儿子在上海成了家，添了孙儿。……

桂　芬　可是……要是家楣有事情做，……（往亭子间望了一眼，低声地）……这也叫一家不知道一家的事啊，在他老人家看来，像我们这样的生活也许很失望吧。种田人家好容易地把一个儿子培植起来，读到大学毕业，乡下人的眼界都是很小的，他们都在说，家楣在上海发了财，做了什么大事情呐，可是……（不禁有点儿黯然）到上海来一看，一家大小只住了一个亭子间！……（洗好了菜，站起来）

赵　妻　你们黄先生在乡下还有兄弟吗？

桂　芬　那倒好啦，还不是只有他一个。

赵　妻　（只能劝慰她）可是，你们黄先生有志气，将来总会……

桂　芬　（接上去）有志气有什么用，上海这个鬼地方，没志气的反而过得去；他，偏是那副坏脾气，什么事情也不肯将就……

赵振宇　（放下报纸，一手除眼镜，用手背擦一擦眼睛）不，不，随便将就，才是坏脾气，社会坏，就是人坏，好人，就应该从自己做起的。大家都跟你们黄先生一样的不随便，不马虎……

桂　芬　（要走了）不随便，就只配住亭子间，对吗？

赵振宇　不，不，不是这么说，做人但求问心无愧，譬如说……

赵　妻　（狠狠地）别再譬如说啦！再不去，又会脱班啦，几毛钱一点钟的功课，还要扣薪水……

赵振宇　没有的事，此刻八点差一刻，到学校里四分半钟就够啦。（回头对桂芬，诚恳地）譬如说……（一看，见桂芬已经上楼去了）

赵　妻　（带着冷笑）人家爱听你的话吗？这样的话，到课堂里去讲吧，骗骗小孩儿……

赵振宇　（坦然）听不听是人家的事，讲不讲却是我的事啊！我，我……

赵　妻　得啦，得啦，走吧，过一会儿姓林的走过来，话又会讲不完啦，海阔天空的……

赵振宇　（望着客堂间）这几天他又做夜班吗？

赵　妻　做日班做夜班，跟你有什么相干？

门外卖糙米饭的声音。

阿　香　（对她妈）妈，吃糙米饭！

赵　妻　（摸了一摸袋，大概没有钱了，便转换口气）不是才吃过稀饭吗？

阿　香　嗯！我要——

赵　妻　（狠狠地）你爸爸还没有发财呐！

阿香羡慕地望着门外。

前楼施小宝方才起来，室内很暗，伸了一个懒腰，把窗帷扯开，室内方才明亮，点了一支烟，开窗，望着窗外的雨，皱眉装了一个苦脸，拿了热水瓶，懒懒地下楼来，走到亭子间的平台上的时候向亭子间门缝里望了一眼，好像看见了什么好笑的事情似的，抿着嘴自笑。

她是一个所谓廉价的摩登少妇，很时髦地烫着头发，睡眼惺忪，残脂未褪。艳红色的印花旗袍，领口的两个钮扣摊着，拖着拖鞋，并不很美，但是眉目间自有风情，婀娜地走着。

走到灶披间门口。随手将尚余大半截的纸烟一掷，赵妻听见她下来，用憎恶的眼光对她望了一眼，故意地避开视线，用力地扇煤炉，白烟直冲上去。

施小宝　（对赵妻看了一眼）喔，你们多早啊！（打一个伸欠）又是下雨，听着滴滴答答的声音，就睡着不想起来啦！……（伸欠）

赵　妻　（有恶意地）你福气好啊！

施小宝　（对她一笑）喔，赵先生今天不上课？

赵振宇热心地看报。

施小宝　（有点儿意外）怎么的，今天，往常人家不跟你讲话，你偏有说有笑，今天跟你说，你偏不理。

赵振宇　（连忙放下报）啊啊，你啊，瞧，报上说……

施小宝　（将热水瓶中的残水随手一倒）报上说什么？

水溅在赵妻的身上，赵妻虎虎地瞪了她一眼。

施小宝　啊，对不住！（悠然地开了后门，出去泡水了）

林志成辗转不能入睡，坐起来。

赵振宇　（看着他妻子的一副忿忿的神气，禁不住）哈哈！……

赵　妻　（突然回转身来）笑什么？

赵振宇　为什么老是跟她过不去呢？住在一个屋子里面，见了面就吵嘴，像个什么样儿！……

赵　妻　那副怪样子我就看不惯，野鸡不像野鸡，妖形怪状，男人不在家，不三不四的男人一个个地带到家里来。……

亭子楼上黄家楣猛烈地咳嗽着，从窗口扑出上半身来。苍白瘦削而带忧郁表情，用手挥着下面冲上去的煤烟，把窗关上。小孩哭声。

赵振宇　嗳，这跟你又有什么相干呐，况且这也不能怪她啊，我不是跟你说过吗，这也是为着生活啊，男人搭了大轮船全世界的漂，今天日本，明天南洋，后天又是美国，一年不能回来三两次，没有家产，没有本领，赚不得钱，你要她三贞五烈，这不是太，……太……

赵　妻　讲道理到耶稣堂里去！什么事情，都要讲出一大篇的道理来，可是我看你也只强了一张嘴，你有才学，你能赚钱吗？哼！我跟她过不去，和你有什么相干？我跟别人讲话，不要你插进来！……

赵振宇　什么？我……笑话……（指手画脚地走到他妻子前面，还要发议论的时候——）

门外卖方糕的叫卖声，阿香奔回来，打断了他的话。

阿　香　妈，买方糕！

赵　妻　吃不饱的，刚才……

施小宝泡了开水回来，在门口，一手推开了门。

施小宝　（对门外）方糕，喂！（付钱买了几块，回头来看见了阿香的神气，又对卖糕的）喂！再给一块！（对阿香）来，来！

阿香走过去拿。

赵　妻　（大声地）不准拿。

施小宝　（笑着）这有什么关系呐，小孩儿总是爱吃的。

赵　妻　不准拿！跟你说！

阿香望着母亲，还是把手伸出来。

施小宝　不要紧，你吃好啦！……

赵　妻　（一把将阿香扯开）不争气的小鬼！你没有吃过方糕吗？（怒容满面地望着施小宝）

施小宝　（耸一耸眉毛）嗯唔！……

赵　妻　嗯唔什么？

施小宝　小孩儿的事，认什么真！

赵　妻　孩子是我的，你不要认真，我偏要认真！跟你说，咱们穷是穷，可是不清不白的钱买的东西，是不准小孩儿吃的！

施小宝　（也生气了）什么，你说谁的钱不清白？

赵　妻　（冷笑）还问我呐？

施小宝　嗳，你这人为什么这样不讲理啊！连好歹也不知道，人家好心好意的——

赵　妻　（吐出来一般地说）用不着你的好心好意。

施小宝　用不着就算啦！（笑着）不讲理的——（往楼上走）蠢东西！

赵　妻　（赶上一步）蠢东西骂谁？

施小宝　（从楼梯上回头来做一个轻蔑的表情，但是依旧带着笑）骂你！（飘然上去）

赵妻正要再讲的时候，楼上黄家楣的父亲抱着两岁的小孩子下来了，桂芬手里拿着要洗的衣服跟在后面，赵妻只得吐了一口唾沫。

赵　妻　不要脸的！

黄父是一个十足的乡下人，褪了色的蓝粗布衫，系着作裙，须发已经有几根花白，得意地抱着孙儿，好像走不惯这狭斜的楼梯，一步步当心地下来。

桂　芬　（用好奇的眼光望了一眼施小宝，对她公公高声地说）在弄堂里走一走，别让他到弄口去，外面有汽车……

黄　父　（殷勤地和赵振宇招呼，指着小孩）他要我抱到街上去，哈哈，上海地方走不开，要是在乡下……

赵振宇　（接上去）老先生，上海比乡下好玩吗？

黄　父　（答非所问）前几天还怕陌生，一会儿就熟啦！瞧，尽是要我抱，嘿！

赵振宇　（不懂似的）嗳？

桂　芬　（对赵振宇）他耳朵不方便，还没听见呐！

赵振宇　（点头，大声地）老先生，上海比乡下好玩吗？

黄　父　乡下？嗳嗳，还要住几天，阿楣和她（指着桂芬）不放我走。好在蚕事已经过啦，自己家里不做丝，卖了茧子，就没有事啦！……

赵振宇　唔，倒是很好玩，（对桂芬）你们怎么跟他讲啦？一点儿也听不见吗？

桂　芬　（笑着）大声的喊，或者跟他做手势！

黄父抱着小孩推门走出，阿香趁着机会跟着也去。

桂　芬　（赶上去）喂，（大声地）别买东西给他吃！肚子要吃坏的。（回身进来自言自语）欢喜他，什么东西都给他吃，讲又讲不清。（对赵妻）可是，耳朵不便也有不便的好处啊！有什么事情可以瞒过他，他到现在还不知道家楣没有事情做呐，跟他说，学校里在考试，这几天不上课，反正他又不懂得……

赵振宇　跟他说在教书？唔，我们是同行。

桂　芬　（寂寞地笑着）家楣跟他说，在青年会办的夜学校里教书，他相信得什么似的。前天咱们坐电车从青年会门口经过，他就大声地嚷起来，"啊！这就是阿楣的学校。"好像整座的大洋房全是他自己的一样，把全车的人都引笑啦！（洗衣服）

赵振宇　哈哈哈，这看法倒不错，大洋房全是我的！哈……

太阳忽然一亮，林志成踱来踱去，把平门推开。

赵　妻　（听见他的声音，很快地）时候到啦，还不去干吗？姓林的起来啦，过一会走到这儿来，又会讲得不能动身的。

赵振宇　不要紧。

赵　妻　什么叫不要紧啊！快，他已经起来啦。

赵振宇　怕什么，他又不是老虎，此刻又不会向你要房钱。

赵　妻　我就不爱看他那副样子，冷冰冰的好像欠他的多，还了他的少，跟他打招呼，老是喉咙口转气，"唔"，连小孩子也怕他，（征求桂芬同意般地）对吗？

桂芬点头。

赵振宇　（有得意之色）可是，他偏跟我谈得来，见了我他就……

赵　妻　（抢着忿忿地）我听了就讨厌，海阔天空的，自个儿的事情管不了，还讲什么国家，社……社，社会，（对桂芬）这些鬼话，我学也学不会！（桂芬微笑）

施小宝　（走到楼梯边，低声地）黄先生！黄先生！

黄家楣　（从亭子间出来）什么事？（有点窘态）

二人走近。

黄家楣　我……这几天……你的钱……

施小宝　（嫣然一笑）不，别这样说，这点钱算得什么，……嗳，黄先生，给我做件事情……

黄家楣　什么？

桂芬倾听。

施小宝　（从袋里拿出一封信来）请您念给我听一听！

黄家楣　（看了信）这是你，……你老太爷寄来的，唔，……他说家里都好……

施小宝　（不等他念完，接着）可是，要钱用？对吗？

黄家楣　唔，……大风把墙吹倒啦，所以要……

施小宝　反正是这么回事，黄先生，别念啦，你只告诉我，他要几块？

黄家楣　……唔，顶少要十五块。还有……

施小宝　（一下就把信拿回去）哼，又是十五块，他女儿发了财，在做太太！……（要走了）

黄家楣　喔，我的那五块，月底……

施小宝　（做一个媚眼）你——就太认真啦，这算得什么？（笑）世界上像你这样老实的男人就太少啦！（用染着紫红蔻丹的手指轻佻地在他下巴上一触，飘然地走了）

黄家楣有点窘，用手摸了摸被触的地方，慢慢地回亭子间去。

林志成　（走到自来水龙头边去漱口，嘴里叽咕地）买什么小菜，还不回来！

赵振宇　（笑容满面）早，做夜班？

林志成　（没有一点笑意）唔……

赵振宇　（也像自言自语）很忙吧，今年纱厂生意好……

林志成　哼！生意好坏，我们反正是一样。生意清，天天愁关厂，愁裁人；好容易生意好起来，又是这么一天三班，全夜工，不管人死活，反正有的是做不死的牛！——

赵振宇　可是，生意好总比生意坏好一点吧！譬如说，……

林志成　没有的事，现在厂里不分日夜地赶工，货已经订到明年的三月份了。我们的大老板，历年不景气，亏空了千把万，现在，一年就统统还清啦。现在一共五个厂，每天平均要赚三万五千块，一个月，三五十五，三三见九，一个月就是一百多万，那一年不是一千二百万吗？吃苦的就是我们，工人过不下去，还可以摇班，可是当职员，就连这一点权利也没有，三十五十块钱一个月，就买去了你这么一个能算能写又能替他打人骂人的管理员……

赵振宇　唔，每天三万五，每年一千二百万，来这么十年，那不是一亿二千万……

林志成　别的不说，单讲我发工钱，每半个月就是几千块，花花绿绿的纸，在我这手里经过的也够多啦。别人看，以为发工钱是一个好缺份；可是我，就看不惯那一套，做事凭良心，就得吃赔账。今天就为我少扣了三毛五分钱的存工，就给那工务课长训斥了一顿。哼，训斥，他比我后二年进厂，因为会巴结，会讨好，就当了课长啦。天下的事，有理可以讲吗？（不胜愤慨）

赵振宇　（点点头）唔，吃一行怨一行，这是古话。可是，话又得说回来，像您这样的能够在一个厂里做上这么五六年，总已经算不错啦，像我们这样的生活，比上固然不足，可是比下还是有余……（指着报上的记事）上海有千千万万的人没饭吃，和他们比一下……

林志成 （不等他说完）不对，我以为，上就上，下就下，最不行的就像我们一样。有钱，住洋房，坐汽车，当然好喽；没有钱，索性像那阁楼上的"李陵碑"一样，倒也干脆，有得吃，吃一顿，没得吃，束束裤带上阁楼去睡觉。不用面子，不要虚名，没有老婆儿女，也没有什么交际应酬。衣服破啦，化三个子儿叫缝穷的缝一缝，跟我们一样的在街上走，谁也不会笑他。可是我们，大褂儿上打一个补钉，还能到厂里去吗？妈的"长衫班"，借了债，也得挣场面！

桂芬悄悄地看了他一眼。

赵振宇 可是，也许，从"李陵碑"的眼里看来，以为我们的生活比他好吧！人，反正是永远也不会满意的，不满意就有牢骚，牢骚就要悲观，悲观就伤身体，你说身体是咱们自己的，我为什么要跟自个儿的身体作对呢？所以我，就是这样想，有什么不满意的时候，我就把自己的生活和那些更不如我的比一比，那心就平下去啦，譬如说……

赵　妻 （从旁插嘴，爆发一般的口吻）譬如说，譬如说，只有你，没出息，老是望下爬！为什么不跟有钱有势的比一比？

赵振宇 （不去理会她，坐下来，预备长谈了）譬如说——

赵　妻 别譬如说啦，今天不上课吗？

赵振宇 （好像不听见）譬如说，我们有机会念书，能够懂得事情，能够这样的看着这个花花世界，有时候随意的发发议论，这也是一种权利啊！（大声地）哈哈哈——

林志成 （大不以为然）唔唔，这样的权利，我可不敢当！

赵振宇 可是，林先生，平心说，社会待我们念书人，已经很不错啦，中国能有多少人能够念书，能够有跟我们一样的……

赵　妻 （冷冷地）还算不错，哼，那你可以去当叫化啦！

赵振宇 我说，现在全世界上的人，都一样地在受难，各人有各人的苦处，你瞧，这段消息，（将报纸递过去）我们在马路上看见他们的时候，哪一个不是雄赳赳，气昂昂，坐在铁甲车上，满脸的杀气，铁帽子下面的那双有凶光的眼睛，好像要将我们吃下去，可是把那套老虎皮脱下来，还不是跟我们一样！

林志成 （接过报纸来看，悲痛的表情）什么？……

黄家楣推开窗来下望。

赵　妻 （以为有什么新奇的消息了）什么事？

赵振宇 你不懂得！

赵　妻 不懂得才问你啊！

赵振宇 好，那么我讲给你听。（不自觉地流露出对小学生讲故事的姿态）报上说，在一个……咱们中国贴邻的国度里，有一个兵，他打过仗，得过勋章，懂吗？胸口挂的勋章……可是退了伍，他就养不活他的老婆和爹娘，在一个晚上，他偷偷地借了一个房间，吞鸦片烟……不，不，（连忙去看了一看报）吞毒药自杀啦！他在遗书上说，我卖尽了可以卖的东西，现在，只剩这一个父母传给我的身体啦，听说医学校里要买尸首，那么就把我的尸首卖了养家吧！……结果，根据他的遗嘱，把尸首卖了，卖了大洋三十六块，扣去旅馆的房钱一块二毛，他的爸爸淌着眼泪领回了三十四块八毛的遗产！报馆记者在这一新闻上面安上一个标题——标题懂吗？就是题目，《壮士一匹，实价三十四元八毛》！

  林志成　（愤愤地）妈的！（把报纸一掷）扣他一块二毛的那家伙简直是强盗！
  赵振宇　可不是，只是为着钱，为着这一点点钱……（回头故意和他妻子开玩笑）所以，我见了钱就讨厌！
  黄家楣　（悲怆的口吻）桂芬！
  桂芬听得出神不应。
  林志成　哼！……咱们中国，有的是浮尸，尸首也卖不到这样的价钱！
  赵振宇　（又有新的话题了）嗳嗳，讲到浮尸，今天报上说……
  小天津——一个"白相人"风的年青人，推门进来，对大家望了一眼，一直地往楼上去了。赵妻对桂芬用一种轻蔑的表情耳语，态度间有多少的得意。
  桂　芬　（睁着好奇的眼）当真？
  赵　妻　（指着自己的眼睛）我亲自看见的，前晚上鬼鬼祟祟地陪她出去，昨天天快亮的时候才回来，昨晚上在这儿，（指指水斗边）我还看见他向女的要回扣！
  桂　芬　（掩口）丢人的！
  林志成　妈的，这世界真是男盗女娼，还不是为了钱，什么丢人的事都可以做！
  楼上施小宝看见小天津便大声地喊："滚出去！"大家抬头听。
  林志成　有朝一日我有了势力，我一定要（恨恨地）把那些……（正要讲下去的时候——）
  赵振宇　（大声地）啊！（跳起来）只有三分钟啦！（拿了桌上的书往外就跑）
  赵　妻　（怒目瞪着他）死也改不好的坏脾气！
  黄家楣　（从楼上）桂芬！桂芬！
  桂　芬　（抬头）什么呀？
  赵振宇　（猛然地推门进来）忘了帽子！（奔入屋内，取了帽子胡乱地往头上一套，奔出）
  赵　妻　（赶出去，在门口喊）喂，为什么不换套鞋？……（望见他一溜烟的去了，只能回转，嘴里咕噜着）
  桂芬把洗的衣服绞起。
  林志成　（发牢骚和谈话的对手走了，只能回到自己房里去）买什么小菜啦，九点钟还不回来！
  黄家楣走出亭子间往下走，这时候桂芬正揩着手迎上去。
  黄家楣　来！
  桂　芬　什么事，还有几件衣服没洗好呐。
  赵妻收拾房间，林志成独自打水洗脸。

黄家楣　（站在楼梯中间）忙什么，这样的天气，一会儿就下雨，洗了又不会干。

桂　芬　（望着他）有什么事？

黄家楣　（稍稍迟疑了一下）还有吗？

桂　芬　（不懂）什么？

黄家楣　昨天的——（下半句咽了下去）

桂　芬　（会意了，低了头）买了小菜，还剩几毛钱。

黄家楣　那，今天……

桂　芬　（抬起头来望着他）今天？

黄家楣　（沉默了一刻，另找话题似的装着苦笑）桂芬！你觉得爸爸……你觉得爸爸对我很失望吧？看他的神气……

桂　芬　为什么？我看不出。

黄家楣　（沉痛地）为什么？卖了田，卖了地，典了房产，借了榨得出血来的高利钱，把一个儿子培植出来，可是今天……

桂　芬　（拦住他）你老讲这一套，什么用？你又不曾做过什么坏事情，又不是偷懒不愿找事情做，这样大的上海找不到一件小事情，这又有什么办法啦！

黄家楣　（抓着自己的头发，渐渐兴奋）全是那时候高等小学的姚先生讲坏的，他跟我爸爸说，这孩子是一个天才，学校里从来不曾有过这样的高材生，将来一定有成就，让他埋没在乡下太可惜啦！可是现在，要是他还活着，我倒要请他来看一看，天才在亭子间里面！（咳嗽）

桂　芬　怎么啦，你又是……（顾虑旁人听见，制止他）

黄家楣　（沉默了一下，透了口气，放低声音）爸爸好容易到了上海，要他整天地在亭子间里管小孩，这不是太可怜吗！

桂　芬　我知道，可是——

黄家楣　小孩儿不是还有个锁片吗？（将视线避开桂芬）

桂　芬　（耸一耸眉毛）上次给你的三块几毛钱，不就是这金锁片换的吗？

黄家楣　唔！（黯然）咪咪很可怜，这一点东西也……

桂　芬　（望了他一眼，不语）

黄家楣　那么，你——（不讲下去）

桂　芬　什么？（望着他）

黄家楣俯首不语。

桂　芬　（慢慢地）本来，有钱，是有钱的样子，没钱，是没钱的样子，你爸爸在这儿也不会住得很久吧！……

黄家楣不语。

桂　芬　（自然流露）我倒担心着今后呐。这边借三块，那边借五块，一天天地撑下去，总有一天……

黄家楣　（骤然地抬起头来，爆发似的）你以为我永远也不会有事情做吗？

……（讲了这一句，又突然止住了，垂头）

桂　芬　（狼狈）不，不，我不是这样说，嗳，你又是，（改换了央求的口吻）家楣，我说错啦！

黄家楣无言地用手抚了一下她的肩膀，转身要上楼去。

这时候后门哑然地推开，黄父抱着咪咪进来，似乎很高兴。咪咪一只手拿着一块蛋糕，一只手拿着一串荸荠。阿香反背着手，鬼鬼祟祟地跟在后面，两只眼盯着她母亲。

黄　父　哈哈，对啦对啦，是这一家，你很聪明！

黄家楣　爸回来啦！（要迎下去，突然咳嗽起来）

桂　芬　你上去吧，这儿风很大。

赵　妻　（望着她女儿的手）什么？谁给你的？……

阿　香　（手里也是一串荸荠，嘟着嘴）我说不要，他（指着黄父）一定要给我的。

赵　妻　蠢东西，客气也不懂得！（对黄父正要讲话，一会儿想起，用手势表示感谢之意）

黄　父　（大声地）亏得她，上海的屋子全是一个样，一出门就找不到是哪一家啦！哈哈哈！（走向楼梯）

赵　妻　（取过阿香的荸荠，勒下三个）吃一半！（随手提起自己的围身裙，按在阿香的鼻上）哼！

阿香用力一哼，发出很响的声音。

赵　妻　五岁啦，连鼻涕也不会哼！（带着阿香进房去）

黄家楣　（忍住了呛，装着笑，接过咪咪）小东西，尽要老爹抱！（对父）爸爸，上去躺一下吧，今晚上去看大戏，《火烧红莲寺》。

桂芬望着小孩手里的荸荠。

黄　父　（听不清，依旧答非所问）唉，不要紧，不要紧，算得什么，乡下的小孩儿一顿就吃这么三十五十个，吃吃，就吃惯啦！哈哈……

桂芬沉着脸回到水斗边。天上又是一阵骤雨，她只能退了一步站在灶披间门口，黄家楣用手帕按着嘴也走出亭子间来，好像为着不使他父亲看见一般地猛烈地咳呛，桂芬耸着耳听。

赵　妻　（忠告似的）你们黄先生的毛病得去请先生看一看啊！清早咳得很厉害！

桂　芬　可是他……

赵　妻　噢，说起来，我倒有个好单方，已经治好了许多人啦，五月端午的正午时，用七七四十九个大蒜头，四眼不见……

突然施小宝的房内好像推倒了什么东西似的发出了怪响的声音，赵妻、桂芬、林志成一起抬头听，接着，小天津若无其事地嘴里吹着口哨，——大约是跳舞场里流行的歌曲吧，——施小宝虎虎地跟出来，嘴里一路喊。

施小宝　我不去，不去，偏不去！

小天津在楼梯上站住,回头望着她,尽吹口哨,不语。

施小宝 （走到平台上）你去跟他说,我一点儿也没有错。要我跟他赔罪!休想!我打他是应该的,哼!他才不漂亮,请吃了一顿饭,就打别人的主意!跟他说,Johnie 快回来啦,有话跟他去讲!（回身欲走）

小天津用下巴招她下来。

施小宝 （走下几档）什么?（竖起了眉毛）

小天津 （随手将一根楼梯上的扶手档子攀过来,轻轻地一折两段,悠然地丢掉,拂去手上的木屑,然后冷冷地对施小宝）你总还要在上海滩上走路吧,不听我的话,你的腿,总不比这木头还硬吧!（重新吹着口哨,在许多眼光凝视中下楼,悠然地开门而去）

赵妻很快地跟出去张望了一下,用力地将门关上。

施小宝 （有点儿悚然,但在众人面前,不能不硬挺几句）狗东西!强盗!（回身上楼去,倒在床上）

林志成 （听见争执,从客堂间里赶出来,直望着小天津走了之后,走到楼梯边来拾起折断了的扶手档,忿忿地）瞎了眼的,全租了些好房客!

林志成正要回身转去的时候,后门有人敲门,赵妻不敢去开,望着林志成。林志成没办法地壮一壮胆,上去扯开门。叩门的是一个须发蓬松的中年男子,穿着一套不称身的西装,肩上已经湿透了,他有一双善良而眼梢细长的眼睛,高耸的鼻子,但是态度可以看出他此刻正在一个饱经苦难而身心俱惫的状态之下,他就是杨彩玉的前夫,林志成的好友,葆珍的父亲——匡复。

匡　复 请问,这儿有一位姓林……（看见林志成,仔细地认了一下）啊,你就是志成!我真找遍啦!

林志成 （太意外了,使他睁着充血的眼睛,倒退了两步）你……你……

匡　复 你不认识我了吗?我……

林志成 （细细地看了之后,面色变了）啊,复生!什么……

匡　复 （热烈地伸手过去）啊,我变啦,要是在街上碰到,怕再也不会认识我吧!（苦笑）

林志成 （哑然如遭电击,不知所措）啊!——

匡　复 （热情地握住了他的手）志成!

林志成 （一瞬间爆发出遇见了旧友时的感情）复生!你回来了!你!（差不多抱住了他,但是一瞬间后,面色又惨变了）

匡　复 （举首四望了一下,看见赵妻等睁眼望着他,向桂芬和赵妻叮咛地招呼,对林志成）这全是你的家吗?……

林志成 （如梦初醒）啊,不,不,里面坐,里面坐!（陪着匡复到客堂间去）

赵妻等以惊奇的目光望着,林随手将门关上。

匡　复 （边走边说）这一带全变啦,无轨电车也通啦,屋子大半也拆造过啦。在七八年前我在这一带住的时候……

林志成失神似的望着他。

匡　复　什么，志成，你看我的样子……

林志成　（掩饰内心混乱）唔唔，坐，坐，你抽烟吗？（从抽斗里找香烟）

匡　复　什么，你忘了我不抽烟吗？

林志成　噢噢，那么，……（拿起热水瓶，倒开水，但是他简直不感到瓶里已经没有水了，所以空做着倒水的姿势）喝杯开水！（手抖着）

匡　复　（望着他的手，对于他的那种张皇失措的神情开始吃惊）什么，志成，我来得太突兀，你觉得很奇怪吧？你，你身体怎样？有什么不舒服吗？

林志成　（愈加狼狈）不，不……

匡　复　那么，老朋友，为什么不替我的恢复自由高兴呢？我们分手之后，连我进去之前的一年半计算在内，已经整整的十年啦！

林志成　唔唔，复生，我，我，很高兴，可是，这，这不是做梦吧！

匡　复　（笑着）不，你捏我的手，这不是梦，这是现实！

林志成握着他的手，对他望了一眼，又垂头不语。

匡　复　（感慨）我在那鸽子笼里梦想了八年的事，今天居然实现了。我每逢放风的时候，吸着一口新鲜的空气，吹着一阵从远方吹来的风，我就很快地想到你，志成，期满了之后，第一就要找到你，见了你，就可以看见我的彩玉，我的葆珍！志成，她们，她们……

林志成　（眼睛里露出恐怖的光）她们，唔，她们……

匡　复　她们好吗？她们……（紧握着林志成的手）喔，志成，我不知道应该怎样感谢你，这几年，她们怎样过的，告诉我！……

林志成不语。

匡　复　她们好吗？志成，你说……

林志成　（塞住了喉咙）她们……（苦痛）

匡　复　（吃惊）什么？她们怎么样？

林志成仍旧不语。

匡　复　（站起来）志成，你告诉我，她们怎样了？她们……你用不着瞒住我，她们已经——（悲怆地）

林志成　不，不，她们很好，……过一会儿……

匡　复　（透了一口气）喔，她们很好吗？志成！要是没有你这个朋友，她们也许已经死掉，也许已经流浪在街头，我不知道做了多少的可怕的梦，梦见彩玉带了葆珍，乞丐一样地在街头要饭，啊……

正在他们谈话的时候，阿香蹑手蹑脚地走到门边来窃听。赵妻正在小风炉上炒菜，看见阿香跑去窃听，立即赶过去一把扯开她，用拳头威胁她，阿香没法地走开。但是赵妻听见匡复讲到彩玉这两个字，便立定了脚，不自禁地也以和阿香同样的姿势，从门缝里偷听。阿香站在楼梯边望着她母亲，嘟起了嘴，瞪着。

匡复的话未完，突然的前门叩门声，林志成狼狈，站起来，不去开，好容易下定决心。

林志成　（对匡复）她……（还要说下去）

内　声：（从门外）"老板娘，洋瓶申报纸有吗？"

林志成　（紧张消失了，怒烘烘地）没有！

内　声：（习惯的口吻）"阿有啥烂铜烂铁，旧衣裳，旧皮鞋换啵？"喊着去了。

匡　复　（被他打断了话头，拿起杯子，看见没有水，又放下。这时候才将室内看了一遍，当他的视线射到挂着的一件女人的旗袍的时候）噢，志成，（强作精神）我还不知道，你已经结了婚吗？

林志成　（痛苦愈甚）唔……

匡　复　几年啦，你太太呢？

林志成不语。

匡　复　为什么？在里面觉得日子过得很慢，可是想一想，时间还是很快的，在学校里面闹饭厅的老对手，现在都已经是中年人啦！（感慨系之，停了一下）志成，你今年是三十……五？

林志成　（终于忍不住了，突然地站起来）复生！这几年，你为什么不给我一封信？写一封平安信，总不该是不可能吧！

匡　复　什么？

林志成　从你在龙华的时候带了那封信给我之后，……就一个字也没有……那时候，案子又是那么严重！

匡　复　朋友，对不住，我不知道外面是个什么世界，寄信给你，也许会对你不方便……

林志成　（用一种差不多要哭的声音）可是，可是，复生！你这样做，你这样做，就使我犯了罪，犯了一种没有面目见朋友的罪啦！复生，请你唾骂我，我卑劣，我对不住你……

匡　复　（惊住）什么？你说——

林志成　我不是人，我没有面目见你，我……（双手抱住了头）

匡　复　什么事？志成，我一点也不懂，你说……你说……

林志成　复生！

匡　复　什么？

林志成　我——（停止）

匡　复　什么啊？你说。

林志成　我跟彩玉——

匡复一怔。

林志成　（咬紧牙根）我跟彩玉同居了！

匡　复　（混乱，但是无意识地）嗯——（颓然坐下，学语似的）同——居——了！

桂　芬　（大声地）啊哟，赵师母！你的菜炒焦啦！

赵妻狠狠地跑回。桂芬拿了洗好的衣服之类上楼去。

林志成　（低声而有力地）自从我接到你从龙华辗转托人带给我的信，我就去找彩玉，跟你想象的一样，那时候，她们潦倒在一家阁楼上，你家里的一切，差不多全在你出事的时候给拿去啦。我……（喘了一口气）我尽我的力量招呼她们，可是，一年，两年，得不到你一点儿消息，跟你同案子的人，死的死啦，变的变啦，足足的等了你三年，（渐兴奋而高声）简直不知道你死了还是活着……（很快地改语调）可是，不，不，这并不能作为我犯罪的辩解，我犯了罪，我对不住你……可是，复生！我是一个人，我有感情，我为着要使她们幸福，我就……

匡　复　（昂奋的声音）要使她们幸福？……（好容易才制止了自己的感情混乱）唔，……等一等，我……让我想一想……

林志成　现在想起来，使我苦痛的原因，还是为了一点不值钱的所谓的义气，我要帮助朋友，帮助朋友的家属。每次看见葆珍的时候，我总暗暗地想，我一定要保护她，使她能够念书，能够继续你的志向……可是，这就使我犯了罪，我……

匡　复　（失神似的自言自语，好像不曾听见林志成的话）要使她们幸福——

林志成　（多少的有点歇斯底里）我也是男子汉，我也念过书，以前，你将我看作自己的兄弟一样，那么你在患难中的时候，我能做出对不住你的事吗？一两个月之后我感到了危险，我几次三番地打定主意，我要离开，离开这种我平生不曾经历过的危险，我想凑成一笔整数的钱，交给彩玉，那么，我可以不必经常地照顾她们的生活，可是——

匡　复　（好容易恢复了他的平静）那么彩玉呢？

林志成　也许，她也跟我一样，运命遮住了我们的眼睛，愈挣扎，愈危险，终于——

匡　复　慢，那么现在……

林志成　（不等他说完）现在？一切不都已经很明白吗？我犯了罪，就等着你的审判。不，在你来审判我之前，良心早已在拷问着我了，当我些微地感觉到一点幸福，感觉到一点家庭的温暖，这时候一种看不见的刑具就紧紧地压住了我的心。现在好啦，你来啦，我供认，我不抵赖，……我在你面前服罪，我等着你的裁判！（一口气地讲完，好像安心似的透了口气，颓然）

匡　复　不，我不是这意思，我要知道，现在你和彩玉都幸福吗？

林志成　（反攻似的口吻，但是痛苦地）你说，幸福能建筑在苦痛的心上吗？

匡　复　（黯然）唔——

沉默片刻，桂芬拿了一个洋瓶从亭子间出来。

黄　父　（声）你别去打酒啊，我不喝，……嗳嗳……

桂芬走到后门口，正值阁楼的住户"李陵碑"回来，臂下夹着几份卖不完的报，已经喝了一点酒，醉醺醺地谁也不理会，嘴里哼着，一径往楼上去。

李陵碑　（唱）"盼娇儿，不由人，珠泪双流……（苍凉之感）我的儿啊，七郎儿，回雁门，把兵求救，为什么，此一去，不见回头……"

匡　复　（跟着李陵碑的歌声，望了一望楼顶，颓丧地）我不该来看你们，我多事啦……

林志成　什么，你说……

匡复不语。

有人敲门，林志成毫不思索地站起来，决然。

林志成　好，她回来啦，我，我此刻出去，让你们谈话，怎么办我都愿意。朋友，我等着你的决定……（去开门）

但是进来的是一个穿工服的青年人。

青　年　（张皇地）林先生，快，工务课长请你立刻去，厂里出了事，快……

林志成　（冷冷地）日班的事，跟我有什么相干？

青　年　不，不，闹得很厉害，快，大家等着。（差不多强迫一样拉着他）

林志成　不，不，我有事……（被扯着只能换了衣服下场）

匡　复　（重新再将室内仔细地观察了一下，走近案前，拿起一本葆珍方才剩下的唱歌本子，看了一下。独自地）林葆珍，唔，林！（将书放下，屈指计算）那时候她是五岁……（无意识地在葆珍的小钢琴上按了一下）

这时候太阳一闪，黄父抱着咪咪从亭子间窗口探出头来，望一望天。一刻，黄家楣拿了一个包袱匆匆地下楼来，当他走到水斗边的时候，正值桂芬打了酒回来。

桂　芬　（望着他的包裹）什么？

黄家楣　（有点忸怩）衣服！……

桂　芬　（将露出在包裹外的一只衣角一扯，望了他一眼，然后）家楣，我只有这一件出客的衣服啦！……

黄父从楼窗口望着。

黄家楣　（解嘲地）反正你又没有应酬，天气热了又用不着，过几天……（看见桂芬有不舍之意，硬一硬心肠不管她，往外就走）

桂　芬　家——

黄家楣头也不回地走了，望着他的背影，桂芬突然以手掩面，爆发一般地啜泣。黄父在楼上看见了这种情景，面色陡变，很快地从楼梯上走下来。二人在楼梯边相遇，桂芬看见他，狠狠地改换笑容。

桂　芬　老爹……

黄　父　（望着她）唔……

后门，杨彩玉提着菜篮回来，好奇地望着他们。

雨渐大，弄内儿童喧噪声。

——幕　下

选自夏衍《上海屋檐下》，上海戏剧时代出版社1937年版

○ 曹禺

原　野（序幕）

人　物
仇　虎——一个逃犯。
白傻子——小名狗蛋，在原野里牧羊的白痴。
焦大星——焦阎王的儿子。
焦花氏——焦大星新娶的媳妇。
焦　母——大星的母亲，一个瞎子。
常　五——焦家的客人。
（第三幕登场人物另见该幕人物表）
时　间
秋　天。
序　幕
原野铁道旁。
——立秋后一天傍晚。

　　秋天的傍晚。
　　大地是沉郁的，生命藏在里面。泥土散着香，禾根在土里暗暗滋长。巨树在黄昏里伸出乱发似的枝桠，秋蝉在上面有声无力地振动着翅翼。巨树有庞大的躯干，爬满年老而龟裂的木纹，矗立在莽莽苍苍的原野中，它象征着严肃、险恶、反抗与幽郁，仿佛是那被禁锢的普饶密休士，羁绊在石岩上。它背后有一片野塘，淤积油绿的雨水，偶尔塘畔簌落簌落地跳来几只青蛙，相率扑通跳进水去，冒了几个气泡；一会儿，寂静的暮色里不知从什么地方传来一阵断续的蛙声，也很寂寞的样子。巨树前，横着垫高了的路基，铺着由辽远不知名的地方引来的两根铁轨。铁轨铸得像乌金，黑黑的两条，在暮霭里闪着亮，一声不响，直伸到天际。它们带来人们的痛苦、快乐和希望。有时巨龙似的列车，喧赫地叫嚣了一阵，喷着火星乱窜的黑烟，风掣电驰地飞驶过来。但立刻又被送走了，还带走了人们的笑和眼泪。陪伴着这对铁轨的有道旁的电线杆，一根接连一根，当野风吹来时，白磁箍上的黑线不断激出微弱的呜呜的声浪。铁轨基道斜成坡，前面有墓碑似的哩石，有守路人的破旧的"看守阁"，有一些野草，并且堆着些生锈的铁轨和枕木。

在天上，怪相的黑云密匝匝遮满了天，化成各色狰狞可怖的形状，层层低压着地面。远处天际外逐渐裂成一张血湖似的破口，张着嘴，泼出幽暗的赭红，像噩梦，在乱峰怪石的黑云层堆点染成万千诡异艳怪的色彩。

地面依然昏暗暗，渐渐升起一层灰雾，是秋暮的原野，远远望见一所孤独的老屋，里面点上了红红的灯火。

大地是沉郁的。

开幕时，仇虎一手叉腰，背倚巨树望着天际的颜色，喘着气，一哼也不哼。青蛙忽而在塘边叫起来。他拾起一块石头向野塘掷去，很清脆地落在水里，立时蛙也吓得不响。他安了心，蹲下去坐，然而树上的"知了"又聒噪地闹起，他仰起头，厌恶地望了望，立起身，正要又取一个石块朝上——遥远一声汽笛，他回转头，听见远处火车疾驰过去，愈行愈远，夹连几声隐微的汽笛。他扔下石块，嘘出一口气，把宽大无比的皮带紧了紧，一只脚在那满沾污泥的黑腿上擦弄，脚踝上的铁镣恫吓地响起来。他陡然又记起脚上的累赘。举起身旁一块大石在铁镣上用力擂击。巨石的重量不断地落在手上，搞了腿骨，血殷殷的，他蹙着黑眉，牙根咬紧，一次一次捶击，喘着，低低地咒着。前额上渗出汗珠，流血的手擦过去。他狂喊一声，把巨石掷进塘里，喉咙哽噎像塞住铅块，失望的黑脸仰朝天，两只粗大的手掌死命乱绞，想挣断足踝上的桎梏。

远处仿佛有羊群奔踏过来，一个人"哦！哦！"地吆喝，赶它们回栏，羊们乱窜，哀伤地咩咩着，冲破四周的寂静。他怔住了，头朝转那声音的来向，惊愕地谛听。他蓦然跳起来，整个转过身来，面向观众，屏住气息瞩望。——这是一种奇异的感觉，人会惊怪造物者怎么会想出这样一个丑陋的人形：头发像乱麻，硕大无比的怪脸，眉毛垂下来，眼烧着仇恨的火。右腿打成瘸肢，背凸起仿佛藏着一个小包袱。筋肉暴突，腿是两根铁柱。身上一件密结纽袢的蓝布褂，被刺的铁丝戳些个窟窿，破烂处露出毛茸茸的前胸。下面围着"腰里硬"，——一种既宽且大的黑皮带，——前面有一块瓦大的钢带扣，贼亮贼亮的。他眼里闪出凶狠，狡恶，机诈与嫉恨，是个刚从地狱里逃出来的人。

他提起脚跟眺望，人显明地向身边来。"哦！哦！"吆喝着，"咩！咩！"羊们拥挤着，人真走近了，他由轨道跳到野塘坡下藏起。

不知为什么传来一种不可解的声音，念得很兴高采烈的！"漆叉卡叉，漆叉卡叉，漆叉卡叉，漆叉卡叉，吐兔图吐，吐兔图吐，吐兔图吐，吐兔图吐……"一句比一句有气力，随着似乎顿足似乎又在疾跑的音响。

于是白傻子涨得脸通红，挎着一筐树枝，右手背着斧头，由轨道上跳跳蹦蹦地跑来。他约莫有二十岁，胖胖的圆脸，哈巴狗的扁鼻子，一对老鼠眼睛，眨个不停。头发长得很低，几乎和他那一字眉连接一片。笑起来眼眯成一道缝。一张大嘴整天呵呵地咧着；如若见着好吃好看的东西，下颚便不自主地垂下来，时而还流出涎水。他是个白痴，无父无母，寄在一个远亲的篱下，为人看羊，斫柴，做些零碎的事情。

白傻子　（兴奋地跑进来，自己就像一列疾行的火车）漆叉卡叉，漆叉卡叉，……（忽而机车喷黑烟）吐兔图吐，吐兔图吐，吐兔图吐，……（忽而他翻转过来倒退，两只臂膊像一双翅膀，随着嘴里的"吐兔"，一扇一扇地——哦，火车在打倒轮，他拼命地向后退，口里更热闹地发出各色声响，这次　"火车头"开足了马力。然而，不小心，一根枕木拦住了脚，　扑通一声，"火车头"忽然摔倒在轨道上，好痛！他咧着嘴似哭非哭地，树枝撒了一道，斧头溜到基道下，他手搁在眼上，大嘴里哇哇地嚎一两声，但是，摸摸屁股，四面望了一下，没人问，也没人疼，并没人看见。他回头望望自己背后，把痛处揉两次，立起来，仿佛是哄小孩子，吹一口仙气，轻轻把自己屁股打一下，"好了，不痛了，去吧！"他唏唏地似乎得到安慰。于是又——）漆叉卡叉，漆叉卡叉，……（不，索性放下筐子，两只胳膊是飞轮，眉飞色舞，下了基道的土坡，在通行大车的土道上奔过来，绕过去，自由得如一条龙）漆叉卡叉，吐兔图吐，吐兔图吐，吐兔图吐，……（更兴奋了，他噘圆了嘴，学着机车的汽笛）呜——呜——呜。漆叉卡叉，吐兔图吐。呜——呜——呜——（冷不防，他翻了一个跟斗）呜——呜——呜（看！又翻了一个）呜——呜——呜——，漆叉卡叉，吐兔图吐，——呜——呜——呜（只吹了一半，远遥遥传来一声低声而隐微的机车笛，他忽而怔住，出了神。他跑上基道，横趴在枕木上，一只耳紧贴着铁轨，闭上眼，仿佛谛听着仙乐，脸上堆满了天真的喜悦）呵呵呵！（不自主地傻笑起来）

从基道后面立起来仇虎，他始而惊怪，继而不以为意地走到白傻子身旁。

仇　虎　喂！（轻轻踢着白傻子的头）喂！你干什么？

白傻子　（谛听从铁轨传来远方列车疾行的声音，阖目揣摩，很幸福的样子，手拍着轮转的速律，低微地）漆叉卡叉，漆叉卡叉，……（望也没有望，只不满意地伸出臂膊晃一晃）　你……你不用管。

仇　虎　（踹踹他的屁股）喂，你听什么？

白傻子　（不耐烦）别闹！（用手摆了摆）别闹！你听，火车头！（指轨道）在里面！火车！漆叉卡叉，漆叉卡叉，漆叉卡叉……（不由更满足起来，耳朵抬起来，仰着头，似乎在回味）吐兔图吐，吐兔图吐！（快乐地忘了一切，向远处望去，一个人喃喃地）嗯——火车越走越远！越走越远！吐兔图吐，吐兔图吐，……（又把耳朵贴近铁轨）

仇　虎　起来！（白傻子不听，又用脚踢他）起来！（白傻子仍不听，厉声）滚起来！（一脚把白傻子踹下土坡，自己几乎被铁镣绊个跟头）

白傻子　（在坡下，恍恍惚惚拾起斧头，一手抚摸踢痛了的屁股，不知所云地呆望着仇虎）你……你……你踢了我。

仇　虎　（狞笑，点点头）嗯，我踢你！（一只脚又抬到小腿上擦痒，铁镣沉重地响着）你要怎么样？

白傻子　（看不清楚那蹲人的怪物，退了一步）我……我不怎么样。

仇　虎　（狠恶地）你看得见我么？

白傻子　（疑惧地）看……看不清。

仇　虎　（走出巨树的暗荫，面向天际）你看！（指自己）你看清了么？

白傻子　（惊骇地注视着仇虎，死命地"啊"了一声）妈！（拖着斧头就跑）

仇　虎　（霹雳一般）站住！

白傻子瘫在那里，口里流着涎水，眼更眨个不住。

仇　虎　（恶狠地）妈的，你跑什么？

白傻子　（解释地）我……我没有跑！

仇　虎　（指自己，愤恨地）你看我像个什么？

白傻子　（盯着他，怯弱地）像……嗯……像——（抓抓头发）反正——（想想，摇摇头）反正不像人。

仇　虎　（牙缝里喷出来）不像人？（迅雷似的）不像人？

白傻子　（吓住）不，你像，你像，像，像。

仇　虎　（狞笑起来，忽然很柔和地）我难看不难看？你看我丑不丑？

白傻子　（不知从哪里来了这么一点聪明，睁大眼睛）你……你不难看，不丑。（然而——）

仇　虎　（暴躁地）谁说我不丑！谁说我不丑！

白傻子　（莫明其妙）嗯，你丑！你——丑得像鬼。

仇　虎　那么，（向白傻子走去，脚下铐镣作响）鬼在喊你，丑鬼在喊你。

白傻子　（颤抖地）你别来！我……我自己过去。

仇　虎　来吧！

白傻子　（疑惧地，拖着不愿动的脚步）你……你从哪儿来的。

仇　虎　（指远方）天边！

白傻子　（指着轨道）天边？从天边？你也坐火车？（慢慢地）漆叉卡叉，吐兔图吐？（向后退，一面回头，模仿火车打倒轮）

仇　虎　（明白狞笑）嗯，"漆叉卡叉，漆叉卡叉"！（也以手做势，开起火车，向白傻子走近）吐兔图吐，吐兔图吐。（进得快，退得慢，火车碰上火车，仇虎蓦地抓着白傻子的手腕，一把拉过来）你过来吧！

白傻子　（痛楚地喊了一声，用力想挣出自己，乱嚷）哦！妈，我不跟你走，我不跟你！

仇　虎　（斜眼盯着他）好，你会"漆叉卡叉"，你看，我跟你来个（照着白傻子胸口一拳，白傻子啊地叫了一声，仇虎慢悠悠地）吐——兔——图——吐！（凶恶地）把斧头拿给我！

白傻子　（怯弱地）这……这不是我的。（却不自主把斧头递过去）

仇　虎　（抢过斧头）拿过来！

白傻子　（解释地）我……我……（翻着白眼）我没有说不给你。

仇　虎　（一手拿着斧头，指着脚镣）看见了么？

白傻子　（伸首，大点头）嗯，看见。

仇　虎　你知道这是什么？

白傻子　（看了看，抹去唇上的鼻涕，摇着头）不，不知道。

仇　虎　（指着铁镣）这是镯子——金镯子！

白傻子　（随着念）镯子——金镯子！

仇　虎　对了！（指着脚）你跟我把这副金镯子敲下来。（又把斧头交还他）敲下来，我要把它赏给你戴！

白傻子　给我戴？这个？（摇头）我不，我不要！

仇　虎　（又把斧头抢到手，举起来）你要不要？

白傻子　（眨眨眼）我……我……我要……我要！

仇虎蹲在轨道上，白倚立土坡，仇虎正想坐下，伸出他的腿。

仇　虎　（猜疑地）等等！你要告诉旁人这副金镯子是我的，我就拿这斧头劈死你。

白傻子　（不明白，但是——）嗯，嗯，好的，好的。（又收下他的斧头）

仇　虎　（坐在轨道上，双手撑在背后的枕木上，支好半身的体重，伸开了腿，望着白）你敲吧！

白傻子　（向铁镣上重重打了一下，只一下，他停住了，想一想）可……可是这斧头也……　也不是你的。

仇　虎　（不耐烦）知道，知道！

白傻子　（有了理）那你不能拿这斧子劈了我。（跟着站起来）

仇　虎　（跳起，抢过他的斧头，抢起来）妈，这傻王八蛋，你跟我弄不弄？

野地里羊群又在哀哀地呼唤。

白傻子　（惧怯地）我……我没有说不跟你弄。（又接过斧头，仇虎坐下来，白傻子蹲在旁边，开始一下两下向下敲）

野塘里的青蛙清脆地叫了几声。

白傻子　（忽然很怪异地看着仇虎）你怎么知道我……我的外号。

仇　虎　怎么？

白傻子　这儿的人要我干活的时候，才叫我白傻子。做完了活，总叫我傻王八蛋。（很亲切地又似乎很得意地笑起来）唏！唏！唏！（在背上抓抓痒又敲下去）

仇　虎　（想不到，真认不出是他）什么，你——你叫白傻子。

白傻子　嗯，（结结巴巴）他们都不爱理我，都叫我傻王八蛋，可有时也……也叫我狗……狗蛋。你看，这两个名字哪一个好？（得不着回答，一个人叨叨地）嗯，两个都叫，倒……倒也不错，可我想还是狗……狗蛋好，我妈活着就老叫我狗蛋。她说，你看，这孩子长得狗……狗头狗脑的，就叫他狗……狗蛋吧，长……长得大。你

看，我……我小名原来叫……叫……（很得意地拍了自己的屁股一下）叫狗蛋！唏！唏！唏！（笑起来，又抹一下子鼻涕）

仇　虎　（一直看着他）狗蛋，你叫狗蛋！

白傻子　嗯，狗蛋，你……你没猜着吧！（得意地又在背上抓抓）

仇　虎　（忽然）你还认识我不认识我？

白傻子　（望了一会，摇头）不，不认识。（放下斧头）你……你认识我？

仇　虎　（等了一刻，冷冷地）不，不认识。（忽然急躁地）快，快点敲，少说废话，使劲！

白傻子　天快黑了！我看不大清你的镯子。

仇　虎　妈的，这傻王八蛋，你把斧头给我，你给我滚。

白傻子　（站起）给你？（高举起斧头）不，不成。这斧头不是我的。这斧头是焦……焦大妈的。

仇　虎　你说什么？（也站起）

白傻子　（张口结舌）焦……焦大妈！她说，送……送晚了点，都要宰……宰了我。（摸摸自己的颈脖，想起了焦大妈，有了胆子，指着仇虎的脸）你……你要是把她的斧头抢……抢走，她也宰……宰了你！（索性吓他一下，仿佛快刀从头颈上斩过，他用手在自己的颈上一摸）喳——喳——喳！就这样，你怕不怕？

仇　虎　哦，是那个瞎老婆子？

白傻子　（更着重地）就……就是那个瞎老婆子，又狠又毒，厉害着得呢！

仇　虎　她还没有死？

白傻子　（奇怪）没有，你见过她？

仇　虎　（沉吟）见过。（忽然抓着白傻子的胳膊）那焦老头子呢？

白傻子　（瞪瞪眼）焦老头子？

仇　虎　就是她丈夫，那叫阎王，阎王的。

白傻子　（恍然）哦，你说阎王啊，焦阎王啊。（不在意地）阎王早进……进了棺材了。

仇　虎　（惊愕得说不出话来）什——么？（立起）

白傻子　他死了，埋了，入了土了。

仇　虎　（很恶地）什么？阎王进了棺材？

白傻子　（不在心）前两年死的。

仇　虎　（阴郁地）死了！阎王也有一天进了棺材了。

白傻子　嗯，（不知从哪里听来的）光屁股来的光屁股走，早晚都得入土。

仇　虎　（失望地）那么，我是白来了，白来了。

白傻子　（奇怪地）你……你找阎王干……干什么？

仇　虎　（忽然回转头，愤怒地）可他——他怎么会死？他怎么会没有等我回来才死！他为什么不等我回来！（顿足，铁镣相撞，疯狂地乱响）不等我！（咬紧牙）不等我！抢了我们的地！害了我们的家！烧了我们的房子，你诬告我们是土匪，你送了我进衙门，你叫人打瘸了我的腿。为了你我在狱里整整熬了八年。你藏在这个地方，成年地想法害我们，等到我来了，你伸伸脖子死了，你会死了！

白傻子 （莫明其妙，只好——）嗯，死了！

仇　虎 （举着拳头，压下声音）偷偷地你就死了。（激昂起来）可我怎么能叫你死，叫你这么自在地死了。我告诉你，阎王，我回来了，我又回来了，阎王！杀了我们，你们就得偿命；伤了我们，我们一定还手。挖了我的眼睛，我也挖你的。你打瘸了我的腿，害苦了我们一大堆人，你想，你在这儿挖个洞偷偷死了，哼，你想我们会让你在棺材里安得了身！哦，阎王，你想得太便宜了！

白傻子 （诧异）你一个念叨些什么？你还要斧子敲你这镯子不要？

仇　虎 （想起当前的境界）哦，哦，要……要！（暴烈地）你可敲啊！

白傻子 （连忙）嗯，嗯！（啐口吐沫，举起斧子敲）

仇　虎 那么，他的儿子呢？

白傻子 谁？

仇　虎 我说阎王的儿子，焦大星呢？

白傻子 （不大清楚）焦……焦大星？

仇　虎 就是焦大。

白傻子 （恍然）他呀！他刚娶个新媳妇，在家里抱孩子呢。

仇　虎 又娶了个媳妇。

白傻子 （呲着白牙）新媳妇长得美着呢，叫……叫金子。

仇　虎 （惊愕）金子！金子！

白傻子 嗯，你……你认识焦大？

仇　虎 嗯，（狞笑）老朋友了，（回想）我们从小，这么大（用手比一下）就认识。

白傻子 那我替你叫他来，（指远远那一所孤独的房屋）他就住在那房子里。（向那房屋跑）

仇　虎 （厉声）回来！

白傻子 干——干什么？

仇　虎 （伸出手）把斧头给我！

白傻子 斧头？

仇　虎 我要自己敲开我这副金镯子送给焦老婆子戴。

白傻子 （又倔强起来）可这斧头是焦——焦——焦大妈的。

仇　虎 （不等他说完，走上前去，抢斧头）给我。

白傻子 （伸缩头，向后退）我！我不。（仇虎逼过去）

仇　虎 （抢了斧头，按下白的头颈，似乎要斫下去）你——你这傻王八蛋。

轨道右外听见一个女人说话，旁边有个男人在一边劝慰着。

白傻子 （挣得脸通红）有——有人！

仇　虎 （放下手倾听一刻，果然是）狗蛋，便宜你！

白傻子　（遇了大赦）我走了？

仇　虎　（又一把抓住他）走，你跟着我来！

仇拉着白走向野塘左面去，白狼狈地跟随着，一会儿隐隐听见斧头敲铁镣的声音。

由轨道左面走上两个人。女人气冲冲地，一句话不肯说，眉头藏着泼野，耳上的镀金环子铿铿地乱颤。女人长得很妖冶，乌黑的头发，厚嘴唇，长长的眉毛，一对明亮亮的黑眼睛里面蓄满魅惑和强悍。脸生得丰满，黑里透出健康的褐红；身材不十分高，却也娉娉婷婷，走起路来，顾盼自得，自来一种风流。她穿着大红的裤袄，头上梳成肥圆圆的盘髻。腕上的镀金镯子骄傲地随着她走路的颤摇摆动。她的声音很低，甚至于有些哑，然而十分入耳，诱惑。

男人（焦大星）约莫有三十岁上下，短打扮，满脸髭须，浓浓的黑眉，凹进去的眼，神情坦白，笑起来很直爽明朗。脸色黧黑，眉目间有些忧郁，额上时而颤跳着蛇似的青筋。左耳悬一只铜环，是他父亲——阎王——在神前为他求的。他的身体魁伟，亮晶的眼有的是宣泄不出的热情。他畏惧他的母亲，却十分爱恋自己的艳丽的妻，妻与母为他尖锐的争斗使他由苦恼而趋于怯弱。他现在毫不吃力地背着一个大包袱，稳稳地迈着大步。他穿一件深灰的裤褂，悬着银表链，戴一顶青毡帽，手里握着一根小树削成的木棍，随着焦花氏走来。

焦大星　金子！

焦花氏　（不理，仍然向前走）

焦大星　（拉着她）金子，你站着。

焦花氏　（甩开他）你干什么？

焦大星　（恳求地）你为什么不说话。

焦花氏　（瞋目地）说话？我还配说话？

焦大星　（体贴地）金子，你又怎么啦？谁得罪了你？

焦花氏　（立在轨道上）得罪了我？谁敢得罪了我！好，焦大的老婆，有谁敢得罪？

焦大星　（放下包袱）好，你先别这么说话，咱们俩说明白，我再走。

焦花氏　（抖眼望着他）走，你还用着走？我看你还是好好地回家找你妈去吧！

焦大星　（明白了一半）妈又对你怎么啦？

焦花氏　妈对我不怎么！（奚落地）哟，焦大多孝顺哪！你看，出了门那个舍不得妈丢不下妈的样子，告诉妈，吃这个，穿那个，说完了说，嘱咐，又嘱咐，就像你一出门，虎来了要把她叼了去一样。哼，你为什么不倒活几年长小了，长成（两手一比）这么点，到你妈怀里吃咂儿去呢！

焦大星　（不好意思，反而解释地）妈——妈是个瞎子啊！

焦花氏　（头一歪，狠狠地）我知道她是个瞎子！（又嘲笑地）哟，焦大真是个孝子，妈妈长，妈妈短，跟妈带这个，跟妈带那个；我跟你到县里请一个孝子牌坊，好不好？（故意叹口气）唉，为什么我进门不就添个孩子呢？

焦大星　（吃一惊）你说什么？进门添孩子？

焦花氏　（瞪他一眼）你别吓一跳，我不是说旁的。我说进门就跟你添一个大小子，生个小焦大，好叫他像你这样地也孝顺孝顺我。哼，我要有儿子，我就要生你这样的，（故意看着焦大）是不错！

焦大星　（想骂她，但又没话）金子，你说话总是不小心，就这句话叫妈听见了又是麻烦。

焦花氏　（强悍地）哼，你怕麻烦！我不怕！说话不小心，这还是好的，有一天，我还要做给她瞅瞅。

焦大星　（关心地）你——你说你做什么？

焦花氏　（任性泼野）我做什么？我是狐狸精！她说我早晚就要养汉偷人，你看，我就做给她瞧瞧，哼，狐狸精？

焦大星　（不高兴）怎么，你偷人难道也是做给我瞧瞧。

焦花氏　你要是这么待我，我就偷——

焦大星　（立起，一把抓着花氏的手腕，狠狠地）你偷谁？你要偷谁？

焦花氏　（忽然笑眯眯地）别着急，我偷你（指着她丈夫的脸）我偷你，我的小白脸，好不好？

焦大星　（忍不住）金子，唉，一个妈，一个你，跟你们俩我真是没有法子。

焦花氏　（翻了脸）又是妈，又是你妈。你怎么张嘴闭嘴总离不开你妈，你妈是你的影子，怎么你到哪儿，你妈也到哪儿呢？

焦大星　（坐在包袱上，叹一口长气）怪，为什么女人跟女人总玩不到一块去呢？

塘里青蛙又叫了几声，来了一阵风，远远传来野鸟的鸣声。

焦花氏　（忽然拉起男人的手）我问你，大星，你疼我不疼我？

焦大星　（仰着头）什么？

焦花氏　（坐在他身旁）你疼我不疼我？

焦大星　（羞涩地）我——我自然疼你。

焦花氏　（贴近一些）那么，我问你一句话，我说完了你就得告诉我。别含糊！

焦大星　可是你问——问什么话？

焦花氏　你先别管，你到底疼我不？你说不说？

焦大星　（摇摇头）好，好，我说。

焦花氏　（指着男人的脸）一是一，二是二，我问出口，你就地就得说，别犹疑！

焦大星　（急于知道）好，你快说吧。

焦花氏　要是我掉在河里，——

焦大星　嗯。

焦花氏　你妈也掉在河里，——

焦大星　（渐明白）哦。

焦花氏　你在河边上，你先救哪一个？
焦大星　（窘迫）我——我先救哪一个？
焦花氏　（眼直盯着他）嗯，你先救哪一个，是你妈，还是我？
焦大星　我……我——（抬头望望她）
焦花氏　（迫待着）嗯？快说，是你妈？还是我？
焦大星　（急了）可——可哪会有这样的事？
焦花氏　我知道是没有。（固执地）可要是有呢，要是有，你怎么办？
焦大星　（苦笑）这——这不会的。
焦花氏　你，你别含糊，我问你要真有这样的事呢？
焦大星　要真有这样的事，（望望女人）那——那——
焦花氏　那你怎么样？
焦大星　（直快地）那我两个都救，（笑着）我（手势）我左手拉着妈，我右手拉着你。
焦花氏　不，不成。我说只能救一个。那你救谁？（魅惑地）是我，还是你妈？
焦大星　（惹她）那我……那我……
焦花氏　（激怒地）你当然是救你妈，不救我。
焦大星　（老实地）不是不救你，不过妈是个——
焦花氏　（想不到）瞎子！对不对？
焦大星　（乞怜地望着她）嗯。瞎了眼自然得先救。
焦花氏　（撅起嘴）对了，好极了，你去吧！（怨而恨地）你眼看着我淹死，你都不救我，你都不救我！好！好！
焦大星　（解释）可你并没有掉在河里——
焦花氏　（索性诉起委屈）好，你要我死，（气愤地）你跟你妈一样，都盼我立刻死了，好称心，你好娶第三个老婆。你情愿淹死我，不救我。
焦大星　（分辩地）可我并没有说不救你。
焦花氏　（紧问他）那么，你先救谁？
焦大星　（问题又来了）我——我先——我先——
焦花氏　（逼迫）你再说晚了，我们俩就完了。
焦大星　（冒出嘴）我——我救你。
焦花氏　（改正他）你先救我。
焦大星　（机械地）我先救你！
焦花氏　（眼里闪出胜利的光）你先救我！（追着，改了口）救我一个？
焦大星　（糊涂地）嗯。
焦花氏　（更说得清楚些）你"只"救我一个——
焦大星　（顺嘴说）嗯。
焦花氏　你"只"救我一个，不救她。
焦大星　可是，金子，那——那——

焦花氏　（逼得紧）你说了，你只救我一个，你不救她。

焦大星　（气愤地立起）你为什么要淹死我妈呢？

焦花氏　谁淹死她？你妈不是好好在家里？

焦大星　（忍不下）那你为什么老逼我说这些不好听的话呢？

焦花氏　（反抗地）嗯，我听着痛快，我听着痛快！你说，你说给我听。

焦大星　可是说什么？

焦花氏　你说"淹死她"！

焦大星　（故意避开）谁呀？

焦花氏　你说"淹死我妈"！

焦大星　（惊骇望着她）什么，淹死——？

焦花氏　（期待得紧）你说呀，你说了我才疼你，爱你。（诱惑地）你说了。你要干什么，我就干什么。你看，我先给你一个。（贴着星的脸，热热地亲了一下）香不香？

焦大星　（呆望着她）你——嗯！

焦花氏　你说不说！来！（拉着星）你坐下！（把他推在大包袱上）你说呀！你说淹死她！淹死我妈！

焦大星　（傻气地）我说，我不说！

焦花氏　（没想到）什么！（想翻脸，然而——笑下来，柔顺地）好，好，不说就不说吧！（忽然孩子似的语调）大星，你疼我不疼我？（随着坐在大星的膝上，紧紧抱着他的颈脖，脸贴脸，偎过来，擦过去）大星，你疼我不疼我？你爱我不爱？

焦大星　（想躲开她，但为她紧紧抱住）你别——你别这样，有——有人看见。（四面望）

焦花氏　我不怕。我跟我老头子要怎么着就怎么着。谁敢拦我？大星，我俊不俊？我美不美？

焦大星　（不觉注视她）俊！——美！

焦花氏　（蛇似的手抚摸他的脸，心，和头发）你走了，你想我不想我？你要我不要我？

焦大星　（不自主地紧紧握着她的手）要！

焦花氏　（更魅惑地）你舍得我不舍得我？

焦大星　（舐舐自己的嘴唇，低哑地）我——不——舍——得。（忽然翻过身，将花氏抱住，再把她——，喘着）我——

焦花氏　（倏地用力推开他，笑着竖起了眉眼，慢慢地）你不舍得，你为什么不说？

焦大星　（昏眩）说——说什么？

焦花氏　（泄恨地）你说淹死她，淹死我妈。

一阵野风，吹得电线杆呜呜地响。

焦花氏　你说了我就让你。

焦大星　（喘着）好，就——就淹死她，（几乎是抽咽）就淹淹死我——

由轨道后面左方走上一位嶙峋的老女人，约莫有六十岁的样子。头发大半斑白，额角上有一块紫疤，一副非常峻削严厉的轮廓。扶着一根粗重的拐棍，张大眼睛，里面空空不是眸子，眼前似乎罩上一层白纱，直瞪瞪地望着前面，使人猜不透那一对失了眸子的眼里藏匿着什么神秘。她有着失了瞳仁的人的猜疑，性情急躁；敏锐的耳朵四方八面地谛听着。她的声音尖锐而肯定。她还穿着丈夫的孝，灰布褂，外面罩上一件黑坎肩，灰布裤，从头到尾非常整洁。她走到轨道上，一句话不说，用杖重重在铁轨上捣。

焦　母　（冷峻地）哼！

焦花氏　（吓了一跳）妈！（不自主地推开大星，立起）

焦大星　（方才的情绪立刻消失。颤颤地）哦，妈！

焦　母　（阴沉地）哼，狐狸精！我就知道你们在这儿！你们在说什么？

焦花氏　（惶惑地）没……没说什么，妈。

焦　母　大星，你说！

焦大星　（低得听不见）是……是没说什么。

焦　母　（回头，从牙缝里喷出来的话）活妖精，你丈夫叫你在家里还迷不够，还要你跑到外面来迷。大星在哪儿？你为什么不做声？

焦大星　（惶恐地）妈，在这儿。

焦　母　（用杖指着他）死人！还不滚，还不滚到站上去干事去，（狠恶地）你难道还没想死在那骚娘儿们的手里！死人！你是一辈子没见过女人是什么样是怎么！你为什么不叫你媳妇把你当元宵吞到肚里呢？我活这么大年纪，我就没见过你这样的男人，你还配那死了的爸爸养活的？

焦大星　（惧怯地）妈，那么（看看花氏）我走了。

焦花氏口里嘟哝着。

焦　母　滚！滚！快滚！别叫我生气——（忽然）金子，你嘴里念的什么咒。

焦花氏　（遮掩）我没什么！那是风吹电线，您别这么疑东疑西的。

焦　母　哼，（用手杖指着她，几乎戳着她的眼）你别看我瞅不见，我没有眼比有眼的还尖。大星——

焦大星　妈，在这儿。我就走。（背起大包袱）

焦花氏　大星，你去吧！

焦　母　（回头）你别管！又要你拿话来迷他。（对自己的儿子）记着在外头少交朋友，多吃饭，有了钱吃上喝上别心疼。听着！钱赚多了千万不要赌，寄给你妈，妈给你存着，将来留着你那个死了母亲的儿子用。再告诉你，别听女人的话，女人真想跟你过的，用不着你拿钱买；不想跟你过，你就是为她死了，也买不了她的心。听明白了么？

焦大星　听明白了。

焦　母　去，去。（忽然由手里扔出一袋钱，落在星的脚下）这是我的钱，你拿去用吧。

焦大星　妈，我还有。

焦　母　拾起来拿走，不要跟我装模作样。我知道你手上那一点钱早就跟金子买手镯，打了环子了。（对着焦花氏）你个活妖精。

焦大星　妈，妈，我走了。您好好地保重身体，多穿衣服，门口就是火车，总少到铁道上来。

焦　母　（急躁地）知道，知道，不要废话，快走。

焦花氏　哼，妈不希罕你说这一套，还不快走。

焦　母　谁说的？谁说不希罕？儿子是我的，不是你的。他说得好，我爱听，要你在我面前挑拨是非？大星，滚！滚！滚！别在我耳朵前面烦的慌。快走！

焦大星　嗯！嗯，走了！（低声）金子，我走了。

大星向右走了四五步。

焦　母　（忽然）回来！

焦大星　干什么？

焦　母　（厉声）你回来！（大星快快地又走回来）刚才我给你的钱呢？

焦大星　（拿出来）在这儿。

焦　母　（伸手）给我，叫我再数一下。（大星又把钱袋交给她，她很敏捷地摸着里面的钱数，口里念叨着）

焦花氏　（狠狠地看她一眼）妈，您放心！大星不会给我的。

焦　母　（数好，把钱交给大星）拿去，快滚！（忽然回过头向金子，低声，狠狠地）哼，迷死男人的狐狸精。

大星一步一步地走向右去。

焦　母　你看什么？

焦花氏　谁看啦？

焦　母　天黑了没有？

焦花氏　快黑了。

焦　母　白傻子！（喊叫）白傻子！白傻子！白傻子！（无人应声）

焦花氏　您干什么？

焦　母　（自语）怪，天黑了，他该还给我们斧子了，哼，这王八蛋！又不知在哪儿死去了！——走，回家去，走！

焦花氏　（失神地）嗯，回家。（手伸过去）让我扶您。

焦　母　（甩开她的手）去！我不要你扶，假殷勤！

焦氏向左面轨道走，花氏不动，立在后面。远远由右面又听见白傻子"漆叉卡叉，漆叉卡叉"起来，似乎很高兴地。

焦　母　金子！你还不走，你在干什么？

焦花氏　（看见远远白傻子的怪样，不由笑出）妈，您听，火车头来了。

焦　母　（怪癖地）你不走，你想等火车头压死你。

焦花氏　不，我说是白傻子！

焦　母　白傻子？

焦花氏　嗯。

火车"吐兔图吐"地由右面轨道上跑进来，白傻子一双手疾迅地旋转，口里呜呜地吹着汽笛。

焦　母　（听见是他，严厉地）狗蛋！

白傻子　（瞥见焦大妈，斜着眼，火车由慢而渐渐停止）吐兔图吐，吐——兔——图——吐，吐——兔——图——吐。

焦　母　狗蛋，你滚到哪儿去了？

白傻子　（望望焦，又望望花氏）我——我没有滚到哪儿去。

焦　母　斧子呢？

白傻子　（想起来，昏惑地）斧子？

焦花氏　你想什么？问你斧子在哪儿呢？

焦　母　（厉声）斧子呢？

白傻子　（惧怕地）斧子叫——叫人家抢——抢去了。

焦　母　什么？

白傻子　一个瘸——瘸子抢——抢去了。

焦　母　（低声）你过来。

白傻子　（莫明其妙地走过去）干——干什么？

焦　母　你在哪儿？

白傻子　（笑嘻嘻地）这儿！

焦　母　（照着那声音的来路一下打在傻子的脸上）这个傻王八蛋，带我去找那个瘸子去！

白傻子　（摸着自己的脸，没想到）你打——打了我！

焦　母　嗯，我打了你！（傻子哇地哭起来）你去不去？

白傻子　我——我去！

焦　母　走！（把拐杖举起一端，交给傻子，他拿起，于是他在前，瞎婆子在后走向右面）

一阵野风，刮得电线又呜呜的，巨树矗立在原野，叶子哗哗地响，青蛙又在塘边咕噪起来。

焦花氏倚着巨树，凝望天际，这时天边的红云逐渐幻成乌云，四周景色翳翳，渐暗下去。大地更黑了。她走到轨道上，蹲坐着，拿起一块石头轻轻敲着铁轨。

由左面基道背后，蹑手蹑脚爬出来仇虎，他手里拿着那副敲断的铁镣，缓缓走到焦花氏的身后。

焦花氏　（察觉身旁有人，忽然站起）谁？

仇　虎　我！

焦花氏　（吓住）你是谁？

仇　虎　（搓弄铁镣，阴沉地）我！——（慢慢地）你不认识我？
焦花氏　（惊愕）不，我不认识。
仇　虎　（低哑地）金子，你连我都忘了？
焦花氏　（迫近，注视他，倒吸一口气）啊！
仇　虎　（悻悻地）金子，我可没忘了你。
焦花氏　什么，你——你是仇虎。
仇　虎　嗯，（恫吓地）仇虎回来了。
焦花氏　（四面望望）你回来干什么？
仇　虎　（诱惑地）我回来看你。
焦花氏　你看我？（不安地笑一下）你看我干什么——我早嫁人了。
仇　虎　（低沉地）我知道，你嫁给焦大，我的好朋友。
焦花氏　嗯。（忽然）你（半晌）从哪儿来？
仇　虎　（指着天际）远，远，老远的地方。
焦花氏　你坐火车来的？
仇　虎　嗯，（苍凉地）"吐兔图吐"，一会儿就到。
焦花氏　你怎么出来的！这儿又没有个站。
仇　虎　我从火车窗户跳出来，（指铁镣）带着这个。（银铛一声，把铁镣扔出，落在野塘水边上）
焦花氏　（有些惧怕）怎么，你——你吃了官司了。
仇　虎　嗯！你看看！（退一步）我这副样子，好不好？
焦花氏　（才注意到）你——你瘸了。
仇　虎　嗯，瘸了。（忽然）你心疼不心疼？
焦花氏　心疼怎么样，不心疼怎么样？
仇　虎　（狞笑）心疼你带我回家，不心疼我抢你走。
焦花氏　（忽然来了勇气，泼野地）丑八怪，回去撒泡尿自己照照，小心叫火车压死。
仇　虎　你叫我什么？
焦花氏　丑八怪，又瘸又驼的短命鬼。
仇　虎　（甜言蜜语，却说得诚恳）可金子你不知道我想你，这些年我没有死，我就为了你。
焦花氏　（不在意，笑嘻嘻）那你为什么不早回来？
仇　虎　现在回来也不晚呀。（迫近想拉她的手）
焦花氏　（甩开）滚！滚！滚！你少跟我说好听的，丑八怪。我不爱听。
仇　虎　（狡黠地）我知道你不爱听，你人规矩，可你管不着我爱说真心话。
焦花氏　（瞟他一眼）你说你的，谁管你呢？
仇　虎　（低沉地）金子，这次回来，我要带你走。
焦花氏　（睨视，叉住腰）你带我到哪儿？

仇　虎　远，远，老远的地方。

焦花氏　老远的地方？

仇　虎　嗯，坐火车还得七天七夜。那边金子铺的地，房子都会飞，张口就有人往嘴里送饭，眍眼坐着，路会往后飞，那地方天天过年，吃好的，穿好的，喝好的。

焦花氏　（眼里闪着妒羡）你不用说，你不用说，我知道，我早知道，可是，虎子，就凭你——

仇　虎　（捺住她）你别往下讲，我知道。你先看看这是什么！（由怀里掏出一个金光灿烂的戒子，上面镶着宝石，举得高高的）这是什么？

焦花氏　什么，（大惊异）金子！

仇　虎　对了，这是真金子，你看，我口袋还有。

焦花氏　（翻翻眼）你有，是你的。我不希罕这个。

仇　虎　（故意地）我知道你不希罕这个，你是个规矩人。好，去吧！

（一下扔在塘里）

焦花氏　（惋惜）你——你丢了它干什么？

仇　虎　你既然不希罕这个，我还要它有什么用。

焦花氏　（笑起来）丑八怪！你真——

仇　虎　（忙接）我真想你，金子，我心里就有你这么一个人！你还要不要，我怀里还有的是。

焦花氏　（骄傲地）我不要。

仇　虎　你不要，我就都扔了它。

焦花氏　（忙阻止他）虎子，你别！

仇　虎　那么，你心疼我不心疼我？

焦花氏　怎么？

仇　虎　心疼就带我回家。

焦花氏　不呢？

仇　虎　我就跳这坑里淹死！

焦花氏　你——你去吧！

仇　虎　（故意相反解释）好，我就去！（跑到花氏后面，要往下跳）

焦花氏　（一把拉住仇）你要做什么，

仇　虎　（回头）你不是要我往下跳？

焦花氏　谁说的？

仇　虎　哦，你不！——那么，什么时候？

焦花氏　（翻了脸，敛住笑容）干什么？

仇　虎　（没想到）干什么？

焦花氏　嗯？

仇　虎　到——到你家去，我，我好跟你——

焦花氏　（又翻了脸）你说怎么？

仇　虎　（看出不是颜色）我说好跟你讲讲，我来的那个好，好地方啊！
焦花氏　（忽然忍不住，笑起来）哦，就这样啊！好，那么，就今天晚上。
仇　虎　今天晚上？
焦花氏　嗯，今天晚上。
仇　虎　（大笑）我知道，金子，你一小就是个规矩人。
焦花氏　（忽然听见右面有拐杖探路的声音，回过头看，惊慌地）我妈来了！丑八怪，快点跟我走。
仇　虎　不，让我先看看她，现在成了什么样。
焦花氏　不！（一把拉住仇虎）你跟我走。

仇虎慌慌张张地随着花氏下。

天大黑了，由右面走进焦氏，一手拿着斧子，一手是拐杖，后面跟随白傻子。

焦　母　金子！金子！
白傻子　（有了理，兴高采烈地）我就知道那斧子不会拿走，用完了，一定把斧子放在那儿。你看，可不是！
焦　母　狗蛋，你少废话！（严厉地）金子，你记着，大星头一天不在家，今天晚上，门户要特别小心。今天就进了贼，掉了东西，（酷毒地）我就拿针戳烂你的眼，叫你跟我一样地瞎，听见了没有？
白傻子　唏！唏！唏！
焦　母　狗蛋，你笑什么？
白傻子　你……你家新媳妇早……早走了。
焦　母　（立在铁轨的巨树前，森森然）啊？早走了？

忽然远处一列火车驶来，轮声轧轧，响着汽笛，机车前的探路灯，像个怪物的眼，光芒万丈，由右面射入，渐行渐近。

白傻子　（跑在道旁，跳跃欢呼）火车！火车！火车来了。

机声更响，机车的探路灯由右面渐射满焦氏的侧面。

焦　母　（立在巨树下像一个死尸，喃喃地）哼！死不了的狐狸精，叫火车压死她！

原野里一列急行火车如飞地奔驰，好大的野风！探路灯正照着巨树下的焦氏，看见她的白发和衣裙在疾风里乱抖。

——幕急落

选自曹禺《原野》，上海文化生活出版社 1937 年版

○ 郭沫若

屈　原（第五幕第二场）

　　东皇太一庙之正殿。与第二幕明堂相似，四柱三间，唯无帘幕。三间靠壁均有神像。中室正中东皇太一与云中君并坐，其前左右二侧山鬼与国殇立侍，右首东君骑黄马，左首河伯乘龙，均斜向。马首向左，龙首向右。左室为一龙船，船首向右，湘君坐船中吹笙，湘夫人立船尾摇橹。右室一片云彩之上现大司命与少司命。左右二室后壁靠外侧均有门，左者开放，右者掩闭。各室均有灯，光甚昏暗，室外雷电交加，时有大风咆哮。
　　靳尚带卫士二人，各蒙面，诡谲地由右侧登场。

靳　尚　（命卫士乙）你去叫太卜郑詹尹来见我。
卫士乙　是。（向湘夫人神像左侧门走入）
　　俄顷，一瘦削而阴沉的老人，左手提灯，随卫士乙由左侧门入场。靳尚除去面罩，向郑詹尹走去。
靳　尚　刚才我叫人送了一通南后的密令来，你收到了吗？
郑詹尹　（鞠躬）收到了。上官大夫，我正想来见你啦。
靳　尚　罪人怎样处置了？
郑詹尹　还锁在这神殿后院的一间小屋子里面。
靳　尚　你打算什么时候动手？
郑詹尹　（迟疑地）上官大夫，我觉得有点为难。
靳　尚　（惊异）什么？
郑詹尹　屈原是有些名望的人，毒死了他，不会惹出乱子吗？
靳　尚　哼，正是为了这样，所以非赶快毒死他不可啦！那家伙惯会收揽人心，把他囚在这里，都城里的人很多愤愤不平。再缓三两日，消息一传开了，会引起更大规模的骚动。待消息传到国外，还会引起关东诸国的非难。到那时你不放他吧，非难是难以平息的。你放他吧，增长了他的威风，更有损秦、楚两国的交谊。秦国已经允许割让的商於之地六百里，不用说，就永远得不到了。因此，非得在今晚趁早下手不可。你须得用毒酒毒死了他，然后放火焚烧大庙。今晚有大雷电，正好造个口实，说是着了雷火。这样，老百姓便只以为他是遭了天灾，一场大祸就可以消灭于无形了。

  郑詹尹 上官大夫，屈原不是不喝酒的吗？

  靳 尚 你可以想出方法来劝他。你要做出很宽大，很同情他的样子。不要老是把他锁在小屋子里，你可让他出来，走动走动。他戴着脚镣手铐，逃不了的。

  郑詹尹 （迟疑地）你们是不是有点小题大做呢？

  靳 尚 （含怒）你这是什么话？

  郑詹尹 我觉得你们把屈原又未免估计得过高。他其实只会做几首谈情说爱的山歌，时而说些哗众取宠的大话罢了，并没有什么大本领。只要你们不杀他，老百姓就不会闹乱子。何苦为了一个夸大的诗人，要烧毁这样一座庄严的东皇太一庙？我实在有点不了解。

  靳 尚 哈哈，你原来是在心疼你的这座破庙吗？这烧了有什么可惜？国王会给你重新造一座真正庄严的庙宇。好了，我不再和你多说了。你烧掉它，这是南后的意旨。你毒死他，这是南后的意旨。要快，就在今晚，不能再迟延。南后的脾气，你是知道的。你尽管是她的父亲，但如果不照着她的意旨办事，她可以大义灭亲，明天便把你一齐处死。（把面巾蒙上，向卫士）走！我们从小路赶回城去！

  靳尚与二卫士由左首下场。

  郑詹尹立在神殿中，沉默有间，最后下出了决心，向东君神像右侧门走入。俄顷，将屈原带出。

  郑詹尹 三闾大夫，请你在这神殿上走动走动，舒散一下筋骨吧。这儿的壁画，是你平常所喜欢的啦。我不奉陪了。

  屈原略略点头，郑詹尹走入左侧门。

  屈原手足已戴刑具，颈上并系有长链，仍着其白日所着之玄衣，披发，在殿中徘徊。因有脚镣行步甚有限制，时而伫立睥睨，目中含有怒火。手有举动时，必两手同时举出。如无举动时，则拳曲于胸前。

  屈 原 （向风及雷电）风！你咆哮吧！咆哮吧！尽力地咆哮吧！在这暗无天日的时候，一切都睡着了，都沉在梦里，都死了的时候，正是应该你咆哮的时候，应该你尽力咆哮的时候！

  尽管你是怎样的咆哮，你也不能把他们从梦中叫醒，不能把死了的吹活转来，不能吹掉这比铁还沉重的眼前的黑暗，但你至少可以吹走一些灰尘，吹走一些沙石，至少可以吹动一些花草树木。你可以使那洞庭湖，使那长江，使那东海，为你翻波涌浪，和你一同地大声咆哮啊！

  啊，我思念那洞庭湖，我思念那长江，我思念那东海，那浩浩荡荡的无边无际的波澜呀！那浩浩荡荡的无边无际的伟大的力呀！那是自由，是跳舞，是音乐，是诗！

  啊，这宇宙中的伟大的诗！你们风，你们雷，你们电，你们在这黑暗中咆哮着的，闪耀着的一切的一切，你们都是诗，都是音乐，都是跳舞。你们宇宙中伟大的艺人们呀,尽量发挥你们的力量吧。发泄出无边无际的怒火,把这黑暗的宇宙,阴惨的宇宙,爆炸了吧!爆炸了吧!

雷!你那轰隆隆的,是你车轮子滚动的声音?你把我载着拖到洞庭湖的边上去,拖到长江的边上去,拖到东海的边上去呀!我要看那滚滚的波涛,我要听那鞺鞺鞳鞳的咆哮,我要漂流到那没有阴谋、没有污秽、没有自私自利的没有人的小岛上去呀!我要和着你,和着你的声音,和着那茫茫的大海,一同跳进那没有边际的没有限制的自由里去!

啊,电!你这宇宙中最犀利的剑呀!我的长剑是被人拔去了,但是你,你能拔去我有形的长剑,你不能拔去我无形的长剑呀。电,你这宇宙中的剑,也正是,我心中的剑。你劈吧,劈吧,劈吧!把这比铁还坚固的黑暗,劈开,劈开,劈开!虽然你劈它如同劈水一样,你抽掉了,它又合拢了来,但至少你能使那光明得到暂时的一瞬的显现,哦,那多么灿烂的、多么炫目的光明呀!

光明呀,我景仰你,我景仰你,我要向你拜首,我要向你稽首。我知道,你的本身就是火,你,你这宇宙中的最伟大者呀,火!你在天边,你在眼前,你在我的四面,我知道你就是宇宙的生命,你就是我的生命,你就是我呀!我这熊熊地燃烧着的生命,我这快要使我全身炸裂的怒火,难道就不能迸射出光明了吗?

炸裂呀,我的身体!炸裂呀,宇宙!让那赤条条的火滚动起来,像这风一样,像那海一样,滚动起来,把一切的有形,一切的污秽,烧毁了吧!烧毁了吧!把这包含着一切罪恶的黑暗烧毁了吧!

把你这东皇太一烧毁了吧!把你这云中君烧毁了吧!你们这些土偶木梗,你们高坐在神位上有什么德能?你们只是产生黑暗的父亲和母亲!

你,你东君,你是什么个东君?别人说你是太阳神,你,你坐在那马上丝毫也不能驰骋。你,你红着一个面孔,你也害羞吗?啊,你,你完全是一片假!你,你这土偶木梗,你这没心肝的,没灵魂的,我要把你烧毁,烧毁,烧毁你的一切,特别要烧毁你那匹马!你假如是有本领,就下来走走吧!

什么个大司命,什么个少司命,你们的天大的本领就只有晓得播弄人!什么个湘君,什么个湘夫人,你们的天大的本领也就只晓得痛哭几声!哭,哭有什么用?眼泪,眼泪有什么用?顶多让你们哭出几笼湘妃竹吧!但那湘妃竹不是主人们用来打奴隶的刑具么?你们滚下船来,你们滚下云头来,我都要把你们烧毁!烧毁!烧毁!

哼,还有你这河伯……哦,你河伯!你,你是我最初的一个安慰者!我是看得很清楚的呀!当我被人们押着,押上了一个高坡,卫士们要息脚,我也就站立在高坡上,回头望着龙门。我是看得很清楚,很清楚的呀!我看见婵娟被人虐待,我看见你挺身而出,指天画地有所争论。结果,你是被人押进了龙门,婵娟她也被人押进了龙门。

但是我,我没有眼泪。宇宙,宇宙也没有眼泪呀!眼泪有什么用呵?我们只有雷霆,只有闪电,只有风暴,我们没有拖泥带水的雨!这是我的意志,宇宙的意志。鼓动吧,风!咆哮吧,雷!闪耀吧,电!把一切沉睡在黑暗怀里的东西,毁灭,毁灭,毁灭呀！

郑詹尹左手提灯，右手执爵，由湘夫人神像左侧之门入场。

郑詹尹　三闾大夫，你又在做诗了吗？你的声音比风还要宏大，比雷霆还要有威势啦。啊，像这样雷电交加的深夜，实在可怕。我连庙门都不敢去关了。你怎么老是不去睡呢？是的，我看你好像朗诵了好长的一首诗啦。你怕口渴吧。我给你备了一杯甜酒来，虽然没有下酒的东西，请你润润喉，也好啦。

屈　原　多谢你，请你放在那神案上，手足不方便，对你不住。

郑詹尹　唉，真是不知道要闹成个什么世界了。本来是"刑不上大夫，礼不下庶人"的，这个体统也弄得来扫地无存了。连我们的三闾大夫，也要让他戴脚镣手铐。三闾大夫，这脚镣手铐假如是有钥匙，我一定要替你打开的啦。可恨的是他们把钥匙都带走了啊。

屈　原　多谢你，这脚镣手铐我倒并不感觉痛苦，有这些东西在身上，倒反而增加了我的力量，不过行动不方便些罢了。

郑詹尹　我看你的喉咙一定渴得很厉害的，这酒我捧着让你喝。还要睡一睡才能天亮呢。

屈　原　多谢你，我现在口不渴。我本来也是不喜欢喝酒的人。回头我口渴了，一定领你的盛情好了。请你不要关照。

郑詹尹　（将爵放在神案上）慢慢喝也好。其实酒倒也并不是坏东西。只要喝得少一点，有个节制，倒也是很好的东西啦。

屈　原　是的，我也明白。我的吃亏处，便是大家都醉而我偏不醉，马马虎虎的事我做不来。

郑詹尹　真的，这些地方正是好人们吃亏的地方啦。说起你吃亏的事情上来，我倒是感觉着对你不住呢！

屈　原　怎么的？

郑詹尹　三闾大夫，你忘记了吧，郑袖是我的女儿啦。

屈　原　哦，是的，可是差不多一般的人都把这事情忘记了。

郑詹尹　也是应该的喽。她母亲早死，我又干着这占筮卜卦的事体，对于她的教育没有做好。后来她进了宫廷，我更和她断绝了父女的关系。她近来简直是愈闹愈不成个体统，她把你这样忠心耿耿的人都陷害成这个样子了。

屈　原　太卜，请你相信我，我现在只恨张仪，对于南后倒并不怨恨。南后她平常很喜欢我的诗，在国王面前也很帮助过我。今天的事情我起初不大明白，后来才知道是那张仪在作怪啦。一般的人也使我很不高兴，成了张仪的应声虫。张仪说我是疯子，大家也就说我是疯子。这简直是把凤凰当成鸡，把麒麟当成羊子啦。这叫我怎么能够忍受？所以别人愈要同情我，我便愈觉得恶心。我要那无价值的同情来做什么？

郑詹尹　真的啦，一般的老百姓真是太厚道了。

屈　原　不过我的心境也很复杂，我虽然不高兴他们的厚道，但我又爱他们的厚道。又如南后的聪明吧，我虽然能够佩服，但我却不喜欢。这矛盾怕是不可以调和的吧？我想要的是又聪明又厚道，又素朴又绚烂，亦圣亦狂，即狂即圣，个个老百姓都成为绝顶聪明，你看我这个见解是不是可以成立的呢？

郑詹尹　这是所谓"大智若愚，大巧若拙"的话啦。

屈　　原　不，不是那样。我不是要人装傻，而是要人一片天真。人人都有好脾胃，人人都有好性情，人人都有好本领。可是我自己就办不到！我的性情太激烈了，我自己也觉得有点偏，要想矫正却不能够。你看我怎样的好呢？我去学农夫吧？我又拿不来锄头。我跑到外国去吧？我又舍不得丢掉楚国。我去向南后求情，请她容恕我吧？她能够和张仪合作，我却万万不能够和张仪合作。你看我怎样办的好呢？

郑詹尹　三闾大夫，对你不住。你把这些话来问我，我拿着也没有办法。其实卜卦的事老早就不灵了。不怕我是在做太卜的官，恐怕也是我在做太卜的官，所以才愈见晓得它的不灵吧。古时候似乎灵验过来，现在是完全不行了。认真说：我就是在这儿骗人啦。但是对于你，我是不好骗得的。三闾大夫，像我这样骗人的生活，假使你能够办得到，恐怕也是好的吧。我们确实是做到了"大愚若智，大拙若巧"的地步，呵哈哈哈哈……风似乎稍微止息了一点，你还是请进里面去休息一下吧，怎么样呢？

屈　　原　不，多谢你，我也不想睡，请你自己方便吧。

郑詹尹　把酒喝一点怎么样呢？

屈　　原　我回头一定领情的啦，太卜。

郑詹尹　你该不会疑心这酒里有毒的吧？

屈　　原　果真有毒，倒是我现在所欢迎的。唉，我们的祖国被人出卖了，我真不忍心活着看见它会遭遇到的悲惨的前途呵。

郑詹尹　真的啦，像这样难过的日子，连我们上了年纪的人，都不想再混了。

屈　　原　大家都不想活的时候，生命的力量是会爆发的。

郑詹尹　好的，你慢慢喝也好，我还想去躺一会儿。

屈　　原　请你方便，怕还有一会儿天才能亮呢。

郑詹尹复提着灯笼由原道下场。

大风渐息，雷电亦止，月光复出，斜照殿上。

屈　　原　啊，宇宙你也恬淡起来了。真也奇怪，我现在的心境又起了一个不可思议的变换。我想，毕竟还是人是最可亲爱的呵。不怕就是你所不高兴的人，在你极端孤寂的时候和他说了几句话，似乎也是镇定精神的良药啦。（复在殿中徘徊）啊，河伯！（徘徊有间之后，在河伯前伫立）请让我还是把你当成朋友，让我再和你谈谈心吧。你知道么？现在我所最担心的是我的婵娟呀！她明明是被人家抓去了的。她是很尊敬我的一个人，她把我当成了她的父亲、她的师长，她把我看待得比她自己的性命还要贵重。（稍停）她最能够安慰我。我也把她当成了我自己的女儿，当成了我自己最珍爱的弟子。唉，我今天实在不应该抛撒了她，跑了出来。她虽然在后园子里面看着那些人胡闹，她虽然把我的衣裳拿了一件出去，但我相信那一定是宋玉要她做的，宋玉那孩子，他是太阴柔了。（将神案上的酒爵拿起将饮，复搁置）唉，这酒的气味，我终竟是不高兴。河伯，你是不是喜欢喝酒的呢？你现在的情形又是怎样？我也

明明看见，别人也把你抓去了。你明明是为我而受难，为正义而受难呀。啊，我真不知道该怎样报答你的好呵！（复在神殿中徘徊）

此时卫士甲与婵娟由右首出场。屈原瞥见人影，顿吃一惊。

屈　　原　　是谁？

婵　　娟　　啊，先生在这儿啦，我婵娟啦！（用尽全力，踉跄奔上神殿，跪于屈原前，拥抱其膝，仰头望之，似笑，又似干哭）

屈　　原　　（呈极凄绝之态）啊，婵娟，你怎么来的？你脸上怎么有伤呀？你怎么这样的装束？

婵　　娟　　（断续地）先生，我高兴得很。……你请……不要问我。……我……我是什么话都不想说。我只想……就这样……就这样抱着先生的脚，……抱着先生的脚，……就这样……死了去吧。

屈原不禁潸然，两手抚摩着婵娟的头，昂头望着天，如此有间。

婵娟始终仰望屈原，喘息甚烈。

屈　　原　　（俯首安慰）婵娟，我没有想到还能够看见你，你一定是逃走出来的，你是超过了死线了。你知道宋玉是怎样吗？

婵　　娟　　（仍喘息）他……他跟着公子子兰……搬进宫里去了。

屈　　原　　那也由他去吧。谁能够不怕艰险，谁才可以登上高山。正义的路是崎岖的路，它只欢迎勇敢的人。……那位钓鱼的人呢？

婵　　娟　　听说丢进监里去了。

屈　　原　　（沉默一忽之后）婵娟，你口渴吧？

婵娟点头。

屈　　原　　（两手移去，将案上酒爵取来）这儿有杯甜酒，你喝了它吧。

婵娟就爵，一饮而尽，饮之甚甘，自己仍跪于地，紧紧拥抱着屈原的两膝，昂首望之。

屈原以两手置爵于神案上之后，仍抚摩其头。俄而，婵娟脸色渐变，全身痉挛。

屈　　原　　（屈膝俯身，以两手套其颈，拥之于怀）啊，婵娟，你怎样？你怎样？

婵　　娟　　（凝目摇头）先生，……那酒……那酒……有毒。……可我……我真高兴……我……真高兴！（振作起来）我能够代替先生，保全了你的生命，我是多么地幸运呵！……先生，我是一个普通人家的女儿，我受了你的感化，知道了做人的责任。我始终诚心诚意地服侍着你，因为你就是我们楚国的柱石。……我爱楚国，我就不能不爱先生。……先生，我经常想照着你的指示，把我的生命献给祖国。可我没有想到，我今天是果然做到了。（渐渐衰弱）我把我这微弱的生命，代替了你这样可宝贵的存在。先生，我真是多么地幸运呵！……啊，我……我真高兴！……真高兴！……

屈　　原　　（紧紧拥抱着婵娟）婵娟！你要活下去呵！活下去呵！婵娟！婵娟！……

婵　　娟　　（更衰弱）……啊，我……真高兴！……（喘息与痉挛愈烈。终竟作

最大痉挛一次，死于屈原怀中，殿上灯火全体熄灭，只余月光）

屈原无言，拥着婵娟尸体，昂首望天，眼中复燃起怒火。

卫士甲在前直静立于殿下，至此始上殿至屈原之前。

卫士甲 三闾大夫，请你告诉我，那酒是谁个送给你的？

屈　　原 （回顾，含怒而平淡地）是这儿的太卜郑詹尹。（说罢复其原有姿态）

卫士甲 哼，就是那南后的父亲吗？我是认识他的。（急骤地向左侧房屋走入）

屈原仍如塑像一般，寂立不动。

少顷，卫士甲复急骤而出。

卫士甲 三闾大夫，请你容恕我，我把那恶人郑詹尹刺杀了。在他的身上还搜出了一通密令，我念给你听："太卜执事：比奉南后意旨，望执事于今夜将狂人毒死，放火焚庙，以灭其迹。上官大夫靳尚再拜。"密令是这样，因此我也就照着南后的意旨，在郑詹尹的床上放了一把火。这罪恶的神庙看看也就要和那罪恶的尸体一道消灭了。

屈　　原 那很好。我还希望你帮助我，把婵娟安放在神案上，我们应该为她举行一个庄严的火葬。

卫士甲 待我先解除先生的刑具。（解除其刑具）婵娟姑娘穿的还是更夫的衣裳，应该给她脱掉啦。

屈　　原 （起立先解婵娟之衣）哦，戴得有这样的花环。（更进行其他动作）

卫士甲 （一面帮助，一面诉说）先生，这还是你编的花环呢。在东门外被南后给你要去了，后来南后又给了婵娟姑娘。她一身都是挨了鞭打的，你看这手上都有伤，脸上都有伤，鞭打得很厉害。南后更打算明天便处死她，把她装在囚槛里，由我看守；……夜半将近的时分，你的两位弟子宋玉和公子子兰走来劝婵娟，要她听从公子子兰的要求，做他的侍女，他们便搭救她。但是婵娟始终不肯。……她所说的话和她的精神太使我感动了，因此我就决心救她。从宋玉口中听说先生今晚上也有生命的危险，所以我也就决心陪着她来救你。……我们是从宫中逃出来的，就是用了一点诡计把一个更夫来顶替了婵娟。在我替她换上更夫装束的时候，婵娟姑娘她还坚决地不肯把你这花环丢掉呢！

二人已经将婵娟妥置于神案，头在左侧。

屈　　原 （整理婵娟胸部，自其怀中取出帛书一卷，展视之）哦，这是我清早写的《橘颂》啦。我是写给宋玉的，是宋玉又给了你吧！婵娟，你倒是受之而无愧的。唉，我真没有想出，我这《橘颂》才完全是为你写出的哀辞呀。

卫士甲 先生，那么，你好不就拿给我念，我们来向婵娟姑娘致祭。

屈　　原 好的，你就请从这后半读起。（授书并指示）一首一尾你要加些什么话，也由你斟酌好了。

屈原移至婵娟脚次，垂拱而立，左翼已有火光及烟雾冒出。

卫士甲 （立于屈原之右，在神案右后隅，展读哀辞）维楚大夫屈原率其仆夫致祭于婵娟之前而颂曰：

呵，年青的人，你与众不同。

你志趣坚定，竟与橘树同风。
你心胸开阔，气度那么从容！
你不随波逐流，也不故步自封。
你谨慎存心，决不胡思乱想。
你至诚一片，期与日月同光。
我愿和你永做个忘年的朋友。
不挠不屈，为真理斗到尽头！
你年纪虽小，可以为世楷模。
足比古代的伯夷，永垂万古！——哀哉尚飨。

屈原再拜，卫士甲亦移至其后再拜。礼毕，卫士甲将帛书卷好，奉还屈原。

屈　原　现在一切都完毕了，请问你叫什么名字？

卫士甲　先生，你不必问我的姓名，我要永远做你的仆人，你就叫我"仆夫"吧。

屈　原　你今后打算要我怎样？

卫士甲　先生，你怎么这样问我呢？

屈　原　因为我现在的生命是你和婵娟给我的，婵娟她已经死了，我也就只好问你了。

卫士甲　先生，楚国需要你，中国也需要你，这儿太危险了，你是不能久呆的。我是汉北的人，假使先生高兴，我要把先生引到汉北去。我们汉北人都敬仰先生，受了先生的感召，我们知道爱真理，爱正义，抵御强暴，保卫楚国。先生，我们汉北人一定会保护你的。

屈　原　好的，我遵从你的意思。我决心去和汉北人民一道，就做一个耕田种地的农夫吧。你赶快把服装换掉啦。那儿有现成的衣帽。（指示更夫衣帽）

卫士甲　哦，我真糊涂，简直没有想到，幸好有这一套啦。（换衣）

火光烟雾愈燃愈烈。

屈　原　（高举手中帛书）啊，婵娟，我的女儿！婵娟，我的弟子！婵娟，我的恩人呀！你已经发了火，你把黑暗征服了。你是永远永远的光明的使者呀！（执帛书之一端向婵娟抛去，帛书展布于尸上）

——幕徐徐下

幕后唱《礼魂》之歌：
唱着歌，打着鼓，
手拿着花枝齐跳舞。
我把花给你，你把花给我，
心爱的人儿，歌舞两婆娑。
春天有兰花，秋天有菊花，
馨香百代，敬礼无涯。

选自郭沫若《屈原》，人民文学出版社1953年新版

小说篇

○ 鲁迅

孤独者

一

我和魏连殳相识一场，回想起来倒也别致，竟是以送殓始，以送殓终。

那时我在 S 城，就时时听到人们提起他的名字，都说他很有些古怪：所学的是动物学，却到中学堂去做历史教员；对人总是爱理不理的，却常喜欢管别人的闲事；常说家庭应该破坏，一领薪水却一定立即寄给他的祖母，一日也不拖延。此外还有许多零碎的话柄；总之，在 S 城里也算是一个给人当作谈助的人。有一年的秋天，我在寒石山的一个亲戚家里闲住；他们就姓魏，是连殳的本家。但他们却更不明白他，仿佛将他当作一个外国人看待，说是"同我们都异样的"。

这也不足为奇，中国的兴学虽说已经二十年了，寒石山却连小学也没有。全山村中，只有连殳是出外游学的学生，所以从村人看来，他确是一个异类；但也很妒羡，说他挣得许多钱。

到秋末，山村中痢疾流行了；我也自危，就想回到城中去。那时听说连殳的祖母就染了病，因为是老年，所以很沉重；山中又没有一个医生。所谓他的家属者，其实就只有一个这祖母，雇一名女工简单地过活；他幼小失了父母，就由这祖母抚养成人的。听说她先前也曾经吃过许多苦，现在可是安乐了。但因为他没有家小，家中究竟非常寂寞，这大概也就是大家所谓异样之一端罢。

寒石山离城是旱道一百里，水道七十里，专使人叫连殳去，往返至少就得四天。山村僻陋，这些事便算大家都要打听的大新闻，第二天便哄传她病势已经极重，专差也出发了；可是到四更天竟咽了气，最后的话，是："为什么不肯给我会一会连殳的呢？……"

族长，近房，他的祖母的母家的亲丁，闲人，聚集了一屋子，豫计连殳的到来，应该已是入殓的时候了。寿材寿衣早已做成，都无须筹画；他们的第一大问题是在怎样对付这"承重孙"，因为逆料他关于一切丧葬仪式，是一定要改变新花样的。聚议之后，大概商定了三大条件，要他必行。一是穿白，二是跪拜，三是请和尚道士做法事。总而言之：是全都照旧。

他们既经议妥，便约定在连殳到家的那一天，一同聚在厅前，排成阵势，互相策应，并力作一回极严厉的谈判。村人们都咽着唾沫，新奇地听候消息；他们知道连殳是"吃洋教"的"新党"，向来就不讲什么道理，两面的争斗，大约总要开始的，或者还会酿成一种出人意外的奇观。

传说连殳的到家是下午，一进门，向他祖母的灵前只是弯了一弯腰。族长们便立刻照豫定计画进行，将他叫到大厅上，先说过一大篇冒头，然后引入本题，而且大家此唱彼和，七嘴八舌，使他得不到辩驳的机会。但终于话都说完了，沉默充满了全厅，人们全数悚然地紧看着他的嘴。只见连殳神色也不动，简单地回答道：

"都可以的。"

这又很出于他们的意外，大家的心的重担都放下了，但又似乎反加重，觉得太"异样"，倒很有些可虑似的。打听新闻的村人们也很失望，口口相传道："奇怪！他说'都可以'哩！我们看去罢！"都可以就是照旧，本来是无足观了，但他们也还要看，黄昏之后，便欣欣然聚满了一堂前。

我也是去看的一个，先送了一份香烛；待到走到他家，已见连殳在给死者穿衣服了。原来他是一个短小瘦削的人，长方脸，蓬松的头发和浓黑的须眉占了一脸的小半，只见两眼在黑气里发光。那穿衣也穿得真好，井井有条，仿佛是一个大殓的专家，使旁观者不觉叹服。寒石山老例，当这些时候，无论如何，母家的亲丁是总要挑剔的；他却只是默默地，遇见怎么挑剔便怎么改，神色也不动。站在我前面的一个花白头发的老太太，便发出羡慕感叹的声音。

其次是拜；其次是哭，凡女人们都念念有词。其次入棺；其次又是拜；又是哭，直到钉好了棺盖。沉静了一瞬间，大家忽而扰动了，很有惊异和不满的形势。我也不由的突然觉到：连殳就始终没有落过一滴泪，只坐在草荐上，两眼在黑气里闪闪地发光。

大殓便在这惊异和不满的空气里面完毕。大家都快快地，似乎想走散，但连殳却还坐在草荐上沉思。忽然，他流下泪来了，接着就失声，立刻又变成长嚎，像一匹受伤的狼，在深夜的旷野中嗥叫，惨伤里夹杂着愤怒和悲哀。这模样，是老例上所没有的，先前也未曾豫防到，大家都手足无措了，迟疑了一会，就有几个人上前去劝止他，愈去愈多，终于挤成一大堆。但他却只是兀坐着号啕，铁塔似的动也不动。

大家又只得无趣地散开；他哭着，哭着，约有半点钟，这才突然停了下来，也不向吊客招呼，径自往家里走。接着就有前去窥探的人来报告：他走进他祖母的房里，躺在床上，而且，似乎就睡熟了。

隔了两日，是我要动身回城的前一天，便听到村人都遭了魔似的发议论，说连殳要将所有的器具大半烧给他祖母，余下的便分赠生时侍奉、死时送终的女工，并且连房屋也要无期地借给她居住了。亲戚本家都说到舌敝唇焦，也终于阻当不住。

恐怕大半也还是因为好奇心，我归途中经过他家的门口，便又顺便去吊慰。他穿了毛边的白衣出见，神色也还是那样，冷冷的。我很劝慰了一番；他却除了唯唯诺诺之外，只回答了一句话，是：

"多谢你的好意。"

二

我们第三次相见就在这年的冬初，S城的一个书铺子里，大家同时点了一点头，总算是认识了。但使我们接近起来的，是在这年底我失了职业之后。从此，我便常常访问连殳去。一则，自然是因为无聊赖；二则，因为听人说，他倒很亲近失意的人的，虽然素性这么冷。但是世事升沉无定，失意人也不会长是失意人，所以他也就很少长久的朋友。这传说果然不虚。我一投名片，他便接见了。两间连通的客厅，并无什么陈设，不过是桌椅之外，排列些书架，大家虽说他是一个可怕的"新党"，架上却不很有新书。他已经知道我失了职业；但套话一说就完，主客便只好默默地相对，逐渐沉闷起来。我只见他很快地吸完一枝烟，烟蒂要烧着手指了，才抛在地面上。

"吸烟罢。"他伸手取第二枝烟时，忽然说。

我便也取了一枝，吸着，讲些关于教书和书籍的，但也还觉得沉闷。我正想走时，门外一阵喧嚷和脚步声，四个男女孩子闯进来了。大的八九岁，小的四五岁，手脸和衣服都很脏，而且丑得可以。但是连殳的眼里却即刻发出欢喜的光来了，连忙站起，向客厅间壁的房里走，一面说道：

"大良，二良，都来！你们昨天要的口琴，我已经买来了。"

孩子们便跟着一齐拥进去，立刻又各人吹着一个口琴一拥而出，一出客厅门，不知怎的便打将起来。有一个哭了。

"一人一个，都一样的。不要争呵！"他还跟在后面嘱咐。

"这么多的一群孩子都是谁呢？"我问。

"是房主人的。他们都没有母亲，只有一个祖母。"

"房东只一个人么？"

"是的。他的妻子大概死了三四年了罢，没有续娶。——否则，便要不肯将余屋租给我似的单身人。"他说着，冷冷地微笑了。

我很想问他何以至今还是单身，但因为不很熟，终于不好开口。

只要和连殳一熟识，是很可以谈谈的。他议论非常多，而且往往颇奇警。使人不耐的倒是他的有些来客，大抵是读过《沉沦》的罢，时常自命为"不幸的青年"或是"零余者"，螃蟹一般懒散而骄傲地堆在大椅子上，一面唉声叹气，一面皱着眉头吸烟。还有那房主的孩子们，总是互相争吵，打翻碗碟，硬讨点心，乱得人头昏。但连殳一见他们，却再不像平时那样的冷冷的了，看得比自己的性命还宝贵。听说有一回，三良发了红斑痧，竟急得他脸上的黑气愈见其黑了；不料那病是轻的，于是后来便被孩子们的祖母传作笑柄。

"孩子总是好的。他们全是天真……。"他似乎也觉得我有些不耐烦了，有一天特地乘机对我说。

"那也不尽然。"我只是随便回答他。

"不。大人的坏脾气，在孩子们是没有的。后来的坏，如你平日所攻击的坏，那是环境教坏的。原来却并不坏，天真……。我以为中国的可以希望，只在这一点。"

"不。如果孩子中没有坏根苗，大起来怎么会有坏花果？譬如一粒种子，正因为内中本含有枝叶花果的胚，长大时才能够发出这些东西来。何尝是无端……。"我因为闲着无事，便也如大人先生们一下野，就要吃素谈禅一样，正在看佛经。佛理自然是并不懂得的，但竟也不自检点，一味任意地说。

然而连殳气忿了，只看了我一眼，不再开口。我也猜不出他是无话可说呢，还是不屑辩。但见他又显出许久不见的冷冷的态度来，默默地连吸了两枝烟；待到他再取第三枝时，我便只好逃走了。

这仇恨是历了三月之久才消释的。原因大概是一半因为忘却，一半则他自己竟也被"天真"的孩子所仇视了，于是觉得我对于孩子的冒渎的话倒也情有可原。但这不过是我的推测。其时是在我的寓里的酒后，他似乎微露悲哀模样，半仰着头道：

"想起来真觉得有些奇怪。我到你这里来时，街上看见一个很小的小孩，拿了一片芦叶指着我道：杀！他还不很能走路……"

"这是环境教坏的。"

我即刻很后悔我的话。但他却似乎并不介意，只竭力地喝酒，其间又竭力地吸烟。

"我倒忘了，还没有问你，"我便用别的话来支吾，"你是不大访问人的，怎么今天有这兴致来走走呢？我们相识有一年多了，你到我这里来却还是第一回。"

"我正要告诉你呢：你这几天切莫到我寓里来看我了。我的寓里正有很讨厌的一大一小在那里，都不像人！"

"一大一小？这是谁呢？"我有些诧异。

"是我的堂兄和他的小儿子。哈哈，儿子正如老子一般。"

"是上城来看你，带便玩玩的罢？"

"不。说是来和我商量，就要将这孩子过继给我的。"

"呵！过继给你？"我不禁惊叫了，"你不是还没有娶亲么？"

"他们知道我不娶的了。但这都没有什么关系。他们其实是要过继给我那一间寒石山的破屋子。我此外一无所有，你是知道的；钱一到手就化完，只有这一间破屋子。他们父子的一生的事业是在逐出那一个借住着的老女工。"

他那词气的冷峭，实在又使我悚然。但我还慰解他说：

"我看你的本家也还不至于此。他们不过思想略旧一点罢了。譬如，你那年大哭的时候，他们就都热心地围着使劲来劝你……"

"我父亲死去之后，因为夺我屋子，要我在笔据上画花押，我大哭着的时候，他们也是这样热心地围着使劲来劝我……"他两眼向上凝视，仿佛要在空中寻出那时的情景来。

"总而言之：关键就全在你没有孩子。你究竟为什么老不结婚的呢？"我忽而寻到了转舵的话，也是久已想问的话，觉得这时是最好的机会了。

他诧异地看着我，过了一会，眼光便移到他自己的膝髁上去了，于是就吸烟，没有回答。

三

但是，虽在这一种百无聊赖的境地中，也还不给连殳安住。渐渐地，小报上有匿名人来攻击他，学界上也常有关于他的流言，可是这已经并非先前似的单是话柄，大概是于他有损的了。我知道这是他近来喜欢发表文章的结果，倒也并不介意。S城人最不愿意有人发些没有顾忌的议论，一有，一定要暗暗地来叮他，这是向来如此的，连殳自己也知道。但到春天，忽然听说他已被校长辞退了。这却使我觉得有些兀突；其实，这也是向来如此的，不过因为我希望着自己认识的人能够幸免，所以就以为兀突罢了，S城人倒并非这一回特别恶。

其时我正忙着自己的生计，一面又在接洽本年秋天到山阳去当教员的事，竟没有工夫去访问他。待到有些余暇的时候，离他被辞退那时大约快有三个月了，可是还没有发生访问连殳的意思。有一天，我路过大街，偶然在旧书摊前停留，却不禁使我觉到震悚，因为在那里陈列着的一部汲古阁初印本《史记索隐》，正是连殳的书。他喜欢书，但不是藏书家，这种本子，在他是算作贵重的善本，非万不得已，不肯轻易变卖的。难道他失业刚才两三月，就一贫至此么？虽然他向来一有钱即随手散去，没有什么储蓄。于是我便决意访问连殳去，顺便在街上买了一瓶烧酒，两包花生米，两个熏鱼头。

他的房门关闭着，叫了两声，不见答应。我疑心他睡着了，更加大声地叫，并且伸手拍着房门。

"出去了罢！"大良们的祖母，那三角眼的胖女人，从对面的窗口探出她花白的头来了，也大声说，不耐烦似的。

"那里去了呢？"我问。

"那里去了？谁知道呢？——他能到那里去呢，你等着就是，一会儿总会回来的。"

我便推开门走进他的客厅去。真是"一日不见，如隔三秋"，满眼是凄凉和空空洞洞，不但器具所余无几了，连书籍也只剩了在S城绝没有人会要的几本洋装书。屋中间的圆桌还在，先前曾经常常围绕着忧郁慷慨的青年，怀才不遇的奇士和腌脏吵闹的孩子们的，现在却见得很闲静，只在面上蒙着一层薄薄的灰尘。我就在桌上放了酒瓶和纸包，拖过一把椅子来，靠桌旁对着房门坐下。

的确不过是"一会儿"，房门一开，一个人悄悄地阴影似的进来了，正是连殳。也许是傍晚之故罢，看去仿佛比先前黑，但神情却还是那样。

"阿！你在这里？来得多久了？"他似乎有些喜欢。

"并没有多久。"我说，"你到那里去了？"

"并没有到那里去，不过随便走走。"

他也拖过椅子来，在桌旁坐下；我们便开始喝烧酒，一面谈些关于他的失业的事。但他却不愿意多谈这些；他以为这是意料中的事，也是自己时常遇到的事，无足怪，而且无可谈的。他照例只是一意喝烧酒，并且依然发些关于社会和历史的议论。不知怎地我此时看见空空的书架，也记起汲古阁初印本的《史记索隐》，忽而感到一种淡漠的孤寂和悲哀。

"你的客厅这么荒凉……。近来客人不多了么？"

"没有了。他们以为我心境不佳，来也无意味。心境不佳，实在是可以给人们不舒服的。冬天的公园，就没有人去……。"他连喝两口酒，默默地想着，突然，仰起脸来看着我问道，"你在图谋的职业也还是毫无把握罢？……"

我虽然明知他已经有些酒意，但也不禁愤然，正想发话，只见他侧耳一听，便抓起一把花生米，出去了。门外是大良们笑嚷的声音。

但他一出去，孩子们的声音便寂然，而且似乎都走了。他还追上去，说些话，却不听得有回答。他也就阴影似的悄悄地回来，仍将一把花生米放在纸包里。

"连我的东西也不要吃了。"他低声，嘲笑似的说。

"连殳，"我很觉得悲凉，却强装着微笑，说，"我以为你太自寻苦恼了。你看得人间太坏……。"

他冷冷的笑了一笑。

"我的话还没有完哩。你对于我们，偶而来访问你的我们，也以为因为闲着无事，所以来你这里，将你当作消遣的资料的罢？"

"并不。但有时也这样想。或者寻些谈资。"

"那你可错误了。人们其实并不这样。你实在亲手造了独头茧，将自己裹在里面了。你应该将世间看得光明些。"我叹惜着说。

"也许如此罢。但是，你说：那丝是怎么来的？——自然，世上也尽有这样的人，譬如，我的祖母就是。我虽然没有分得她的血液，却也许会继承她的运命。然而这也没有什么要紧，我早已豫先一起哭过了……。"

我即刻记起他祖母大殓时候的情景来，如在眼前一样。

"我总不解你那时的大哭……。"于是鹘突地问了。

"我的祖母入殓的时候罢？是的，你不解的。"他一面点灯，一面冷静地说，"你的和我交往，我想，还正因为那时的哭哩。你不知道，这祖母，是我父亲的继母；他的生母，他三岁时候就死去了。"他想着，默默地喝酒，吃完了一个熏鱼头。

"那些往事，我原是不知道的。只是我从小时候就觉得不可解。那时我的父亲还在，家景也还好，正月间一定要悬挂祖像，盛大地供养起来。看着这许多盛装的画像，在我那时似乎是不可多得的眼福。但那时，抱着我的一个女工总指了一幅像说：'这是你自己的祖母。拜拜罢，保佑你生龙活虎似的大得快。'我真不懂得我明明有着一个祖母，怎么又会有什么'自己的祖母'来。可是我爱这'自己的祖母'，她不比家里的祖母一般老；她年青，好看，穿着描金的红衣服，戴着珠冠，和我母亲的像差不多。我看她时，她的眼睛也注视我，而且口角上渐渐增多了笑影：我知道她一定也是极其爱我的。

"然而我也爱那家里的,终日坐在窗下慢慢地做针线的祖母。虽然无论我怎样高兴地在她面前玩笑,叫她,也不能引她欢笑,常使我觉得冷冷地,和别人的祖母们有些不同。但我还爱她。可是到后来,我逐渐疏远她了;这也并非因为年纪大了,已经知道她不是我父亲的生母的缘故,倒是看久了终日终年的做针线,机器似的,自然免不了要发烦。但她却还是先前一样,做针线;管理我,也爱护我,虽然少见笑容,却也不加呵斥。直到我父亲去世,还是这样;后来呢,我们几乎全靠她做针线过活了,自然更这样,直到我进学堂……。"

灯火销沉下去了,煤油已经将涸,他便站起,从书架下摸出一个小小的洋铁壶来添煤油。

"只这一月里,煤油已经涨价两次了……。"他旋好了灯头,慢慢地说。"生活要日见其困难起来。——她后来还是这样,直到我毕业,有了事做,生活比先前安定些;恐怕还直到她生病,实在打熬不住了,只得躺下的时候罢……。

"她的晚年,据我想,是总算不很辛苦的,享寿也不小了,正无须我来下泪。况且哭的人不是多着么?连先前竭力欺凌她的人们也哭,至少是脸上很惨然。哈哈!……可是我那时不知怎地,将她的一生缩在眼前了,亲手造成孤独,又放在嘴里去咀嚼的人的一生。而且觉得这样的人还很多哩。这些人们,就使我要痛哭,但大半也还是因为我那时太过于感情用事……。

"你现在对于我的意见,就是我先前对于她的意见。然而我的那时的意见,其实也不对的。便是我自己,从略知世事起,就的确逐渐和她疏远起来了……。"

他沉默了,指间夹着烟卷,低了头,想着。灯火在微微地发抖。

"呵,人要使死后没有一个人为他哭,是不容易的事呵。"他自言自语似的说;略略一停,便仰起脸来向我道,"想来你也无法可想。我也还得赶紧寻点事情做……。"

"你再没有可托的朋友了么?"我这时正是无法可想,连自己。

"那倒大概还有几个的,可是他们的境遇都和我差不多……。"

我辞别连殳出门的时候,圆月已经升在中天了,是极静的夜。

四

山阳的教育事业的状况很不佳。我到校两月,得不到一文薪水,只得连烟卷也节省起来。但是学校里的人们,虽是月薪十五六元的小职员,也没有一个不是乐天知命的,仗着逐渐打熬成功的铜筋铁骨,面黄肌瘦地从早办公一直到夜,其间看见名位较高的人物,还得恭恭敬敬地站起,实在都是不必"衣食足而知礼节"的人民。我每看见这情状,不知怎的总记起连殳临别托付我的话来。他那时生计更其不堪了,窘相时时显露,看去似乎已没有往时的深沉,知道我就要动身,深夜来访,迟疑了许久,才吞吞吐吐地说道:

"不知道那边可有法子想?——便是钞写,一月二三十块钱的也可以的。

我……"

我很诧异了，还不料他竟肯这样的迁就，一时说不出话来。

"我……我还得活几天……"

"那边去看一看，一定竭力去设法罢。"

这是我当日一口承当的答话，后来常常自己听见，眼前也同时浮出连殳的相貌，而且吞吞吐吐地说道"我还得活几天"。到这些时，我便设法向各处推荐一番；但有什么效验呢，事少人多，结果是别人给我几句抱歉的话，我就给他几句抱歉的信。到一学期将完的时候，那情形就更加坏了起来。那地方的几个绅士所办的《学理周报》上，竟开始攻击我了，自然是绝不指名的，但措辞很巧妙，使人一见就觉得我是在挑剔学潮，连推荐连殳的事，也算是呼朋引类。

我只好一动不动，除上课之外，便关起门来躲着，有时连烟卷的烟钻出窗隙去，也怕犯了挑剔学潮的嫌疑。连殳的事，自然更是无从说起了。这样地一直到深冬。

下了一天雪，到夜还没有止，屋外一切静极，静到要听出静的声音来。我在小小的灯火光中，闭目枯坐，如见雪花片片飘坠，来增补这一望无际的雪堆；故乡也准备过年了，人们忙得很；我自己还是一个儿童，在后园的平坦处和一伙小朋友塑雪罗汉。雪罗汉的眼睛是用两块小炭嵌出来的，颜色很黑，这一闪动，便变了连殳的眼睛。

"我还得活几天！"仍是这样的声音。

"为什么呢？"我无端地这样问，立刻连自己也觉得可笑了。

这可笑的问题使我清醒，坐直了身子，点起一枝烟卷来；推窗一望，雪果然下得更大了。听得有人叩门；不一会，一个人走进来，但是听熟的客寓杂役的脚步。他推开我的房门，交给我一封六寸多长的信，字迹很潦草，然而一瞥便认出"魏缄"两个字，是连殳寄来的。

这是从我离开S城以后他给我的第一封信。我知道他疏懒，本不以杳无消息为奇，但有时也颇怨他不给一点消息。待到接了这信，可又无端地觉得奇怪了，慌忙拆开来。里面也用了一样潦草的字体，写着这样的话：

"申飞……。

"我称你什么呢？我空着。你自己愿意称什么，你自己添上去罢。我都可以的。

"别后共得三信，没有复。这原因很简单：我连买邮票的钱也没有。

"你或者愿意知道些我的消息，现在简直告诉你罢：我失败了。先前，我自以为是失败者，现在知道那并不，现在才真是失败者了。先前，还有人愿意我活几天，我自己也还想活几天的时候，活不下去；现在，大可以无须了，然而要活下去……。

"然而就活下去么？

"愿意我活几天的，自己就活不下去。这人已被敌人诱杀了。谁杀的呢？谁也不知道。

"人生的变化多么迅速呵！这半年来，我几乎求乞了，实际，也可以算得已经求乞。然而我还有所为，我愿意为此求乞，为此冻馁，为此寂寞，为此辛苦。但灭亡是不愿意的。你看，有一个愿意我活几天的，那力量就这么大。然而现在是没有了，连这一个也没有了。同时，我自己也觉得不配活下去；别人呢？也不配的。同时，我自己又觉得偏要为不愿意我活下去的人们而活下去；好在愿意我好好地活下去的已经没有了，再没有谁痛心。使这样的人痛心，我是不愿意的。然而现在是没有了，连这一个也没有了。快活极了，舒服极了；我已经躬行我先前所憎恶，所反对的一切，拒斥我先前所崇仰，所主张的一切。我已经真的失败，——然而我胜利了。

"你以为我发了疯么？你以为我成了英雄或伟人了么？不，不的。这事情很简单；我近来已经做了杜师长的顾问，每月的薪水就有现洋八十元了。

"申飞……。

"你将以我为什么东西呢，你自己定就是，我都可以的。

"你大约还记得我旧时的客厅罢，我们在城中初见和将别时候的客厅。现在我还用着这客厅。这里有新的宾客，新的馈赠，新的颂扬，新的钻营，新的磕头和打拱，新的打牌和猜拳，新的冷眼和恶心，新的失眠和吐血……。

"你前信说你教书很不如意。你愿意也做顾问么？可以告诉我，我给你办。其实是做门房也不妨，一样地有新的宾客和新的馈赠，新的颂扬……。

"我这里下大雪了。你那里怎样？现在已是深夜，吐了两口血，使我清醒起来。记得你竟从秋天以来陆续给了我三封信，这是怎样的可以惊异的事呵。我必须寄给你一点消息，你或者不至于倒抽一口冷气罢。

"此后，我大约不再写信的了，我这习惯是你早已知道的。何时回来呢？倘早，当能相见。——但我想，我们大概究竟不是一路的；那么，请你忘记我罢。我从我的真心感谢你先前常替我筹划生计。但是现在忘记我罢；我现在已经'好'了。

"连殳。十二月十四日。"

这虽然并不使我"倒抽一口冷气"，但草草一看之后，又细看了一遍，却总有些不舒服，而同时可又夹杂些快意和高兴；又想，他的生计总算已经不成问题，我的担子也可以放下了，虽然在我这一面始终不过是无法可想。忽而又想写一封信回答他，但又觉得没有话说，于是这意思也立即消失了。

我的确渐渐地在忘却他。在我的记忆中，他的面貌也不再时常出现。但得信之后不到十天，S城的学理七日报社忽然接续着邮寄他们的《学理七日报》来了。我是不大看这些东西的，不过既经寄到，也就随手翻翻。这却使我记起连殳来，因为里面常有关于他的诗文，如《雪夜谒连殳先生》，《连殳顾问高斋雅集》等等；有一回，《学理闲谭》里还津津地叙述他先前所被传为笑柄的事，称作"逸闻"，言外大有"且夫非常之人，必能行非常之事"的意思。

不知怎地虽然因此记起，但他的面貌却总是逐渐模胡；然而又似乎和我日加密切起来，往往无端感到一种连自己也莫明其妙的不安和极轻微的震颤。幸而到了秋季，这《学理七日报》就不寄来了；山阳的《学理周刊》上却又按期登起一篇长论文：《流言即事实论》。里面还说，关于某君们的流言，已在公正士绅间盛传了。这是专指几个人的，有我在内；我只好极小心，照例连吸烟卷的烟也谨防飞散。小心是一种忙的苦痛，因此会百事俱废，自然也无暇记得连殳。总之：我其实已经将他忘却了。

但我也终于敷衍不到暑假，五月底，便离开了山阳。

五

从山阳到历城，又到太谷，一总转了大半年，终于寻不出什么事情做，我便又决计回S城去了。到时是春初的下午，天气欲雨不雨，一切都罩在灰色中；旧寓里还有空房，仍然住下。在道上，就想起连殳的了，到后，便决定晚饭后去看他。我提着两包闻喜名产的煮饼，走了许多潮湿的路，让道给许多拦路高卧的狗，这才总算到了连殳的门前。里面仿佛特别明亮似的。我想，一做顾问，连寓里也格外光亮起来了，不觉在暗中一笑。但仰面一看，门旁却白白的，分明帖着一张斜角纸。我又想，大良们的祖母死了罢；同时也跨进门，一直向里面走。

微光所照的院子里，放着一具棺材，旁边站一个穿军衣的兵或是马弁，还有一个和他谈话的，看时却是大良的祖母；另外还闲站着几个短衣的粗人。我的心即刻跳起来了。她也转过脸来凝视我。

"阿呀！您回来了？何不早几天……。"她忽而大叫起来。

"谁……谁没有了？"我其实是已经大概知道的了，但还是问。

"魏大人，前天没有的。"

我四顾，客厅里暗沉沉的，大约只有一盏灯；正屋里却挂着白的孝帏，几个孩子聚在屋外，就是大良二良们。

"他停在那里，"大良的祖母走向前，指着说，"魏大人恭喜之后，我把正屋也租给他了；他现在就停在那里。"

孝帏上没有别的，前面是一张条桌，一张方桌；方桌上摆着十来碗饭菜。我刚跨进门，当面忽然现出两个穿白长衫的来拦住了，瞪了死鱼似的眼睛，从中发出惊疑的光来，钉住了我的脸。我慌忙说明我和连殳的关系，大良的祖母也来从旁证实，他们的手和眼光这才逐渐弛缓下去，默许我近前去鞠躬。

我一鞠躬，地下忽然有人呜呜的哭起来了，定神看时，一个十多岁的孩子伏在草荐上，也是白衣服，头发剪得很光的头上还络着一大绺苎麻丝。

我和他们寒暄后，知道一个是连殳的从堂兄弟，要算最亲的了；一个是远房侄子。我请求看一看故人，他们却竭力拦阻，说是"不敢当"的。然而终于被我说服了，将孝帏揭起。

这回我会见了死的连殳。但是奇怪！他虽然穿一套皱的短衫裤，大襟上还有血迹，脸上也瘦削得不堪，然而面目却还是先前那样的面目，宁静地闭着嘴，合着眼，睡着似的，几乎要使我伸手到他鼻子前面，去试探他可是其实还在呼吸着。

一切是死一般静，死的人和活的人。我退开了，他的从堂兄弟却又来周旋，说"舍弟"正在年富力强，前程无限的时候，竟遽尔"作古"了，这不但是"衰宗"不幸，也太使朋友伤心。言外颇有替连殳道歉之意；这样地能说，在山乡中人是少有的。但此后也就沉默了，一切是死一般静，死的人和活的人。

我觉得很无聊，怎样的悲哀倒没有，便退到院子里，和大良们的祖母闲谈起来。知道入殓的时候是临近了，只待寿衣送到；钉棺材钉时，"子午卯酉"四生肖是必须躲避的。她谈得高兴了，说话滔滔地泉流似的涌出，说到他的病状，说到他生时的情景，也带些关于他的批评。

"你可知道魏大人自从交运之后，人就和先前两样了，脸也抬高起来，气昂昂的。对人也不再先前那么迂。你知道，他先前不是像一个哑子，见我是叫老太太的么？后来就叫'老家伙'。唉唉，真是有趣。人送他仙居术，他自己是不吃的，就摔在院子里，——就是这地方，——叫道，'老家伙，你吃去罢。'他交运之后，人来人往，我把正屋也让给他住了，自己便搬在这厢房里。他也真是一走红运，就与众不同，我们就常常这样说笑。要是你早来一个月，还赶得上看这里的热闹，三日两头的猜拳行令，说的说，笑的笑，唱的唱，做诗的做诗，打牌的打牌……。

"他先前怕孩子们比孩子们见老子还怕，总是低声下气的。近来可也两样了，能说能闹，我们的大良们也很喜欢和他玩，一有空，便都到他的屋里去。他也用种种方法逗着玩；要他买东西，他就要孩子装一声狗叫，或者磕一个响头。哈哈，真是过得热闹。前两月二良要他买鞋，还磕了三个响头哩，哪，现在还穿着，没有破呢。"

一个穿白长衫的人出来了，她就住了口。我打听连殳的病症，她却不大清楚，只说大约是早已瘦了下去的罢，可是谁也没理会，因为他总是高高兴兴的。到一个多月前，这才听到他吐过几回血，但似乎也没有看医生；后来躺倒了；死去的前三天，就哑了喉咙，说不出一句话。十三大人从寒石山路远迢迢地上城来，问他可有存款，他一声也不响。十三大人疑心他装出来的，也有人说有些生痨病死的人是要说不出话来的，谁知道呢……。

"可是魏大人的脾气也太古怪，"她忽然低声说，"他就不肯积蓄一点，水似的化钱。十三大人还疑心我们得了什么好处。有什么屁好处呢？他就冤里冤枉胡里胡涂地化掉了。譬如买东西，今天买进，明天又卖出，弄破，真不知道是怎么一回事。待到死了下来，什么也没有，都糟掉了。要不然，今天也不至于这样地冷静……。

"他就是胡闹，不想办一点正经事。我是想到过的，也劝过他。这么年纪了，应该成家；照现在的样子，结一门亲很容易；如果没有门当户对的，先买几个姨太太也可以：人是总应该像个样子的。可是他一听到就笑起来，说道，'老家伙，你还是总替别人惦记着这等事么？'你看，他近来就浮而不实，不把人的好话当好话听。要是早听了我的话，现在何至于独自冷清清地在阴间摸索，至少，也可以听到几声亲人的哭声……。"

一个店伙背了衣服来了。三个亲人便检出里衣，走进帏后去。不多久，孝帏揭起了，里衣已经换好，接着是加外衣。这很出我意外。一条土黄的军裤穿上了，嵌着很宽的红条，其次穿上去的是军衣，金闪闪的肩章，也不知道是什么品级，那里来的品级。到入棺，是连殳很不妥帖地躺着，脚边放一双黄皮鞋，腰边放一柄纸糊的指挥刀，骨瘦如柴的灰黑的脸旁，是一顶金边的军帽。

三个亲人扶着棺沿哭了一场，止哭拭泪；头上络麻线的孩子退出去了，三良也避去，大约都是属"子午卯酉"之一的。

　　粗人打起棺盖来，我走近去最后看一看永别的连殳。

　　他在不妥帖的衣冠中，安静地躺着，合了眼，闭着嘴，口角间仿佛含着冰冷的微笑，冷笑着这可笑的死尸。

　　敲钉的声音一响，哭声也同时迸出来。这哭声使我不能听完，只好退到院子里；顺脚一走，不觉出了大门了。潮湿的路极其分明，仰看太空，浓云已经散去，挂着一轮圆月，散出冷静的光辉。

　　我快步走着，仿佛要从一种沉重的东西中冲出，但是不能够。耳朵中有什么挣扎着，久之，久之，终于挣扎出来了，隐约像是长嗥，像一匹受伤的狼，当深夜在旷野中嗥叫，惨伤里夹杂着愤怒和悲哀。

　　我的心地就轻松起来，坦然地在潮湿的石路上走，月光底下。

一九二五年十月十七日毕
选自鲁迅小说集《彷徨》北新书局 1926 年版

○ 郁达夫

沉　沦

一

　　他近来觉得孤冷得可怜。

　　他的早熟的性情，竟把他挤到与世人绝不相容的境地去，世人与他的中间介在的那一道屏障，愈筑愈高了。

　　天气一天一天的清凉起来，他的学校开学之后，已经快半个月了。那一天正是九月的二十二日。

　　晴天一碧，万里无云，终古常新的皎日，依旧在她的轨道上，一程一程的在那里行走。从南方吹来的微风，同醒酒的琼浆一般，带着一种香气，一阵阵的拂上面来。在黄苍未熟的稻田中间，在弯曲同白线似的乡间的官道上面，他一个人手里捧了一本六寸长的 Wordsworth 的诗集，尽在那里缓缓的独步。在这大平原内，四面并无人影；不知从何处飞来的一声两声的远吠声。悠悠扬扬的传到他耳膜上来。他眼睛离开了书，同做梦似的向有犬吠声的地方看去，但看见了一丛杂树，几处人家，同鱼鳞似的屋瓦上，有一层薄薄的蜃气楼，同轻纱似的，在那里飘荡。

　　"Oh, you serene gossamer! You beautiful gossamer!"

　　这样的叫了一声，他的眼睛里就涌出了两行清泪来，他自己也不知道是什么缘故。

　　呆呆的看了好久，他忽然觉得背上有一阵紫色的气息吹来，息索的一响，道旁的一枝小草，竟把他的梦境打破了，他回转头来一看，那枝小草还是颠摇不已，一阵带着紫罗兰气息的和风，温微微的哼到他那苍白的脸上来。在这清和的早秋的世界里，在这澄清透明的以太中，他的身体觉得同陶醉似的酥软起来。他好像是睡在慈母怀里的样子。他好像是梦到了桃花源里的样子。他好像是在南欧的海岸，躺在情人膝上，在那里贪午睡的样子。

　　他看看四边，觉得周围的草木，都在那里对他微笑。看看苍空，觉得悠久无穷的大自然，微微的在那里点头。一动也不动的向天看了一会，他觉得天空中，有一群小天神，背上插着了翅膀，肩上挂着了弓箭，在那里跳舞。他觉得乐极了。便不知不觉开了口，自言自语的说：

"这里就是你的避难所。世间的一般庸人都在那里妒忌你，轻笑你，愚弄你；只有这大自然，这终古常新的苍空皎日，这晚夏的微风，这初秋的清气，还是你的朋友，还是你的慈母，还是你的情人，你也不必再到世上去与那些轻薄的男女共处去，你就在这大自然的怀里，这纯朴的乡间终老了罢。"

这样的说了一遍，他觉得自家可怜起来，好像有万千哀怨，横亘在胸中，一口说不出来的样子。含了一双清泪，他的眼睛又看到他手里的书上去。

Behold her, single in the field,
You solitary Highland Lass!
Reaping and singing by herself;
Stop here, or gently pass!
Alone she cuts and binds the grain,
And sings a melancholy strain;
O, listen! for the vale profound
Is over flowing with the sound.

看了这一节之后，他又忽然翻过一张来，脱头脱脑的看到那第三节去。

Will no one tell me what she sings? ——
Perhaps the plaintive numbers flow
For old, unhappy, far – off things, And battle long ago:
Or is it some more humble lay,
Familiar matter of today?
Some natural sorrow, loss, or pain,
That has been, and may be again?

这也是他近来的一种习惯，看书的时候，并没有次序的。几百页的大书，更可不必说了，就是几十页的小册子，如爱美生的《自然论》(*Emerson's On Nature*)，沙罗的《逍遥游》(*Thoreau's Excursion*) 之类，也没有完完全全从头至尾的读完一篇过。当他起初翻开一册书来看的时候，读了四行五行或一页二页，他每被那一本书感动，恨不得要一口气把那一本书吞下肚子里去的样子，到读了三页四页之后，他又生起一种怜惜的心来，他心里似乎说：

"像这样的奇书，不应该一口气就把它念完，要留着细细儿的咀嚼才好。一下子就念完了之后，我的热望也就不得不消灭，那时候我就没有好望，没有梦想了，怎么使得呢？"

他的脑里虽然有这样的想头，其实他的心里早有一些儿厌倦起来，到了这时候，他总把那本书收过一边，不再看下去。过几天或者过几个钟头之后，他又用了满腔的热忱，同初读那一本书的时候一样的，去读另外的书去；几日前或者几点钟前那样的感动他的那一本书，就不得不被他遗忘了。

放大了声音把渭迟渥斯的那两节诗读了一遍之后，他忽然想把这一首诗用中国文翻译出来。

《孤寂的高原刈稻者》

他想想看，The solitary Highlandreaper 诗题只有如此的译法

你看那个女孩儿，她只一个人在田里，
你看那边的那个高原的女孩儿，她只一个人冷清清地！
她一边刈稻，一边在那儿唱着不已；
她忽儿停了，忽而又过去了，轻盈体态，风光细腻！
她一个人，刈了，又重把稻儿捆起，
她唱的山歌，颇有些儿悲凉的情味；
听呀听呀！这幽谷深深，
全充满了她的歌唱的清音。
有人能说否，她唱的究竟是什么？
或者她那万千的痴话
是唱着前代的哀歌，
或者是前朝的战事，千兵万马；
或者是些坊间的俗曲
便是目前的家常闲说？
或者是些天然的哀怨，必然的丧苦，自然的悲楚。
这些事虽是过去的回思，将来想亦必有人指诉。

他一口气译了出来之后，忽又觉得无聊起来，便自嘲自骂的说：

"这算是什么东西呀，岂不同教会里的赞美歌一样的乏味么？

"英国诗是英国诗，中国诗是中国诗，又何必译来对去呢！"

这样的说了一句，他不知不觉便微微儿的笑了起来。向四边一看，太阳已经打斜了；大平原的彼岸，西边的地平线上，有一座高山，浮在那里，饱受了一天残照，山的周围酝酿成一层朦朦胧胧的岚气，反射出一种紫不紫红不红的颜色来。

他正在那里出神呆看的时候，哼的咳嗽了一声，他的背后忽然来了一个农夫。回头一看，他就把他脸上的笑容装改了一副忧郁的面色，好像他的笑容是怕被人看见的样子。

二

他的忧郁症愈闹愈甚了。

他觉得学校里的教科书，味同嚼蜡，毫无半点生趣。天气清朗的时候，他每捧了一本爱读的文学书，跑到人迹罕至的山腰水畔，去贪那孤寂的深味去。在万籁俱寂的

瞬间，在天水相映的地方，他看看草木虫鱼，看看白云碧落，便觉得自家是一个孤高傲世的贤人，一个超然独立的隐者。有时在山中遇着一个农夫，他便把自己当作了Zaratustra，把Zaratustra所说的话，也在心里对那农夫讲了。他的Megalomania也同他的Hypochondria成了正比例，一天一天的增加起来。他竟有接连四五天不上学校去听讲的时候。

有时候到学校里去，他每觉得众人都在那里凝视他的样子。他避来避去想避他的同学，然而无论到了什么地方，他的同学的眼光，总好像怀了恶意，射在他的背脊上面。

上课的时候，他虽然坐在全班学生的中间，然而总觉得孤独得很；在稠人广众之中，感得的这种孤独，倒比一个人在冷清的地方，感得的那种孤独，还更难受。看看他的同学看，一个个都是兴高采烈的在那里听先生的讲义，只有他一个人身体虽然坐在讲堂里头，心思却同飞云逝电一般，在那里作无边无际的空想。

好容易下课的钟声响了！先生退去之后，他的同学说笑的说笑，谈天的谈天，个个都同春来的燕雀似的，在那里作乐；只有他一个人锁了愁眉，舌根好像被千钧的巨石锤住的样子，兀的不作一声。他也很希望他的同学来对他讲些闲话，然而他的同学却都自家管自家的去寻欢乐去，一见了他那一副愁容，没有一个不抱头奔散的，因此他愈加怨他的同学了。

"他们都是日本人，他们都是我的仇敌，我总有一天来复仇，我总要复他们的仇。"

一到了悲愤的时候，他总这样的想的，然而到了安静之后，他又不得不嘲骂自家说：

"他们都是日本人，他们对你当然是没有同情的，因为你想得他们的同情，所以你怨他们，这岂不是你自家的错误么？"

他的同学中的好事者，有时候也有人来向他说笑的，他心里虽然非常感激，想同那一个人谈几句知心的话，然而口中总说不出什么话来；所以有几个解他的意的人，也不得不同他疏远了。

他的同学日本人在那里欢笑的时候，他总疑他们是在那里笑他，他就一霎时的红起脸来。他们在那里谈天的时候，若有偶然看他一眼的人，他又忽然红起脸来，以为他们是在那里讲他。他同他同学中间的距离，一天一天的远背起来，他的同学都以为他是爱孤独的人，所以谁也不敢来近他的身。

有一天放课之后，他挟了书包，回到他的旅馆里来，有三个日本学生系同他同路的。将要到他寄寓的旅馆的时候，前面忽然来了两个穿红裙的女学生。在这一区市外的地方，从没有女学生看见的，所以他一见了这两个女子，呼吸就紧缩起来。他们四个人同那两个女子擦过的时候，他的三个日本人的同学都问她们说，

"你们上那儿去？"

那两个女学生就作起娇声来回答说：

"不知道！"

"不知道!"

那三个日本学生都高笑起来,好像是很得意的样子;只有他一个人似乎是他自家同她们讲了话似的,害了羞,匆匆跑回旅馆里来。进了他自家的房,把书包用力的向席上一丢,他就在席上躺下了。他的胸前还在那里乱跳,用了一只手枕着头,一只手按着胸口,他便自嘲自骂的说:

"You coward fellow, you are too coward!"

"你既然怕羞,何以又要后悔?"

"既要后悔,何以当时你又没有那样的胆量?不同她们去讲一句话。

"Oh, coward, coward!"

说到这里,他忽然想起刚才那两个女学生的眼波来了。那两双活泼泼的眼睛!那两双眼睛里,确有惊喜的意思含在里头。然而再仔细想了一想,他又忽然叫起来说:

"呆人呆人!她们虽有意思,与你有什么相干?她们所送的秋波,不是单送给那三个日本人的么?唉!唉!她们已经知道了,已经知道我是支那人了,否则她们何以不来看我一眼呢!复仇复仇,我总要复他们的仇。"

说到这里,他那火热的颊上忽然滚了几颗冰冷的眼泪下来。他是伤心到极点了。这一天晚上,他记的日记说:

> 我何苦要到日本来,我何苦要求学问。既然到了日本,那自然不得不被他们日本人轻侮的。中国呀中国!你怎么不富强起来,我不能再隐忍过去了。
>
> 故乡岂不有明媚的山河,故乡岂不有如花的美女?我何苦要到这东海的岛国里来!
>
> 到日本来倒也罢了,我何苦又要进这该死的高等学校。他们留了五个月学回去的人,岂不在那里享荣华安乐么?这五六年的岁月,教我怎么能挨得过去。受尽了千辛万苦,积了十数年的学识,我回国去,难道定能比他们来胡闹的留学生更强么?
>
> 人生百岁,年少的时候,只有七八年的光景,这最纯最美的七八年,我就不得不在这无情的岛国里虚度过去,可怜我今年已经是二十一了。
>
> 槁木的二十一岁!
>
> 死灰的二十一岁!
>
> 我真还不如变了矿物质的好,我大约没有开花的日子了。
>
> 知识我也不要,名誉我也不要,我只要一个安慰我体谅我的"心"。一副白热的心肠!从这一副心肠里生出来的同情!从同情而来的爱情!
>
> 我所要求的就是爱情!
>
> 若有一个美人,能理解我的苦楚,她要我死,我也肯的。
>
> 若有一个妇人,无论她是美是丑,能真心真意的爱我,我也愿意为她

死的。

　　我所要求的就是异性的爱情！

　　苍天呀苍天，我并不要知识，我并不要名誉，我也不要那些无用的金钱，你若能赐我一个伊甸园内的'伊扶'，使她的肉体与心灵，全归我有，我就心满意足了。

三

　　他的故乡，是富春江上的一个小市，去杭州水程不过八九十里。这一条江水，发源安徽，贯流全浙，江形曲折，风景常新，唐朝有一个诗人赞这条江水说"一川如画"。他十四岁的时候，请了一位先生写了这四个字，贴在他的书斋里，因为他的书斋的小窗，是朝着江面的。虽则这书斋结构不大，然而风雨晦明，春秋朝夕的风景，也还抵得过滕王高阁。在这小小的书斋里过了十几个春秋，他才跟了他的哥哥到日本来留学。

　　他三岁的时候就丧了父亲，那时候他家里困苦得不堪。好容易他长兄在日本 W 大学卒了业，回到北京，考了一个进士，分发在法部当差，不上两年，武昌的革命起来了。那时候他已在县立小学堂卒了业，正在那里换来换去的换中学堂。他家里的人都怪他无恒性，说他的心思太活；然而依他自己讲来，他以为他一个人同别的学生不同，不能按部就班的同他们同在一处求学的。所以他进了 K 府中学之后，不上半年又忽然转了 H 府中学来；在 H 府中学住了三个月，革命就起来了。H 府中学停学之后，他依旧只能回到那小小的书斋里来。第二年的春天，正是他十七岁的时候，他就进了大学的预科。这大学是在杭州城外，本来是美国长老会捐钱创办的，所以学校里浸润了一种专制的弊风，学生的自由，几乎被压缩得同针眼儿一般小。礼拜三的晚上有什么祈祷会，礼拜日非但不准出去游玩，并且在家里看别的书也不准的，除了唱赞美诗祈祷之外，只许看新旧约书。每天早晨从九点钟到九点二十分，定要去做礼拜，不去做礼拜，就要扣分数记过。他虽然非常爱那学校近旁的山水景物，然而他的心里，总有些反抗的意思，因为他是一个爱自由的人，对那些迷信的管束，怎么也不甘心服从。住不上半年，那大学里的厨子，托了校长的势，竟打起学生来。学生中间有几个不服的，便去告诉校长，校长反说学生不是。他看看这些情形，实在是太无道理了，就立刻去告了退，仍复回家，到那小小的书斋里去，那时候已经是六月初了。

　　在家里住了三个多月，秋风吹到富春江上，两岸的绿树，就快凋落的时候，他又坐了帆船，下富春江，上杭州去。却好那时候石牌楼的 W 中学正在那里招插班生，他进去见了校长 M 氏，把他的经历说给了 M 氏夫妻听，M 氏就许他插入最高的班里去。这 W 中学原来也是一个教会学校，校长 M 氏，也是一个糊涂的美国宣教师；他看看这学校的内容倒比 H 大学不如了。与一位很卑鄙的教务长——原来这一位先生就是 H 大学的卒业生——闹了一场，第二年的春天，他就出来了。出了 W 中学，他看看杭州的学校，都不能如他的意，所以他就打算不再进别的学校去。

正是这个时候，他的长兄也在北京被人排斥了。原来他的长兄为人正直得很，在部里办事，铁面无私，并且比一般部内的人物又多了一些学识，所以部内上下，都忌惮他。有一天某次长的私人，来问他要一个位置，他执意不肯，因此次长就同他闹起意见来，过了几天他就辞了部里的职，改到司法界去做司法官去了。他的二兄那时候正在绍兴军队里作军官，这一位二兄军人习气颇深，挥金如土，专喜结交侠少。他们弟兄三人，到这时候都不能如意之所为，所以那一小市镇里的闲人都说他们的风水破了。

他回家之后，便镇日镇夜的蛰居在他那小小的书斋里。他父祖及他长兄所藏的书籍，就作了他的良师益友。他的日记上面，一天一天的记起诗来。有时候他也用了华丽的文章做起小说来，小说里就把他自己当作了一个多情的勇士，把他邻近的一家寡妇的两个女儿，当作了贵族的苗裔，把他故乡的风物，全编作了田园的情景；有兴的时候，他还把他自家的小说，用单纯的外国文翻译起来；他的幻想，愈演愈大了，他的忧郁病的根苗，大约也就在这时候培养成功的。在家里住了半年，到了七月中旬，他接到他长兄的来信说：

"院内近有派予赴日本考察司法事务之意，予已许院长以东行，大约此事不日可见命令。渡日之先，拟返里小住。三弟居家，断非上策，此次当偕伊赴日本也。"

他接到了这一封信之后，心中日日盼他长兄南来，到了九月下旬，他的兄嫂才自北京到家。住了一月，他就同他的长兄长嫂同到日本去了。

到了日本之后，他的 dreams of the romantic age 尚未醒悟，模模糊糊的过了半载，他就考入了东京第一高等学校。这正是他十九岁的秋天。

第一高等学校将开学的时候，他的长兄接到了院长的命令，要他回去。他的长兄就把他寄托在一家日本人的家里，几天之后，他的长兄长嫂和他的新生的侄女儿就回国去了。东京的第一高等学校里有一班预备班，是为中国学生特设的。在这预科里预备一年，卒业之后，才能入各地高等学校的正科，与日本学生同学。他考入预科的时候，本来填的是文科，后来将在预科卒业的时候，他的长兄定要他改到医科去，他当时亦没有什么主见，就听了他长兄的话把文科改了。

预科卒业之后，他听说 N 市的高等学校是最新的，并且 N 市是日本产美人的地方，所以他就要求到 N 市的高等学校去。

四

他的二十岁的八月二十九日的晚上，他一个人从东京的中央车站乘了夜行车到 N 市去。

那一天大约刚是旧历的初三四的样子，同天鹅绒似的又蓝又紫的天空里，洒满了一天星斗。半痕新月，斜挂在西天角上，却似仙女的蛾眉，未加翠黛的样子。他一个人靠着了三等车的车窗，默默的在那里数窗外人家的灯火。火车在暗黑的夜气中间，一程一程地进去，那大都市的星星灯火，也一点一点的朦胧起来，他胸中忽然生了万千哀感，他的眼睛里就忽然觉得热起来了。

"Sentimental, too sentimental!"

这样的叫一声，把眼睛揩了一下，他反而自家笑起自家来。

"你也没有情人留在东京，你也没有弟兄知己住在东京，你的眼泪究竟是为谁洒的呀！或者是对于你过去的生活的伤感，或者是对你二年间的生活的余情，然而你平时不是说不爱东京的么？"

"唉，一年人住岂无情。"

"黄莺住久浑相识，欲别频啼四五声！"

胡思乱想的寻思了一会，他又忽然想到初次赴新大陆去的清教徒的身上去。

"那些十字架下的流人，离开他故乡海岸的时候，大约也是悲壮淋漓，同我一样的。"

火车过了横滨，他的感情方才渐渐儿的平静起来。呆呆的坐了一忽，他就取了一张明信片出来，垫在海涅（Heine）的诗集上，用铅笔写了一首诗寄他东京的朋友。

峨眉月上柳梢初，又向天涯别故居，
四壁旗亭争赌酒，六街灯火远随车，
乱离年少无多泪，行李家贫只旧书，
后夜芦根秋水长，凭君南浦觅双鱼。

在朦胧的电灯光里，静悄悄的坐了一会，他又把海涅的诗集翻开来看了。

Lebet wohl, ihr glatten Saale,
Glatte Herren, glatte Frauen!
Auf die Berge will ich steigen,
Lac end auf euch niederschauen!"
　　Aus Heines, Buch der lieder
浮薄的尘寰，无情的男女，
　　你看那隐隐的青山，我欲乘风飞去，
且住且住，
　　我将从那绝顶的高峰，笑看你终归何处。

单调的轮声，一声声连连续续的飞到他的耳膜上来，不上三十分钟他竟被这催眠的车轮声引诱到梦幻的仙境里去了。

早晨五点钟的时候，天空渐渐儿的明亮起来。在车窗里向外一望，他只见一线青天还被夜色包住在那里。探头出去一看，一层薄雾，笼罩着一幅天然的画图，他心里想了一想："原来今天又是清秋的好天气，我的福分真可算不薄了。"

过了一个钟头，火车就到了N市的停车场。

下了火车，在车站上遇见了个日本学生；他看看那学生的制帽上也有两条白线，便知道他也是高等学校的学生。他走上前去，对那学生脱了一脱帽，问他说：

"第 X 高等学校是在什么地方的？"

那学生回答说：

"我们一路去罢。"

他就跟了那学生跑出火车站来，在火车站的前头，乘了电车。

时光还早得很，N 市的店家都还未曾起来。他同那日本学生坐了电车，经过了几条冷清的街巷，就在鹤舞公园前面下了车。他问那日本学生说：

"学校还远得很么？"

"还有二里多路。"

穿过了公园，走到稻田中间的细路上的时候，他看看太阳已经起来了，稻上的露滴，还同明珠似的挂在那里。前面有一丛树林，树林荫里，疏疏落落的看得见几椽农舍。有两三条烟囱筒子，突出在农舍的上面，隐隐约约的浮在清晨的空气里。一缕两缕的青烟，同炉香似的在那里浮动，他知道农家已在那里炊早饭了。

到学校近边的一家旅馆去一问，他一礼拜前头寄出的几件行李，早已经到在那里。原来那一家人家是住过中国留学生的，所以主人待他也很殷勤。在那一家旅馆里住下了之后，他觉得前途好像有许多欢乐在那里等他的样子。

他的前途的希望，在第一天的晚上，就不得不被目前的实情嘲弄了。原来他的故里，也是一个小小的市镇。到了东京之后，在人山人海的中间，他虽然时常觉得孤独，然而东京的都市生活，同他幼时的习惯尚无十分龃龉的地方。如今到了这 N 市的乡下之后，他的旅馆，是一家孤立的人家，四面并无邻舍，左首门外便是一条如发的大道，前后都是稻田，西面是一方池水，并且因为学校还没有开课，别的学生还没有到来，这一间宽旷的旅馆里，只住了他一个客人。白天倒还可以支吾过去，一到了晚上，他开窗一望，四面都是沉沉的黑影，并且因 N 市的附近是一大平原，所以望眼连天，四面并无遮障之处，远远里有一点灯火，明灭无常，森然有些鬼气。天花板里，又有许多虫鼠，息栗索落的在那里争食。窗外有几株梧桐，微风动叶，飒飒的响得不已，因为他住在二层楼上，所以梧桐的叶战声，近在他的耳边。他觉得害怕起来，几乎要哭出来了。他对于都市的怀乡病（Nostalgia）从未有比那一晚更甚的。

学校开了课，他朋友也渐渐儿的多起来。感受性非常强烈的他的性情，也同天空大地丛林野水融和了。不上半年，他竟变成了一个大自然的宠儿，一刻也离不了那天然的野趣了。

他的学校是在 N 市外，刚才说过市的附近是一大平原，所以四边的地平线，界限广大的很。那时候日本的工业还没有十分发达，人口也还没有增加得同目下一样，所以他的学校的近边，还多是丛林空地，小阜低岗。除了几家与学生做买卖的文房具店及菜馆之外，附近并没有居民。荒野的人间，只有几家为学生设的旅馆，同晓天的星影似的，散缀在麦田瓜地的中央。晚饭毕后，披了黑呢的缦斗（le manteau），拿了爱读的书，在迟迟不落的夕照中间，散步逍遥，是非常快乐的。他的田园趣味，大约也是在这 Idyllic Wanderings 的中间养成的。

在生活竞争不十分猛烈,逍遥自在,同中古时代一样的时候;在风气纯良,不与市井小人同处,清闲雅淡的地方;过日子正如做梦一般。他到了 N 市之后,转瞬之间,已经有半载多了。

熏风日夜的吹来,草色渐渐儿的绿起来。旅馆近旁麦田里的麦穗,也一寸一寸的长起来了。草木虫鱼都化育起来,他的从始祖传来的苦闷也一日一日的增长起来,他每天早晨,在被窝里犯的罪恶,也一次一次的加起来了。

他本来是一个非常爱高尚洁净的人,然而一到了这邪念发生的时候,他的智力也无用了,他的良心也麻痹了,他从小服膺的"身体发肤不敢毁伤"的圣训,也不能顾全了。他犯了罪以后,每深自痛悔,切齿的说,下次总不再犯了,然而到了第二天的那个时候,种种幻想,又活泼泼的到他的眼前来。他平时所看见的"伊扶"的遗类,都赤裸裸的来引诱他。中年以后的 madam 的形体,在他的脑里,比处女更有挑拨他情动的地方。他苦闷一场,恶斗一场,终究不得不做她们的俘虏。这样的一次成了两次,两次之后,就成了习惯了。他犯罪之后,每到图书馆里去翻出医书来看,医书上都千篇一律的说,于身体最有害的就是这一种犯罪。从此之后,他的恐惧心也就一天一天的增加起来。有一天他不知道从什么地方得来的消息,好像是一本书上说,俄国近代文学的创设者 Gogol 也犯这一宗病,他到死竟也没有改过来,他想到了 Gogol 心里就宽了一宽。因为这《死了的灵魂》的著者,也是同他一样的。然而这不过自家对自家的宽慰而已,他的胸里,总有一种非常的忧虑存在那里。

因为他是非常爱洁净的,所以他每天总要去洗澡一次,因为他是非常爱惜身体的,所以他每天总要去吃几个生鸡子和牛乳;然而他去洗澡或吃牛乳鸡子的时候,他总觉得惭愧得很,因为这都是他的犯罪的证据。

他觉得身体一天一天的衰弱起来,记忆力也一天一天的减退了。他又渐渐儿的生了一种怕见人面的心,见了妇女的时候,他觉得更加难受。学校的教科书,他渐渐的嫌恶起来,法国自然派的小说,和中国那几本有名的诲淫小说,他念了又念,几乎记熟了。

有时候他忽然做出一首好诗来,他自家便喜欢得非常,以为他的脑力还没有破坏。那时候他每对着自家起誓说:

"我的脑力还可以使得,还能做得出这样的诗,我以后决不再犯罪了。过去的事实是没法,我以后总不再犯罪了。若从此自新,我的脑力,还是很可以的。"

然而,到了紧迫的时候,他的誓言又忘了。

每礼拜四五,或每月的二十六七的时候,他索性尽意的贪起欢来。他的心里想,自下礼拜一或下月初一起,我总不犯罪了。有时候正合到礼拜六或月底的晚上,去剃头洗澡去,以为这就是改过自新的记号,然而过几天他又不得不吃鸡子和牛乳了。

他的自责心同恐惧心,竟一日也不使他安闲,他的忧郁症也从此厉害起来了。这样的状态继续了一二个月,他的学校里就放了暑假,暑假的两个月内,他受的苦闷,更甚于平时;到了学校开课的时候,他的两颊的颧骨更高起来,他的青灰色的眼窝更大起来,他的一双灵活的瞳人,变了同死鱼眼睛一样了。

五

　　秋天又到了。浩浩的苍空，一天一天的高起来。他的旅馆旁边的稻田，都带起黄金色来。朝夕的凉风，同刀也似的刺到人的心骨里去，大约秋冬的佳日，来也不远了。

　　一礼拜前的有一天午后，他拿了一本 Wordsworth 的诗集，在田塍路上逍遥漫步了半天。从那一天以后，他的循环性的忧郁症，尚未离他的身过。前几天在路上遇着的那两个女学生，常在他的脑里，不使他安静：想起那一天的事情，他还是一个人要红起脸来。

　　他近来无论上什么地方去，总觉得有坐立难安的样子。他上学校去的时候，觉得他的日本同学都似在那里排斥他。他的几个中国同学，也许久不去寻访了，因为去寻访了回来，他心里反觉得空虚。因为他的几个中国同学，怎么也不能理解他的心理。他去寻访的时候，总想得些同情回来的，然而到了那里，谈了几句以后，他又不得不自悔寻访错了。有时候和朋友讲得投机，他就任了一时的热意，把他的内外的生活都对朋友讲了出来，然而到了归途，他又自悔失言，心里的责备，倒反比不去访友的时候，更加厉害。他的几个中国朋友，因此都说他是染了神经病了。他听了这话之后，对了那几个中国同学，也同对日本学生一样，起了一种复仇的心。他同他的几个中国同学，一日一日的疏远起来。嗣后虽在路上，或在学校里遇见的时候，他同那几个中国同学，也不点头招呼。中国留学生开会的时候，他当然是不去出席的。因此他同他的几个同胞，竟宛然成了两家仇敌。

　　他的中国同学的里边，也有一个很奇怪的人，因为他自家的结婚有些道德上的罪恶，所以他专喜讲人家的丑事，以掩己之不善，说他是神经病，也是这一位同学说的。

　　他交游离绝之后，孤冷得几乎到将死的地步，幸而他住的旅馆里，还有一个主人的女儿，可以牵引他的心，否则他真只能自杀了。他旅馆的主人的女儿，今年正是十七岁，长方的脸儿，眼睛大得很，笑起来的时候，面上有两颗笑靥，嘴里有一颗金牙看得出来，因为她的笑容是非常可爱，所以她也时常在那里笑的。

　　他心里虽然非常爱她，然而她送饭来或来替他铺被的时候，他总装出一种兀不可犯的样子来。他心里虽想对她讲几句话，然而一见了她，他总不能开口。她进他房里来的时候，他的呼吸竟急促到吐气不出的地步。他在她的面前实在是受苦不起了，所以近来她进他的房里来的时候，他每不得不跑出房外去。然而他思慕她的心情，却一天一天的浓厚起来。有一天礼拜六的晚上，旅馆里的学生，都上 N 市去行乐去了。他因为经济困难，所以吃了晚饭，上西面池上去走了一回，就回来了。

　　回家来坐了一会，他觉得那空旷的二层楼上，只有他一个人在家。静悄悄的坐了半响，坐得不耐烦起来的时候，他又想跑出外面去。然而要跑出外面去，不得不由主人的房门口经过，因为主人和他女儿的房，就在大门的边上。他记得刚才进来的时候，主人和他的女儿正在那里吃饭。他一想到经过她面前的时候的苦楚，就把跑出外面去的心思丢了。

拿出了一本 G. Gissing 的小说来读了三四页之后，静寂的空气里，忽然传了几声沙沙的泼水声音过来。他静静儿的听了一听，呼吸又一霎时的急了起来，面色也涨红了。迟疑了一会，他就轻轻的开了房门，拖鞋也不拖，幽脚幽手的走下扶梯去。轻轻的开了便所的门，他尽兀自的站在便所的玻璃窗口偷看。原来他旅馆里的浴室，就在便所的间壁，从便所的玻璃窗看去，浴室里的动静了了可看。他起初以为看一看就可以走的，然而到了一看之后，他竟同被钉子钉住的一样，动也不能动了。

那一双雪样的乳峰！

那一双肥白的大腿！

这全身的曲线！

呼气也不呼，仔仔细细的看了一会，他面上的筋肉，都发起痉挛来了。愈看愈颤得厉害，他那发颤的前额部竟同玻璃窗冲击了一下。被蒸气包住的那赤裸裸的"伊扶"便发了娇声问说：

"是谁呀？……"

他一声也不响，急忙跳出了便所，就三脚两步的跑上楼上去了。

他跑到了房里，面上同火烧的一样，口也干渴了。一边他自家打自家的嘴巴，一边就把他的被窝拿出来睡了。他在被窝里翻来覆去，总睡不着，便立起了两耳，听起楼下的动静来。他听听泼水的声音也息了，浴室的门开了之后，他听见她的脚步声好像是走上楼来的样子。用被包着了头，他心里的耳朵明明告诉他说：

"她已经立在门外了。"

他觉得全身的血液，都在往上奔注的样子。心里怕得非常，羞得非常，也喜欢得非常。然而若有人问他，他无论如何，总不肯承认说，这时候他是喜欢的。

他屏住了气息，尖着了两耳听了一会，觉得门外并无动静，又故意咳嗽了一声，门外亦无声响。他正在那里疑惑的时候，忽听见她的声音，在楼下同她的父亲在那里说话。他手里捏了一把冷汗，拼命想听出她的话来，然而无论如何总听不清楚。停了一会，她的父亲高声笑了起来，他把被蒙头的一罩，咬紧了牙齿说：

"她告诉了他了！她告诉了他了！"

这一天的晚上他一睡也不曾睡着。第二天的早晨，天亮的时候，他就惊心吊胆的走下楼来。洗了手面，刷了牙，趁主人和他的女儿还没有起来之先，他就同逃也似的出了那个旅馆，跑到外面来。

官道上的沙尘，染了朝露，还未曾干着。太阳已经起来了。他不问皂白，便一直的往东走去，远远有一个农夫，拖了一车野菜慢慢的走来。那农夫同他擦过的时候，忽然对他说：

"你早啊！"

他倒惊了一跳，那清瘦的脸上，又起了一层红潮，胸前又乱跳起来，他心里想：

"难道这农夫也知道了么？"

无头无脑的跑了好久，他回转头来看看他的学校，已经远得很了，举头看看，太阳也升高了。他摸摸表看，那银饼大的表，也不在身边。从太阳的角度看起来，大约已经是九点钟前后的样子。他虽然觉得饥饿得很，然而无论如何，总不愿意再回到那旅馆里去，同主人和他的女儿相见。想去买些零食充一充饥，然而他摸摸自家的袋看，袋里只剩了一角二分钱在那里。他到一家乡下的杂货店内，尽那一角二分钱，买了些零碎的食物，想去寻一处无人看见的地方去吃。走到了一处两路交叉的十字路口，他朝南的一望，只见与他的去路横交的那一条自北趋南的路上，行人稀少得很。那一条路是向南的斜低下去的，两面更有高壁在那里，他知道这路是从一条小山中开辟出来的。他刚才走来的那条大道，便是这山的岭脊，十字路当作了中心，与岭脊上的那条大道相交的横路，是两边低斜下去的。在十字路口迟疑了一会，他就取了那一条向南斜下的路走去。走尽了两面的高壁，他的去路就穿入大平原去，直通到彼岸的市内。平原的彼岸有一簇深林，划在碧空的心里，他心里想：

"这大约就是 A 神宫了。"

他走尽了两面的高壁，向左手斜面上一望，见沿高壁的那山面上有一道女墙，围住着几间茅舍，茅舍的门上悬着了"香雪海"三字的一方匾额。他离开了正路，走上几步，到那女墙的门前，顺手的向门一推，那两扇柴门竟自开了。他就随随便便的踏了进去。门内有一条曲径，自门口通过了斜面，直达到山上去的。曲径的两旁，有许多老苍的梅树种在那里，他知道这就是梅林了。顺了那一条曲径，往北的从斜面上走到山顶的时候，一片同图画似的平地，展开在他的眼前。这园自从山脚上起，跨有朝南的半山斜面，同顶上的一块平地，布置得非常幽雅。

山顶平地的西面是千仞的绝壁，与隔岸的绝壁相对峙，两壁的中间，便是他刚走过的那一条自北趋南的通路。背临着了那绝壁，有一间楼屋，几间平屋造在那里。因为这几间屋，门窗都闭在那里，他所以知道这定是为梅花开日，卖酒食用的。楼屋的前面，有一块草地，草地中间，有几方白石，围成了一个花园，圈子里，卧着一枝老梅，那草地的南尽头，山顶的平正要向南斜下去的地方，有一块石碑立在那里，系记这梅林的历史的。他在碑前的草地上坐下之后，就把买来的零食拿出来吃了。

吃了之后，他兀兀的在草地上坐了一会。四面并无人声，远远的树枝上，时有一声两声的鸟鸣声飞来。他仰起头来看看澄清的碧落，同那皎洁的日轮，觉得四面的树枝房屋，小草飞禽，都一样的在和平的太阳光里，受大自然的化育。他那昨天晚上的犯罪的记忆，正同远海的帆影一般，不知消失到那里去了。

这梅林的平地上和斜面上，叉来叉去的曲径很多。他站起来走来走去的走了一会，方晓得斜面上梅树的中间，更有一间平屋造在那里。从这一间房屋往东的走去几步，有眼古井，埋在松叶堆中。他摇摇井上的唧筒看，呷呷的响了几声，却抽不起水来。他心里想：

"这园大约只有梅花开的时候，开放一下，平时总没有人住的。"

到这时他又自言自语的说：

"既然空在这里，我何妨去向园主人去借住借住。"

想定了主意，他就跑下山来，打算去寻园主人去。他将走到门口的时候，却好遇

见了一个五十来岁的农夫走进园来。他对那农夫道歉之后,就问他说:

"这园是谁的,你可知道?"

"这园是我经管的。"

"你住在什么地方的?"

"我住在路的那面。"

一边这样的说,一边那农民指着通路西边的一间小屋给他看。他向西一看,果然在西边的高壁尽头的地方,有一间小屋在那里。他点了点头,又问说:

"你可以把园内的那间楼屋租给我住住么?"

"可是可以的,你只一个人么?"

"我只一个人。"

"那你可不必搬来的。"

"这是什么缘故呢?"

"你们学校里的学生,已经有几次搬来过了,大约都因为冷静不过,住不上十天,就搬走的。"

"我可同别人不同,你但能租给我,我是不怕冷静的。"

"这样那里有不租的道理,你想什么时候搬来?"

"就是今天午后罢。"

"可以的,可以的。"

"请你就替我扫一扫干净,免得搬来之后着忙。"

"可以可以。再会!"

"再会!"

六

搬进了山上梅园之后,他的忧郁症(hypochondria)又变起形状来了。

他同他的北京的长兄,为了一些儿细事,竟生起龃龉来。他发了一封长长的信,寄到北京,同他的长兄绝了交。

那一封信发出之后,他呆呆的在楼前草地上想了许多时候。他自家想想看,他便是世界上最不幸的人了。其实这一次的决裂,是发始于他的。同室操戈,事更甚于他姓之相争,自此之后,他恨他的长兄竟同蛇蝎一样,他被他人欺侮的时候,每把他长兄拿出来作比:

"自家的弟兄,尚且如此,何况他人呢!"

他每达到这一个结论的时候,必尽把他长兄待他苛刻的事情,细细回想出来。把各种过去的事迹,列举出来之后,就把他长兄判决是一个恶人,他自家是一个善人。他又把自家的好处列举出来,把他所受的苦处,夸大的细数起来。他证明得自家是一个世界上最苦的人的时候,他的眼泪就同瀑布似的流下来。他在那里哭的时候,空中好像有一种柔和的声音在对他说:

"啊呀,哭的是你么?那真是冤屈了你了。像你这样的善人,受世人的那样的虐待,这可真是冤屈了你了。罢了罢了,这也是天命,你别再哭了,怕伤害了你的身体!"

他心里一听到这一种声音,就舒畅起来。他觉得悲苦的中间,也有无穷的甘味在那里。

他因为想复他长兄的仇,所以就把所学的医科丢弃了,改入文科里去,他的意思,以为医科是他长兄要他改的,仍旧改回文科,就是对他长兄宣战的一种明示。并且他由医科改入文科,在高等学校须迟卒业一年。他心里想,迟卒业一年,就是早死一岁,你若因此迟了一年,就到死可以对你长兄含一种敌意。因为他恐怕一二年之后,他们兄弟两人的感情,仍旧要和好起来;所以这一次的转科,便是帮他永久敌视他长兄的一个手段。

气候渐渐儿的寒冷起来,他搬上山来之后,已经有一个月了,几日来天气阴郁,灰色的层云,天天挂在空中。寒冷的北风吹来的时候,梅林的树叶已将凋落起来。

初搬来的时候,他卖了些旧书,买了许多烩饭的器具,自家烧了一个月饭,因为天冷了,他也懒得烧了。他每天的伙食,就一切包给了山脚下的园丁家包办,所以他近来只同退院的闲僧一样,除了怨人骂己之外,更没有别的事了。

有一天早晨,他侵早的起来,把朝东的窗门开了之后,他看见前面的地平线上有几缕红云,在那里浮荡。东天半角,反照出一种银红的灰色。因为昨天下了一天微雨,所以他看了这清新的旭日,比平日更添了几分欢喜。他走到山的斜面上,从那古井里汲了水,洗了手面之后,觉得满身的气力,一霎时都回复了转来的样子。他便跑上楼去,拿了一本黄仲则的诗集下来,一边高声朗读,一边尽在那梅林的曲径里,跑来跑去的跑圈子。不多一会,太阳起来了。

从他住的山顶向南方看去,眼下看得出一大平原。平原里的稻田,都尚未收割起。金黄的谷色,以绀碧的天空作了背景,反映着一天太阳的晨光,那风景正同看密来(Millet)的田园清画一般。

他觉得自家好像已经变了几千年前的原始基督教徒的样子,对了这自然的默示,他不觉笑起自家的气量狭小起来。

"赦饶了!赦饶了!你们世人得罪于我的地方,我都饶赦了你们罢,来,你们来,都来同我讲和罢!"

手里拿着了那一本诗集,眼里浮着了两泓清泪,正对了那平原的秋色,呆呆的立在那里想这些事情的时候,他忽听见他的近边,有两人在那里低声的说:

"今晚上你一定要来的哩!"

这分明是男子的声音。

"我是非常想来的,但是恐怕……"

他听了这娇滴滴的女子的声音之后,好像是被电气贯穿了的样子,觉得自家的血液循环都停止了。原来他的身边有一丛长大的苇草生在那里,他立在苇草的右面,那一对男女,大约是在苇草的左面,所以他们两个还不晓得隔着苇草,有人站在那里。那男人又说:

"你心真好,请你今晚上来罢,我们到如今还没在被窝里××。"

"………"

他忽然听见两人的嘴唇，咂咂的好像在那里吮吸的样子。他同偷了食的野狗一样，就惊心吊胆的把身子屈倒去听了。

"你去死罢，你去死罢，你怎么会下流到这样的地步！"

他心里虽然如此的在那里痛骂自己，然而他那一双尖着的耳朵，却一言半语也不愿意遗漏，用了全副精神在那里听着。

地上的落叶索息索息的响了一下。

解衣带的声音。

男人嘶嘶的吐了几口气。

舌尖吮吸的声音。

女人半轻半重，断断续续的说：

"你！……你！……你快……快××罢。……别……别……别被人……被人看见了。"

他的面色，一霎时的变了灰色了。他的眼睛同火也似的红了起来。他的上腭骨同下腭骨呷呷的发起颤来。他再也站不住了。他想跑开去，但是他的两只脚，总不听他的话。他苦闷了一场，听听两人出去了之后，就同落水的猫狗一样，回到楼上房里去，拿出被窝来睡了。

七

他饭也不吃，一直在被窝里睡到午后四点钟的时候才起来。那时候夕阳洒满了远近。平原的彼岸的树林里，有一带苍烟，悠悠扬扬的笼罩在那里。他跟跟跄跄的走下了山，上了那一条自北趋南的大道，穿过了那平原，无头无绪的尽是向南的走去。走尽了平原，他已经到了神宫前的电车停留处了。那时候却好从南面有一乘电车到来，他不知不觉就跳了上去，既不知道他究竟为什么要乘电车，也不知道这电车是往什么地方去的。

走了十五六分钟，电车停了，运车的教他换车，他就换了一乘车。走了二三十分钟，电车又停了，他听见说是终点了，他就走了下来。他的前面就是筑港了。

前面一片汪洋的大海，横在午后的太阳光里，在那里微笑。超海而南有一条青山，隐隐的浮在透明的空气里，西边是一脉长堤，直驰到海湾的心里去。堤外有一处灯台，同巨人似的，立在那里。几艘空船和几只舢板，轻轻的在系着的地方浮荡。海中近岸的地方，有许多浮标，饱受了斜阳，红红的浮在那里。远处风来，带着几句单调的话声，既听不清楚是什么话，也不知道是从那里来的。

他在岸边上走来走去走了一会，忽听见那一边传过了一阵击磬的声来。他跑过去一看，原来是为唤渡船而发的。他立了一会，看有一只小火轮从对岸过来了。跟着了一个四五十岁的工人，他也进了那只小火轮去坐下了。

渡到东岸之后，上前走了几步，他看见靠岸有一家大庄子在那里。大门开得很大，庭内的假山花草，布置得楚楚可爱。他不问是非，就蹀了进去。走不上几步，他忽听得前面家中有女人的娇声叫他说：

"请进来吓！"

他不觉惊了一下，就呆呆的站住了。他心里想：

"这大约就是卖酒食的人家，但是我听见说，这样的地方，总有妓女在那里的。"

一想到这里，他的精神就抖擞起来，好像是一桶冷水浇上身来的样子。他的面色立时变了。要想进去又不能进去，要想出来又不得出来；可怜他那同兔儿似的小胆，同猿猴似的淫心，竟把他陷到一个大大的难境里去了。

"进来吓！请进来吓！"

里面又娇滴滴的叫了起来，带着笑声。

"可恶东西，你们竟敢欺我胆小么？"

这样的怒了一下，他的面色更同火也似的烧了起来。咬紧了牙齿，把脚在地上轻轻的蹬了一蹬，他就捏了两个拳头，向前进去，好像是对了那几个年轻的侍女宣战的样子。但是他那青一阵红一阵的面色，和他的面上的微微儿在那里震动的筋肉，总隐藏不过。他走到那几个侍女的面前的时候，几乎要同小孩似的哭出来了。

"请上来！"

"请上来！"

他硬了头皮，跟了一个十七八岁的侍女走上楼去，那时候他的精神已经有些镇静下来了。走了几步，经过一条暗暗的夹道的时候，一阵恼人的花粉香气，同日本女人特有的一种肉的香味，和头发上的香油气息合作了一处，哼的扑上他的鼻孔来。他立刻觉得头晕起来，眼睛里看见了几颗火星，向后边跌也似的退了一步。他再定睛一看，只见他的前面黑暗暗的中间，有一长圆形的女人的粉面，堆着了微笑，在那里问他说：

"你！你还是上靠海的地方呢？还是怎样？"

他觉得女人口里吐出来的气息，也热和和的哼上他的面来。他不知不觉把这气息深深的吸了一口。他的意识，感觉到他这行为的时候，他的面色又立刻红了起来。他不得已只能含含糊糊的答应她说：

"上靠海的房间里去。"

进了一间靠海的小房间，那侍女便问他要什么菜。他就回答说：

"随便拿几样来罢。"

"酒要不要？"

"要的。"

那侍女出去之后，他就站起来推开了纸窗，从外边放了一阵空气进来。因为房里的空气，沉浊得很，他刚才在夹道中闻过的那一阵女人的香味，还剩在那里，他实在是被这一阵气味压迫不过了。

一湾大海，静静的浮在他的面前。外边好像是起了微风的样子，一片一片地海浪，受了阳光的返照，同金鱼的鱼鳞似的，在那里微动。他立在窗前看了一会，低声的吟了一句诗出来：

"夕阳红上海边楼。"

他向西一望，见太阳离西南的地平线只有一丈多高了。呆呆的看了一会，他的心想怎么也离不开刚才的那个侍女。她的口里的头上的面上的和身体上的那一种香味，怎么也不容他的心思去想别的东西。他才知道他想吟诗的心是假的，想女人的肉体的心是真的了。

停了一会，那侍女把酒菜搬了进来，跪坐在他的面前，亲亲热热的替他上酒。他心里想仔仔细细的看她一看，把他的心里的苦闷都告诉了她，然而他的眼睛怎么也不敢平视她一眼，他的舌根怎么也不能摇动一摇动。他不过同哑子一样，偷看看她那搁在膝上一双纤嫩的白手，同衣缝里露出来的一条粉红的围裙角。

原来日本的妇人都不穿裤子，身上贴肉只围着一条短短的围裙。外边就是一件长袖的衣服，衣服上也没有钮扣，腰里只缚着一条一尺多宽的带子，后面结着一个方结。她们走路的时候，前面的衣服每一步一步的掀开来，所以红色的围裙，同肥白的腿肉，每能偷看。这是日本女子特别的美处；他在路上遇见女子的时候，注意的就是这些地方。他切齿的痛骂自己，畜生！狗贼！卑怯的人！也便是这个时候。

他看了那侍女的围裙角，心头便乱跳起来。愈想同她说话，但愈觉得讲不出话来。大约那侍女是看得不耐烦起来了，便轻轻的问他说：

"你府上是什么地方？"

一听了这一句话，他那清瘦苍白的面上，又起了一层红色；含含糊糊的回答了一声，他呐呐的总说不出清晰的回话来。可怜他又站在断头台上了。

原来日本人轻视中国人，同我们轻视猪狗一样。日本人都叫中国人作"支那人"，这"支那人"三字，在日本，比我们骂人的"贱贼"还更难听，如今在一个如花的少女前头，他不得不自认说："我是支那人"了。

"中国呀中国，你怎么不强大起来！"

他全身发起抖来，他的眼泪又快滚下来了。

那侍女看他发颤发得厉害，就想让他一个人在那里喝酒，好教他把精神安镇安镇，所以对他说：

"酒就快没有了，我再去拿一瓶来罢？"

停了一会他听得那侍女的脚步声又走上楼来。他以为她是上他这里来的，所以就把衣服整了一整，姿势改了一改。但是他被她欺骗了。她原来是领了两三个另外的客人，上间壁的那一间房间里去的。那两三个客人都在那里对那侍女取笑，那侍女也娇滴滴的说：

"别胡闹了，间壁还有客人在那里。"

他听了就立刻发起怒来。他心里骂他们说：

"狗才！俗物！你们都敢来欺侮我么？复仇复仇，我总要复你们的仇。世间那里有真心的女子！那侍女的负心东西，你竟敢把我丢了么？罢了罢了，我再也不爱女人了，我再也不爱女人了。我就爱我的祖国，我就把我的祖国当作了情人罢。"

他马上就想跑回去发愤用功。但是他的心里，却很羡慕那间壁的几个俗物。他的心里，还有一处地方在那里盼望那个侍女再回到他这里来。

他按住了怒,默默的喝干了几杯酒,觉得身上热起来。打开了窗门,他看太阳就快要下山去了。又连饮了几杯,他觉得他面前的海景都朦胧起来。西面堤外的灯台的黑影,长大了许多。一层茫茫的薄雾,把海天融混作了一处。在这一层浑沌不明的薄纱影里,西方的将落不落的太阳,好像在那里惜别的样子。他看了一会,不知道是什么缘故,只觉得好笑。呵呵的笑了一回,他用手擦擦自家那火热的双颊,便自言自语的说:

"醉了醉了!"

　　那侍女果然进来了。见他红了脸,立在窗口在那里痴笑,便问他说:

"窗开了这样大,你不冷的么?"

"不冷不冷,这样好的落照,谁舍得不看呢?"

"你真是一个诗人呀!酒拿来了。"

"诗人!我本来是一个诗人。你去把纸笔拿了来,我马上写首诗给你看看。"

　　那侍女出去了之后,他自家觉得奇怪起来。他心里想:"我怎么会变了这样大胆的?"

　　痛饮了几杯新拿来的热酒,他更觉得快活起来,又禁不得呵呵笑了一阵。他听见间壁房间里的那几个俗物,高声的唱起日本歌来,他也放大了嗓子唱着说:

"醉拍阑干酒意寒,江湖寥落又冬残,
　剧怜鹦鹉中州骨,未拜长沙太傅官,
　一饭千金图报易,五噫几辈出关难,
　茫茫烟水回头望,也为神州泪暗弹。"

　　高声的念了几遍,他就在席上醉倒了。

八

　　一醉醒来,他看看自家睡在一条红绸的被里,被上有一种奇怪的香气。这一间房间也不很大,但已不是白天的那一间房间了。房中挂着一盏十烛光的电灯,枕头边上摆着了一壶茶,两只杯子。他倒了二三杯茶,喝了之后,就跟跟跄跄的走到房外去。他开了门,却好白天的那侍女也跑过来了。她问他说:

"你!你醒了么?"

　　他点了一点头,笑微微的回答说:

"醒了。便所是在什么地方的?"

"我领你去罢。"

　　他就跟了她去。他走过日间的那条夹道的时间,电灯点得明亮得很。远近有许多歌唱的声音,三弦的声音,大笑的声音传到他耳朵里来。白天的情节,他都想出来了。一想到酒醉之后,他对那侍女说的那些话的时候,他觉得面上又发起烧来。

　　从厕所回到房里之后,他问那侍女说:

"这被是你的么?"

侍女笑着说：

"是的。"

"现在是什么时候了？"

"大约是八点四五十分的样子。"

"你去开了账来罢！"

"是。"

他付清了账，又拿了一张纸币给那侍女，他的手不觉微颤起来。那侍女说：

"我是不要的。"

他知道她是嫌少了。他的面色又涨红了，袋里摸来摸去，只有一张纸币了，他就拿了出来给她说："你别嫌少了，请你收了罢。"

他的手震动得更加厉害，他的话声也颤动起来了。那侍女对他看了一眼，就低声的说：

"谢谢！"

他一直的跑下了楼，套上了皮鞋，就走到外面来。

外面冷得非常，这一天大约是旧历的初八九的样子。半轮寒月，高挂在天空的左半边。淡青的圆形盖里，也有几点疏星，散在那里。

他在海边上走了一回，看看远岸的渔灯，同鬼火似的在那里招引他。细浪中间，映着了银色的月光，好像是山鬼的眼波，在那里开闭的样子。不知是什么道理，他忽想跳入海里去死了。

他摸摸身边看，乘电车的钱也没有了。想想白天的事情看，他又不得不痛骂自己。

"我怎么会走上那样的地方去的？我已经变了一个最下等的人了。悔也无及，悔也无及。我就在这里死了罢。我所求的爱情，大约是求不到的了。没有爱情的生涯，岂不同死灰一样么？唉，这干燥的生涯，这干燥的生涯，世上的人又都在那里仇视我，欺侮我，连我自家的亲弟兄，自家的手足，都在那里排挤我到这世界外去。我将何以为生，我又何必生存在这多苦的世界里呢！"

想到这里，他的眼泪就连连续续的滴了下来。他那灰白的面色，竟同死人没有分别了。他也不举起手来揩揩眼泪，月光射到他的面上，两条泪线，倒变了叶上的朝露一样放起光来。他回转头来看看他自家的又瘦又长的影子，就觉得心痛起来。

"可怜你这清影，跟了我二十一年，如今这大海就是你的葬身地了，我的身子，虽然被人家欺辱，我可不该累你也瘦弱到这步田地的。影子呀影子，你饶了我罢！"

他向西面一看，那灯台的光，一霎变了红一霎变了绿在那里尽它的本职。那绿的光射到海面上的时候，海面就现出一条淡青的路来。再向西天一看，他只见西方青苍苍的天底下，有一颗明星，在那里摇动。

"那一颗摇摇不定的明星的底下，就是我的故国。也就是我的生地。我在那一颗星的底下，也曾送过十八个秋冬，我的乡土吓，我如今再也不能见你的面了。"

他一边走着，一边尽在那里自伤自悼的想这些伤心的哀话。走了一会，再向那西方的明星看了一眼，他的眼泪便同骤雨似的落下来了。他觉得四边的景物，都模糊起

来。把眼泪揩了一下,立住了脚,长叹了一声,他便断断续续的说:

"祖国呀祖国!我的死是你害我的!

"你快富起来!强起来罢!

"你还有许多儿女在那里受苦呢!"

一九二一年五月九日改作
选自郁达夫小说集《沉沦》,上海泰东书局1921年版

○丁 玲

莎菲女士的日记

十二月二十四

今天又刮风！天还没亮，就被风刮醒了。伙计又跑进来生火炉。我知道，这是怎样都不能再睡得着了的，我也知道，不起来，便会头昏，睡在被窝里是太爱想到一些奇奇怪怪的事上去。医生说顶好能多睡，多吃，莫看书，莫想事，偏这就不能，夜晚总得到两三点才能睡着，天不亮又醒了。像这样刮风天，真不能不令人想到许多使人焦躁的事。并且一刮风，就不能出去玩，关在屋子里没有书看，还能做些什么？一个人能呆呆的坐着，等时间的过去吗？我是每天都在等着，挨着，只想这冬天快点过去；天气一暖和，我咳嗽总可好些，那时候，要回南便回南，要进学校便进学校，但这冬天可太长了。

太阳照到纸窗上时，我在煨第三次的牛奶。昨天煨了四次。次数虽煨得多，却不定是要吃，这只不过是一个人在刮风天为免除烦恼的养气法子。这固然可以混去一小点时间，但有时却又不能不令人更加生气，所以上星期整整的有七天没玩它，不过在没想出别的法子时，又不能不借重它来像一个老年人耐心着消磨时间。

报来了，便看报，顺着次序看那大号字标题的国内新闻，然后又看国外要闻，本埠琐闻……把教育界，党化教育，经济界，九六公债盘价……全看完，还要再去温习一次昨天前天已看熟了的那些招男女，编级新生的广告，那些为分家产起诉的启事，连那些什么六〇六，百零机，美容药水，开明戏，真光电影……都熟习了过后才懒懒的丢开报纸。自然，有时会发现点新的广告，但也除不了是些绸缎铺五年六年纪念的减价，恕讣不周的讣闻之类。

报看完，想不出能找点什么事做，只好一人坐在火炉旁生气。气的事，也是天天气惯了的。天天一听到从窗外走廊上传来的那些住客们喊伙计的声音，便头痛，那声音真是又粗，又大，又嘎，又单调；"伙计，开壶！"或是"脸水，伙计！"这是谁也可以想象出来的一种难听的声音。还有，那楼下电话也不断的有人在电机旁大声的说话。没有一些声息时，又会感到寂沉沉的可怕，尤其是那四堵粉垩的墙。它们呆呆的把你眼睛挡住，无论你坐在哪方：逃到床上躺着吧，那同样的白垩的天花板，便沉沉地把你压住。真找不出一件事是能令人不生嫌厌的心的；如同那麻脸伙计，那有抹布味的饭菜，那扫不干净的窗格上的沙土，那洗脸台上的镜子——这是一面可以把你的脸拖到一尺多长的镜子，不过只要你肯稍微一偏你的头，那你的脸又会扁的使你自己也害怕……这都可以令人生气了又生气。也许这只我一人如是。但我宁肯能找到些新的不快活，不满足；只是新的，无论好坏，似乎都隔得我太远了。

  吃过午饭，苇弟便来了，我一听到他那特有的急遽的皮鞋声已从走廊的那端传来时，我的心似乎便从一种窒息中透出一口气来的感到舒适。但我却不会表示，所以当苇弟进来时，我只默默的望着他；他以为我又在烦恼，握紧我一双手，"姊姊，姊姊，"那样不断的叫着。我，我自然笑了！我笑的什么呢，我知道！在那两颗只望到我眼睛下面的跳动的眸子中，我准懂得那收藏在眼睑下面，不愿给人知道的是些什么东西！这是有多么久了，你，苇弟，你在爱我！但他捉住过我吗？自然，我是不能负一点责，一个女人是应当这样。其实，我算够忠厚了；我不相信会有第二个女人这样不捉弄他的，并且我还确确实实地可怜他，竟有时忍不住想指点他："苇弟，你不可以换个方法吗？这样是只能反使我不高兴的……"对的，假使苇弟能够再聪明一点，我是可以比较喜欢他些，但他却只能如此忠实的去表现他的真挚！

  苇弟看见我笑了，便很满足。跳过床头去脱大氅，还脱下他那顶大皮帽来。假使他这时再掉过头来望我一下，我想他一定可以从我的眼睛里得些不快活去。为什么他不可以再多的懂得我些呢？

  我总愿意有那末一个人能了解得我清清楚楚的，如若不懂得我，我要那些爱，那些体贴做什么？偏偏我的父亲，我的姊姊，我的朋友都如此盲目的爱惜我，我真不知他们爱惜我的什么；爱我的骄纵，爱我的脾气，爱我的肺病吗？有时我为这些生气，伤心，但他们却都更容让我，更爱我，说一些错到更使我想打他们的一些安慰话。我真愿意在这种时候会有人懂得我，便骂我，我也可以快乐而骄傲了。

  没有人来理我，看我，我会想念人家，或恼恨人家，但有人来后，我不觉得又会给人一些难堪，这也是无法的事。近来为要磨练自己，常常话到口边便咽住，怕又在无意中竟刺着了别人的隐处，虽说是开玩笑。因为如此，所以可以想象出来，我是拿一种什么样的心情在陪苇弟坐。但苇弟若站起身来喊走时，我又会因怕寂寞而感到怅惘，而恨起他来。这个，苇弟是早就知道的，所以他一直到晚上十点钟才回去。不过我却不骗人，并不骗自己，我清白，苇弟不走，不特于他没有益处，反只能让我更觉得他太容易支使，或竟更可怜他的太不会爱的技巧了。

十二月二十八

  今天我请毓芳同云霖看电影。毓芳却邀了剑如来。我气得只想哭，但我却纵声的笑了。剑如，她是够多么可以损害我自尊之心的；因为她的容貌，举止，无一不像我幼时所最投洽的一个朋友，所以我不觉的时常在追随她，她又特意给了我许多敢于亲近她的勇气。但后来，我却遭受了一种不可忍耐的待遇，无论什么时候想起，我都会痛恨我那过去的，不可追悔的无赖行为：在一个星期中我曾足足的给了她八封长信，而未曾给人理睬过。毓芳真不知想的哪一股劲，明知我不愿再提起从前的事，却故意要邀着她来，像有心要挑逗我的愤恨一样，我真气了。

我的笑，毓芳和云霖是不会留意这有什么变异，但剑如，她是能感觉得；可是她会装，装糊涂，同我毫无芥蒂的说话。我预备骂她几句，不过话只到口边便想到我为自己定下的戒条。并且做得太认真，怕越令人得意。所以我又忍下心去同她们玩。

到真光时，还很早，在门口遇着一群同乡的小姐们，我真厌恶那些惯做的笑靥，我不去理她们，并且我无缘无故地生气到那许多去看电影的人。我乘毓芳同她们说到热闹中，我丢下我所请的客，悄悄回来了。

除了我自己，是没有人会原谅我的。谁也在批评我，谁也不知道我在人前所忍受的一些人们给我的感触。别人说我怪僻，他们哪里知道我却时常在讨人好，讨人欢喜。不过人们太不肯鼓励我说那太违心的话，常常给我机会，让我反省我自己的行为，让我离人们却更远了。

夜深时，全公寓都静静的，我躺在床上好久了。我清清白白的想透了一些事，我还能伤心什么呢？

十二月二十九

一早毓芳就来电话。毓芳是好人，她不会扯谎，大约剑如是真病。毓芳说，起病是为我，要我去，剑如将向我解释。毓芳错了，剑如也错了，莎菲不是欢喜听人解释的人。根本我就否认宇宙间要解释。朋友们好，便好；合不来时，给别人点苦头吃，也是正大光明的事。我还以为我够大量，太没报复人了。剑如既为我病，我倒快活，我不会拒绝听别人为我而病的消息。并且剑如病，还可以减少点我从前自怨自艾的烦恼。

我真不知应怎样才能分析出我自己来。有时为一朵被风吹散了的白云，会感到一种渺茫的，不可捉摸的难过；但看到一个二十多岁的男子（苇弟其实还大我四岁）把眼泪一颗一颗掉到我手背时，却像野人一样在得意的笑了。苇弟是从东城买了许多信纸信封来我这里玩，为了他很快乐，在笑，我便故意去捉弄，看到他哭了，我却快意起来，并且说"请珍重点你的眼泪吧，不要以为姊姊是像别的女人一样脆弱得受不起一颗眼泪……""还要哭，请你转家去哭，我看见眼泪就讨厌……"自然，他不走，不分辩，不负气，只蜷在椅角边老老实实无声的去流那不知从哪里得来的那末多的眼泪。我，自然，得意够了，是又会惭愧起来，于是用着姊姊的态度去喊他洗脸，抚摩他的头发。他镶着泪珠又笑了。

在一个老实人面前，我是已尽自己的残酷天性去磨折了他，但当他走后，我真想能抓回他来，只请求他一句："我知道自己的罪过，请不要再爱这样一个不配承受那真挚的爱的女人了吧！"

一月一号

　　我不知道那些热闹的人们是怎样的过年法，我是只在牛奶中加了一个鸡子，鸡子是昨天苇弟拿来的，一共二十个，昨天煨了七个茶卤蛋，剩下的十三个，大约够我两星期来吃它。若吃午饭时，苇弟会来，则一定有两个罐头的希望。我真希望他来。因为想到苇弟来，所以我便上单牌楼去买了四盒糖，两包点心，一篓橘子和苹果，是预备他来时给他吃的。我断定今天只有他才能来。

　　但午饭吃过了，苇弟却没来。

　　我一共写了五封信，都是用前几天苇弟买来的好纸好笔。但我想能接得几个美丽的画片，却不能。连几个最爱弄这个玩艺儿的姊姊们都把我这应得的一份儿忘了。不得画片，不希罕，单单只忘了我，却是可气的事。不过自己从不曾给人拜过一次年，算了，这也是应该的。

　　晚饭还是我一人独吃，我烦恼透了。

　　夜晚毓芳、云霖却来了，还引来一个高个儿少年，我只想他们才真算幸福；毓芳有云霖爱她，她满意，他也满意。幸福不是在有爱人，是在两人都无更大的欲望，商商量量平平和和的过日子。自然，也有人将不屑于这平庸。但那只是另外那人的，却与我的毓芳无关。

　　毓芳是好人，因为她有云霖，所以她"愿天下有情人皆成眷属"。她去年曾替玛丽作过一次恋爱婚姻的介绍。她又希望我能同苇弟好，她一来便问苇弟。但她却和云霖及那高个儿把我给苇弟买的东西吃完了。

　　那高个儿可真漂亮，这是我第一次感觉到男人的美上面，从来我是没有留心到。只以为一个男人的本行是在会说话，会看眼色，会小心就够了。今天我看了这高个儿，才懂得男人是另铸有一种高贵的模型，我看出那衬在他面前的云霖显得多么委琐，多么呆拙……我真要可怜云霖，假使他知道他在这个人前所衬出的不幸时，他将怎样伤心他那些所有的粗丑的眼神，举止。我更不知，当毓芳拿这一高一矮的男人相比时，是会起一种什么情感！

　　他，这生人，我将怎样去形容他的美呢？固然，他的颀长的身躯，白嫩的面庞，薄薄的小嘴唇，柔软的头发，都足以闪耀人的眼睛，但他还另外有一种说不出，捉不到的丰仪来煽动你的心。比如，当我请问他的名字时，他是会用那种我想不到的不急遽的态度递过那只擎有名片的手来。我抬起头去，呀，我看见那两个鲜红的，嫩腻的，深深凹进的嘴角了。我能告诉人吗，我是用一种小儿要糖果的心情在望着那惹人的两个小东西。但我知道在这个社会里面是不准许任我去取得我所要的来满足我的冲动，我的欲望，无论这是于人并没有损害的事，所以我只得忍耐着，低下头去，默默地念那名片上的字：

　　"凌吉士，新加坡……"

　　凌吉士，他是能那样毫无拘束的在我这儿谈话，像是在一个很熟的朋友处，难道我能说他这是有意来捉弄一个胆小的人？我是为要强迫地拒绝引诱，从不敢把眼光抬平去一望那可爱慕的火炉的一角。并且害得两只从不知羞惭的破烂拖鞋,也逼着我不准走到桌前的灯光处。我并且生气我自己:怎么我只会那样拘束,不调皮的在应对?平日看不起别人的交际法,今天才知道自己是还只能显得又呆,又傻气。唉,他一定以为我是一个乡下才出来的姑娘了!

　　云霖同毓芳两人看见我木木的,以为我不欢喜这生人,常常去打断他的说话,不久带着他走了。这个我也能感激他们的好意吗?我望着那一高两矮的影子在楼下院子中消失时,我真不愿再回到这留得有那人的靴印,那人的声音,和那人吃剩的饼屑的屋子。

一月三号

　　这两夜通宵通宵地咳嗽。对于药,简直就不会有信仰,药与病不是已毫无关系吗?我明明已厌烦了那苦水,但却又按时去吃它,假使连药也不吃,我更能拿什么来希望我的病呢?神要人忍耐着生活,便安排许多痛苦在死的前面,使人不敢走拢死去。我呢,我是更为了我这短促的不久的生,所以我越求生的利害;不是我怕死,是我总觉得我还没享有我生的一切。我要,我要使我快乐。无论在白天,在夜晚,我都是在梦想可以使我没有什么遗憾在我死的时候的一些事情。我想我能睡在一间极精致的卧房的睡榻上,有我的姊姊们跪在榻前的熊皮毡子上为我祈祷,父亲悄悄的朝着窗外叹息,我读着许多封从那些爱我的人儿们寄来的长信,朋友们都纪念我流着忠实的眼泪……我迫切的需要这人间的感情,想占有许多不可能的东西。但人们给我的是什么呢?整整又两天,又一人幽囚在公寓里,没有一个人来,也没有一封信来,我躺在床上咳嗽、坐在火炉旁咳嗽,走到桌子前也咳嗽,还想念这些可恨的人们……其实是还收到一封信的,不过这除了更加我一些不快外,也只不过是加我不快。这是在一年前曾骚扰过我的一个安徽粗壮男人所寄来,我没有看完就扯了。我真肉麻那满纸的"爱呀爱的"!我厌恨我不喜欢的人们的苋献……

　　我,我能说得出我真实的需要是些什么呢?

一月四号

　　事情不知错到什么地方去了。我为什么会想到搬家,并且在糊里糊涂中欺骗了云霖,好像扯谎也是本能一样,所以在今天能毫不费力的便使用了。假使云霖知道莎菲也会骗他,他不知应如何伤心,莎菲是他们那样爱惜的一个小妹妹。自然我不是安心的,并且我现在在后悔。但我能决定吗,搬呢,还是不搬?

　　我是不能不向我自己说:"你是在想念那高个儿的影子呢!"是的,这几天几夜我无时不神往到那些足以诱惑我的。为什么他不在这几天中单独来会我呢?他应当知道他不该让我如此的去思慕他。他应当来看我,说他也想念我才对。假使他来,我不会拒绝去听他所说的一些爱慕我的话,我还将令他知道我所要的是些什么。但他却不来。我估定这像传奇中的事是难实现了。难道我去找他吗?一个女人这样放肆,是不会得好结果的。何况还要别人能尊敬我呢。我想不出好法子,只好先去到云霖处试一试，所以吃过午饭，我便冒风向东城去。

云霖是京都大学的学生，他的住房便租在一间于京都大学一院和二院之间青年胡同里。我到他那里时，幸好他没出去，毓芳也没来。云霖当然很诧异我在大风天出来，我说是到德国医院看病，顺便来这里。他也就毫不疑惑，又来问我的病状，我却把话头故意引到那天晚上。不费一点气力，我便打探得那人儿是住在第四寄宿舍，位置是在京都大学二院隔壁的。不久，我于是又叹起气来，我用了许多言辞把在西城公寓里的生活，描摹得怎样的寂寞，暗淡。我又扯谎，说我唯一只想能贴近毓芳（我已知道毓芳已预备搬来云霖处）。我要求云霖同我往近处找房。云霖当然高兴这差事，不会迟疑的。

在找房的时候，凑巧竟碰着了凌吉士。他也陪着我们。我真高兴，高兴使我胆大了，我狠狠的望了他几次，他没有觉得。他问我的病，我说全好了，他不信似的在笑。

我看上一间又低，又小，又霉的东房，在云霖的隔壁一家叫大元的公寓里。他和云霖都说太湿，我却执意要在第二天便搬来，理由是那边太使我厌倦，而我急切的又要依着毓芳。云霖无法，也就答应了，还说好第二天一早他和毓芳过来替我帮忙。

我能告诉人，我单单选上这房子的用意吗？它是位置在第四寄宿舍和云霖住所之间。

他不曾向我告别，所以我又转到云霖处，我尽所有的大胆在谈笑。我把他什么细小处都审视遍了，我觉得都有我嘴唇放上去的需要。他不会也想到我在打量他，盘算他吗？后来我特意说我想请他替我补英文，云霖笑，他听后却受窘了，不好意思的在含含糊糊的问答，于是我向心里说，这还不是一个坏蛋呢，那样高大的一个男人却还会红脸？因此我的狂热更炎炽了。但我不愿让人懂得我，看得我太容易，所以我就驱遣我自己，很早的就回来了。

现在仔细一想，我唯恐我的任性，将把我送到更坏的地方去，暂时且住在这有洋炉的房里吧，难道我能说得上我是爱上了那南洋人吗？我还一丝一毫都不知道他呢。什么那嘴唇，那眉梢，那眼角，那指尖……多无意识，这并不是一个人所应需的，我着魔了，会想到那上面。我决计不搬，一心一意来养病。

我决定了。我懊悔，我懊悔我白天所做的一些不是，一个正经女人所做不出来的。

一月六号

都奇怪我，听说我搬了家，南城的金英，西城的江周，都来到我这低湿的小屋里。我笑着，有时在床上打滚，她们都说我越小孩气了，我更大笑起来。我只想告诉她们我想的是什么。下午苇弟也来了。苇弟最不快活我搬家，因为我未曾同他商量，并且离他更远了。他见着云霖时，竟不理他。云霖摸不着他为什么生气。望着他。他更板起脸孔。我好笑，我向自己说："可怜，冤枉他了，一个好人！"

毓芳不再向我说剑如。她决定两三天便搬来云霖处，因为她觉得我既这样想傍着她住，她不能让我一人寂寂寞寞的住在这里。她和云霖待我比以前更亲热。

一月十号

这几天我都见着凌吉士，但我从没同他多说过几句话，我是决不先提补英文事。我看见他一天要两次的往云霖处跑，我发笑，我准断定他以前一定不会同云霖如此亲密的。我没有一次邀请他来我那儿去玩，虽说他问了几次搬了家如何，我都装出不懂的样儿笑一下便算回答。我是把所有的心计都放在这上面用，好像同着什么东西搏斗一样。我要着那样东西，我还不愿去取得，我务必想方设计的让他自己送来。是的，我了解我自己，不过是一个女性十足的女人，女人是只把心思放到她要征服的男人们身上。我要占有他，我要他无条件的献上他的心，跪着求我赐给他的吻呢。我简直癫了，反反复复的只想着我所要施行的手段的步骤，我简直癫了！

毓芳云霖看不出我的兴奋，只说我病快好了。我也正不愿他们知道，说我病好，我就假装着高兴。

一月十二

毓芳已搬来，云霖却又搬走了。宇宙间竟会生出这样一对人来，为怕生小孩，便不肯住在一起，我猜想他们是连自己也不敢断定：当两人抱在一床时是不会另外干出些别的事来，所以只好预先防范，不给那肉体接触的机会。至于那单独在一房时的拥抱和亲嘴，是不会发生危险，所以悄悄表演几次，便不在禁止之列。我忍不住嘲笑他们了，这禁欲主义者！为什么会不需要拥抱那爱人的裸露的身体？为什么要压制住这爱的表现？为什么在两人还没睡在一个被窝里以前，会想到那些不相干足以担心的事？我不相信恋爱是如此的理智，如此的科学！

他俩不生气我的嘲笑，他俩还骄傲着他们的纯洁，而笑我小孩气呢。我体会得出他们的心情，但我不能解释宇宙间所发生的许许多多奇怪的事。

这夜我在云霖处（现在要说毓芳处了）坐到夜晚十点钟才回来，说了许多关于鬼怪的故事。

鬼怪这东西，我是在一点点大的时候就听惯了，坐在姨妈怀里听姨爹讲《聊斋》是常事，并且一到夜里就爱听。至于怕，又是另外一件不愿告人的。因为一说怕，准就听不成，姨爹便会踱过对面书房去，小孩就不准下床了。到进了学校，又从先生口里得知点科学常识，为了信服那位周麻子二先生，所以连书本也信服，从此鬼怪便不屑于害怕了。近来人更在长高长大，说起来，总是否认有鬼怪的，但鸡粟却不肯因为不信便不出来，寒毛一个个也会竖起的。不过每次同人说到鬼怪时，别人是不知道我正想拗开些说到别的闲话上去，为的怕夜里一个人睡在被窝里时想到死去了的姨爹姨妈就伤心。

回来时，看到那黑魆魆的小胡同，真有点胆悸。我想，假使在哪个角落里露出一个大黄脸，或伸来一只毛手，又是在这样像冻住了的冷巷里，我不会以为是意外。但看到身边的这高大汉子（凌吉士）做镖手，大约总可靠，所以当毓芳问我时，我只答应"不怕，不怕"。

云霖也同我们出来，他回他的新房子去，他向南，我们向北，所以只走了三四步，便听不清那橡皮鞋底在泥板上发出的声音。

他伸来一只手，拢住了我的腰：

"莎菲，你一定怕哟！"

我想挣，但挣不掉。

我的头停在他的胁前，我想，如若在亮处，看起来，我会像个什么东西，被挟在比我高一个头还多的人的腕中。

我把身一蹲，便窜出来了，他也松了手陪我站在大门边打门。

小胡同里黑极了，但他的眼睛望到何处，我却能很清楚的看见。心微微有点跳，等着开门。

"莎菲，你怕哟！"

门闩已在响，是伙计在问谁。我朝他说：

"再——"

他猛的握住我的手，我也无力再说下去。

伙计看到我身后的大人，露着诧异。

到单独只剩两人在一房时，我的大胆，已经是变得毫无用处了，想故意说几句客套话，也不会，只说："请坐吧！"自己便去洗脸。

鬼怪的事，已不知忘到什么地方去了。

"莎菲！你还高兴读英文吗？"他忽然问。

这是他来找我，提到英文，自然他未必欢喜白白牺牲时间去替人补课，这意思，在一个二十岁的女人面前，怎能瞒过，我笑了（这是只在心里笑）。我说：

"蠢得很，怕读不好，丢人。"

他不说话，把我桌上摆的照片拿来玩弄着，这照片是我姊姊的一个刚满一岁的女儿。

我洗完脸，坐在桌子那头。

他望望我，又去望那小女孩，然后又望我。是的，这小女孩长的真像我。于是我问他：

"好玩吗？你说像我不像？"

"她，谁呀！"显然，这声音就表示着非常之认真。

"你说可爱不可爱？"

他只追问着是谁。

忽的，我明白了他意思，我又想扯谎了。

"我的，"于是我把像片抢过来吻着。

他信了。我竟愚弄了他，我得意我的不诚实。

这得意，似乎便能减少他的妩媚，他的英爽。要是不，为什么当他显出那天真的诧愕时，我会忽略了他那眼睛，我会忘掉了他那嘴唇？否则，这得意一定将冷淡下我的热情来。

然而当他走后，我却懊悔了。那不是明明安放着许多机会吗？我只要在他按住我手的当儿，另做出一种眼色，让他懂得他是不会遭拒绝，那他一定可以还做出一些比较大胆的事。这种两性间的大胆，我想只要不厌烦那人，是也会像把肉体来融化了的感到快乐，是无疑。但我为什么要给人一些严厉，一些端庄呢？唉，我搬到这破房子里来，到底为的是什么呢？

一月十五

近来我是不算寂寞了，白天在隔壁玩，晚上又有一个新鲜的朋友陪我谈话。但我的病却越深了。这真不能不令我灰心，我要什么呢，什么也于我无益。难道我有所眷恋吗？一切又是多么的可笑，但死却不期然的会让我一想到便伤心。每次看见那克利大夫的脸色，我便想：是的，我懂得，你尽管说吧，是不是我已没希望了？但我却拿笑代替了我的哭。谁能知道我在夜深流出的眼泪的分量！

几夜，凌吉士都接着接着来，他告人说是在替我补英文，云霖问我，我只好不答应。晚上我拿一本"Poor People"放在他面前，他真个便教起我来。我只好又把书丢开，我说："以后你不要再向人说在替我补英文吧，我病，谁也不会相信这事的。"他赶忙便说："莎菲，我不可以等你病好些就教你吗？莎菲，只要你喜欢。"

这新朋友似乎是来得如此够人爱，但我却不知怎的，反而懒于注意到这些事。我每夜看到他丝毫得不着高兴的出去，心里总觉得有点歉疚，我只好在他穿大氅的当儿向他说："原谅我吧，我有病！"他会错了我的意思，以为我同他客气。"病有什么要紧呢，我是不怕传染的。"后来我仔细一想，也许这话是另含得有别的意思，我真不敢断定人的所作所为是像可以想象出来的那样单纯。

一月十六

今天接到蕴姊从上海来的信，更把我引到百无可望的境地。我哪里还能找得几句话去安慰她呢？她信里说："我的生命，我的爱，都于我无益了……"那她是更不必需要我的安慰，我为她而流的眼泪了。唉！但从她信中，我可以揣想得出她婚后的生活，虽说她未肯明明的表白出来。神为什么要去捉弄这些在爱中的人儿？蕴姊是最神经质，最热情的人，自然她是更受不住那渐渐的冷淡，那已遮饰不住的虚情……我想要蕴姊来北京，不过这是做得到的吗？这还是疑问。

苇弟来的时候，我把蕴姊的信给他看：他真难过，因为那使我蕴姊感到生之无趣的人，不幸便是苇弟的哥哥。于是我又向他说了我许多新得的"人生哲学"的意义：他又尽他唯一的本能在哭。我只是很冷静的去看他怎样使眼睛变红，怎样拿手去擦干，并且我在他那些举动中，加上许多残酷的解释。我未曾想到在人世中，他是一个例外的老实人，不久，我一个人悄悄的跑出去了。

为要躲避一切的熟人，深夜我才独自从冷寂寂的公园里转来，我不知怎样度过那些时间，我只想："多无意义啊！倒不如早死了干净……"

一月十七

我想：也许我是发狂了！假使是真发狂，我倒愿意。我想，能够得到那地步，我总可以不会再感到这人生的麻烦了吧……

足足有半年为病而禁绝了的酒，今天又开始痛饮了。明明看到那吐出来的是比酒还红的血。但我心却像有什么别的东西主宰一样，似乎这酒便可在今晚致死我一样，我不愿再去细想那些纠纠葛葛的事……

一月十八

现在我还睡在这床上，但不久就将与这屋分别了，也许是永别，我断得定我还有那样能再亲我这枕头，这棉被……的幸福吗？毓芳，云霖，苇弟，金夏都保守着一种沉默围绕着我坐着，焦急的等着天明了好送我进医院去。我是在他们忧愁的低语中醒来的，我不愿说话，我细想昨天上午的事，我闻到屋子中所遗留下来的酒气和腥气，才觉得心是正在剧烈的痛，于是眼泪便汹涌了。因了他们的沉默，因了他们脸上所显现出来的凄惨和暗淡，我似乎感到这便是我死的预兆。假设我便如此长睡不醒了呢，是不是他们也将是如此沉默的围绕着我僵硬的尸体？他们看见我醒了，便都走拢来问我。这时我真感到了那可怕的死别！我握着他们，仔细望着他们每个的脸，似乎要将这记忆永远保存着。他们便都把眼泪滴到我手上，好像觉得我就要长远离开他们而走向死之国一样。尤其是苇弟，哭得现出丑的脸。唉，我想：朋友呵，请给我一点快乐吧……于是我反而笑了。我请他们替我清理一下东西，他们便在床铺底下拖出那口大藤箱来，在箱子里有几捆花手绢的小包，我说："这我要的，随着我进协和吧。"他们便递给我，我又给他们看，原来都满满是信札，我又向他们笑："这，你们的也在内！"他们才似乎也快乐些了。苇弟又忙着从抽屉里递给我一本照片，是要我也带去的样子，我更笑了。这里面有七八张是苇弟的单像，我又特容许了苇弟接吻在我手上，并握着我的手在他脸上摩擦，于是这屋子才不至于像真的有个僵尸停着的一样，天光这时也慢慢显出了鱼肚白。他们又忙乱了，慌着在各处找洋车。于是我病院的生活便开始了。

三月四号

接蕴姊死电是二十天以前的事，而我的病却又一天有希望一天了。所以在一号又由送我进院的几人把我送转公寓来，房子已打扫得干干净净。又因为怕我冷，特生了一个小小的洋炉，我真不知应怎样才能表示我的感谢，尤其是苇弟和毓芳。金和周在我这儿住了两夜才走，都充当我的看护，我是每日都躺着，简直舒服得不像住公寓，同在家里也差不了什么了！毓芳还决定再陪我住几天，等天气暖和点便替我上西山找房子，我便好专去养病，我也真想能离开北京，可恨阳历三月了，还如是之冷！毓芳硬要住在这儿，我也不好十分拒绝，所以前两天为金和周搭的一个小铺又不能撤了。

近来在病院却把我自己的心又医转了，这实实在在却是这些朋友们的温情把它又重暖了起来，又觉得这宇宙还充满着爱呢。尤其是凌吉士，当他走到医院去看我时，我便觉得很骄傲，我想他那种丰仪才够去看一个在病院女友的病，并且我也懂得，那些看护妇都在羡慕着我呢。有一天，那个很漂亮的密司杨问我：

"那高个儿，是你的什么人呢？"

"朋友！"我是忽略了她问的无礼。

"同乡吗？"

"不，他是南洋的华侨。"

"那末是同学？"

"也不是。"

于是她狡猾的笑了，"就仅是朋友吗？"

自然，我可以不必脸红，并且还可以警诫她几句，但我却惭愧了。她看到我闭着眼装要睡的狼狈样儿，便很得意的笑着走去。后来我一直都恼着她。并且为了躲避麻烦，有人问起苇弟时，我便扯谎说是我的哥哥。有一个同周很好的小伙子，我便说是同乡，或是亲戚的乱扯。

当毓芳上课去后，我一个人留在房里时，我就去翻在一月多中所收到的信，我又很快活，很满足，还有许多人在纪念我呢。我是需要别人纪念的，总觉得能多得点好意就好。父亲是更不必说，又寄了一张像来，只有白头发似乎又多了几根。姊姊们都好，可惜就为小孩们忙得很，不能多替我写信。

信还没有看完，凌吉士又来了。我想站起来，但他却把我按住。他握着我的手时，我快活得真想哭了。我说：

"你想没想到我又会回转这屋子呢？"

他只瞅着那侧面的小铺，表示一种不高兴的样子，于是我告诉他从前的那两位客已走了，这是特为毓芳预备的。

他听了便向我说他今晚不愿再来，怕毓芳厌烦他。于是我心里更充满乐意了，便说：

"难道你就不怕我厌烦吗？"

他坐在床头更长篇的述说他这一个多月中的生活，还怎样和云霖冲突，闹意见，因为他赞成我早些出院，而云霖执着说不能出来。毓芳也附着云霖，他懂得他认识我的时间太短，说话自然不会起影响，所以以后他都不管这事了，并且在院中一和云霖碰见，自己便先回来了。

我懂得他的意思，但我却装着说：

"你还说云霖，不是云霖我还不会出院呢，住在里面真舒服多了。"

于是我又看见他默默地把头掉到一边去，不答应我的话。

他算着毓芳快来时，便走了，悄悄告诉我说等明天再来。果然，不久毓芳便回来了。毓芳不曾问，我也不告她，并且她为我的病，不愿同我多说话，怕我费神，我更乐得藉此可以多去想些另外的小闲事。

三月六号

当毓芳上课去后，把我一人撂在房里时，我便会想起这所谓男女间的怪事；其实，在这上面，不是我爱自夸，我所受的训练，至少也有我几个朋友们的相加或相乘，但近来我却非常之不能了解了。当独自同着那高个儿时，我的心便会跳起来，又是羞惭，又是害怕，而他呢，他只是那样随便的坐着，类乎天真的讲他过去的历史，有时是握着我的手，但这也不过非常之自然，然而我的手便不会很安静的被握在那大手中，慢慢的会发烧。并且一当他站起身预备走时，不由的我心便慌张了，好像我将跌入那可怕的不安中，于是我盯着他看，真说不清那眼光是求怜，还是怨恨；但他却忽略了我这眼光，偶尔懂得了，也只说："毓芳要来了哟！"我应当怎样说呢？他是在怕毓芳！自然，我也不愿有人知道我暗地一人所想的一些不近情理的事，不过近来我又感到有别人了解我感情的必要；几次我向毓芳含糊的说起我的心境，她还是只那样忠实的替我盖被子，留心我的药，我真不能不有点烦闷了。

三月八号

毓芳已搬回去，苇弟又想代替那看护的差事。我知道，如若苇弟来，一定比毓芳还好，夜晚若想茶吃时，总不至于因听到那浓睡中的鼾声而不愿搅扰人便把头缩进被窝算了；但我自然拒绝他这好意，他固执着，我只好说："你在这里，我有许多不方便，并且病呢，也好了。"他还要证明间壁的屋子是空着，他可以住间壁，我正在无法时，凌吉士来了。我以为他们还不认识，而凌吉士已握着苇弟的手，说是在医院已见过两次。苇弟只冷冷的不理他，我笑着向凌吉士说："这是我的弟弟，小孩子，不懂交际，你常来同他玩吧。"苇弟真的变成了小孩子，丧着脸站起身就走了。我因为有人在面前，便感得不快，也只好掩藏住，并且觉得有点对凌吉士不住，但他却毫没介意，反问我："不是他姓白吗，怎会变成你的弟弟？"于是我笑了："那末你是只准姓凌的人叫你做哥哥弟弟的！"于是他也笑了。

近来青年人在一处时，便老喜欢研究到这一个"爱"字，虽说有时我似乎懂得点，不过终究还是不很说得清。至于男女间的一些小动作，似乎我又太看得明白了。也许便是因为我懂得了这些小动作，而于"爱"才反迷糊，才没有勇气鼓吹恋爱，才不敢相信自己是一个纯粹的够人爱的小女子，并且才会怀疑到世人所谓的"爱"，以及我所接受的"爱"……

在我刚稍微有点懂事的时候，便给爱我的人把我苦够了，给许多无事的人以诬蔑我，凌辱我的机会，以致我顶亲密的小伴侣们也疏远了。后来又为了爱的胁迫，使我害怕得离开了我的学校。以后，人虽说一天天大了，但总常常感到那些无味的纠缠，因此有时不特怀疑到所谓"爱"，竟会不屑于这种亲密。苇弟他说他爱我，为什么他只会常常给我一些难过呢？譬如今晚，他又来了，来了便哭，并且似乎带了很浓的兴味来哭一样，无论我说："你怎么了，说呀！""我求你，说话呀，苇弟！……"他都不理会。这是从未有的事，我尽我的脑力也猜想不出他所骤遭的灾祸。我应当把不幸朝哪一方去揣测呢？后来，大约他是哭够了，于是才大声说："我不喜欢他！""这又是谁欺侮了你呢，这样大嚷大闹的？""我不喜欢那高个子！那同你好的！"哦，我这才知道原来还是怄我的气。我不觉得会笑了。这种无味的嫉妒，这种自私的占有，便是所谓爱吗？我发笑，而这笑，自然不会安慰那有野心的男人的。并且因了我不屑的态度，更激起他那不可抑制的怒气。我看着他那放亮的眼光，我以为他要噬人了，我想："来吧！"但他却又低下头去哭了，还揩着眼泪，踉跄的又走出去。

这种表示，也许是称为狂热的，真率的爱的表现吧，但苇弟却毫不假思索的来使用在我面前，自然是只会失败；并不是我愿意别人虚伪点，做作点，在爱上，我只觉得想靠这种小孩般举动来打动我的心，是全无用。或者这因为我的心是生来便如此硬；那我之种种不惬于人意而得来烦恼和伤心，也是应该的。

苇弟一走，自自然然我把我自己的心意去揣摩，去仔细回忆那一种温柔的，大方的，坦白而又多情的态度上去，光这态度已够人欣赏得像吃醉一般的感到那融融的蜜意，于是我拿了一张画片，写了几个字，命伙计即刻送到第四寄宿舍去。

三月九号

我看见安安闲闲坐在我房里的凌吉士，不禁又可怜到苇弟，我祝祷世人不要像我一样，忽略了蔑视了那可贵的真诚而把自己陷到那不可拔的渺茫的悲境里；我更愿有那末一个真诚纯洁的女郎去饱领苇弟的爱，并填实苇弟所感得的空虚啊！

三月十三

好几天又不提笔，不知还是因为我心情不好，或是找不出所谓的情绪。我只知道，从昨天来我是更只想哭了。别人看到我哭，以为我在想家，想到病，看见我笑呢，又以为我快乐了，还欣庆着这健康的光芒……但所谓朋友皆如是，我能告谁以我的不屑流泪，而又无力笑出的痴呆心境？并且因我看清了自己在人间的种种不愿舍弃的热望以及每次追求而得来的懊丧，所以连自己也不愿再同情这未能悟彻所引起的伤心。更哪能捉住一管笔去详细写出自怨和自恨呢！

是的，我好像又在发牢骚了。但这只是隐忍在心头反复向自己说，似乎还无碍。因为我并未曾有过那种胆量，给人看我的蹙紧眉头，和听我的叹气，虽说人们早已无条件的赠送过我以"狷傲""怪僻"等等好字眼。其实，我并不是要发牢骚，我只想哭，想有那末一个人来让我倒在他怀里哭，并告诉他："我又糟塌我自己了！"不过谁能了解我，抱我，抚慰我呢？是以我只能在笑声中咽住"我又糟塌我自己了"的哭声。

我到底又为了什么呢，这真好难说！自然我未曾有过一刻私自承认我是爱恋上那高个儿了的，但他之在我的心心念念中怎地又蕴蓄着一种分析不清的意义。虽说他那颀长的身躯，嫩玫瑰般的脸庞，柔软的嘴唇，惹人的眼角，是可以诱惑许多爱美的女子，并以他那娇贵的态度倾倒那些还有情爱的。但我岂肯为了这些无意识的引诱而迷恋到一个十足的南洋人！真的，在他最近的谈话中，我懂得了他的可怜的思想：他需要的是什么？是金钱，是在客厅中能应酬买卖中朋友们的年轻太太，是几个穿得很标致的白胖儿子。他的爱情是什么？是拿金钱在妓院中，去挥霍而得来的一时肉感的享受，和坐在软软的沙发上，拥着香喷喷的肉体，嘴抽着烟卷，同朋友们任意谈笑，还把左腿叠压在右膝上；不高兴时，便拉倒，回到家里老婆那里去。热心于演讲辩论会，网球比赛，留学哈佛，做外交官，公使大臣，或继承父亲的职业，做橡树生意，成资本家……这便是他的志趣！他除了不满于他父亲未曾给他过多的钱以外，便什么都是可使他在一夜不会做梦的睡觉；如有，便也只是嫌北京好看的女人太少，让他有时也会厌腻起游戏园，戏场，电影院，公园来……唉，我能说什么呢？当我明白了那使我爱慕的一个高贵的美型里，是安置着如此一个卑劣灵魂，并且无缘无故还接受过他的许多亲密。这亲密，自然是还值不了他从妓院中挥霍里剩余下的一半多！想起那落在我发际的吻来，真又使我悔恨到想哭了！我岂不是把我献给他任他来玩弄我来比拟到卖笑的姊妹中去！然而这又都只能把责备来加上我自己使我更难受的，因为假设只要我自己肯，肯把严厉的拒绝放到我眸子中去，我敢相信，他不会那样大胆，并且我也敢相信，他之所以不会那样大胆，是由于他还未曾有过那恋爱的火焰燃炽……唉！我应该怎样来诅咒我自己了！

三月十四

这是爱吗，也许要爱才具有如此的魔力，不是，为什么一个人的思想会变幻得如此不可测！当我睡去的时候，我看不起美人，但刚从梦里醒来，一揉开睡眼，便又思念那市侩了。我想：他今天会来吗？什么时候呢，早晨，过午，晚上？于是我跳下床来，急忙忙的洗脸，铺床，还把昨夜丢在地下的一本大书捡起，不住的在边缘处摩挲着，这是凌吉士昨夜遗忘在这儿的一本《威尔逊演讲录》。

三月十四晚上

我是有如此一个美的梦想，这梦想是凌吉士给我的。然而同时又为他而破灭。所以我因了他才能满饮着青春的醇酒，在爱情的微笑中度过了清晨；但因了他，我认识了"人生"这玩艺，而灰心而又想到死；至于痛恨到自己甘于堕落，所招来的，简直只是最轻的刑罚！真的，有时我为愿保存我所爱的，我竟想到"我有没有力去杀死一个人呢？"

我想遍了，我觉得为了保存我的美梦，为了免除使我生活的力一天天减少，顶好是即刻上西山好，但毓芳告诉我，说她托找房子的那位住在西山的朋友还没有回信来，我又怎好再去询问或催促呢？不过我决心了，我决心让那高小子来尝一尝我的不柔顺，不近情理的倨傲和侮弄。

三月十七

那天晚上苇弟赌着气回去，今天又小小心心的自己来和解，我不觉笑了，并感到他的可爱。如若一个女人只要能找得一个忠实的男伴，做一生的归宿，我想谁也没有我苇弟可靠。我笑问："苇弟，还恨姊姊不呢？"于是他羞惭地说："不敢。姊姊，你了解我吧！我是除了希冀你不摈弃我以外不敢有别的念头的。一切只要你好，你快乐就够了！"这还不真挚吗？这还不动人吗？比起那白脸庞红嘴唇的如何？但是后来我说："苇弟，你好，你将来一定是一切都会很满意的。"他却露出凄然的一笑："永世也不会——但愿如你所说……"这又是什么呢？又是给我难受一下！我恨不得跪在他面前求他只赐我以弟弟或朋友的爱吧！单单为了我的自私，我愿我少些纠葛，多点快乐。苇弟爱我，并会说那样好听的话，但他忽略了：第一他应当真的减少他的热望，第二他也应该藏起他的爱来。我为了这一个老实的男人，所感到无能的抱歉，真也够受了。

三月十八

我又托夏在替我往西山找房了。

三月十九

凌吉士居然已几日不来我这里了。自然，我不会打扮，不会应酬，不会治理家事，我有肺病，无钱，他来我这里做什么！我本无须乎要他来，但他真的不来却又更令我伤心，更证实他以前的轻薄。难道他也是如苇弟一样老实，当他看到我写给他的字条："我有病，请不要再来扰我，"就信为是真话，竟不可违背，而果真不来吗？这又使我只想再见他一面，到底审看一下这高大的怪物是怎样的在觑看我。

三月二十

今天我往云霖处跑了三次，都未曾遇见我想见的人，似乎云霖也有点疑惑，所以他问我这几天见着凌吉士没有。我只好又怅怅的跑回来。我实在焦烦得很，我敢自己欺自己说我这几日没有思念他吗？

晚上七点钟的时候，毓芳和云霖来邀我到京都大学第三院去听英语辩论会，并且乙组的组长便是凌吉士。我一听到这消息，心就立刻砰砰的跳起来。我只得拿病来推辞了这善意的邀请。我这无用的弱者，我没有胆量去承受那激动，我还是希望我能不见着他。不过他俩走时，我却请他俩致意凌吉士，说我问候他。唉，这又是多无意识啊！

三月二十一

在我刚吃过鸡子牛奶，一种熟习的叩门声便响着，在纸格上还印上一个颀长的黑影。我只想跳过去开门，但不知为一种什么情感所支使，我咽着气，低下头去了。

"莎菲，起来没有？"这声音是如此柔嫩，令我一听到会想哭。

为了知道我已坐在椅子上吗？为了知道我无能发气和拒绝吗？他轻轻的托开门走进来了。我不敢仰起我滋润的眼皮来。

"病好些没有，刚起来吗？"

我答不出一句话。

"你真在生我的气啊。莎菲,你厌烦我,我只好走了。莎菲!"

他走,于我自然很合适,但我又猛然抬起头拿眼光止住了他开门的手。

谁说他不是一个坏蛋呢,他懂得了。他敢于把我的双手握得紧紧的。他说:

"莎菲,你捉弄我了。每天我走你门前过,都不敢进来,不是云霖告诉我说你不会生我气,那我今天还不敢来。你,莎菲,你厌烦我不呢?"

谁都可以体会得出来,假使他这时敢于拥抱我,狂乱的吻我,我一定会倒在他手腕上哭出来:"我爱你呵!我爱你呵!"但他却如此的冷淡,冷淡得使我又恨他了。然而我心里在想:"来呀,抱我,我要接吻在你脸上咧!"自然,他依旧还握着我的手,把眼光紧盯在我脸上,然而我搜遍了,在他的各种表示中,我得不着我所等待于他的赐予。为什么他仅仅只懂得我的无用,我的可轻侮,而不够了解他之在我心中所占的是一种怎样的地位!我恨不得用脚尖踢出他去,不过我又为了另一种情绪所支配,我向他摇了头,表示是不厌烦他的来到。

于是我又很柔顺地接受了他许多浅薄的情意,听他又说着那些使他津津有回味的卑劣享乐,以及"赚钱和花钱"的人生意义,并承他暗示我许多做女人的本分。这些又使我看不起他,暗骂他,嘲笑他,我拿我的拳头,隐隐痛击我的心,但当他扬扬地走出我房时,我受逼得又想哭了。因为我压制住我那狂热的欲念,我未曾请求他多留一会儿。

唉,他走了!

三月二十一夜

在去年这时候,我过的是一种什么生活!为了有蕴姊千依百顺地疼我,我便装病躺在床上不肯起来。为了享受蕴姊抚摩我,并因那着急无疑安慰我而流泪的滋味,我伏在桌上想到一些小不满意的事而哼哼唧唧的哭。便有时因在整日静寂的沉思里得了点哀戚,但这种淡淡的凄凉,却更令我舍不得去扰乱这情调,似乎在这里面我可以味出一缕甜意一样的。至于在夜深了的法国公园,听躺在草地上的蕴姊唱《牡丹亭》,那又是更不愿想到的事了。假使她不会被神捉弄般的去爱上那苍白脸色的男人,她一定不会死的这样快,我当然不会一人漂流到北京,无亲无爱的在病中挣扎。虽说有几个朋友,他们也很体惜我,但在我所感应得出的我和他们的关系能和蕴姊的爱在一个天平上相称吗?想起蕴姊,我是真应当像从前在蕴姊面前撒娇一样的纵声大哭,不过这一年来,因为多懂得了一些事,虽说时时想哭却又咽住了,怕让人知道了厌烦。近来呢,我更不知为了什么只能焦急。而想得点空闲去思虑一下我所做的,我所想的,关于我的身体,我的名誉,我的前途的好处和歹处的时间也没有,整天把紊乱的脑筋只放到一个我不愿想到的去处,因为便是我想逃避的,所以越把我弄成焦烦苦恼得不堪言说!但是我除了说"死了也活该!"是不能再希冀什么了。我能求得一些同情和慰藉吗?然而我又似乎在向人乞怜了。

晚饭一吃过,毓芳和云霖来我这儿坐,到九点我还不肯放他俩走。我知道,毓芳碍住面子只好又坐下来，云霖藉口要预备明天的课，执意一人硬走回去了。于是我隐隐向毓芳吐露我近来所感得的窘状，我只想她能懂得这事，并且能作主来把我的生活改变一下，做我自己所不能胜任的。但她完全把话听到反面去了，她忠实地告诫我："莎菲，我觉得你太不老实，自然你不是有意，你可太不留心你的眼波了。你要知道，凌吉士他们比不得在上海同我们玩耍的那群孩子，他们很少机会同女人接近，受不起一点好意的，你不要令他将来感到失望和痛苦。我知道，你哪里会爱到他呢？"这错误是不是又该归到我，假设我不想求助于她而向她饶舌，是不是她不会说出这更令我生气，更令我伤心的话来？我噎着气又笑了："芳姊，不要把我说得太坏了吓！"

毓芳愿意留下住一夜时，我又赶她走了。

像那些才女们，因为得了一点点不很受用，便能"我是多愁善感呀"，"悲哀呀我的心……""……"做出许多新旧的诗。我呢，没出息的，白白被这些诗境困着，连想以哭代替诗句来表现一下我的情感的搏斗都不能。光在这上面，为了不如人，也应撂开一切去努力做人才对，便还退一千步说，为了自己的热闹，为了得一群浅薄眼光之赞颂，我总也不该拿不起笔或枪来。真的便把自己陷到比死还难忍的苦境里，单单为了那男人的柔发，红唇……

我又梦想到欧洲中古的骑士风度，拿这来比拟是不会有错，如其是有人看到凌吉士过的。他又能把那东方特长的温柔保留着。神把什么好的，都慨然赐给他了，但神为什么不再给他一点聪明呢？他还不懂得真的爱情呢，他确是不懂，虽说他已有了妻（今夜毓芳告我的），虽说他，曾在新加坡乘着脚踏车追赶坐洋车的女人，因而恋爱过一小段时间，虽说他曾在韩家潭住过夜。但他真得到过一个女人的爱吗？他爱过一个女人吗？我敢说不曾！

一种奇怪的思想又在我脑中燃烧了。我决定来教教这大学生。这宇宙并不是像他所懂的那样简单啊！

三月二十二

在心的忙乱中，我勉强竟写了这些日记了。早先是因为蕴姊写信来要，再三再四的，我只好开始写。现在是蕴姊又死了好久，我还舍不得不继续下去，心想便为了蕴姊在世时所谆谆向我说的一些话而便永远写下去做纪念蕴姊也好。所以无论我那样不愿提笔，也只得胡乱画下一页半页的字来。本来是睡了的，但望到挂在壁上蕴姊的像，忍不住又爬起，为免掉想念蕴姊的难受而提笔了。自然，这日记，我总是除了蕴姊不愿给任何人看。第一是因为这是特为了蕴姊要知道我的生活而记下的一些琐琐碎碎的事，二来我也怕别人给一些理智的面孔给我看，好更刺透我的心；似乎我自己也会因了别人所尊崇的道德而真的也感到像犯下罪一样的难受。所以这黑皮的小本子我是许久以来都安放在枕头底下的垫被的下层。今天不幸我却违背我的初意了，然而也是不得已，虽说似乎是出于毫未思考。原因是苇弟近来非常误解我，以致常常使得他自己不安，而又常常波及我，我相信在我平日的一举一动中，我都很能表示出我的态度来。为什么他懂不了我的意思呢？难道我能直捷的说明，和阻止他的爱吗？我常常想，假设这不是苇弟而是另外一人，我将会知道应怎样处置是最合法的。偏偏又是如此令我忍不下心去的一个好人！我无法了，只好把我的日记给他看。让他知道他在我的心里是怎样的无希望，并知道我是如何凉薄的反反复复的不足爱的女人。假使苇弟知道我，我自然是会将他当做我唯一可诉心肺的朋友，我会热诚的拥着他同他接吻。我将替他愿望那世界上最可爱，最美的女人……日记，苇弟是看过一遍，又一遍了，虽说他曾经哭过，但态度非常镇静，是出我意料之外的。我说：

"懂得了姊姊吗？"

他点头。

"相信姊姊吗？"

"关于那方面的？"

于是我懂得那点头的意义。谁能懂得我呢，便能懂得这只能表现我万分之一的日记，也只能令我看到这有限的伤心哟！何况，希求人了解，而以想方设计用文字来反复说明的日记给人看，已够是多么可伤心的事！并且，后来苇弟还怕我以为他未曾懂得我，于是不住的说：

"你爱他，你爱他！我不配你！"

我真想一赌气扯了这日记。我能说我没有糟塌这日记吗？我只好向苇弟说："我要睡了，明天再来吧。"

在人里面，真不必求什么！这不是顶可怕的吗？假设蕴姊在，看见我这日记，我知道，她是会抱着我哭："莎菲，我的莎菲！我为什么不再变得伟大点，让我的莎菲不至于这样苦啊……"但蕴姊已死了，我拿着这日记应怎样的来痛哭才对！

三月二十三

凌吉士向我说："莎菲！你真是一个奇怪的女子。"我了解这并不是懂得了我的什么而说出的一句赞叹。他所以为奇怪的，无非是看见我的破烂了的手套，搜不出香水的抽屉，无缘无故扯碎了的新棉袍，保存着一些旧的小玩具，……还有什么？听见些不常的笑声，至于别的，他便无能去体会了，我也从未向他说过一句我自己的话。譬如他说"我以后要努力赚钱呀"，我便笑；他说到邀起几个朋友在公园追着女学生时，"莎菲那真有趣"，我也笑。自然，他所说的奇怪，只是一种在他生活习惯上不常见的奇怪。并且我也很伤心，我无能使他了解我而敬重我。我是什么也不希求了，除了往西山去。我想到我过去的一切妄想，我好笑！

三月二十四

一当他单独在我面前时，我觑着那脸庞，聆着那音乐般的声音，我心便在忍受那感情的鞭打！为什么不扑过去吻他的嘴唇，他的眉梢，他的……无论什么地方？真的，有时话都到口边了："我的王！准许我亲一下吧！"但又受理智，不，我就从没有过理智，是受另一种自尊的情感所裁制而又咽住了。唉！无论他的思想怎样坏，而他使我如此癫狂的动情，是曾有过而无疑，那我为什么不承认我是爱上了他咧？并且，我敢断定，假使他能把我紧紧的拥抱着，让我吻遍他全身，然后他把我丢下海去，丢下火去，我都会快乐的闭着眼等待那可以永久保藏我那爱情的死的来到。唉！我竟爱他了，我要他给我一个好好的死就够了……

三月二十四夜深

我决心了。我为拯救我自己被一种色的诱惑而堕落，我明早便到夏那儿去，以免看见凌吉士又痛苦，这痛苦已缠缚我如是之久了！

三月二十六

为了一种纠缠而去，但又遭逢着另一种纠缠，使我不得不又急速的转来了。在我去夏那儿的第二天，梦如便去了。虽说她是看另一人去的，但使我很感到不快活。夜晚，她大发其对感情的一种新近所获得的议论，隐隐的含着讥刺向我，我默然。为不愿让她更得意，我睁着眼，睡在夏的床上等到天明，我才又忍着气转来……

毓芳告诉我，说西山房子已找好了，并且又另外替我邀了一个女伴，也是养病的，而这女伴同毓芳又算是很好的朋友。听到这消息，应该是很欢喜吧，但我刚刚在眉头舒展了一点喜色，而一种默然的凄凉便罩上了。虽说我从小便离开家，在外面混，但都有我的亲戚朋友随着我。这次上西山，固然说起来离城只是几十里，但在我，一个活了二十岁的人，开始一人跑到陌生的地方去，还是第一次。假使我竟无声无息的死在那山上，谁是第一个发现我死尸的？我能担保我不会死在那里吗？也许别人会笑我担忧到这些小事，而我却真的哭过。当我问毓芳舍不舍得我时，而毓芳却笑，笑我问小孩话，说是这一点点路有什么舍不得，直到毓芳准许我每礼拜上山一次，我才不好意思地揩干眼泪。

下午我到苇弟那儿去，苇弟也说他一礼拜上山一次，填毓芳不去的空日。

回来已夜了，我一人寂寂寞寞的在收拾东西，想到我要离开北京的这些朋友们，我又哭了。但一想到朋友们都未曾向我流泪，我又擦去我脸上的泪痕。我又将一人寂寂寞寞地离开这古城了。

在寂寞里，我又想到凌吉士了，其实，话不是这样说，凌吉士简直不能说"想起""又想起"，完全是整天都在系念到他，只能说："又来讲我的凌吉士吧。"这几天我故意造成的离别，在我是不可计的损失，我本想放松了他，而我把他捏得更紧了。我既不能把他从心里压根儿拔去，我为什么要躲避着不见他的面呢？这真使我懊恼，我不能便如此同他离别，这样寂寂寞寞的走上西山……

三月二十七

一早毓芳便上西山去了，去替我布置房子，说好明天我便去。我为她这番盛情，我应怎样去找得那些没有的字来表示我的感谢？我本想再呆一天在城里，便也不好说出了。

我正焦急的时候，凌吉士才来，我握紧他双手，他说：

"莎菲！几天没见你了！"

我很愿意在这时我能哭出来，抱着他哭，但眼泪只能噙在眼里，我只好又笑了。他听见明天我要上山时，他显出的那惊诧和一种嗟叹，又很安慰到我，于是我真的笑了。他见到我笑，便把我的手反捏得紧紧的，紧得使我生痛。他怨恨似的说：

"你笑！你笑！"

这痛，是我从未有过的舒适，好像心里也正锥下去一个什么东西，我很想倒下他的手腕去，而这时苇弟却来了。

苇弟知道我恨他来，而他偏不走。我向着凌吉士使眼色，我说："这点钟有课吧？"于是我送凌吉士出来。他问我明早什么时候走，我告他；我问他还来不来呢，他说回头便来；于是我望着他快乐了，我忘了他是怎样可鄙的人格，和美的相貌了，这时他在我的眼里，是一个传奇中的情人。哈，莎菲有一个情人了！……

三月二十七晚

自从我赶走苇弟到这时已整整五个钟头了。在这五点钟里，我应怎样才想得出一个恰合的名字来称呼它？像热锅上的蚂蚁在这小房子里不安的坐下，又站起，又跑到门缝边瞧，但是——他一定不来了，他一定不来了，于是我又想哭，哭我走得这样凄凉，北京城就没有一个人陪我一哭吗？是的，我是应该离开这冷酷的北京的，为什么我要舍不得这板床，这油腻的书桌，这三条腿的椅子……是的，明早我就要走了，北京的朋友们不会再腻烦莎菲的病。为了朋友们轻快的舒适，莎菲便为朋友们死在西山也是该的！但都能如此的让莎菲一人看不着一点热情孤孤寂寂的上山去，想来莎菲便不死，也不会有损害或激动于人心吧……不想了！不想！有什么可想的？假使莎菲不如此贪心在攫取感情，那莎菲不是便很可满足于那些眉目间的同情了吗？……

关于朋友，我不说了。我知道永世也不会使莎菲感到满足这人间的友谊的！

但我能满足些什么呢？凌吉士答应我来，而这时已晚上九点了。纵是他来了，我便会很快乐吗？他会给我所需要的吗？……

想起他不来，我又该痛恨自己了！在很早的从前，我懂得对付那一种男人便应用那一种态度，而到现在反蠢了。当我问他还来不来时，我怎能显露出那希求的眼光，在一个漂亮人面前是不应老实，让人瞧不起……但我爱他，为什么我要使用技巧？我不能直接向他表明我的爱吗？并且我觉得只要于人无损，便吻人一百下，为什么便不可以被准许呢？

他既答应来，而又失信，显见得是在戏弄我。朋友，留点好意在莎菲走时，总不至于像是一种损失吧。

今夜我简直狂了。语言，文字是怎样在这时显得无用！我心像被许多小老鼠啃着一样，又像一盆火在心里燃烧。我想把什么东西都摔破，又想冒着夜气在外面乱跑去，我无法制止我狂热的感情的激荡，我便躺在这热情的针毡上，反过去也刺着，翻过来也刺着，似乎我又是在油锅里听到那油沸的响声，感到浑身的灼热……为什么我不跑出去呢？我等着一种渺茫的无意义的希望到来！哈……想到红唇，我又癫了！假使这希望是可能的话——我独自又忍不住笑，我再三再四反复问我自己："爱他吗？"我更笑了。莎菲不会傻到如此地步去爱上南洋人。难道因了我不承认我的爱，便不可以被人准许做一点儿于人无损的事？

假使今夜他竟不来，我怎能甘心便恝然上西山去……

唉！九点半了！

九点四十分！

三月二十八晨三时

莎菲生活在世上，所要人们的了解她体会她的心太热太恳切了，所以长远的沉溺在失望的苦恼中，但除了自己，谁能够知道她所流出的眼泪的分量？

在这本日记里，与其说是莎菲生活的一段记录，不如直接算为莎菲眼泪的每一个点滴，是在莎菲心上，才觉得更切实。然而这本日记现在要收束了，因为莎菲已无需乎此——用眼泪来泄愤和安慰，这原因是对于一切都觉得无意识，流泪更是这无意识的极深的表白。可是在这最后一页的日记上，莎菲应该用快乐的心情来庆祝，她是从最大的失望中，蓦然得到了满足，这满足似乎要使人快乐得死才对。但是我，我只从那满足中感到胜利，从这胜利中得到凄凉，而更深的认识我自己的可怜处，可笑处，因此把我这几月来所萦萦于梦想的一点"美"反缥缈了，——这个美便是那高个儿的丰仪！

我应该怎样来解释呢？一个完全癫狂于男人仪表上的女人的心理！自然我不会爱他，这不会爱，很容易说明，就是在他丰仪的里面是躲着一个何等卑丑的灵魂！可是我又倾慕他，思念他，甚至于没有他，我就失掉一切生活意义的保障了；并且我常常想，假使有那末一日，我和他的嘴唇合拢来，密密的，那我的身体就从这心的狂笑中瓦解去，也愿意。其实，单单能获得骑士一般的那人儿的温柔的一抚摩，随便他的手尖触到我身上的任何部分，因此就牺牲一切，我也肯。

我应当发癫，因为这些幻想中的异迹，梦似的，终于毫无困难的都给我得到了。但是从这中间，我所感到的是我所想象的那些会醉我灵魂的幸福吗？不啊！

当他——凌吉士——晚间十点钟来到时候，开始向我嗫嚅地表白，说他是如何的在想我……还使我心动过好几次；但不久我看到他那被情欲燃烧的眼睛，我就害怕了。于是从他那卑劣的思想中发出的更丑的誓语，又振起我的自尊心来！假使他把这串浅薄肉麻的情话去对别个女人说，一定是很动听的，可以得一个所谓的爱的心吧。但他却向我，就由这些话语的力，把我推得隔他更远了。唉，可怜的男子！神既然赋与你这样的一副美形，却又暗暗的捉弄你，把那样一个毫不相称的灵魂放到你人生的顶上！你以为我所希望的是"家庭"吗？我所欢喜的是"金钱"吗？我所骄傲的是"地位"吗？"你，在我面前，是显得多么可怜的一个男子啊！"我真要为他不幸而痛哭，然而他依样把眼光镇住我脸上，是被情欲之火燃烧得如何的怕人！倘若他只限于肉感的满足，那末他倒可以用他的色来摧残我的心；但他却哭声地向我说："莎菲，你信我，我是不会负你的！"啊，可怜的人，他还不知道在他面前的这女人，是用如何的轻蔑去可怜他的这些做作，这些话！我竟忍不住笑出声来，说他也知道爱，会爱我，这只是近于开玩笑！那情欲之火的巢穴——那两只灼闪的眼睛，不正在宣布他除了可鄙的浅薄的需要，别的一切都不知道吗？

"喂，聪明一点，走开吧，韩家潭那个地方才是你寻乐的场所！"我既然认清他，我就应该这样说，教这个人类中最劣种的人儿滚出去。然而，虽说我暗暗的在嘲笑他，但当他大胆的贸然伸开手臂来拥我时，我竟又忘了一切，我临时失掉了我所有的一些自尊和骄傲，我是完全被那仅有的一副好丰仪迷住了，在我心中，我只想，"紧些！多抱我一会儿吧，明早我便走了。"假使我那时还有一点自制力，我该会想到他的美形以外的那东西，而把他像一块石头般，丢到房外去。

唉！我能用什么言语或心情来痛悔？他，凌吉士，这样一个可鄙的人，吻了我！我静静默默地承受着！但那时，在一个温润的软热的东西放到我脸上，我心中得到的是些什么呢？我不能像别的女人一样晕倒在她那爱人的臂膀里！我是张大着眼睛望他，我想："我胜利了！我胜利了！"因为他所使我迷恋的那东西，在吻我时，我已知道是如何的滋味——我同时鄙夷我自己了！于是我忽然伤心起来，我把他用力推开，我哭了。

他也许忽略了我的眼泪，以为他的嘴唇是给我如何的温软，如何的嫩腻，是把我的心融醉到发迷的状态里吧，所以他又挨我坐着，继续的说了许多所谓爱情表白的肉麻话。

"何必把你那令人惋惜处暴露得无余呢？"我真这样的又可怜起他来。

我说："不要乱想吧，说不定明天我便死去了！"

他听着，谁知道他对于这话是得到怎样的感触？他又吻我，但我躲开了，于是那嘴唇便落到我手上……

我决心了，因为这时我有的是充足的清晰的脑力，我要他走，他带点抱怨颜色，缠着我。我想"为什么你也是这样傻劲呢？"他于是直挨到夜十二点半钟才走。

他走后，我想起适间的事情。我就用所有的力量，来痛击我的心！为什么呢，给一个如此我看不起的男人接吻？既不爱他，还嘲笑他，又让他来拥抱？真的，单凭了一种骑士般的风度，就能使我堕落到如此地步吗？

总之，我是给我自己糟塌了，凡一个人的仇敌就是自己，我的天，这有什么法子去报复而偿还一切的损失？

好在在这宇宙间，我的生命只是我自己的玩品，我已浪费得尽够了，那末因这一番经历而使我更陷到极深的悲境里去，似乎也不成一个重大的事件。

但是我不愿留在北京，西山更不愿去了，我决计搭车南下，在无人认识的地方，浪费我生命的余剩；因此我的心从伤痛中又兴奋起来，我狂笑的怜悯自己：

"悄悄的活下来，悄悄的死去，啊！我可怜你，莎菲！"

原载《小说月报》19 卷 2 号，1928 年 2 月

○ 柔

石

为奴隶的母亲

她底丈夫是一个皮贩,就是收集乡间各猎户底兽皮和牛皮,贩到大埠上出卖的人。但有时也兼做点农作,芒种的时节,便帮人家插秧,他能将每行插得非常直,假如有五人同在一个水田内,他们一定叫他站在第一个做标准,然而境况是不佳,债是年年积起来了。他大约就因为境况的不佳。烟也吸了,酒也喝了,钱也赌起来了。这样,竟使他变做一个非常凶狠而暴躁的男子,但也就更贫穷下去。连小小的移借,别人也不敢答应了。

在穷底结果的病以后,全身便变成枯黄色,脸孔黄的和小铜鼓一样,连眼白也黄了。别人说他是黄疸病,孩子们也就叫他"黄胖"了。有一天,他向他底妻说:

"再也没有办法了。这样下去,连小锅子也都卖去了。我想,还是从你底身上设法罢。你跟着我挨饿,有什么办法呢?"

"我底身上?……"

他底妻坐在灶后,怀里抱着她刚满五岁的男小孩——孩子还在啜着奶,她讷讷地低声地问。

"你,是呀,"她底丈夫病后的无力的声音,"我已经将你出典了……"

"什么呀?"她底妻子几乎昏去似的。

屋内是稍稍静寂了一息。他气喘着说:

"三天前,王狼来坐讨了半天的债回去以后,我也跟着他去,走到九亩潭边,我很不想要做人了。但是坐在那株爬上去一纵身就可落在潭里的树下,想来想去,终没有力气跳了。猫头鹰在耳朵边不住地啭,我底心被它叫寒起来,我只得回转身,但在路上,遇见了沈家婆,她问我,晚也晚了,在外做什么。我就告诉她,请她代我借一笔款,或向什么人家的小姐借些衣服或首饰去暂时当一当,免得王狼底狼一般的绿眼睛天天在家里闪烁。可是沈家婆向我笑道:

'你还将妻养在家里做什么呢?你自己黄也黄到这个地步了。'

"我低着头站在她面前没有答,她又说:

'儿子呢，你只有一个，舍不得。但妻——'
　　"我当时想：'莫非叫我卖去妻子么？'
　　"而她继续道：
　　'但妻——虽然是结发的，穷了，也没有法。还养在家里做什么呢？'
　　"这样，她就直说出：'有一个秀才，因为没有儿子，年纪已五十岁了，想买一个妾；又因他底大妻不允许，只准他典一个，典三年或五年，叫我物色相当的女人：年纪约三十岁左右，养过两三个儿子的，人要沉默老实，又肯做事，还要对他底大妻肯低眉下首。这次是秀才娘子向我说的，假如条件合，肯出八十元或一百元的身价。我代她寻了好几天，总没有相当的女人。'她说：'现在碰到我，想起了你来，样样都对。'当时问我底意见怎样，我一边掉了几滴泪，一边却被她催的答应她了。"
　　说到这里，他垂下头，声音很低弱，停止了。他底妻简直痴似的，话一句没有。又静寂了一息，他继续说：
　　"昨天，沈家婆到过秀才底家里，她说秀才很高兴，秀才娘子也喜欢，钱是一百元，年数呢，假如三年养不出儿子，是五年。沈家婆并将日子也拣定了——本月十八，五天后。今天，她写典契去了。"
　　这时，他底妻简直连脬脏都颤抖，吞吐着问：
　　"你为什么早不对我说？"
　　"昨天在你底面前旋了三个圈子，可是对你说不出。不过我仔细想，除了将你底身子设法外，再也没有办法了。"
　　"决定了么？"妇人战着牙齿问。
　　"只待典契写好。"
　　"倒霉的事情呀，我！——一点也没有别的方法了么？春宝底爸呀！"
　　春宝是她怀里的孩子底名字。
　　"倒霉，我也想到过，可是穷了，我们又不肯死，有什么办法？今年，我怕连插秧也不能插了。"
　　"你也想到过春宝么？春宝还只有五岁，没有娘，他怎么好呢？"
　　"我领他便了，本来是断了奶的孩子。"
　　他似乎渐渐发怒了。也就走出门外去了。她，却呜呜咽咽地哭起来。
　　这时，在她过去的回忆里，却想起恰恰一年前的事：那时她生下了一个女儿，她简直如死去一般地卧在床上。死还是整个的，她却肢体分作四碎与五裂。刚落地的女婴，在地上的干草堆上叫："呱呀，呱呀，"声音很重的，手脚揪缩。脐带绕在她底身上，胎盘落在一边，她很想挣扎起来给她洗好，可是她底头昂起来，身子凝滞在床上。这样，她看见她底丈夫，这个凶狠的男子，红着脸，提了一桶沸水到女婴的旁边。她简单用了她一生底最后的力向他喊："慢！慢……"但这个病前极凶狠的男子，没有一分钟商量的余地，也不答半句话，就将"呱呀，呱呀，"声音很重地在叫着的女儿，刚出世的新生命，用他底粗暴的两手捧起来，如屠户捧将杀的小羊一般，扑通，投下在沸水里了！除出沸水的溅声和皮肉吸收沸水的嘶声以外，女孩一声也不喊——她疑问地想，为什么也不重重地哭一声呢？竟这样不响地愿意冤枉死去么？啊！——她转念，那是因为她自己当时昏过去的缘故，她当时剜去了心一般地昏去了。

想到这里，似乎泪竟干涸了。"唉！苦命呀！"她低低地叹息了一声。这时春宝拔去了奶头，向他底母亲的脸上看，一边叫：

"妈妈！妈妈！"

在她将离别底前一晚，她拣了房子底最黑暗处坐着。一盏油灯点在灶前，萤火那么的光亮。她，手里抱着春宝，将她底头贴在他底头发上。她底思想似乎浮漂在极远，可是她自捉摸不定远在那里。于是慢慢地跑过来，跑到眼前，跑到她底孩子底身上。

她向她底孩子低声叫：
"春宝，宝宝！"
"妈妈，"孩子含着奶头答。
"妈妈明天要去了……"
"唔，"孩子似不十分懂得，本能地将头钻进他母亲底胸膛。
"妈妈不回来了，三年内不能回来了！"
她擦一擦眼睛，孩子放松口子问：
"妈妈那里去呢？庙里么？"
"不是，三十里路外，一家姓李的。"
"我也去。"
"宝宝去不得的。"
"呃！"孩子反抗地，又吸着并不多的奶。
"你跟爸爸在家里，爸爸会照料宝宝的：同宝宝睡，也带宝宝玩，你听爸爸底话好了。过三年……"
她没有说完，孩子要哭似地说：
"爸爸要打我的！"
"爸爸不再打你了，"同时用她底左手抚摸着孩子底右额，在这上，有他父亲在杀死他刚生下的妹妹后第三天，用锄柄敲他，肿起而又平复了的伤痕。

她似要还想对孩子说话，她底丈夫踏进门了。他走到她底面前，一只手放在袋里，掏取着什么，一边说：

"钱已经拿来七十元了。还有三十元要等你到了十天后付。"
停了一息说："也答应轿子来接。"
又停了一息说："也答应轿夫一早吃好早饭来。"
这样，他离开了她，又向门外走出去了。
这一晚，她和她底丈夫都没有吃晚饭。

第二天，春雨竟滴滴淅淅地落着。

轿是一早就到了。可是这妇人，她却一夜不曾睡。她先将春宝底几件破衣服都修补好；春将完了，夏将到了，可是她，连孩子冬天用的破烂棉袄都拿出来，移交给他底父亲——实在，他已经在床上睡去了。以后，她坐在他底旁边，想对他说几句话，可是长夜是迟延着过去，她底话一句也说不出。而且，她大着胆向他叫了几声，发了几个听不清楚的声音，声音在他底耳外，她也就睡下不说了。

等她朦朦胧胧地刚离开思索将要睡去，春宝醒了，他就推叫他底母亲，要起来。以后当她给他穿衣服的时候。向他说：

"宝宝好好地在家里，不要哭，免得你爸爸打你。以后妈妈常买糖果来，买给宝宝吃，宝宝不要哭。"

而小孩子竟不知道悲哀是什么一回事，张大口子"唉，唉，"地唱起来了。她在他底唇边吻了一吻，又说：

"不要唱，你爸爸被你唱醒了。"

轿夫坐在门首的板凳上，抽着旱烟，说着他们自己要听的话。一息，邻村的沈家婆也赶到了。一个老妇人，熟悉世故的媒婆，一进门，就拍拍她身上的雨点，向他们说：

"下雨了，下雨了，这是你们家里此后会有滋长的预兆。"

老妇人忙碌似地在屋内旋了几个圈，对孩子底父亲说了几句话，意思是讨酬报。因为这件契约之能订的如此顺利而合算，实在是她底力量。

"说实在话，春宝底爸呀，再加五十元，那老头子可以买一房妾了。"她说。

于是又变向催促她——妇人却抱着春宝，这时坐着不动。老妇人声音很高地：

"轿夫要赶到他们家里吃中饭的，你快些预备走呀！"

可是妇人向她瞧了一瞧，似乎说：

"我实在不愿离开呢！让我饿死在这里罢！"

声音是在她底喉下，可是媒婆懂得了，走近到她前面，迷迷地向她笑说：

"你真是一个不懂事的丫头，黄胖还有什么东西给你呢？那边真是一份有吃有剩的人家，两百多亩田，经济很宽裕，房子是自己底，也雇着长工养着牛。大娘底性子是极好的，对人非常客气，每次看见人总给人一些吃的东西。那老头子——实在并不老，脸是很白白的，也没有留胡子，因为读了书，背有些偻偻的，斯文的模样。可是也不必多说，你一走下轿就看见的，我是一个从不说谎的媒婆。"

妇人拭一拭泪，极轻地：

"春宝……我怎么能抛开他呢！"

"不用想到春宝了，"老妇人一手放在她底肩上，脸凑近她和春宝。"有五岁了，古人说：'三周四岁离娘身，'可以离开你了。只要你肚子争气些，到那边，也养下一二个来，万事都好了。"

轿夫也在门首催起身了，他们噜苏着说：

"又不是新娘子，啼啼哭哭的。"

这样，老妇人将春宝从她的怀里拉去，一边说：

"春宝让我带去罢。"

小小的孩子也哭了，手脚乱舞的，可是老妇人终于给他拉到小门外去。当妇人走进轿门的时候，向他们说：

"带进屋里来罢，外边有雨呢。"

她底丈夫用手支着头坐着，一动没有动，而且也没有话。

两村的相隔有三十里路，可是轿夫的第二次将轿子放下肩，就到了。春天的细雨，从轿子底布篷里飘进，吹湿了她底衣衫。一个脸孔肥肥的，两眼很有心计的约摸五十四五岁的老妇人来迎她，她想：这当然是大娘了。可是只向她满面羞涩地看一看，并没有叫。她很亲昵似的将她牵上阶沿，一个长长的瘦瘦的而面孔圆细的男子就从房里走出来。他向新来的少妇，仔细地瞧了瞧，堆出满脸的笑容来，向她问：

"这么早就到了么？可是打湿你底衣裳了。"

而那位老妇人，却简直没有顾到他底说话，也向她问：

"还有什么在轿里么？"

"没有什么了，"少妇答。

几位邻舍的妇人站在大门外，探头张望的；可是她们走进屋里面了。

她自己也不知道这究竟为什么，她底心老是挂念着她底旧的家，掉不下她的春宝。这是真实而明显的，她应庆祝这将开始的三年的生活——这个家庭，和她所典给他的丈夫，都比曾经过去的要好，秀才确是一个温良和善的人，讲话是那么地低声，连大娘，实在也是一个出乎意料之外的妇人，她底态度之殷勤，和滔滔的一席话：说她和她丈夫底过去的生活之经过，从美满而漂亮的结婚生活起，一直到现在，中间的三十年。她曾做过一次的产，十五六年以前了，养下一个男孩子，据她说，是一个极美丽又极聪明的婴儿，可是不到十个月，竟患了天花死去了。这样，以后就没有养过第二个。在她底意思中，似乎——似乎——早就叫她底丈夫娶一房妾，可是他，不知是爱她呢，还是没有相当的人——这一层她并没有说清楚；于是，就一直到现在。这样，竟说得这个具着朴素的心地的她，一时酸，一会苦，一时甜上心头，一时又咸的压下去了。最后这个老妇人并将她底希望也向她说出来了。她底脸是娇红的，可是老夫人说：

"你是养过三四个孩子的女人了，当然，你是知道什么的，你一定知道的还比我多。"

这样，她说着走开了。

当晚，秀才也将家里的种种情形告诉她，实际，不过是向她夸耀或求媚罢了。她坐在一张橱子的旁边，这样的红的木橱，是她旧的家所没有的，她眼睛白晃晃地瞧着它。秀才也就坐在橱子的面前来，问她：

"你叫什么名字呢？"

她没有答，也并不笑，站起来，走在床底前面，秀才也跟到床底旁边，更笑地问她：

"怕羞么？哈，你想你底丈夫么？哈，哈，现在我是你底丈夫了。"声音是轻轻的，又用手去牵着她底袖子。"不要愁罢！你也想你底孩子的，是不是？不过——"

他没有说完，却又哈的笑了一声，他自己脱去他外面的长衫了。

她可以听见房外的大娘底声音在高声地骂着什么人，她一时听不出在骂谁，骂烧饭的女仆，又好像骂她自己，可是因为她底怨恨，仿佛又是为她而发的。秀才在床上叫道：

"睡罢，她常是这么噜噜苏苏的。她以前很爱那个长工，因为长工要和烧饭的黄妈多说话，她却常要骂黄妈的。"

日子是一天天地过去了。旧的家，渐渐地在她底脑子里疏远了，而眼前，却一步步地亲近她使她熟悉。虽则，春宝底哭声有时竟在她耳朵边响，梦中，她也几次地遇到过他了。可是梦是一个比一个缥渺，眼前的事务是一天比一天繁多。她知道这个老妇人是猜忌多心的，外表虽则对她还算大方，可是她底嫉妒的心是和侦探一样，监视着秀才对她的一举一动。有时，秀才从外面回来，先遇见了她而同她说话，老妇人就疑心有什么特别的东西买给她了，非在当晚，将秀才叫到她自己底房内去，狠狠地训斥一番不可。"你给狐狸迷着了么？""你应该称一称你自己底老骨头是多少重！"像这样的话，她耳闻到不止一次了。这样以后，她望见秀才从外面回来而旁边没有她坐着的时候，就非得急忙避开不可。即使她在旁边，有时也该让开些，但这种动作，她要做的非常自然，而且不能让别人看出，否则，她又要向她发怒，说是她有意要在旁人的前面暴露她大娘底丑恶。而且以后，竟将家里的许多杂务都堆积在她底身上，同一个女仆那么样。她还算是聪明的，有时老妇人底换下来的衣服放着，她也给她拿去洗了，虽然她说：

"我底衣服怎么要你洗呢？就是你自己底衣服，也可叫黄妈洗的。"可是接着说：

"妹妹呀，你最好到猪栏里去看一看，那两只猪为什么这样喂喂叫的，或者因为没有吃饱罢，黄妈总是不肯给它们吃饱的。"

八个月了，那年冬天，她底胃却起了变化：老是不想吃饭，想吃新鲜的面，番薯等。但番薯或面吃了两餐，又不想吃，又想吃馄饨，多吃又要呕。而且还想吃南瓜和梅子——这是六月里的东西，真稀奇，向那里去找呢？秀才是知道在这个变化中所带来的预告了。他镇日地笑微微，能找到的东西，总忙着给她找来。他亲身给她街上去买橘子，又托便人买了金柑来，他在廊沿下走来走去，口里念念有词的，不知说什么。他看她和黄妈磨过年的粉，但还没有磨了三升，就向她叫："歇一歇罢，长工也好磨的，年糕是人人要吃的。"

有时在夜里，人家谈着话，他却独自拿了一盏灯，在灯下，读起《诗经》来了：

关关雎鸠，
在河之洲，
窈窕淑女，

君子好逑——

这时长工向他问：

"先生，你又不去考举人，还读它做什么呢？"

他却摸一摸没有胡子的口边，怡悦地说道：

"是呀，你也知道人生底快乐么？所谓：'洞房花烛夜，金榜挂名时。'你也知道这两句话底意思么？这是人生底最快乐的两件事呀！可是我对于这两件事都过去了，我却还有比这两件更快乐的事呢！"

这样，除出他底两个妻以外，其余的人们都大笑了。

这些事，在老妇人眼睛里是看得非常气恼了。她起初闻到她底受孕也欢喜，以后看见秀才的这样奉承她，她却怨恨她自己肚子底不会还债了。有一次，次年三月了，这妇人因为身体感觉不舒服，头有些痛，睡了三天。秀才呢，也愿她歇息歇息，更不时地问她要什么，而老妇人却着实地发怒了。她说她装娇，噜噜苏苏地说了三天。她先是恶意地讥嘲她：说是一到秀才底家里就高贵起来了，什么腰酸呀，头痛呀，姨太太的架子也都摆出来了；以前在自己底家里，她不相信她有这样的娇养，恐怕竟和街头的母狗一样，肚皮里有着一肚子的小狗，临产了，还要到处地奔求着食物。现在呢，因为"老东西"——这是秀才的妻叫秀才的名字——趋奉了她，就装着娇滴滴的样子了。

"儿子，"她有一次在厨房里对黄妈说："谁没有养过呀？我也曾怀过十个月的孕，不相信有这么的难受。而且，此刻的儿子，还在'阎罗王的簿里'，谁保的定生出来不是一只癞蛤蟆呢？也等到真的'鸟儿'从洞里钻出来看见了，才可在我底面前显威风，摆架子，此刻，不过是一块血的猫头鹰，就这么的装腔，也显得太早一点！"

当晚这妇人没有吃晚饭，这时她已经睡了，听了这一番婉转的冷嘲与热骂，她呜呜咽咽地低声哭泣了。秀才也带衣服坐在床上，听到浑身透着冷汗，发起抖来。他很想扣好衣服，重新走起来，去打她一顿，抓住她底头发狠狠地打她一顿，泄泄他一肚皮的气。但不知怎样，似乎没有力量，连指也颤动，臂也酸软了，一边轻轻地叹息着说：

"唉，一向实在太对她好了。结婚了三十年，没有打过她一掌，简直连指甲都没有弹到她底皮肤上过，所以今日，竟和娘娘一般地难惹了。"

同时，他爬过到床底那端，她底身边，向她耳语说：

"不要哭罢，不要哭罢，随她吠去好了！她是阉过的母鸡，看见别人的孵卵是难受的。假如你这一次真能养出一男孩子来。我当送你两样宝贝——我有一只青玉的戒指，我有一只白玉的……"

他没有说完，可是他忍不住听下门外的他底大妻底喋喋的讥笑声音，他急忙地脱去了衣服，将头钻进被窝里去，凑向她底胸膛，一边说：

"我有白玉的……"

肚子一天天地膨胀的如斗那么大，老妇人终究也将产婆雇定了，而且在别人的面前，竟拿起花布来做婴儿用的衣服。

　　酷热的暑天到了尽头，旧历的六月，他们在希望的眼中过去。秋开始，凉风也拂拂地往乡镇上吹送。于是有一天，这全家的人们都到了希望底最高潮，屋里底空气完全地骚动起来。秀才底心更是异常地紧张，他在天井上不断地徘徊，手里捧着一本历书，好似要读它背诵那么地念去——"戊辰"，"甲戌"，"壬寅之年"，老是反复地轻轻的说着。有时他底焦急的眼光向一间关了窗的房子望去——在这间房子内是有产母底低声呻吟的声音；有时他向天上望一望被云笼罩着的太阳，于是又走走向房门口，向站在房门内的黄妈问：

　　"此刻如何？"

　　黄妈不住地点着头不做声响，一息，答：

　　"快下来了，快下来了。"

　　于是他又捧着那本历书，在廊下徘徊起来。

　　这样的情形，一直继续到黄昏底青烟在地面起来，灯火一盏盏的如春天的野花般在屋内开起，婴儿才落地了，是一个男的。婴儿底声音很重地在屋内叫，秀才却坐在屋角里，几乎快乐到流出泪来了。全家的人都没有心思吃晚饭，在平淡的晚餐席上，秀才底大妻向佣人们说道：

　　"暂时瞒一瞒罢，给小猫头避避晦气；假如别人问起，也答养一个女的好了。"

　　他们都微笑地点点头。

　　一个月以后，婴儿底白嫩的小脸孔，已在秋天的阳光里照耀了。这个少妇给他哺着奶，邻舍的妇人围着他们瞧，有的称赞婴儿底鼻子好，有的称赞婴儿底口子好，有的称赞婴儿底两耳好；更有的称赞婴儿底母亲，也比以前好，白而且壮了。老妇人却和老祖母那么地吩咐着，保护着，这时开始说：

　　"够了，不要弄他哭了。"

　　关于孩子底名字，秀才是煞费苦心地想着，但总想不出一个相当的字来。据老妇人底意见，还是从"长命富贵"或"福禄寿喜"里拣一个字，最好还是"寿"字或"寿"同意义的字，如"其颐"，"彭祖"等。但秀才不同意，以为太通俗，人云亦云的名字。于是翻开了《易经》，《书经》，向这里面找，但找了半月，一月，还没有恰贴的字。在他底意思：以为在这个名字内，一边要祝福孩子，一边要包含他底老而得子底蕴义，所以竟不容易找。这一天，他一边抱着三个月的婴儿，一边又向书里找名字，戴着一副眼镜，将书递到灯底旁边去。婴儿底母亲呆呆地坐在房内底一边，不知思想着什么，却忽然开口说：

　　"我想，还是叫他'秋宝'罢。"屋内的人们底几对眼睛都转向她，注意地静听着："他不是生在秋天吗？秋天的宝贝还是叫他'秋宝'罢。"

　　秀才立刻接着说道：

　　"是呀，我真极费心思了。我年过半百，实在到了人生的秋期；孩子也正养在秋天；'秋'是万物成熟的季节，秋宝，实在是很好的名字呀！而且《书经》里没有么？'乃亦有秋'，我真乃亦有'秋'了！"

接着，又称赞了一通婴儿底母亲：说是呆读书实在无用，聪明是天生的。这些话，说的这妇人连坐着都局促不安，垂下头，苦笑地又含泪地想：

"我不过因春宝想到罢了。"

秋宝是天天成长的非常可爱地离不开他底母亲了。他有出奇的大的眼睛，对陌生人是不倦地注视地瞧着，但对他底母亲，却远远地一眼就知道了。他整天的抓住了他底母亲，虽则秀才是比她还爱他，但不喜欢父亲；秀才底大妻呢，表面也爱他，似爱她自己亲生的儿子一样，但在婴儿底大眼睛里，却看她似陌生人，也用奇怪的不倦的视法。可是他的执住他底母亲愈紧，而他底母亲离开这家的日子也愈近了。春天底口子咬住了冬天底尾巴；而夏天底脚又常是紧随着在春天底身后的；这样，谁都将孩子底母亲底三年快到的问题横放在心头上。

秀才呢，因为爱子的关系，首先向他底大妻提出来了：他愿意再拿出一百元钱，将她永远买下来。可是他底大妻底回答是：

"你要买她，那先给我药死罢！"

秀才听到这句话，气的只向鼻孔放出气，许久没有说；以后，他反而做着笑脸地：

"你想想孩子没有娘……"

老妇人也尖利地冷笑地说：

"我不好算是他底娘么？"

在孩子的母亲的心呢，却正矛盾着这两种的冲突了：一边，她底脑里老是有"三年"这两个字，三年是容易过去的，于是她底生活便变做在秀才家里底佣人似的了。而且想象中的春宝，也同眼前的秋宝一样活泼可爱，她既舍不得秋宝，怎么就能舍得掉春宝呢？可是另一边，她实在愿意永远在这新的家里住下去，她想，春宝的爸爸不是一个长寿的人，他底病一定是在三五年之内要将他带走到不可知的异国里去的，于是，她便要求她底第二个丈夫，将春宝也领过来，这样，春宝也在她底眼前。

有时，她倦坐在房外的沿廊下，初夏的阳光，异常地能令人昏朦地起幻想，秋宝睡在她底怀里，含着她底乳，可是她觉得仿佛春宝同时也站在她底旁边，她伸出手去也想将春宝抱近来，她还要对他们兄弟两人说几句话，可是身边是空空的。

在身边的较远的门口，却站着这位脸孔慈善而眼睛凶毒的老妇人，目光注视着她。这样，她也恍恍惚惚地敏悟："还是早些脱离开罢，她简直探子一样地监视着我了。"可是忽然怀内的孩子一叫，她却又什么也没有的只剩着眼前的事实来支配她了。

以后，秀才又将计划修改了一些：他想叫沈家婆来，叫她向秋宝底母亲底前夫去说，他愿否再拿进三十元——最多是五十元，将妻续典三年给秀才。秀才对他底大妻说：

"要是秋宝到五岁，是可以离开娘了。"

他底大妻正是手里捻着念佛珠，一边在念着"南无阿弥陀佛"，一边答：

"她家里也还有前儿在，你也应放她和她底结发夫妇团聚一下罢。"

秀才低着头，断断续续地仍然这样说：

"你想想秋宝两岁就没有娘……"

可是老妇人放下念佛珠说：

"我会养的，我会管理他的，你怕我谋害了他么？"

秀才一听到末一句话，就拔步走开了。老妇人仍在后面说：

"这个儿子是帮我生的，秋宝是我底；绝种虽然是绝了你家底种，可是我却仍然吃着你家底餐饭。你真被迷了，老昏了，一点也不会想了。你还有几年好活，却要拼命拉她在身边？双连牌位，我是不愿意坐的！"

老妇人似乎还有许多刻毒的锐利的话，可是秀才走远开听不见了。

在夏天，婴儿底头上生了一个疮，有时身体稍稍发些热，于是这位老妇人就到处地问菩萨，求佛药，给婴儿敷在疮上，或灌下肚里，婴儿底母亲觉得并不十分要紧，反而使这样小小的生命哭成一身的汗珠，她不愿意，或将吃了几口的药暗地里拿去倒掉。于是这位老妇人就高声叹息，向秀才说：

"你看她竟一点也不介意他底病，还说孩子是并不怎样瘦下去。爱在心里的是深的；专疼表面是假的。"

这样，妇人只有暗自挥泪，秀才也不说什么话了。

秋宝一周纪念的时候，这家热闹地排了一天的酒筵，客人也到了三四十，有的送衣服，有的送面，有的送银制的狮狴，给婴儿挂在胸前的，有的送镀金的寿星老头儿，给孩子钉在帽上的，许多礼物，都在客人底袖子里带来了。他们祝福着婴儿的飞黄腾达，赞颂着婴儿的长寿永生；主人底脸孔，竟是荣光照耀着，有如落日的云霞反映着在他底颊上的。

可是在这天，正当他们筵席将举行的黄昏时，来了一个客，从朦胧的暮光中向他们底天井走进，人们都注意他：一个憔悴异常的乡人，衣服补衲的，头发很长，在他底腋下，挟着一个纸包。主人骇异地迎上前去，问他是那里人，他口吃似地答了，主人一时糊涂的，但立刻明白了，就是那个皮贩。主人更轻轻地说：

"你为什么也送东西来了？你真不必的呀！"

来客胆怯地向四周看看，一边答说：

"要，要的……我来祝祝这个宝贝长寿千……"

他似没有说完，一边将腋下的纸包打开来了，手指颤动地打开了两三重的纸，于是拿出四只铜制镀银的字，一方寸那么大，是"寿比南山"四字。

秀才底大娘走来了，向他仔细一看，似乎不大高兴。秀才却将他招待到席上，客人们互相私语着。

两点钟的酒与肉，将人们弄的胡乱与狂热了：他们高声猜着拳，用大碗盛着酒互相比赛，闹得似乎房子都被震动了。只有那个皮贩，他虽然也喝了两杯酒，可是仍然坐着不动，客人们也不招呼他。等到兴尽了，于是各人草草地吃了一碗饭，互祝着好话，从两两三三的灯笼光影中，走散了。

而皮贩，却吃到最后，佣人来收拾羹碗了，他才离开了桌，走到廊下的黑暗处。在那里，他遇见了他底被典的妻。

"你也来做什么呢？"妇人问，语气是非常凄惨的。

"我那里又愿意来，因为没有法子。"

"那末你为什么来的这样晚？"

"我那里来买礼物的钱呀?！奔跑了一上午，哀求了一上午，又到城里买礼物，走得乏了，饿了，也迟了。"

妇人接着问：

"春宝呢？"

男了沉吟了一息答：

"所以，我是为春宝来的。……"

"为春宝来的？"妇人惊异地回音似地问。

男人慢慢地说：

"从夏天来，春宝是瘦的异样了。到秋天，竟病起来了。我又那里有钱给他请医生吃药，所以现在，病是更厉害了！再不想法救救他，眼见得要死！"静寂了一刻，继续说："现在，我是向你来借钱的……"

这时妇人底胸膛内，简直似有四五只猫在抓她，咬她，咀嚼着她底心脏一样。她恨不得哭出来，但在人们个个向秋宝祝颂的日子，她又怎么好跟在人们底声音后面叫哭呢？她吞下她底眼泪，向她底丈夫说：

"我又那里有钱呢？我在这里，每月只给我两角钱的零用，我自己又那里要用什么，悉数补在孩子底身上了。现在，怎么好呢？"

他们一时没有话，以后，妇人又问：

"此刻有什么人照顾着春宝呢？"

"托了一个邻舍，我仍旧想回家，我就要走了。"

他一边说着，一边揩着泪。女的同时哽咽着说：

"你等一下罢，我向他去借借看。"

她就走开了。

三天以后的一天晚上，秀才忽然问这妇人道：

"我给你的那只青玉戒指？"

"在那天夜里，给了他了。给了他拿去当了。"

"没有借你五块钱么？"秀才愤怒地。

妇人低着头停了一息答：

"五块钱怎么够呢！"

秀才接着叹息说：

"总是前夫和前儿好，无论我对你怎么样！本来我很想再留你两年的，现在，你还是到明春就走罢！"

女人简直连泪也没有地呆着了。

几天后，他还向她那么地说：

"那只戒指是宝贝，我给你是要你传给秋宝的，谁知你一下就拿去当了！幸得她不知道，要是知道了。有三个月好闹了！"

妇人是一天天地黄瘦了。没有精采的光芒在她底眼睛里起来，而讥笑与冷骂的声音又充塞在她底耳内了。她是时常记念着她底春宝的病的，探听着有没有从她底本乡来的朋友，也探听着有没有向她底本乡去的便客，她很想得到一个关于"春宝的身体已复原"的消息，可是消息总没有；她也想借两元钱或买些糖果去，方便的客人又没有，她不时地抱着秋宝在门首过去一些的大路边，眼睛望着来和去的路。这种情形却很使秀才底大妻不舒服了，她时常对秀才说：

"她那里愿意在这里呢？她是极想早些飞回去的。"

有几夜，她抱着秋宝在睡梦中突然喊起来，秋宝也被吓醒，哭起来了。秀才就追逼地问：

"你为什么？你为什么？"

可是女人拍着秋宝，口子哼哼的没有答。秀才继续说：

"梦着你底前儿死了么，那么地喊？连我都被你叫醒了。"

女人急忙一边答：

"不，不，……好像我底前面有一圹坟呢！"

秀才没有再讲话，而悲哀的幻象更在女人底前面展现开来，她要走向这坟去。

冬末了，催离别的小鸟，已经到她底窗前不住地叫了。先是孩子断了奶，又叫道士们来给孩子度了一个关，于是孩子和他亲生的母亲的别离——永远的别离的运命就被决定了。

这一天，黄妈先悄悄地向秀才底大妻说：

"叫一顶轿子送他去么？"

秀才底妻子还是手里捻着念佛珠说：

"走走好罢，到那边轿钱是那边付的，她又那里有钱呢？听说她底亲夫连饭也没得吃，她不必摆阔了。路也不算远，我也是曾经走过三四十里路的人，她底脚比我大，半天可以到了。"

这天早晨当她给秋宝穿衣服的时候，她的泪如溪水那么地流下，孩子向她叫："婶婶，婶婶"——因为老妇人要他叫自己是"妈妈"，只准叫她是"婶婶"——她向他咽咽地答应。她很想对她说几句话，意思是：

"别了，我底亲爱的儿子呀！你的妈妈待你是好的，你将来也好好地待还她罢，永远不要再记念我了！"

可是她无论怎样也说不出。她也知道一周半的孩子是不会了解的。

秀才悄悄地走向她，从她背后的腋下伸进手来，在他底手内是十枚双毫角子，一边轻轻说：

"拿去罢，这两块钱。"

妇人扣好孩子的钮扣，就将角子塞在怀内的衣袋里。

老妇人又进来了，注意着秀才走出去的背后，又向妇人说：

"秋宝给我抱去罢，免得你走时他哭。"

妇人不做声响，可是秋宝总不愿意，用手不住地拍在老妇人底脸上，于是老妇人生气地又说：

"那末你同他去吃早饭去罢，吃了早饭交给我。"

黄妈拼命地劝她多吃饭，一边说：

"半月来你就这样了，你真比来的时候还瘦了。你没有去照照镜子。今天，吃一碗下去罢，你还要走三十里路呢。"

她只不关紧要地说了一句：

"你对我真好！"

但是太阳是升的非常高了，一个很好的天气，秋宝还是不肯离开他的母亲，老妇人便狠狠地将她的怀里夺去，秋宝用小小的脚踢在老妇人的肚子上，用小小的拳头搔住她底头发，高声呼喊她。妇人在后面说：

"让我吃了中饭去罢。"

老妇人却转过头，汹汹地答：

"赶快打起你底包袱去罢，早晚总有一次的！"

孩子底哭声便在她的耳内渐渐远去了。

打包裹的时候，耳内是听着孩子的哭声。黄妈在旁边，一边劝慰着她，一边却看她打进什么去。终于，她挟着一只旧的包裹走了。

她离开他的大门时，听见她的秋宝的哭声。可是慢慢地远远地走了三里路了，还听见她的秋宝的哭声。

暖和的太阳所照耀的路，在她面前竟和天一样无穷止地长。当她走到一条河边的时候，她很想停止她底那么无力的脚步，向明澈可以照见她自己底身子的水底跳下去了。但在水边坐了一会之后，她还得依前去的方向，移动她自己底影子。

太阳已经过午了，一个村里的一个年老的乡人告诉她，路还有十五里；于是她向那个老人说：

"伯伯，请你代我就近叫一顶轿子罢，我是走不回去了！"

"你是有病的么？"老人问。

"是的，"

她那时坐在村口的凉亭里面。

"你从那里来？"

妇人静默了一时答：

"我是向那里去的；早晨我以为自己会走的。"

老人怜悯地也没有多说话，就给她找了两位轿夫，一顶没篷的轿。因为那是下秧的季节。

下午三四时的样子，一条狭窄而污秽的乡村小街上，抬过了一顶没篷的轿子，轿里躺着一个脸色枯萎如同一张干瘪的黄菜叶那么的中年妇人，两眼朦胧地颓唐地闭着。嘴里的呼吸只有微弱地吐出。街上的人们个个睁着惊异的目光，怜悯地凝视着过去。一群孩子们，争噪地跟在轿后，好像一件奇异的事情落到这沉寂小村镇里来了。

春宝也是跟在轿的孩子们中底一个，他还在似赶猪那么地哗着轿走，可是轿子一转一个弯，却是向他底家里去的路，他却伸直了两手而奇怪了，等到轿子到了他家里的门口，他简直呆似地远远地站在前面，背靠一株柱子上，面向着轿，其余的孩子们胆怯地围在轿的两边。妇人走出来了，她昏迷的眼睛还认不清站在前面的，穿着褴褛的衣服，头发蓬乱的，身子和三年前一样的短小，那个八岁的孩子是她的春宝。突然，她哭出来地高叫了：

"春宝呀！"

一群孩子们，个个无意地吃了一惊，而春宝简直吓的躲进屋子他父亲那里去了。

妇人在灰暗的屋内坐了许久许久，她和她底丈夫都没有一句话。夜色降落了，他下垂的头昂起来，向她说：

"烧饭吃罢！"

妇人不得已地站起来，向屋角上旋转了一周，一点也没有气力地对她丈夫说：

"米缸内是空空的……"

男人冷笑了一声，答说：

"你真是大人家里生活过了！米，盛在那只香烟盒子内。"

当天晚上，男子向她底儿子说：

"春宝，跟你底娘去睡！"

而春宝却靠在灶边哭起来了。他的母亲走近他，一边叫：

"春宝，宝宝！"

可是当她底手去抚摸他的时候，他又躲闪开了。男子加上说：

"会生疏得那么快，一顿打呢！"

她眼睁睁地睡在一张龌龊的狭板床上，春宝陌生似地睡在她底身边。在她底已经麻木的胸内，仿佛秋宝肥白可爱地在她身边挣动着，她伸出两手去抱，可是身边是春宝。这时，春宝睡着了。转了一个身，她的母亲紧紧地将他抱住，而孩子却从微弱的鼻声中，脸伏在她的胸膛，两手抚摩着她的两乳。

沉静而寒冷的死一般的长夜，似无限地拖延着，拖延着……

1930 年 1 月 20 日
原载《萌芽》月刊 1930 年 1 卷 3 期

○ 沈从文

萧　萧

　　乡下人吹唢呐接媳妇，到了十二月是成天有的事情。
　　唢呐后面一顶花轿，四个伕子平平稳稳的抬着，轿中人被铜锁锁在里面，虽穿了平时不上过身的体面红绿衣裳，也仍然得荷荷大哭。在这些小女人心中，做新娘子，从母亲身边离开，且准备作他人的母亲，从此将有许多新事情等待发生。像做梦一样，将同一个陌生男子汉在一个床上睡觉，做着承宗接祖的事情，当然十分害怕，所以照例觉得要哭，就哭了。
　　也有做媳妇不哭的人。萧萧做媳妇就不哭。这女人没有母亲，从小寄养到伯父种田的庄子上，出嫁只是从这家转到那家。因此到那一天这女人还只是笑。她又不害羞，又不怕，她是什么事也不知道，就做了人家的新媳妇了。
　　萧萧做媳妇时年纪十二岁，有一个小丈夫，年纪还不到三岁。丈夫比她年少九岁，还在吃奶。地方规矩如此，过了门，她喊他做弟弟。她每天应作的事是抱弟弟到村前柳树下去玩，饿了，喂东西吃，哭了，就哄他，摘南瓜花或狗尾草戴到小丈夫头上，或者亲嘴，一面说，"弟弟，哪，啤。再来，啤。"在那满是肮脏的小脸上亲了又亲，孩子于是便笑了。孩子一欢喜，会用短短的小手乱抓萧萧的头发。那是平时不大能收拾蓬蓬松松到头上的黄发。有时垂到脑后一条有红绒绳作结的小辫儿被拉，生气了，就挞那弟弟，弟弟自然哇的哭出声来，萧萧便也装成要哭的样子，用手指着弟弟的哭脸，说，"哪，不讲理，这可不行！"
　　天晴落雨日子混下去，每日抱抱丈夫，也时常到溪沟里去洗衣，搓尿片，一面还捡拾有花纹的田螺给坐到身边的丈夫玩。到了夜里睡觉，便常常做世界上人所做过的梦，梦到后门角落或别的什么地方捡得大把大把铜钱，吃好东西，爬树，自己变成鱼到水中溜扒，或一时仿佛很小很轻，身子飞到天上众星中，没有一个人，只是一片白，一片金光，于是大喊"妈！"人醒了。醒来心还只是跳。吵了隔壁的人，就骂着，"疯子，你想什么！"却不作声只是咕咕笑着。也有很好很爽快的梦，为丈夫哭醒的事。那丈夫本来晚上在自己母亲身边睡，吃奶方便，但是吃多了奶，或因另外情形，半夜大哭，起来放水拉稀是常有的事。丈夫哭到婆婆不能处置，于是萧萧轻脚轻手爬起床来，眼屎朦胧，走到床边，把人抱起，给他看灯光，看星光。或者仍然啤啤的亲嘴，互相觑着，孩子气的"嗨嗨，看猫呵，"那样喊着哄着，于是丈夫笑了，慢慢阖上眼。人睡了，放上床，站在床边看着，听远处一传一递的鸡叫，知道天快到什么时候了。于是仍然蜷到小床上睡去。天亮了，虽不做梦，却可以无意中闭眼开眼，看一阵空中黄金颜色变化无端的葵花。

萧萧嫁过了门，做了拳头大丈夫的小媳妇，一切并不比先前受苦，这只看她半年来身体发育就可明白。风里雨里过日子，像一株长在园角落不为人注意的蓖麻，大叶大枝，日增茂盛。这小女人简直是全不为丈夫设想那么似的长大起来了。

夏夜光景说来如做梦。坐到院心，挥摇蒲扇，看天上的星同屋角的萤，听南瓜棚上纺织娘子咯咯咯拖长声音纺车，禾花风倏倏吹到脸上，正是让人在自己方便中说笑话的时候。

萧萧好高，一个人常常爬到草料堆上去，抱了已经熟睡的丈夫在怀里，轻轻的轻轻的随意唱着那使自己也快要睡去的歌。

在院中，公公婆婆，祖父祖母，另外还有帮工汉子两个，散乱的坐上，小板凳无一作空。

祖父身边有烟包，在黑暗中放光。这用艾蒿作成的长火绳，是驱逐长脚蚊东西，蜷在祖父脚边，就如一条黑色长蛇。

想起白天场上的事，那祖父开口说话：

"听三金说，前天有女学生过身。"

大家就哄然笑了。

这笑的意义何在？只因为大家都知道女学生没有辫子，像个尼姑，穿的衣服又像洋人，吃的，用的，……总而言之，一想起来就觉得怪可笑！

萧萧不大明白，她不笑。所以祖父又说话了。他说：

"萧萧，你将来也会做女学生！"

大家于是更哄然大笑起来。

萧萧为人并不愚蠢，觉得这一定是不利于己的一件事情了，所以接口便说：

"我不做女学生！"

"不做可不行。"

"我不做。"

众口一声的说："非做女学生不行！"

女学生这东西，在本乡的确永远是奇闻。每年热天，据说放"水"假日子一到，便有三三五五女学生，由一个荒谬不经的热闹地方来，到另一个远地方去，取道从本地过身，从乡下人眼中看来，这些人都近于另一世界中活下的人，装扮如怪如神，行为也不可思议。这种人过身时，使一村人皆可以说一整天的笑话。

祖父是当地人物，因为想起所知道的女学生在大城中的生活情形，所以说笑话要萧萧也去作女学生。一面听到这话就感觉一种打哈哈趣味,一面还有那被说的萧萧感觉一种惶恐,说这话的不为无意义了。

女学生由祖父方面所知道的是这样一种人:她们穿衣服不管天气冷暖,吃东西不问饥饱,晚上交到子时才睡觉,白天正经事全不作,只知唱歌打球,读洋书。她们一年用的钱可以买十六头水牛。她们在省里京里想往什么地方去时,不必走路,只要钻进一个大匣子中,那匣子就可以带她到地。她们在学校,男女一处上课,人熟了,就随意同那男子睡觉,也不要媒人,也不要财礼,名叫"自由"。她们也做官;做县官,带家眷上任,男子仍然喊作老爷,小孩子叫少爷。她们自己不养牛,却吃牛奶羊奶,如小牛小羊;买那奶时是用铁罐子盛的。她们无事时到一个唱戏地方去,那地方完全像个大庙,从衣袋中取出一块洋钱来(那洋钱在乡下可买五只母鸡),买了一小方纸片儿,拿了那纸片到里面去,就可以坐下看洋人扮演影子戏。她们被冤了,不赌咒,不哭。她们年纪有老到二十四岁还不肯嫁人的,有老到三十四五还好意思嫁人的。她们不怕男子,男子不能使她们受委屈,一受委屈就上衙门打官司,要官罚男子的款,这笔钱她可以同官平分。她们不洗衣煮饭,有了小孩子也只花五块钱或十块钱一月,雇人专管小孩,自己仍然整天看戏打牌……

总而言之,说来都希奇古怪,岂有此理。这时经祖父一为说明,听过这话的萧萧,心中却忽然有了一种模模糊糊的愿望,以为倘若她也是个女学生,她是不是照祖父说的女学生一个样子去做那些事?不管好歹,做女学生极有趣味,因此一来却已为这乡下姑娘体念到了。

因为听祖父说起女学生是怎样的人物,到后萧萧独自笑得特别久。笑够了时,她说:

"祖爹,明天有女学生过路,你喊我,我要看。"

"你看,她们捉你去作丫头。"

"我不怕她们。"

"她们读洋书你不怕?"

"我不怕。"

"她们咬人你不怕?"

萧萧肯定的回答说:"也不怕。"

可是这时节萧萧手上所抱的丈夫,不知为什么,在睡梦中哭了,媳妇用作母亲的声势,半哄半吓说:

"弟弟,弟弟,不许哭,不许哭,女学生咬人来了。"

丈夫还仍然哭着,得抱起各处走走。萧萧抱着丈夫离开了祖父,祖父同人说另外一样古话去了。

萧萧从此以后心中有个"女学生"。做梦也便常常梦到女学生,且梦到同这些人并排走路。仿佛也坐过那种自己会走路的匣子,她又觉得这匣子并不比自己跑路更快。在梦中那匣子的形体同谷仓差不多,里面有小小灰色老鼠,眼珠子红红的。

因为有这样一段经过,祖父从此喊萧萧不喊"小丫头",不喊"萧萧",却唤作

"女学生"。在不经意中萧萧答应得很好。

　　乡下里日子也如世界上一般日子,时时不同。世界上人把日子糟塌,和萧萧一类人家把日子吝惜是同样的,各人皆有所得,各人皆为命定。城市中文明人,把一个夏天全消磨到软绸衣服、精美饮料以及种种好事情上面。萧萧的一家,因为一个夏天,却得了十多斤细麻,二三十担瓜。

　　作小媳妇的萧萧,一个夏天中,一面照料丈夫,一面还绩了细麻四斤。这时工人摘瓜,在瓜间玩,看硕大如盆上面满是灰粉的大南瓜,成排成堆摆到地上,很有趣味。时间到摘瓜,秋天已来了,院子中各处有从屋后林子里树上吹来的大红大黄木叶。萧萧在瓜旁站定,手拿木叶一束,为丈夫编小笠帽玩。

　　工人中有个名叫花狗,抱了萧萧的丈夫到枣树下去打枣子。小小竹杆打在枣树上,落枣满地。

　　"花狗大,莫打了,太多了吃不完。"

　　虽这样喊,还不动身。到后,仿佛完全因为丈夫要枣子,花狗才不听话。萧萧于是又喊他那小丈夫:

　　"弟弟,弟弟,来,不许捡了。吃多了生东西肚子痛!"

　　丈夫听话,兜了一堆枣子向萧萧身边走来,请萧萧吃枣子。

　　"姊姊吃,这是大的。"

　　"我不吃。"

　　"要吃一颗!"

　　她两手那里有空!木叶帽正在制边,工夫要紧,还正要个人帮忙!

　　"弟弟,把枣子喂我口里。"

　　丈夫照她的命令作事,作完了觉得有趣,哈哈大笑。

　　她要他放下枣子帮忙捏紧帽边,便于添加新木叶。

　　丈夫照她吩咐作事,但老是顽皮的摇动,口中唱歌。这孩子原来像一只猫,欢喜时就得捣乱。

　　"弟弟,你唱的是什么。"

　　"我唱花狗大告我的山歌。"

　　"好好的唱给我听。"

　　丈夫于是就唱下去,照所记到的歌唱:

　　天上起云云起花,
　　包谷林里种豆荚,
　　豆荚缠坏包谷树,
　　娇妹缠坏后生家。

　　天上起云云重云,

地下埋坟坟重坟，
娇妹洗碗碗重碗，
娇妹床上人重人。

丈夫唱歌中意义丈夫全不明白，唱完了就问好不好。萧萧说好，并且问从谁学来的。她知道是花狗教他的，却故意盘问他。

"花狗大告我，他说还有好歌，长大了再教我唱。"

听说花狗会唱歌，萧萧说：

"花狗大，花狗大，您唱一个歌我听听。"

那花狗，面如其心，生长得不很正气，知道萧萧要听歌，人也快到听歌的年龄了，就给她唱"十岁娘子一岁夫。"那故事说的是妻年大，可以随便到外面作一点不规矩事情，夫年小，只知道吃奶，让他吃奶。这歌丈夫完全不懂，懂到一点儿的是萧萧。把歌听过后，萧萧装成"我全明白"那种神气，她用生气的样子，对花狗说：

"花狗大，这个不行，这是骂人的歌！"

花狗分辩说："不是骂人的歌。"

"我明白，是骂人的歌。"

花狗难得说多话，歌已经唱过了，错了赔礼，只有不再唱。他看她已经有点懂事了，怕她回头告祖父，就把话支开，扯到"女学生"。他问萧萧，看不看过女学生习体操唱洋歌的事情。

若不是花狗提起，萧萧几乎已忘却了这事情。这时又提到女学生，她问花狗近来有没有女学生过路。

花狗一面把南瓜从棚架边抱到墙角去，告她女学生唱歌的事，这些事的来源就是萧萧的那个祖父，他在萧萧面前说了点大话，说他曾经到官路上见到四个女学生，她们都拿得有旗子，走长路流汗喘气之中仍然唱歌，同军人所唱的一模一样。不消说，这完全是笑话。可是那故事把萧萧可乐坏了。

花狗是会说会笑的一个人。听萧萧带着歆羡口气说："花狗大，您膀子真大。"他就说："我不止膀子大。"

"你身个子也大。"

"我全身无处不大。"

到萧萧抱了她的丈夫走去以后，同花狗在一起摘瓜，取名字叫哑巴的，开了平时不常开的口，他说：

"花狗，你少坏点。人家是黄花女，还要等十二年才圆房！"

花狗不做声，打了那伙计一掌，走到枣树下捡落地枣去了。

到摘瓜的秋天，日子计算起来，萧萧过丈夫家有一年了。

几次降霜落雪，几次清明谷雨，都说萧萧是大人了。天保佑，喝冷水，吃粗砺饭，四季无疾病，倒发育得这样快。婆婆虽生来像一把剪子，把凡是给萧萧暴长的机会都剪去了，但乡下的日头同空气都帮助人长大，却不是折磨可以阻拦得住。

萧萧十四岁时高如成人，心却还是一颗糊糊涂涂的心。

人大了一点，家中做的事也多了一点。绩麻、纺车、洗衣、照料丈夫以外，打猪草推磨一些事情也要作。还有浆纱织布；两三年来所聚集的粗细麻和纺就的纱，已够萧萧坐到土机上抛三个月的梭子了。

丈夫已断了奶。婆婆有了新儿子，这五岁儿子就像归萧萧独有了。不论做什么，走到什么地方去，丈夫总跟到身边。丈夫有些方面很怕她，当她如母亲，不敢多事。他们俩"感情不坏"。

地方稍稍进步，祖父的笑话转到"萧萧你也把辫子剪去"那一类事上去了。听着这话的萧萧，某个夏天也看过一次女学生了，虽不把祖父笑话认真，可是每一次在祖父说过这笑话以后，她到水边去，必用手捏着辫子末梢，设想没有辫子的人那种神气，那点趣味。

因为打猪草，带丈夫上螺蛳山的山阴是常有的事。

小孩子不知事，听别人唱歌也唱歌。一唱歌，就把花狗引来了。

花狗对萧萧生了另外一种心，萧萧有点明白了，常常觉得惶恐。但花狗是男子，凡是男子的美德恶德皆不缺少，所以一面使萧萧的丈夫非常欢喜同他玩，一面一有机会即缠在萧萧身边，且总是想方设法把萧萧那点惶恐减去。

山大人小，到处树木蒙茸，平时不知道萧萧所在，花狗就站在高处唱歌逗萧萧身边的丈夫，丈夫小口一开，花狗穿山越岭就来到萧萧面前了。

见了花狗，小孩子只有欢喜，不知其他。他原要花狗为他编草虫玩，做竹箫哨子玩，花狗想方法支使他到一个远处去，便坐到萧萧身边来，要萧萧听他唱那使人红脸的歌。她有时觉得害怕，不许丈夫走开；有时又像有了花狗在身边，打发丈夫走去也好一点。终于有一天，萧萧就给花狗变成个妇人了。

那时节，丈夫走到山下采刺莓去了，花狗唱了许多歌，到后却向萧萧说，我想了你二三年。他又说，我为你睡不着觉。他又说，我赌咒不把这事情告给人。听了这些话仍然不懂什么的萧萧，眼睛只注意到他那一对膀子，耳朵只注意到他最后一句话。末了花狗便又唱歌给她听。她心里乱了。她要他当真对天赌咒，赌了咒，一切好像有了保障，她就一切尽他了。到丈夫返身时，手被毛毛虫白螯伤，肿了一片，走到萧萧身边，萧萧捏紧这一只小手，且用口去呵它，吮它，想起刚才的糊涂，才仿佛明白作了一点糊涂事。

花狗诱她做坏事情是麦黄四月，到六月，李子熟了，她欢喜吃生李子。她觉得身体有点特别，碰到花狗，就将这事情告给他，问他怎么办。

讨论了多久，花狗全无主意。虽以前自己当天赌得有咒，也仍然无主意。这家伙个子大，胆量小，个子大容易做错事，胆量小做了错事就想不出办法。

到后，萧萧捏着自己那条辫子，想起城里了。她说：

"花狗，我们到城里去过日子，不好么？"

"那怎么行？到城里去做什么？"

"我肚子大了。"

"我们找药去。"

"我想……"

"你想逃?"

"我想逃吗？我想死！"

"我赌咒不辜负你。"

"负不负我有什么用，帮我个忙，赶快拿去肚子里这块肉罢。我害怕！"

花狗不再做声，过了一会，便走开了。不久丈夫从他处回来，见萧萧一个人坐在草地上哭，眼睛红红的，丈夫心中纳罕。看了一会，问萧萧：

"姊姊，为什么哭?"

"不为什么，灰尘落到眼睛里，痛。"

"我吹吹吧。"

"不要吹。"

"你瞧我，得这些这些。"

他把从溪中捡来的小蚌小石头陈列萧萧面前，萧萧用泪眼看了一会，笑着说："弟弟，我们要好，我哭你莫告家中。"到后这事情家中当真就无人知道。

第二天，花狗不辞而行，把自己所有的衣裤都拿去了。祖父问同住的哑巴知不知道他为什么走路，走哪儿去。哑巴只是摇头，说，花狗还欠了他两百钱，临走时话都不留一句，为人少良心。哑巴说他自己的话，并没有把花狗走的理由说明，因此这一家稀奇一整天，谈论一整天。不过这工人既不偷走物件，又不拐带别的，这事过后不久自然也就把他忘了。

萧萧仍然是往日的萧萧。她能够忘记花狗，就好了。但是肚子真有些不同了，肚中东西使她常常一个人干发急，尽做怪梦。

她脾气似乎坏了一点，这坏处只有丈夫知道，因为她对丈夫似乎严厉苛刻了好些。

仍然每天同丈夫在一处，她的心，想到的事自己也不十分明白。她常想，我现在死了，什么都好了。可是为什么要死？她还很高兴活下去，愿意活下去。

家中人不拘谁在无意中提起关于丈夫弟弟的话，提起小孩子，提起花狗，都像使这话如拳头，在萧萧胸口上重重一击。

到八月，她担心人知道更多了，引丈夫庙里去玩，就私自许愿，吃了一大把香灰。吃香灰被她丈夫见到了，丈夫说这是做什么，萧萧就说肚子痛，应当吃这个。萧萧自然说谎。虽说求菩萨许愿，菩萨当然没有如她的希望，肚子中长大的东西仍在慢慢的长大。

她又常常往溪里去喝冷水，给丈夫见到了，丈夫问她她就说口渴。

一切她所想到的方法都没有能够使她与自己不欢喜的东西分开。大肚子只有丈夫一人知道，他却不敢告这件事给父母晓得。因为时间长久，年龄不同，丈夫有些时候对于萧萧的怕同爱，比对于父母还深切。

她还记得那花狗赌咒那一天里的事情，如同记着其他事情一样。到秋天，屋前屋后毛毛虫更多了,丈夫像故意折磨她一样,常常提起几个月前被毛毛虫所螯的旧话,使萧萧难过。她因此极恨毛毛虫,见了那小虫就想用脚去踹。

有一天,又听人说有好些女学生过路,听过这话的萧萧,睁了眼做过一阵梦,愣愣的对日头出处痴了半天。

萧萧步花狗后尘,也想逃走,收拾一点东西预备跟了女学生走的那条路上城。但没有动身,就被家里人发觉了。

家中追究这逃走的根源,才明白这个十年后预备给小丈夫生儿子继香火的萧萧肚子,已被另外一个人抢先下了种。这真是了不得的一件大事。一家人的平静生活为这一件事全弄乱了。生气的生气,流泪的流泪。悬梁,投水,吃毒药,诸事萧萧全想到了,年纪太小,舍不得死,却不曾做。于是祖父想出了个聪明主意,把萧萧关在房里,派两人好好看守着,请萧萧本族的人来说话,看是沉潭还是发卖?萧萧家中人要面子,就沉潭淹死,舍不得就发卖。萧萧既只有一个伯父,在近处庄子里为人种田,去请他时先还以为是吃酒,到了才知道是这样丢脸事情,弄得这家长手足无措。

大肚子作证,什么也没有可说。伯父不忍把萧萧沉潭,萧萧当然应当嫁人作二路亲了。

这处罚好像也极其自然,照习惯受损失的是丈夫家里,然而却可以在改嫁上收回一笔钱,当作赔偿损失的数目。那伯父把这事告给了萧萧,就要走路。萧萧拉着伯父衣角不放,只是幽幽的哭,伯父摇了一会头,一句话不说,仍然走了。

没有相当的人家来要萧萧,就仍然在丈夫家中住下。这件事情既经说明白,倒又像不什么要紧,大家反而释然了。先是小丈夫不能再同萧萧在一处,到后又仍然如月前情形,姊弟一般有说有笑的过日子了。

丈夫知道了萧萧肚子中有儿子的事情,又知道因为这样萧萧才应当嫁到远处去。但是丈夫并不愿意萧萧去,萧萧自己也不愿意去,大家全莫名其妙,像逼到要这样做,不得不做。

在等候主顾来看人,等到十二月,还没有人来。

萧萧次年二月间,坐草生了一个儿子,团头大眼,声响宏壮,大家把母子二人照料得好好的,照规矩吃蒸鸡同江米酒补血,烧纸谢神。一家人都欢喜那儿子。

生下的既是儿子,萧萧不嫁别处了。

到萧萧正式同丈夫拜堂圆房时,儿子年纪十岁,已经能看牛割草,成为家中生产者一员了。平时喊萧萧丈夫做大叔,大叔也答应,从不生气。

这儿子名叫牛儿。牛儿十二岁时也接了亲,媳妇年长六岁。媳妇年纪大,方能诸事作帮手,对家中有帮助。唢呐吹到门前时,新娘在轿中呜呜的哭着,忙坏了那个祖父,曾祖父。

这一天,萧萧抱了自己新生的月毛毛,却在屋前榆蜡树篱笆看热闹,同十年前抱丈夫一个样子。

原载《小说月报》21卷1号,1930年1月

○ 茅 盾

《子夜》（第一章）

　　太阳刚刚下了地平线。软风一阵一阵地吹上人面，怪痒痒的。苏州河的浊水幻成了金绿色，轻轻地，悄悄地，向西流去。黄浦的夕潮不知怎的已经涨上了，现在沿这苏州河两岸的各色船只都浮得高高的，舱面比码头还高了约莫半尺。风吹来外滩公园里的音乐，却只有那炒豆似的铜鼓声最分明，也最叫人兴奋。暮霭挟着薄雾笼罩了外白渡桥的高耸的钢架，电车驶过时，这钢架下横空架挂的电车线时时爆发出几朵碧绿的火花。从桥上向东望，可以看见浦东的洋栈像巨大的怪兽，蹲在暝色中，闪着千百只小眼睛似的灯火。向西望，叫人猛一惊的，是高高地装在一所洋房顶上而且异常庞大的霓虹电管广告，射出火一样的赤光和青燐似的绿焰：Light，Heat，Power！

　　这时候——这天堂般五月的傍晚，有三辆一九三〇年式的雪铁笼汽车像闪电一般驶过了外白渡桥，向西转弯，一直沿北苏州路去了。

　　过了北河南路口的上海总商会以西的一段，俗名唤作"铁马路"，是行驶内河的小火轮的汇集处。那三辆汽车到这里就减低了速率。第一辆车的汽车夫轻声地对坐在他旁边的穿一身黑拷绸衣裤的彪形大汉说：

　　"老关！是戴生昌罢？"

　　"可不是！怎么你倒忘了？您准是给那只烂污货迷昏了啦！"

　　老关也是轻声说，露出一口好像连铁梗都咬得断似的大牙齿。他是保镖的。此时汽车戛然而止，老关忙即跳下车去，摸摸腰间的勃郎宁，又向四下里瞥了一眼，就过去开了车门，威风凛凛地站在旁边。车厢里先探出一个头来，紫酱色的一张方脸，浓眉毛，圆眼睛，脸上有许多小疱。看见迎面那所小洋房的大门上正有"戴生昌轮船局"六个大字，这人也就跳下车来，一直走进去。老关紧跟在后面。

　　"云飞轮船快到了么？"

　　紫酱脸的人傲然问，声音洪亮而清晰。他大概有四十岁了，身材魁梧，举止威严，一望而知是颐指气使惯了的"大亨"。他的话还没完，坐在那里的轮船局办事员霍地一齐站了起来，内中有一个瘦长子堆起满脸的笑容抢上一步，恭恭敬敬回答：

"快了，快了！三老爷，请坐一会儿罢。——倒茶来。"

瘦长子一面说，一面就拉过一把椅子来放在三老爷的背后。三老爷脸上的肌肉一动，似乎是微笑，对那个瘦长子瞥了一眼，就望着门外。这时三老爷的车子已经开过去了，第二辆汽车补了缺，从车厢里下来一男一女，也进来了。男的是五短身材，微胖，满面和气的一张白脸。女的却高得多，也是方脸，和三老爷有几分相像，但颇白嫩光泽。两个都是四十开外的年纪了，但女的因为装饰入时，看来至多不过三十左右。男的先开口：

"荪甫，就在这里等候么？"

紫酱色脸的荪甫还没回答，轮船局的那个瘦长子早又陪笑说：

"不错，不错，姑老爷。已经听得拉过回声。我派了人在那里看着，专等船靠了码头，就进来报告。顶多再等五分钟，五分钟！"

"呀，福生，你还在这里么？好！做生意要有长性。老太爷向来就说你肯学好。你有几年不见老太爷罢？"

"上月回乡去，还到老太爷那里请安。——姑太太请坐罢。"

叫做福生的那个瘦长男子听得姑太太称赞他，快活得什么似的，一面急口回答，一面转身又拖了两把椅子来放在姑老爷和姑太太的背后，又是献茶，又是敬烟。他是荪甫三老爷家里一个老仆的儿子，从小就伶俐，所以荪甫的父亲——吴老太爷特嘱荪甫安插他到这戴生昌轮船局。但是荪甫他们三位且不先坐下，眼睛都看着门外。门口马路上也有一个彪形大汉站着，背向着门，不住地左顾右盼；这是姑老爷杜竹斋随身带的保镖。

杜姑太太轻声松一口气，先坐了，拿一块印花小丝巾，在嘴唇上抹了几下，回头对荪甫说：

"三弟，去年我和竹斋回乡去扫墓，也坐这云飞船。是一条快船。单趟直放，不过半天多，就到了；就是颠得厉害。骨头痛。这次爸爸一定很辛苦的。他那半肢疯，半个身子简直不能动。竹斋，去年我们看见爸爸坐久了就说头晕——"

姑太太说到这里一顿，轻轻吁了一口气，眼圈儿也像有点红了。她正想接下去说，猛的一声汽笛从外面飞来。接着一个人跑进来喊道：

"云飞靠了码头了！"

姑太太也立刻站了起来，手扶着杜竹斋的肩膀。那时福生已经飞步抢出去，一面走，一面扭转脖子，朝后面说：

"三老爷，姑老爷，姑太太；不忙，等我先去招呼好了，再出来！"

轮船局里其他的办事人也开始忙乱；一片声唤脚夫。就有一架预先准备好的大藤椅由两个精壮的脚夫抬了出去。荪甫眼睛望着外边，嘴里说：

"二姊，回头你和老太爷同坐一八八九号，让四妹和我同车，竹斋带阿萱。"

姑太太点头，眼睛也望着外边，嘴唇翕翕地动：在那里念佛！竹斋含着雪茄，微微地笑着，看了荪甫一眼，似乎说"我们走罢"。恰好福生也进来了，十分为难似的皱着眉头：

"真不巧。有一只苏州班的拖船停在里挡——"

"不要紧。我们到码头上去看罢!"

荪甫截断了福生的话,就走出去了。保镖的老关赶快也跟上去。后面是杜竹斋和他的夫人,还有福生。本来站在门口的杜竹斋的保镖就作了最后的"殿军"。

云飞轮船果然泊在一条大拖船——所谓"公司船"的外边。那只大藤椅已经放在云飞船头,两个精壮的脚夫站在旁边。码头上冷静静地,没有什么闲杂人:轮船局里的两三个职员正在那里高声吆喝,轰走那些围近来的黄包车夫和小贩。荪甫他们三位走上了那"公司船"的甲板时,吴老太爷已经由云飞的茶房扶出来坐上藤椅子了。福生赶快跳过去,做手势,命令那两个脚夫抬起吴老太爷,慢慢地走到"公司船"上。于是儿子,女儿,女婿,都上前相见。虽然路上辛苦,老太爷的脸色并不难看,两圈红晕停在他的额角。可是他不作声,看看儿子,女儿,女婿,只点了一下头,便把眼睛闭上了。

这时候,和老太爷同来的四小姐蕙芳和七少爷阿萱也挤上那"公司船"。

"爸爸在路上好么?"

杜姑太太——吴二小姐,拉住了四小姐,轻声问。

"没有什么。只是老说头眩。"

"赶快上汽车罢!福生,你去招呼一八八九号的新车子先开来。"

荪甫不耐烦似的说。让两位小姐围在老太爷旁边,荪甫和竹斋,阿萱就先走到码头上。一八八九号的车子开到了,藤椅子也上了岸,吴老太爷也被扶进汽车里坐定了,二小姐——杜姑太太跟着便坐在老太爷旁边。本来还是闭着眼睛的吴老太爷被二小姐身上的香气一刺激,便睁开眼来看一下,颤着声音慢慢地说:

"芙芳,是你么?要蕙芳来!蕙芳!还有阿萱!"

荪甫在后面的车子里听得了,略皱一下眉头,但也不说什么。老太爷的脾气古怪而且执拗,荪甫和竹斋都知道。于是四小姐蕙芳和七少爷阿萱都进了老太爷的车子。二小姐芙芳舍不得离开父亲,便也挤在那里。两位小姐把老太爷夹在中间。马达声音响了,一八八九号汽车开路,已经动了,忽然吴老太爷又锐声叫了起来:

"《太上感应篇》!"

这是裂帛似的一声怪叫。在这一声叫喊中,吴老太爷的残余生命力似乎又复旺炽了;他的老眼闪闪地放光,额角上的淡红色转为深朱,虽然他的嘴唇簌簌地抖着。

一八八九号的汽车夫立刻把车煞住,惊惶地回过脸来。荪甫和竹斋的车子也跟着停止。大家都怔住了。四小姐却明白老太爷要的是什么。她看见福生站在近旁,就唤他道:

"福生,赶快到云飞的大餐间里拿那部《太上感应篇》来!是黄绫子的书套!"

吴老太爷自从骑马跌伤了腿,终至成为半肢疯以来,就虔奉《太上感应篇》,二十余年如一日;除了每年印赠而外,又曾恭楷手抄一部,是他坐卧不离的。

一会儿,福生捧着黄绫子书套的《感应篇》来了。吴老太爷接过来恭恭敬敬摆在膝头,就闭了眼睛,干瘪的嘴唇上浮出一丝放心了的微笑。

"开车！"

二小姐轻声喝，松了一口气，一仰脸把后颈靠在弹簧背垫上，也忍不住微笑。这时候，汽车愈走愈快，沿着北苏州路向东走，到了外白渡桥转弯朝南，那三辆车便像一阵狂风，每分钟半英里，一九三〇年式的新纪录。

坐在这样近代交通的利器上，驱驰于三百万人口的东方大都市上海的大街，而却捧了《太上感应篇》，心里专念着文昌帝君的"万恶淫为首，百善孝为先"的诰诫，这矛盾是很显然的了。而尤其使这矛盾尖锐化的，是吴老太爷的真正虔奉《太上感应篇》，完全不同于上海的借善骗钱的"善棍"。可是三十年前，吴老太爷却还是顶呱呱的"维新党"。祖若父两代侍郎，皇家的恩泽不可谓不厚，然而吴老太爷那时却是满腔子的"革命"思想。普遍于那时候的父与子的冲突，少年的吴老太爷也是一个主角。如果不是二十五年前习武骑马跌伤了腿，又不幸而渐渐成为半身不遂的毛病，更不幸而接着又赋悼亡，那么现在吴老太爷也许不至于整天捧着《太上感应篇》罢？然而自从伤腿以后，吴老太爷的英年浩气就好像是整个儿跌丢了；二十五年来，他就不曾跨出他的书斋半步！二十五年来，除了《太上感应篇》，他就不曾看过任何书报！二十五年来，他不曾经验过书斋以外的人生！第二代的"父与子的冲突"又在他自己和荪甫中间不可挽救地发生。而且如果说上一代的侍郎可算得又怪僻，又执拗，那么，吴老太爷正亦不弱于乃翁；书斋便是他的堡寨，《太上感应篇》便是他的护身法宝，他坚决的拒绝了和儿子妥协，亦既有十年之久了！

虽然此时他已经坐在一九三〇年式的汽车里，然而并不是他对儿子妥协。他早就说过，与其目击儿子那样的"离经叛道"的生活，倒不如死了好！他绝对不愿意到上海。荪甫向来也不坚持要老太爷来，此番因为土匪实在太嚣张，而且邻省的共产党红军也有燎原之势，让老太爷高卧家园，委实是不妥当。这也是儿子的孝心。吴老太爷根本就不相信什么土匪，什么红军，能够伤害他这虔奉文昌帝君的积善老子！但是坐卧都要人扶持，半步也不能动的他，有什么办法？他只好让他们从他的"堡寨"里抬出来，上了云飞轮船，终于又上了这"子不语"的怪物——汽车。正像二十五年前是这该诅咒的半身不遂使他不能到底做成"维新党"，使他不得不对老侍郎的"父"屈服，现在仍是这该诅咒的半身不遂使他又不能"积善"到底，使他不得不对新式企业家的"子"妥协了！他就是那么样始终演着悲剧。

但毕竟尚有《太上感应篇》这护身法宝在他手上，而况四小姐蕙芳，七少爷阿萱一对金童玉女，也在他身旁，似乎虽入"魔窟"，亦未必竟堕"德行"，所以吴老太爷闭目养了一会神以后，渐渐泰然怡然睁开眼睛来了。

汽车发疯似的向前飞跑。吴老太爷向前看。天哪！几百个亮着灯光的窗洞像几百只怪眼睛，高耸碧霄的摩天建筑，排山倒海般地扑到吴老太爷眼前，忽地又没有了；光秃秃的平地拔立的路灯杆，无穷无尽地，一杆接一杆地，向吴老太爷脸前打来，忽地又没有了；长蛇阵似的一串黑怪物，头上都有一对大眼睛放射出叫人目眩的强光，啵——啵——地吼着，闪电似的冲将过来，准对着吴老太爷坐的小箱子冲将过来！近了！近了！吴老太爷闭了眼睛，全身都抖了。他觉得他的头颅仿佛是在颈脖子上旋转；他眼前是红的，黄的，绿的，黑的，发光的，立方体的，圆锥形的，——混杂的一团，在那里跳，在那里转；他耳朵里灌满了轰，轰，轰！轧，轧，轧！啵，啵，啵！猛烈嘈杂的声浪会叫人心跳出腔子似的。

不知经过了多少时候，吴老太爷悠然转过一口气来，有说话的声音在他耳边动荡：

"四妹，上海也不太平呀！上月是公共汽车罢工，这月是电车了！上月底共产党在北京路闹事，捉了几百，当场打死了一个。共产党有枪呢！听三弟说，各工厂的工人也都不稳。随时可以闹事。时时想暴动。三弟的厂里，三弟公馆的围墙上，都写满了共产党的标语……"

"难道巡捕不捉么？"

"怎么不捉！可是捉不完。啊哟！真不知道哪里来的这许多不要性命的人！——可是，四妹，你这一身衣服实在看了叫人笑。这还是十年前的装束！明天赶快换一身罢！"

是二小姐芙芳和四小姐蕙芳的对话。吴老太爷猛睁开了眼睛，只见左右前后都是像他自己所坐的那种小箱子——汽车。都是静静地一动也不动。横在前面不远，却像开了一道河似的，从南到北，又从北到南，匆忙地杂乱地交流着各色各样的车子；而夹在车子中间，又有各色各样的男人女人，都像有鬼赶在屁股后似的跌跌撞撞地快跑。不知从什么高处射来的一道红光，又正落在吴老太爷身上。

这里正是南京路同河南路的交叉点，所谓"抛球场"。东西行的车辆此时正在那里静候指挥交通的红绿灯的命令。

"二姊，我还没见过三嫂子呢。我这一身乡气，会惹她笑痛了肚子罢。"

蕙芳轻声说，偷眼看一下父亲，又看看左右前后安坐在汽车里的时髦女人。芙芳笑了一声，拿出手帕来抹一下嘴唇。

一股浓香直扑进吴老太爷的鼻子，痒痒地似乎怪难受。

"真怪呢！四妹。我去年到乡下去过，也没看见像你这一身老式的衣裙。"

"可不是。乡下女人的装束也是时髦得很呢，但是父亲不许我——"

像一枝尖针刺入吴老太爷迷惘的神经，他心跳了。他的眼光本能地瞥到二小姐芙芳的身上。他第一次意识地看清楚了二小姐的装束；虽则尚在五月，却因今天骤然闷热，二小姐已经完全是夏装；淡蓝色的薄纱紧裹着她的壮健的身体，一对丰满的乳房很显明地突出来，袖口缩在臂弯以上，露出雪白的半只臂膊。一种说不出的厌恶，突然塞满了吴老太爷的心胸，他赶快转过脸去，不提防扑进他视野的，又是一位半裸体似的只穿着亮纱坎肩，连肌肤都看得分明的时装少妇，高坐在一辆黄包车上，翘起了赤裸裸的一只白腿，简直好像没有穿裤子。"万恶淫为首"！这句话像鼓槌一般打得吴老太爷全身发抖。然而还不止此。吴老太爷眼珠一转，又瞥见了他的宝贝阿萱却正张大了嘴巴，出神地贪看那位半裸体的妖艳少妇呢！老太爷的心卜地一下狂跳，就像爆裂了似的再也不动，喉间是火辣辣地，好像塞进了一大把的辣椒。

此时指挥交通的灯光换了绿色，吴老太爷的车子便又向前进。冲开了各色各样车辆的海，冲开了红红绿绿的耀着肉光的男人女人的海，向前进！机械的骚音，汽车的臭屁，和女人身上的香气，霓虹电管的赤光——一切梦魇似的都市的精怪，毫无怜悯地压到吴老太爷朽弱的心灵上，直到他只有目眩，只有耳鸣，只有头晕！直到他的刺激过度的神经像要爆裂似的发痛，直到他的狂跳不歇的心脏不能再跳动！

呼卢呼卢的声音从吴老太爷的喉间发出来，但是都市的骚音太大了，二小姐，四小姐和阿萱都没有听到。老太爷的脸色也变了，但是在不断的红绿灯光的映射中，谁也不能辨别谁的脸色有什么异样。

汽车是旋风般向前进。已经穿过了西藏路，在平坦的静安寺路上开足了速率。路旁隐在绿荫中射出一点灯光的小洋房连排似的扑过来，一眨眼就过去了。五月夜的凉风吹在车窗上，猎猎地响。四小姐蕙芳像是摆脱了什么重压似的松一口气，对阿萱说：

"七弟，这可长住在上海了。究竟上海有什么好玩，我只觉得乱哄烘地叫人头痛。"

"住惯了就好了。近来是乡下土匪太多，大家都搬到上海来。四妹，你看这一路的新房子，都是这两年内新盖起来的。随你盖多少新房子，总有那么多的人来住。"

二小姐接着说，打开她的红色皮包，取出一个粉扑，对着皮包上装就的小镜子便开始化起妆来。

"其实乡下也还太平。谣言还没有上海那么多。七弟，是么？"

"太平？不见得罢！两星期前开来了一连兵，刚到关帝庙里驻扎好了，就向商会里要五十个年青的女人——补洗衣服；商会说没有，那些八太爷就自己出来动手拉。我们隔壁开水果店的陈家嫂不是被他们拉了去么？我们家的陆妈也是好几天不敢出大门……"

"真作孽！我们在上海一点不知道。我们只听说共产党要掳女人去共。"

"我在镇上就不曾见过半个共军。就是那一连兵，叫人头痛！"

"吓，七弟，你真糊涂！等到你也看见，那还了得！竹斋说，现在的共产党真厉害，九流三教里，到处全有。防不胜防。直到像雷一样打到你眼前，你才觉到。"

这么说着，二小姐就轻轻吁一声。四小姐也觉毛骨悚然。只有不很懂事的阿萱依然张大了嘴胡胡地笑。他听得二小姐把共产党说成了神出鬼没似的，便觉得非常有趣；"会像雷一样的打到你眼前来么？莫不是有了妖术罢！"他在肚子里自问自答。这位七少爷今年虽已十九岁，虽然长的极漂亮，却因为一向就做吴老太爷的"金童"，很有几分傻。

此时车上的喇叭突然呜呜地叫了两声，车子向左转，驶入一条静荡荡的浓荫夹道的横马路，灯光从树叶的密层中洒下来，斑斑驳驳地落在二小姐她们身上。车子也走得慢了。二小姐赶快把化妆皮包收拾好，转脸看着老太爷轻声说：

"爸爸，快到了。"

"爸爸睡着了！"

"七弟，你喊得那么响！二姊，爸爸闭了眼睛养神的时候，谁也不敢惊动他！"

但是汽车上的喇叭又是呜呜地连叫三声，最后一声拖了个长尾巴。这是暗号。前面一所大洋房的两扇乌油大铁门霍地荡开，汽车就轻轻地驶进门去。阿萱猛的从坐位上站起来，看见苏甫和竹斋的汽车也衔接着进来，又看见铁门两旁站着四五个当差，其中有武装的巡捕。接着，砰——的一声，铁门就关上了。此时汽车在花园里的柏油路上走，发出细微的丝丝的声音。黑森森的树木夹在柏油路两旁，三三两两的电灯在树荫间闪烁。蓦地车又转弯，眼前一片雪亮，耀的人眼花，五开间三层楼的一座大洋房在前面了。从屋子里散射出来的无线电音乐在空中回翔，咕——的一声，汽车停下。

有一个清脆的声音在汽车旁边叫：

"太太！老太爷和老爷他们都来了！"

从晕眩的突击中方始清醒过来的吴老太爷吃惊似的睁开了眼睛。但是紧抓住了这位老太爷的觉醒意识的第一刹那却不是别的，而是刚才停车在"抛球场"时七少爷阿萱贪婪地看着那位半裸体似的妖艳少妇的那种邪魔的眼光，以及四小姐蕙芳说的那一句"乡下女人装束也时髦得很呢，但是父亲不许我——"的声浪。

刚一到上海这"魔窟"，吴老太爷的"金童玉女"就变了！

无线电音乐停止了，一阵女人的笑声从那五开间洋房里送出来，接着是高跟皮鞋错落地阁阁地响，两三个人形跳着过来，内中有一位粉红色衣服，长身玉立的少妇，袅着细腰抢到吴老太爷的汽车边，一手拉开了车门，娇声笑着说：

"爸爸，辛苦了！二姊，这是四妹和七弟么？"

同时就有一股异常浓郁使人窒息的甜香，扑头压住了吴老太爷。而在这香雾中，吴老太爷看见一团蓬蓬松松的头发乱纷纷地披在白中带青的圆脸上，一对发光的滴溜溜转动的黑眼睛，下面是红得可怕的两片嘻开的嘴唇。蓦地这披发头扭了一扭，又响出银铃似的声音：

"苏甫！你们先进去。我和二姊扶老太爷！四妹，你先下来！"

吴老太爷集中全身最后的生命力摇一下头。可是谁也没有理他。四小姐擦着那披发头下去了，二小姐挽住老太爷的左臂，阿萱也从旁帮一手，老太爷身不由主的便到了披发头的旁边了，就有一条滑腻的臂膊箍住了老太爷的腰部，又是一串艳笑，又是兜头扑面的香气。吴老太爷的心只是发抖，《太上感应篇》紧紧地抱在怀里。有这样的意思在他的快要炸裂的脑神经里通过："这简直是夜叉，是鬼！"

超乎一切以上的憎恨和忿怒忽然给与吴老太爷以长久未有的力气。仗着二小姐和吴少奶奶的半扶半抱，他很轻松的上了五级的石阶，走进那间灯火辉煌的大客厅了。满客厅的人！迎面上前的是苏甫和竹斋。忽然又飞跑来两个青年女郎，都是披着满头长发，围住了吴老太爷叫唤问好。她们嘈杂地说着笑着，簇拥着老太爷到一张高背沙发椅里坐下。

吴老太爷只是瞪出了眼睛看。憎恨，忿怒，以及过度刺激，烧得他的脸色变为青中带紫。他看见满客厅是五颜六色的电灯在那里旋转，旋转，而且愈转愈快。近他身旁有一个怪东西，是浑圆的一片金光，嗡嗡地响着，徐徐向左右移动，吹出了叫人气噎的猛风，像是什么金脸的妖怪在那里摇头作法。而这金光也愈摇愈大，塞满了全客厅，弥漫了全空间了！一切红的绿的电灯，一切长方形，椭圆形，多角形的家具，一切男的女的人们，都在这金光中跳着转着。粉红色的吴少奶奶，苹果绿色的一位女郎，淡黄色的又一女郎，都在那里疯狂地跳，跳！她们身上的轻绡掩不住全身肌肉的轮廓，高耸的乳峰，嫩红的乳头，腋下的细毛！无数的高耸的乳峰，颤动着，颤动着的乳峰，在满屋子里飞舞了！而夹在这乳峰的舞阵中间的，是苏甫的多疱的方脸，以及满是邪魔的阿萱的眼光。突然吴老太爷又看见这一切颤动着飞舞着的乳房像乱箭一般射到他胸前，堆积起来，堆积起来，重压着，重压着，压在他胸脯上，压在那部摆在他膝头的《太上感应篇》上，于是他又听得狂荡的艳笑，房屋摇摇欲倒。

"邪魔呀！"吴老太爷似乎这么喊，眼里迸出金花。他觉得有千万斤压在他胸口，觉得脑袋里有什么东西爆裂了，碎断了；猛的拔地长出两个人来，粉红色的吴少奶奶和苹果绿色的女郎，都嘻开了血色的嘴唇像要来咬。吴老太爷脑壳里椰的一响，两眼一翻，就什么都不知道了。

"表叔！认得我么？素素，我是张素素呀！"

站在吴老太爷面前的穿苹果绿色 Grafton 轻绡的女郎兀自笑嘻嘻地说，可是在她旁边捧着一杯茶的吴少奶奶蓦地惊叫了一声，茶杯掉在地下。满客厅的人都一跳！死样沉寂的一刹那！接着是暴雷般的脚步声，都拥到吴老太爷的身边来了。十几张嘴同时在问在叫。吴老太爷脸色像纸一般白，嘴唇上满布着白沫，头颅歪垂着。黄绫套子的《太上感应篇》啪的一声落在地下。

"爸爸，爸爸！怎么了？醒醒罢，醒醒罢！"

二小姐捧住了吴老太爷的头，颤抖着声音叫，竹斋伸长了脖子，挨在二小姐肩下，满脸的惊惶。抓住了老太爷左手的苏甫却是一脸怒容，厉声斥骂那些围近来的当差和女仆：

"滚开！还不快去拿冰袋来么？快，快！"

冰袋！冰袋！老太爷发痧了！——一迭声传出去。当差们满屋子乱跑。略站得远些的淡黄色衣服的女郎拉住了张素素低声问：

"素！你看见老太爷是怎么一来就发晕了呢？"

张素素瞪大了眼睛，说不出话来，她的丰满的胸脯像波浪似的一起一伏。那边吴少奶奶却气喘喘地断断续续地在说：

"我捧了茶来，——看见，看见，爸爸——头一歪，眼睛闭了，嘴里出白沫——白沫！脸色也就完全变了。发痧，发痧……是痰火么？爸爸向来有这毛病么？"

二小姐一手掐住老太爷的人中，一面急口地追问那呆呆地站着淌眼泪的四小姐：

"四妹，四妹！爸爸发过这种病么？发过罢！你说，你说哟！"

"要是痰火上，转过一口气来，就不要紧的。只要转一口气，一口气！"

竹斋看着苏甫说，慌慌张张地把他那个随身携带的鼻烟壶递过去。苏甫一手接了鼻烟壶,也不回答竹斋,只是横起了怒目前前后后看,一面喝道:"挤得那么紧!单是这股子人气也要把老太爷熏坏了!——怎么冰袋还不来!佩瑶,这里暂时不用你帮忙;你去亲自打电话请丁医生!——王妈!催冰袋去!"于是他又对二小姐摆手:"二姊,不要慌张!爸爸胸口还是热的呢!在这沙发椅上不是办法,我们先抬爸爸到那架长沙发榻上去罢。"这么说着,也不等二小姐的回答,荪甫就把老太爷抱起来,众人都来帮一手。

刚刚把老太爷放在一张蓝绒垫子的长而且阔的沙发榻上,打电话去请医生的吴少奶奶也回来了。据她说:十分钟内,丁医生就可以到;而在他未到以前,切莫惊扰病人,应该让病人躺在安静的房间里。此时王妈捧了冰袋来。荪甫一手接住,就按在老太爷的前额,一面看着那个站在客厅门口的当差高升说:

"去叫几个人来抬老太爷到小客厅!还有,丁医生就要来,吩咐号房留心!"

忽然老太爷的手动了一下,喉间一声响,就有像是痰块的白沫从嘴里冒出来。"好了!"——几张嘴同声喊,似乎心头松一下。吴少奶奶在张素素襟头抢一方白丝手帕揩去了老太爷嘴上的东西,一面对荪甫使眼色。荪甫皱了眉头。竹斋和二小姐也是苦着脸。老太爷额角上爆出的青筋就有蚯蚓那么粗,喉间的响声更大更急促了,白沫也不住的冒。俄而手又一动,眼皮有点跳,终于半睁开了。

"怎么丁医生还不来?先抬进小客厅罢!"

荪甫搓着手自言自语地说,回头对站在那里等候命令的四个当差一摆手。四个当差就上前抬起了那张长沙发榻,走进大客厅左首的小客厅;竹斋,荪甫,吴少奶奶,二小姐,四小姐,都跟了进去。阿萱自始就站在那里呆呆地出神,此时像觉醒似的,慌慌张张向四面一看,也跑进小客厅去了。砰——的一声,小客厅的门就此关上。

留在大客厅里的人们悄悄地等候着,谁也不开口。张素素倚在一架华美硕大的无线电收音机旁边,垂着头,看地上的那部《太上感应篇》,似乎很在那里用心思。两个穿洋服的男客,各自据了一张沙发椅,手托住了头,慢慢的吸香烟;有时很焦灼地对小客厅的那扇门看一眼。

电灯光依然柔和地照着一切。小风扇的浑圆的金脸孔依然嗬嗬地响着,徐徐转动,把凉风送到各人身上,吹拂起他们的衣裙。然而这些一向是快乐的人们此时却有一种不可名状的不安压住在心头。

钢琴旁边坐着那位穿淡黄色衣服的女郎,随手翻弄着一本琴谱。她的相貌很像吴少奶奶,她是吴少奶奶的嫡亲妹子,林二小姐。

呆呆地在出神的张素素忽然像是想着了什么,猛的抬起头来,向四面看看,似乎要找谁说话;一眼看见那淡黄色衣服的女郎正也在看她,就跑到钢琴前面,双手一拍,低声地然而郑重地说:

"佩珊!我想老太爷一定是不中用了!我见过——"

那边两位男客都惊跳起来,睁大了询问的眼睛,走到张素素旁边了。

"你怎么知道一定不中用?"

林佩珊迟疑地问，站了起来。

"我怎么知道？嗳——因为我看见过人是怎样死的呀！"

几个男女仆人此时已经围绕在这两对青年男女的周围了，听得张素素那样说，忍不住都笑出声来。张素素却板起脸儿不笑。她很神秘的放低了声音，再加以申明：

"你们看老太爷吐出来的就是痰么？不是！一百个不是！这是白沫！大凡人死在热天，就会冒出这种白沫来，我见过。你们说今天还不算热么？八十度哪！真怪！还只五月十七，——玉亭，我的话对不对？你说！"

张素素转脸看住了男客中间的一个，似乎硬要他点一下头。这人就是李玉亭：中等身材，尖下巴，戴着程度很深的近视眼镜。他不说"是"，也没说"不是"，只是微微笑着。这使得张素素老大不高兴，向李玉亭白了一眼，她噘起猩红的小嘴唇，叽叽咕咕地说：

"好！我记得你这一遭！大凡教书的人总是那么灰色的，大学教授更甚。学生甲这么说，学生乙又是那么说，好，我们的教授既不敢左袒，又不敢右倾，只好摆出一副挨打的脸儿嘻嘻的傻笑。——但是，李教授李玉亭呀！你在这里不是上课，这里是吴公馆的会客厅！"

李玉亭当真不笑了，那神气就像挨了打似的。站在林佩珊后面的男客凑到她耳朵边轻轻地不知说了怎么一句，林佩珊就嗤的一声笑了出来，并且把那俊俏的眼光在张素素脸上掠过。立刻张素素的嫩脸上飞起一片红云，她陡的扭转腰肢，扑到林佩珊身上，恨恨地说：

"你们表兄妹捣什么鬼！说我的坏话？非要你讨饶不行！"

林佩珊吃吃地笑着，保护着自己的顶怕人搔摸的部分，一步一步往后退，又夹在笑声中叫道：

"博文，是你闯祸，你倒袖手旁观呢！"

此时忽然来了汽车的喇叭声，转瞬间已到大客厅前，就有一个高大的穿洋服的中年男子飞步跑进来，后面跟着两个穿白制服的看护妇捧着很大的皮包。张素素立刻放开了林佩珊，招呼那新来者：

"好极了，丁医生！病人在小客厅！"

说着，她就跳到小客厅门前，旋开了门，让丁医生和看护妇都进去了，她自己也往门里一闪，随手就带上了门。

林佩珊一面掠头发，一面对她的表哥范博文说：

"你看丁医生的汽车就像救火车，直冲到客厅前。"

"但是丁医生的使命却是要燃起吴老太爷身里的生命之火，而不是扑灭那个火。"

"你又在做诗了么？嘻——"

林佩珊佯嗔地睖了她表哥一眼，就往小客厅那方向走。但在未到之前，小客厅的门开了，张素素轻手轻脚踅出来，后面是一个看护妇，将她手里的白瓷方盘对伺候客厅的当差一扬，说了一个字："水！"接着，那看护妇又缩了进去，小客厅的门依然关上。

探询的眼光从四面八方射出来,集中于张素素的脸上。张素素摇头,不作声,闷闷的绕着一张花梨木的圆桌子走。随后,她站在林佩珊他们三个面前,悄悄地说:

"丁医生说是脑充血,是突然受了猛烈刺激所致。有没有救,此刻还没准。猛烈的刺激?真是怪事!"

听的人们都面面相觑,不作声。过了一会儿,李玉亭似乎要挽救张素素刚才的嗔怒,应声虫似的也说了一句:

"真是怪事!"

"然而我的眼睛就要在这怪事中看出不足怪。吴老太爷受了太强的刺激,那是一定的。你们试想,老太爷在乡下是多么寂静;他那二十多年足不窥户的生活简直是不折不扣的坟墓生活!他那书斋,依我看来,就是一座坟!今天突然到了上海,看见的,听到的,嗅到的,哪一样不带有强烈的太强烈的刺激性?依他那样的身体,又上了年纪,若不患脑充血,那就当真是怪事一桩!"

范博文用他那缓慢的女性的声调说,脸上亮晶晶的似乎很得意。他说完了,就溜过眼波去找林佩珊的眼光。林佩珊很快地回看他一眼,就抿着嘴一笑。这都落在张素素的尖利的观察里了,她故意板起了脸,鼻子里哼一声:

"范诗人!你又在做诗么?死掉了人,也是你的诗题了!"

"就算我做诗的时机不对,也不劳张小姐申申而詈呵!"

"好!你是要你的林妹妹申申而詈的罢?"

这次是林佩珊的脸上飞红了。她对张素素啐了一声,就讪讪地走开了。范博文毫不掩饰地跟着她。然而张素素似乎感到更悲哀,蹙着眉尖,又绕走那张花梨木的圆桌子了。李玉亭站在那里摸下巴。客厅里静得很,只有小风扇的单调的嗬嗬的声响。间或飞来了外边马路上汽车的喇叭叫,但也是像要睡去似的没有一丝儿劲。几个男当差像棍子似的站着。王妈和另一个女仆头碰头的在密谈,可是只见她们的嘴唇皮动,却听不到声音。

小客厅的门开了,高大的身形一闪,是丁医生。他走到摆着烟卷的黄铜椭圆桌子边,从银匣里捡了一枝雪茄烟燃着了,吐一口气,就在沙发椅里坐下。

"怎样?"

张素素走到丁医生跟前轻声问。

"十分之九是没有希望。刚才又打一针。"

"今晚上挨不过罢?"

"总是今晚上的事!"

丁医生放下雪茄,又回到小客厅里去了。张素素悄悄地跑过去,将小客厅的门拉上了,蓦地跳转身来,扑到林佩珊面前,抱住了她的细腰,脸贴着脸,一边乱跳,一边很痛苦地叫道:

"佩珊!佩珊!我心里难过极了!想到一个人会死,而且会突然的就死,我真是难过极了!我不肯死!我一定不能死!"

"可是我们总有一天要死。"

"不能！我一定不能死！佩珊，佩珊！"

"也许你和大家不同，老了还会脱壳；——可是，素，不要那么乱揉，你把我的头发弄成个什么样子！啊，啊，啊！放手！"

"不要紧，明天再去一次 Beauty Parlour——哦，佩珊，佩珊！如果一定得死，我倒愿意刺激过度而死！"

林佩珊惊异地叫了一声，看着张素素的眼睛，这眼睛现在闪着异样兴奋的光芒，和平常时候完全不同。

"就是过度刺激！我想，死在过度刺激里，也许最有味，但是我绝对不需要像老太爷今天那样的过度刺激，我需要的是另一种，是狂风暴雨，是火山爆裂，是大地震，是宇宙混沌那样的大刺激，大变动！啊啊，多么奇伟，多么雄壮！"

这么叫着，张素素就放开了林佩珊，退后一步，落在一张摇椅里，把手掩住了脸孔。

站在那里听她们谈话的李玉亭和范博文都笑了，似乎料不到张素素有这意外的一转一收。范博文看见林佩珊还是站在那里发怔，就走去拉一下她的手。林佩珊一跳，看清楚了是范博文，就给他一个娇嗔。范博文翘起右手的大拇指，向张素素那边虚指了一指，低声说：

"你明白么？她所需要的那种刺激，不是'灰色的教授'所能给与的！可是，刚才她实在颇有几分诗人的气分。"

林佩珊先自微笑，听到最后一句，她忽然冷冷地瞥了范博文一眼，鼻子里轻轻一哼，就懒洋洋地走开了。范博文立刻明白自己的说话有点被误会，赶快抢前一步，拉住了佩珊的肩膀。但是林佩珊十分生气似的挣脱了范博文的手，就跑进了客厅右首后方的一道门，砰的一声，把门关上。范博文略一踌躇，也就赶快跟过去，飞开了那道门，就唤"珊妹"。

林佩珊关门的声音将张素素从沉思中惊醒。她抬起头来看，又垂下眼去；放在一张长方形的矮脚琴桌上的黄绫套子的《太上感应篇》首先映入她的眼内。她拿起那套书，翻开来看。是朱丝栏夹贡纸端端正正的楷书。卷后有吴老太爷在"甲子年仲春"写的跋文：

余既镌印文昌帝君《太上感应篇》十万部，广布善缘，又手录全文……

张素素忍不住笑了一声，正想再看下去，忽然脑后有人轻声说：

"吴老太爷真可谓有信仰，有主义，终身不渝。"

是李玉亭，正靠在张素素坐椅的背后，烟卷儿夹在手指中。张素素侧着头仰脸看了他一眼，便又低头去翻看那《太上感应篇》。过一会儿，她把《感应篇》按在膝头，猛的问道：

"玉亭，你看我们这社会到底是怎样的社会？"

冷不防是这么一问，李玉亭似乎怔住了；但他到底是经济学教授，立即想好了回答：

"这倒难以说定。可是你只要看看这儿的小客厅，就得了解答。这里面有一位金融界的大亨，又有一位工业界的巨头；这小客厅就是中国社会的缩影。"

"但是也还有一位虔奉《太上感应篇》的老太爷！"

"不错，然而这位老太爷快就要——断气了。"

"内地还有无数的吴老太爷。"

"那是一定有的。却是一到了上海就也要断气。上海是——"

李玉亭这句话没有完，小客厅的门开了，出来的是吴少奶奶。除了眉尖略蹙而外，这位青年美貌的少奶奶还是和往常一样的活泼。看见只有李玉亭和张素素在这里，吴少奶奶的眼珠一溜，似乎很惊讶；但是她立刻一笑，算是招呼了李张二位，便叫高升和王妈来吩咐：

"老太爷看来是拖不过今天晚上的了。高升，你打电话给厂里的莫先生，叫他马上就来。应该报丧的亲戚朋友就得先开一个单子。花园里，各处，都派好了人去收拾一下。搁在四层屋顶下的木器也要搬出来。人手不够，就到杜姑老爷公馆里去叫。王妈，你带几个人去收拾三层楼的客房，各房里的窗纱，台布，沙发套子，都要换好。"

"老太爷身上穿了去的呢？还有，看什么板——"

"这不用你办。现在还没商量好，也许包给万国殡仪馆。你马上打电话到厂里叫账房莫先生来。要是厂里抽得出人，就多来几个。"

"老太爷带来的行李，刚才'戴生昌'送来了，一共二十八件。"

"那么，王妈，你先去看看，用不到的行李都搁到四层屋顶去。"

此时小客厅里在叫"佩瑶"了，吴少奶奶转身便跑了回去，却在带上那道门之前，露出半个头来问道：

"佩珊和博文怎么不见了呢？素妹，请你去找一下罢。"

张素素虽然点头，却坐着不动。她在追忆刚才和李玉亭的讨论，想要拾起那断了的线索。李玉亭也不作声，吸着香烟，踱方步。这时已有九点钟，外面园子里人来人往，骤然活动；树荫中，湖山石上，几处亭子里的电灯，也都一齐开亮了。王妈带了几个粗做女仆进客厅来，动手就换窗上的绛色窗纱。一大包沙发套子放在地板上。客厅里的地毯也拿出去扑打。

忽然小客厅里一阵响动以后，就听得杂乱的哭声，中间夹着唤"爸爸"。张素素和李玉亭的脸上都紧张起来了。张素素站起来，很焦灼地徘徊了几步，便跑到小客厅门前，推开了门。这门一开，哭声就灌满了大客厅。丁医生搓着手，走到大客厅里，看着李玉亭说：

"断气了！"

接着苏甫也跑出来，脸色郁沉，吩咐了当差们打电话去请秋律师来，转身就对李玉亭说：

"今晚上要劳驾在这里帮忙招呼了。此刻是九点多，报馆里也许已经不肯接收论前广告，可是我们这报丧的告白非要明天见报不行。只好劳驾去办一次交涉。底稿，竹斋在那里拟。五家大报一齐登！——高升，怎么莫先生还没有来呢？"

高升站在大客厅门外的石阶上，正想回话，二小姐已经跑出来拉住了荪甫说：

"刚才和佩瑶商量，觉得老太爷大殓的时刻还是改到后天上午好些，一则不匆促，二则曾沧海舅父也可以赶到了。舅父是顶会挑剔的！"

荪甫沉吟了一会儿，终于毅然回答：

"我们连夜打急电去报丧，赶得到赶不到，只好不管了；舅父有什么话，都由我一人担当。大殓是明天下午二时，决不能改动的了！"

二小姐还想争，但是荪甫已经跑回小客厅去了。二小姐跟着也追进去。

这时候，林佩珊和范博文手携着手，正从大客厅右首的大餐室门里走出去，一眼看见那乱哄哄的情形，两个人都怔住了。佩珊看着博文低声说：

"难道老太爷已经去世了么？"

"我是一点也不以为奇。老太爷在乡下已经是'古老的僵尸'，但乡下实际就等于幽暗的'坟墓'，僵尸在坟墓里是不会'风化'的。现在既到了现代大都市的上海，自然立刻就要'风化'。去罢！你这古老社会的僵尸！去罢！我已经看见五千年老僵尸的旧中国也已经在新时代的暴风雨中间很快的很快的在那里风化了！"

林佩珊抿着嘴笑，掷给了范博文一个娇媚的伴嗔。

选自茅盾《子夜》，上海开明书店 1933 年版

○ 穆时英

上海的狐步舞（一个断片）

上海。造在地狱上面的天堂！

沪西，大月亮爬在天边，照着大原野。浅灰的原野，铺上银灰的月光，再嵌着深灰的树影和村庄的一大堆一大堆的影子。原野上，铁轨画着弧线，沿着天空直伸到那边儿的水平线下去。

林肯路。（在这儿，道德给践在脚下，罪恶给高高地捧在脑袋上面。）

拎着饭篮，独自个儿在那儿走着，一只手放在裤袋里，看着自家儿嘴里出来的热气慢慢儿的飘到蔚蓝的夜色里去。

三个穿黑绸长褂，外面罩着黑大褂的人影一闪。三张在呢帽底下只瞧得见鼻子和下巴的脸遮在他前面。

"慢着走，朋友！"

"有话尽说，朋友！"

"咱们冤有头，债有主，今儿不是咱们有什么跟你过不去，各为各的主子，咱们也要吃口饭，回头您老别怨咱们不够朋友。明年今儿是你的周年，记着！"

"笑话了！咱也不是那么不够朋友的——"一扔饭篮，一手抓住那人的枪，就是一拳过去。

碰！手放了，人倒下去，按着肚子。碰！又是一枪。

"好小子！有种！"

"咱们这辈子再会了，朋友！"

"黑绸长褂"把呢帽一推，叫搁在脑勺上，穿过铁路，不见了。

"救命！"爬了几步。

"救命！"又爬了几步。

嘟的吼了一声儿，一道弧灯的光从水平线底下伸了出来。铁轨隆隆地响着，铁轨上的枕木像蜈蚣似地在光线里向前爬去，电杆木显了出来，马上又隐没在黑暗里边，一列"上海特别快"突着肚子，达达达，用着狐步舞的拍，含着颗夜明珠，龙似地跑了过去，绕着那条弧线。又张着嘴吼了一声儿，一道黑烟直拖到尾巴那儿，弧灯的光线钻到地平线下，一会儿便不见了。

又静了下来。

铁道交通门前，交错着汽车的弧灯的光线，管交通门的倒拿着红绿旗，拉开了那白脸红嘴唇，带了红宝石耳坠子的交通门。马上，汽车就跟着门飞了过去，一长串。

上了白漆的街树的腿，电杆木的腿，一切静物的腿……revue 似地，把擦满了粉的大腿交叉地伸出来的姑娘们……白漆的腿的行列。沿着那条静悄的大路，从住宅的窗里，都会的眼珠子似地，透过了窗纱，偷溜了出来淡红的，紫的，绿的，处处的灯光。

汽车在一座别墅式的小洋房前停了，叭叭的拉着喇叭。刘有德先生的西瓜皮帽上的珊瑚结子从车门里探了出来，黑毛葛背心上两只小口袋里挂着的金表链上面的几个小金镑叮当地笑着，把他送出车外，送到这屋子里。他把半段雪茄扔在门外，走到客室里，刚坐下，楼梯的地毯上响着轻捷的鞋跟，嗒嗒地。

"回来了吗？"活泼的笑声，一位在年龄上是他的媳妇，在法律上是他的妻子的夫人跑了进来，扯着他的鼻子道。"快！给我签张三千块钱的支票。"

"上礼拜那些钱又用完了吗？"

不说话，把手里的一叠账交给他，便拉他的蓝缎袍的大袖子往书房里跑，把笔送到他手里。

"我说……"

"你说什么？"堵着小红嘴。

瞧了她一眼便签了，她就低下脑袋把小嘴凑到他大嘴上。"晚饭你独自个儿吃吧，我和小德要出去。"便笑着跑了出去，碰的合上门。他掏出手帕来往嘴上一擦，麻纱手帕上印着 tangee。倒像我的女儿呢，成天的缠着要钱。

"爹！"

一抬脑袋，小德不知多咱溜了进来，站在他旁边，见了猫的耗子似的。

"你怎么又回来啦？"

"姨娘打电话叫我回来的。"

"干吗？"

"拿钱。"

刘有德先生心里好笑，这娘儿俩真有他们的。

"她怎么会叫你回来问我要钱？她不会要不成？"

"是我要钱，姨娘叫我伴她去玩。"

忽然门开了，"你有现钱没有？"刘颜蓉珠又跑了进来。

"只有……"

一只刚用过蔻丹的小手早就伸到他口袋里把皮夹拿了出来！红润的指甲数着钞票：一五，一十，二十……三百。"五十留给你，多的我拿去了。多给你晚上又得不回来。"做了个媚眼，拉了她法律上的儿子就走。

儿子是衣架子，成天地读者给 gigolo 看的时装杂志，把烫得有粗大明朗的褶纹的裤子穿到身上，领带打得在中间留了个涡，拉着母亲的胳膊坐到车上。

上了白漆的街树的腿，电杆木的腿，一切静物的腿……revue 似地，把擦满了粉的大腿交叉地伸出来的姑娘们……白漆腿的行列。沿着那条静悄的大路，从住宅区的窗里，都会的眼珠子似地，透过了窗纱，偷溜了出来淡红的，紫的，绿的，处女的灯光。

开着一九三二年的新别克，却一个心儿想一九八零年的恋爱方式。深秋的晚风吹来，吹动了儿子的领子，母亲的头发，全有点儿觉得凉。法律上的母亲偎在儿子的怀里道：

"可惜你是我的儿子。"嘻嘻地笑着。

儿子在父亲吻过的母亲的小嘴上吻了一下，差点儿把车开到行人道上去啦。

Neon light 伸着颜色的手指在蓝墨水似的夜空里写着大字。一个英国绅士站在前面，穿了红的燕尾服，挟着手杖，那么精神抖擞地在散步。脚下写着：Johnny Walker: Still Going Strong。路旁一小块草地上展开了地产公司的乌托邦，上面一个抽吉士牌的美国人看着，像在说："可惜这是小人国的乌托邦，那片大草原里还放不下我的一只脚呢？"

汽车前显出个人的影子，喇叭吼了一声儿，那人回过脑袋来一瞧，就从车轮前溜到行人道上去了。

"蓉珠，我们上哪去？"

"随便那个 Cabaret 里去闹个新鲜吧，礼查，大华我全玩腻了。"

跑马厅屋顶上，风针上的金马向着红月亮撒开了四蹄。在那片大草地的四周泛滥着光的海，罪恶的海浪，慕尔堂浸在黑暗里，跪着，在替这些下地狱的男女祈祷，大世界的塔尖拒绝了忏悔，骄傲地瞧着这位迂牧师，放射着一圈圈的灯光。

蔚蓝的黄昏笼罩着全场，一只 Saxophone 正伸长了脖子，张着大嘴，呜呜地冲着他们嚷，当中那片光滑的地板上，飘动的裙子，飘动的袍角，精致的鞋跟，鞋跟，鞋跟，鞋跟，鞋跟。蓬松的头发和男子的脸。男子衬衫的白领和女子的笑脸。伸着的胳膊，翡翠坠子拖到肩上，整齐的圆桌子的队伍，椅子却是零乱的。暗角上站着白衣侍者。酒味，香水味，英腿蛋的气味，烟味……独身者坐在角隅里拿黑咖啡刺激着自家儿的神经。

舞着：华尔姿的旋律绕着他们的腿，他们的脚站在华尔姿旋律上飘飘地，飘飘地。

儿子凑在母亲的耳朵旁说："有许多话是一定要跳着华尔姿才能说的，你是顶好的华尔姿的舞侣——可是，蓉珠，我爱你呢！"

觉得在轻轻地吻着鬓脚，母亲躲在儿子的怀里，低低的笑。

一个冒充法国绅士的比利时珠宝掮客，凑在电影明星殷芙蓉的耳朵旁说："你嘴上的笑是会使天下的女子妒忌的——可是，我爱你呢！"

觉得轻轻地在吻着鬓脚，便躲在怀里低低地笑，忽然看见手指上多了一只钻戒。

珠宝客捐客看见了刘颜蓉珠，在殷芙蓉的肩上跟她点了点脑袋，笑了一笑。小德回过身来瞧见了殷芙蓉也 Gigolo 地把眉毛扬了一下。

舞着华尔姿的旋律绕着他们的腿，他们的脚践在华尔姿上面，飘飘地，飘飘地。

珠宝捐客凑在刘颜蓉珠的耳朵旁，悄悄地说："你嘴上的笑是会使天下的女子妒忌的——可是，我爱你呢！"

觉得轻轻地在吻着鬓脚，便躲在怀里低低地笑，把唇上的胭脂印到白衬衫上面。

小德凑在殷芙蓉的耳朵旁，悄悄地说："有许多话是一定要跳着华尔姿才能说的，你是顶好的华尔姿的舞侣——可是，芙蓉，我爱你呢！"

觉得在轻轻地吻着鬓脚，便躲在怀里，低低地笑。

独身者坐在角隅里拿黑咖啡刺激着自家儿的神经，酒味，香水味，英腿蛋的气味，烟味……暗角上站着白衣侍音。椅子是凌乱的，可是整齐的圆桌子的队伍。翡翠坠子拖到肩上，伸着的胳膊。女子的笑脸和男子的衬衫的白领。男子的脸和蓬松的头发。精致的鞋跟，鞋跟，鞋跟，鞋跟，鞋跟。飘荡的袍角，飘荡的裙子，当中是一片光滑的地板。呜呜地冲着人家嚷，那只 Saxophone 伸长了脖子，张着大嘴。蔚蓝的黄昏笼罩着全场。

推开了玻璃门，这纤弱的幻景就打破了。跑下扶梯，两溜黄包车停在街旁，拉车的分班站着，中间留了一道门灯光照着的路，争着"Ricksha?"奥斯汀孩车，爱山克水，福特，别克跑车，别克小九，八汽缸，六汽缸……大月亮红着脸蹒跚地走上跑马厅的大草原上来了。街角卖《大美晚报》的用卖大饼油条的嗓子嚷：

"Evening Post！"

电车当当地驶进布满了大减价的广告旗和招牌的危险地带去，脚踏车挤在电车的旁边瞧着也可怜。坐在黄包车上的水兵挤箍着醉眼，瞧准了拉车的屁股踹了一脚便哈哈地笑了，红的交通灯，绿的交通灯，交通灯的柱子和印度巡捕一同地垂直在地上。交通灯一闪，便涌着人的潮，车的潮。这许多人，全像没了脑袋的苍蝇似的！一个 Fashion model 穿了她铺子里的衣服来冒充贵妇人。电梯用十五秒钟一次的速度，把人货物似地抛到屋顶花园去。女秘书站在绸缎铺的橱窗外面瞧着全丝面的法国 crepé，想起了经理的刮得刀痕苍然的嘴上的笑劲儿。主义者和党人挟了一大包传单蹀过去，心里想，如果给抓住了便在这里演说一番。蓝眼珠的姑娘穿了窄裙，黑眼珠的姑娘穿了长旗袍儿，腿股间有相同的媚态。

街旁，一片空地里，竖起了金字塔似的高木架，粗壮的木腿插在泥里，顶上装了盏弧灯，倒照下来，照到底下每一条横木板上的人。这些人吆喝着："嗳嗳呀！"几百丈高的木架顶上的木桩直坠下来，碰！把三抱粗的大木柱撞到泥里去，四角上全装着弧灯，强烈的光探照着这片空地。空地里：横一道，竖一道的沟，钢骨，瓦砾堆。人扛着大木柱在沟里走，拖着悠长的影子。在前面的脚一滑，摔倒了，木柱压到脊梁上。脊梁断了，嘴里哇的一口血……弧灯……碰！木桩顺着木架又溜了上去……光着身子在煤屑路滚铜子的孩子……大木架顶上的弧灯在夜空里像月亮……捡煤渣的媳妇……月亮有两个……月亮叫天狗吞了——月亮没有了。

死尸给搬了开去，空地里：横一道竖一道的沟，钢骨，瓦砾，还有一堆他的血。在血上，铺上了士敏土，造起了钢骨，新的饭店造起来了！新的舞场造起来了！新的旅馆造起来了！把他的力气，把他的血，把他的生命压在底下，正和别的旅馆一样地，和刘有德先生刚在跨进去的华东饭店一样地。

华东饭店里——

二楼：白漆房间，古铜色的雅片香味，麻雀牌，《四郎探母》，《长三骂淌白小娼妇》，古龙香水和淫欲味，白衣侍者，娼妓掮客，绑票匪，阴谋和诡计，白俄浪人……

三楼：白漆房间，古铜色的雅片香味，麻雀牌，《四郎探母》，《长三骂淌白小娼妇》，古龙香水和淫欲味，白衣侍者，娼妓掮客，绑票匪，阴谋和诡计，白俄浪人……

四楼：白漆房间，古铜色的雅片香味，麻雀牌，《四郎探母》，《长三骂淌白小娼妇》，古龙香水和淫欲味，白衣侍者，娼妓掮客，绑票匪，阴谋和诡计，白俄浪人……

电梯把他吐在四楼，刘有德先生哼着《四郎探母》踏进了一间响有骨牌声的房间，点上了茄立克，写了张局票，不一回，他也坐到桌旁，把一张中风，用熟练的手法，怕碰伤了它似地抓了进，一面却："怎么一张好的也抓不进来，"一副老抹牌的脸，一面却细心地听着因为不束胸而被人家叫做沙利文面包的宝月老八的话："对不起，刘大少，还得出条子，等回儿抹完了牌请过来坐。"

"到我们家坐坐去哪！"站在街角，只瞧得见黑眼珠子的石灰脸，躲在建筑物的阴影里，向来往的人喊着，拍卖行的伙计似地，老鸨尾巴似的拖在后边儿。

"到我们家坐坐去哪！"那张瘪嘴说着，故意去碰在一个扁脸身上。扁脸笑，瞧了一瞧，指着自家儿的鼻子，探着脑袋："好寡老，碰大爷？"

"年纪轻轻，朋友要紧！"瘪嘴也笑。

"想不到我这印度小白脸儿今儿倒也给人家瞧上咧。"手往她脸上一抹，又走了。

旁边一个长头发不刮胡须的作家正在瞧着好笑，心里想到了一个题目：第二回巡礼——都市黑暗面检阅 Sonata；忽然瞧见那瘪嘴的眼光扫到自家儿脸上来了，马上就慌慌张张的往前跑。

石灰脸躲在阴影里，老鸨尾巴似地拖在后边儿——躲在阴影里的石灰脸，石灰脸，石灰脸……

（作家心里想：）

第一回巡视赌场第二回巡视街头娼妓第三回巡视舞场第四回巡视再说《东方杂志》《小说月报》《文艺月刊》第一句就写大马路北京路野鸡交易所……不行——

有人拉了拉他的袖子："先生！"一看是个老婆儿装着苦脸，抬起脑袋望着他。

"干吗？"

"请您给我看封信。"

"信在哪儿？"

"请您跟我到家里去拿，就在这胡同里边。"

便跟着走。

中国的悲剧这里边一定有小说资料一九三一年是我的年代了《东方》《小说》《北斗》每月一篇单行本日译本俄译本各国译本都出版诺贝尔奖金又伟大又发财……

拐进了一条小胡同，暗得什么都看不见。

"你家在哪儿？"

"就在这儿，不远儿，先生，请您看封信。"

胡同的那边儿有一支黄路灯，灯下是个女人低着脑袋站在那儿。老婆儿忽然又装着苦脸，扯着他的袖子道："先生，这是我的媳妇，信在她那儿。"走到女人那地方儿，女人还不抬起脑袋来，老婆儿说："先生，这是我的媳妇。我的儿子是机器匠，偷了人家东西，给抓进去了，可怜咱们娘儿们四天没吃东西啦。"

（可不是吗那么好的题材技术不成问题她讲出来的话意识一定正确的不怕人家再说我人道主义咧……）

"先生，可怜儿的，你给几个钱，我叫媳妇陪你一晚上，救救咱们两条命！"

作家愣住了，那女人抬起脑袋来，两条影子拖在瘦腮帮儿上，嘴角浮出笑劲儿来。

嘴角浮出笑劲儿来，冒充法国绅士的比利时珠宝掮客凑在刘颜蓉珠的耳朵旁，悄悄地说："你嘴上的笑是会使天下的女子妒忌的——喝一杯吧。"

在高脚玻璃杯上，刘颜蓉珠的两只眼珠子笑着。

在别克里，那两只浸透了 Cocktail 的眼珠子，从外套的皮领上笑着。

在华懋饭店的走廊里，那两只浸透了 Cocktail 的眼珠子，从披散的头发边上笑着。

在电梯上，那两只眼珠子在紫眼皮下笑着。

在华懋饭店七层楼上一间房间里，那两只眼珠子，在焦红的腮帮儿上笑着。

珠宝掮客在自家儿的鼻子底下发现了那对笑着的眼珠子。

笑着的眼珠子！

白的床巾！

喘着气……

喘着气动也不动地躺在床上。

床巾：溶了的雪。

"组织个国际俱乐部吧！"猛的得了这么个好主意，一面淌着细汗。

淌着汗，在静寂的街上，拉着醉水手往酒排间跑。街上，巡捕也没有了，那么静，像个死了的城市。水手的皮鞋搁到拉车的脊梁盖儿上面，哑嗓子在大建筑物的墙上响着：

啦得儿……啦得——

啦得儿

啦得……

拉车的脸上，汗冒着；拉车的心里，金洋钱滚着，飞滚着。醉水手猛的跳了下来，跌到两扇玻璃门后边儿去啦。

"Hello, Master! Master!"

那么地嚷着追到门边，印度巡捕把手里的棒冲着他一扬，笑声从门缝里挤出来，酒香从门缝里挤出来，Jazz从门缝里挤出来……拉车的拉了车杠，摆在他前面的是十二月的江风，一个冷月，一条大建筑物中间的深巷。给扔在欢乐外面，他也不想到自杀，只"妈妈的"骂了一声儿，又往生活里走去了。

空去了这辆黄包车，街上只有月光啦。月光照着半边街，还有半边街浸在黑暗里边，这黑暗里边蹲着那家酒排，酒排的脑门上一盏灯是青的，青光底下站着个化石似的印度巡捕。开着门又关着门，鹦鹉似的说着：

"Good-bye, Sir"

从玻璃门里走出个年轻人来，胳膊肘上挂着条手杖。他从灯光下走到黑暗里，又从黑暗里走到月光下面，太息了一下，悉悉地向前走去，想到了睡在别人床上的恋人，他走到江边，站在栏杆旁边发怔。

东方的天上，太阳光，金色的眼珠子似地在乌云里睁开了。

在浦东，一声男子的最高音：

"哎……呀……哎……"

直飞上半天，和第一线的太阳光碰在一起，接着便来了雄伟的合唱。睡熟了的建筑物站了起来，抬着脑袋，卸了灰色的睡衣，江水又哗啦哗啦的往东流，工厂的汽笛也吼着。

歌唱着新的生命，夜总会里的人们的命运！

醒回来了，上海！

上海，造在地狱上的天堂。

原载《现代》1932年2卷1期

○ 叶紫

丰 收

一

时间是快要到清明节了。天，下着雨，阴沉沉的没有一点晴和的征兆。

云普叔坐在"曹氏家祠"的大门口，还穿着过冬天的那件破旧棉袍；身子微微颤动，像是耐不住这袭人的寒气。他抬头望了一望天，嘴边不知道念了几句什么话，又低了下去。胡须上倒悬着一线一线的涎沫，迎风飘动，刚刚用手抹去，随即又流出了几线来。

"难道再要和去年一样吗？我的天哪！"

他低声地说了这么一句，便回头反望着坐在戏台下的妻子，很迟疑地说着：

"秋儿的娘呀！'惊蛰一过，棉裤脱落！'现在快清明了，还脱不下袍儿。这，莫非是又要和去年一样吗？"

云普婶没有回答，在忙着给怀中的四喜儿喂奶。

天气也真太使人着急了，立春后一连下了三十多天雨没有停住过，人们都感受着深沉的恐怖。往常都是这样；春分奇冷，一定又是一个大水年岁。

"天啦！要又是一样，……"

云普叔又掉头望着天，将手中的一根旱烟管，不住地在石阶级上磕动。

"该不会吧！"

云普婶歇了半天功夫，随便地说着，脸还是朝着怀中的孩子。

"怎么不会呢？春分过了，还有这样的寒！庚午年，甲子年，丙寅年的春天，不都是有这样冷吗？况且，今年的天老爷是要大收人的！"

云普叔反对妻子的那种随便的答复，好像今年的命运，已经早在这儿卜定了一般。关帝爷爷的灵签上曾明白地说过了：今年的人，一定是要死去六七成的！

烙印地云普叔脑筋中的许多痛苦的印象，凑成了那些恐怖的因子。他记得：甲子年他吃过野菜拌山芋，一天只能捞到一顿。乙丑年刚刚好一点，丙寅年又喊吃树根。

庚午辛未年他还年少，好像并不十分痛苦。只有去年，我的天呀！云普叔简直是不能去想啊！

去年，云普叔一家有八口人吃茶饭，今年就只剩了六个：除了云普婶外，大儿子立秋二十岁，这是云普叔的左右手！二儿子少普十四岁，也已经开始在田里和云普叔帮忙。女儿英英十岁，她能跟着妈妈打斗笠。最小的一个便是四喜儿，还在吃奶。云普爷爷和一个六岁的虎儿，是去年八月吃观音粉①吃死的。

这样一个热闹的家庭中，吃呆饭的人一个也没有，谁不说云普叔会发财呢？是的，云普叔原是应该发财的人，就因为运气太不好了，连年的兵灾水旱，才把他压得抬不起头来。不然，他也不会那么示弱于人哩！

去年，这可怕的去年啦！云普叔自己也如同过着梦境一样。为了连年的兵灾水旱，他不得不拼命地加种了何八爷七亩田，希图有个转运。自己家里有人手，多种一亩田，就多一亩田的好处；除纳去何八爷的租谷以外，多少总还有几粒好捞的。能吃一两年饱饭，还怕弄不发财吗？主意打定后，云普叔就卖掉了自己仅有的一所屋子，来租何八爷的田种。

二月里，云普叔全家搬进到这祠堂里来了，替祖宗打扫灵牌，春秋二祭还有一串钱的赏格。自家的屋子，也是由何八爷承受的。七亩田的租谷仍照旧规，三七开，云普叔能有三成好到手，便算很不错的。

起先，真使云普叔欢喜。虽然和儿子费了很多力气，然而禾苗很好，雨水也极调和，只要照拂得法，收获下来，便什么都不成问题了。

看看他，禾苗都发了根，涨了苞，很快地便标线②了，再刮二三日老南风，就可以看到黄金色的谷子摆在眼前。云普叔真是喜欢啊！这不是他日夜辛劳的代价吗？

他几乎欢喜得发跳起来，就在他将要发跳的第二天哩，天老爷忽然翻了脸。蛋大的雨点由西南方直向这垄上扑来，只有半天功夫，池塘里的水都起膨胀。云普叔立刻就感受着有些不安似的，恐怕这好好的稻花，都要被雨点打落，而影响到收成的不丰。午后，雨渐渐地停住了，云普叔的心中，像放落一副千斤担子般的轻快。

半晚上，天上忽然黑得伸手看不见自家的拳头，四面的锣声，像雷一般地轰着，人声一片一片地喧嚷奔驰，风刮得呼呼地叫吼。云普叔知道又是外面发生了什么意外的事变，急急忙忙地叫起了立秋儿，由黑暗中向着锣声的响处飞跑。

路上，云普叔碰到了小二疤子，知道西水和南水一齐暴涨了三丈多，曹家垄四围的堤口，都危险得厉害，锣声是喊动大家去挡堤的。

云普叔吃了一惊，黑夜里陡涨几丈水，是四五十年来少见的怪事。他慌了张，锣声越响越厉害，他的脚步也越加乱了。天黑路滑，跌倒了又爬起来。最后是立秋扶住他跑的，还不到三步，就听到一声天崩地裂的震响，云普叔的脚像弹棉花絮一般战动起来。很快地，如万马奔驰般的浪涛向他们扑来了。立秋急急地背起云普叔返身就

---

① 观音粉：一种白色的细泥土。
② 标线：即稻的穗子从禾苞中长出来。

逃。刚才回奔到自己的头门口，水已经流到了阶下。

新渡口的堤溃开了三十几丈宽一个角，曹家垄满垸子的黄金都化成了水。

于是云普叔发了疯。半年辛辛苦苦的希望，一家生命的泉源，都在这一刹那间被水冲毁得干干净净了。他终天的狂呼着：

"天哪！我粒粒的黄金都化成了水！"

现在，云普叔又见到了这样希奇的征兆，他怎么不心急呢？去年五月到现在，他还没有吃饱过一顿干饭。六月初水就退了，垄上的饥民想联合出门去讨米，刚刚走到宁乡就被认作了乱党赶出境来，以后就半步大门都不许出。县城里据说领了三万洋钱的赈款，乡下没有看见发下一颗米花儿。何八爷从省里贩了七十担大豆子回垄济急，云普叔只借到五斗，价钱是六块三，月息四分五。一家有八口人，后来连青草都吃光了，实在不能再挨下去，才跪在何八爷面前加借了三斗豆子。八月里华家堤掘出了观音粉，垄上的人都争先恐后地跑去挖来吃，云普叔带着立秋挖了两三担回来，吃不到两天，云普爷爷升天了，临走还带去了一个六岁的虎儿。

后来，垄上的饥民都走到死亡线上了，才由何八爷代替饥民向县太爷担保不会变乱党，再三地求了几张护照，分途逃出境来。云普叔一家被送到一个热闹的城里，过了四个月的饥民生活，年底才回家来。这都是去年啦！苦，又有谁能知道呢？

这时候，垄上的人都靠着临时编些斗笠过活。下雨，一天每人能编十只斗笠，就可以捞到两顿稀饭钱。云普叔和立秋剖篾；少普、云普婶和英英日夜不停地赶着编。编呀，尽量地编呀！不编有什么办法呢？只要是有命挨到秋收。

春雨一连下了三十多天了，天气又寒冷得这么厉害，满垄上的人，都怀着一种同样恐怖的心境。

"天啦！今年难道又要和去年一样吗？……"

二

天毕竟是晴和了，人们从蛰伏了三十多天的阴郁底屋子里爬出来。菜青色的脸膛，都挂上了欣欢的微笑。孩子们一伴一伴地跑来跑去，赤着脚在太阳底下踏着软泥儿耍着。

水全是那样满满的，无论池塘里、田中或是湖上。遍地都长满了嫩草，没有晒干的雨点挂在草叶上，像一颗一颗的小银珠。杨柳发芽了，在久雨初晴的春色中，这垄上，是一切都有了欣欣开展的气象。

人们立时开始喧嚷着，活跃着。展眼望去，田畦上时常有赤脚来往的人群，徘徊观望；三个五个一伙的，指指池塘又查查决口，谈这谈那，都准备着，计划着，应该如何动手做他们在这个时节里的功夫。

斗笠的销路突然地阻塞了，为了到处都天晴。男子们白天不能在家里刮篾，妇人和孩子的工作，也无形中松散下来，生活的紧箍咒，随即把这整个的农村牢牢地套住。努力地下田去工作吧，工作时原不能不吃饭啊！

整日祈祷着天晴的云普叔，他的目的总算是达到了。然而微笑是很吝啬地只在他的脸上轻轻地拂了一下，便随着紧蹙的眉尖消逝了。棉袍还是不能脱下，太阳晒在他的身上，只有那么一点儿辣辣的难熬，他没有放在心上。他只是担心着，怎样地才能够渡过这紧急的难关——饱饱地捞两餐白米饭吃了，补一补精神，好到田中去。

斗笠的销路没有了，眼前的稀饭就起了巨大的恐慌，于是云普叔更加焦急。他知道他的命苦，生下来就没有过过一时舒服的生涯。今年五十岁了，苦头总算吃过不少，好的日子却还没有看见过。算八字的先生都说：他的老晚景很好；然而那是五十五岁以后的事情，他总不能十分相信。两个儿子又都不懂事，处在这样大劫数的年头，要独立支持这么一家六口，那是如何困难的事情啊！

"总得想个办法啦！"

云普叔从来没有自馁过，每每到了这样的难关，他就把这句话不住地在自己的脑际里打磨旋，有时竟能想到一些很好的办法。今天，他知道这个难关更紧了，于是又把这句话儿运用到脑里去旋转。

"何八爷，李三爷，陈老爷……"

他一步一步地在戏台下踱来踱去，这些人的影子，一个个地浮上他的脑中。然而那都是一些极难看的面孔，每一个都会使他感受到异样的不安和恐惧。他只好摇头叹气地把这些人统统丢开，将念头转向另一方面去。猛然地，他却想到了一个例外的人：

"立秋，你现在就跑到玉五叔家中去看看好吗？"

"去做什么呢，爹？"

立秋坐在门槛边剖篾，漫无意识地反问他。

"明天的日脚很好啦！人家都准备下田了，我们也应当跟着动手。头一天做功夫，总得饱饱吃一餐，兆头来能好一些，做起功夫来也比较起劲。家里现在已经没有了米，所以……"

"我看玉五叔也不见得有办法吧！"

"那末，你去看看也不要紧的喽！"

"这又何必空跑一趟呢？我看他们的情形，也并不见得比我们要好！"

"你总欢喜和老子对来！你能知道他们和我们一样吗？我是叫你去一趟呀！"

"这是实在的事实啊！爹，他们恐怕比我们还要困难哩！"

"废话！"

近来云普叔常常会觉得自己的儿子变差了，什么事情都欢喜和他抬杠。为了家中的一些琐事，不知道发生过多少次龃龉。儿子总是那样懒懒地不肯做事，有时候简直是个忤逆的，不孝的东西！

玉五叔的家中并不见得会和自己一般地没有办法。因为除了玉五婶以外，玉五叔的家中没有第三个要吃闲饭的人。去年全垄上的灾民都出去逃难了，玉五叔就没有同去，独自不动地支持了一家两口的生存。而且，也从来没有看见他向人家借贷过。大前天在渡口上曹炳生生肉铺门前，还看见了他提着一只篮子，买了一点酒肉，摇头晃脑地过身。他怎么会没有办法呢？

于是云普叔知道了，这一定又是儿子发了懒筋，不肯听信自己的吩咐，不由的心头冒出火来：

"你到底去不去呢？狗养的东西，你总喜欢和老子对来！"

"去也是没有办法啦！"

"老子要你去就去，不许你说这些废话，狗入的！"

立秋抬起头来，将篾刀轻轻放下，年轻人的一颗心里蕴藏着深沉的隐痛。他不忍多看父亲焦急的面容，回转身子来就走。

"你说：我爹爹叫我来的，多少请玉五叔帮忙一点，过了这一个难关之后，随即就替五叔送还来。"

"唔！……"

月亮刚从树桠里钻出了半边面孔来，一霎儿又被乌云吞没。没有一颗星，四周黑得像一块漆板。

"玉五叔怎样回答你的呢？"

"他没有说多的话。他只说：请你致意你的爹爹，真是对不住得很，昨天我们还是吃的老南瓜。今天，娄！就只有这一点点儿稀饭了！"

"你没有说过我不久就还他吗？"

"说过了的，他还把他的米桶给我看了。空空的！"

"那么，他的女人哩？"

"没有说话，笑着。"

"妈妈的！"云普叔在小桌子上用力地击了一拳。随即愤愤地说道："大前天我还看见了他买肉吃，妈妈的！今天就说没有米了，鬼才相信他！"

大家都没有声息。云普婶也围了拢来，孩子们都竖着耳朵，听爹爹和哥哥说话，偌大的一所祠堂中，连一颗豆大的灯光都没有。黑暗把大家的心绪，胁迫得一阵一阵地往下沉落……

"那么明天下田又怎么办呢？"

云普婶也非常耽心地问。

"妈妈的，只有大家都饿死！这杂种出外跑了这么大半天，连一颗米花儿都弄不到。"

"叫我又怎么办呢，爹？"

"死！狗入的东西！"

云普叔狠狠的骂了这句之后，心中立刻就后悔起来。"死！"啊，认真地要儿子死了又有什么办法呢？心中只感到一阵阵酸楚，扑扑地不觉掉下两颗老泪！

"妈妈的！"

他顺手摸着了旱烟管儿，返身朝外就走。

"到哪儿去呢，老头子？"

"妈妈的！不出去明天吃土！"

大家用了沉痛的眼光，注视着云普叔的背影，渐渐被黑暗吞蚀。孩子们渐次地和睡魔接吻了，在后房中像猎狗一般地横七竖八地倒着。堂屋中只剩了云普婶和立秋，在严厉的恐怖中，张大那失去了神光的眼睛，期待着云普叔的好消息回来。心上的弦，已经重重地扣紧了。

深夜，云普叔带着哭丧的脸色跑回来，从背上卸下来一个小小的包袱：
"妈妈的，这是三块六角钱的蚕豆！"
六条视线，一齐投射在这小小的包袱上，发出了几许饥饿的光芒！云普叔的眶儿里，还饱藏着一包满满的眼泪。

三

在田角的决口边，立秋举着无力的锄头，懒洋洋的挥动。田中过多的水，随着锄头的起落，渐渐地由决口溢入池塘。他浑身都觉得酥软，手腕也那样没有力量，往常的勇气，现在不知跑到哪里去了。

一切都渺茫哟！他怅望着原野。他觉得：现在已经不全是要下死力做功夫的时候了；谁也没有方法能够保证这种工作，会有良好的效果。历年的天灾人祸，把这颗年轻人的心房刺痛得深深的。眼前的一切，太使他感到渺茫了，而他又没有方法能把自己的生活改造，或是跳出这个不幸的圈围。

他拖着锄头，迈步移过了第三条决口，过去的事件，像潮水般地涌上他的心头。每一锄头的落地，都像是打在自家的心上。父亲老了，弟妹还是那么年轻。这四五年来，家中的末路，已经成为了如何也不可避免的事实。而出路还是那样的迷茫。他不知道要用什么方法，才可以开拓出这条迷茫的出路。

无意识地，他又想起不久以前上屋癞大哥对他鬼鬼祟祟说的那些话来，现在如果细细地把它回味，真有一些说不出来的道理：在这个年头，不靠自己，还有什么人好靠呢？什么人都是穷人的对头，自己不起来干一下子，一辈子也别想出头。而且癞大哥还肯定地说过：不久的世界，一定是我们穷人的！

这样，又使立秋回想到四年前农民会当权的盛况：
"要是再有那样的世界来哟！"
他微笑了。突然地有一条人影从他的身边掠过，使他吃了一惊！回头来看，正是他所系念的上屋癞老大。
"喂！大哥，到哪里去呢？"
"呵！立秋，你们今天也下了田吗？"
"是的，大哥！来，我们谈谈。"
立秋将锄头停住。
"你爹爹呢？"
"在那边挑草皮子，还有少普。"
"你们这几天怎样过门的呀？"

"还不是苦，今天家里已经没有人编斗笠，我们三个都下田了，昨晚，爹爹跑到何八那里求借了一斗豆子回来，才算是把今天下田的一餐弄饱了，要不然……"

"还好还好！何八的豆子还肯借给你们！"

"谁愿意去借他的东西！妈妈的，我爹爹不知道说了多少好话！磕了头！又加了价！……唉！大哥，你们呢？"

"一样地不能过门啊！"

沉静了一刹那。癞大哥又恢复了他那种经常微笑的面容，向立秋点头了一下：

"晚上我们再谈吧，立秋！"

"好的。"

癞大哥匆匆走后，立秋的锄头，仍旧不住地在田边挥动，一条决口又一条决口。太阳高高地悬在当空，像是告诉着人们已经到了正午。大半年来不曾听见过的歌声，又悠扬地交响着。人们都拖着疲倦的身子回来，很少的屋顶上，能有缕缕的炊烟冒出。

云普叔浑身都发痛了，虽然昨天只挑了二三十担草皮子。肩和两腿的骨髓中间，像着了无数的针刺，几乎终夜都不能安眠。天亮爬起来，走路还是一阵阵地酸软。然而，他还是镇静着，尽量地在装着没事的样子，生怕儿子们看见了气馁！

"到底老了啊！"他暗自地伤心着。

立秋从里面捧出两碗仅有的豆子来摆在桌子上，香气把云普叔的口水都馋得欲流出来。三个人平均分配，一个只吃了上半碗，味道却比平常的特别好吃。半碗，究竟不知道塞在肚皮里的哪一个角角儿。

勉强跑到田中去挣扎了一会儿，浑身就像驮着千斤闸一般地不能动弹。连一柄锄头，一张耙，都提不起来了，眼睛时时欲发昏，世界也像要天旋地围了一样。兜了三个圈子，终于被肚子驱逐回来。

"这样子下去，怎么得了呢？"

孩子和大人都集在一块，大大小小的眼睛里通通冒出血红的火焰来。互相地怅望了一会儿，都觉得没有什么好说的话。

"天哪！……"

云普叔咬紧牙关，鼓起了最后的勇气来，又向何八爷的庄上走去。路上，他想定了这一次见了八爷应当怎样地向他开口，一步一步地打算得妥贴了，然后走进那座庄门。

"你到底有什么事情呢，云普？"

八爷坐在太师椅上问。

"我，我，我……"

"什么？……"

"我想再向八爷……"

"豆子吗？那不能再借给你了！垄上这么多人口，我单养你一家！"

"我可以加利还八爷！"

"谁希罕你的利,人家就没有利吗?那不能行呀!"
"八爷!你老人家总得救救我,我们一家大小已经……"
"去,去!我哪里管得了你这许多!去吧!"
"八爷,救救我!……"
云普叔急的哭出声来了。八爷的长工跑出来,把他推到大门外。
"号丧!你这老鬼!"
长工恶狠狠地骂了一句,随即把大门掩上了。
云普叔一步挨一步地走回来,自怨自艾地嘟哝着:为什么不遵照预先想定的那些话,一句一句地说出来,以致把事情弄得没有一点结果。目前的难关,还有什么方法能够渡过呢?
走到四方塘的口上,他突然地站住了脚,望了一望这油绿色的池塘。要不是丢不下这大大小小的一群,他真想就是这么跳下去,了却他这条残余的生命!
云普婶和孩子们倚立在祠堂的门口,盼望着云普叔的好消息。饥饿燃烧着每个人的内心,像一片狂阔的火焰。眼睛红得发了昏,巴巴地,还望不见带着喜信回来的云普叔。
天哪!假如这个时候有一位能够给他们吃一顿饱饭的仙人!

镜清秃子带了一个满面胡须的人走进屋来,云普叔的心中,就像有千万把利刀在那儿穿钻。手脚不住地发抖,眼泪一串一串地滚下来。让进了堂屋,随便地拿了一条板凳给他们坐下,自己另外一边站着。云普婶还躲在里面没有起来,眼睛早已哭得红肿了。孩子们,小的两个都躺着不能爬起来,脸上黄瘦得同枯萎了的菜叶一样。
立秋靠着门边,少普站在哥哥的后面,眼睛都湿润润的。他们失神地望了一望这满面胡须的人,随即又把头转向另一方面去。
沉寂了一会儿,那胡子像耐不住似地:
"镜清,那孩子现在在哪里呢?"
"还在里面啊!十岁,名叫英英姐。"秃子点点头,像叫他不要性急。
云普婶从里面踱出来,脚有一千斤重,手中拿着一身补好了的小衣裤,战栗得失掉了主持。一眼看见秃子,刚刚喊出一声"镜清伯!……"便哇的一声,迸出了两行如雨的眼泪来,再说不出一句话了。云普叔用袖子偷偷地扪着脸。立秋和少普也垂头呜咽地饮泣着!
秃子慌张了,急急地瞧了那胡子一眼,回头对云普婶安慰似地说:
"嫂嫂!你何必要这样伤心呢?英英同这位夏老爷去了,还不比在家里好吗!吃的穿的,说不定还能落得一个好主子,享福一生。桂生家的菊儿,林道三家的桃秀,不都是好好地去了吗?并且,夏老爷……"
"伯伯!我,我现在是不能卖了她的!去年我们讨米到湖北,那样吃苦都没有肯卖。今年我更加不能卖了,她,我的英儿,我的肉!呜!……"
"哦!"

夏胡子盯了秃子一眼。

"云普！怎么？变了卦吗？昨晚还说得好好的。……"秃子急急地追问云普叔。话还没有说完，云普婶连哭带骂地向云普叔扑来了：

"老鬼！都是你不好！养不活儿女，做什么鸡巴人！没有饭吃了来设法卖我的女儿！你自己不死！老鬼，来！大家拼死了落得一个干净，想卖我女儿万万不能！"

"妈妈的！你昨晚不也说过了吗？又不是我一个人作主的。秃子，你看她泼不泼！"云普叔连忙退了几步，脸上满糊着眼泪。

"走吧！镜清。"

夏胡子不耐烦似地起身说。秃子连忙把他拦住了：

"等一等吧，过一会儿她就会想清的。来！云普，我和你到外面去说几句话。"

秃子把云普叔拉走了。云普婶还是呜呜地哭闹着。立秋走上来扶住了她，坐在一条短凳子上。他知道，这场悲剧构成的原因并不简单，一家人足足的有三天没有吃东西了。斗笠没有人要，田中的耕种又不能荒芜。所以昨晚镜清秃子来游说的时候，他并没有表示如何激烈的反对。虽然他伤心妹子，不愿意妹子卖给人家，可是，除此以外，再没有方法能够解救目前的危急。他在沉痛的矛盾心理中，憧憬一终夜，他不忍多看一眼那快要被卖掉的妹子，天还没有亮，他就爬起来。现在，母亲既然这样地伤心，他还有什么心肝敢说要把妹子卖掉呢？

"妈妈，算了吧！让他们走好了。"

云普婶没有回答。秃子和云普叔也从头门口走进来，大家又沉默了一会儿。

"嫂嫂！到底怎么办呢？"秃子说。

"镜清伯伯呀！我的英英去了她还能回来吗？"

"可以的，假如主子近的话。并且，你们还可以常常去看她！"

"远呢？"

"不会的哟！嫂嫂。"

"都是这老鬼不好，他不早死！……"

英英抱着四喜儿从里面跑出来了，很惊疑地接触了这个奇异的环境！随手将四喜儿交给了妈妈，瞪着一双圆溜溜的眼睛四围张望。

大家又是一阵心痛，除了镜清秃子和夏胡子以外。

"就是她吗？"夏胡子被秃子拌了一下，望着英英说。

几番谈判的结果，夏胡子一岁只肯出两块钱。英英是十岁，二十块。另外双方各给秃子一块钱的介绍费。

"啊啊！这是一个什么世界哟！"

十九块雪白的光洋，落到云普叔的手上，他惊骇得同一只木头鸡一样。用袖子尽力地把眼泪擦干，仔细地将洋钱看了一会儿。

"天啊！这洋钱就是我的宝宝英英吗？"

云普婶把挂好了的一套衣裤给英英换上，告诉她是到夏伯伯家中去吃几天饭就转来，然而英英的眼泪究竟没有方法止住。

"妈妈，我明天就可以回来吗？我不要一个人吃饱饭啊！"

大家都目不转睛地噙着泪水对英英注视着。再多看一两眼吧，这是最后的相见啊！

秃子把英英带走，云普婶真的发了疯，几回都想追上去。远远地还听到英英回头叫了两声：

"妈妈呀！我不要一个人吃饱饭！"

"我明天就要转来的呀！"

"……"

生活暂时地维持下来了，十九块钱，只能买到两担多一点谷，五个人，可够六七十天的吃用。新的出路，还是欲靠父子们自己努力地开拓出来。

清明跑种期只差三天了，垄上都没有一家人家有种谷，何八爷特为这件事亲自到县库里去找太爷去商量。不及时下种，秋季便没有收成。

大家都仁望着何八爷的好消息，不过这是不会失望的，因为年年都借到了。县太爷自己也明白："官出于民，民出于土！"种子不设法，一年到了头大家都捞不着好处的。所以何八爷一说就很快地答应下来了。发一千担种谷给曹家垄，由何八爷总管。

"妈妈的，种谷十一块钱一担，还要四分利，这完全是何八这狗杂种的盘剥！"

每个人都是这样地愤骂，每个都在何八爷庄上挑出谷子来。

生活和工作，加紧地向这农村中捶击起来。人们都在拼命地挣扎，因为他们已将一切的希望，完全寄托在这伟大的秋收。

四

插好田，刚刚扯好二头草，天老爷又要和穷人们作对。一连十多天不见一点麻麻雨，太阳悬在空中，像一团烈火一样。田里没有水了，仅仅只泥土有些湿润的。

卖了女儿，借了种谷，好容易才把田插好，云普叔这时候已经忙碌得透不过气来，肥料还没有着落，天又不肯下雨了，实在急人！假如真的要闹天干的话，还得及早准备一下哩！

他吩咐立秋到戏台上把车叶子取下，修修好。再过三天没有雨，不车水是不可能的事啊！

人们心中都祈祷着：天老爷啊，请你老人家可怜我们降一点儿雨沫吧！

一天，两天，天老爷的心肠也真硬！人们的祈祷，他竟假装没有听见，仍旧是万里无云。火样的太阳，将宇宙的存在都逗引得发了暴躁。什么东西，在这个时候，也都现出了由干热而枯萎的象征。田中的泥土干涸了，很多的已经绽破了不可弥缝的裂痕，张开着，像一条一条的野兽的口，喷出来阵阵的热气。

实在没有方法再挨延了，张家垞、新渡口都有了水车的响声，禾苗垂头丧气地在向人们哀告它的苦况。很多的叶子已经卷了筒。去年大水留下来的苦头还没有吃了，今年谁还肯眼巴巴地望着它干死呢！就拼了性命也是要挣扎一下子的啊！

吃了早饭，云普叔亲自肩着长车，立秋抗了车架，少普提着几串车叶子，默默地向四方塘走来。太阳晒在背上，只感到一阵热热的刺痛，连地上的泥土，都烫得发了烧。

"妈妈的！怎么这样热。"

四面都是水车声音，池塘里的水，尽量在用人工转运到田中去。云普叔的车子也安置好了。三个人一齐踏上，车轮转动着，水都由车箱子里爬出来，争先恐后地向田中飞跑。

汗从每一个人的头顶一直流到脚跟。太阳看看移到了当顶，火一般地燎烧着大地。人们的口里，时常有缕缕的青烟冒出。脚下也渐渐地沉重了，水车踏板就像一块千斤重的岩石，拼性命都踏不下来。一阵阵的酸痛，由脚筋传布到全身，到脑顶。又像是有人拿着一把小刀子在那里割肉挖筋一般的难过。尤其是少普，在他那还没有发育得完全的身体中，更加感受着异样的苦痛。云普叔又何尝不是一样呢？衰老的几根脚骨头，本来踏上三五步就有些挨不起了的，然而，他不能气馁呀！老天爷叫他吃苦，死也得去！儿子们的勇气，完全欲靠他自己鼓起来。况且，今天还是头一次上紧，他怎么好自己首先叫苦呢？无论如何受罪，都得忍受下来哟！

"用劲呀，少普！……"

他常常是这样地提醒着小的儿子，自己却咬紧牙关地用力踏下去。真是痛的忍不住了，才将那含蓄着很久了的眼泪流出来，和着汗珠儿一同滴下。

好容易云普婶的午饭送来了，父子们都从车上爬下来。

"天啊！你为什么偏偏要和我们穷人作对呢？"

云普叔抚摸着自己的腿子。少普哭丧脸地望着他的母亲：

"妈妈，我的这两条腿子已经没有用了呢！"

"不要紧的哟！现在多吃一点饭，下午早些回来，憩息一会，就会好的。"

少普也没有再作声，顺手拿起一只碗来盛饭吃。

连日的辛劳，云普叔和少普都弄得同跛脚人一样了。天还一样的狠心！一天功夫车下来的水，仅仅只够维持到一天禾苗的生命。立秋算是最能得力的人了，他没有感到过父亲和弟弟那般的苦痛。然而，他总是懒懒地不肯十分努力做功夫，好像车水种田，并不是他现在应做的事情一样。常常不在家，有什么事情要到处去寻找。因此使云普叔加倍地恼恨着："这是一个懒精！忤逆不孝的杂种！"

月亮从树尖上涌出来，在黑暗的世界中散布了一片银灰色的光亮。夜晚并没有白天那般炎热，田野中时常有微风吹动。外面很少有纳凉的闲人，除了妇人和几个孩子。

人们都趁着这个风清月白的夜晚来加紧他们的工作。四面水车的声音，杂和着动人的歌曲，很清晰的可以送入到人们的耳鼓中来。夏夜是太适宜于农人们的工作了，没有白昼的嚣张、炎热、喧扰……

云普叔又因为寻不着立秋，暴躁得像一条发了狂的蛮牛一样。吃晚饭时曾好好地嘱咐他过，今夜天气很好，一定要做做夜工，才许再跑到外面去。谁知一转眼就不看见人，真把云普叔的肚皮都气破了。近来常有一些人跑来对云普叔说：立秋这个孩子变坏了，不知道他天天跑出去，和癞老大他们这班人弄做一起干些什么勾当。个个都劝他严厉地管束一下，以免弄出大事。云普叔听了，几回硬恨不得把牙门都咬碎下来。现在，他越想越暴躁，从上村叫到下村，连立秋的影子都没有看到。他回头吩咐少普先到水车上去等着他，假如寻不到的话，光老小两个也是要车儿线水上田的。于是他重新地把牙根咬紧，准备去和这不孝的东西拼一拼老性命。

又兜了三四个大圈子还没有寻到，只好气愤愤地走回来。远远地，忽然听到自己的水车声音响了，急忙赶上去，车上坐的不正是立秋和少普吗？他愤恨得说不出一句话来，半晌，才下死劲地骂道：

"你这狗入的杂种！这会子到哪里收尸去了？"

"噎！我不是好好地坐在这里车水吗？"立秋很庄严地回答着。

"妈妈的！"

云普叔用力地盯了他一眼，随即自己也爬上来，踏上了轮子。

月亮由村尖升到了树顶，渐渐地向西方斜落！田野中也慢慢地慢慢地沉静了下来。

东方已经浮上了鱼肚色的白云，几颗疏散的星儿，还在天空中挤眉弄眼地闪动。雄鸡啼过两次了，云普叔从黑暗里爬起来，望望还没有天亮，悠长地舒了一口冷气。日夜的辛劳，真使他有些感到支持不住了。周身的筋骨，常常在梦中隐隐地作痛。但他无论如何也不肯懈怠一刻功夫，或说几句关于疲劳痛痒的话。因为他怕给儿子们一个不好的印象。

生活鞭策着他劳动，他是毫不能怨尤的哟！现在他算是已经把握到一线新的希望了：他还可以希望秋天，秋天到了，便能实现他所梦想的世界！

现在，他不能不很早就爬起来啦。这还是夏天，隔秋天，隔那梦想的世界还远着哩！

孩子们正睡得同猪猡一样。年轻人在梦中总是那么甜蜜哟！他真是羡慕着。为了秋收，为了那个梦想的世界，虽然天还没有十分发亮，他不得不忍心地将儿子们统统叫起来：

"起来哟，立秋！"

"……"

"少普，少普！起来哟！"

"什么事情呀？爹！天还没有亮哩！"少普被叫醒了。

"天早已亮了，我们车水去！"

"刚刚才睡下，连身子都没有翻过来，就天亮了吗？唔！……"

"立秋！立秋！"

"……"

"起来呀！……"

"唔！"

"喂！起来呀！狗入的东西！"

最后云普叔是用手去拖着每一儿子的耳朵，才把他们拉起来的。

"见鬼了，四面全是黑漆漆的！"

立秋揉揉眼睛，才知道是天还没有光，心中老大不高兴。

"狗杂种！叫了半天才把你叫起来，你还不服气吧！妈妈的！"

"起来！起来！不知道黑夜里爬起来做些什么事？拼死了这条性命，也不过是替人家当个奴隶！"

"你这懒精！谁作人家的奴隶？"

"不是吗？打禾下来，看你能够落到手几粒捞什子？"

"鬼话！妈妈的，难道会有一批强盗来抢去你的吗？你这个咬烂鸡巴横嚼的杂种！你近来专在外面抛尸，家中的什么事情都不要管！只晓得发懒筋，你变了！狗东西！人家都说你专和癞老大他们在一起鬼混！你一定变做了什么××党！……"

云普叔气急了，恨不得立刻把儿子抓来咬他几口出气。声音愈骂愈大了。云普婶也被他惊醒来：

"半夜三更闹什么呀，老头子？儿子一天辛苦到晚，也应该让他们睡一睡！你看，外边还没有天亮哩！"

"都是你这老猪婆不好，养下这些淘气杂种来！"

"老鬼！你骂谁啊？"

"骂你这偏护懒精的猪婆子！"

"好！老鬼，你发了疯！你恶他们，你把他们一个一个都拿去杀掉好了，何必要这样地来把他们慢慢地磨死呢？要不然，把他们统统都卖掉，免得刺痛了你的眼睛。半夜里，天南地北的吵死？"

云普叔暴躁得发了疯，他觉得老婆近来更加无理地偏护着孩子，丝毫不顾及到家中的生计：

"你这猪婆疯了！你要吃饭吗？你！……"

"好！我是疯了！老鬼，你要吃饭，你可以卖女儿！现在你又可以卖儿子。你还我的英英来！老鬼，我的命也不要了！……"

"好泼的家伙，你妈妈的！……"

"老忘八！老贼！你自己没有能力就不要养儿女，养大了来给他们作孽。女的好卖了，男的也要逼死他们，将来只剩了你这老忘八！我的英英！老贼，你找回来！啊啊啊！……"

她连哭带骂地向着云普叔扑来，想起了英英，她恨不得把云普叔一口吞掉。

"妈妈的！英英，英英，又不是单为了我一个！"

云普叔连忙躲开她，想起英英来，眼泪也不由自主地掉下了。

"还我的英英，你这老鬼！啊啊！……"

"…………"

"啊啊啊！……"

"…………"

东方发白了。儿子木鸡一般地站着。听见爹爹妈妈提及了妹子，也陪着流下几阵酸痛的眼泪来。

天色又是一样的晴和。立秋偷偷地扯了少普一下，提起锄耙就走。云普叔也带着懊恼伤痛的面容，一步一拖地跟出了大门。

"啊啊啊！……"

晨风在田野中掠过，油绿色的禾苗，掀起了层层的浪涛，人们都感到一阵清晨特有的凉意。

"今天车哪一方呢？"

"妈妈的，到华家堤去！"

五

"立秋！你的心不诚，不要你抬！"

"云普叔顶万民伞，小二疤子打锣！"

"吹唢呐的没有，王老大你的唢呐呢？"

"妈妈的！好像是哪一个人的事一样，大家都不肯出力，还差三个轿夫。"

"我来一个。高鼻子大爹！"

"我也来！"

"我也来一个！"

"好了，就是你们三个吧！大家都洗一个脸。小二疤子，着实洗干净些，菩萨见怪！"

"打锣！把唢呐吹起来！"

"打锣呀！小二疤子听见没有？婊子的儿子！"

"当！当！当！……"

"鸣咧啦！……"

几十个人蜂拥着关帝爷爷，向田野中飞跑去了。

二十多天没有看见一点云影子，池塘里，河里的水都干透了，田中尽是儿寸宽的裂口，禾叶大半已经卷了筒。这样再过三四天，便什么都完了。

关帝爷爷是三天前接来的。杀了一条牛，焚了斤半檀香，还是没有一点雨意。禾苗倒烊倒得更加多了。

所以，大家都觉得菩萨不肯发雨下来，一定是有什么原故。几个主祭的首事集合起来商量了很久，求了无数枝签，叩了千百个头，卦还是不能打顺。

"那么今年不完了吗？"

"高鼻子大爹，不要急！我们且把菩萨抬到外面去跑一路，看他老人家见了这个样子心中忍也不忍？"

"好的！也许菩萨还没有看见田中的情况吧！大前年天干，也是请菩萨到外面去兜了一个圈子才下雨的。云普，你去叫几个小伙子来！还有锣鼓唢呐！"

"啊！"

很快地，便把临时的队伍邀齐了。高鼻子大爹在前面领队，第二排是旗锣鼓伞，菩萨的绿呢大轿跟在后头。

从新渡口华家堤，一直弯到红庙，兜了四五个圈子回来，太阳仍旧是同烈火一样，烫得浑身发烧。地上简直热得不能落脚。四面八方都是火，人们是在火中颠扑！

雨一点还没有求下来，菩萨反被磨子湾抬去了。处处都忙着抬菩萨求雨哩！

"天老爷呀！一年大水一年干，究竟欲把我们怎么办呢？"

风色陡然变了，由东北方吹来呼呼地响着。没有星光也没有月亮，很多的人都站在屋外看天色。

"那方扯闪子哩！"

"东扯西合，有雨不落。"

"那是北方呀！"

"好了！南扯火门开，北扯有雨来！今夜该有点雨下吧，天哪！……"

"总要求天老爷开恩啦！"

"还不是，我们又都没有做过恶人，天老爷难道真的要将我们饿死？"

"不见得吧！"

大家喧嚷一会儿之后，屋顶上已有了滴沥的声音，人们只感到一阵凉意。每一滴雨声，都像是打落在开放的心花上。

"这真是天老爷的恩典啦！"

横在人们心中的一块巨石，现在全被雨点溶化了。随即，便是暴风雨的降临！

雷跟在闪电的后面发脾气。

大雨只下了一日夜，田中的水又饱满起来。禾苗都得了救，卷了筒子的禾叶边开展了，像少女们解开着胸怀一样地迎风摆动。长，很迅速地在长，这正是禾苗飞长的时候啊！每个人都默祷着：再过二十来天不出乱子，就可以看到粒粒的黄金，那才算是到了手的东西哩。

雨只有西南方上下得特别久，那边的天是乌黑的。恐怖像大江的波浪，前头一个刚刚低落下去，后面的一个又涌上来。西南方上的雨太下大了，又要耽心水患。种田人真是一刻儿也不能安宁啊！

西水渐渐地向下流膨胀，然而很慢。堤局只派了一些人在堤岸上梭巡。光是西水没有南水助势，大家都可不必把它放在心上。让它去高涨吧！

一天，两天，水总是涨着。渐渐地差不多已经平了堤面了，云普叔也跟着大家着起急来：

"怎么！光是西水也有这么大吗？"

人们都同样的嚷着：

"哎哟！大家还是来防备一下吧！千万不要又和去年一样呀。"

去年的苦痛告诉他们，水灾是要及早防备的哟！锣声又响了，一批一批的人都扛着锄头被絮，向堤边跑去！

"哪一个家里有男人不出去来上堤的，他妈妈的拖出来打死！"云普叔忙得满头是汗地说，"连堂客们都不许躲着，妈妈的，今年要再和去年一样，一个也别想活！……"

"大家都挡堤去呀！"

"当！当！当！……"

夜晚上，火把灯笼像长蛇一样地摆在堤上，白天里沿岸都是骚动的人群。团防局里的老爷们，骑着马，带着一群副爷往来的巡视着，他们负有维持治安的重大责任，尤恐这一群人中间，潜伏着有闹事的暴徒份子，这是不能不提防的。

"妈妈的，作威作福的贱狗，吃了我们的粮没有事做，日夜打主意来害我们！一个个都安得……"

"我恨不得咬下这些狗入的几块肉！总有一天老子……"

多数被团防加害过的人，让他们走过之后，都咬牙切齿地暗骂着。很远了，立秋还跟在他们的后面装鬼脸儿。

水仍旧是往上涨，有些已经漂过了堤面。黄黄的水，是曾劫夺过人们的生命的，大家都对它怀着巨大的恐怖。眼睛里都有一把无名的烈火，向这洪水掷投。

"只要南水不再下来就好了！"

人们互相地安慰着。锄头铲耙，还是不住地加工。

水停住了！

突然地，有些地方在倒流，当有人把几处倒流的地方指出来的时候，人群中间，立刻开始了庞大的骚动。

"哪里倒流？"

"兰溪小河口吗？"

"该死！一个也活不成！"

"天啦！你老人家真正要把我们活活地弄死吗？……"

"关帝爷爷呀！今年要再和去年一样……"

南水涨了，西水受着南水的胁迫，立即开始了强烈的反攻，双方冲突的结果，是不断的向上膨胀！

锣声响得紧！人们心中还没有弥缝的创口，又重新地被这痛心的锣锤儿敲得四分五裂，连孩子妇人都跑到堤边去用手捧着一合一合的泥土向堤上堆。老年人和云普叔一道的，多数已经跪下来了：

"天哪！救苦救难的观世音菩萨呀！今年的大水实在再来不得了啊！"

"盖天古佛！你老人家保过了这场水灾，准还你十本大戏！……"

"天收人啦！"

"……"

经过了两日夜拼命的挣扎，每个人的眼睛里都暴出了红筋。身体像弹熟了的软棉花一样，随处倒落。西水毕竟是过渡了汹涌的时期，经不起南水的一阵反攻，便一泻千里地崩溃下去了！于是南水趁势地顺流下来，一些儿没有阻碍。

水退了！

千万颗悬挂在半空中的心，随着洪水的退落而放下。每个人都张开了口，吐出了一股恶气。提起锄头被絮，拖着软棉花似的身子，分别地踏上了归途。脸上，都挂上着一丝胜利的微笑。

"喂！癞大哥，夜里到我这里来谈天啊！"

立秋在十字路上分岔时对癞老大说。

六

生活和工作，双管齐下地夹攻着这整个的农村。当禾苞标出线来时，差不多每个农民都在拼着他们的性命。过了这严重的一二十天，他们便全能得救！

家中虽然没有一粒米了，然而云普叔的脸上却浮上着满面的笑容。他放心了，经过了这两次巨大的风波，收成已经有了九成把握。禾苗肥大，标线结实，是十多年来所罕见的好，穗子都有那样长了。眼前的世界，所开展在云普叔面前的尽是欢喜，尽是巨大的希望。

然而云普叔并没有作过大的幻想，他抓住了目前的现势来推测二十天以后的情形那是真的。他举目望着这一片油绿色的原野，看看那肥大的禾苗，一线一线快要变成黄金色的穗子，几回都疑是自己的眼睛发昏，自己在做梦。然而穗子禾苗，一件件都是正确地摆在他的面前，他真的欢喜得快要发疯了啊！

"哈哈！今年的世界，真会有这样的好吗？"

过去的疲劳，将开始在这儿作一个总结了：从下种起，一直到现在，云普叔真的没有偷闲过一刻功夫。插田后便闹天干，刚刚下雨又发大水，一颗心像七上八下的吊桶一般地不能安定。身子疲劳得像一条死蛇，肚皮里没有充过一次饱。以前的挨饿现在不要说，单是英英卖去以后，家中还是吃稀饭的。每次上田，连腿子都提不起，人瘦得像一堆枯骨。一直到现在，经过这许多许多的恐怖和饥饿，云普叔才看见这几线长长的穗子，他怎么不欢喜呢？这才是算得到了手的东西呀，还得仔细地将它盘算一下哩！

开始一定要饱饱地吃它几顿。孩子们实在饿得太可怜了，应当多弄点菜，都给他们吃几餐饱饭，养养精神。然后，卖几担出去，做几件衣服穿穿，孩子们穿得那样不像一个人形。过一个热热闹闹的中秋节。把债统统还清楚。剩下来的留着过年，还要预备过明年的荒月，接新……

立秋少普都要定亲，立秋简直是处处都表示需要堂客了。就是明年下半年吧，给他们每个都收一房亲事，后年就可养孙子，做爷爷了……

一切都有办法，只少了一个英英，这真使云普叔心痛。早知今年的收成有这样好，就是杀了他也不肯将英英卖掉啊！云普叔是最疼英英的人，他这许多儿女中只有英英最好，最能孝顺他。现在，可爱的英英是被他自己卖掉了啦！卖给那个满脸胡须的夏老头子了，是用一只小划子装走的。装到什么地方去了呢？云普叔至今还没有打听到。

英英是太可怜了啊！可怜的英英从此便永远没有了下落。年岁越好，越有饭吃，云普叔越加伤心。英英难道就没有坐在家中吃一顿饱饭的福命吗？假如现在英英还能站在云普叔面前的话，他真的想抱住这可怜的孩子嚎啕大哭一阵！天呵！然而可怜的英英是找不回来了，永远地找不回来了！留在云普叔心中的，只有那条可怜的瘦小的影子，永远不可治疗的创痛！

还有什么呢？除此以外，云普叔的心中只是快乐的，欢喜的，一切都有了办法。他再三地嘱咐儿子，不许谁再提及那可怜的英英，不许再刺痛他的心坎！

家里没有米了，云普叔丝毫也没有着急，因为他已经有了办法，再过十多天就能够饱饱地吃几餐。有了实在的东西给人家看了，差了几粒吃饭谷还怕没有人发借吗？

何八爷家中的谷子，现在是拼命地欲找人发借，只怕你不开口，十担八担，他可以派人送到你的家中来。价钱也没有那样昂贵了，每担只要六块钱。

李三爹的家里也有谷子发借。每担六元，并无利息，而且都是上好的东西。

垄上的人都要吃饭，都要渡过这十几天难关，可是谁也不愿意去向八爷或三爹借谷子。实在吃得心痛，现在借来一担，过不了十多天，要还他们三担。

还是硬着肚皮来挨过这十几天吧！

"这就是他们这班狗杂种的手段啦！他们妈妈的完全盘剥我们过生活。大家要饿死的时候，向他们叩头也借不着一粒谷子，等到田中的东西有把握了，这才拼命地找人发借。只有十多天，借一担要还他们三担。这班狗杂种不死，天也真正没有眼睛。……"

"高鼻子大爹，你不是也借过他的谷子吗？哼！天才没有眼睛哩！越是这种人越会发财享福！"

"是的呀！天是不会去责罚他们的，要责罚他们这班杂种，还得依靠我们自己来！"

"怎样靠自己呢？立秋，你这话里倒有些玩艺儿，说出来大家听听看！"

"什么玩艺儿不玩艺儿，我的道理就在这里；自己收的谷子自己吃，不要纳给他们这些狗杂种的什么捞什子租，借了也不要给他们还去！那时候，他还有什么道理来向我们要呢？"

"小孩子话！田是他家的呀！"二癞子装着教训他的神气。

"他家的？他为什么有田不自己种呢？他的田是哪里来的？还不是大家替他做出来的吗？二癞子你真蠢啊！你以为这些田真是他的吗？"

"那么，是哪个的呢？"

"你的，我的！谁种了就是谁的！"

"哈哈！立秋！你这完全是十五六年时农民会上的那种说法。你这孩子，哈哈！"

"高鼻子大爷，笑什么？农民会你说不好吗？"

"好，杀你的头！你怕不怕？"

"怕什么啊！只要大家肯齐心，你没有看见江西吗？"

"齐心！你这话是很有道理的，不过，哈哈！……"

高鼻子大爷，还有二癫子、壳壳头、王老六大家和立秋瞎说一阵之后，都相信了立秋的话儿不错。民国十六年的农民会的确是好的；就可惜没有弄得长久，而且还有许多人吃了亏。假如要是再来一个的话，一定硬把它弄得久长一些啊！

"好！立秋，还有团防局里的枪炮呢？"

"咄！到了那个时候，我们就不好把他妈妈的缴下来吗？"

儿子整天地不在家里，一切都要云普叔自己去理会。家中没有米了，不得不跑到李三爹那里去借了一担谷子来。

"你家里五六个人吃茶饭，一担谷就够了吗？多挑两担去！"

"多谢三爹！"

云普叔到底只借了一担。他知道，多吃一担，过不了十来天就要还三担多。没有油盐吃，曹炳生店里也可以赊账了。肉店里的田麻拐，时常装着满面笑容地来慰问他：

"云普哥，你要吃肉吗？"

"不要啊，吃肉还早哩。"

"不要紧的，你只管拿去好了！"

云普叔从此便觉得自己已经在渐渐地伟大，无论什么人遇见了他，都要对他点头微笑地打个招呼。家中也渐渐地有些生气了。就只恨自己的儿子不争气，什么事都要自己操心。妈妈的，老太爷就真的没有福命做吗？

穗子一天一天地黄起来，云普叔脸上的笑容也一天一天地加厚着。他真是忙碌啊！补晒筐，修内车。请这个来打禾，邀那个来扎草，一天到晚，他都是忙得笑迷迷的。今年的世界确比往年要好上三倍，一担田，至少可以收三十四五担谷。这真是穷苦人走好运的年头啊！

去年遭水灾，就因为是堤修得不好，今年首先最要紧的是修堤。再加厚它一尺土吧，那就什么大水都可以不必担心事了。这是种田人应尽的义务呀！堤局里的委员早已来催促过。

"曹云普，你今年要出八块五角八分的堤费啦！"

"这是应该的，一石多点谷！打禾后我亲自送到局里来！劳了委员先生的驾。应该的，应该的！……"

云普叔满面笑容地回答着。堤不修好，免不了第二年又要遭水灾。

保甲先生也衔了团防局长的使命，来和云普叔打招呼了：

"云普叔，你今年缴八块四角钱的团防捐税啦！局里已经来了公事。"

"怎么有这样多呢？甲老爷！"

"两年一道收的！去年你缴没有缴过？"

"啊！我慢慢地给你送来。"

"还有救国捐五元七角二，剩共捐三元零七。"

"这！又是什么名目呢？甲，甲老爷！"

"咄！你这老头子真是老糊涂了！东洋鬼子打到北平来了，你还在鼓里困。这钱是拿去买枪炮来救国打共匪的呀！"

"啊呀！……晓得，晓得了！我，我，我送来。"

云普叔并不着急，光是这几块钱，他真不放在心上。他有巨大的收获，再过四五天的世界尽是黄金，他还有什么要着急的呢？

七

儿子不听自己的指挥，是云普叔终身的恨事。越是功夫紧的当口，立秋总不在家，云普叔暴躁得满屋乱跑。他始终不知道儿子在外面干些什么勾当。大清早跑出去，夜晚三更还不回来。四方都有桶响了，自家的谷子早已黄熟得滚滚的，再不打下来，就会一粒粒地自行掉落。

"这个狗养的，整天地在外面收尸！他也不管家中是在什么当口上了。妈妈的！"

他一面恨恨地骂着，一面走到大堤上去想兜一张桶①。无论如何，今天的日脚好，不响桶是非常可惜的事情。本来，立秋在家，父子三个人还可勉强地支持一张跛脚桶②，立秋不回来就只好跑到大堤上去叫外帮打禾客。

打禾客大半是由湘乡那方面来的，每年的秋初总有一批这样的人来：挑着简单的两件行李，四个一伴四个一件地向这滨湖的几县穿来穿去，专门替人家打禾割稻子，工钱并不十分大，但是要吃一点儿较好的东西。

云普叔很快地叫了一张桶。四个彪形大汉，肩着憔悴的行囊跟着他回来了。响桶时太阳已经出了两丈多高，云普叔叫少普守在田中和打禾客作伴，自己到处去寻找立秋。

天晚了，两斗田已经打完，平白地花了四串打禾工钱。立秋还是没有寻到，云普叔更焦急得无可如何了。收成是出于意外的丰富，两斗田竟能打到十二担多毛谷子。除了恼恨儿子不争气以外，自己的心中倒是非常快活的。

叫一张外帮桶真是太划不来的事情啊！工钱在外，一大碗一大碗的白米饭，都给这些打禾客吃进肚里去了，真使云普叔看得眼红。想起过去饥饿的情形来，恨不得把立秋抓来活活地摔死。明天万万不能再叫打禾客了，自己动手，和少普两个人，一天至少能打几升斗把田。

夜深了，云普叔还是不能入梦。仿佛听到了立秋在耳边头和人家说话。张开眼睛

---

① 桶：即打禾桶，四方的，很大。四个人支持一张桶，两人割稻，两人打稻。"兜一张桶"，就是说叫四个打稻的人来。

② 跛脚桶：即不够四个人，像跛脚的意思。

一看，心中立刻冒出火来：

"你这杂种！你，你也要回来呀！妈妈的，家中的事情你一点都不管，剩下我这个老鬼来一个人拼命！妈妈的，我的命也不想要了！今朝不是鱼死就是网破！老子一定要看看你这杂种的本事！……"

云普叔顺手拿着一条木棍，向立秋不顾性命地扑来。四串工钱和那些白米饭的恶气，现在统统要在这儿发作了。

"云普叔叔，请你老人家不要错怪了他，这一次真是我们请他去帮忙一件事情去了！"

"什么鸡巴事？你，你，你是谁？……癞大哥你难道不知道吗？我家中的功夫这样忙！他妈妈的，他要去收尸！"云普叔气急了，手中的木棍儿不住地战动。

"不错呀！云普伯伯。这回他的确是替我们有事情去了啊！……"又一个说。

"好！你们这班人都帮着他来害我。鸡肚里不晓得鸭肚里的事！你们都知道我的家境吗？你们？……"

"是的，伯伯！他现在已经回来了，明天就可以帮助你老人家下田！"

"下田！做死了也捞不到自己一顿饱饭，什么都是给那些杂种得现成。你看，我们做个要死，能够落得一粒捞什子到手吗？我老早就打好了算盘！"立秋愤愤地说。

"谁来抢去了你的，猪杂种？"

"要抢的人才多呢！这几粒捞什子终究会不够分配的！再做十年八年也别想落得一颗！"

"猪入的！你这懒精偏有这许多辩说，你不做事情天上落下来给你吃！你和老子对嘴！"

云普叔重新地把木棍提起，恨不得一棍子下来，将这不孝的东西打杀！

"好了，立秋，不许你再多说！老伯伯，你老人家也休息一会儿！本来，现在的世界也变了，作田的人真是一辈子也别想抬起头来。一年忙到头，收拾下来，一担一担送给人家去！捐呀！债呀！饷呀！……哪里分得自己还有捞呢？而且市面的谷价这几天真是一落千丈，我们不想个法子是不可能的啊！所以我们……"

"妈妈的！老子一辈子没有想过什么鸡巴法子，只知道要做，不做就没有吃的……"

"是呀！……立秋你好好地服侍你的爹爹，我们再见！"

三四个后生子走后，立秋随即和衣睡下。云普叔的心中，像卡着一块硬礴礴的石子。

从立秋回来的第二天起，谷子一担一担地由田中挑回来，壮壮的，黄黄的，真像金子。

这垄上，没有一个人不欢喜的。今年的收成比往年至少要好上三倍。几次惊恐，日夜疲劳，空着肚皮挣扎出来的代价，能有这样丰满，谁个不喜笑颜开呢？

人们见着面都互相点头微笑着，都会说天老爷有眼睛，毕竟不能让穷人一个个都饿死。他们互相谈到过去的苦况：水，旱，忙碌和惊恐，以及饿肚皮的难堪！……现在他们全都好了啦。

市面也渐渐地热闹了,物价只在两三天功夫中,高涨到一倍以上。相反地,谷米的价格倒一天一天地低落下来。

六块!四块!三块!一直低落到只有一元五角的市价了,还是最上等的迟谷。

"当真跌得这样快吗?"

欢欣、庆幸的气氛,于是随着谷价的低落而渐渐地消沉下来了。谷价跌下一元,每个人的心中都要紧一把。更加以百物的昂贵,丰收简直比常年还要来得窘困些了。费了千辛万苦挣扎出来的血汗似的谷子,谁愿那样不值钱地将它卖掉呢?

云普叔初听到这样的风声,并没有十分惊愕,他的眼睛已经看黄黄的谷子看昏了。他就不相信这样好好的救命之宝会卖不起钱。当立秋告诉他谷价疯狂地暴跌的时候,他还瞪着两只昏黄的眼睛怒骂道:

"就是你们这班狗牛养的东西在大惊小怪地造谣!谷跌价有什么希奇呢?没有出大价钱的人,自己不好留着吃?妈妈的,让他们都饿死好了!"

然而,寻着儿子发气是发气,谷价低,还是没有法子制止。一块二角钱一担迟谷的声浪,渐渐地传播了这广大的农村。

"一块二角,婊子的儿子才肯卖!"

无论谷价低落到一钱不值,云普叔仍旧是要督促儿子们工作的。打禾后晒草,晒谷,上风车,进仓,在火烈的太阳底下,终日不停地劳动着。由水泱泱地杂着泥巴乱草的毛谷,一变而为干净黄壮的好谷子了。他自己认真地决定着:这样可爱的救命宝,宁愿留在家中吃它三五年,决不肯烂便宜地将它卖去。这原是自己大半年来的血汗呀!

秋收后的田野,像大战过后的废垒残墟一样,凌乱的没有一点次序。整个的农村,算是暂时地安定了。安定在那儿等着,等着,等着某一个巨大的浪潮来毁灭它!

八

为着几次坚决的反对办"打租饭",大儿子立秋又赌气地跑出了家门。云普叔除了怄气之外,仍旧是恭恭敬敬地安排着。无论如何,他可以相信在这一次"打租"的筵席上,多少总可以博得爷们一点同情的怜悯心。他老了,年老的人,在爷们的眼睛里,至少总还可以讨得一些便宜吧!

一只鸡,一只鸭子,两碗肥肥的猪肉,把云普叔馋得拖出一线一线的唾沫来。进内换了一身补得规规矩矩了的衣裤,又盼咐少普将大堂扫得清清爽爽了,太阳还没有当空。

早晨云普叔到过何八爷家里,又到过李三爹庄上;诚恳地说明了他的敬意之后,八爷三爹都答应来吃他们一餐饭。堤局里的陈局长也在内,何八爷准许了替云普叔邀满一桌人。

桌上的杯筷已经摆好了,爷们还没有到。云普叔又恭恭敬敬地站在大门口观望了一回,远远地似乎有两行黑影向这方移动了。连忙跑进来,盼咐少普和四喜儿暂时躲到后面去，不要站在外面碍了爷们的眼。四条长凳子，重新地将它们揩了一阵，自己觉得没有什么不干净的地方了，才安心地站在门边侍候爷们的驾到。

一路总共七个人，除了三爷八爷和陈局长以外，各人还带了一位算租谷的先生。其他的两位不认识，一个有兜颗胡须的像菩萨，一位漂漂亮亮的后生子。

"云普！你费了力呀！"满面花白胡子，眼睛像老鼠的三爷说。

"实在没有什么，不恭敬得很！只好请三爷，八爷，陈老爷原谅原谅！唉！老了，实在对不住各位爷们！"

云普叔战战兢兢地回答着，身子几乎缩成了一团。"老了"两个字说得特别的响。接着便是满脸的苦笑。

"我们叫你不要来这些客气，你偏要来，哈哈！"何八爷张开着没有血色的口，牙齿上堆满了大粪。

"八爷，你老人家……唉！这还说得上客气吗？不过是聊表佃户们一点孝心而已！一切还是要请八爷的海量包涵！"

"哈哈！"

陈局长也跟着说了几句勉励劝慰的话，少普才从后面把菜一碗一碗地捧出来。

"请呀！"

筷子羹匙，开始便像狼吞虎咽一样。云普叔和少普二人分立在左右两旁侍候，眼睛都注视着桌上的菜肴。当肥肥的一块肉被爷们吞嚼得津津有味时，他们的喉咙里像有无数只蚂蚁在那里爬进爬出。涎水从口角里流了出来，又强迫把它吞进去。最后少普简直馋得流出来眼泪了，要不是有云普叔在他旁边，他真想跑上去抢一块来吃吃。

像上战场一般地挨过了半点钟，爷们都吃饱了。少普忙着泡茶搬桌子，爷们都闲散地走动着。五分钟后，又重新地围坐拢来。

云普叔垂着头，靠着门框边站着，恭恭敬敬地听候爷们说话。

"云普，饭也吃过了，你有什么话，现在尽管向我们说呀！"

"三爷，八爷，陈老爷都在这里，难道你们爷们还不明白云普的困难吗？总得求求爷们……"

"今年的收成不差呀！"

"是的，八爷！"

"那么，你打算要说些什么呢？"

"我想，想求求爷们！……"

"啊！你说。"

"实在是云普去年的元气伤很了，一时恢复不起来。满门大小天天要吃这些，云普又没有力量赚活钱，呆板地靠田中过日子。总得要求要求八爷，三爷……"

"你的打算呢？"

"总求八爷高抬贵手，在租谷项下，减低一两分。去年借的豆子和今年种谷项下，也要请八爷格外开恩！……三爷，你老人家也……"

"好了，你的意思我统统明白了，无非是要我们少收你几粒谷。可是云普，你也应当知道呀！去年，去年谁没有遭水灾呢？我们的元气说不定还要比你损伤得厉害些呢！我们的开销至少要比你大上三十倍，有谁来替我们赚进一个活钱呢？除了这几粒租谷以外！……至于去年我借给你的豆子，你就更不能说什么开恩不开恩。那是救过你们性命的东西啦！借给你吃已算是开过恩了，现在你还好意思说一句不还吗？……"

"不是不还八爷，我是想要求八爷在利钱上……"

"我知道呀！我怎能使你吃亏呢？借豆子的不止你一个人。你的能够少，别人的也能够少。这是万万做不到的事情啊！至于种谷，那更不是我的事情，我仅仅经了一下手，那是县库里的东西，我怎么能够做主呢？"

"是的，八爷说的也是真情！云普老了，这次只要求八爷三爹格外开一回恩，下年收成如果好，我决不拖欠！一切沾爷们的光！……"

云普叔的脸色十分地沮丧了，说话时的喉咙也硬酸酸的。无论如何，他要在这儿尽情地哀告。至少，一年的吃用是要求到的。

"不行！常年我还可以通融一点，今年半点也不能行！假使每个人都和你一样的麻烦，那还了得！而且我也没有那许多精神来应付他们。不过，你是太可怜了，八爷也决不会使你吃亏的。你今年除去还捐还债以外，实实在在还能落到手几多？你不妨报出来给我听听看！"

"这还打得过八爷的手板心吗？一共收下来一百五十担谷子，三爹也要，陈老爷也要，团防局也要，捐钱，粮饷，……"

"哪里只有这一点呢？"

"真的！我可以赌咒！……"

"那么，我来给你算算看！"

八爷一面说着，一面回头叫了那位穿蓝布长衫的算租先生：

"涤新！你把云普欠我的租和账算算看？"

"八爷，算好了！连租谷，种子，豆子钱，头利一共一百零三担五斗六升！云普的谷，每担作价一块三角六。"

"三爹你呢？"

"大约也不过三十担吧！"

"堤局约十来担光景！"陈局长说。

"那么，云普你也没有什么开销不来呀！为什么要这样噜苏呢？"

"哎呀！八爷！我一家老小不吃吗？还有团防费，粮饷，捐钱都在里面！八爷呀！总要你老人家开恩！……"

云普叔的眼泪跑出来了！在这种紧急关头中，他只有用最后的哀告来博取爷们的怜悯心。他终于跪下来了，向爷们像拜菩萨一样地叩了三四个响头。

"八爷三爹呀！你老人家总要救救我这老东西！……"

"唔！……好！云普，我答应你。可是，现在的租谷借款项下，一粒也不能拖欠。等你将来到了真正不能过门的时候，我再借给你一些吃谷是可以的！并且，明天你就要替我把谷子送来！多挨一天，我便多要一天的利息！四分五！四分五！……"

"八爷呀!"

第二天的清早,云普叔眼泪汪汪地叫起来了少普,把仓门打开。何八爷李三爷的长工都在外面等待着。这是爷们的恩典,怕云普叔一天送去不了这许多,特地打发自家的长工来帮忙挑运。

黄黄的,壮壮的谷子,一担一担地从仓孔中量出来,云普叔的心中,像有千万利刀在那里宰割。眼泪水一点一点地淌下,浑身阵阵地发颤。英英满面泪容的影子、蚕豆子的滋味、火烈的太阳、狂阔的大水、观音粉、树皮……都趁着这个机会,一齐涌上了云普叔的心头。

长工的谷子已经挑上肩了,回头叫着云普叔:

"走呀!"

云普叔用力地把谷子挑起来,像有一千斤重。汗如大雨一样地落着!举眼恨恨地对准何八爷的庄上望了一下,两腿才跨出头门。勉强地移过三五步,脚底下活像着了锐刺一般地疼痛。他想放下来停一停,然而头脑昏眩了,经不起一阵心房的惨痛,便横身倒下来了!

"天啦!"

他只猛叫了这么一句,谷子倾翻了一满地。

"少普!少普!你爹爹发痧!"

"爹爹!爹爹!爹爹呀!……"

"云普,云普!"

"妈妈来呀,爹爹不好了!"

云普婶也急急地从里面跑出来,把云普叔抬卧在戏台下的一块门板上,轻轻地在他的浑身上下捶动着:

"你有什么地方难过吗?"

"唔!……"

云普叔的眼睛闭上了。长工将一担一担的谷子从云普叔的身边挑过,脚板来往的声音,统统像踏在云普叔的心上。渐渐地,在他的口里冒出了鲜血来。

保甲正带着一位委员老爷和两个佩盒子炮的大兵闯进来了。后面还跟着五六个备有箩筐扁担的工役。

"怎么!云普生病了吗?"

少普随即走来打了招呼:

"不是的,刚刚劳动了一下,发痧!"

"唔!……"

"云普!云普!"

"有什么事情呀,甲老爷?"少普代替说。

"收捐款的!剿共,救国,团防,你爹爹名下一共一十七元一角九分。算谷是一十四担三斗零三合。定价一元二角整!"

"唔！几时要呢？"

"马上就要量谷的！"

"啊！啊啊！……"

少普望着自己的爹爹，又望望大兵和保甲，他完全莫明其妙地发痴了！何李两家的长工，都自动地跳进了仓门那里量谷。保甲老爷也赶着钻了进去：

"来呀！"

外面等着的一群工役统统跑进来了，都放下箩筐来准备装谷子。

"他们难道都是强盗吗？"

少普清醒过来了，心中涌上着异样的恼愤。他举着血红的眼睛，望了这一群人，心火一把一把地往上冒。他始终不明白，为什么自己辛辛苦苦种下来的谷子，都一担一担地送给人家挑走。这些人又都那样地不讲理性。他咬紧了牙齿，想跑上去把这些强盗抓几个来饱打一顿，要不是旁边两个佩盒子炮的向他盯了几眼。

"唔！……唔！……哎呀！……"

"爹爹！好了一点吗？……"

"唔！……"

只有半点钟功夫，工役长工们都走光了。保甲慢慢地从仓孔中爬出来，望着那位委员老爷说道：

"完了，除去何李两家的租谷和堤费外，捐款还不够三担三斗多些。"

"那么，限他三天之内自己送到镇上去！你关照他一声。"

"少普！你等一会告诉你爹爹，还差三担三斗五升多捐款，限他三天内亲自送到局里去！不然，随即就会派兵来抓人。"保甲恶狠狠地传达着。

"唔！"

人们在少普朦胧的视线中消失了。他转身向仓孔中一望：天哪！那里面只剩了几块薄薄的仓板子了。

他的眼睛发了昏，整个的世界都好像在团团地旋转！

"唔……哎约！……"

"爹爹呀！……"

九

立秋回来了，时候是黑暗无光的午夜！

"真的有抢谷的强盗啊！"

云普叔又继连地发了几次昏。他紧紧地把握着立秋的手腕，颤动地说着：

"立秋！我们的谷子呢？今年，今年是一个少有的丰年呀！"

立秋的心房创痛了！半响，才咬紧牙关地安慰了他的爹爹：

"不要紧的哟！爹爹。你老人家何必这样伤心呢？我不是早就对你老人家说过吗？迟早总有一天，只要我们不再上当了。现在垅上还有大半没有纳租谷还捐的人，都准备好了不理他们。要不然，就是一次大的拼命！今晚，我还要到那边去呢！"

"啊！……"

模糊中云普叔像做了一场大梦。他隐约地了解儿子立秋不常在家的原因。十五六年前农民会的影子，突然地浮上了他的脑海里。勉强地展开着眼睛，苦笑地望了立秋一眼，很迟疑地说道：

"好，好，好啊！你去吧，愿天老爷保佑他们！"

1933年5月20日脱稿于上海。

选自叶紫《丰收》，上海容光书局1935年3月版

○ 张天翼

包氏父子

一

天气还那么冷。离过年还有半个多月，可是听说那些洋学堂就要开学了。

这就是说，包国维在家里年也不过地就得去上学！

公馆里许多人都不相信这回事。可是胡大把油腻腻的菜刀往砧板上一丢，拿围身布揩了揩手——伸个中指，其余四个指头凌空地扒了几扒：

"哄你们的是这个。你们不信问老包：是他告诉我的。他还说恐怕钱不够用，要问我借钱哩。"

大家把它当做一回事似地去到老包房里。

"怎么，你们包国维就要上学么？"

"唔，"老包摸摸下巴上几根两分长的灰白胡子。

"怎么年也不过就去上书房？"

"不作兴过年嘛，这是新派，这是……。"

"洋学堂是不过年的，我晓得。洋学堂里出来就是洋老爷，要做大官哩。"

许多眼睛就盯到了那张方桌子上面：包国维是在这张桌上用功的。一排五颜六色的书。一些洋纸簿子。墨盒。洋笔。一个小瓶：李妈亲眼瞧见包国维蘸着这瓶酒写字过。一张包国维的照片：光亮亮的头发，溜着一双眼——爱笑不笑的。要不告诉你这是老包的儿子，你准得当他是谁家的大少爷哩。

别瞧老包那么个尖下巴，那张皱得打结的脸，他可偏偏有福气——那么个好儿子。

可是老包自己也就比别人强：他在这公馆伺候了三十年，谁都相信他。太太老爷他们一年到头不大在家里住，钥匙都交在老包手里。现在公馆里这些做客的姑太太，舅老爷，表少爷，也待老包客气，过年过节什么的——一赏就是三块五块。

"老包将来还要做这个哩，"胡大翘起个大拇指。

老包笑了笑。可是马上又拼命忍住肚子里的快活，摇摇脑袋，轻轻地嘘了口气：
"哪里谈得到这个。我只要包国维争口气，像个人儿。不过——嗳，学费真不容易，学费。"

说了就瞧着胡大：看他懂不懂"学费"是什么东西。

"学费"倒不管它。可是为什么过年也得上学？

这天下午，寄到了包国维的成绩报告书。

老包小心地抽开抽屉，把老花眼镜拿出来带上，慢慢念着。像在研究一件了不起的东西，对信封瞧了老半天。两片薄薄的紫黑嘴唇在一开一合的，他从上面的地名读起，一直读到"省立××中学高中部缄"。

"露，封，挂，号，"他摸摸下巴。"露，封，……"

他仿佛还嫌信封上的字太少太不够念似的，抬起脸来对天花板愣了会儿，才抽出信封里的东西。

天上糊满着云，白天里也像傍晚那么黑。老包走到窗子眼前，取下了眼镜瞧瞧天，才又架上去念成绩单。手微微颤着，手里那几张纸就像被风吹着的水面似的。

成绩单上有五个"丁"。只一个"乙"——那是什么"体育"。

一张信纸上油印着密密的字：告诉他包国维本学期得留级。

老包把这两张纸读了二十多分钟。

"这是什么？"胡大一走进来就把脑袋凑到纸边。

"学堂里的。……不要吵，不要吵。还有一张，缴费单。"

这老头把眼睛睁大了许多。他想马上就看完这张纸，可是怎么也念不快。那纸上印着一条条格子，挤着些小字，他老把第一行的上半格接上了第二行的下半格。

"学费：四元。讲义费：十六元。……损失准备金：……图书馆费：……医……医……"

他用指甲一行行划着又念第二遍。他在嗓子里咕噜着，跟痰响混在了一块。读完一行，就瞧一瞧天。

"制服费！……制服费：二——二——二十元。……通学生除——除——除宿费膳费外，皆须……"

瞧瞧天。瞧瞧胡大。他不服气似地又把这些句子念一遍，可是一点也不含糊，还是这些字——一个个仿佛刻在石头上似的，陷到了纸里面。他对着胡大的脸子发愣：全身像有——不知道是一阵热，还是一阵冷，总而言之是似乎跳进了一桶水里。

"制服费！"

"什么？"胡大吃了一惊。

"唔，唔。唵。"

制服就是操衣，他知道。上半年不是做过了么？他本来算着这回一共得缴三十一块。可是这二十块钱的制服费一加，可就……

突然——磅！房门给谁踢开，撞到板壁上又弹了回来。

房里两个人吓了一大跳。一回头——一个小伙子跨到了房里。他的脸子我们认识的：就是桌上那张照片里的脸子，不过头发没那么光。

胡大拍拍胸脯，脸上陪着笑："哦唷，吓我一跳，学堂里来么？"

那个没言语，只瞟了胡大一眼。接着把眉毛那么一扬，额上就显了几条横皱，眼睛扫到了他老子手里的东西。

"什么？"他问。

胡大悄悄地走了出去。

老头把眼镜取下来瞧着包国维，手里拿着的三张纸给他看。

包国维还是原来那姿势：两手插在裤袋里，那件自由呢的棉袍就短了好一截。像是因为衣领太高，那脖子就有点不能够随意转动，他只掉过小半张脸来瞅了一下。

"哼。"

他两个嘴角往下弯着，没那回事似地跨到那张方桌跟前。他走起路来像个运动员，踏一步，他胸脯连着脑袋都得往前面摆一下，仿佛老是在跟别人打招呼似的。

老包瞧着他儿子的背：

"怎么又要留级？"

"郭纯也留级哩。"

那小伙子脸也没回过来，只把肚子贴着桌沿。他把身子往前一挺一挺的，那张方桌就咕咕咕地叫。

老包轻轻地问：

"你不是留过两次级了么？"

没答腔，那个只在鼻孔里哼了一声。接着倒在桌边那张藤椅上，把膝头顶着桌沿，小腿一荡一荡的。他用右手抹了一下头发，就随便抽下一本花花绿绿的书来：《我见犹怜》。

沉默。

房里比先前又黑了点儿。地下砖头缝里在冒着冷气，老包两只脚仿佛踏在冷水里。

老包把眼镜放到那张条桌的抽屉里，嘴里小心地试探着说：

"你已经留过两次留级，怎么又……"

"他喜欢这样！"包国维叫了起来，"什么'留过两次留级'！他要留！他高兴留就留，我怎么知道！"

外面一阵皮鞋响：一听就知道这是那位表少爷。

包国维把眉毛扬着瞧着房门，表少爷像故意要表示他有双硬底皮鞋，把步子很重地踏着，敲梆似地响着，一下下远去。包国维的小腿荡得利害起来，那双脚仿佛挺不服气——它只穿着一双胶底鞋。

老头有许多话要跟包国维说，可是别人眼睛盯到了书上。

唔，别打断他的用功。

包国维可把顶着桌沿的膝头放下去，接着又抬起来。他肚子里慢慢念着《我见犹怜》，就是看到一个标点也得停顿一两秒钟。有时候他偷偷地瞟镜子一眼，用手抹抹头发。自己的脸子可不坏，不过嘴扁了点儿。只要他当上了篮球员，再像郭纯那么——把西装一穿，安淑真不怕不上手。安淑真准得对那些女生说：

"谁说包国维像瘪三！很漂亮哩。"

于是他和她去逛公园，去看电影。他自己就得把西装穿得笔挺的，头发涂着油，涂着蜡，一只手抓着安淑真的手，一只手抹抹头。……

他把《我见犹怜》一摔，抹了抹头发。

老包好容易等到包国维摔了书。

"这个——这个这个——那个制服费，……"

没人睬他，他就停了一会。他摸了三分钟下巴。于是他咳一声扫清嗓子里的痰，一板一眼地说着缴学费的事，生怕一个不留神就会说错似的。他的意思认为去年做的制服还是崭新的，把这理由对先生说一说，这回可以少缴这意外的二十块钱。不然——

"不然就要缴五十一块半。这五十一块半——现在只有——只有——戴老七的钱没还，陈三癞子那二十块也到了期，这回再加制服费二十……你总还得买点书，你总得……。"

停停。他摸摸下巴：又独言独语地往下说：

"操衣是去年做的，穿起来还是像新的一样，穿起来。缴费的时候跟先生说说情，总好少缴……少缴……"

包国维跳了起来。

"你去缴，你去缴！我不高兴去说情！——人家看起来多寒伧！"

老包对于这个答复倒是满意的，他点点脑袋：

"唔，我去缴。缴到——缴到——唔，市民银行。"

儿子横了他一眼。

他只顾自己往下说：

"市民银行在西大街吧？"

二

老包打市民银行走到学校里去。他手放在口袋里，紧紧地抓住那卷钞票。

银行里的人可跟他说不上情。把钞票一数："还少二十！"

"先生，包国维的操衣还是新的，这二十……"

"我们是替学校代收的，同我说没有用。"

钞票还了他，去接别人缴的费。

缴费的拥满了一屋子，都是像包国维那么二十来岁一个的。他们听着老包说到"操衣"，就哄出了笑声。

"操衣！"

"这老头是替谁缴费的？"

"包国维，"一个带压发帽的瞅了一眼缴费单。

"包国维?"

老头对他们打招呼似地苦笑一下,接着他告诉别人——包国维上半年做了操衣的:那套操衣穿起来还是挺漂亮。

"可是现在又要缴,现在。你们都缴的么?"

那批小伙子笑着你瞧瞧我,我瞧瞧你,谁也没答。

老包四面瞧了会儿就走了出来:五六十双眼睛送着他。

"为什么要缴到银行里呢?"他埋怨似地想。

天上还是堆着云,也许得下雪。云薄的地方就隐隐瞧得见青色。有时候马路上也显着模糊的太阳影子。

老包走不快,可是踏得很吃力:他觉得身上那件油腻腻的破棉袍有几十斤重。棉鞋里也湿漉漉的叫他那双脚不大好受。鞋帮上虽然破了一个洞,可也不能透出点儿脚汗:这双棉鞋在他脚汗里泡过了三个冬天。

他想着对学堂里的先生该怎么说,怎么开口。他得跟他们谈谈道理,再说几句好话。先生总不比银行里的人那么不讲情面,那二十块钱……

老包走得快了些,袖子上的补丁在袍子上也摩擦得起劲了点儿。

可是一走到学校里的注册处,他就不知道要怎么着才好。

这所办公室寂寞得像座破庙。一排木栏杆横在屋子中间,里面那些桌旁的位子都是空的。只有一位先生在打盹,肥肥的一大坨伏在桌子上,还打着鼾。

"先生,先生。"

叫了这么七八声,可没点儿动静。他用指节敲敲栏杆,脚在地板上轻轻地踏着。

这位先生要在哪一年才会醒呢?

他又喊了几声,指节在栏杆上也敲得更响了些。

桌子上那团肉动了几动,过会儿抬起个滚圆的脑袋来。

"你找谁?"擦擦眼睛。

老包摸着下巴:

"我要找一位先生。我是……我是……我是包国维的家长。"

那位先生没命的张大了嘴,趁势"噢"一声:又像是答应他,又像是打呵欠。接着仔仔细细打量对方好一会,就怕惹上晦气似地皱着眉毛。

"我是包国维的家长,我说那个制服费……"

"缴费么?——市民银行,市民银行!"

"我知道,我知道。不过我们包国维——包国维……"

老包结里结巴说上老半天,才说出了他的道理,一面还笑得满面的皱纹都堆起来——腮巴子挺吃力。

胖子伸了懒腰,呧呧嘴:

"我们是不管的。无论新学生老学生,制服一律要做。"

"包国维去年做了制服,只穿过一两天……"

"去年是去年,今年是今年,"他懒懒地拖过一张纸来,拿一支铅笔在上面写些什么。"今年制服改了样子，晓得吧。所以……所以……啊——噢——哦！"

打了个呵欠，那位先生又全神贯注在那张纸上。

老包紧紧瞧着他。

他在写着什么呢？也许是在开个条子，说明白包国维的制服只穿过两次，这回不用再做，缴费让他少缴二十。

老包耐心儿等着。墙上的挂钟不快不慢的——的，嗒，的，嗒，的，嗒。

一分钟。二分钟。三分钟。五分钟。八分钟。

那位先生大概写完了。他拿起那张纸来看：嘴角勾起一丝微笑，像是他自己的得意之作。

纸上写着些什么：画着一满纸的乌龟！

老实说，老包对这些艺术是欣赏不上的。他嘘了口气，脸上还是那么费劲地笑着，嘴里喊着"先生先生"。他不管对方听不听，话总得往下说。他像募捐人似的把先生说成一个大好老，菩萨心肠：不论怎样总得行行好，想想他老包的困难。话可说得不怎么顺嘴：舌子似乎给打了个结。笑得嘴角上的肌肉在一抽一抽的，眉毛也痉挛似地动着。

"先生你想想：我是……我是……我怎么有这许多钱呢：五十……五十……五十多块。……我这件棉袍还是……还是……我这件棉袍穿过七年了。我只拿十块钱一个月，十块钱。我省吃省用，给我们包国维做……做……我还欠了债，我欠了……有几笔……有几笔是三分息。我……"

那位先生打定主意要发脾气。他把手里的纸一摔，猛地掉过脸来，皱着眉毛瞪着眼：

"跟我说这个有什么用！学校又不是慈善机关，你难道想叫我布施你么！……笑话！"

老包可愣住了。他腮巴子酸疼起来：他不知道还是让这笑容留着好，还是收了的好。他膝踝子抖索着。手扶着的这木栏杆，像铁打的似的那么冰。他看那先生又在纸上画着，他才掉转身来——慢慢往房门那儿走去。

儿子——怎么也得让他上学。可是过了明天再不缴费的话，包国维就得被除名。

"除名……除名……"老包的心脏上像长了一颗鸡眼。

除名之后往哪里上学呢？这孩子被两个学校退了学，好容易请大少爷关说，才考进了这省立中学的。

还是跟先生说说情。

"先生，先生，"老包又折了回来。"还有一句话请先生听听，一句话。……先生，先生！"

他等着，总有一个时候那先生会掉过脸来。

"先生，那么……那么……先生，制服费慢一点缴。先缴三十……三十……先缴三十一块半行不行呢？等做制服的时候再……再……现在……现在实在是……实在是……现在……现在钱不够嘛。我实在是……"

"又来了，啧！"

先生表示"这真说不清"似地掉过脸去，过会又转过来：

"制服费是要先缴的：这是学校里的规矩，规矩，懂吧。总而言之，统而言之——各种费用都要一次缴齐，缴到市民银行里。通学生一共是五十一块五。过了明天上午不缴就除名。懂不懂，懂不懂，听懂了没有！这是我们的制度，制度，懂吧，懂不懂！"

"先生，不过……不过……"

"嗨，真要命！我的话你懂了没有，懂了没有！尽说尽说有什么好处！真缠不明白！……让你一个人去说罢！……真笑话，好像我们这学校是专门为你这种人开的！要是个学生都像你一样，那真，哼！"

先生一站起来就走出了那边的房门，接着那扇门很响地一关——匋！墙也给震动了一下。那只挂钟就轻轻地"锵郎"一声。

给丢在屋子里的这个还想等人出来：一个人在栏杆边呆了十几分钟才走。

"呃，呃，唔。"

老包嗓子里响着，他自己也不知道在想着些什么。他仿佛觉得有一桩大祸要到来似的，可是没想到可怕。无论什么天大的事，那个困难时辰总会度过去的。他只一步步踏在人行路上，他几乎忘了他自己刚才做了什么事，也忘了会有一件什么祸事。他感觉到自己的脚呀手的都在打颤。可是走得并不吃力：那双穿着湿漉漉的破棉鞋的脚已经不是他的了。他瞧不见路上的人，要是有人撞着他，他就斜退两步。

街上有些汽车的喇叭叫，小贩子的大声嚷，都逗得他非常烦躁。

太阳打云的隙缝里露出了脸，横在他脚右边的影子折了一半在墙上。走呀走的那影子忽然缩短起来移到了他后面：他转了弯。

对面有三个小伙子走过来，一面嘻嘻哈哈谈着。

老包喊了起来：

"包国维！"

他喊起他儿子来也是照着学堂里的规矩——连名带姓喊的。

包国维跟两个同学一块走着，手里还拿着一个纸袋子，打这里掏出什么红红绿绿的东西往嘴里送。那几个走起路来都是一样的姿势——齐脑袋到胸脯都是向前一摆一摆的。

"包国维！"

几个小伙子吃一惊似地站住了。包国维马上把刚才的笑脸收回，换上一副皱眉毛。他只回过半张脸来，把黑眼珠溜到了眼角上瞧着他的老子。

老包想把先前遇到的事告诉儿子，可是那些话凝成了冰，重重地堆在肚子里吐不出。他只不顺嘴地问：

"你今天——你今天——你什么时候回家？"

儿子把两个嘴角往下弯着，鼻孔里响了一声。

"高兴什么时候回家就回家！家里摆酒席等着我么！……我当是什么天大的事

哩。这么一句话！"

掉转脸去瞧一下：两个同学走了两丈多远。包国维马上就用了跑长距离的姿势跑了上去。

"郭纯，郭纯，"他笑着用手攀到那个郭纯肩上。"刚才你还没说出来——孙桂云为什么……"

"刚才那老头儿是谁？"

"呃，不相干。"

他回头瞧一瞧：他老子的背影渐渐往后面移去，他感到轻松起来，放心地谈着。

"孙桂云放弃了短距离，总有点可惜，是吧。龚德铭你说是不是？"

叫做龚德铭的那个，只从郭纯拿着的纸袋里掏出一块东西来送进嘴里，没第二张嘴来答话。

他们转进了一条小胡同。

包国维两手插在裤袋里，谈到了孙桂云的篮球，接着又扯到了他们自己的篮球。他叹了口气，他觉得上次全市的篮球锦标赛，他们输给飞虎队可真输得伤心。他说得怪起劲的，眉毛扬得似乎要打眼睛上飞出去。

"我们喜马拉雅山队一定要争口气：郭纯，你要叫队员大家都……"

郭纯是他们喜马拉雅山队的队长。

"你单是嘴里会说，"龚德铭用肘撞了包国维一下。

"哦，哪里！……我进步多了。是吧，我进步多了。郭纯，你说是不是。"

"唔，"郭纯鼻孔里应了一声，就哼起小调子来。

包国维像得了锦标，全身烫烫的。他想起了许多要说的话，忍不住迸出来："我这学期可以参加比赛了吧，我是……"

"那不要急。"

"怎么？"——包国维的嗓子没刚才那么起劲。

"你投篮还不准。"

"不过我……我是……不过我 pass 还 pa′得好……"

"pa′得好！"龚德铭叫了起来。"前天我 pass 那个球给你，你还接不住。奝你妈的你还瞎吹，你还……"

"不过……"

"喂，嘘，"郭纯压小着嗓子。

对面有两个女学生走了过来。

他们三个马上排得紧紧的，用着兵式操的步子。他们摆这种阵势可比什么都老练。他们想叫她们通不过：那两个女学生低着头让开，挨着墙走，他们也就挤到墙边去。

包国维笑得眼睛成了两道线：

"啧，啧，头发烫得多漂亮！"

她俩又让开，想挨着对面墙边走，可是他们又挤到对面去。

郭纯溜尖着嗓子说：

"你们让我走哇。"

"你们让我走哇。"包国维像唱双簧似地也学了一句，对郭纯伸一伸舌子。

两个女学生脸红得像生牛肉，脑袋更低，仿佛要把头钻进自己的肚子里去。

郭纯对包国维撅撅嘴，翘翘下巴。

要是包国维在往日——遇见个把女的也没什么了不起，他顶多是瞧瞧，大声地说这个屁股真大，那个眼睛长得俏，如此而已。这回可不同。郭纯的意思很明白：他叫他包国维显点本事看看。郭纯干么不叫龚德铭——只叫他包国维去那个呢？

包国维觉得自己的身子飘了起来。他像个英雄似的——伸手在一个女学生的大腿上拧了一把。

女学生叫着。郭纯他们就大笑起来。

"包国维，好！"

三

一直到了郭纯的家里，包国维还在谈着他自己的得意之作。

"摸摸大腿是，哼，老行当！"

郭纯一到了自己家里就脱去大衣，对着镜子把领结理了一下，接着他瞧一瞧炉子里的火。不论包国维说得怎么起劲，他似乎都没听见，只是喊这个喊那个：叫老王来添煤，叫刘妈倒茶，叫阿秀拿拖鞋给他。于是倒在沙发上，拿一支烟抽着，让阿秀脱掉皮鞋把拖鞋套上去。包国维只好住了嘴，瞧着阿秀那双手——别瞧她是丫头，手倒挺白嫩的，那双手一拿起脱下的皮鞋，郭纯的手在她腮巴上扭了一下：

"拿出去上油。"

"少爷！"阿秀嘟哝着走了出去。

龚德铭只在桌边翻着书，那件皮袍在椅子上露出一大片里子——雪白的毛。

太阳光又隐了下去，郭纯就去把淡绿的窗档子拉开一下。

"龚德铭，你要不要去洗个脸？"

那个摇摇脑袋，把屁股在椅子上坐正些。可是包国维打算洗个脸，他就走到洗澡间，他像在自己家里那么熟。他挺老练地开了水龙头，他还得拣一块好胰子：他拿两盒胰子交换闻了一会儿，就用了黄色的那一块。

"这是什么肥皂？"

郭纯他们用的是这块肥皂。安淑真用的也准是这种肥皂。

这里东西可多着：香水，头发油，雪花精什么的。

洗脸的人细细地洗了十多分钟。

"郭纯，你头发天天搽油么？"他瞧着那十几个瓶子。

外面不知道答应了一声什么。

包国维拿梳子梳着头发，调嗓子似地又说：

"我有好几天不搽油了。"

接着他把动着的手停了一会：好听外面的答话。
"你用的是什么油？"——龚德铭的声音。
"唔，呃。唔。我用的是……是……唔，也是司丹康。"
于是他就把司丹康涂在梳子上梳上去。他对着镜子细细地看：不叫翘起一根头发来。这么过了五六分钟，梳子才离开了头发。他对镜子正面瞧瞧，偏左瞧瞧，偏右瞧瞧。他抿一抿嘴。他脖子轻轻扭一下。他笑了一笑。他眯眯眼睛。他扬扬眉毛，又皱着眉毛把脑袋斜着：不知道是什么根据，他老觉得一个美男子是该要有这么一副嘴脸的。他眉毛淡得像两条影子，眉毛上……

雪花精没给涂匀，眉毛上一块白的：他搽这些东西的时候的确搽得过火了些。他就又拿起手巾来描花似地抹着。

凭良心说一句：他的脸子够得上说漂亮。只是鼻子扁了点儿。下巴有点往外突，下唇比上唇厚两倍：嘴也就显得瘪。这些可并不碍事。这回头发亮了些，脸子也白了些，还有种怪好闻的香味儿。哼，要是安淑真瞧见了……

可是他一对镜子站远一点，他就一阵冷。

他永远是这么一件自由呢的棉袍！永远是这么一件灰色不像灰色，蓝色不像蓝色的棉袍——大襟上还有这么多油斑！他这脑袋摆在这高领子上可真——

"真不称！"

包国维就像逃走似地冲出洗澡间：很响地关上了门。

一到郭纯房里，那两个仿佛故意跟包国维开玩笑，正起劲地谈着衣料，谈着西装裤的式样。郭纯开开柜子，拿出一套套的衣裳给龚德铭瞧。

"这套是我上星期做好的，"郭纯扳开一个大夹子，里面夹着三条裤：他抽出两条来。

龚德铭指指那个夹子：

"这种夹子其实没有什么用处：初用的时候弹簧还紧，用到后来越用越松，夹两条裤都嫌松。我是……"

"你猜这套做了几个钱。"

他俩像没瞧见包国维似的。包国维想：郭纯干么不问他包国维呢？他把脑袋凑过去细看了一会，手抹抹头发，毅然决然地说：

"五十二块！"

可是郭纯只瞧了他一眼。

接着郭纯和龚德铭由衣裳谈到了一年级的吕等男——郭纯说她对他很有点儿他妈的道理：你只看每次篮球比赛她总到场，郭纯一有个球投进了对方的篮里，吕等男就格外起劲地"啦"起来。郭纯嘻嘻哈哈地把这些事叙述了好些时候，直到中饭开上了桌子还没说完。

包国维紧瞧着郭纯，连吃饭都没上心吃。可是郭纯仿佛只说给龚德铭一个人听：把脸子对着龚德铭的脸子做工夫。包国维的眼珠子没放松一下，只是夹菜的时候才移开一会儿。他要郭纯记得他包国维也在旁边，他就故意把碗呀筷子的弄出响声。有时候郭纯的眼睛瞥到了他,他就笑出声音来,"哈哈,他妈妈的!"或者用心地点点脑袋:"唔,唔。"有时候他就仿佛大吃了一惊似的——"哦?"于是再等着郭纯第二次瞥过眼来。

"你要把她怎样?"龚德铭问。

"谁?"

"吕等男。"

说故事的人笑了一笑:

"什么怎样!上了钩,香香嘴,干一干,完事!"

忽然包国维大笑起来,全身都颤动着。

"真缺德,郭纯你这张嘴……你你……"

又笑。

这回郭纯显然有点高兴:他眼珠子在包国维脸上多盯了会儿。

那个笑得更起劲,直到吃完饭回到郭纯房里,他还是一阵一阵地打着哈哈。他抹抹眼泪,吃力地嘘了口气,又笑起来。

"郭纯你这张嘴!你真……他妈妈的真缺德!你……"

别人可谈到了性经验,龚德铭说他跟五个女人发生过关系,都是台基里的。可是郭纯有过一打:她们不一定是做这买卖的,他可也花了些个钱才能上手。有一个竟花了五百多块。

"别人说你同宋行素有过……"龚德铭拿根牙签在桌子上画着。

"是啊,就是她!"郭纯站了起来,压小着嗓子嚷。"畲妈的她肚子大了起来。她家里跟我下不去。后来软说硬做,给了五百块钱,完事。……嗨,我在我父亲那里骗这五百块的时候真不容易,畲妈的。拿到了手里我才放心。"

包国维打算插句把嘴,可是他没说话的材料。他想:

"现在要不要再笑一阵?"

他像打不定主意似地瞧瞧这样,瞧瞧那样。郭纯有那么多西装。郭纯有那么多女人跟他打交道。郭纯还是喜马拉雅山队的队长,郭纯问他父亲要钱——每次多少呢:三块五块的,或者十块二十块,再不然一百二百。

"一百二百!"

包国维闷闷地嘘了口气。他把脚伸了出去又缩回来。他希望永远坐在这么个地方,脚老是踏在地毯上。身上得穿着那套新西装,安淑真挨着他坐着。他愿意一年到头不出门,只是比赛篮球的时候才出去一下。

可是这是郭纯的家,包国维总得回到他自己的家里去的。

于是他把两只手插进裤袋里,上身往前面一摆一摆地走回自己的住处:把脚对房门一踢——磅!

屋子里坐着几个老包的朋友。包国维的那张藤椅被戴老七坐着,胡大在老包床上。他们起劲地谈着什么,可是一瞧见了包国维就都闭住了嘴。他们讨好似地对包国维装着笑脸。戴老七站起来退到老包床上坐着。

包国维扬着眉毛瞧了他们一眼，就坐到藤椅上，两条腿叠着一摇一摇的，他拖一本书过来随便翻了几下，又拿这翻书的手抹抹头发。那本书就像有弹簧似地合上了。

什么东西都是黑黝黝的。熟猪肝色的板壁，深棕色的桌子，灰黑色的地，打窗子里射进来一些没精打采的亮，到那张方桌上就止了步。包国维的黯影像一大片黑纱似的——把里面坐在床上的几个人遮了起来。

沉默。

老包一个劲儿摸着下巴：几根灰白色的短胡子像坏了的牙刷一样。他还有许多话得跟戴老七他们说，可是这时候的空气紧得叫他发不出声音来。

倒是戴老七想把这难受的沉默打碎。他小声儿问：

"他什么时候上学？"

仿佛戳了老包一针似的：他全身震了一下。他那左手发脾气地用力扭着下巴，咬着牙说：

"后天。"

突然包国维把翻着的书一扔，就起身往房门口走。

谁都吓了一跳。

老包左手在下巴下面，嘴呀眼睛的都用力地张着。他觉得他犯了个什么大过错，对不起他儿子。他用着讨饶的声音，轻轻地喊着包国维：

"你不是在那里用功的么，为什么又……"

"用功！屋子里吵得这样还用功！"

老头就要求什么似地瞧瞧大家。胡大低声地提议到他屋子里去，于是大家松了一口气，走出了房门。

包国维站在屋檐下，脸对着院子。

走路的人都非常小心，轻轻地踏着步：他们生怕碰到包国维身上。他们谁都低着脑袋，只有戴老七偷偷地在包国维光油油的头发上溜了一眼，他想：他搽的是不是广生行的生发油？

一到胡大房里，胡大可活泼起来。他给戴老七一支婴孩牌的烟卷，他自己躺倒了板床上，掏了个烟屁股来点着，把脚搁在凳子上。

"我这公馆不错吧。这张床是我的，那张床是高升的。我要请包国维给我写个公馆条子。"

这间小屋子一瞧就得知道是胡大的公馆：什么东西都是油腻腻的。桌凳，床铺，板壁，都像没刮过的砧板。床上那些破被窝有股抹桌布的味儿，那本记菜账的簿子上打着一个个黑的螺纹印。

不知道为什么，大家都觉得坐在这儿倒舒服些。老包就又把说过十几遍的话对戴老七说起来。

"真是对你不住，真是。我实在是……我实在……你想想罢：算得好好的，凭空又要制服费。……"

"我倒没关系，不过陈三癞子……"

"我知道，我知道，"老包嘘了一口气。"你们生意也不大好：剃头店太多嘛。人家大剃头店一开，许多人看看你们店面小，都不肯到你们店里剃头，我知道的，你们这几年……这几年……我真对不住你，那笔钱……我如今还归不拢。"

这里他咳嗽起来。

胡大的烟烫着了自己的手指，他就把烟屁股一摔：

"我晓得戴老七是不要紧：他那笔钱今年不还也没有什么，对不对？"

"唔，"戴老七拼命抽了两口烟，"就是这句话。陈三癞子那笔钱我保不定，说不定他硬要还：我这个做中人的怕……"

"你去对他说说，你去对他说说。我并不是有钱不还，我实在是……"

"唔，我同陈三癞子说说看，"戴老七干笑了一下。

老包紧瞧着戴老七：他恨不得跳起来把戴老七拥抱一回。

屋子里全是烟，在空中滚着。老包又咳了几声。

"小谢那十块钱打会钱也请你去说一说，我这个月——咳哼，我这个月真还不起，我实在……咳哼，咳哼。你先说一声我再自己去跟他……跟他……。"

"唔，我一定去说。小谢这个人倒不错，大概……"

于是老包又咳几声清清嗓子，拖泥带水地谈着他的景况：他向胡大借了二十块，向高升借了七块，向梁公馆的车夫借了五块。学堂里缴了费就只能剩十来块钱：还得买书，还得买点袜子什么的。一面说一面把眼睛附近的皱纹都挤了出来。

"你看看：这样省吃省用，还是……还是……你看：包国维连皮鞋都没有一双，包国维。"

这么一说了，老包就觉得什么天大的事也解决了似的。他算着一共借来了三十二块钱，把五十一块凑足了往市民银行一缴，他就什么都不怕。过年他还得拿十来块赏钱，这么着正够用，他舒舒服服过了这一下午。

心里一快活，他就忍不住要跟他儿子说说话。

"明天我们可以去缴费了，明天，……钱够是够用的，我在胡大那里——胡大他有……。"

包国维抹一抹头发站了起来，自言自语地说：

"我要买一瓶头发油来。"

"什么油呢？"

"头发油！——搽头发的！"包国维翻着长桌子的抽屉，一脸的不耐烦。"三个抽屉都是这么乱七八糟，什么也找不着！真要命！真要命！什么东西都放在我的抽屉里！连老花眼镜……"

老包赶快把他的眼镜拿出来：他四面瞧瞧，不知道要把眼镜放在什么地方才好。

四

第二天老包到市民银行去缴了费，顺便到了戴老七店里。回来的时候，他带了个小瓶子，里面有些红色的油。

公馆里的一些人问他：

"老包，这是什么？"

"我们包国维用的。"

"怎么，又是写洋字的么？"

老包笑了笑，把那瓶东西谨慎地捧到了房里。

儿子穿一件短棉袄在刷牙，扬着眉毛对那瓶子瞟了一眼。

"给你的，"老头把瓶子伸过去给他看。

"什么东西？"

"头发油，问戴老七讨来的。……闻闻看：香哩。"

"哼！"包国维掉过脸去刷他的牙。

那个愣了会儿。拿着瓶子的手凌空着，不知道是伸过去的好，还是缩回来的好。

"你不是说要搽头发的油么？"那个猛地把牙刷抽出来大叫着，喷了老包一脸白星子。

"我要的是司丹康！司丹康！司丹康！懂吧，司丹康！"

他瞧着他父亲那副脸子，就记起昨天这老头当着郭纯的面喊他——要跟他说话。他想叫老头往后在路上别跟他打招呼，可是这些话不知道要怎么开口。于是他更加生气：

"拿开！我用不着这种油！——多寒伧！"

包国维一直忿忿着，一洗了脸就冲了出去。

老包手里还拿着那个瓶子：他想把它放在桌子上，可是怕儿子回来了又得发脾气，摔掉可又舍不得。他开开瓶塞子闻了闻。他摸着下巴。他怎么也想不出包国维干么那么发火。

眼睛瞥到了镜子：自己脸上一脸的白斑。他把瓶子放到了床下，拿起条手巾来擦脸。

"包国维为什么生气呢？"

他细细想了好一会——看有没有亏待了他的包国维。他有时候一瞧见儿子发脾气，他胸脯就像给缚住了似的；他纵了他儿子——让他变得这么暴躁，可是他不说什么：他怕在儿子火头上浇了油，小伙子受不住，气坏了身体不是玩意帐。他自从女人一死，他同时也就做了包国维的娘，老子的气派消去了一大半，什么事都有点婆婆妈妈的。

可是有时候又觉得包国维可怜：要买这样没钱，要买那样没钱。这小伙子永远在这么一间霉味儿的屋子里用功，永远只有这么一张方桌给他看书写字。功课上用的东西那么多，可是永远只有这么三个抽屉给他放——做老子的还要把眼镜占他一点地方！

他长长地抽了一口气，又到厨房里去找胡大谈天，他肚子里许多话不能跟儿子说，只对胡大吐个痛快：胡大是他的知己。

胡大的话可真有道理。

"嗳，你呀，"胡大把油碗一个个揩一下放到案板上。"我问你：你将来要享你们包国维的福，是不是？"

停了会他又自己答。

"自然要享他的福。你那时候是这个，"翘翘大拇指。"现在他吃你的。往后你吃他的，你吃他的——你是老太爷：他给你吃好的穿好的，他伺候得你舒舒服服。现在他吃你的——你想想：他过的是什么日子！他没穿过件把讲究的，也没吃什么好的，一天到晚用功读书……"

老包用手指抹抹眼泪，他对不起包国维。他恨不得跑出去把那小伙子找回来，把他抱到怀里，亲他的腮巴子，亲他那双淡淡的眉毛，亲他那个突出的下巴。他得对儿子哭着：叫儿子原谅他——"我对不起你，我对不起你。"

他鼻尖上一阵酸疼，就又拿手去擦眼睛。

可是他嘴里的——又是一回事："不过他的脾气……"

"脾气？嗳——"胡大微笑着，怪对方不懂事似地把脑袋那么一仰。"年纪轻轻的谁没点儿火气？老包你年轻的时候……谁都一样。你能怪他么？你叫高升评评看——我这话对不对。"

着，老包要的也不过这几句话。他自己懂得他的包国维，也希望别人懂得他的包国维。不然的话别人就得说："瞧瞧，那儿子对老子那么个劲儿，哼！"

现在别人可懂得了他的包国维。

老包快活得连心脏都痒了起来。他瞧瞧胡大，又瞧瞧高升。

高升到厨房里打开水来的，提着个洋铁壶站着听他们谈天，这里他很快地插进嘴来：

"本来是！青年小伙子谁都有火气。你瞧表少爷对姑太太那个狠劲儿罢。表少爷还穿得那么好，吃得那么好：比你们包国维舒服得多哩。姑太太还亏待了他么？他要使性子嘛。"

"可不是！"胡大拿手在围身布上擦了几下。

"唔。"

忽然老包记起了一件事，把刚要走的高升叫住：

"高升我问你：表少爷头上搽的什么油？"

"我不知道。我没瞧见他使什么油，只使上些雪花膏似的东西。"

"雪花膏也搽头发？"

"不是雪花膏，像雪花膏。"

"香不香？"

"香。"

包国维早晨说的那个什么"康！康！康！"——准是这么一件东西。

下午听着表少爷的皮鞋响了出去，老包就溜到了表少爷房里。雪花膏包国维也有，老包可认识，他除开那瓶雪花膏，把其余的瓶子都开开闻了一下。他拣上了那瓶顶香的拿到手里。

"不好。"表少爷要查问起来，发现这瓶子在老包屋子里，那可糟糕。他老包在公馆里三十来年，没干过一桩坏事。

他把瓶子又放下，愣了会儿。

"康！康！康！"准是这个，只是瓶子上那些洋字儿他不认识。

忽然他有了主意：他拿一张洋纸，把瓶子里的东西没命地挖出许多放在纸上，小心地包着，偷偷地带到自己屋子里。

这回包国维可得高兴了。可是——

"现在他在什么地方？他还生不生气？"

唔，包国维这时候在郭纯家里。包国维这时候一点也不生气。

包国维并且还非常快活：郭纯允许了这学期让他做候补篮球员。

包国维倒在沙发上。手老抹着头发。

"我什么时候可以正式参加比赛？"包国维问自己。

屋子里五六个同学在打着闹着笑着，包国维一个人想了开去。

也许还得练习几个月，要正式参加比赛的话。那时候跟飞虎队拼命，他包国维就得显点身手。他们这喜马拉雅山队的姿势比这次全国运动会的河北队还好：一个个都会飞似的。顶好的当然是包国维。球一到了他手里，别人怎么也没办法。他不传递给自己人，只是一个人冲上去。对方当然得发急，想拦住他的球，可是他身子一旋，人和球都到了前面。……

他的身子就在沙发上转动了一下。

那时候自然有几千几万看球的人，大家都拍手——赞美他包国维的球艺。女生坐在看台上拼命打气：顶起劲的不用说——是安淑真，她脸都发紫。正在这一刹那，他包国维把球对篮里一扔：咚！——二分！

"喜马利亚……喜马利亚……啦啦啦！"

女生们发疯似地喊起来：叫得太快了点儿，把喜马拉雅说成了"喜马利亚"。

包国维的屁股在沙发上移动一下，嘴也动了几动。

一个球可不够，于是他又投进了五个球，第一个时间里他得了十二分。

休息的时候他得把白绒运动衫穿起来。女生都围着他，她们在他跟前撒娇，谁也要挨近他，挨不到的就堵着嘴吃醋，也许还得打起架来。……

打架可不大那个。

不打架。他只要安淑真挨近他。空地方还多，再让几个漂亮点的挨近他也不碍事。于是安淑真拿汽水给他喝……

"汽水还不如桔子汁。"

就是桔子汁。什么牌子的？有一种牌子似乎叫做什么牛的。那不管他是公牛母牛，总而言之是桔子汁。一口气喝了两瓶，他手搭在安淑真肩上又上场。他一个人单枪匹马地又投进了七个球。啦，啦！

郭纯有没有投进球？……

他屁股在沙发上移动一下，瞧瞧郭纯。

好罢，就让郭纯得三分罢。三分：投进一个，罚中一个。……

忽然——不知道哪位同学唱起京戏来。包国维皱一皱眉：他努力理起思路来，把刚才想的再想下去。

赛完了篮球。大家都把他举起来，真麻烦，十几个新闻记者都抢着要给他照相，明星公司又请他站在镜头前面——拍新闻片子！当天晚报上全登着他的照片，小姐奶奶们都把这剪下来钉在帐子里。谁都认识他包国维。所有的女学生都挤到电影院里去看他的新闻片，连希佛来的片子也没人爱看了。……

包国维站了起来，在桌上拿了一支烟点着又坐到沙发上。他心跳得很响。

别人说的话他全没听见，他只是想着那时候他得穿什么衣裳。当然是西装：有郭纯的那么多。他一天换一套，挟着安淑真在街上走，他还把安淑真带到家里去坐，他对她……

"家里去坐！"

忽然他给打了一拳似地难受起来。

他有那么一个家！黑黝黝的什么也瞧不明白，只有股霉味儿往鼻孔里钻，两张床摆成个L，帐子成了黄灰色。全家只有一张藤椅子——说不定胡大那张油腻腻的屁股还坐在那上面哩。安淑真准得问这是谁，厨子！那老头儿是什么人：他是包国维的老子，刘公馆里的三十年的老听差，只会摸下巴，咳嗽，穿着那件破棉袍！……

包国维在肚子里很烦躁地说：

"不是这个家！不是这个家！"

他的家得有郭纯家里这么个样子。他的老子也不是那个老子：该是个胖胖的脸子，穿着灰鼠皮袍，嘴里衔着粗大的雪茄；也许还有点胡子；也许还带眼镜；说起话来笑嘻嘻的。于是安淑真在他家里一坐就是一整天。他开话匣子给她听：《妹妹我爱你》。安淑真就全身都扭了起来。他就得理一理领结，到她跟前把……

突然有谁大叫起来：

"那不行那不行！"

包国维吓了一大跳。他惊醒了似地四面瞧瞧。

他还是在郭纯家里。五六个同学在吵着笑着。龚德铭跟螃蟹摔交玩，不知怎么一来螃蟹就大声嚷着。

"那不行！你们看龚德铭！嗨，我庞锡尔可不上你的当！"——他叫做庞锡尔，可是别人都喊他"螃蟹"。

包国维叹了口气，把烟屁股摔在痰盂里。

"我还要练习跑短距离，我每天……"

他将来得比刘长春还跑得快：打破了远东纪录。司令台报告成绩的时候……

可是他怎么也想象不下去：司令台的报告忽然变成了龚德铭的声音：

"这次不算，这次不算！你抓住了我的腿子，我……"

龚德铭被螃蟹摔致了地下。一屋子的笑声。

"再来，再来！"

"螃蟹是强得多！"

"哪里！"龚德铭喘着气。"他占了便宜。"

包国维大声笑起来。他抹抹头发，走过去拖龚德铭：

"再来，再来！"

"好了好了好了，"郭纯举着一只手。"再吵下去——我们的信写不下去了。"

"写信？"

包国维走到桌子跟前。桌子上铺着一张"明星笺"的信纸，一支钢笔在上面画着：李祝龄在写信。郭纯扑在旁边瞧着。

"写给谁？"包国维笑得露出了满嘴的牙齿。

钢笔在纸上动着：

"我的最爱的如花似月的玫瑰一般的等男妹妹呵"

接着——"擦达！"一声，画了个感叹符号。

嗨，郭纯叫李祝龄代写情书！包国维可有点儿不高兴：郭纯干么不请他包国维来写呢？——郭纯觉得李祝龄比他包国维强么？

包国维就慢慢放平了笑脸，把两个嘴角往下弯着瞧着那张信纸。他一面在肚子里让那些写情书用的漂亮句子翻上翻下：他希望李祝龄写不出，至少也该写不好。他包国维看过一册《爱河中浮着的残玫瑰》，现在正读着《我见犹怜》，好句子多着哩。

不管李祝龄写不写得出，包国维总有点不舒服：郭纯只相信别人不相信他！可是打这学期起，郭纯得跟他一个人特别亲密：只有郭纯跟他留级，他俩还是同班。

包国维就掉转脑袋离开那张桌子。

那几个人谈到一个同学的父亲：一个小学教员，老穿着一件蓝布袍子。那老头想给儿子结婚，可是没子儿。

"哦，他么？"包国维插了进来，扬着眉毛，把两个嘴角使劲往下弯——下嘴唇就加厚了两倍。"哈呀，那副寒伧样子！——看了真难过！"

可是别人像没听见似的，只瞟了他一眼，又谈到那穷同学有个好妹妹，在女中初中部，长得真——

"真漂亮！又肥：肥得不讨厌，妈的！"

包国维表示这些话太无聊似地笑一笑，就踱到柜子跟前打开柜门。他瞧着里面挂着的一套套西装：紫的，淡红的，酱色的，青的，绿的，枣红的，黑的。

这些衣裳的主人侧过脸来，注意地瞧着包国维。

瞧衣柜的人撅着嘴唇嘘口气，抹抹头发，拿下一条淡绿底子黄花的领带。他屁股靠在沙发的靠手上，对着镜子，规规矩矩在他棉袍的高领子上打起领结来，他瞧瞧大家的眼睛，他希望别人看着他。

看着他的只有郭纯。

"嗨，你这混蛋！"郭纯一把抢开那领带。"肏妈的把人家的领带弄脏了！"

包国维吃力地笑着：

"哦唷，哦唷！"

"怎么！"郭纯脸色有几分认真。他把领带又挂到柜子里，用力地关上门。"你再偷——老子就揍你！"

"偷？"包国维轻轻地说。"哈哈哈。"

这笑容在包国维脸上费劲地保持了好些时候。腮巴子上的肌肉在打颤。他怕郭纯真的生了气，想去跟郭纯搭几句，那个可一个劲儿扑在桌上瞧别人代写情书。

"他不理我了么？"

包国维等着：看郭纯到底睬不睬他。他用手擦擦脸，又抹抹头发。他站起来，又坐到靠手上。接着他又站起来踱了几步，就坐到螃蟹旁边。他手放在靠手上，过会儿把它移到自己腿上，两秒钟之后又把两手在胸脯前叉着。他脚伸了出去又退回来。他总是觉得不舒服。手叉在胸脯上似乎压紧着他的肺部，就又给搁到了靠手上。那双手简直没有什么地方可以放下。那双脚老缩着也有点发麻。他眼睛也不知道瞧着什么才合适：龚德铭他们只顾谈他们的，仿佛这世界上压根儿就没长出个包国维。

他想，他要不要插嘴呢？可是他们谈的他不懂：他们在谈上海的土耳其按摩院。

"这些话真无聊！"他肚子里说。

站起来踱到桌子跟前。他不听他们的：他怕有谁忽然问他："你到过上海没有，进过按摩院没有？""没有。""哈，多寒伧！"

他只等着郭纯瞥他一眼。他老偷偷地瞅着郭纯。

到底郭纯跟他是要好的。

"喂，包国维你来看。"

叫他看写着的几句句子。

包国维了不起地惊起来：

"哦？……唔，唔。……哈哈哈。……"

"不错吧？"郭纯敲敲桌子。"我们李祝龄真是，噢，写情书的老手。"

郭纯不叫别人来看，只叫他包国维！他全身都发烫：郭纯不但还睬他，并且特别跟他好。他想跳一跳，他想把脚呀手的都运动个畅快。他应当表示他跟郭纯比谁都亲密——简直是自己一家人。于是他肩膀抽动着笑着。

"哈哈哈，吕等男一定是归你的！"

还轻轻地在郭纯腮巴子上拍拍。那个把包国维没命地一推：

"嗨，你打人嘴巴子！"

包国维的后脑勺撞在柜子上。老实有点儿疼。他红着脸笑着：

"这有什么要紧呢？"

郭纯五成开玩笑，五成正经地伸出拳头：

"你敢再动！"

大家都瞧着他们，有几个打着哈哈。

"好好好，别吵别吵，"包国维仿佛笑得喘不过气来似的声调。"我行个礼，好不好……呢，说句正经话：江朴真的想追吕等男么？"

郭纯还是跟他好的，郭纯就说着江朴追吕等男的事。郭纯用拳头敲敲桌子：要是江朴还那么不识相,他就得"武力解决",郭纯像誓师似地谈着,眼睛睁得挺大,这双眼总不大瞥到包国维脸上来。

不过包国维很快活,他的话非常多。他给郭纯想了许多法子对付江朴。接着别人几句话一岔,不知怎么他就谈到了篮球,他主张篮球员应当每天匀下两小时功课来练习。

"这回一定要跟飞虎队拚一拚,是吧,郭纯你说是不是。我们篮球员每天应当许缺两个钟头的课来练习,我们篮球员要是……"

"你又不是篮球员,"龚德铭打断他,"用得着你去赛么!"

包国维的脸发烫,后脑勺也疼得发烫:

"怎么不是的呢:我是候补球员。"

"做正式球员还早哩。要多练习,晓得吧。"

"我不是说的要练习么?"

郭纯不经心地点一点头。

于是包国维又活泼起来,再三地说:

"是吧,是吧,郭纯你说是不是,我的话对吧,是吧。"

包国维一直留着这活泼劲儿,他觉得他身子高了起来,大了起来。一回家就告诉他老子——他得做一件白绒的运动衫。

"运动衫是不能少的:我当了球员。还要做条猎裤。"

他打算到天气暖和的时候,就穿着绒衫和猎裤在街上走,没大衣不碍事。

"要多少钱?"老头又是摸着下巴。

"多少钱?我怎么知道!我又不是裁缝!"包国维摸着后脑勺。

"迟一下,好不好,家里的钱实在……"

"迟一下!说不定下个星期就要赛球,难道叫我不去赛么!"

"等过年罢,好不好?"

老包算着过年那天可以拿到十来块钱节赏。他瞧着儿子坐到藤椅上,没说什么话,他才放了心。这回准得叫包国维高兴:这小伙子做他老包的儿子真太苦了。

包国维膝头顶着桌沿,手抹着头发,眼盯着窗子。

老头悄悄地拿出个纸包来:他早就想要给包国维看的,现在才有这机会。他把纸包打开闻一闻,香味还是那么浓,他就轻轻地把它放到那张方桌上。

"你看。"

"什么?这是?"

"你不是说要搽头发么?就是你说的那个康……康……"

包国维瞧了一个,用手指拈拈,忽然使劲地拿来往地下一摔:

"这是浆糊!"

可是开课的第二天,包国维到底买来了那瓶什么"康",留级不用买书,老包留着的十多块钱就办了这些东西。老头一直不知道那"康"花了几个钱,只知道新买来的那双硬底皮鞋是八块半。给包国维的十几块,没交回一个铜子:老包想问问他,可是又想起了胡大那些话。

"唔，还是不问罢。"

五

过年那天包国维还得上学。公馆里那些人还是有点奇怪。

"真的年也不过就上学么？"

"哦，可不是么，"胡大胜利地说。

老包可得过年。这天下午，陈三癞子和戴老七来找老包：讨债。

"请你别见怪，我年关太紧，那笔钱要请你帮帮忙。"

"陈三，陈三，这回我亏空得一塌糊涂，这回：包国维学堂里……"

陈三癞子在那张藤椅上一坐，把腿子叠起来。他脸上的皮肉一丝也不动，只是说着他的苦处：并不是他陈三不买面子，可是他实在短钱用。那二十块钱请老包连本带利还他。

外面放爆竹响：劈劈啪啪的。孩子们吹着什么东西在尖叫着。

老包坐着的那张凳子像个火炉似的，他屁股热辣辣地发烫。他瞧瞧戴老七，戴老七把眼珠子移了开去。

那讨债的说不说得明白？要是他放厉害点儿……

咳了一声，老包又把说过的说起来，他亏空得不小。本来算着钱刚够用，可是包国维学堂里忽然又得缴什么操衣钱。接着谈到儿子上学不是容易的事，全靠几位知己朋友成全他。他说了几句就得顿一会儿，瞧着陈三癞子那个圆脑袋，于是咳清了嗓子又往下说，过会儿又怕两位客人的茶冷了，就提着宜兴壶来给倒茶：手老抖索着，壶嘴里出来的那线黄水就一扭一扭的，有时候还扭到了茶杯外面去。

那个只有一句话。

"哪里哪里，不论怎样要请你帮帮忙。"

老包愣了会儿。他那一脸皱纹都在颤动着。

屋子里有毕剥毕剥的响声：戴老七在弹着指甲。戴老七显然有点为难：他跟老包是好朋友，可是这笔债是他做的中人。他眼睛老盯着地下的黑砖，仿佛没听见他们说话似的。等陈三癞子一开口，他就干咳几声。

三个人都闭了会儿嘴。外面爆竹零碎地响着，李妈哇啦哇啦在议论什么。

"怎么样？"陈三癞子的声音硬了些。"请你帮帮忙：早点了清这件事，我还有许多……"

"我实在……"

接着老包又把那些话反复地说着。

胡大走了进来，可是马上又退出去。

"胡大，进来坐坐罢。"

可是陈三癞子并不留点地步：他当着胡大的面也一样的说那些。他脸子还是那么绷着，只是声音硬得铁似的：

"帮个忙，大家客客气气。年三十大家闹到警察那里去也没有意思，对不对。老戴，大家留留面子罢：你是中人，你总会——我只好拜托你。"

戴老七把眼睛慢慢移到老包脸上：

"老包。……"

叫老包还怎么说呢？那二十块还不起是真的。他嘴唇轻轻地动着，可是没发出一点儿声音。肚子里说不出的不大好受，像吃过了一大包泻盐似的。

讨债的人老不走，过了什么两三分钟他就得——

"喂，到底怎样？请你不要开玩笑！"这么着坐到四点钟左右，忽然省立中学一个校役送封信来：请包国维的家长和保证人马上到学校里去。

"什么事？"

"校长请你说话。"可是陈三癞子不叫老包走。

"呃呃呃，你不能走！"——揪住老包的膀子。

"我去去就来，我去一下就……学堂里……学堂里……"

"那不行！"那位校役可着急地催老包走。

陈三癞子拍拍胸脯："我跟你走！老戴你自然也要同去！"

他俩跟着老包到了学校里。那校役领老包走进训育处办公室。戴老七在外面走廊上踱着。陈三癞子从玻璃窗望着里面，不让眼睛放松一步：他怕老包打别的门逃走。

老包一走进训育处，可吃了一惊。

包国维和一个小伙子坐在角落里，脸色不大好看。包国维眼珠子生了根似地盯在墙上，耳朵边一块青的。可是头发还很亮：他搽过那什么"康"，只是没有那么整齐。

屋子里有许多人。老包想认出那注册处的胖子来，可是没瞧见。

校长在跟一个小伙子说话，脸上堆着笑。那小伙子一开口，校长就鞠躬地呵着腰："是，是，是。"可是他把老包从脑袋到破棉鞋打量了一会，他就怕脏似地皱着眉：

"你就是包国维的家长么？"

"唔，我是……我是……"

校长对训育主任翘了翘下巴，又转过脸去跟小伙子谈起来。训育主任就跨到老包跟前，详详细细告诉他——包国维在学校里闯下了祸。一面说一面还把眼睛在老包全身上扫着，有时候瞟那边的包国维一眼。

"事情是这样的。……"

他们几个同学在练习篮球，江朴打那里走过，郭纯讥笑了他几句什么，他俩吵起嘴来，不过训育主任不大明白吵些什么，据说是为了爱人的事。

"于是乎庞锡尔……"训育主任指指包国维旁边的那小伙子。

于是乎庞锡尔喊"打"。包国维冲过去撞了江朴一下，江朴只是和平地跟庞锡尔说好话。

"我是同郭纯吵嘴，你来多事干什么？"

包国维跳了起来：

"侮辱我们队长——就是侮辱我们全体篮球员！打！"

"打！"郭纯在旁边叫，"算我的！"

真的打了起来。包国维像有不共戴天之仇似地跟江朴拼命，庞锡尔也帮着打。江朴一倒，他俩的拳头就没命地捶下去。许多人一跑来，江朴可已经昏了过去，嘴里流着血。身上有许多伤：青的。校医说很危险，立刻用汽车把江朴送到医院里，一面打电话告诉江朴的家长。

"这位是江朴的家长，"训育主任指指那位小伙子。

江朴的家长要向法院起诉，可是校长劝他和平解决。于是——

"于是乎提出三个条件，"训育主任用手指数着，"第一个是：要开除行凶的人。其次呢：江朴的医药费要包国维和庞锡尔担负，末了一个是：江朴倘有不测，他是要法律解决的。"

训育主任在这里停了会儿。

老包眼睛跟前发了一阵黑，耳朵里嗡的响了起来。他一屁股倒在椅子上。

所谓开除行凶的人，郭纯可没开除：要是开除了郭纯，郭纯的父亲得跟校长下不去。打算记两大过两小过，可是体育主任反对，结果就记了一个大过。

不过训育主任没跟老包谈这些，他只说到钱的事。

"庞锡尔已经交来了五十块钱——预备给江朴做医药费：以后不够再交来。现在请你来也是这件事，请你先交几个钱，请你……"

"什么？"

"请你先交几个钱，做江朴的医药费。"

老包的舌头仿佛不是他自己的了，他喃喃着：

"我的钱……我的钱……"

许多人都静静地瞧着他。

突然——老包像醒了过来似的，瞧瞧所有的脸子。他要起来又坐下去，接着又颤着站起来。他紧瞧着训育主任，瞧呀瞧的就猛地往前面一扑，没命地拖着训育主任的膀子，嘎着嗓子叫：

"包国维开除了！包国维开除了！……还要钱！还要钱！我哪里去找钱呢！我……我我我……我们包国维开除了！我们包国维……"

几个人把他拖到椅子上坐着。他没命地喘着气，两只抖索着的手抓着拳，一会儿又放开。嘴张得大大的，一个嘴角上有一小堆白沫。脑袋微微地动着，他瞧见别人的脑袋也都在这么动着。他觉得有个什么重东西在他身上滚着。他眼泪忽然线似地滚了下来，他赶紧拿手遮住眼睛。

"喂，"校长耐不住似地喊他，"你预备怎么办呢？……流眼泪有什么用。医药费总是要拿出来的。"

老包抽着声音：

"我没有钱，我没有……我欠债……我……我们包国维开除了。……"

"你没钱——可以去找保证人。保证人呢,他为什么没有来?"

"他到上海去了。"

"哼,"校长皱皱眉。"这么瞎填保证书!——凭这点就可以依法起诉!"

"先生,先生,"老包站起来向校长作揖,可是站不稳又坐倒在椅子上。"我实在……我实在……钱慢点交罢。"

"那也行,那么你去找个铺保。"

"我去找。"

"我们派个职员跟你去,宓先生,"翘翘下巴,一位先生就赶快带上帽子起身。校长点点头,"好,把包国维领走罢。"

可是老包到了门口又打转,他扑下去跪在校长跟前,眼里像流水似的:"先生,先生,为什么要开除包……包……叫他到哪里去呢,他是……他……不要开除他罢,不要开除他罢。……先生,先生,做做好事,不要……不要……"

"那——那是办不到的。"

"先生,先生!……"老包哭着嚷。

这件事可说不回去的。老包给拉起来走了两步,他又记起了学费。

"学费还我么,学费?"

学费照例不还。二十块钱制服费呢?制服已经在做着,不能还。其余那些杂费什么的几块钱是该退还的,可是得扣着做江朴的医药费。

老包走了出来:门外面瞧热闹的学生们都用眼睛送他走。他后面紧跟着几个人:陈三癞子,戴老七,那位宓先生,包国维。

"戴老七做做好事,给我做个铺保罢。"

"嗳,你想想。陈三这二十块我做了保,现在还没下台哩。我再也不干这呆事了。"

往哪里找铺保?

他出了大门就愣了会儿,他身子摇摇的要倒下去。可是陈三癞子硬是铁似的声音又刺了过来:

"喂,到底怎样?我不能跟你尽走呀!"

包国维走到了前面:手插在裤袋里,齐脑袋到胸脯都往前一摆一摆的。发亮的皮鞋在人行路上响着,橐,橐,橐,橐,橐。

老包忽然想要把包国维搂起来:爷儿俩得抱着哭着——哭他们自己的运气不好。他加快了步子要追包国维,可是包国维走远了。街上许多的皮鞋响,辨不出哪是包国维。前面有什么在一闪一闪地发亮:不知道是包国维的头发,还是什么玻璃东西。

"包国维!……包……包……"

陈三癞子拚命揪了他一把:

"喂,喂,到底怎样!要是吃起官司来……"

那位宓先生揩揩额头,烦躁地说:

"你的铺保在哪里呀,我难道尽这样跟你跑,跟你……"

老包忽然瞧见许多黑东西在滚着，地呀天的都打起旋来，他自己的身子一会儿飘上了天，一会儿钻到了地底里。他嘴唇念经似地动着，嘴巴成了白色。

"包国维开除了，开除……开除……赔钱……"

他脑袋摇摇的，身子跟着脑袋的方向——退了几步。他背撞到了墙上；腿子一软，一屁股就坐到了地下。

原载 4 月 1 日《文学》月刊 1934 年第 2 卷第 4 号

○ 老 舍

断魂枪

沙子龙的镖局已改成客栈。

东方的大梦没法子不醒了。炮声压下去马来与印度野林中的虎啸。半醒的人们，揉着眼，祷告着祖先与神灵；不大会儿，失去了国土、自由与权利。门外立着不同面色的人，枪口还热着。他们的长矛毒弩，花蛇斑彩的厚盾，都有什么用呢；连祖先与祖先所信的神明全不灵了啊！龙旗的中国也不再神秘，有了火车呀，穿坟过墓的破坏着风水。枣红色多穗的镖旗，绿鲨皮鞘的钢刀，响着串铃的口马，江湖上的智慧与黑话，义气与声名，连沙子龙，他的武艺，事业，都梦似的变成昨夜的。今天是火车，快枪，通商与恐怖。听说，有人还要杀下皇帝的头呢！

这是走镖已没有饭吃，而国术还没被革命党与教育家提倡起来的时候。

谁不晓得沙子龙是短瘦，利落，硬棒，两眼明得像霜夜的大星？可是，现在他身上放了肉。镖局改了客栈，他自己在后小院占着三间北房，大枪立在墙角，院子里有几只楼鸽。只是在夜间，他把小院的门关好，熟习熟习他的"五虎断魂枪"。这条枪与这套枪，二十年的工夫，在西北一带，给他创出来："神枪沙子龙"五个字，没遇见过敌手。现在，这条枪与这套枪不会再替他增光显胜了；只是摸摸这凉、滑、硬而发颤的杆子，使他心中少难过一些而已。只有在夜间独自拿起枪来，才能相信自己还是"神枪沙"。在白天，他不大谈武艺与往事；他的世界已被狂风吹了走。

在他手下创练起来的少年们还时常来找他。他们大多数是没落子的，都有点武艺，可是没地方去用。有的在庙会上去卖艺：踢两趟腿，练套家伙，翻几个跟头，附带着卖点大力丸，混个三吊两吊的。有的实在闲不起了，去弄筐果子，或挑些毛豆角，赶早儿在街上论斤吆喝出去。那时候，米贱肉贱，肯卖膀子力气本来可以混个肚儿圆；他们可是不成：肚量既大，而且得吃口当事儿的；干饽饽、辣饼子咽不下去。况且他们还时常去走会：五虎棍，开路，太狮少狮……虽然算不了什么——比起走镖来——可是到底有个机会活动活动，露露脸。是的，走会捧场是买脸的事，他们打扮的得像个样儿，至少得有条青洋绉裤子，新漂白细市布的小褂，和一双鱼鳞洒鞋——

顶好是青缎子抓地虎靴子。他们是神枪沙子龙的徒弟——虽然沙子龙并不承认——得到处露脸,走会得赔上俩钱,说不定还得打场架。没钱,上沙老师那里去求。沙老师不含糊,多少不拘,不让他们空着手儿走。可是,为打架或献技去讨教一个招数,或是请给说个对子——什么空手夺刀,或虎头钩进枪——沙老师有时说句笑话,马虎过去:"教什么?拿开水浇吧!"有时直接把他们逐出去。他们不大明白沙老师是怎么了,心中也有点不乐意。

可是,他们到处为沙老师吹腾,一来是愿意使人知道他们的武艺有真传授,受过高人的指教;二来是为激动沙老师:万一有人不服气而找上老师来,老师难道还不露一两手真的么?所以:沙老师一拳就砸倒了个牛!沙老师一脚把人踢到房上去,并没使多大的劲!他们谁也没见过这种事,但是说着说着,他们相信这是真的了,有年月,有地方,千真万确,敢起誓!

王三胜——沙子龙的大伙计——在土地庙拉开了场子,摆好了家伙。抹了一鼻子茶叶末色的鼻烟,他抡了几下竹节钢鞭,把场子打大一些。放下鞭,没向四围作揖,叉着腰念了两句:"脚踢天下好汉,拳打五路英雄!"向四围扫了一眼:"乡亲们,王三胜不是卖艺的;玩艺儿会几套,西北路上走过镖,会过绿林中的朋友。现在闲着没事,拉个场子陪诸位玩玩。有爱练的尽管下来,王三胜以武会友,有赏脸的,我陪着。神枪沙子龙是我的师傅;玩艺地道!诸位,有愿下来的没有?"他看着,准知道没人敢下来,他的话硬,可是那条钢鞭更硬,十八斤重。

王三胜,大个子,一脸横肉,努着对大黑眼珠,看着四围。大家不出声。他脱了小褂,紧了紧深月白色的腰里硬,把肚子杀进去。给手心一口吐沫,抄起大刀来:"诸位,王三胜先练趟瞧瞧。不白练,练完了,带着的扔几个;没钱,给喊个好,助助威。这儿没生意口。好,上眼!"

大刀靠了身,眼珠努出多高,脸上绷紧,胸脯子鼓出,像两块老桦木根子。一跺脚,刀横起,大红缨子在肩前摆动。削砍劈拨,蹲越闪转,手起风生,忽忽直响。忽然刀在右手心上旋转,身弯下去,四围鸦雀无声,只有缨铃轻叫。刀顺过来,猛的一个跺泥,身子直挺,比众人高着一头,黑塔似的。收了势:"诸位!"一手持刀,一手叉腰,看着四围。稀稀的扔了几个铜钱,他点点头。"诸位!"他等着,等着,地上依旧是那几个亮而削薄的铜钱,外层的人偷偷散去。他咽了口气:"没人懂!"他低声的说,可是大家全听见了。

"有功夫!"西北角上一个黄胡子老头儿答了话。

"啊?"王三胜好似没听明白。

"我说:你——有——功——夫!"老头子的语气很不得人心。

放下大刀,王三胜随着大家的头往西北看。谁也没看起这个老人:小干巴个儿,披着件粗蓝布大衫,脸上窝窝瘪瘪,眼陷进去很深,嘴上几根细黄胡,肩上扛着条小黄草辫子,有筷子那么细,而绝对不像筷子那么直顺。王三胜可是看出这老家伙有功夫,脑门亮,眼睛亮——眼眶虽深,眼珠可黑得像两口小井,深深的闪着黑光。王三胜不怕:他看得出别人有功夫没有,可更相信自己的本事,他是沙子龙手下的大将。

"下来玩玩,大叔!"王三胜说得很得体。

点点头,老头儿往里走。这一走,四外全笑了。他的胳臂不大动;左脚往前迈,右脚随着拉上来,一步步的向前拉扯,身子整着,像是患过瘫痪病。蹭到场中,把大衫扔在地上,一点没理会四围怎样笑他。

"神枪沙子龙的徒弟,你说?好,让你使枪吧;我呢?"老头子非常的干脆,很像久想动手。

人们全回来了,邻场耍狗熊的无论怎么敲锣也不中用了。

"三截棍进枪吧?"王三胜要看老头子一手,三截棍不是随便就拿得起来的家伙。

老头子又点点头,拾起家伙来。

王三胜努着眼,抖着枪,脸上十分难看。

老头子的黑眼珠更深更小了,像两个香火头,随着面前的枪尖儿转,王三胜忽然觉得不舒服,那俩黑眼珠似乎要把枪尖吸进去!四外已围得风雨不透,大家都觉出老头子确是有威。为躲那对眼睛,王三胜耍了个枪花。老头子的黄胡子一动:"请!"王三胜一扣枪,向前躬步,枪尖奔了老头子的喉头去,枪缨打了一个红旋。老人的身子忽然活展了,将身微偏,让过枪尖,前把一挂,后把撩王三胜的手。拍,拍,两响,王三胜的枪撒了手。场外叫了好。王三胜连脸带胸口全紫了,抄起枪来;一个花子,连枪带人滚了过来,枪尖奔了老人的中部。老头子的眼亮得发着黑光;腿轻轻一屈,下把掩裆,上把打着刚要抽回的枪杆;拍,枪又落在地上。

场外又是一片彩声。王三胜流了汗,不再去拾枪,努着眼,木在那里。老头子扔下家伙,拾起大衫,还是拉拉着腿,可是走得很快了。大衫搭在臂上,他过来拍了王三胜一下:"还得练哪,伙计!"

"别走!"王三胜擦着汗:"你不离,姓王的服了!可有一样,你敢会会沙老师?"

"就是为会他才来的!"老头子的干巴脸上皱起点来,似乎是笑呢。"走;收了吧;晚饭我请!"

王三胜把兵器拢在一处,寄放在变戏法二麻子那里,陪着老头子往庙外走。后面跟着不少人,他把他们骂散。

"你老贵姓?"他问。

"姓孙哪,"老头子的话与人一样,都那么干巴。"爱练;久想会会沙子龙。"

沙子龙不把你打扁了!王三胜心里说。他脚底下加了劲,可是没把孙老头落下。他看出来,老头子的腿是老走着查拳门中的连跳步;交起手来,必定很快。但是,无论他怎么快,沙子龙是没对手的。准知道孙老头要吃亏,他心中痛快了些,放慢了些脚步。

"孙大叔贵处?"

"河间的,小地方。"孙老者也和气了些:"月棍年刀一辈子枪,不容易见功夫!说真的,你那两手就不坏!"

王三胜头上的汗又回来了,没言语。

到了客栈,他心中直跳,唯恐沙老师不在家,他急于报仇。他知道老师不爱管这种事，师弟们已碰过不少回钉子，可是他相信这回必定行，他是大伙计，不比那些毛孩子；再说，人家在庙会上点名叫阵，沙老师还能丢这个脸么？

"三胜"，沙子龙正在床上看着本《封神榜》，"有事吗？"

三胜的脸又紫了，嘴唇动着，说不出话来。

沙子龙坐起来，"怎么了，三胜？"

"栽了跟头！"

只打了个不甚长的哈欠，沙老师没别的表示。

王三胜心中不平，但是不敢发作；他得激动老师："姓孙的一个老头儿，门外等着老师呢；把我的枪，枪，打掉了两次！"他知道"枪"字在老师心中有多大分量。没等吩咐，他慌忙跑出去。

客人进来，沙子龙在外间屋等着呢。彼此拱手坐下，他叫三胜去泡茶。三胜希望两个老人立刻交了手，可是不能不沏茶去。孙老者没话讲，用深藏着的眼睛打量沙子龙。沙很客气：

"要是三胜得罪了你，不用理他，年纪还轻。"

孙老者有些失望，可是看出沙子龙的精明。他不知怎样好了，不能拿一个人的精明断定他的武艺。"我来领教领教枪法！"他不由的说出来。

沙子龙没接碴儿。王三胜提着茶壶走进来——急于看二人动手，他没管水开了没有，就沏在壶中。

"三胜，"沙子龙拿起个茶碗来，"去找小顺们去，天汇见，陪孙老者吃饭。"

"什么？"王三胜的眼珠几乎掉出来。看了看沙老师的脸，他敢怒而不敢言的说了声"是啦！"走出去，撅着大嘴。

"教徒弟不易！"孙老者说。

"我没收过徒弟。走吧，这个水不开！茶馆去喝，喝饿了就吃。"沙子龙从桌子上拿起缎子褡裢，一头装着鼻烟壶，一头装着点钱，挂在腰带上。

"不，我还不饿！"孙老者很坚决，两个"不"字把小辫从肩上抡到后边去。

"说会子话儿。"

"我来为领教领教枪法。"

"功夫早搁下了，"沙子龙指着身上，"已经放了肉！"

"这么办也行，"孙老者深深的看了沙老师一眼："不比武，教给我那趟五虎断魂枪。"

"五虎断魂枪？"沙子龙笑了："早忘净了！早忘净了！告诉你，在我这儿住几天，咱们逛逛各处，临走，多少送点盘缠。"

"我不逛，也用不着钱，我来学艺！"孙老者立起来，"我练趟给你看看，看够得上学艺不够！"一屈腰已到了院中，把楼鸽都吓飞起去。拉开架子，他打了趟查拳：腿快，手飘洒，一个飞脚起去，小辫儿飘在空中，像从天上落下来一个风筝；快之中，每个架子都摆得稳，准，利落；来回六趟，把院子满都打到，走得圆，接得紧，身子在一处，而精神贯串到四面八方。抱拳收势，身儿缩紧，好似满院乱飞的燕子忽然归了巢。

"好！好！"沙子龙在台阶上点着头喊。

"教给我那趟枪！"孙老者抱了抱拳。

沙子龙下了台阶，也抱着拳："孙老者，说真的吧；那条枪和那套枪都跟我入棺材，一齐入棺材！"

"不传？"

"不传！"

孙老者的胡子嘴动了半天，没说出什么来。到屋里抄起蓝布大衫，拉拉着腿："打搅了，再会！"

"吃过饭走！"沙子龙说。

孙老者没言语。

沙子龙把客人送到小门，然后回到屋中，对着墙角立着的大枪点了点头。

他独自上了天汇，怕是王三胜们在那里等着。他们都没有去。

王三胜和小顺们都不敢再到土地庙去卖艺，大家谁也不再为沙子龙吹腾；反之，他们说沙子龙栽了跟头，不敢和个老头儿动手；那个老头子一脚能踢死个牛。不要说王三胜输给他，沙子龙也不是"个儿"①。不过呢，王三胜到底和老头子见了个高低，而沙子龙连句硬话也没敢说。"神枪沙子龙"慢慢似乎被人们忘了。

夜静人稀，沙子龙关好了小门，一气把六十四枪刺下来；而后，拄着枪，望着天上的群星，想起当年在野店荒林的威风。叹一口气，用手指慢慢摸着凉滑的枪身，又微微一笑："不传！不传！"

原载《大公报》文艺副刊 1935 年第 151 期

---

① "个儿"，即对手。

○ 萧红

小城三月

一

　　三月的原野已经绿了，像地衣那样绿，透出在这里，那里。郊原上的草，是必须转折了好几个弯儿才能钻出地面的，草儿头上还顶着那胀破了种粒的壳，发出一寸多高的芽子，欣幸的钻出了土皮。放牛的孩子，在掀起了墙脚片下面的瓦片时，找到了一片草芽了，孩子们到家里告诉妈妈，说："今天草芽出土了！"妈妈惊喜的说："那一定是向阳的地方！"抢根菜的白色的圆石似的籽儿在地上滚着，野孩子一升一斗的在拾。蒲公英发芽了，羊咩咩的叫，乌鸦绕着杨树林子飞，天气一天暖似一天，日子一寸一寸的都有意思。杨花满天照地的飞，像棉花似的。人们出门都是用手捉着，杨花挂着他了。草和牛粪都横在道上，放散着强烈的气味，远远的有用石子打船的声音，"空空……"的大响传来。

　　河冰化了，冰块顶着冰块，苦闷地又奔放地向下流。乌鸦站在冰块上寻觅小鱼吃，或者是还在冬眠的青蛙。

　　天气突然地热起来，说是"二八月，小阳春"，自然冷天气还是要来的，但是这几天可热了。春天带着强烈的呼唤从这头走到那头……

　　小城里被杨花给装满了，在榆树还没变黄之前，大街小巷到处飞着，像纷纷落下的雪块……

　　春来了，人人像久久等待着一个大暴动，今天夜里就要举行，人人带着犯罪的心情，想参加到解放的尝试……春吹到每个人的心坎，带着呼唤，带着蛊惑……

　　我有一个姨，和我的堂哥哥大概是恋爱了。

　　姨母本来是很近的亲属，就是母亲的姊妹。但是我这个姨，她不是我的亲姨，她是我的继母的继母的女儿。那么她可算与我的继母有点血统的关系了，其实也是没有的。因为我这个外祖母已经做了寡妇之后才来到的外祖父家，翠姨就是这个外祖母原来在另外的一家所生的女儿。

翠姨还有一个妹妹，她的妹妹小她两岁，大概是十七、八岁，那么翠姨也就是十八、九岁了。

翠姨生得并不是十分漂亮，但是她长得窈窕，走起路来沉静而且漂亮，讲起话来清楚地带着一种平静的感情。她伸手拿樱桃吃的时候，好像她的手指尖对那樱桃十分可怜的样子，她怕把它触坏了似的轻轻的捏着。

假若有人在她的背后招呼她一声，她若是正在走路，她就会停下，若是正在吃饭，就要把饭碗放下，而后把头向着自己的肩膀转过去，而全身并不大转，于是她自觉的闭合着嘴唇，像是有什么要说而一时说不出来似的……

而翠姨的妹妹，忘记了她叫什么名字，反正是一个大说大笑的，不十分修边幅，和她的姐姐完全不同。花的绿的，红的紫的，只要是市上流行的，她就不大加以选择，做起一件衣服来赶快就穿在身上。穿上了而后，到亲戚家去串门，人家恭维她的衣料怎样漂亮的时候，她总是说，和这完全一样的，还有一件，她给了她的姐姐了。

我到外祖父家去，外祖父家里没有像我一般大的女孩子陪着我玩，所以每当我去，外祖母总是把翠姨喊来陪我。

翠姨就住在外祖父的后院，隔着一道板墙，一招呼，听见就来了。

外祖父住的院子和翠姨住的院子，虽然只隔一道板墙，但是却没有门可通，所以还得绕到大街上去从正门进来。

因此有时翠姨先来到板墙这里，从板墙缝中和我打了招呼，而后回到屋去装饰一番，才从大街上绕了个圈来到她母亲的家里。

翠姨很喜欢我，因为我在学堂里念书，而她没有，她想什么事我都比她明白。所以她总是有许多事务同我商量，看看我的意见如何。

到夜里，我住在外祖父家里了，她就陪着我也住下。

每每从睡下了就谈，谈过了半夜，不知为什么总是谈不完……

开初谈的是衣服怎样穿，穿什么样的颜色，穿什么样的料子。比如走路应该快或是应该慢。有时白天里她买了一个别针，到夜里她拿出来看看，问我这别针到底是好看或是不好看。那时候，大概是十五年前的时候，我们不知城外如何装扮一个女子，而在这个城里几乎个个都有一条宽大的绒绳结的披肩，蓝的，紫的，各色的也有，但最多多不过枣红色了。几乎在街上所见的都是枣红色的大披肩了。

哪怕红的绿的那么多，但总没有枣红色的最流行。

翠姨的妹妹有一条，翠姨有一条，我的所有的同学，几乎每人有一条。就连素不考究的外祖母的肩上也披着一条，只不过披的是蓝色的，没有敢用那最流行的枣红色的就是了。因为她总算年纪大了一点，对年轻人让了一步。

还有那时候都流行穿绒绳鞋，翠姨的妹妹就赶快地买了穿上。因为她那个人很粗心大意，好坏她不管，只是人家有她也有，别人是人穿衣裳，而翠姨的妹妹就好像被衣服所穿了似的，芜芜杂杂。但永远合乎着应有尽有的原则。

翠姨的妹妹的那绒绳鞋，买来了，穿上了。在地板上跑着，不大一会工夫，那每只鞋脸上系着的一只毛球，竟有一个毛球已经离开了鞋子，向上跳着，只还有一根绳连着，不然就要掉下来了。很好玩的，好像一颗大红枣被系到脚上去了。因为她的鞋子也是枣红色的。大家都在嘲笑她的鞋子一买回来就坏了。

翠姨，她没有买，她犹疑了好久，无管什么新样的东西到了，她总不是很快的就去买了来，也许她心里边早已经喜欢了，但是看上去她都像反对似的，好像她都不接受。

她必得等到许多人都开始采办了，这时候，看样子她才稍稍有些动心。

好比买绒绳鞋，夜里她和我谈话，问过我的意见，我也说是好看的，我有很多的同学，她们也都买了绒绳鞋。

第二天翠姨就要求我陪着她上街，先不告诉我去买什么，进了铺子选了半天别的，才问到我绒绳鞋。

走了几家铺子，都没有，都说是已经卖完了。我晓得店铺的人是这样瞎说的。表示他家这店铺平常总是最丰富的，只恰巧你要的这件东西，他就没有了。我劝翠姨说，咱们慢慢的走，别家一定会有的。

我们是坐马车从街梢上的外祖父家来到街中心的。

见了第一家铺子，我们就下了马车。不用说，马车我们已经是付过了车钱的。等我们买好了东西回来的时候，会另外叫一辆的。因为我们不知道要有多久。大概看见什么好，虽然不需要也要买点，或是东西已经买全了不必要再多流连，也要留连一会，或是买东西的目的，本来只在一双鞋，而结果鞋子没有买到，反而啰里啰嗦地买回来许多用不着的东西。

这一天，我们辞退了马车，进了第一家店铺。

在别的大城市里没有这种情形，而在我家乡里往往是这样，坐了马车，虽然是付过了钱，让他自由去兜揽生意，但是他常常还仍旧等候在铺子的门外，等一出来，他仍旧请你坐他的车。

我们走进第一个铺子，一问没有。于是就看了些别的东西，从绸缎看到呢绒，从呢绒再看到绸缎，布匹是根本不看的，并不像母亲们进了店铺那样子，这个买去做被单，那个买去做棉袄的，因为我们管不了被单棉袄的事。母亲们一月不进店铺，一进店铺又是这个便宜应该买，那个不贵，也应该买。比方一块在夏天才用的花洋布，母亲们冬天里就买起来了，说是趁着便宜多买点，总是用得着的。而我们就不然了，我们是天天进店铺的，天天搜寻些个好看的，是贵的值钱的，平常时候，绝对的用不到想不到的。

那一天我们就买了许多花边回来，钉着光片的，带着琉璃的。说不上要做什么样的衣服才配得着这种花边。也许根本没有想到做衣服，就贸然的把花边买下了。一边买着，一边说好，翠姨说好，我也说好。到了后来，回到家里，当众打开了让大家评判，这个一言，那个一语，让大家说得也有一点没有主意了，心里已经五、六分空虚了。于是赶快的收拾了起来，或者从别人的手中夺过来，把它包起来，说她们不识货，不让她们看了。

勉强说着：

"我们要做一件红金丝绒的袍子，把这个黑琉璃边镶上。"

或："这红的我们送人去……"

说虽仍旧如此说，心里已经八、九分空虚了，大概是这些所心爱的，从此就不会再出头露面的了。

在这小城里，商店究竟没有多少，到后来又加上看不到绒绳鞋，心里着急，也许跑得更快些，不一会工夫，只剩了三两家了。而那三两家，又偏偏是不常去的，铺子小，货物少。想来它那里也是一定不会有的了。

我们走进一个小铺子里去，果然有三、四双，非小即大，而且颜色都不好看。

翠姨有意要买，我就觉得奇怪，原来就不十分喜欢，既然没有好的，又为什么要买呢？让我说着，没有买成回家去了。

过了两天，我把买鞋子这件事情早就忘了。

翠姨忽然又提议要去买。

从此我知道了她的秘密，她早就爱上了那绒绳鞋了，不过她没有说出来就是，她的恋爱的秘密就是这样子的，她似乎要把它带到坟墓里去，一直不要说出口，好像天底下没有一个人值得听她的告诉……

在外边飞着满天的大雪，我和翠姨坐着马车去买绒绳鞋。我们身上围着皮褥子，赶车的车夫高高的坐在车夫台上，摇晃着身子唱着沙哑的山歌："喝咧咧……"耳边的风呜呜的啸着，从天上倾下来的大雪迷乱了我们的眼睛，远远的天隐在云雾里，我默默的祝福翠姨快快买到可爱的绒绳鞋，我从心里愿意她得救……

市中心远远的朦朦胧胧的站着，行人很少，全街静悄无声。我们一家挨一家的问着，我比她更急切，我想赶快买到吧，我小心的盘问着那些店员们，我从来不放弃一个细微的机会，我鼓励翠姨，没有忘记一家。使她都有点儿诧异，我为什么忽然这样热心起来，但是我完全不管她的猜疑，我不顾一切的想在这小城里，找出一双绒绳鞋来。

只有我们的马车，因为载着翠姨的愿望，在街上奔驰得特别的清醒，又特别的快。雪下得更大了，街上什么人都没有了，只有我们两个人，催着车夫，跑来跑去。一直到天都很晚了，鞋子没有买到。翠姨深深地看到我的眼里说："我的命，不会好的。"我很想装出大人的样子，来安慰她，但是没有等到找出什么适当的话来，泪便流出来了。

二

翠姨以后也常来我家住着，是我的继母把她接来的。

因为她的妹妹订婚了，怕是她一旦结了婚，忽然会剩下她一个人来，使她难过。因为她的家里并没有多少人，只有她的一个六十多岁的老祖父，再就是一个也是寡妇的伯母，带一个女儿。

堂姊妹本该在一起玩耍解闷的，但是因为性格的相差太远，一向是水火不同炉地过着日子。

她的堂妹妹，我见过，永久是穿着深色的衣裳，黑黑的脸，一天到晚陪着母亲坐在屋子里，母亲洗衣裳，她也洗衣裳，母亲哭，她也哭。也许她帮着母亲哭她死去的父亲，也许哭的是她们的家穷。那别人就不晓得了。

本来是一家的女儿，翠姨她们两姊妹却像有钱的人家的小姐，而那个堂妹妹，看上去却像个乡下丫头。这一点使她得到常常到我们家里来住的权力。

她的亲妹妹订婚了，再过一年就出嫁了。在这一年中，妹妹大大地阔气了起来，因为婆家那方面一订了婚就来了聘礼。这个城里，从前不用大洋票，而用的是广信公司出的帖子，一百吊一千吊的论。她妹妹的聘礼大概是几万吊。所以她忽然不得了起来，今天买这样，明天买那样，花别针一个又一个的，丝头绳一团一团的，带穗的耳坠子，洋手表，样样都有了。每逢出街的时候，她和她的姐姐一道，现在总是她付车钱了，她的姐姐要付，她却百般的不肯，有时当着人面，姐姐一定要付，妹妹一定不肯，结果闹得很窘，姐姐无形中觉得一种权力被人剥夺了。

但是关于妹妹的订婚，翠姨一点也没有羡慕的心理。妹妹未来的丈夫，她是看过的，没有什么好看，很高，穿着蓝袍子黑马褂，好像商人，又像一个小土绅士。又加上翠姨太年轻了，想不到什么丈夫，什么结婚。

因此，虽然妹妹在她的旁边一天比一天的丰富起来，妹妹是有钱了，但是妹妹为什么有钱的，她没有考查过。

所以当妹妹尚未离开她之前，她绝对的没有重视"订婚"的事。

就是妹妹已经出嫁了，她也还是没有重视这"订婚"的事。

不过她常常地感到寂寞。她和妹妹出来进去的，因为家庭环境孤寂，竟好像一对双生子似的，而今去了一个。不但翠姨自己觉得单调，就是她的祖父也觉得她可怜。

所以自从她的妹妹嫁了，她就不大回家，总是住在她的母亲的家里，有时我的继母也把她接到我们家里。

翠姨非常聪明，她会弹大正琴，就是前些年所流行在中国的一种日本琴，她还会吹箫或是会吹笛子。不过弹那琴的时候却很多。住在我家里的时候，我家的伯父，每在晚饭之后必同我们玩这些乐器的。笛子、箫、日本琴、风琴、月琴，还有什么打琴。真正的西洋的乐器，可一样也没有。

在这种正玩得热闹的时候，翠姨也来参加了，翠姨弹了一个曲子，和我们大家立刻就配合上了。于是大家都觉得在我们那已经天天闹熟了的老调子之中，又多了一个新的花样。于是立刻我们就加倍的努力，正在吹笛子的把笛子吹得特别响，把笛膜振抖得似乎就要爆裂了似的，滋滋地叫着。十岁的弟弟在吹口琴，他摇着头，好像要把那口琴吞下去似的，至于他吹的是什么调子，已经是没有人留意了。在大家忽然来了勇气的时候，似乎只需要这种胡闹。

而那按风琴的人，因为越按越快，到后来也许是已经找不到琴键了，只是那踏脚板越踏越快，踏的呜呜的响，好像有意要毁坏了那风琴，而想把风琴撕裂了一般的。

大概所奏的曲子是《梅花三弄》，也不知道接连地弹过了多少圈，看大家的意思都不想要停下来。不过到了后来，实在是气力没有了，找不着拍子的找不着拍子，跟不上调的跟不上调，于是在大笑之中，大家停下来了。

不知为什么，在这么快乐的调子里边，大家都有点伤心，也许是乐极生悲了，把我们都笑得一边流着眼泪，一边还笑。

正在这时候，我们往门窗处一看，我的最小的小弟弟，刚会走路，他也背着一个很大的破手风琴来参加了。

谁都知道，那手风琴从来也不会响的。把大家笑死了。在这回得到了快乐。

我的哥哥（伯父的儿子，钢琴弹得很好），吹箫吹得最好，这时候他放下了箫，对翠姨说："你来吹吧！"翠姨却没有言语，站起身来，跑到自己的屋子去了，我的哥哥，好久好久的看住那帘子。

三

翠姨在我家，和我住一个屋子。月明之夜，屋子照得通亮，翠姨和我谈话，往往谈到鸡叫，觉得也不过刚刚才半夜。

鸡叫了，才说："快睡吧，天亮了。"

有的时候，一转身，她又问我：

"是不是一个人结婚太早不好，或许是女子结婚太早是不好的！"

我们以前谈了很多话，但没有谈到这些。

总是谈什么，衣服怎样穿，鞋子怎样买，颜色怎样配，买了毛线来，这毛线应该打个什么的花纹，买了帽子来，应该评判这帽子还微微有缺点，这缺点究竟在什么地方，虽然说是不要紧，或者是一点关系也没有，但批评总是要批评的。

有时再谈得远一点，就是表姊表妹之类订了婆家，或是什么亲戚的女儿出嫁了。或是什么耳闻的，听说的，新娘子和新姑爷闹别扭之类。

那个时候，我们的县里早就有了洋学堂了，小学好几个，大学没有。只有一个男子中学，往往成为谈论的目标，谈论这个，不单是翠姨，外祖母、姑姑、姐姐之类，都愿意讲究这当地中学的学生。因为他们一切洋化，穿着裤子，把裤腿卷起来一寸，一张口，"格得毛宁"外国话，他们彼此一说话就"答答答"，听说这是什么毛子话。而更奇怪的就是他们见了女人不怕羞。这一点，大家都批评说是不如从前了，从前的书生，一见了女人脸就红。

我家算是最开通的了，叔叔和哥哥他们都到北京和哈尔滨那些大地方去读书了，他们开了不少的眼界，回到家里来，大讲他们那里都是男孩子和女孩子同学。

这一题目，非常的新奇，开初都认为这是造了反。后来因为叔叔也常和女同学通信，因为叔叔在家庭里是有点地位的人。并且父亲从前也加入过国民党，革过命，所以这个家庭都"咸与维新"起来。

因此在我家里，一切都是很随便的，逛公园，正月十五看花灯，都是不分男女，一齐去。

而且我家里设了网球场，一天到晚的打网球，亲戚家的男孩子来了，我们也一齐的打。

这都不谈，仍旧来谈翠姨。

翠姨听了很多的故事，关于男学生结婚事情，就是我们本县里，已经有几件事情不幸的了。有的结婚了，从此就不回家了，有的娶来了太太，把太太放在另一间屋子里住着，而且自己却永久住在书房里。

每逢讲到这些故事时，多半别人都是站在女的一面，说那男子都是念书念坏了，一看了那不识字的又不是女学生之类就生气，觉得处处都不如他。天天总说是婚姻不自由，可是自古至今，都是爹许娘配的，偏偏到了今天，都要自由，看吧，这还没有自由呢，就先来了花头故事了，娶了太太的不回家，或是把太太放在另一个屋子里。这些都是念书念坏了的。

翠姨听了许多别人家的评论。大概她心里边也有些不平，她就问我不读书是不是很坏的，我自然说是很坏的。而且她看了我们家里男孩子、女孩子通通到学堂去念书的。而且我们亲戚家的孩子也都是读书的。

因此她对我很佩服，因为我是读书的。

但是不久，翠姨就订婚了。就是她妹妹出嫁不久的事情。

她的未来的丈夫，我见过。在外祖父的家里。人长得又矮又小，穿一身蓝布棉袍子，黑马褂，头上戴一顶赶大车的人所戴的四耳帽子。

当时翠姨也在的，但她不知道那是她的什么人，她只当是哪里来了这样一位乡下的客人。外祖母偷着把我叫过去，特别告诉了我一番，这就是翠姨将来的丈夫。不久翠姨就很有钱，她的丈夫的家里，比她妹妹丈夫的家里还更有钱得多。婆婆也是个寡妇，守着个独生的儿子。儿子才十七岁，是在乡下的私学馆里读书。

翠姨的母亲常常替翠姨解说，人矮点不要紧，岁数还小呢，再长上两三年两个人就一般高了。劝翠姨不要难过，婆家有钱就好的。聘礼的钱十多万都交过来了，而且就由外祖母的手亲自交给了翠姨，而且还有别的条件保障着，那就是说，三年之内绝对的不准娶亲，借着男的一方面年纪太小为辞，翠姨更愿意远远的推着。

翠姨自从订婚之后，是很有钱的了，什么新样子的东西一到，虽说不是一定抢先去买了来，总是过不了多久，箱子里就要有的了。那时候夏天最流行银灰色市布大衫，而翠姨穿起来最好，因为她有好几件，穿过两次不新鲜就不要了，就只在家里穿，而出门就又去做一件新的。

那时候正流行着一种长穗的耳坠子，翠姨就有两对，一对红宝石的，一对绿的，而我的母亲才能有两对，而我才有一对。可见翠姨是顶阔气的了。

还有那时候就已经开始流行高跟鞋了。可是在我们本街上却不大有人穿，只有我的继母早就开始穿，其余就算是翠姨。并不是一定因为我的母亲有钱，也不是因为高跟鞋一定贵，只是女人们没有那么摩登的行为，或者说她们不很容易接受新的思想。

翠姨第一天穿起高跟鞋来，走路还很不安定，但到第二天就比较的习惯了。到了第三天，就是说以后，她就是跑起来也是很平稳的。而且走路的姿态更加可爱了。

我们有时也去打网球玩玩，球撞到她脸上的时候，她才用球拍遮了一下，否则她半天也打不到一个球。因为她一上了场站在白线上就是白线上，站在格子里就是格子里，她根本的不动。有的时候，她竟拿着网球拍子站着一边去看风景去了。尤其是大家打完了网球，吃东西的吃东西去了，洗脸的洗脸去了，惟有她一个人站在短篱前面，向着远远的哈尔滨市影痴望着。

有一次我同翠姨一同去做客。我继母的族中娶媳妇。她们是八旗人，也就是满人，满人才讲究场面呢，所有的族中的年轻的媳妇都必得到场，而且个个打扮得如花似玉。似乎咱们中国的社会，是没这么繁华的社交的场面的，也许那时候，我是小孩子，把什么都看得特别繁华，就只说女人们的衣服吧，就个个都穿得和现在西洋女人在夜总会里边那么庄严。一律都穿着绣花大袄。而她们是八旗人，大袄的襟下一律的没有开口，而且很长。大袄的颜色枣红的居多，绛色的也有，玫瑰紫色的也有。而那上边绣的颜色，有的荷花，有的玫瑰，有的松竹梅，一句话，特别的繁华。

她们的脸上，都擦着白粉，她们的嘴上都染得桃红。

每逢一个客人到了门前，她们是要列着队出来迎接的，她们都是我的舅母，一个一个的上前来问候了我和翠姨。

翠姨早就熟识她们的，有的叫表嫂子，有的叫四嫂子。而在我，她们就都是一样的，好像小孩子的时候，所玩的用花纸剪的纸人，这个和那个都是一样，完全没有分别。都是花缎的袍子，都是白白的脸，都是很红的嘴唇。

就是这一次，翠姨出了风头了，她进到屋里，靠着一张大镜子旁坐下了。女人们就忽然都上前来看她，也许她从来没有这么漂亮过；今天把别人都惊住了。依我看，翠姨还没有她从前漂亮呢，不过她们说翠姨漂亮得像棵新开的腊梅。翠姨从来不擦胭脂的，而那天又穿了一件为着将来作新娘子而准备的蓝色缎子满是金花的夹袍。

翠姨让她们围起看着，难为情了起来，站起来想要逃掉似的，迈着很勇敢的步子，茫然地往里边的房间里闪开了。

谁知那里边就是新房呢，于是许多的嫂嫂们，就哗然的叫着，说：

"翠姐姐不要急，明年就是个漂亮的新娘子，现在先试试去。"

当天吃饭饮酒的时候，许多客人从别的屋子来呆呆的望着翠姨。翠姨举着筷子，似乎是在思量着，保持着镇静的态度，用温和的眼光看着她们。仿佛她不晓得人们专门在看着她似的。但是别的女人们羡慕了翠姨半天了，脸上又都突然的冷落起来，觉得有什么话要说出，又都没有说，然后彼此对望着，笑了一下，吃菜了。

四

有一年冬天，刚过了年，翠姨就来到了我家。

伯父的儿子——我的哥哥，就正在我家里。

我的哥哥，人很漂亮，很直的鼻子，很黑的眼睛，嘴也好看，头发也梳得好看，人很长，走路很爽快。大概在我们所有的家族中，没有这漂亮的人物。

冬天，学校放了寒假，所以来我们家里休息。大概不久，学校开学就要上学去了。哥哥是在哈尔滨读书。

我们的音乐会，自然要为这新来的角色而开了。翠姨也参加的。

于是非常的热闹，比方我的母亲，她一点也不懂这行，但是她也列了席，她坐在旁边观看，连家里的厨子，女工，都停下了工作来望着我们，似乎他们不是听什么乐器，而是在看人。我们聚满了一客厅。这些乐器的声音，大概很远的邻居都可以听到。

第二天邻居来串门的，就说：

"昨天晚上，你们家又是给谁祝寿？"

我们就说，是欢迎我们的刚到的哥哥。因此我们家是很好玩的，很有趣的。不久就来到了正月十五看花灯的时节了。

我们家里自从父亲维新革命，总之在我们家里，兄弟姊妹，一律相待，有好玩的就一齐玩，有好看的就一齐去看。

伯父带着我们，哥哥，弟弟，姨……共八、九个人，在大月亮地里往大街里跑去了。那路之滑，滑得不能站脚，而且高低不平。他们男孩子们跑在前面，而我们因为跑得慢就落了后。

于是那在前边的他们回头来嘲笑我们，说我们是小姐，说我们是娘娘。说我们走不动。

我们和翠姨早就连成一排向前冲去，但是不是我倒，就是她倒。到后来还是哥哥他们一个一个的来扶着我们，说是扶着未免的太示弱了，也不过就是和他们连成一排向前进着。

不一会到了市里，满路花灯。人山人海。又加上狮子，旱船，龙灯，秧歌，闹得眼也花起来，一时也数不清多少玩艺。哪里会来得及看，似乎只是在眼前一晃，就过去了，而一会别的又来了，又过去了。其实也不见得繁华得多么了不得了，不过觉得世界上是不会比这个再繁华的了。

商店的门前，点着那么大的火把，好像热带的大椰子树似的，一个比一个亮。

我们进了一家商店，那是父亲的朋友开的。他们很好地招待我们，茶、点心、橘子、元宵。我们哪里吃得下去，听到门外一打鼓，就心慌了。而外边鼓和喇叭又那么多，一阵来了，一阵还没有去远，一阵又来了。

因为城本来是不大的，有许多熟人也都是来看灯的，都遇到了。其中我们本城里的在哈尔滨念书的几个男学生，他们也来看灯了。哥哥都认识他们。我也认识他们，因为这时候我们到哈尔滨念书去了。所以一遇到了我们，他们就和我们在一起，他们出去看灯，看了一会，又回到我们的地方，和伯父谈话，和哥哥谈话。我晓得他们，因为我们家比较有势力，他们是很愿和我们讲话的。

所以回家的一路上，又多了两个男孩子。

不管人讨厌不讨厌，他们穿的衣服总算都市化了。个个都穿着西装，戴着呢帽，外套都是到膝盖的地方，脚下很利落清爽。比起我们城里的那种怪样子的外套，好像大棉袍子似的，好看得多了。而且颈间又都束着一条围巾，那围巾自然也是全丝全线的花纹。似乎一束起那围巾来，人就更显得庄严，漂亮。

翠姨觉得他们个个都很好看。

哥哥也穿的西装，自然哥哥也很好看。因此在路上她直在看哥哥。

翠姨梳头梳得是很慢的，必定梳得一丝不乱，擦粉也要擦了洗掉，洗掉再擦，一直擦到认为满意为止。花灯节的第二天早晨她就梳得更慢，一边梳头一边在思量。本来按规矩每天吃早饭，必得三请两请才能出席，今天必得请到四次，她才来了。

我的伯父当年也是一位英雄，骑马，打枪绝对的好。后来虽然已经五十岁了，但是风采犹存。我们都爱伯父的，伯父从小也就爱我们。诗、词、文章，都是伯父教我们的。翠姨住在我们家里，伯父也很喜欢翠姨。今天早饭已经开好了。催了翠姨几次，翠姨总是不出来。

伯父说了一句："林黛玉……"

于是我们全家的人都笑了起来。

翠姨出来了，看见我们这样的笑，就问我们笑什么。我们没有人肯告诉她。翠姨知道一定是笑的她，她就说：

"你们赶快的告诉我，若不告诉我，今天我就不吃饭了，你们读书识字，我不懂，你们欺侮我……"

闹嚷了很久，还是我的哥哥讲给她听了。伯父当着自己的儿子面前到底有些难为情，喝了好些酒，总算是躲过去了。

翠姨从此想到了念书的问题，但是她已经二十岁了，上哪里去念书？上小学没有她这样大的学生，上中学，她是一字不识，怎么可以？所以仍旧住在我们家里。

弹琴，吹箫，看纸牌，我们一天到晚地玩着。我们玩的时候，全体参加，我的伯父，我的哥哥，我的母亲。

翠姨对我的哥哥没有什么特别的好，我的哥哥对翠姨就像对我们，也是完全的一样。

不过哥哥讲故事的时候，翠姨总比我们留心听些，那是因为她的年龄稍稍比我们大些，当然在理解力上，比我们更接近一些哥哥的了。哥哥对翠姨比对我们稍稍的客气一点。他和翠姨说话的时候，总是"是的""是的"的，而和我们说话则"对啦""对啦"。这显然因为翠姨是客人的关系，而且在名分上比他大。

不过有一天晚饭之后，翠姨和哥哥都没有了。每天饭后大概总要开个音乐会的。这一天也许因为伯父不在家，没有人领导的缘故。大家吃过也就散了。客厅里一个人也没有。我想找弟弟和我下一盘棋，弟弟也不见了。于是我就一个人在客厅里按起风琴来，玩了一下，也觉得没有趣。客厅是静得很的，在我关上了风琴盖子之后，我就听见了在后屋里，或者在我的房子里是有人的。

我想一定是翠姨在屋里。快去看看她，叫她出来张罗着看纸牌。

我跑进去一看，不单是翠姨，还有哥哥陪着她。

看见了我，翠姨就赶快的站起来说：

"我们去玩吧。"

哥哥也说：

"我们下棋去，下棋去。"

他们出来陪我来玩棋，这次哥哥总是输，从前是他回回赢我，我觉得奇怪，但是心里高兴极了。

　　不久寒假终了，我就回到哈尔滨的学校念书去了。可是哥哥没有同来，因为他上半年生了点病，曾在医院里休养了一些时候，这次伯父主张他再请两个月的假，留在家里。

　　以后家里的事情，我就不大知道了。都是由哥哥或母亲讲给我听的。我走了以后，翠姨还住在家里。

　　后来母亲还告诉过，就是在翠姨还没有订婚之前，有过这样一件事情：我的族中有一个小叔叔，和哥哥一般大的年纪，说话口吃，没有风采，也是和哥哥在一个学校里读书。虽然他也到我们家里来过，但怕翠姨没有见过。那时外祖母就主张给翠姨提婚。那族中的祖母，一听就拒绝了，说是寡妇的女儿，命不好，也怕没有家教，何况父亲死了，母亲又出嫁了，好女不嫁二夫郎，这种人家的女儿，祖母不要。但是我母亲说，辈分合，他家还有钱，翠姨过门是一品当朝的日子，不会受气的。

　　这件事情翠姨是晓得的，而今天又见了我的哥哥，她不能不想哥哥大概是那样看她的。她自觉的觉得自己的命运不会好的，现在翠姨自己已经订了婚，是一个人的未婚妻。二则她是出了嫁的寡妇的女儿，她自己一天把这个背了不知有多少遍，她记得清清楚楚。

五

　　翠姨订婚，转眼三年了，正这时，翠姨的婆家，通了消息来，张罗要娶。她的母亲来接她回去整理嫁妆。

　　翠姨一听就得病了。

　　但没有几天，她的母亲就带着她到哈尔滨采办嫁妆去了。

　　偏偏那带着她采办嫁妆的向导，又是哥哥给介绍来的他的同学。他们住在哈尔滨的秦家岗上，风景绝佳，是洋人最多的地方。那男学生们的宿舍里边，有暖气，洋床。翠姨带着哥哥的介绍信，像一个女同学似的被他们招待着。又加上已经学了俄国人的规矩，处处尊重女子，所以翠姨当然受了他们不少的尊敬，请她吃大菜，请她看电影。坐马车的时候，上车让她先上，下车的时候，人家扶她下来。她每一动别人都为她服务，外套一脱，就接过去了。她刚一表示要穿外套，就给她穿上了。

　　不用说，买嫁妆她是不痛快的，但那几天，她总算一生中最开心的时候。

　　她觉得到底是读大学的人好，不野蛮，不会对女人不客气，绝不能像她的妹夫常常打她的妹妹。

　　经过到哈尔滨去一买嫁妆，翠姨就更不愿意出嫁了。她一想那个又丑又小的男人，她就恐怖。

　　她回来的时候，母亲又接她来到我们家来住着，说她的家里又黑又冷，说她太孤单可怜。我们家是一团暖气的。

　　到了后来，她的母亲发现她对于出嫁太不热心，该剪裁的衣裳，她不去剪裁。有一些零碎还要去买的，她也不去买。做母亲的总是常常要加以督促，后来就要接她回去，接到她的身边，好随时提醒她。她的母亲以为年轻的人必定要随时提醒的，不然总是贪玩。而且出嫁的日子又不远了，或者就是二、三月。

想不到外祖母来接她的时候，她从心里不肯回去，她竟很勇敢地提出来她要读书的要求。她说她要念书，她想不到出嫁。

开初外祖母不肯，到后来，她说若是不让她读书，她是不出嫁的，外祖母知道她的心情，而且想起了很多可怕的事情……

外祖母没有办法，依了她。给她在家里请了一位老先生，就在自己家院子的空房子里边摆上了书桌，还有几个邻居家的姑娘，一齐念书。

翠姨白天念书，晚上回到外祖母家。

念了书，不多日子，人就开始咳嗽，而且整天地闷闷不乐。她的母亲问她，有什么不如意？陪嫁的东西买得不顺心吗？或者是想到我们家去玩吗？什么事都问到了。

翠姨摇着头不说什么。

过了一些日子，我的母亲去看翠姨，带着我的哥哥，他们一看见她，第一个印象，就觉得她苍白了不少。而且母亲断言地说，她活不久了。

大家都说是念书累的，外祖母也说是念书累的，没有什么要紧的，要出嫁的女儿们，总是先前瘦的，嫁过去就要胖了。

而翠姨自己则点点头，笑笑，不承认，也不加以否认。还是念书，也不到我们家来了，母亲接了几次，也不来，回说没有工夫。

翠姨越来越瘦了，哥哥去到外祖母家看了她两次，也不过是吃饭，喝酒，应酬了一番。而且说是去看外祖母的。在这里年轻的男子，去拜访年轻的女子，是不可以的。哥哥回来也并不带回什么欢喜或是什么新奇的忧郁，还是一样和大家打牌下棋。

翠姨后来支持不了啦，躺下了，她的婆婆听说她病，就要娶她，因为花了钱，死了不是可惜了吗？这一种消息，翠姨听了病就更加严重。婆家一听她病重，立刻要娶她。因为在迷信中有这样一章，病新娘娶过来一冲，就冲好了。翠姨听了就只盼望赶快死，拼命地糟蹋自己的身体，想死得越快一点儿越好。

母亲记起了翠姨，叫哥哥去看翠姨。是我的母亲派哥哥去的，母亲拿了一些钱让哥哥给翠姨送去，说是母亲送她在病中随便买点什么吃的。母亲晓得他们年轻人是很拘泥的，或者不好意思去看翠姨，也或者翠姨是很想看他的，他们好久不能看见了。同时翠姨不愿出嫁，母亲很久的就在心里边猜疑着他们了。

男子是不好先去专访一位小姐的，这城里没有这样的风俗。母亲给了哥哥一件礼物，哥哥就可去了。

哥哥去的那天，她家里正没有人，只是她家的堂妹妹迎接着这从未见过的生疏的年轻的客人。那堂妹妹还没问清客人的来由，就往外跑，说是去找她们的祖父去，请他等一等。大概她想凡是男客就是来会祖父的。

客人只说了自己的名字，那女孩子连听也没有听就跑出去了。

哥哥正想，翠姨在什么地方？或者在里屋吗？翠姨大概听出什么人来了，她就在里边说：

"请进来。"

哥哥进去了，坐在翠姨的枕边，他要去摸一摸翠姨的前额，是否发热，他说："好了点吗？"

他刚一伸出手去，翠姨就突然地拉住他的手，而且大声地哭起来了，好像一颗心也哭出来了似的。哥哥没有准备，就很害怕，不知道说什么，做什么。他不知道现在应该是保护翠姨的地位，还是保护自己的地位。同时听得见外边已经有人来了，就要开门进来了。一定是翠姨的祖父。

翠姨平静地向他笑着，说：

"你来得很好，一定是姐姐，你的婶母告诉你来的，我心里永远纪念着她，她爱我一场，可惜我不能去看她了……我不能报答她了……不过我总会记起在她家里的日子的……她待我也许没有什么，但是我觉得已经太好了……我永远不会忘记的……我现在也不知道为什么，心里只想死得快一点就好，多活一天也是多余的……人家也许以为我是任性……其实是不对的，不知为什么，那家对我也是很好的，我要是过去，他们对我也会是很好的，但是我不愿意。我小时候，就不好，我的脾气总是，不从心的事，我不愿意……这个脾气把我折磨到今天了……可是我怎能从心呢……真是笑话……谢谢姐姐她还惦着我……请你告诉她，我并不像她想的那么苦呢，我也很快乐……"翠姨苦笑了一笑，"我的心里很安静，而且我求的我都得到了……"

哥哥茫然地不知道说什么，这时祖父进来了。看了翠姨的热度，又感谢了我的母亲，对我哥哥的降临，感到荣幸。他说请我母亲放心吧，翠姨的病马上就会好的，好了就嫁过去。

哥哥看了翠姨就退出去了，从此再没有看见她。

哥哥后来提起翠姨常常落泪，他不知翠姨为什么死，大家也都心中纳闷。

尾　声

等我到春假回来，母亲还当我说：

"要是翠姨一定不愿意出嫁，那也是可以的，假如他们当我说。"

………

翠姨坟头的草籽已经发芽了，一掀一掀的和土粘成了一片，坟头显出淡淡的青色，常常会有白色的山羊跑过。

这时城里的街巷，又装满了春天。

暖和的太阳，又转回来了。

街上有提着筐子卖蒲公英的了，也有卖小根蒜的了。更有些孩子们，他们按着时节去折了那刚发芽的柳条，正好可以拧成哨子，就含在嘴里满街地吹。声音有高有低，因为那哨子有粗有细。

大街小巷，到处的呜呜呜，呜呜呜。好像春天是从他们的手里招待回来了似的。但是这为期甚短，一转眼，吹哨子的不见了。

接着杨花飞起来了，榆钱飘满了一地。

在我的家乡那里，春天是快的，五天不出屋，树发芽了，再过五天不看树，树长叶了，再过五天，这树就像绿得使人不认识它了。使人想，这棵树，就是前天的那棵树吗？自己回答自己：当然是的。春天就像跑的那么快。好像人能够看见似的，春天从老远的地方跑来了，跑到这个地方只向人的耳朵吹一句小小的声音："我来了呵"，而后很快的就跑过去了。

春，好像它不知多么忙迫，好像无论什么地方都在招呼它，假若它晚到一刻，阳光会变色的，大地会干成石头，尤其是树木，那真是好像再多一刻工夫也不能忍耐，假若春天稍稍在什么地方留连了一下，就会误了不少的生命。

春天为什么它不早一点来，来到我们这城里多住一些日子，而后再慢慢的到另外的一个城里去，在另外一个城里也多住一些日子。

但那是不能的了，春天的命运就是这么短。

年轻的姑娘们，她们三两成双，坐着马车，去选择衣料去了，因为就要换春装了。她们热心的弄着剪刀，打着衣样，想装成自己心中想得出的那么好，她们白天黑夜地忙着，不久春装换起来了，只是不见载着翠姨的马车来。

原载《时代文学》1941年第1卷第2期

○ 张爱玲

倾城之恋

上海为了"节省天光",将所有的时钟都拨快了一小时,然而白公馆里说:"我们用的是老钟,"他们的十点钟是人家的十一点。他们唱歌唱走了板,跟不上生命的胡琴。

胡琴咿咿哑哑拉着,在万盏灯的夜晚,拉过来又拉过去,说不尽的苍凉的故事——不问也罢!……胡琴上的故事是应当由光艳的伶人来扮演的,长长的两片红胭脂夹住琼瑶鼻,唱了、笑了,袖子挡住了嘴……然而这里只有白四爷单身坐在黑沉沉的破洋台上,拉着胡琴。

正拉着,楼底下门铃响了。这在白公馆是一件稀罕事,按照从前的规矩,晚上绝对不作兴出去拜客。晚上来了客,或是凭空里接到一个电报,那除非是天字第一号的紧急大事,多半是死了人。

四爷凝身听着,果然三爷三奶奶四奶奶一路嚷上楼来,急切间不知他们说些什么。洋台后面的堂屋里,坐着六小姐、七小姐、八小姐,和三房四房的孩子们,这时都有些惶惶然,四爷在洋台上,暗处看亮处,分外眼明,只见门一开,三爷穿着汗衫短裤,揸开两腿站在门槛上,背过手去,啪啦啪啦打股际的蚊子,远远的向四爷叫道:"老四你猜怎么着?六妹离掉的那一位,说是得了肺炎,死了!"四爷放下胡琴往房里走,问道:"是谁来给的信?"三爷道:"徐太太。"说着,回过头用扇子去撑三奶奶道:"你别跟上来凑热闹呀,徐太太还在楼底下呢,她胖,怕爬楼,你还不去陪陪她!"三奶奶去了,四爷若有所思道:"死的那个不是徐太太的亲戚么?"三爷道:"可不是。看这样子,是他们家特为托了徐太太来递信给我们的,当然是有用意的。"四爷道:"他们莫非是要六妹去奔丧?"三爷用扇子柄刮了刮头皮道:"照说呢,倒也是应该……"他们同时看了六小姐一眼,白流苏坐在屋子的一角,慢条斯理绣着一只拖鞋,方才三爷四爷一递一声说话,仿佛是没有她发言的余地,这时她便淡淡的道:"离过婚了,又去做他的寡妇,让人家笑掉了牙齿!"她若无其事地继续做她的鞋子,可是手头上直冒冷汗,针涩了,再也拔不过去。

三爷道："六妹，话不是这样说。他当初有许多对不起你的地方，我们全知道。现在人已经死了，难道你还记在心里？他丢下的那两个姨奶奶，自然是守不住的。你这会子堂堂正正的回去替他戴孝主丧，谁敢笑你？你虽然没生下一男半女，他的侄子多着呢，随你挑一个，过继过来。家私虽然不剩什么了，他家是个大族，就是拨你看守祠堂，也饿不死你母子。"白流苏冷笑道："三哥替我想得真周到，就可惜晚了一步，婚已经离了这么七八年了。依你说，当初那些法律手续都是糊鬼不成？我们可不能拿着法律闹着玩哪！"三爷道："你别动不动就拿法律来吓人，法律呀，今天改，明天改，我这天理人情，三纲五常，可是改不了！你生是他家的人，死是他家的鬼，树高千丈，落叶归根——"流苏站起身来道："你这话，七八年前为什么不说？"三爷道："我只怕你多了心，只当我们不肯收容你。"流苏道："哦？现在你就不怕我多了心？你把我的钱用光了，你就不怕我多心了？"三爷直问到她脸上道："我用了你的钱？我用了你几个大钱？你住在我们家，吃我们的，喝我们的，从前还罢了，添个人不过添双筷子，现在你去打听打听看，米是什么价钱？我不提钱，你倒提起钱来了！"

四奶奶站在三爷背后，笑了一声道："自己骨肉，照说不该提钱的话。提起钱来，这话可就长了！我早就跟我们老四说过——我说：老四你去劝劝三爷，你们做金子，做股票，不能用六姑奶奶的钱哪，没的沾上了晦气！她一嫁到了婆家，丈夫就变成了败家子。回到娘家来，眼见得娘家就要败光了——天生的扫帚星！"三爷道："四奶奶这话有理。我们那时候，如果没让她入股子，决不至于弄得一败涂地！"

流苏气得浑身乱颤，把一只绣了一半的拖鞋面子抵住了下颔，下颔抖得仿佛要落下来。三爷又道："想当初你哭哭啼啼回家来，闹着要离婚，怪只怪我是个血性汉子，眼见你给他打成那个样子，心有不忍，一拍胸脯子站出来说：'好！我白老三穷虽穷，我家里短不了我妹子这一碗饭！'我只道你们年少夫妻，谁没有个脾气？大不了回娘家来个三年五载的，两下里也就回心转意了。我若知道你们认真是一刀两断，我会帮着你办离婚么！拆散人家夫妻，是绝子绝孙的事。我白老三是有儿子的人，我还指望着他们养老呢！"流苏气到了极点，反倒放声笑了起来道："好，好，都是我的不是，你们穷了，是我把你们吃穷了。你们亏了本，是我带累了你们。你们死了儿子，也是我害了你们伤了阴骘！"四奶奶一把揪住了她儿子的衣领，把她儿子的头去撞流苏，叫道："赤口白舌的咒起孩子来了！就凭你这句话，我儿子死了，我就得找着你！"流苏连忙一闪身躲过了，抓住了四爷道："四哥你瞧，你瞧——你——你倒是评评理看！"四爷道："你别着急呀，有话好说，我们从长计议。三哥这都是为你打算——"流苏赌气撒开了手，一径进里屋去了。

里屋没有灯，影影绰绰的只看见珠罗纱帐子里，她母亲躺在红木大床上，缓缓挥动白团扇。流苏走到床跟前，双膝一软，就跪了下来，伏在床沿上，哽咽道："妈。"白老太太耳朵还好，外间屋里说的话，她全听见了。她咳嗽了一声，伸手在枕边摸索到了小痰罐子，吐了一口痰，方才说道："你四嫂就是这样碎嘴子，你可不能跟她一样的见识。你知道，各人有各人的难处，你四嫂天生的强要性儿，一向管着家，偏生你四哥不争气，狂嫖滥赌，玩出一身病来不算，不该挪了公账上的钱，害得你四嫂面上无光，只好让你三嫂当家，心里咽不下这口气，着实不舒坦。你三嫂精神又不济，支持这份家，可不容易！种种地方，你得体谅他们一点。"流苏听她母亲这话风，一味的避重就轻，自己觉得没意思，只得一言不发。白老太太翻身朝里睡了，又道："先两年，东拼西射的，卖一次田，还够两年吃的。现在可不行了。我年纪大了，说声走，一撒手就走了，可顾不得你们。天下没有不散的筵席，你跟着我，总不是长久之计。倒是回去是正经。领个孩子过活，熬个十几年，总有你出头之日。"

正说着，门帘一动，白老太太道："是谁？"四奶奶探头进来道："妈，徐太太还在楼下呢，等着跟您说七妹的婚事。"白老太太道："我这就起来，你把灯捻开。"屋里点上了灯，四奶奶扶着老太太坐起身来，伺候她穿衣下床。白老太太问道："徐太太那边找到了合适的人？"四奶奶道："听她说得怪好的，就是年纪大了几岁。"白老太太咳了一声道："宝络这孩子，今年也二十四了，真是我心上一个疙瘩。白替她操了心，还让人家说我：她不是我亲生的，我存心耽搁了她！"四奶奶把老太太搀到外房去，老太太道："你把我那儿的新茶叶拿出来，给徐太太泡一碗，绿洋铁筒子里的是大姑奶奶去年带来的龙井，高罐儿里的是碧螺春，别弄错了。"四奶奶答应着，一面叫喊道："来人哪！开灯！"只听见一阵脚步响，来了些粗手大脚的孩子们，帮着大妈子把老太太搬运下楼去了。

四奶奶一个人在外间屋里翻箱倒柜找寻老太太的私房茶叶，忽然笑道："咦！七妹，你打哪儿钻出来了，吓我一跳！我说怎么的，刚才你一晃就不见影儿了！"宝络细声道："我在洋台上乘凉。"四奶奶格格笑道："害臊呢！我说，七妹，赶明儿你有了婆家，凡事可得小心一点，别那么由着性儿闹。离婚岂是容易的事？要离就离了，稀松平常！果真那么容易，你四哥不成材，我干嘛不离婚哪！我也有娘家呀，我不是没处可投奔的。可是这年头儿，我不能不给他们划算划算，我是有点人心的，就得顾着这一点，不能靠定了人家，把人家拖穷了。我还有三分廉耻呢！"

白流苏在她母亲床前凄凄凉凉跪着，听见了这话，把手里的绣花鞋帮子紧紧按在心口上，戳在鞋上的一枚针，扎了手也不觉得疼。小声道："这屋子里可住不得了！……住不得了！"她的声音灰暗而轻飘，像断断续续的尘灰吊子。她仿佛做梦似的，满头满脸都挂着尘灰吊子，迷迷糊糊向前一扑，自己以为是枕住了她母亲的膝盖，呜呜咽咽哭了起来道："妈，妈，你老人家给我做主！"她母亲呆着脸，笑嘻嘻的不作声。她搂住她母亲的腿，使劲摇撼着，哭道："妈！妈！"恍惚又是多年前，她还只十来岁的时候，看了戏出来，在倾盆大雨中和家里人挤散了。她独自站在人行道上，瞪着眼看人，人也瞪着眼看她，隔着雨淋淋的车窗，隔着一层层无形的玻璃罩——无数的陌生人。人人都关在他们自己的小世界里，她撞破了头也撞不进去，她似乎是魔住了。忽然听见背后有脚步声，猜着是她母亲来了。便竭力定了一定神，不言语。她所祈求的母亲与她真正的母亲根本是两个人。

那人走到床前坐下了，一开口，却是徐太太的声音。徐太太劝道："六小姐，别伤心了，起来，起来，大热的天……"流苏撑着床勉强站了起来，道："姆子，我……我在这儿再也待不下去了。早就知道人家多嫌着我，就只差明说。今儿当面锣，对面鼓，发过话了，我可没有脸再住下去了！"徐太太扯她在床沿上一同坐下，悄悄的道："你也太老实了，不怪人家欺侮你，你哥哥们把你的钱盘来盘去盘光了！就养活你一辈子也是应该的。"流苏难得听见这几句公道话，且不问她是真心还是假意，先就从心里热起来，泪如雨下，道："谁叫我自己糊涂呢！就为了这几个钱，害得我要走也走不开。"徐太太道："年纪轻轻的人，不怕没有活路。"流苏道："有活路，我早走了！我又没念过两年书，肩不能挑，手不能提，我能做什么事？"徐太太道："找事，都是假的，还是找个人是真的。"流苏道："那怕不行，我这一辈子早完了。"徐太太道："这句话，只有有钱的人，不愁吃，不愁穿，才有资格说。没钱的人，要完也完不了哇！你就剃了头发当姑子去，化个缘罢，也还是尘缘——离不了人！"流苏低头不语。徐太太道："你这件事，早两年托了我，又要好些。"流苏微微一笑道："可不是，我已经二十八了。"徐太太道："放着你这样好的人才，二十八也不算什么，我替你留心着。说着我又要怪你了，离了婚七八年了，你早点儿拿定了主意，远走高飞，少受多少气！"流苏道："婶子你又不是不知道，像我们这样的家庭，哪儿肯放我们出去交际？倚仗着家里人罢，别说他们根本不赞成，就是赞成了，我底下还有两个妹妹没出阁，三哥四哥的几个女孩子也渐渐的长大了，张罗她们还来不及呢！还顾得到我？"

徐太太笑道："提起你妹妹，我还等着他们的回话呢。"流苏道："七妹的事，有希望么？"徐太太道："说得有几分眉目了。刚才我有意的让娘儿们自己商议商议，我说我上去瞧瞧六小姐就来；现在可该下去了。你送我下去，成不成？"流苏只得扶着徐太太下楼，楼梯又旧，徐太太又胖，走得吱吱格格一片响。到了堂屋里，流苏欲待开灯，徐太太道："不用了，看得见。他们就在东厢房里。你跟我来，大家说说笑笑，事情也就过去了，不然，明儿吃饭的时候免不了要见面的，反而僵得慌。"流苏听不得"吃饭"这两个字，心里一阵刺痛，哽着嗓子，强笑道："多谢婶子——可是我这会子身子有点不舒服，实在不能够见人，只怕失魂落魄的，说话闯了祸，反而辜负了您待我的一片心。"徐太太见流苏一定不肯，也就罢了，自己推门进去。

门掩上了，堂屋里暗着，门的上端的玻璃格子里透进两方黄色的灯光，落在青砖地上。朦胧中可以看见堂屋里顺着墙高高下下堆着一排书箱，紫檀匣子，刻着绿泥款识。正中天然几上，玻璃罩子里，搁着珐琅自鸣钟，机括早坏了，停了多年。两旁垂着朱红对联，闪着金色寿字团花，一朵花托住一个墨汁淋漓的大字。在微光里，一个个的字都像浮在半空中，离着纸老远。流苏觉得自己就是对联上的一个字，虚飘飘的，不落实地。白公馆有这么一点像神仙的洞府：这里悠悠忽忽过了一天，世上已经过了一千年。可是这里过了一千年，也同一天差不多，因为每天都是一样的单调与无聊。流苏交叉着胳膊，抱住她自己的颈项。七八年一霎眼就过去了。你年青么？不要紧，过两年就老了，这里，青春是不希罕的。他们有的是青春——孩子一个个的被生出来，新的明亮的眼睛，新的红嫩的嘴，新的智慧。一年又一年的磨下来，眼睛钝了，人钝了，下一代又生出来了。这一代便被吸收到朱红洒金的辉煌的背景里去，一点一点的淡金便是从前的人的怯怯的眼睛。

　　流苏突然叫了一声，掩住自己的眼睛，跌跌冲冲往楼上爬，往楼上爬……上了楼，到了她自己的屋子里，她开了灯，扑在穿衣镜上，端详她自己。还好，她还不怎么老。她那一类的娇小的身躯是最不显老的一种，永远是纤瘦的腰，孩子似的萌芽的乳。她的脸，从前是白得像瓷，现在由瓷变为玉——半透明的轻青的玉。上颔起初是圆的，近年来渐渐的尖了，越显得那小小的脸，小得可爱。脸庞原是相当的窄，可是眉心很宽。一双娇滴滴，滴滴娇的清水眼。洋台上，四爷又拉起胡琴来了，依着那抑扬顿挫的调子，流苏不由得偏着头，微微飞了个眼风，做了个手势。她对镜子这一表演，那胡琴听上去便不是胡琴，而是笙箫琴瑟奏着幽沉的庙堂舞曲。她向左走了几步，又向右走了几步，她走一步路都仿佛是合着失了传的古代音乐的节拍。她忽然笑了——阴阴的，不怀好意的一笑，那音乐便戛然而止。外面的胡琴继续拉下去，可是胡琴诉说的是一些辽远的忠孝节义的故事，不与她相关了。

　　这时候，四爷一个人躲在那里拉胡琴，却是因为他自己知道楼下的家庭会议中没有他置喙的余地。徐太太走了之后，白公馆里少不得将她的建议加以研究和分析。徐太太打算替宝络做媒说给一个姓范的，那人最近和徐先生在矿务上有相当密切的联络，徐太太对于他的家世一向就很熟悉，认为绝对可靠。那范柳原的父亲是一个著名的华侨，有不少的产业分布在锡兰、马来西亚等处。范柳原今年三十二岁，父母双亡。白家众人质问徐太太，何以这样的一个标准夫婿到现在还是独身的，徐太太告诉他们，范柳原从英国回来的时候，无数的太太们紧扯白脸地把女儿送上门来，硬要挜给他，勾心斗角，各显神通，大大热闹过一番。这一捧却把他捧坏了，从此他把女人看成他脚底下的泥。由于幼年时代的特殊环境，他脾气本来就有点怪僻。他父母的结合是非正式的，他父亲一次出洋考察，在伦敦结识了一个华侨交际花，两人秘密地结了婚。原籍的太太也有点风闻。因为惧怕太太的报复，那二夫人始终不敢回国，范柳原就是在英国长大的。他父亲故世以后，虽然大太太有两个女儿，范柳原要在法律上确定他的身份，却有种种棘手之处。他孤身流落在英伦，很吃过一些苦，然后方才获得了继承权。至今范家的族人还对他抱着仇视的态度，因此他总是住在上海的时候多，轻易不回广州老宅里去。他年纪轻的时候受了些刺激，渐渐的就往放浪的一条路上走，嫖赌吃着，样样都来，独独无意于家庭幸福。白四奶奶就说："这样的人，想必喜欢是存心挑剔。我们七妹是庶出的只怕人家看不上眼。放着这么一门好亲戚，怪可惜了儿的！"三爷道："他自己也是庶出。"四奶奶道："可是人家多厉害呀，就凭我们七丫头那股子傻劲儿，还指望拿得住他？倒是我那个大女孩机灵些，别瞧她，人小心不小，真识大体！"三奶奶道："那似乎年岁差得太多了。"四奶奶道："哟！你不知道，越是那种人，越是喜欢那年纪轻的。我那个大的若是不成，还有二的呢。"三奶奶笑道："你那个二的比姓范的小二十岁。"四奶奶悄悄扯了她一把，正颜厉色的道："三嫂，你别那么糊涂！你护着七丫头，她是白家什么人？隔了一层娘肚皮，就差远了。嫁了过去，谁也别想在她身上得点什么好处！我这都是为了大家的好。"然而白老太太一心一意只怕亲戚议论她亏待了没娘的七小姐，决定照原来的计划，由徐太太择日请客，把宝络介绍给范柳原。

徐太太双管齐下，同时又替流苏物色到一个姓姜的，在海关里做事，新故了太太，丢下了五个孩子，急等着续弦，徐太太主张先忙完了宝络，再替流苏撮合，因为范柳原不久就要上新加坡去了。白公馆里对于流苏的再嫁，根本就拿它当一个笑话，只是为了要打发她出门，没奈何，只索不闻不问，由着徐太太闹去。为了宝络这头亲，却忙得鸦飞雀乱，人仰马翻。一样是两个女儿，一方面如火如荼，一方面冷冷清清，相形之下，委实使人难堪。白老太太将全家的金珠细软，尽情搜括出来，能够放在宝络身上的都放在宝络身上。三房里的女孩子过生日的时候，干娘给的一件蕾丝衣料，也被老太太逼着三奶奶拿了出来，替宝络制了旗袍。老太太自己历年攒下的私房，以皮货居多，暑天里又不能穿着皮子，只得典质了一件貂皮大袄，用那笔款子去把几件首饰改镶了时新款式。珍珠耳坠子、翠玉手镯、绿宝戒指，自不必说，务必把宝络打扮得花团锦簇。

到了那天，老太太、三爷、三奶奶、四爷、四奶奶自然都是要去的。宝络辗转听到四奶奶的阴谋，心里着实恼着她，执意不肯和四奶奶的两个女儿同时出场，又不好意思说不要她们，便下死劲拖流苏一同去。一部出差汽车黑压压坐了七个人，委实再挤不下了，四奶奶的女儿金枝金蝉便惨遭淘汰。他们是下午五点钟出发的，到晚上十一点方才回家。金枝金蝉哪里放得下心，睡得着觉？眼睁睁盼着他们回来了，却又是大伙儿哑口无言。宝络沉着脸走到老太太房里，一阵风把所有的插戴全剥了下来，还了老太太，一言不发回房去了。金枝金蝉把四奶奶拖到洋台上，一叠连声追问怎么了。四奶奶怒道："也没有看见像你们这样的女孩子家，又不是你自己相亲，要你这样热辣辣的！"三奶奶跟了出来，柔声缓气说道："你这话，别让人家多了心去！"四奶奶索性冲着流苏的房间嚷道："我就是指桑骂槐，骂了她了，又怎么着？又不是千年万代没见过男子汉，怎么一闻见生人气，就痰迷心窍，发了疯了？"金枝金蝉被她骂得摸不着头脑，三奶奶做好做歹稳住了她们的娘，又告诉她们道："我们先去看电影。"金枝诧异道："看电影？"三奶奶道："可不是透着奇怪，专为看人去的，倒去坐在黑影子里，什么也瞧不见。后来徐太太告诉我说都是那范先生的主张，他在那里掏坏呢。他要把人家搁个两三个钟头，脸上出了油，胭脂花粉褪了色，他可以看得亲切些。那是徐太太的猜想。据我看来，那姓范的始终就没有诚意。他要看电影，就为着懒得跟我们应酬。看完了戏，他不是就想溜么？"四奶奶忍不住插嘴道："哪儿的话，今儿的事，一上来挺好的，要不是我们自己窝儿里的人在里头捣乱，准有个七八成！"金枝、金蝉齐声道："三妈，后来呢？后来呢？"三奶奶道："后来徐太太拉住了他，要大家一块儿去吃饭。他就说他请客。"四奶奶拍手道："吃饭就吃饭，明知我们七小姐不会跳舞，上跳舞场去干坐着，算什么？不是我说，这就要怪三哥了，他也是外面跑跑的人，听见姓范的吩咐汽车夫上舞场去，也不拦一声！"三奶奶忙道："上海这么多的饭店，他怎么知道哪一个饭店有跳舞，哪一个饭店没有跳舞？他可比不得四爷是个闲人哪，他没那么多的工夫去调查这个！"金枝、金蝉还要打听此后的发展，三奶奶给四奶奶几次一打岔，兴致索然。只道："后来就吃饭，吃了饭，就回来了。"

金蝉道:"那范柳原是怎样的一个人?"三奶奶道:"我哪儿知道?统共没听见他说过三句话。"又寻思了一会,道:"跳舞跳得不错罢!"金枝咦了一声道:"他跟谁跳来着?"四奶奶抢先答道:"还有谁,还不是你那六姑!我们诗礼人家,不准学跳舞的,就只她结婚之后跟她那不成材的姑爷学会了这一手!好不害臊,人家问你,说不会跳不就结了?不会也不是丢脸的事。像你三妈,像我,都是大户人家的小姐,活过这半辈子了,什么世面没见过?我们就不会跳!"三奶奶叹了口气道:"跳了一次,说是敷衍人家的面子,还跳第二次,第三次!"金枝金蝉听到这里,不禁张口结舌。四奶奶又向那边喃喃骂道:"猪油蒙了心,你若是以为你破坏了你妹子的事,你就有指望了,我叫你早早的歇了这个念头!人家连多少小姐都看不上眼呢,他会要你这败柳残花?"

流苏和宝络住着一间屋子,宝络已经上床睡了,流苏蹲在地下摸着黑点蚊香,洋台上的话听得清清楚楚,可是她这一次却非常的镇静,擦亮了洋火,眼看着它烧过去,火红的小小三角旗,在它自己的风中摇摆着,移,移到她手指边,她噗的一声吹灭了它,只剩下一截红艳的小旗杆,旗杆也枯萎了,垂下灰白蜷曲的鬼影子。她把烧焦的火柴丢在盘子里。今天的事,她不是有意的,但无论如何,她给了她们一点颜色看看。她们以为她这一辈子已经完了么?早哩!她微笑着。宝络心里一定也在骂她,骂得比四奶奶的话还要难听。可是她知道宝络恨虽恨她,同时也对她刮目相看,肃然起敬。一个女人,再好些,得不着异性的爱,也就得不着同性的尊重。女人们就是这点贱。

范柳原真心喜欢她么?那倒也不见得。他对她说的那些话,她一句也不相信。她看得出他是对女人说惯了谎的,她不能不当心——她是个六亲无靠的人,她只有她自己了。床架子上挂着她脱下来的月白蝉翼纱旗袍。她一歪身坐在地上,搂住了长袍的膝部,郑重地把脸偎在上面。蚊香的绿烟一蓬一蓬浮上来,直熏到脑子里去。她的眼睛里,眼泪闪着光。

隔了几天,徐太太又来到白公馆。四奶奶早就预言过:"我们六姑奶奶这样的胡闹,眼见得七丫头的事是吹了。徐太太岂有不恼的?徐太太怪了六姑奶奶,还肯替她介绍人么?这叫做偷鸡不着蚀把米。"徐太太果然不像先前那么一盆火似的了,远兜远转先解释她这两天为什么没上门。家里老爷有要事上香港去接洽,如果一切顺利,就打算在香港租下房子,住个一年半载的,所以她这两天忙着打点行李,预备陪他一同去。至于宝络的那件事,姓范的已经不在上海了,暂时只得搁一搁。流苏的可能的对象姓姜的,徐太太打听了出来,原来他在外面有了人,若要拆开,还有点麻烦。据徐太太看来,这种人不甚可靠,还是算了罢。三奶奶四奶奶听了这话,彼此使了个眼色,撇着嘴笑了一笑。

徐太太接下去攒眉说道:"我们的那一位,在香港倒有不少的朋友,就可惜远水救不着近火……六小姐若是能够到那边去走一趟,倒许有很多的机会。这两年,上海人在香港的,真可以说是人才济济。上海人自然是喜欢上海人,所以同乡的小姐们在那边听说是很受欢迎。六小姐去了，还愁没有相当的人？真可以抓起一把来拣拣！"众人觉得徐太太真是善于辞令。前两天轰轰烈烈闹着做媒，忽然消火灭了，自己不得下场，便故作遁辞，说两句风凉话，白老太太便叹了口气道："到香港去一趟，谈何容易！单讲——"不料徐太太很爽快的一口剪断了她的话道："六小姐若是愿意去，我请她，我答应帮她忙，就得帮到底。"大家不禁面面相觑，连流苏都怔住了。她估计着徐太太当初自告奋勇替她做媒，想必倒是一时仗义，真心同情她的境遇。为了她跑跑腿寻寻门路，治一桌酒席请请那姓姜的，这点交情是有的。但是出盘缠带她到香港去，那可是所费不赀。为什么徐太太凭空的要在她身上花这些钱？世上的好人虽多，可没有多少傻子愿意在银钱上做好人。徐太太一定是有背景的，难不成是那范柳原的诡计？徐太太曾经说过她丈夫与范柳原在营业上有密切接触，夫妇两个大约是很热心地捧着范柳原。牺牲一个不相干的孤苦的亲戚来巴结他，也是可能的事。流苏在这里胡思乱想着，白老太太便道："那可不成呀，总不能让您——"徐太太打了个哈哈道："没关系，这点小东，我还做得起！再说，我还指望着六小姐帮我的忙呢。我拖着两个孩子，血压又高，累不得，路上有了她，凡事也有个照应。我是不拿她当外人的，以后还要她多多的费神呢！"白老太太忙代流苏客气一番。徐太太掉过头来，单刀直入的问道："那么六小姐，你一准跟我们跑一趟罢！就算是逛逛，也值得。"流苏低下头去，微笑道："您待我太好了。"她迅速地盘算了一下，姓姜的那件事是无望的，以后即使有人替她做媒，也不过和那姓姜的不相上下，也许还不如他。流苏的父亲是一个有名的赌徒，为了赌而倾家荡产，第一个领着他们往破落户的路上走。流苏的手没有沾过骨牌和骰子，然而她也是喜欢赌的，她决定用她的前途来下注。如果她输了，她声名扫地，没有资格做五个孩子的后母。如果赌赢了，她可以得到家人虎视眈眈的目的物范柳原，出净她胸中这一口气。

　　她答应了徐太太，徐太太在一星期内就要动身。流苏便忙着整理行装。虽说家无长物，根本没有什么可整理的，却也乱了几天。变卖了几件零碎东西，添制了几套衣服。徐太太在百忙中还腾出时间来替她做顾问。徐太太这样的笼络流苏，被白公馆里的人看在眼里，渐渐的也就对流苏发生了新的兴趣，除了怀疑她之外，又存了三分顾忌，背后叽叽咕咕议论着，当面却不那么指着脸子骂了，偶然也还叫声"六妹"、"六姑"、"六小姐"，只怕她当真嫁到香港的阔人，衣锦荣归，大家总得留个见面的余地，不犯着得罪她。

　　徐太太徐先生带着孩子一同乘车来接了她上船，坐的是一只荷兰船的头等舱。船小，颠簸得厉害，徐先生徐太太一上船便双双睡倒，吐个不休，旁边儿啼女哭，流苏倒着实服侍了他们好几天。好容易船靠了岸，她方才有机会到甲板上看看海景，那是个火辣辣的下午，望过去最触目的便是码头上围列着的巨型广告牌，红的、橘红的、粉红的，倒映在绿油油的海水里，一条条，一抹抹刺激性的犯冲的色素，窜上落下，在水底下厮杀得异常热闹。流苏想着，在这夸张的城市里，就是栽个跟斗，只怕也比别处痛些，心里不由得七上八下起来。忽然觉得有人奔过来抱住她的腿，差一点把她推了一跤，倒吃了一惊，再看原来是徐太太的孩子，连忙定了定神，过去助着徐太太照料一切，谁知那十来件行李与两个孩子，竟不肯被归着在一堆，行李齐了，一转眼又少了个孩子，流苏疲于奔命，也就不去看野眼了。

上了岸，叫了两部汽车到浅水湾饭店。那车驰出了闹市，翻山越岭，走了多时，一路只见黄土崖，红土崖，土崖缺口处露出森森绿树，露出蓝绿色的海。近了浅水湾，一样是土崖与丛林，却渐渐的明媚起来。许多游了山回来的人，乘车掠过他们的车，一汽车一汽车载满了花，风里吹落了零乱的笑声。

到了旅馆门前，却看不见旅馆在哪里。他们下了车，走上极宽的石级，到了花木萧疏的高台上，方见再高的地方有两幢黄色房子。徐先生早定下了房间，仆欧们领着他们沿着碎石小径走去，进了昏黄的饭厅，经过昏黄的穿堂，往二层楼上走，一转弯，有一扇门通着一个小洋台，搭着絮藤花架，晒着半壁斜阳。洋台上有两个人站着说话，只见一个女的，背向着他们，披着一头漆黑的长发直垂到脚踝上，脚踝上套着赤金扭麻花镯子，光着腿，底下看不仔细是否趿着拖鞋，上面微微露出一截印度式桃红皱裥窄脚裤。被那女人挡住的一个男子，却叫了一声："咦！徐太太！"便走了过来，向徐先生徐太太打招呼，又向流苏含笑点头。流苏见是范柳原，虽然早就料到这一着，一颗心依旧不免跳得厉害。洋台上的女人一闪就不见了。柳原伴着他们上楼。一路上大家仿佛他乡遇故知似的，不断的表示惊讶与愉快。那范柳原虽然够不上称做美男子，粗枝大叶的，也有他的一种风神。徐先生夫妇指挥着仆欧们搬行李，柳原与流苏走在前面，流苏含笑问道："范先生，你没有上新加坡去？"柳原轻轻的答道："我在这儿等着你呢。"流苏想不到他这样直爽，倒不便深究，只怕说穿了，不是徐太太请她上香港而是他请的，自己反而下不落台，因此只当他说玩话，向他笑了一笑。

柳原问知她的房间是一百三十号，便站住了脚道："到了。"仆欧拿钥匙开了门，流苏一进门便不由得向窗口笔直走过去，那整个的房间像暗黄的画框，镶着窗子里一幅大画。那澎湃的海涛，直溅到窗帘上，把帘子的边缘都染蓝了。柳原向仆欧道："箱子就放在橱跟前。"流苏听他说话的声音就在耳根子底下，不觉震了一震，回过脸来，只见仆欧已经出去了，房门却没有关上。柳原倚着窗台，伸出一只手来撑在窗格子上，挡住了她的视线，只管望着她微笑。流苏低下头去。柳原笑道："你知道么？你的特长是低头。"流苏抬头笑道："什么？我不懂。"柳原道："有人善于说话，有的人善于笑，有的人善于管家，你是善于低头的。"流苏道："我什么都不会，我是顶无用的人。"柳原笑道："无用的女人是最最厉害的女人。"流苏笑着走开了道："不跟你说了，到隔壁去看看罢。"柳原道："隔壁？我的房还是徐太太的房？"流苏又震了一震道："你就住在隔壁？"柳原已经替她开了门道："我屋里乱七八糟的，不能见人。"

他敲了一敲一百三十一号的门，徐太太开着门放他们进来道："在我们这边吃茶罢，我们有个起坐间。"便揿铃叫了几客茶点。徐先生从卧室里走了出来道："我打了个电话给老朱，他闹着要接风，请我们大伙儿上香港饭店。就是今天。"又向柳原道："连你在内。"徐太太道："你真有兴致，晕了几天的船，还不趁早歇歇？今儿晚上,算了罢。"柳原笑道:"香港饭店,是我所见过的顶古板的舞场。建筑、灯光、布置、乐队,都是老英国式,四五十年前顶时髦的玩意儿,现在可不够刺激了。实在没有什么可看的,除非是那些怪模怪样的西崽,大热的天,仿着北方人穿着扎脚——"流苏道:"为什么?"柳原道:"中国情调呀!"徐先生笑道:"既然来到此地,总得去看看。就委屈你做做陪客罢!"柳原笑道:"我可不能说准,别等我。"流苏见他不像要去的神气,徐先生并不是常跑舞场的人,难得这么高兴,似乎是认真要替她介绍朋友似的,心里倒又疑惑起来。

然而那天晚上,香港饭店里为他们接风一班人,都是成双捉对的老爷太太,几个单身男子都是二十岁左右的年轻人。流苏正跳着舞,范柳原忽然出现了,把她从另一个男子手里接了过来,在那荔枝红的灯光里,她看不清他的黝暗的脸,只觉得他异常沉默。流苏笑道:"怎么不说话呀?"柳原笑道:"可以当着人说的话,我完全说完了。"流苏噗哧一笑道:"鬼鬼祟祟的有什么背人的话?"柳原道:"有些傻话,不但是要背着人说,还得背着自己。让自己听了也怪难为情的。譬如说,我爱你,我一辈子都爱你。"流苏别过头去,轻轻啐了一声道:"偏有这些废话!"柳原道:"不说话又怪我不说话了,说话,又嫌唠叨!"流苏笑道:"我问你,你为什么不愿意我上跳舞场去?"柳原道:"一般的男人,喜欢把女人教坏了,又喜欢去感化坏女人,使她变为好女人。我可不像那么没事找事做。我认为好女人还是老实些的好。"流苏瞟了他一眼道:"你以为你跟别人不同么?我看你也是一样的自私。"柳原笑道:"怎样自私?"流苏心里想着:"你最高明的理想是一个冰清玉洁而又富于挑逗性的女人。冰清玉洁,是对于他人。挑逗,是对于你自己。如果我是一个彻底的好女人,你根本就不会注意到我!"她向他偏着头笑道:"你要我在旁人面前做一个好女人,在你面前做一个坏女人。"柳原想了一想道:"不懂。"流苏又解释道:"你要我对别人坏,独独对你好。"柳原笑道:"怎么又颠倒过来了?越发把人家搞糊涂了!"他又沉吟了一会道:"你这话不对。"流苏笑道:"哦,你懂了。"柳原道:"你好也罢,坏也罢,我不要你改变。难得碰见像你这样的一个真正的中国女人。"流苏微微叹了一口气道:"我不过是一个过了时的人罢了。"柳原道:"真正的中国女人是世界上最美的,永远不会过了时。"流苏笑道:"像你这样的一个新派人——"柳原道:"你说新派,大约就是指的洋派。我的确不能算一个真正的中国人,直到最近几年才渐渐的中国化起来。可是你知道,中国化的外国人,顽固起来,比任何老秀才都要顽固。"流苏笑道:"你也顽固,我也顽固。你说过的,香港饭店又是最顽固的跳舞场……"他们同声笑了起来,音乐恰巧停了。柳原扶着她回到座上,对众人笑道:"白小姐有些头痛,我先送她回去罢。"流苏没提防他有这一着,一时想不起怎样对付,又不愿意得罪他,因为交情还不够深,没有到吵嘴的程度,只得由他替她披上外衣,向众人道了歉,一同走了出来。

迎面遇见一群洋绅士,众星捧月一般簇拥着一个女人。流苏先就注意到那人的漆黑的长发,结成双股大辫,高高盘在头上。那印度女人,这一次虽然是西式装束,依旧带着浓厚的东方色彩。玄色轻纱氅底下,她穿着金鱼黄紧身长衣,盖住了手,只露出晶亮的指甲。领口挖成极狭的 V 形，直开到腰际，那是巴黎最新的款式，有个名式，唤做"一线天"。她的脸色黄而油润，像飞了金的观音菩萨，然而她的影沉沉的大眼睛里躲着妖魔。古典型的直鼻子，只是太尖，太薄一点。粉红的厚重的小嘴唇，仿佛肿着似的。柳原站住了脚，向她微微鞠了一躬。流苏在那里看她，她也昂然望着流苏，那一双骄矜的眼睛，如同隔着几千里地，远远的向人望过来。柳原便介绍道："这是白小姐。这是萨黑荑妮公主。"流苏不觉肃然起敬。萨黑荑妮伸出一只手来，用指尖碰了一碰流苏的手，问柳原道："这位白小姐，也是上海来的？"柳原点点头。萨黑荑妮微笑道："她倒不像上海人。"柳原笑道："像哪儿的人呢？"萨黑荑妮把一只食指按在腮帮子上，想了一想，翘着十指尖尖，仿佛是要形容而又形容不出的样子，耸肩笑了一笑，往里走去。柳原扶着流苏继续往外走，流苏虽然听不大懂英文，鉴貌辨色，也就明白了，便笑道："我原是个乡下人。"柳原道："我刚才对你说过了，你是个道地的中国人，那自然跟她所谓的上海人有点不同。"

他们上了车，柳原又道："你别看她架子搭得十足。她在外面招摇，说是克力希纳·柯兰姆帕王公的亲生女，只因王妃失宠，赐了死，她也就被放逐了，一直流浪着，不能回国。其实，不能回国倒是真的，其余的，可没有人能够证实。"流苏道："她到上海去过么？"柳原道："人家在上海也是很有名的。后来她跟着一个英国人上香港来。你看见她背后那个老头子么？现在就是他养活着她。"流苏笑道："你们男人就是这样。当面何尝不奉承着她，背后就说得她一个钱不值。像我这样一个穷遗老的女儿，身份还不及她高的人，不知道你对别人怎样的说我呢！"柳原笑道："谁敢一口气把你们两人的名字说在一起？"流苏撇了撇嘴道："也许因为她的名字太长了。一口气念不完。"柳原道："你放心。你是什么样的人，我就拿你当什么样的人看待，准没错。"流苏做出安心的样子，向车窗上一靠，低声道："真的？"他这句话，似乎并不是挖苦她的，因为她渐渐发觉了，他们单独在一起的时候，他总是斯斯文文的，君子人模样。不知道为什么，他背着人这样稳重，当众却喜欢放肆。她一时摸不清那到底是他的怪脾气，还是他另有作用。

到了浅水湾，他搀着她下车，指着汽车道旁郁郁的丛林道："你看那种树，是南边的特产。英国人叫它'野火花'。"流苏道："是红的么？"柳原道："红！"黑夜里，她看不出那红色，然而她直觉地知道它是红得不能再红了，红得不可收拾，一蓬蓬一蓬蓬的小花，窝在参天大树上，壁栗剥落燃烧着，一路烧过去；把那紫蓝的天也熏红了。她仰着脸望上去。柳原道："广东人叫它'影树'，你看这叶子。"叶子像凤尾草，一阵风过，那轻纤的黑色剪影零零落落颤动着，耳边恍惚听见一串小小的音符，不成腔，像檐前铁马的叮当。

柳原道："我们到那边去走走。"流苏不作声。他走，她就缓缓的跟了过去。时间横竖还早，路上散步的人多着呢——没关系。从浅水湾饭店过去一截子路，空中飞跨着一座桥梁，桥那边是山，桥这边是一堵灰砖砌成的墙壁，拦住了这边的山。柳原靠在墙上，流苏也就靠在墙上，一眼看上去，那堵墙极高极高，望不见边。墙是冷而粗糙，死的颜色。她的脸，托在墙上，反衬着，也变了样——红嘴唇、水眼睛、有血、有肉、有思想的一张脸。柳原看着她道："这堵墙，不知为什么使我想起地老天荒那一类的话。……有一天，我们的文明整个的毁掉了，什么都完了——烧完了、炸完了、坍完了，也许还剩下这堵墙。流苏，如果我们那时候在这墙根底下遇见了……流苏，也许你会对我有一点真心，也许我会对你有一点真心。"

流苏嗔道："你自己承认你爱装假，可别拉扯上我！你几时捉出我说谎来着？"柳原嗤的一笑道："不错，你是再天真也没有的一个人。"流苏道："得了，别哄我了！"

柳原静了半晌，叹了口气。流苏道："你有什么不称心的事？"柳原道："多着呢。"流苏叹道："若是像你这样自由自在的人，也要怨命，像我这样的，早就该上吊了。"柳原道："我知道你是不快乐的。我们四周的那些坏事、坏人，你一定是看够了。可是，如果你这是第一次看见他们，你一定更看不惯，更难受。我就是这样，我回中国来的时候，已经二十四了。关于我的家乡，我做了好些梦。你可以想象到我是多么的失望。我受不了这个打击，不由自主的就往下溜。你……你如果认识从前的我，也许你会原谅现在的我。"流苏试着想象她是第一次看见她四嫂。她猛然叫道："还是那样的好，初次瞧见，再坏些，再脏些，是你外面的人。你外面的东西。你若是混在那里头长久了，你怎么分得清，哪一部分是他们，哪一部分是你自己？"柳原默然，隔了一会方道："也许你是对的。也许我这些话无非是借口，自己糊弄自己。"他突然笑了起来道："其实我用不着什么借口呀！我爱玩——我有这个钱，有这个时间，还得去找别的理由？"他思索了一会，又烦躁起来，向她说道："我自己也不懂得我自己——可是我要你懂得我！我要你懂得我！"他嘴里这么说着，心里早已绝望了，然而他还是固执地，哀恳似的说着："我要你懂得我！"

流苏愿意试试看。在某种范围内，她什么都愿意。她侧过脸去向着他，小声答应着："我懂得，我懂得。"她安慰着他，然而她不由得想到了她自己的月光中的脸，那娇脆的轮廓，眉与眼，美得不近情理，美得渺茫，她缓缓垂下头去。柳原格格的笑了起来，他换了一副声调，笑道："是的，别忘了，你的特长是低头。可是也有人说，只有十来岁的女孩子们适宜于低头。适宜于低头的，往往一来就喜欢低头。低了多年的头，颈子上也许要起皱纹的。"流苏变了脸，不禁抬起手来抚摸她的脖子，柳原笑道："别着急，你决不会有的。待会儿回前房里去，没有人的时候，你再解开衣领上的扣子，看个明白。"流苏不答，掉转身就走，柳原追了上去，笑道："我告诉你为什么你保得住你的美。萨黑荑妮上次说：她不敢结婚，因为印度女人一闲下来，待在家里，整天坐着，就发胖了。我就说：中国女人呢，光是坐着，连发胖都不肯发胖——因为发胖至少还需要一点精力。懒倒也有懒的好处！"

流苏只是不理他，他一路陪着小心，低声下气，说说笑笑，她到了旅馆里，面色方才和缓下来，两人也就各自归房安置。流苏自己忖量着，原来范柳原是讲究精神恋爱的。她倒也赞成，因为精神恋爱的结果永远是结婚，而肉体之爱往往就停顿在某一阶段，很少结婚的希望，精神恋爱只有一个毛病：在恋爱过程中，女人往往听不懂男人的话。然而那倒也没有多大关系。后来总还是结婚、找房子、置家具、雇佣人——

那些事上，女人可比男人在行得多。她这么一想，今天这点小误会，也就不放在心上。

　　第二天早晨，她听徐太太屋里鸦雀无声，知道她一定起来得很晚。徐太太仿佛说过的，这里的规矩，早餐叫到屋里来吃，另外要付费，还要给小账，因此流苏决定替人家节省一点，到食堂里去吃。她梳洗完了，刚跨出房门，一个候守在外面的仆欧，看见了她，便去敲范柳原的门。柳原立刻走了出来，笑道："一块儿吃早饭去。"一面走，他一面问道："徐先生徐太太还没升帐？"流苏笑道："昨儿他们玩得太累了罢！我没听见他们回来，想必一定是近天亮。"他们在餐室外面的走廊上拣了个桌子坐下。石栏杆外生着高大的棕榈树，那丝丝缕缕披散着的叶子在太阳光里微微发抖，像光亮的喷泉。树底下也有喷水池子，可没有那么伟丽。柳原问道："徐太太他们今天打算怎么玩？"流苏道："听说是要找房子去。"柳原道："他们找他们的房子，我们玩我们的。你喜欢到海滩上去还是到城里去看看？"流苏前一天下午已经用望远镜看了看附近的海滩，红男绿女，果然热闹非凡，只是行动太自由了一点，她不免略具戒心，因此便提议进城去。他们赶上了一辆旅馆里特备的公共汽车，到了市中心区。

　　柳原带她到大中华去吃饭。流苏一听，仆欧们是说上海话的，四座也是乡音盈耳，不觉诧异道："这是上海馆子？"柳原笑道："你不想家么？"流苏笑道："可是……专诚到香港来吃上海菜，总似乎有点傻。"柳原道："跟你在一起，我就喜欢做各种的傻事。甚至于乘着电车兜圈子，看一场看过了两次的电影……"流苏道："因为你被我传染上了傻气，是不是？"柳原笑道："你爱怎么解释，就怎么解释。"

　　吃完了饭，柳原举起玻璃杯来将里面剩下的茶一饮而尽，高高的擎着那玻璃杯，只管向里看着。流苏道："有什么可看的，也让我看看。"柳原道："你迎着亮瞧瞧，里头的景致使我想起马来的森林。"杯里的残茶向一边倾过来，绿色的茶叶黏在玻璃上，横斜有致，迎着光，看上去像一棵生生的芭蕉。底下堆积着的茶叶，蟠结错杂，就像没膝的蔓草和蓬蒿。流苏凑在上面看，柳原就探身来指点着。隔着那绿阴阴的玻璃杯，流苏忽然觉得他的一双眼睛似笑非笑的瞅着她，她放下了杯子，笑了。柳原道："我陪你到马来亚去。"流苏道："做什么？"柳原道："回到自然。"他转念一想，又道："只是一件，我不能想象你穿着旗袍在森林里跑。……不过我也不能想象你不穿着旗袍。"流苏连忙沉下脸来道："少胡说。"柳原道："我这是正经话。我第一次看见你，就觉得你不应当光着膀子穿这种时髦的长背心，不过你也不应当穿西装。满洲的旗袍，也许倒合适一点，可是线条又太硬。"流苏道："总之，人长得难看，怎么打扮着也不顺眼！"柳原笑道："别又误会了，我的意思是：你看上去不像这世界上的人。你有许多小动作，有一种罗曼蒂克的气氛，很像唱京戏。"流苏抬起了眉毛，冷笑道："唱戏，我一个人也唱不成呀！我何尝爱做作——这也是逼上梁山。人家跟我要心眼儿，我不跟人家要心眼儿，人家还拿我当傻子呢，准得找着我欺侮！"柳原听了这话，倒有点黯然，他举起了空杯，试着喝了一口，又放下了，叹道："是的，都怪我。我装惯了假，也是因为人人都对我装假。只有对你，我说过句把真话，你听不出来。"流苏道："我又不是你肚里的蛔虫。"柳原道："是的，都怪我。可是我的确为你费了不少的心机。在上海第一次遇见你,我想着,离开了你家里那些人,你也许会自然一点。好容易盼着你到了香港……现在,我又想把你带到马来亚,到原始人的森林里去……"他笑他自己,声音又哑又涩,不等笑完他就喊仆欧拿账单来。他们付了账出来,他已经恢复原状,又开始他的上等的情调——顶文雅的一种。

他每天伴着她到处跑,什么都玩到了,电影、广东戏、赌场、格罗士打饭店、思豪酒店、青鸟咖啡馆、印度绸缎庄、九龙的四川菜……晚上他们常常出去散步,直到深夜,她自己都不能够相信,他连她的手都难得碰一碰。她总是提心吊胆,怕他突然摘下假面具,对她做冷不防的袭击,然而一天又一天的过去了,他维持着他的君子风度,她如临大敌,结果毫无动静。她起初倒觉得不安,仿佛下楼梯的时候踏空了一级似的,心里异常怔忡,后来也就惯了。

只有一次,在海滩上。这时候流苏对柳原多了一层认识,觉得到海边上去去也无妨,因此他们到那里去消磨了一个上午,他们并排坐在沙上,可是一个面朝东,一个面朝西,流苏嚷有蚊子。柳原道:"不是蚊子,是一种小虫,叫沙蝇,咬一口,就是个小红点,像朱砂痣。"流苏又道:"这太阳真受不了。"柳原道:"稍微晒一会儿,我们可以到凉棚底下去,我在那边租了一个棚。"那口渴的太阳汩汩地吸着海水,漱着、吐着,哗哗的响,人身上的水分全给它喝干了,人成了金色的枯叶子,轻飘飘的。流苏渐渐感到那怪异的眩晕与愉快,但是她忍不住又叫了起来:"蚊子咬!"她扭过头去,一巴掌打在她裸露的背脊上。柳原笑道:"这样好吃力。我来替你打罢,你来替我打。"流苏果然留心着,照准他臂上打去,叫道:"哎呀,让它跑了!"柳原也替她留心着。两人噼噼啪啪打着,笑成一片。流苏突然被得罪了,站起身来往旅馆里走,柳原这一次并没有跟上来。流苏走到树阴里,两座芦席棚之间的石径上,停了下来,抖一抖短裙子上的沙,回头一看,柳原还在原处,仰天躺着,两手垫在颈项底下,显然是又在那里做着太阳里的梦了,人又晒成了金叶子。流苏回到了旅馆里,又从窗户里用望远镜望出来,这一次,他的身边躺着一个女人,辫子盘在头上。就把那萨黑荑妮烧了灰,流苏也认识她。

从这天起柳原整日价的和萨黑荑妮厮混着,他大约是下了决心把流苏冷一冷。流苏本来天天出去惯了,忽然闲了下来,在徐太太面前交代不出理由,只得伤了风,在屋里坐了两天。幸喜天公识趣,又下起缠绵雨来,越发有了借口,用不着出门。有一天下午,她打着伞在旅舍的花园里兜了个圈子回来,天渐渐黑了,约摸徐太太他们看房子也该回来了,她便坐在廊檐上等候他们,将那把鲜明的油纸伞撑开了横搁在阑干上,遮住了脸。那伞是粉红地子,石绿的荷叶图案,水珠一滴滴从筋纹下滑下来。那雨下得大了。雨中有汽车泼喇泼喇行驶的声音,一群男女嘻嘻哈哈推着挽着上阶来,打头的便是范柳原。萨黑荑妮被他挽着,却是够狼狈的,裸腿上溅了一点点的泥浆。她脱去了大草帽,便洒了一地的水。柳原瞥见流苏的伞,便在扶梯口上和萨黑荑妮说了几句话,萨黑荑妮单独上楼去了,柳原走了过来,掏出手绢子来不住的擦他身上脸上的水渍子。流苏和他不免寒暄了几句。柳原坐了下来道:"前两天听说有点不舒服?"流苏道:"不过是热伤风。"柳原道:"这天气真闷得慌。刚才我们到那个英国人的游艇上去野餐的,把船开到了青衣岛。"流苏顺口问问他青衣岛的景致。正说着,萨黑荑妮又下楼来了,已经换了印度装,兜着鹅黄披肩,长垂及地,披肩上是二寸来阔的银丝堆花镶滚。她也靠着阑干,远远的拣了个桌子坐下,一只手闲闲搁在椅背上,指甲上涂着银色蔻丹。流苏笑向柳原道:"你还不过去?"柳原笑道:"人家是有了主儿的人。"流苏道:"那老英国人,哪儿管得住她?"柳原笑道:"他管不住她,你却管得住我呢。"流苏抿着嘴笑道:"哟!我就是香港总督,香港的城隍爷,管这一方的百姓,我也管不到你头上呀!"柳原摇摇头道:"一个不吃醋的女人,多少有点病态。"流苏噗哧一笑,隔了一会,流苏问道:"你看着我做什么?"柳原笑道:"我看你从今以后是不是预备待我好一点。"流苏道:"我待你好一点,坏一点,你又何尝放在心上?"柳原拍手道:"这还像句话!话音里仿佛有三分酸意。"流苏掌不住放声笑了起来道:"也没有看见你这样的人,死乞白赖的要人吃醋!"

　　两人当下言归于好,一同吃了晚饭。流苏表面上虽然和他热了些,心里却怙惙着:他使她吃醋,无非是用的激将法,逼着她自动的投到他的怀里去。她早不同他好,晚不同他好,偏拣这个当口和他好了,白牺牲了她自己,他一定不承情,只道她中了他的计。她做梦也休想他娶她。……很明显的,他要她,可是他不愿意娶她。然而她家里穷虽穷,也还是个望族,大家都是场面上的人,他担当不起这诱奸的罪名。因此他采取了那种光明正大的态度。她现在知道了,那完全是假撇清。他处处地方希图脱卸责任。以后她若是被抛弃了,她绝对没有谁可抱怨。

　　流苏一念及此,不觉咬了咬牙,恨了一声。面子上仍旧照常跟他敷衍着。徐太太已经在跑马地租下了房子,就要搬过去了。流苏欲待跟过去,又觉得白扰了人家一个多月,再要长住下去,实在不好意思。这样僵持下去,也不是事。进退两难,倒煞费踌躇。这一天,在深夜里,她已经上了床多时,只是翻来覆去,好容易朦胧了一会,床头的电话铃突然朗朗响了起来。她一听,却是柳原的声音,道:"我爱你。"就挂断了。流苏心跳得扑通扑通,握住了耳机,发了一会楞,方才轻轻的把它放回原处,谁知才搁上去,又是铃声大作。她再度拿起听筒,柳原在那边问道:"我忘了问你一声,你爱我么?"流苏咳嗽了一声再开口,喉咙还是沙哑的。她低声道:"你早该知道了,我为什么上香港来?"柳原叹道:"我早知道了,可是明摆着的是事实,我就是不肯相信。流苏,你不爱我。"流苏道:"怎见得我不?"柳原不语,良久方道:"诗经上有一首诗——"流苏忙道:"我不懂这些。"柳原不耐烦道:"知道你不懂,若你懂,也用不着我讲了!我念你听:'死生契阔——与子相悦,执子之手,与子偕老。'我的中文根本不行,可不知道解释得对不对。我看那是最悲哀的一首诗,生与死与离别,都是大事,不由我们支配的。比起外界的力量,我们人是多么小,多么小!可是我们偏要说:'我永远和你在一起;我们一生一世都别离开。'——好像我们自己做得了主似的!"

　　流苏沉思了半晌,不由得恼了起来道:"你干脆说不结婚,不就完了,还得绕着大弯子,什么做不了主?连我这样守旧的人家,也还说'初嫁从亲,再嫁从身哩!

你这样无拘无束的人,你自己不能做主,谁替你做主?"柳原冷冷的道:"你不爱我,你有什么办法,你做得了主么?"流苏道:"你若真爱我的话,你还顾得了这些?"柳原道:"我不至于那么糊涂,我犯不着花了钱娶一个对我毫无感情的人来管束我。那太不公平了。对于你那也不公平。噢,也许你不在乎。根本你以为婚姻就是长期的卖淫——"流苏不等他说完,拍的一声把耳机捯下了,脸气得通红。他敢这样侮辱她,他敢!她坐在床上,炎热的黑暗包着她像葡萄紫的绒毯子。一身的汗,痒痒的,颈上与背脊上的头发梢也刺恼得难受,她把两只手按在腮颊上,手心却是冰冷的。

铃又响了起来。她不去接电话,让它响去。"的玲玲……的玲玲……"声浪分外的震耳,在寂静的房间里,在寂静的旅舍里,在寂静的浅水湾。流苏突然觉悟了,她不能吵醒整个的浅水湾饭店。第一,徐太太就在隔壁。她战战兢兢拿起听筒来,搁在褥单上。可是四周太静了,虽是离了这么远,她也听得见柳原的声音在那里心平气和地说:"流苏,你的窗子里看得见月亮么?"流苏不知道为什么,忽然哽咽起来。泪眼中的月亮大而模糊,银色的,有着绿的光棱。柳原道:"我这边,窗子上面吊下一枝藤花,挡住了一半。也许是玫瑰,也许不是。"他不再说话了,可是电话始终没挂上。许久许久,流苏疑心他可是盹着了,然而那边终于扑秃一声,轻轻挂断了。流苏用颤抖的手从褥单上拿起她的听筒,放回架子上。她怕他第四次再打来,但是他没有。这都是一个梦——越想越像梦。

第二天早上她也不敢问他,因为他准会嘲笑她——"梦是心头想",她这么迫切的想念他,连睡梦里他都会打电话来说"我爱你"?他的态度也和平时没有什么不同。他们照常出去玩了一天。流苏忽然发觉拿他们当做夫妇的人很多很多——仆欧们,旅馆里和她搭讪的几个太太老太太,原不怪他们误会。柳原跟她住在隔壁,出入总是肩并肩,夜深还到海岸上去散步,一点都不避嫌疑。一个保姆推着孩子的车走过,向流苏点点头,唤了一声"范太太"。流苏脸上一僵,笑也不是,不笑也不是,只得皱着眉向柳原睃了一眼,低声道:"他们不知道怎么想着呢!"柳原笑道:"唤你范太太的人,且不去管他们;倒是唤你做白小姐的人,才不知道他们怎么想呢!"流苏变色。柳原用手抚摸着下巴,微笑道:"你别枉担了这个虚名!"

流苏吃惊地朝他望望,蓦地里悟到他这人多么恶毒。他有意的当着人做出亲狎的神气,使她没法可证明他们没有发生关系。她势成骑虎,回不得家乡,见不得爷娘,除了做他的情妇之外没有第二条路。然而她如果迁就了他,不但前功尽弃,以后更是万劫不复了。她偏不!就算她枉担了虚名,他不过口头上占了她一个便宜。归根究底,他还是没得到她。既然他没有得到她,或许他有一天还会回到她这里来,带了较优的议和条件。

她打定了主意,便告诉柳原她打算回上海去,柳原却也不坚留,自告奋勇要送她回去。流苏道:"那倒不必了。你不是要到新加坡去么?"柳原道:"反正已经耽搁了,再耽搁些时也不妨事。上海也有事等着料理呢。"流苏知道他还是一贯政策,惟恐众人不议论他们俩。众人越是说得凿凿有据,流苏越是百喙莫辩,自然在上海不能安身。流苏盘算着,即使他不送她回去,一切也瞒不了她家里的人。她是豁出去了,也就让他送她一程。徐太太见他们俩正打得火一般热，忽然要拆开了，诧异非凡，问流苏，问柳原，两人虽然异口同声的为彼此洗刷，徐太太哪里肯信。

在船上，他们接近的机会很多，可是柳原既能抗拒浅水湾的月色，就能抗拒甲板上的月色。他对她始终没有一句扎实的话。他的态度有点淡淡的，可是流苏看得出他那闲适是一种自满的闲适——他拿稳了她跳不出他的手掌心去。

到了上海，他送她到家，自己没有下车，白公馆里早有了耳报神，探知六小姐在香港和范柳原实行同居了。如今她陪人家玩了一个多月，又若无其事的回来了，分明是存心要丢白家的脸。

流苏勾搭上了范柳原，无非是图他的钱。真弄到了钱，也不会无声无臭的回家来了，显然是没得到他什么好处。本来，一个女人上了男人的当，就该死；女人给当给男人上，那更是淫妇；如果一个女人想给当给男人上而失败了，反而上了人家的当，那是双料的淫恶，杀了她也还污了刀。平时白公馆里，谁有了一点芝麻大的过失，大家便炸了起来。逢到了真正耸人听闻的大逆不道，爷奶奶们兴奋过度，反而吃吃艾艾，一时发不出话来，大家先议定了："家丑不可外扬"，然后分头去告诉亲戚朋友，迫他们宣誓保守秘密，然后再向亲友们一个个的探口气，打听他们知道了没有，知道了多少。最后大家觉得到底是瞒不住，爽性开诚布公，打开天窗说亮话，拍着腿感慨一番。他们忙着这种种手续，也忙了一秋天，因此迟迟的没向流苏采取断然行动。流苏何尝不知道，她这一次回来，更不比往日。她和这家庭早是恩断义绝了。她未尝不想出去找个小事，胡乱混一碗饭吃。再苦些，也强如在家里受气。但是寻了个低三下四的职业，就失去了淑女的身份。那身份，食之无味，弃之可惜。尤其是现在，她对范柳原还没有绝望，她不能先自贬身价，否则他更有了借口，拒绝和她结婚了。因此她无论如何得忍些时。

熬到了十一月底，范柳原果然从香港来了电报。那电报，整个的白公馆里的人都传观过了。老太太方才把流苏叫去，递到她手里。只有寥寥几个字："乞来港。船票已由通济隆办妥。"白老太太长叹了一声道："既然是叫你去，你就去罢！"她就这样的下贱么？她眼里掉下泪来。这一哭，她突然失去了自制力，她发现她已经是忍无可忍了。一个秋天，她已经老了两年——她可禁不起老！于是第二次离开了家上香港来。这一趟，她早失去了上一次的愉快的冒险的感觉，她失败了。固然，人人是喜欢被屈服的，但是那只限于某种范围内。如果她是纯粹为范柳原的风仪与魅力所征服，那又是一说了，可是内中还掺杂着家庭的压力——最痛苦的成分。

范柳原在细雨迷蒙的码头上迎接她。他说她的绿色玻璃雨衣像一只瓶，又注了一句："药瓶。"她以为他在那里讽嘲她的孱弱，然而他又附耳加了一句："你就是医我的药。"她红了脸，白了他一眼。

他替她定下了原先的房间。这天晚上，她回到房里来的时候，已经两点钟了。在浴室里晚妆，熄了灯出来，方才记起了，她房里的电灯开关装置在床头，只得摸着黑过来，一脚踩在地板上的一只皮鞋上，差一点栽了一交，正怪自己疏忽，没把鞋子收好，床上忽然有人笑道："别吓着了！是我的鞋。"流苏停了一会，问道："你来做什么?"柳原道:"我一直想从你的窗户里看月亮。这边屋里比那边看得清楚些。"……那晚上的电话的确是他打来的——不是梦!他爱她。这毒辣的人,他爱她,然而他待她也不过如此!她不由得心寒,拨转身走到梳妆台前。十一月尾的纤月,仅仅是一钩白色,像玻璃窗上的霜花。然而海上毕竟有点月意,映到窗子里来,那薄薄的光就照亮了镜子。流苏慢腾腾摘下了发网,把头发一搅,搅乱了,夹叉叮铃当啷掉下地来。她又戴上网子,把那发网的梢头狠狠的衔在嘴里,拧着眉毛,蹲下身去把夹叉一只一只捡了起来。柳原已经光着脚走到她后面,一只手搁在她头上,把她的脸倒扳了过来,吻她的嘴。发网滑下地去了。这是他第一次吻她,然而他们两人都疑惑不是第一次,因为在幻想中已经发生过无数次了。从前他们有过许多机会——适当的环境,适当的情调;他也想到过,她也顾虑到那可能性。然而两方面都是精刮的人,算盘打得太仔细了,始终不肯冒失。现在这忽然成了真的,两人都糊涂了。流苏觉得她滴溜溜转了个圈子,倒在镜子上,背心紧紧抵着冰冷的镜子。他的嘴始终没有离开过她的嘴。他还把她往镜子上推,他们似乎是跌到镜子里面,另一个昏昏的世界里去了,凉的凉,烫的烫,野火花直烧上身来。

第二天,他告诉她,他一礼拜后就要上英国去。她要求他带她一同去,但是他回说那是不可能的。他提议替她在香港租下一幢房子住下,等到一年半载,他也就回来了。她如果愿意在上海住家,也听她的便。她当然不肯回上海。家里那些人——离他们越远越好。独自留在香港,孤单些就孤单些。问题却在他回来的时候,局势是否有了改变,那全在他了。一个礼拜的爱吊得住他的心么?可是从另一方面看来,柳原是一个没长性的人,这样匆匆的聚了又散了,他没有机会厌倦,未始不是于她有利的。一个礼拜往往比一年值得怀念。……他果真带着热情的回忆重新来找她,她也许倒变了呢!近三十的女人,往往有着反常的娇嫩,一转眼就憔悴了。总之,没有婚姻的保障而要长期抓住一个男人,是一件艰难的、痛苦的事,几乎是不可能的。啊,管它呢!她承认柳原是可爱的,他给她美妙的刺激,但是她跟他的目的究竟是经济上的安全。这一点,她知道她可以放心。

他们一同在巴而顿道看了一所房子,坐落在山坡上。屋子粉刷完了,雇定了一个广东女佣,名唤阿栗。家具只置办了几件最重要的,柳原就该走了。其余的都丢给流苏慢慢的去收拾,家里还没有开火仓,在那冬天的傍晚,流苏送他上船时,便在船上的大餐间胡乱的吃了些三明治。流苏因为满心的不得意,多喝了几杯酒,被海风一吹,回来的时候,便带着三分醉。到了家,阿栗在厨房里烧水替她随身带着的那孩子洗脚。流苏到处瞧了一遍,到一处开一处的灯。客室里门窗上的绿漆还没干,她用食指摸着试了一试,然后把那黏黏的指尖贴在墙上,一贴一个绿迹子。为什么不?这又不犯法?这是她的家!她笑了,索性在那蒲公英的粉墙上打了一个鲜明的绿手印。

她摇摇晃晃走到隔壁房里去。空房,一间又一间——清空的世界。她觉得她可以飞到天花板上去。她在空荡荡的地板上行走,就像是在洁无纤尘的天花板上。房间太空了,她不能不用灯光来装满它。光还是不够,明天她得记着换上几只较强的灯泡。

她走上楼梯去。空得好,她急需着绝对的静寂。她累得很,取悦于柳原是太吃力的事，他脾气向来就古怪；对于她，因为是动了真感情，他更古怪了，一来就不高兴。他走了，倒好，让她松下这口气。现在她什么人都不要——可憎的人，可爱的人，她一概都不要。从小时候起，她的世界就嫌过于拥挤。推着、挤着、踩着、抱着、驮着、老的小的、全是人。一家二十来口，合住一幢房子，你在屋子里剪个指甲也有人在窗户眼里看着。好容易远走高飞，到了这无人之境。如果她正式做了范太太，她就有种种的责任，她离不了人。现在她不过是范柳原的情妇，不露面的，她分该躲着人，人也分该躲着她。清静是清静了，可惜除了人之外，她没有旁的兴趣。她所仅有的一点学识，凭着这点本领，她能够做一个贤惠的媳妇，一个细心的母亲；在这里她可是英雄无用武之地。"持家"罢，根本无家可持。看管孩子罢，柳原根本不要孩子。省俭着过日子罢，她根本用不着为了钱操心。她怎样消磨这以后的岁月？找徐太太打牌去，看戏？然后渐渐的姘戏子，抽鸦片，往姨太太们的路子上走？她突然站住了，挺着胸，两只手在背后紧紧互扭着。那倒不至于！她不是那种下流人，她管得住她自己。但是……她管得住她自己不发疯么？楼上品字式的三间屋，楼下品字式的三间屋，全是堂堂地点着灯。新打了蜡的地板，照得雪亮。没有人影儿。一间又一间，呼喊着的空虚……流苏躺到床上去，又想下去关灯，又动弹不得。后来她听见阿栗拖着木屐上楼来，一路扑托扑托关着灯，她紧张的神经方才渐归松弛。

那天是十二月七日，一九四一年，十二月八日，炮声响了。一炮一炮之间，冬晨的银雾渐渐散开，山巅、山洼子里，全岛上的居民都向海面上望去，说"开仗了，开仗了。"谁都不能够相信，然而毕竟是开仗了。流苏孤身留在巴而顿道，哪里知道什么。等到阿栗从左邻右舍探到了消息，仓皇唤醒了她，外面已经进入酣战阶段。巴而顿道的附近有一座科学试验馆，屋顶上架着高射炮，流弹不停的飞过来，尖溜溜一声长叫："吱呦呃呃呃呃……"然后"砰"，落下地去。那一声声的"吱呦呃呃呃呃……"撕裂了空气，撕毁了神经。淡蓝的天幕被扯成一条一条，在寒风中簌簌飘动。风里同时飘着无数剪断了的神经尖端。

流苏的屋子是空的，心里是空的，家里没有置办米粮，因此肚子里也是空的。空穴来风，所以她感受恐怖的袭击分外强烈。打电话到跑马地徐家，久久打不通，因为全城装有电话的人没有一个不在打电话，询问哪一区较为安全，做避难的计划。流苏到下午方才接通了，可是那边铃尽管响着，老是没有人来听电话，想必徐先生徐太太已经匆匆出走，迁到平静一些的地带。流苏没了主意，炮火却逐渐猛烈了。邻近的高射炮成为飞机注意的焦点。飞机蝇蝇地在顶上盘旋，"孜孜孜……"绕了一圈又绕回来，"孜孜……"痛楚地，像牙医的螺旋电器，直挫进灵魂的深处。阿栗抱着她的哭泣着的孩子坐在客室的门槛上，人仿佛入了昏迷状态，左右摇摆着，喃喃唱着呓语似的歌唱，哄着拍着孩子。窗外又是"吱呦呃呃呃呃……"一声，"砰"削去屋檐的一角，沙石哗啦啦落下来。阿栗怪叫一声，跳起身来，抱着孩子就往外跑。流苏在大门口追上了她，一把揪住她问道："你上哪儿去？"阿栗道："这儿登不得了！我——我带她到阴沟里去躲一躲。"流苏道："你疯了！你去送死！"阿栗连声道："你放我走！我这孩子——就只这么一个——死不得的……阴沟里躲一躲……"流苏拼命扯住了她，阿栗将她一推，她跌倒了，阿栗便闯出门去。正在这当口，轰天震地一声响，整个的世界黑了下来，像一只硕大无朋的箱子，啪地关上了盖。数不清的罗愁绮恨，全关在里面了。

流苏只道是没有命了，谁知道还活着。一睁眼，只见满地的玻璃屑，满地的太阳影子。她挣扎着爬起身来，去找阿栗，阿栗紧紧搂着孩子，垂着头，把额角抵在门洞子里的水泥墙上，人是震糊涂了。流苏拉了她进来，就听见外面喧嚷着隔壁落了个炸弹，花园里炸出一个大坑。这一次巨响，箱子盖关上了，依旧不得安静。继续的砰砰砰，仿佛在箱子盖上用锤子敲钉，捶不完地捶。从天明捶到天黑，又从天黑捶到天明。

流苏也想到了柳原，不知道他的船有没有驶出港口，有没有被击沉。可是她想起他便觉得有些渺茫，如同隔世。现在的这一段，与她的过去毫不相干，像无线电的歌，唱了一半，忽然受了恶劣的天气影响，劈劈啪啪炸了起来，炸完了，歌是仍旧要唱下去的，就只怕炸完了，歌已经唱完了，那就没得听了。

第二天，流苏和阿栗母子分着吃完了罐子里的几件饼干，精神渐渐衰弱下来，每一个呼啸着的子弹的碎片便像打在她脸上的耳刮子。街头轰隆轰隆驰来一辆军用卡车，意外地在门前停下了。铃一响，流苏自己去开门，见是柳原，她捉住他的手，紧紧的搂住他的手臂，像阿栗搂住孩子似的。人向前一扑，把头磕在门洞子里的水泥墙上。柳原用另外的一只手托住她的头，急促地道："受了惊吓罢？别着急，别着急。你去收拾点得用的东西，我们到浅水湾去。快点，快点！"流苏跌跌冲冲奔了进去，一面问道："浅水湾那边不要紧么？"柳原道："都说不会在那边上岸的。而且旅馆里吃的方面总不成问题，他们收藏得很丰富。"流苏道："你的船……"柳原道："船没开出去。他们把头等舱的乘客送到了浅水湾饭店。本来昨天就要来接你的，叫不到汽车，公共汽车又挤不上。好容易今天设法弄到了这部卡车。"流苏那里还定得下心来整理行装，胡乱扎了个小包裹。柳原给了阿栗两个月的工钱，嘱咐她看家，两个人上了车，面朝下并排躺在运货的车厢里，上面蒙着黄绿色油布篷，一路颠簸着，把肘弯与膝盖上的皮都磨破了。

柳原叹道："这一炸，炸断了多少故事的尾巴！"流苏也怆然，半晌方道："炸死了你，我的故事就该完了。炸死了我，你的故事还长着呢！"柳原笑道："你打算替我守节么？"他们两人都有点神经失常，无缘无故，齐声大笑。而且一笑便止不住。笑完了，浑身只打颤。

卡车在"吱呦呃呃……"的流弹网里到了浅水湾。浅水湾饭店楼下驻扎着军队，他们仍旧住到楼上的老房间里。住定了，方才发现，饭店里储藏虽富，都是留着给兵吃的。除了罐头装的牛乳、牛羊肉、水果之外，还有一麻袋一麻袋的白面包，麸皮面包。分配给客人的，每餐只有两块苏打饼干，或是两块方糖，饿得大家奄奄一息。

先两日浅水湾还算平静，后来突然情势一变，渐渐火炽起来。楼上没有掩蔽物，众人容身不得，都来到楼下，守在食堂里，食堂里大开着玻璃门，门前堆着沙袋，英国兵就在那里架起了大炮往外打。海湾里的军舰摸准了炮弹的来源，少不得也一一还敬。隔着棕榈树与喷水池子，子弹穿梭般来往。柳原与流苏跟着大家一同把背贴在大厅的墙上。那幽暗的背景便像古老的波斯地毯，织出各色人物，爵爷、公主、才子、佳人。毯子被挂在竹竿上，迎着风扑打上面的灰尘，拍拍打着，下劲打，打得上面的人走投无路。炮子儿朝这边射来，他们便奔到那边；朝那边射来，便奔到这边。到后来一间敞厅打得千疮百孔，墙也坍了一面，逃无可逃了，只得坐下地来，听天由命。

　　流苏到了这个地步，反而懊悔她有柳原在身边，一个人仿佛有了两个身体，也就蒙了双重危险。一弹子打不中她，还许打中他，他若是死了，若是残废了，她的处境更是不堪设想。她若是受了伤，为了怕拖累他，也只有横了心求死。就是死了，也没有孤身一个人死得干净爽利。她料着柳原也是这般想。别的她不知道，在这一刹那，她只有他，他也只有她。

　　停战了。困在浅水湾饭店的男女们缓缓向城中走去。过了黄土崖、红土崖，又是红土崖、黄土崖，几乎疑心是走错了道，绕回去了。然而不，先前的路上没有这炸裂的坑，满坑的石子。柳原与流苏很少说话。从前他们坐一截子汽车，也有一席话，现在走上几十里的路，反而无话可说了。偶然有一句话，说了一半，对方每每就知道了下文，没有往下说的必要。柳原道："你瞧，海滩上。"流苏道："是的。"海滩上布满了横七竖八割裂的铁丝网，铁丝网外面，淡白的海水汩汩吞吐淡黄的沙。冬季的晴天也是淡漠的蓝色。野火花的季节已经过去了。流苏道："那堵墙……"柳原道："也没有去看看。"流苏叹了口气道："算了罢。"柳原走得热了起来，把大衣脱下来搁在臂上，臂上也出了汗。流苏道："你怕热，让我给你拿着。"若在往日，柳原绝对不肯，可是他现在不那么绅士风了，竟交了给她。再走了一程子，山渐渐高了起来。不知道是风吹着树呢，还是云影的飘移，青黄的山麓缓缓地暗了下来。细看时，不是风也不是云，是太阳悠悠地移过山头，半边山麓埋在巨大的蓝影子里。山上有几座房屋在燃烧，冒着——山阴的是白的，山阳的是黑——然而太阳只是悠悠地移过山头。

　　到了家，推开了虚掩着的门，拍着膀翅飞出一群鸽子来。穿堂里满积着灰尘与鸽粪。流苏走到楼梯口，不禁叫了一声"哎呀"。二层楼上歪歪斜斜大张口躺着她新置的箱笼，也有两只顺着楼梯滚了下来，梯脚便淹没在绫罗绸缎的洪流里。流苏弯下腰来，捡起一件蜜合色衬绒旗袍，却不是她自己的东西，满是汗垢，香烟洞与贱价香水气味。她又发现了许多陌生女人的用品，破杂志，开了盖的罐头荔枝，淋淋漓漓流着残汁，混在她的衣服一堆。这屋子里驻过兵么？——带有女人的英国兵？去得仿佛很仓促。挨户洗劫的本地的贫民，多半没有光顾过，不然，也不会留下这一切。柳原帮着她大声唤阿栗。末一只灰背鸽，斜刺里穿出来，掠过门洞子里的黄色的阳光，飞了出去。

　　阿栗是不知去向了，然而屋子里的主人们，少了她也还得活下去。他们来不及整顿房屋，先去张罗吃的，费了许多事，用高价买进一袋米。煤气的供给幸而没有断，自来水却没有。柳原提了铅桶到山里去汲了一桶泉水，煮起饭来。以后他们每天只顾忙着吃喝与打扫房间。柳原各样粗活都来得，扫地、拖地板、帮着流苏拧绞沉重的褥单。流苏初次上灶做菜，居然带点家乡风味。因为柳原忘不了马来菜，她又学会了做油炸"沙袋"、咖哩鱼。他们对于饭食上虽然感到空前的兴趣，还是极力的撙节着。柳原身边的港币带得不多，一有了船，他们还得设法回上海。

　　在劫后的香港住下去究竟不是久长之计。白天这么忙忙碌碌也就混了过去。一到晚上，在那死的城市里，没有灯，没有人声，只有那莽莽的寒风，三个不同的音阶，"喔……呵……呜……"无穷无尽地叫唤着，这个歇了，那个又渐渐响了，三条骈行的灰色的龙，一直线地往前飞，龙身无限制地延长下去，看不见尾。"喔……呵……呜……"叫唤到后来，索性连苍龙也没有了，只是一条虚无的气，真空的桥梁，通入黑暗，通入虚空的虚空。这里是什么都完了。剩下点断堵颓垣，失去记忆力的文明人在黄昏中跌跌跄跄摸来摸去，像是找着点什么，其实是什么都完了。

　　流苏拥被坐着，听着那悲凉的风。她确实知道浅水湾附近，灰砖砌的那一面墙，一定还屹然站在那里。风停了下来，像三条灰色的龙，蟠在墙头，月光中闪着银鳞。她仿佛做梦似的，又来到墙根下，迎面来了柳原，她终于遇见了柳原。……在这动荡的世界里，钱财、地产、天长地久的一切，全不可靠了。靠得住的只有她腔子里的这口气，还有睡在她身边的这个人。她突然爬到柳原身边，隔着他的棉被，拥抱着他。他从被窝里伸出手来握住她的手。他们把彼此看得透明透亮。仅仅是一刹那的彻底的谅解，然而这一刹那够他们在一起和谐地活个十年八年。

　　他不过是一个自私的男子，她不过是一个自私的女人。在这兵荒马乱的时代，个人主义者是无处容身的，可是总有地方容得下一对平凡的夫妻。

　　有一天，他们在街上买菜，碰着萨黑荑妮公主。萨黑荑妮黄着脸，把蓬松的辫子胡乱编了个麻花髻，身上不知从哪里借来一件青布棉袍穿着，脚下却依旧跋着印度式七宝嵌花纹皮拖鞋。她同他们热烈地握手，问他们现在住在哪里，急欲看看他们的新屋子。又注意到流苏的篮子里有去了壳的小蚝，愿意跟流苏学习烧制清蒸蚝汤。柳原顺口邀了她来吃便饭，她很高兴的跟了他们一同回去。她的英国人进了集中营，她现在住在一个熟识的，常常为她当点小差的印度巡捕家里。她有许久没有吃饱过。她唤流苏"白小姐。"柳原笑道："这是我太太。你该向我道喜呢！"萨黑荑妮道："真的么？你们几时结婚的？"柳原耸耸肩道："就在中国报上登了个启事，你知道，战争期间的婚姻，总是潦草的……"流苏没听懂他们的话。萨黑荑妮吻了他又吻了她。然而他们的饭菜毕竟是很寒苦，而且柳原声明他们也难得吃一次蚝汤。萨黑荑妮从此没有再上门过。

　　当天他们送她出去，流苏站在门槛上，柳原立在她身后，把手掌合在她的手掌上，笑道："我说，我们几时结婚呢？"流苏听了，一句话也没有，只低下了头，落下泪来。柳原拉住她的手道："来来，我们今天就到报馆里去登报启事，不过你也许愿意候些时，等我们回到上海，大张旗鼓的排场一下，请请亲戚们。"流苏道："呸！他们也配！"说着，嗤的笑了出来，往后顺势一倒，靠在他身上。柳原伸手到前面去羞她的脸道："又是哭，又是笑！"

　　两人一同走进城去，走了一个峰回路转的地方，马路突然下泻，眼前只是一片空灵——淡墨色的，潮湿的天。小铁门口挑出一块洋磁招牌，写的是"赵祥庆牙医"。风吹得招牌上的铁钩子吱吱响，招牌背后只是那空灵的天。

柳原歇下脚来望了半晌，感到那平淡中的恐怖，突然打起寒战来，向流苏道："现在你可该相信了：'死生契阔'，我们自己哪儿做得了主？轰炸的时候，一个不巧——"流苏嗔道："到了这个时候，你还说做不了主的话！"柳原笑道："我并不是打退堂鼓。我的意思是——"他看了看她的脸色，笑道："不说了，不说了，"他们继续走路，柳原又道："鬼使神差地，我们倒真的恋爱起来了！"流苏道："你早就说过你爱我。"柳原笑道："那不算。我们那时候太忙着谈恋爱了，哪里还有工夫恋爱？"

结婚启事在报上刊出了，徐先生徐太太赶了来道喜，流苏因为他们在围城中自顾自搬到安全地带去，不管她的死活，心中有三分不快，然而也只得笑脸相迎。柳原办了酒菜，补请了一次客。不久，港沪之间恢复了交通，他们便回上海来了。

白公馆里流苏只回去过一次，只怕人多嘴多，惹出是非来。然而麻烦是免不了的，四奶奶决定和四爷进行离婚，众人背后都派流苏的不是。流苏离了婚再嫁，竟有这样惊人的成就，难怪旁人要学她的榜样。流苏蹲在灯影里点蚊香。想到四奶奶，她微笑了。

柳原现在从来不跟她闹着玩了，他把他的俏皮话省下来说给旁的女人听。那是值得庆幸的好现象，表示他完全把她当作自家人看待——名正言顺的妻，然而流苏还是有点怅惘。

香港的陷落成全了她。但是在这不可理喻的世界里，谁知道什么是因，什么是果？谁知道呢？也许就因为要成全她，一个大都市倾覆了。成千上万的人死去，成千上万的人痛苦着，跟着是惊天动地的大改革……流苏并不觉得她在历史上的地位有什么微妙之点。她只是笑吟吟的站起身来，将蚊香盘踢到桌子底下去。

传奇里的倾国倾城的人大抵如此。

到处都是传奇，可不见得有这么圆满的收场。胡琴咿咿哑哑拉着，在万盏灯的夜晚，拉过来又拉过去，说不尽的苍凉的故事——不问也罢！

选自张爱玲小说集《传奇》，上海杂志社1944年8月版

○ 钱锺书

猫

"打狗要看主人面，那么，打猫要看主妇面了——"颐谷这样譬释着，想把心上一团蓬勃的愤怒像梳理乱发似的平顺下去。诚然，主妇的面，到现在还没瞧见，反正那混账猫儿也不知躲到哪里去了，也无从打它。只算自己晦气，整整两个半天的工夫全白费了。李先生在睡午觉，照例近三点钟才会进书房。颐谷满肚子憋着的怒气，那时都冷了，觉得非趁热发泄一下不可。凑巧老白送茶进来，颐谷指着桌子上抓得千疮百孔的稿子，字句流离散失得像大轰炸后的市民，说："你瞧，我回去吃顿饭，出了这个乱子！我临去把誊清的稿子给李先生过目，谁知他看完了就搁在我桌子上，没放在抽屉里，现在又得重抄了。"

老白听话时的点头一变而为摇头，叹口微气说："那可就糟啦！这准是'淘气'干的。'淘气'可真淘气！太太惯了它，谁也不敢碰它根毛。齐先生，您回头告诉老爷，别让'淘气'到书房里来。"他躬着背蠕缓地出去了。

"淘气"就是那闹事的黑猫。它在东皇城根穷人家里，原叫做'小黑'。李太太嫌'小黑'的称谓太俗，又笑说："那跟门房'老白'不成了一对么？老白听了要生气的。"猫送到城南长街李家那天，李太太正在请朋友们茶会，来客都想给它起个好听的名字。一个爱慕李太太的诗人说："在西洋文艺复兴的时候，标准美人都要生得黑，我们读莎士比亚和法国七星派诗人的十四行诗，就知道使他们颠倒的都是些黑美人。我个人也觉得黑比白来得神秘，富于含蓄和诱惑。一向中国人喜欢女人皮肤白，那是幼稚的审美观念，好比小孩只爱吃奶，没资格喝咖啡。这只猫又黑又美，不妨借莎士比亚诗里的现成名字，叫它'Dark lady'，再雅致没有了。"有两个客人听了彼此做个鬼脸，因为这诗人说话明明双关着女主人。李太太自然极高兴，只嫌"Dark lady"名字太长。她受过美国式的教育，养成一种逢人叫小名以表亲昵的习气，就是见了莎士比亚的面，她也会叫他 Bill，何况猫呢？所以她采用诗人的提议，同时来个简称，叫"Darkie."大家一致叫："妙！"，这猫听许多人学自己的叫声，莫名其妙，也和着叫："妙！妙！"（miaow! miaow!）没人想到这简称的意义并非"黑美人"，而正是李太太嫌俗的"小黑"。一个大名鼎鼎的老头子，当场一言不发，回家翻了半夜的书，明天清早赶来看李太太，讲诗人的坏话道："他懂什么？我当时不好意思跟他抬杠，所以忍住没有讲。中国人一向也喜欢黑里俏的美人，就像妲己，古文作'妲己'，就是说她又黑又美。妲己刚是'Darkie'的音译，并且也译了意思。哈哈！太巧了，太巧了！"这猫仗着女主人的爱，专闹乱子，不上一星期，它的外国名字叫滑了口，变为跟Darkie双声叠韵的混名"淘气"。所以，好像时髦教会学校的学生，这畜生中西名字，一应俱全，而且未死已蒙谥法——混名。它到李家不足两年，在这两年里，日本霸占了东三省，北平的行政机构改组了一次，非洲亡了一个国，兴了一个帝国，国际联盟暴露了真相，只算一个国际联梦或者一群国际联盲，但是李太太并没有换丈夫，淘气还保持着主人的宠爱和自己的顽皮。在这变故反复的世界里，多少人对主义和信仰能有同样的恒心呢？

这是齐颐谷做李建侯试用私人秘书的第三天，可是还没瞻仰过那位有名的李太太。要讲这位李太太，我们非得用国语文法家所谓"最上级形容词"不可。在一切有名的太太里，她长相最好看，她为人最风流豪爽，她客厅的陈设最讲究，她请客的次数最多，请客的菜和茶点最精致丰富，她交游最广。并且，她的丈夫最驯良，最不碍事。假使我们在这些才具之外，更申明她住在战前的北平，你马上获得结论：她是全世界文明顶古的国家里第一位高雅华贵的太太。因为北平——明清两代的名士像汤若士、谢在杭们所咒诅为最俗、最脏的北京——在战事前几年忽然被公认为全国最文雅、最美丽的城市。甚至无风三尺的北平尘土，也一变而为古色古香，似乎包含着元明清三朝帝国的劫灰，欧美新兴小邦的历史博物馆都派人来装了瓶子回去陈列。首都南迁以后，北平失掉它一向政治上的作用；同时，像一切无用过时的东西，它变为有历史价值的陈设品。宛如一个七零八落的旧货摊改称为五光十色的古玩铺，虽然实际上毫无差异，在主顾的心理上却起了极大的变化。逛旧货摊去买便宜东西，多少寒窘！但是要上古玩铺你非有钱不可，还得有好古癖，还得有鉴别力。这样，本来不屑捡旧货的人现在都来买古玩了，本来不得已而光顾旧货摊的人现在也添了身份，算是收藏古董的雅士了。那时候你只要在北平住家，就充得通品，就可以向南京或上海的朋友夸傲，仿佛是个头衔和资格。说上海和南京会产生艺术和文化，正像说头脑以外的手足或腰腹也会思想一样的可笑。周口店"北京人"遗骸的发现，更证明了北平居住者的优秀。"北京人"是猴子里最进步的，有如北平人是中国人里最文明的。因此当时报纸上闹什么"京派"，知识分子们上溯到"北京人"为开派祖师，所以北京虽然改名北平，他们不自称"平派"。京派差不多全是南方人。那些南方人对于他们侨居北平的得意，仿佛犹太人爱他们入籍归化的国家，不住地挂在口头上。迁居到北平以来，李太太脚上没发过湿气，这是住在文化中心的意外利益。

李氏夫妇的父亲都是前清遗老，李太太的父亲有名，李先生的父亲有钱。李太太的父亲在辛亥革命前个把月放了什么省的藩台，满心想弄几个钱来弥补历年的亏空。武昌起义好像专跟他捣乱似的，他把民国恨得咬牙切齿。幸而他有个门生，失节作了民国的大官，每月送笔孝敬给他。他住在上海租界里，抱过去的思想，享受现代的生活,预用着未来的钱——赊了账等月费汇来了再还。他渐渐悟出寓公自有生财之道。今天暴发户替儿子办喜事要证婚,明天洋行买办死了母亲要点主,都用得着前清的遗老,谢仪往往可抵月费的数目。妙在买办的母亲死不尽,暴发户的儿子全养得大。他文理平常,写字也不出色,但是他发现只要盖几个自己的官衔图章,"某年进士","某省布政使",他的字和文章就有人出大价钱来求。他才知道清朝亡得有代价,遗老值得一做,心平气和,也肯送女儿进洋学堂念书了。李先生的父亲和他是同乡,极早就讲洋务,做候补道时上过"富国裕民"的条陈,奉宪委到上海向洋人定购机器;清朝亡得太早,没领略到条陈的好处,他只富裕了自己。他也曾做出洋游历的随员,回国以后,把考察所得,归纳为四句传家格言:"吃中国菜,住西洋房子,娶日本老婆,人生无遗憾矣!"他亲家的贯通过去、现在、未来,正配得上他的融会中国、东洋、西洋。谁知道建侯那糊涂虫,把老子的家训记颠倒了。第一,他娶了西洋化的老婆,比西洋老婆更难应付。爱默在美国人办的时髦女学毕业,本来是毛得撩人、刺人的毛丫头,经过"二毛子"的训练,她不但不服从丈夫,并且丈夫一个人来侍候她还嫌不够。第二,他夫妇俩都自信是文明人,不得不到北平来住中国式的旧房子,设备当然没有上海来得洋化。第三,他吃日本菜得了胃病。这事说来话长。李太太从小对自己的面貌有两点不满意:皮肤不是上白,眼皮不双。第一点还无关紧要,因为她根本不希罕那种又红又白的洋娃娃脸,她觉得原有的相貌已经够可爱了。单眼皮呢,确是极大的缺陷,内心的丰富没有充分流露的工具,宛如大陆国没有海港,物产不易出口。进了学校,她才知道单眼皮是日本女人的国徽,因此那个足智多谋、偷天换日的民族建立美容医院,除掉身子的长短没法充分改造,"倭奴"的国号只好忍受,此外面部器官无不可以修补,丑的变美,怪物改成妖精。李先生向她求婚,她提出许多条件,第十八条就是蜜月旅行到日本。一到日本,她进医院去修改眼皮,附带把左颊的酒靥加深。她知道施了手术,要两星期见不得人,怕李先生耐不住蜜月期间的孤寂,在这浪漫的国家里,不为自己守节;所以进医院前对李先生说:"你知道,我这次跨海征东,千里迢迢来受痛苦,无非为你,要讨你喜欢。我的脸也就是你的面子。我蒙着眼,又痛又黑暗,你好意思一个人在外面吃喝玩乐么?你爱我,你得听我的话。你不许跟人到处乱跑。还有,你最贪嘴,可是我进医院后,你别上中国馆子,大菜也别吃,只许顿顿吃日本料理。你答应我不?算你爱我,陪我受苦,我痛的时候心上也有些安慰。吃得坏些,你可以清心寡欲,不至于胡闹,糟蹋了身体。你个儿不高,吃得太胖了不好看。你背了我骗我,我会知道,从此不跟你好。"两星期后,建侯到医院算账并迎接夫人,身体却未消瘦,只是脸黄皮宽,无精打采,而李太太花五百元日金新买来的眼睛,好像美术照相的电光,把她原有的美貌都焕映烘托出来。她眼睫跟眼睛合作的各种姿态,开、闭、明、暗、尖利、朦胧,使建侯看得出神,疑心她两眼里躲着两位专家在科学管理,要不然转移不会那样斩截,表情不会那样准确,效果不会那样的估计精密。建侯本来是他父亲的儿子,从今以后全副精神做他太太的丈夫。朋友们私议过,李太太那样漂亮,怎会嫁给建侯。有建侯的钱和家世而比建侯能干的人,并非绝对没有。事实上,天并没配错他们俩。做李太太这一类女人的丈夫，是第三百六十一行终身事业，专门职务，比做大夫还要忙，比做挑夫还要累，不容许有旁的兴趣和人生目标。旁人虽然背后嘲笑建侯，说他"夫以妻贵"，沾了太太的光，算个小名人。李太太从没这样想过。建侯对太太的虚荣心不是普通男人占有美貌妻子、做主人翁的得意，而是一种被占有、做下人的得意，好比阔人家的婢仆、大人物的亲随，或者殖民地行政机关里的土著雇员对外界的卖弄。这种被占有的虚荣心是做丈夫的人最稀有的美德，能使他气量大、心眼儿宽。李太太深知缺少这个丈夫不得；仿佛亚剌伯数码的零号，本身毫无价值，但是没有它，十百千万都不能成立。因为任何数目背后加个零号便进了一位，所以零号也跟着那数目而意义重大了。

　　结婚十年来，李先生心广体胖，太太称他好丈夫，太太的朋友说他够朋友。上个月里，他无意中受了刺激。在一个大宴会上，一位冒失的年轻剧作家和他夫妇俩同席。这位尚未出头的剧作家知道同席有李太太，透明地露出满腔荣幸。他又要恭维李太太，又要卖弄才情，一张嘴简直分不出空来吃菜。上第三道菜时，他蒙李太太惠许上门拜访，愿偿心定，可以把一部分注意力转移到吃饭上去。心难二用，他已经够忙了；实在顾不到建侯，没和他敷衍。建侯心上十分不快，回家后嘀咕说这年轻人不通世故。那小子真说到就做，第二天带了一包稿子赶上门来，指名要见李太太。建侯忽然发了傻孩子劲，躲在客堂外面偷听。只听他寒暄以后，看见沙发上睡的淘气，便失声惊叹，赞美这猫儿"真可爱！真幸福！"把稿子"请教"以后，他打听常来的几个客人，说有机会都想一见。李太太泛泛说过些时候请他喝茶，大家认识认识。他还不走，又转到淘气身上，说他自己也最爱猫，猫是理智、情感、勇敢三德全备的动物：它扑灭老鼠，像除暴安良的侠客；它静坐念佛，像沉思悟道的哲学家；它叫春求偶，又像抒情歌唱的诗人；他还说什么暹罗猫和波斯猫最好，可是淘气超过它们。总而言之，他恭维了李太太，赞美淘气，就没有一句话问到李先生。这事唤起建侯的反省，闷闷不乐了两天，对于个人生活下了改造的决心。从今以后，他不愿借太太的光，要自己有个领域，或做官，或著作。经过几番盘算，他想先动手著作，一来表示自己并非假充斯文，再则著作也可导致做官。他定了这个计划，最初不敢告诉太太，怕她泼冷水。一天他忍不住说了，李太太出乎意料地赞成，说："你要有表现，这也是时候了。我一向太自私，没顾到耽误了你的事业！你以后专心著作，不用陪着我外面跑。"

　　著作些什么呢？建侯头脑并不太好，当学生时，老向同学借抄讲堂笔记，在外国的毕业论文还是花钱雇犹太人包工的。结婚以后，接触的人多了，他听熟了许多时髦的名词和公式，能在谈话中适当地应用，作为个人的意见。其实一般名著的内容，也不过如此。建侯错过了少年时期，没有冒冒失失写书写文章，现在把著作看得太严重了，有中年妇女要养头胎那样的担心。他仔细考虑最适宜的体裁。头脑不好，没有思想，没有理想；可是大著作有时全不需要好头脑，只需要好屁股，听郑须溪说，德国人就把"坐臀"（Sitzfleisch）作为知识分子的必具条件。譬如，只要有坐性，《水浒传》或《红楼梦》的人名引得总可以不费心编成的。这是西洋科学方法，更是二十世纪学问工具，只可惜编引得是大学生或小编辑员的事，不值得亲自动手。此外只有写食谱了。在这一点上自己无疑的是个权威,太太请客非自己提调不可,朋友们的推服更不必说。因为有胃病,又戒绝了烟酒,舌头的感觉愈加敏锐,对于口味的审美愈加严明。并且一顿好饭,至少要吃它三次:事前预想着它的滋味,先在理想中吃了一次;吃时守着医生的警告不敢放量,所以恋恋不舍;到事后回忆余味,又在追想里吃了一次。经过这样一再而三的咀嚼,菜的隐恶和私德,揭发无遗。是的,自己若肯写食谱,准会把萨梵冷(Brillat – Savarin)压倒。提起梵萨冷,心上又有不快的联想。萨梵冷的名字还是前年听陈侠君讲的。那时候,这个讨厌家伙已算家里的惯客了。他知道自己讲究吃,一天带了初版萨梵冷的名著 Physiologic dugoût(《口味生理学》)来相送。自己早把法语忘光了,冒失地嚷:"你错了!我害胃病,不害风痛病,这本讲 gout 的生理学对我毫无用处。"那家伙的笑声到现在还忘不了。他恶意地对爱默说:"你们先生不翻译,太可惜了!改天你向傅聚卿讲,聘建侯当《世界名著集成》的特约翻译,有了稿费请客。"可恨爱默也和着他笑。写食谱的兴致,给这事扫尽了。并且,现代人讲吃经决算不得正经事业,侠君曾开玩笑说:"外国制茶叶和咖啡的洋行里,都重价雇用'辨味员',沏了各种茶,煮了各种咖啡,请他尝过,然后分等级,定价钱。这种人一天总得喝百把杯茶或咖啡,幸而只在舌头上打个转就吐出来,不咽下去,否则非泻肚子、失眠不可。你有现成的胃病,反正是嘴馋不落肚的,可惜大饭店里没有'辨味员'的职务,不聘你去做厨房审定委员,埋没了你那条舌头!"写食谱这事若给他知道,就有得打趣了。想来想去,还是写欧美游记,既有益,更有趣,是兼软硬性的作品。写游记不妨请人帮忙,而不必声明合作,只要本人确曾游过欧美,借旁人的手来代写印象,那算不得什么一回事。好比演讲集的著作权,速写的记录员是丝毫无分的。这跟自己怕动笔的脾气最相宜没有。先用个私人书记再说,顶好是未毕业而想赚钱的大学生。

　　那时候,齐颐谷学校里的爱国分子闹得凶,给军警逮捕了一大批去,加上罪名坐监牢。颐谷本来胆小,他寡母又怕儿子给同学们牵累,暂时停学在家。经过辗转介绍,四天前第一次上建侯的门。这个十九岁的大孩子,蓝布大褂,圆桶西装裤子,方头黑皮鞋,习惯把左手插在裤子口袋里,压得不甚平伏的头发,颇讨人喜欢的脸一进门就红着,一双眼睛冒牌地黑而亮,因为他的内心和智力绝对配不上他瞳子的深沉、灵活。建侯极中意这个少年,略问几句,吩咐他明天来开始干活,先试用一个月。颐谷走后,建侯一团高兴,进去向爱默讲挑了一个中意的书记。爱默笑他像小孩子新得了玩具,还说:"我有淘气,谁希罕你的书记!"脸在淘气身上擦着问:"咱们不希罕他的书记,是不是?——啊呀!不好了,真讨厌!"李太太脸上的粉给淘气舔了一口去,她摔下猫,站起来去照镜子。

　　颐谷到李家这两天半里,和建侯还相得。怕羞的他,见了建侯,倒不很畏缩。建侯自会说话以来,一生从没碰见任何人肯让他不断的发言,肯像颐谷那样严肃地、耐心地、兴奋地听他讲。他一向也没知道自己竟有这样滔滔汩汩的口才。这两天,他的自尊心像插进伤寒病人嘴里的温度表,直升上去。他才领会到私人秘书的作用,有秘书的人会觉得自己放大了几倍,抬高了几层。他跟颐谷先讨论这游记的名称和写法,顺便讲了许多洋景致。所以第一天到了吃午饭的时候，颐谷已经知道建侯在美国做学生时交游怎样广，每年要花多少钱，大学功课怎样难，毕业怎样不容易；机器文明多少可惊，怎样纽约一市的汽车衔接起来可以绕地球一周；他如何对美国人宣扬中国，他穿了什么颜色和花纹的中国长袍去参加化装跳舞会；他在外国生病，房东太太怎样天天煨鸡给自己吃，一个美国女孩子怎样天天送鲜花，花里还附问病的纸条儿，上面打着"×"号——"你懂么？"建侯嘻开嘴，满脸顽皮地问颐谷，"你去请教你的女朋友，她会知道这是 kiss 的记号。在西洋社交公开，这事平常得很！"游记的题目也算拟定了两个，《西游记》或《欧美漫步》，前者来得浑成，后者来得时髦。当天颐谷吃了午饭回来办公，又知道要写这篇游记，在笔述建侯的印象以外，还得参考美国《国家地理学会杂志》、《旅行杂志》、"必得过"（Baedeker）和"没来"（Murray）两公司出版的大城市指南，寻材料来补充。明天上午，建侯才决定这游记该倒写，不写出国，而写回国，怎样从美国到欧洲漫游，在意大利乘船回中国。他的理由是，一般人的游记，都从出国写起，上了轮船，一路东张西望，少见多怪，十足不见世面的小家子气；自己在美洲住了三年，对于西洋文明要算老内行了，换个国家去玩玩，虽然见到些新鲜事物和排场，不致像乡下人初到大都市，咋舌惊叹，有失身份。他说："回国时的游历，至少像林黛玉初入荣国府，而出国时的游历呢，怕免不了像刘姥姥一进大观园。"颐谷曾给朋友们拉去听京戏大名旦拿手的《黛玉葬花》，所以也见过身体丰满结实的林黛玉（仿佛《续红楼梦》里警幻仙子给林黛玉吃的强身健美灵丹，黛玉提早服了来葬花似的），但是看建侯口讲指划，自比林黛玉，忍不住笑了。建侯愈加得意，颐谷忙说："李先生，这样，游记的题目又得改了。"建侯想了想，说："巧得很，前天报上看见有人在翻译英国哈代的小说《还乡记》，这名称倒也现成；我这部书就叫《海客还乡记》，你瞧好不好！"一顿饭后，建侯忽然要把自序先写；按例，印在书前的自序是全书完稿后才写的。颐谷暗想，这又是倒写法。建侯口述意见，颐谷记下来，整理，发挥，修改，直到淘气出乱子那天的午饭时，才誊清了给建侯过目。经过这两天半的工作，颐谷对建侯的敬畏心理消失干净。青年人的偏激使他对他的主人不留情地鄙视；他看到了建侯的无聊、虚荣、理智上的贫乏，忽视了建侯为人和待人的好处。他该感激建侯肯出相当高的价钱雇自己来干这种不急之务；他只恨建侯倚仗有钱，牺牲青年人的时间和精力来替他写无意义的东西。当时他对着猫抓破的稿子，只好捺住脾气再抄写一次。也许淘气这畜生倒是位有识、有胆的批评家，它的摧残文物的行为，安知不是对这篇稿子最痛快有效的批评呢？想到这里，颐谷苦笑了。

建侯知道了这事，同情以外，还向颐谷道歉自己的疏忽。颐谷再没理由气愤了。过一天早晨，建侯一见颐谷，就说："今天下午四点半钟，内人请你喝茶。"颐谷客气地傻笑着，真觉得受宠若惊。建侯接着说："她本想认识你，昨天晚上我对她讲了淘气跟你捣乱，她十分抱歉，把淘气骂了一顿。今天刚有茶会，顺便请你进去谈谈。"这使颐谷自惭形秽起来，想自己不懂礼节，没有讲究衣服，晋见时髦太太，准闹笑话，他推辞说："都是生人，我去不好意思。"建侯和蔼地说："没有什么不好意思。今天来的都是你听见过的人，只有在我家里，你才会看见他们聚在一起。你不要错过机会。我有事要出去，请你把第一章关于纽约的资料收集起来。到四点半，我来领你进去。假如我不来，你叫老白作向导。"颐谷整半天什么事也没心思做，幸而建侯不在，可以无忌惮地怠工。很希望接触那许多名字有电磁力的人，而又害怕他们笑自己，瞧不起自己。最好是由建侯带领进去，羞怯还好像有个缓冲；如果请老白领路，一无保障地进客厅，那就窘了。万一建侯不来，非叫到老白不可，问题就多了！假使准时进去，旁的客人都没到，女主人定要冷笑，吃东西时的早到和迟退，需要打仗时抢先和断后那样的勇气，自己不敢冒这个险。假如客人都来了，自己后去，众目所注，更受不了。想来想去，只有一个办法，四时半左右，机灵着耳朵听门铃响。老白引客人到客厅，得经过书房。第一个客人来，自己就紧跟着进去；女主人和客人都忙着彼此应酬，自己不致在他们注意焦点下局促不安。

到时候是建侯来陪他进去的。一进客厅，颐谷脸就涨红，眼睛前起了层水气，模糊地知道有个时髦女人含笑和自己招呼。坐下去后，颐谷注视地毯，没力量抬眼看李太太一下，只紧张地觉着她在对面，忽然发现自己的脚伸得太出，忙缩回来，脸上的红又深了一个影子。他也没听清李太太在讲淘气什么话。李太太看颐谷这样怕羞，有些带怜悯的喜欢，想这孩子一定平日没跟女人打过交道，就问："齐先生，你学校里是不是男女同学的？"李太太明知道在这个年头儿，不收女人的学校正像收留女人的和尚寺一样的没有品。

"不是的——"

"呀？"李太太倒诧异了。

"是的，是的！"颐谷绝望地矫正自己。李太太跟建侯做个眼色，没说什么，只向颐谷一笑。这笑是爱默专为颐谷而发的。像天桥打拳人卖的狗皮膏药和欧美朦胧派作的诗，这笑里的蕴蓄，丰富得真是说起来叫人不信。它含有安慰、保护、喜欢、鼓励等等成分。颐谷还不敢正眼看爱默，爱默的笑，恰如胜利祈祷、慈善捐款等好心好意的施与，对方并未受到好处。老白又引客人进来，爱默起身招待，心还逗留在这长得聪明的孩子身上，想他该是受情感教育的年纪了。建侯拍颐谷的肩说："别拘谨！"李氏夫妇了解颐谷怕生，来了客人，只浮泛地指着介绍，远远打个招呼，让他坐在不惹人注目的靠壁沙发里。颐谷渐渐松弛下来，瞻仰着这些久闻大名的来客。

高个子大声说话的是马用中，有名的政论家，每天在《正论报》上发表社评。国际或国内起什么政治变动，他事后总能证明这恰在他意料之中，或者他曾暗示地预言过。名气大了，他的口气也大了。尤其在私人谈话时，你觉得他不是政论家，简直是政治家，不但能谈国内外的政情，并且讲来话像他就是举足轻重的个中人，仿佛天文台上的气象预测者说，刮风或下雨自己都作得主一样。他曾在文章里公开告诉读者一桩生活习惯：每天晚上他在上床睡觉以前，总把日历当天的一张撕掉，不像一般人，一夜醒来看见的还是没有撕去"昨日之日"。从这个小节，你能推想他自以为是什么样的人。这几天来中日关系紧张，他不愁社论没有题目。

斜靠在沙发上，翘着脚抽烟斗的是袁友春。他自小给外国传教士带了出洋。跟着这些迂腐的洋人,传染上洋气里最土气的教会和青年会气。承他情瞧得起祖国文化,回国以后,就向那方面花工夫。他认为中国旧文明的代表,就是小玩意、小聪明、帮闲凑趣的清客,所以他的宗旨仿佛义和拳的"扶清灭洋",高搁起洋教的大道理,而提倡陈眉公、王百谷等的清客作风。读他的东西,总有一种吃代用品的感觉,好比涂面包的植物油,冲汤的味精。更像在外国所开中国饭馆里的"杂碎",只有没吃过地道中国菜的人,会上当认为是中华风味。他哄了本国的外行人,也哄了外国人——那不过是外行人穿上西装。他最近发表了许多讲中国民族心理的文章,把人类公共的本能都认为中国人的特质。他的烟斗是有名的,文章里时常提起它,说自己的灵感全靠抽烟,好比李太白的诗篇都从酒里来。有人说他抽的怕不是板烟,而是鸦片,所以看到他的文章,就像鸦片瘾来,直打呵欠,又像服了麻醉剂似的,只想瞌睡。又说,他的作品不该在书店里卖,应当在药房里作为安眠药品发售,比"罗明那儿"(Luminal)、"渥太儿"(Ortal)都起作用而没有副作用。这些话都是忌妒他的人说的,当然做不得准。

　　这许多背后讲他刻薄话的人里,有和他互相吹捧的朋友陆伯麟,就是那个留一小撮日本胡子的老头儿。他虽没讲起抽板烟,但他的脸色只有假定他抽烟来解释。他两眼下的黑圈不但颜色像烟熏出来的,并且线形也像缭绕弯曲、引人思绪的烟篆。至于他鼻尖上黯淡的红色,只譬如虾蟹烘到热气的结果。除掉向日葵以外,天下怕没有像陆伯麟那样亲日的人或东西。一向中国人对日本文明的态度是不得已而求其次,因为西洋太远,只能把日本偷工减料的文明来将就。陆伯麟深知这种态度妨碍着自己的前程,悟出一条妙法。中国人买了日本货来代替西洋货,心上还鄙夷不屑,而西洋人常买了日本古玩当中国珍品,在伦敦和巴黎旧货店里就陈列着日本丝织的女人睡衣,上面绣条蟠龙,标明慈禧太后御用。只有宣传西洋人的这种观点,才会博得西洋留学生对自己另眼相看。中国人抱了偏见,瞧不起模仿西洋的近代日本,他就提倡模仿中国的古代日本。日本文明学西洋像了,人家说它欠缺创造力;学中国没有像,他偏说这别有风味,自成风格,值得中国人学习,好比说酸酒兼有酽醋之妙一样。更进一步,他竟把醋作为标准酒。中国文物不带盆景、俳句、茶道的气息的,都给他骂得一文不值。他主张作人作文都该有风趣。可惜他写的又像中文又像日文的"大东亚文",达不出他的风趣来,因此有名地"耐人寻味"。袁友春在背后曾说,读他的东西,只觉得他千方百计要有风趣,可是风趣出不来,好比割去了尾巴的狗,把尾巴骨乱转乱动,办不到摇尾巴讨好。他就是为淘气取名"〔甦〕己"的人。

　　科学家郑须溪又瘦又小,可是他内心肥胖,并不枯燥。他曾在德国专攻天文学。也许受了德国文化的影响,他立志要做个"全人",抱有知识上的帝国主义,把人生各方面的学问都霸占着算自己的领土。他自信富于诗意,具有浪漫的想象和情感,能把人生的丰富跟科学的精确调剂融会。所以他谈起天上的星来,语气宛如谈的是好莱坞里的星。有一位中年不嫁的女科学家听他演讲电磁现象,在满场欢笑声中,羞得面红耳赤,因为他把阴阳极间的吸引说得俨然是科学方法核准的两性恋爱。他对政治、社会等问题,也常发表言论,极得青年人的爱戴。最近他可不大得劲。为了学生爱国运动闹罢课的事，他写一篇文章，说自己到德国学天文的动机也是雪国耻：因为庚子之役，德国人把中国的天文仪器搬去了，所以他想把德国人的天文学理灌输到中国来，这是精神战胜物质的榜样。这桩故事在平时准会大家传诵，增加他的名声。不幸得很，自从国际联盟决议予中国以"道义上的援助"，相类的名词像"精神上的胜利"，也引起青年人的反感。郑须溪因此颇受攻击。

　　西装而头发剃光的是什么学术机关的主任赵玉山。这个机关里雇用许多大学毕业生在编辑精博的研究报告。最有名的一种，《印刷术发明以来中国书刊中误字统计》，就是赵玉山定的题目。据说这题目一辈子做不完，最足以培养学术探讨的耐久精神。他常宣称："发现一个误字的价值并不亚于哥伦布的发现新大陆。"哥伦布是否也认为发现新大陆并不亚于发现一个误字，听者无法问到本人，只好点头和赵玉山同意。他平时沉默寡言，没有多少趣味。但他曾为李太太牺牲一头头发，所以有资格做李家的惯客。他和他的年轻太太，不很相得。这位太太喜欢热闹，神经健全得好像没有感觉似的。日常生活都要声音做背景，留声机和无线电，成天交替地开着。这已经够使赵玉山头痛。她看惯了电影，银幕上的男女每到爱情成就时接吻，海陆空中会飘来音乐助兴。所以她坚持卧室里有时必须开无线电，不管是耶稣诞夜，电台广播的大半是赞美诗，或是国庆日的晚上，广播的是《卿云歌》。可怜她先生几乎因此害神经衰弱症。他们初到北平时，李氏夫妇曾接风请吃午饭，赵太太一见李太太，心里就讨厌她风头太健，把一切男人呼来唤去。吃完饭，大家都称赞今天菜好，归功于厨子的艺术和建侯的提调。建侯说："诸位别先夸奖！今天有赵太太，她在大学家政系得过学位，是烹饪的权威，该请她指教批评。"赵太太放不过这个扫李太太面子的好机会，记得家政学讲义里一条原则，就有恃无恐地说："菜的口味是好极了，只是颜色太单调些，清蒸的多，黄焖和红烧的少，不够红白调匀，在感受上起不了交响乐的那种效果。"那时候是五月中旬，可是赵太太讲话后，全席的人都私下抽口冷气。赵玉山知道他太太的话，无字不误，只没法来校勘订正。李太太笑着打趣说："下次饭菜先送到美容院去化了装，涂脂擦粉，再请赵太太来品定。"陈侠君哈哈大笑道："干脆借我画画的颜色盆供在饭桌上得啦。"赵太太讲错了话，又羞又气，在回家路上忽然想起李太太本人就是美容医院的产品，当时该说这句话来堵爱默的嘴："美容院还不够，该送到美容医院去。"只恨自己见事太迟，吃了眼前亏。从此她和李太太结下深仇，不许丈夫去，丈夫偏不听话，她就冤枉他看上爱默。有一次夫妇俩又为这事吵嘴，那天玉山才理过发，她硬说他头光脸滑，要向李太太献媚去，使性子满嘴咬了口香橡皮糖吐在玉山头上。结果玉山只好剃光头发，偏是深秋天气，没有借口，他就说头发长了要多消耗头皮上的血液，减少思想效率。他没想到，把这个作为借口，就别希望再留长头发了。李太太知道他夫人为自己跟他反目，请他吃饭和喝茶的次数愈多。外面谣言纷纭，有的说他剃发是跟太太闹翻了，有的说他爱李太太灰了心，一句话，要出家做和尚。陆伯麟曾说他该把剃下来的头发数一数，也许中国书刊里的误字恰是这个数目，省得再去统计。他睁大了眼说："伯老，你别开玩笑！发现一个错字跟发现一个新大陆同样的重要……"

举动斯文的曹世昌，讲话细声细气，柔软悦耳，隔壁听来，颇足使人误会心醉。但是当了面听一个男人那样软绵绵地讲话，好多人不耐烦，恨不得把他像无线电收音机似的拨一下，放大他的声音。这位温文的书生爱在作品里给读者以野蛮的印象，仿佛自己兼有原始人的真率和超人的威猛。他过去的生活笼罩着神秘气氛。假使他说的是老实话，那末他什么事都干过。他在本乡落草做过土匪，后来又吃粮当兵，到上海做流氓小弟兄，也曾登台唱戏，在大饭店里充侍者，还有其他富于浪漫性的流浪经验，讲来都能使只在家庭和学校里生活的青年摇头伸大拇指说："真想不到！""真没的说！"他写自己干这些营生好像比真去干它们有利，所以不再改行了。论理有那么多奇趣横生的回忆，他该写本自传，一股脑收进去。可是他只东鳞西爪，写了些带自传性的小说；也许因为真写起自传来，三十多岁的生命里，安插不下他形形色色的经历，也许因为自传写成之后，一了百了，不便随时对往事作新补充。他现在名满文坛，可是还忘不掉小时候没好好进过学校，老觉得那些"正途出身"的人瞧不起自己，随时随地提防人家损伤自己的尊严。蜜里调油的声音掩盖着剑拔弩张的态度。因为地位关系，他不得不和李家的有名客人往来，而他真喜欢结识的是青年学生，他的"小朋友们"。这时大家讲的话，他接谈不来，憋着一肚子的忌妒、愤怒、鄙薄，细心观察这些"绅士"们的丑态，有机会向小朋友们淋漓尽致地刻划。忽然他认清了冷落在一边的颐谷，像是个小朋友的材料。

今天的茶会少不了傅聚卿。《麻衣相法》未可全信，但有时候相貌确能影响人的一生。譬如有深酒窝、好牙齿的女郎，自然爱对人笑；出了"快乐天使"的名气，脾气也会无形中减少暴厉。傅聚卿的眼睛，不知道由于先天还是后天的缘故，自小有斜睨的倾向。他小学里的先生老觉得这孩子眼梢瞟着，表示鄙夷不屑，又像冷眼旁观，挑老师讲书的错儿。傅聚卿的老子是本地乡绅，教师们不敢得罪他。他到十五六岁时，眼睛的效力与年俱进，给他一眼瞧见，你会立刻局促不安，提心吊胆，想适才是否做了傻事，还是瓜皮帽结子上给人挂了纸条子或西装裤子上纽扣没扣好。他有位父执，是个名士，一天对他老子说："我每次碰见你家世兄，就想起何义门的评点，眼高于顶，其实只看到些细节，吹毛求疵。你们世兄的眼神儿颇有那种风味。"傅聚卿也不知道何义门是什么人，听说是苏州人批书的，想来是金圣叹一流人物，从此相信凭自己的面貌可以做批评家。在大学文科三年级时，指定参考书里有英国蒲伯（Pope）的诗。他读到骂《冷眼旁观报》编者爱迪生的名句，说他擅长睨视（leer）和藐视（sneer），又读到那形容"批眼"（The critic eye）的一节，激动得在图书馆阅览室里就像热锅上的蚂蚁。从此他一言一动，都和眼睛的风度调和配合，写文章的语气，也好像字里行间包含着藐视。他知道全世界以英国人最为眼高于顶，而爱迪生母校牛津大学的学生眼睛更高于高帽子顶，可以傲视帝皇。他在英国住过几年，对人生一发傲睨，议论愈高不可攀；甚至你感到他的卓见高论不应当平摊桌上、低头阅读，该设法黏它在屋顶天花板上，像在罗马雪斯丁教堂里赏鉴米开朗琪罗的名画一样，抬头仰面不怕脖子酸痛地瞻望。他在英国学会板着脸，爱理不理的表情，所以在公共集会上，在他边上坐的要是男人，陌生人会猜想是他兄弟，要是女人呢，准以为是他太太，否则他不会那样不瞅不睬的。他也抽烟斗，据他说是受过牛津或剑桥教育的特色。袁友春虽冷笑过："别听他摆架子吹牛，算他到过英国！谁爱抽烟斗就抽！"可是心上总憎嫌傅聚卿，好像自己只能算"私吸洋烟"，而聚卿用得安南鸦片铺的招牌上响当当的字眼："公烟"。

客人有的看表，有的问主人："今天想还有侠君？"李太太对建侯说："我们再等他十分钟，他老是这脾气！"假使颐谷是个多心眼的人，他就明白已到的客人和主人恰是十位，加上陈侠君是十一位，这个拖泥带水的数目，表示有一位客是临时添入的，原来没他的份儿。可是颐谷忙着想旁的事，没工夫顾到这些。他还没打破以貌取人的成见，觉得这些追求真、善、美的名人，本身也应有真、善、美的标志，仿佛屠夫长一身肥肉，珠宝商戴着两三个大戒指。想不到都那样碌碌无奇，他们的名气跟他们的仪表成为使人失望的对照。没有女客，那倒无足惋惜。颐谷从学校里知道，爱好文艺和学问的女学生大多充不得美人样品。所以今天这种知识分子的聚会上，有女客也决不会中看，只能衬出女主人的美貌。从容观察起来，李太太确长得好。嘉宝（Garbo）式的长发披着，和她肩背腰身的轮廓，融谐一气，不像许多女人的头发自成局面，跟身体的外线不相呼应。是三十岁左右的太太了，俏丽渐渐丰满化，趋向富丽。因为皮肤暗，她脸上宜于那样浓妆。因为眼睛和牙齿都好，而颧骨稍高，她宜笑，宜说话，宜变化表情。她虽然常开口，可是并不多话，一点头，一笑，插进一两句，回头又和另一个人讲话。她并不是卖弄才情的女人，只爱操纵这许多朋友，好像变戏法的人，有本领或抛或接，两手同时分顾到七八个在空中的碟子。颐谷私下奇怪，何以来的人都是近四十岁、久已成名的人。他不了解这些有身家名望的中年人到李太太家来，是他们现在惟一经济保险的浪漫关系，不会出乱子，不会闹笑话，不要花钱，而获得精神上的休假，有了逃避家庭的俱乐部。建侯并不对他们猜忌，可是他们彼此吃醋得利害，只肯在一点上通力合作：李太太对某一个新相识感到兴趣，他们异口同声讲些巧妙中听的坏话。他们对外卖弄和李家的交情，同时不许任何外人轻易进李家的交情圈子。这样，李太太愈可望而不可即了。事实上，他们并不是李太太的朋友，只能算李太太的习惯，相与了五六年，知己知彼，呼唤得动，掌握得住，她也懒得费心机更培养新习惯。只有这时候进来的陈侠君比较上得她亲信。

理由是陈侠君最闲着没事做，常能到李家来走动。他曾在法国学过画，可是他不必靠此为生。他尝说，世界上资本家以外，和"无产阶级"的劳动者对峙的还有一种"无业阶级"，家有遗产、不务正业的公子哥儿。他勉强算属于这个阶级。他最初回国到上海，颇想努力振作，把绘画作为职业。谁知道上海这地方，什么东西都爱洋货，就是洋画没人过问。洋式布置的屋子里挂的还是中堂、条幅、横披之类。他的大伯父是有名的国画家，不懂透视，不会写生；除掉"外国坟山"和自来水，也没逛过名山秀水，只凭祖传的收藏和日本的珂罗版《南画集》，今天画幅山水"仿大痴笔意"，明天画幅树石"曾见云林有此"，生意忙得不可开交。这气坏了有艺术良心的陈侠君。他伯父一天对他说："我的好侄儿呀，你这条路走错了！洋画我不懂，可是总比不上我们古画的气韵，并且不像中国画那样用意微妙。譬如大前天一个银行经理求我为他银行里会客室画幅中堂,你们学洋画的人试想该怎样画法,要切银行,要口彩好,又不能俗气露骨。"侠君想不出来,只好摇头。他伯父呵呵大笑,摊开纸卷道:"瞧我画的!"画的是一棵荔枝树,结满了大大小小的荔枝,上面写着:"一本万利图。临罗两峰本。"侠君看了又气又笑。他伯父又问"幸福图"怎样画法,侠君真以为他向自己请教,源源本本告诉他在西洋神话里,幸福女神是个眼蒙布带、脚踏飞轮的女人。他伯父拈着胡子微笑,又摊开一卷纸,画着一株杏花、五只蝙蝠,题字道:"杏蝠者,幸福谐音也;蝠数五,谐五福也。自我作古。"侠君只有佩服,虽然不很情愿。他伯父还有许多女弟子,大半是富商财主的外室;这些财翁白天忙着赚钱,怕小公馆里的情妇长日无聊,要不安分,常常叫她们学点玩艺儿消遣。最理想的当然是中国画,可以卖弄而不难学。拜门学画的先生,不比旁的教师,必须有名儿的,这也很挣面子,而且中国画的名家十九上了年纪,不会引诱女人,可以安心交托。侠君年纪轻,又是花天酒地的法国留学生,人家先防他三分;学洋画听说专画模特儿,难保不也画红楼梦里傻大姐所说的"妖精打架",那就有伤风化了。侠君在上海受够了冷落,搬到北平来住,有了一些说话投机的朋友,渐渐恢复自尊心,然而初回国时那股劲头再也鼓不起来。因为他懒得什么事都不干,人家以为他上了劲什么事都能干。他也成了名流。他只有谈话不懒,晚上睡着了还要说梦话。他最擅长跟女人讲话。他知道女人不喜欢男人对她们太尊敬,所以他带玩弄地恭维,带冒犯地迎合。例如上月里李太太做生日,她已到了愿有人记得她生日而不愿有人知道她生年的时期,当然对客人说自己老了,大家都抗议说:"不老!不老!"只有陈侠君说:"快该老了!否则年轻的姑娘们都给您比下去了,再没有出头的日子啦!"

客人齐了,佣人送茶点上来。李太太叫颐谷坐在旁边,为自己斟第一杯茶,第二杯茶就给他斟,问他要几块糖。颐谷客气地踌躇说:"谢谢,不要糖。"李太太注视他,微笑低声说:"别又像刚才否认你学校里有女学生,这用不到客套!不搁糖,这茶不好喝。我干脆不问你,给你加上牛奶。"颐谷感谢天,这时候大家都忙着谈话,没人注意到自己的窘态,李太太的笑容和眼睛表情使他忽然快乐得仿佛心给热东西烫痛了。他机械地把匙调着茶,好一会没听见旁人在讲什么。

建侯道:"侠君,你来的时候耳朵烧没有?我们都在骂你。"

陈侠君道:"咱们背后谁不骂谁——"

爱默插嘴说:"我可没骂过谁。"

侠君左手按在胸口,坐着向爱默深深弯背道:"我从没骂过你。"回头向建侯问:"骂我些什么呢?何妨讲来听听,'有则改之,无则加勉。'"

马用中喝完茶还得上报馆做稿子,便抢着说:"骂你臭架子,每次有意晚到,耽误大家的时间,恭候你一个人。"

袁友春说:"大家说你这艺术家的习气是在法国拉丁区坐咖啡馆学来的,说法国人根本没有时间观念,所以'时间即金钱'那句话还得向英文去借。我的见解不同,我想你生来这迟到的脾气,不,没生出来就有这脾气,你一定十月满足了还赖在娘胎里不肯出世的。"

大家都笑了，陈侠君还没回答，傅聚卿冷冷地说："这幽默太笨重了，到肉铺子里去称一下，怕斤两不小。"

袁友春脸上微红，睁眼看傅聚卿道："英国人用磅作单位的，不讲斤两，你露出冒牌英国佬的马脚来了。"

陈侠君喝着茶说："可惜！可惜！这样好茶给你们润了嗓子来吵嘴，真冤哪！我今天可不是故意累你们等，方才送一个朋友全家上车回南边去，所以来迟了。这两天风声又紧起来，好多人想搬家离开这儿。老马，你说，这仗打得起来不？你的消息该比我们灵通罗。"

曹世昌涵意深微地说："你该看他的社论。国家大事，私人访问，恕不答复。"

几张嘴同时说："为了读他的社论，看不出所以然，所以要问他。"颐谷也觉得这关系到切身利害，只等马用中吃完了"三明治"腾出嘴来讲话。李太太说："是呀！我也得有个准备。北平真危险的话，只有把上海出租的房子要回来，建侯得先到南边去料理了。可是三年前的夏天，比现在紧张多呢！日本飞机在头上转，大家都抢着回南，平沪特快车头二等的走廊里站满了乘客，三等车里挤得一宵转身不得，什么笑话都有。到后来，大事化为无事，去的人又回来，白忙了一趟。这几年来，我们受惯了虚惊，也许什么事儿没有。用中，你瞧怎样？"

马用中好像没忘记生理卫生关于淀粉应在嘴里消化的教训，仔细咀嚼面包，吃完了把碟子旁的手巾拂去胸前沾的面包屑，皱着眉头说："这事很难肯定地说……"

李太太使性说："那不行！你非讲不可。"傅聚卿道："为什么这样吞吞吐吐？何妨把你自己的眼光来决断一下。老实告诉你，老马，我就从来没把你的话作准；反正你在这儿讲话又不是做社论，你不负什么文责。要知祸福吉凶，我们自会去求签卜卦，请教摆测字摊的人，不会根据你大政论家的话来行动。"

马用中只当没听见，对李太太说："我想战事暂时不会起。第一，我们还没充分准备。第二，我得到消息，假使日本跟我们开战，俄国也许要乘机动手，这消息的来源我不能公布，反正是顶可靠的。第三，英美为保护远东利益，不会坐视日本侵略中国，我知道它们和我们当局有实际援助的默契。日本怕俄国，也不能不顾忌到英美，决不敢真干起来。第四，我们政府首领跟希特勒、墨索里尼最友善，德国、意国都和我们同情，断不至于帮了日本去牵制英美。所以，我们的观察，两三年内还不会有战争。当然，天下常有意料不到的事。"

李太太恨道："你这人真讨厌！听了你一大堆话，刚有点放心，又来那么泄气的一句！"马用中抱歉地傻笑，仿佛战事意外发生都是他失察之咎。曹世昌问："那么，当前的紧张局面怎样了结呢？"

袁友春轻蔑地说："哼！还有什么？我们只能让步。"

"那可糟啦！"建侯说，颐谷心里也应声回响。

"不让步事情更糟。"傅聚卿、陆伯麟同时说。

陈侠君道："让步！让到什么时候得了？大不了亡国，倒不如干脆跟日本拼个你死我活。老实讲，北平也不值得留恋了。在这种委屈苟安的空气里，我们一天天增进亡国顺民的程度,我就受不了!只有打!"说时拍着桌子,表示他的言行一致,好像证明该这样打日本人的。坐在他右面的赵玉山吓得直跳起来,把茶都泼在衣服上。

李太太笑道:"瞧你这股傻劲儿!小心别打破我的茶杯。'打!'你肯上前线去打么?"

侠君正在向玉山道歉说:"都是我不好!回头你太太又该借这茶渍跟你吵了——"听见这话,回脸过来说:"我不肯,我不能,而且我不敢。我是懦夫,我怕炮火。"

建侯耸了耸肩,对人家做个眼色,傅聚卿说:"你肯承认自己懦弱,这就是最大的勇气。这个年头儿,谁都不敢讲自己怕打仗。敢这样坦白讲的,你还是第一个。有些人把他们的畏缩掩饰成政策,说维持和平,说暂时妥协,不可轻举妄动,意气用事。有些人高喊着抗战,只希望虚声夺人,把呐喊来吓退日本,心上并不愿意,也并不相信这战争真能发生。千句并一句说,大家都胆小得要装勇敢,就没人有胆量敢诚实地懦弱。可是你自己怕打仗,又主张打仗,这未免有些矛盾。"

侠君把牛奶倒在茶碟里,叫淘气来舐,抚摸着淘气的毛,回答说:"这并不矛盾。这正是中国人传统的心理,这也是猫的心理。我们一向说,'善战者服上刑','佳兵不祥',但是也说,'不得已而用兵'。怕打仗,躲避打仗,无可躲避了就打。没打的时候怕死,到打的时候怕得忘了死。我中国学问根柢不深,记不起古代什么一位名将说过,士兵的勇气都从畏惧里出来,怕惧敌人,但是更怕惧自己的将帅,所以只有努力向前杀敌。譬如家畜里胆子最小的是猫,可是我们只看见小孩子给家里养的猫抓破了皮,从没见过家里养的狗会咬痛小孩子。你把不满一岁的小孩子或小狗跟小猫比一下,就明白猫和其他两种四足家畜的不同。你对小孩子恐吓,装样子要打他,他就哭了。你对小狗这样,它一定四脚朝天,摆动两个前爪,仿佛摇手请你别打,身子左右滚着。只有小猫,它愈害怕态度愈凶,小胡子根根挺直,小脚爪的肌肉像张满未发的弓弦,准备跟你拼命。可是猫远不如狗的勇敢,这大家都知道。所以,怕打仗跟能打仗并不像傅聚卿所想象的那样矛盾。"

袁友春觉得这段议论颇可以留到自己讲中国人特性的文章里去用,所以一声不响,好像没听见。陆伯麟道:"我从没想到侠君会演说。今天的事大可以编个小说回目:'拍桌子,陈侠君慷慨宣言;翻茶杯,赵玉山淋漓生气',或者:'陈侠君自比小猫;赵玉山妻如老虎。'"大家都笑说陆伯麟"缺德",赵玉山一连摇头道:"胡说!不通!"

曹世昌说:"我没有陈先生的气魄,不过,咱们知识分子有咱们对国家的职责。咱们能力所及,应该赶快去做。我想咱们应当唤起国际的同情,先博得舆论的支持,对日本人无信义的行为加以制裁。这种非官方的国外宣传,你们精通外国文的人更应该做。袁先生在这一方面有很大的成绩,傅先生您亦何妨来一下?今年春天在伦敦举行的中国艺术展览会已经引起全世界文化人士对中国的注意,这是最好的机会,千万不要错过。打铁趁它热——假使不热,咱们打得它发热。"这几句话讲得颐谷心悦诚服,想毕竟是曹世昌有道理。

傅聚卿道："你太瞧得起我了，这事只有友春能干。可是，你把外国的同情也看得过高，同情不过是情感上的奢华，不切实际的。我们跟玉山很同情，咱们中间谁肯出傻力气帮他去制服赵太太？咱们亲眼看见陈侠君害他泼了一身茶，陆伯老讲话损他，咱们为他抱不平没有？外国人知道切身利益有关，自然会来援助。现代的舆论并非中国传统所谓清议。独裁国家里，政府的意旨统制报纸的舆论，绝不是报纸来左右政府，民治国家像英国罢，全国的报纸都操纵在一两个报阀的手里，这种报阀不是有头脑有良心的知识分子，不过是靠报纸来发财和扩大势力的野心资本家，哪里会主持什么公道？至于伦敦画展呢，让我告诉你一句耐人寻味的话。有位英国朋友写信给我说，从前欧洲一般人对日本艺术开始感觉兴趣，是因为日俄之战，日本人打了胜仗；现前断定中日开战，中国准打败仗，所以忽然对中国艺术发生好奇心，好比大房子要换主人了，邻居就会去探望。"

陆伯麟打个呵欠道："这些话都不必谈。反正中国争不来气，要依赖旁人。跟日本妥协，受英美保护，不过是半斤八两。我就不明白这里面有什么不同。要说是国耻，两者都是国耻。日本人诚然来意不善，英美人何尝存着好心。我倒宁可倾向日本，多少还是同种，文化上也不少相同之处。我知道我说这句话要挨人臭骂的。"

陈侠君道："这地道是'日本通'的话。平时的日本通，到战事发生，好些该把名称倒过来，变成'通日本'，——伯老，得罪得罪！冒犯了你，我们湖南人讲话粗鲁，不知忌讳的。"后面这几句话因为陆伯麟气得脸色翻白，捻胡子的手都抖着。中国各地只有两广人、湖南人，勉强凑上山东人，这四省人可以雄赳赳说："我们这地方的人就生来这样脾气。"他们的生长地点宛如一个辩论的理由、挑战的口号。陆伯麟是沪杭宁铁路线上的土著，他的故乡叫不响；只有旁人背后借他的籍贯来骂他，来解释或原谅他的习性，在吵架时自己的籍贯助不了声势的。所以他一时上竟想不出话来抵挡陈侠君的"我们湖南人"，再说，自己刚预言过要挨骂，现在预言居然中了，还怨什么？

郑须溪赶快避开争端说："从政治的立场来看，我们是否该宣战，我不敢决定。我为了多开口，也已经挨了青年人的骂。但是从超政治的观点来讲，战争也许正是我们民族精神的需要，一个大规模的战争可以刺激起我们这个民族潜伏着的美德，帮我们恢复精神的健康和国家的自尊心。当然，痛苦是免不了的，死伤、恐怖、流离、饥荒，以及一切伊班涅茨的'四骑士'所能带来的灾祸。但这些都是战争历程中应有的事，在整个光荣壮烈的英雄气魄里，局部的痛苦得了补偿。人生原是这样，从丑和恶里提炼出美和善。就像桌子上新鲜的奶、雪白的糖、香喷喷的茶、精美可口的点心，这些好东西入口以后，到我们肠胃里经过生理化学的作用，变质变形，那种烂糊糟糕的状态简直不堪想象，想起来也该替这些又香又甜的好东西伤心叫屈。可是非有这样肮脏的过程，肉体不会美和健康。我——"

李太太截断他道："你讲得叫人要反胃了！我们女人不爱听这种拐弯抹角的议论。人生有许多可恨、可厌，全不合理的事，没法避免。假如战争免不了，你犯不着找深奥的理由，证明它合理，证明它好。你为战争找道理，并不能抬高战争，反而亵渎了道理，我们听着就对一切真理发生猜疑，觉得也许又是强辩饰非。我们必需干的事，不一定就是好事。你那种说法，近乎自己骗自己，我不赞成。"颐谷听得出了神，注视着爱默讲话时的侧面，眼睛像两星晶莹的火，燃烧着惊奇和钦佩。陈侠君眼快，瞧见他这样子，微笑向爱默做个眼色。爱默回头看颐谷，颐谷羞得低下头去，手指把面包捻成一个个小丸子。陈侠君不放松地问："这位先生贵姓？适才来迟，荒唐得很，没有请教。"颐谷感到十双眼睛的光射得自己两脸发烧，心里恨不能一刀杀死陈侠君，同时听见自己的声音回答："敝姓齐。"建侯说："我忘掉向你介绍，这位齐先生是帮我整理材料的，人聪明得了不得。""唔！唔！"这是陈侠君的回答。假使世间有天从人愿那一回事，陈侠君这时脸上该又烫又辣，像给颐谷打了耳光的感觉。

"你倒没有聘个女——女秘书？"袁友春问建侯。他本要说"女书记"，忽然想到这称呼太直率，做书记的颐谷听了也许刺耳，所以忙改口尊称"秘书"，同时心里佩服自己的机灵周到。

曹世昌道："这不用问！太太肯批准么？女书记也帮不了多少忙。"

李太太说："这还像句话说。随他用一屋子的女书记，我管不着，别扯到我身上，建侯，对不对？"建侯油腻腻地傻笑。

袁友春道："建侯才可以安全保险地用女书记，决不闹什么引诱良家少女的笑话。家里放着爱默这样漂亮的夫人，他眼睛看高了，要他垂青可不容易。"

陈侠君瞧建侯一眼道："他要引诱，怕也没有胆量。"

建侯按住恼怒，强笑道："你知道我没胆量？"

侠君大叫道："这简直大逆不道！爱默，你听见没有？快把你们先生看管起来。"

爱默笑道："有人爱上建侯，那最好没有。这证明我挑丈夫的眼光不错，旁人也有眼共赏。我该得意，决不吃'忌讳'。"

爱默话虽然漂亮，其实文不对题；因为陈侠君讲建侯看中旁的女人，并非讲旁的女人看中建侯。但也没人矫正她。陈侠君继续说："建侯胆量也许有余，胃口一定不够。咱们人到中年，食色两个基本欲望里，只要任何一个还强烈，人就还不算衰老。这两种欲望彼此相通；根据一个人饮食的嗜好，我们往往可以推出他恋爱时的脾气——"

陆伯麟眼睛盯在面前的茶杯上，仿佛对自己的胡子说："爱默刚才讲她自己决不捻酸吃醋，可是她爱吃醋溜鱼，哼！"建侯道："这话对！侠君专门胡说八道，好像他什么都知道！"

侠君不理会陆伯麟，把头打着圈儿对建侯说："因为她爱吃醋溜鱼，所以我断定她也会吃醋。你小心着，别太乐！"

李太太笑道："这真是信口开河！好罢，好罢！算我是醋瓶儿、醋罐儿、醋缸儿，你讲下去。"

侠君像皮球给人刺过一针，走漏了气，懒懒地说："也没什么可讲。建侯吃菜的胃口不好，想来他在恋爱上也不是贪多的人。"

"而且一定也精益求精，像他对烹调一样，没有多少女人够得上他的审美标准，"

傅聚卿说。建侯听着，洋洋得意。

"此话大错特错，"侠君忍不住说："最能得男人爱的并不是美人。我们该防备的倒是相貌平常、姿色中等的女人。见了有名的美人，我们只能仰慕她，不敢爱她。我们这种未老已丑的臭男人自惭形秽，知道没希望，决不做癞蛤蟆吃天鹅肉的梦。她的美貌增进她跟我们心理上的距离，仿佛是危险记号，使我们胆怯、懦怯，不敢接近。要是我们爱她，我们好比敢死冒险的勇士，抱有明知故犯的心思。反过来，我们碰见普通女人，至多觉得她长得还不讨厌，来往的时候全不放在眼里。吓！忽然一天发现自己糊里糊涂地，不知什么时候让她在我们心里做了小窝。这真叫恋爱得不明不白，恋爱得冤枉。美人像敌人的正规军队，你知道戒备，即使打败了，也有个交代。平常女子像这次西班牙内战里弗郎哥的'第五纵队'，做间谍工作，把你颠倒了，你还在梦里。像咱们家里的太太，或咱们爱过的其他女人，一个都说不上美，可是我们当初追求的时候，也曾为她们睡不着，吃不下——这位齐先生年纪虽轻，想来也饱有经验？哈哈！"颐谷听着侠君前面一段议论，不由自主地佩服他观察得入情入理，没想到他竟扯到自己头上，涨红了脸，说不出话，对陈侠君的怨恨复活了。

李太太忙说："侠君，你这人真讨厌——齐先生，别理他。"

袁友春道："侠君，你适才讲咱们的太太不美，这'咱们'里有没有建侯？"曹世昌、赵玉山都和着他。

李太太笑道："这不用问，当然有他。我也是'未老先丑'，现在已老更丑。"

侠君慌的缩了头，手抓着后脑，做个鬼脸。陆伯麟都忍不住笑了。

马用中说："你们说话都不正经。我报馆里有两个女职员做事都很细心认真。玉山，你所里好像也有女研究员？"

赵玉山道："我们有三个，都很好。像我们这研究所，一般年轻女人会觉得沉闷枯燥，决不肯来。我的经验是，在大学专修自然科学、中国文学、历史、地理的女学生，都比较老实认真。只有读西洋文学的女学生最要不得，满脑子的浪漫思想，什么都不会，外国文也没读通，可是动不动要了解人生，要做女作家，要做外交官太太去招待洋人，顶不安分。从前傅聚卿介绍过这样一个宝贝到我们所里来，好容易我把她撵走了，聚卿还怪着我呢。"

傅聚卿道："我不怪你旁的，我怪你头脑顽固，胸襟狭小，容不下人。"

郑须溪道："这话不错。玉山该留她下来，也许你们所里的学术空气能把她潜移默化，使她渐渐跟环境适合，很可能成为一个人才。"

陆伯麟笑说："我想起一桩笑话。十几年前，我家还在南边。有个春天，我陪内人到普陀山去烧香，就住在寺院的客房里。我看床铺的样子，不很放心，问和尚有没有臭虫。和尚担保我没有，'就是有一两个，佛门的臭虫受了菩萨感应，不吃荤血；万一真咬了人，阿弥陀佛，先生别弄死它，在菩萨清静道场杀生有罪孽的。'好家伙！那天我给咬得一宵没睡。后来才知道真有人听和尚的话。有同去烧香的婆媳两人，那婆婆捉到了臭虫，便搁在她媳妇的床上，算是放生积德，媳妇嚷出来，传为笑话。须溪讲环境能感化性格，我想起和尚庙的吃素臭虫来了。"大家都哈哈大笑。

郑须溪笑完道:"伯老,你不要笑那和尚,他的话有一部分真理。臭虫跟佛教程度差得太多了,陈侠君所谓'心理距离'相去太远,所以不会受到感化。智力比较高的动物的确能够传染主人的脾气,这一点生物学家和动物心理学家都承认。譬如主人爱说笑话,来的朋友们常哈哈大笑,他养的狗处在这种环境里,也会有幽默,常做出滑稽引人笑的举动,有时竟能嘻开嘴学人的笑容。记得达尔文就观察到狗能模仿人的幽默,我十几年前看德国心理学家泼拉埃讲儿童心理的书里,也提起这类事。我说学术空气能改变女人的性格,并非大帽子空话。"

陆伯麟道:"狗的笑容倒没见过,回头养条狗来试验试验。可是我听了你的科学证明,和你绝对同意。我喜欢书,所以我家里的耗子也受了主人的感化,对书有特别嗜好,常把我的书咬坏。和尚们也许偷偷吃肉,所以寺院里的虱子不戒腥荤。你的话对极了。"说完话向李太太挤挤眼,仿佛要她注意自己讽刺的巧妙。

郑须溪摇头道:"你这老头子简直不可理喻。"袁友春道:"何必举狗的例子呢?不现成有淘气么?你们细心瞧它动作时的腰身,婀娜刚健,有时真像爱默,尤其是它伸懒腰的姿态。它在李府上养得久了,看惯美丽女主人的榜样,无形中也受了感化。"

李太太道:"我不知道该骂你,还是该谢你。"

陈侠君道:"他这话根本不对。淘气在李家好多年了,不错,可是它也有男主人哪!为什么它不模仿建侯?你们别笑,建侯又要误会我挖苦他了。建侯假如生在十六世纪的法国,他这身段的曲线美,不知该使多少女人倾倒爱慕,不拿薪水当他的女书记呢!那时候的漂亮男女,都得把肚子凸出——法国话好像叫 Panserons——鼓得愈高愈好,跟现代女人的束紧前面腹部而耸起后面臀部,正是相反。建侯算得古之法国美少年,也配得做淘气的榜样。所以我说老袁倒果为因。并不是淘气学爱默的姿态,是爱默参考淘气的姿态,神而明之,自成一家。这话爱默听了不会生气的。倾国倾城,天字第一号外国美人是埃及女皇克娄巴德拉——埃及的古风是女人愈像猫愈算得美。在朋友们的太太里,当然推爱默穿衣服最称身,譬如我内人到冬天就像麻口袋里盛满了棒子面,只有你那合式样儿,不像衣服配了身体做的,真像身体适应着衣服生长。这不是学淘气的一身皮毛么?不成淘气会学了你才生皮长毛?"

爱默笑道:"小心建侯揍你!你专讲废话。"建侯把面前一块 éclair 给陈侠君道:"请你免开尊口,还是吃东西吧,省得嘴闲着又要嚼蛆。"侠君真接了咬着,给点心堵住了上下古今的议论。

傅聚卿说:"我在想侠君讲的话。恋爱里的确有'心理距离',所以西洋的爱神专射冷箭。射箭当然需要适当的距离,红心太逼近了箭射不出,太远隔了箭射不到;地位悬殊的人固然不易相爱,而血统关系太亲密的人也不易相爱。不过这距离不仅在心理方面。各位有这个经验么?有时一个女人远看很美,颇为可爱,走近了细瞧,才知道全是假的,长得既不好看,而且化妆的原料欠讲究,化妆的技巧也没到家。这种娘儿们打的什么主意,我真想不出。花那么多的心思和工夫来打扮,结果只能站在十码以外供人远眺!是否希望男人老远的已经深深地爱上她们,到走近看明了真相,后悔无及，只有将错就错，爱她们到底？今天听侠君的话，才明白她们跟枪炮一样，放射力有一定的距离，这种女人，我一天不知要碰见多少，我恨死了她们，觉得她们要骗我的爱，我险的上当。亏得我生在现代，中国风气开通，有机会对她们仔细观察，矫正一眼看去的幻觉。假使在古代，关防严密，惟有望见女人凭着高楼的栏杆，或者瞥见她打起驴车的帘子。可望而不可即，只好一见生情，倒煞费心机去追求她，那冤不冤！我想着都发抖。"说时傅聚卿打个寒噤。建侯笑得利害，不但嘴笑，整个矮胖的身体也参加这笑。

陈侠君早吃完那块糕，叹口气说："聚卿，你眼睛终是太高呀！我们上半世已过的人，假如此心不死，就不能那样苛求。不但对相貌要放低标准，并且在情感方面也不宜责备求全。十年前我最瞧不起那些眼开眼闭的老头子，明知他们的年轻姨太太背了自己胡闹，装傻不管。现在我渐渐了解他们，同情他们。除非你容忍她们对旁人的爱，你别梦想她们会容忍你对她们的爱。我在巴黎学画的时候，和一个科西嘉的女孩子很要好，后来发现她是虔诚的天主教徒，要我也进教才肯结婚，仿佛她就是教会招揽主顾的女招待，我只好把她甩了。我那时要求女人全副精神爱我，整个心里装满的是我，不许留一点点给任何人，上帝也是我的情敌，她该为我放弃他，她对我的爱情应该超越一切宗教的顾忌。可是现在呢？我安分了，没有奢望了，假如有可爱的女人肯大发慈悲，赏赐我些剩余的温柔，我像叫化子讨得残羹冷炙，感激涕零。她看我一眼，对我一笑，或脸一红，我都记在心上，贮蓄着有好几天的思量和回味。打仗？我们太老啦！可是还不够老，只怕征兵轮到我们。恋爱？我们太老啦！可是也不够老，只怕做情人轮不着我们！"

马用中起身道："侠君这番话又丧气，又无耻。时候不早了，我先走一步。李太太，建侯，谢谢您，再会，再会。别送！齐先生，再见。"曹世昌也同时说侠君的议论"伤风败俗"。建侯听侠君讲话，呆呆的像上了心事，直到马用中叫他名字，才忙站起来，和着爱默说："不多坐一会儿么？不送，不送。"颐谷掏出表来，看时间不早，也想告辞，只希望大家都走，混在人堆里，七嘴八舌中说一句客气话便溜。然而看他们都坐得顶舒服的，不像就走；自己怕母亲盼望，实在坐不住了，正盘算怎样过这一重重告别的难关。李太太瞧见他看表，就说："时间还早啊，可是我不敢多留你，明儿见。"颐谷含糊地向李太太谢了几句。因为他第一次来，建侯送他到大门。出客堂时建侯把门反手关上，颐谷听见关不断的里面说笑声，武断他们说笑着自己，脸更热了。跳上了电车，他忽然记起李太太说"明儿见"。仔细再想一想，把李太太对自己临去时讲的话从记忆里提出来，拣净理清，清清楚楚的"明儿见"三个字。这三个字还没僵冷，李太太的语调还没有消散。"明"字说得很滑溜，衬出"见"字语音的清朗和着重，不过着重得那么轻松只好像说的时候在字面上点一下。那"儿"字隐躲在"明"字和"见"字声音的夹缝里，偷偷的带过去。自己丝毫没记错。心止不住快活地跳，明天这个日子值得等待，值得盼望。颐谷笑容上脸，高兴得容纳不下，恨不得和同车的乘客们分摊高兴。对面坐的一个中年女人见颐谷向自己笑，误会他用意，恶狠狠看了颐谷一眼，板着脸，别过头去。颐谷碰到一鼻子灰，莫名其妙，才安静下来。到了家,他母亲当然问他李太太美不美。他偏说李太太算不得美,皮肤不白啦,颧骨稍微高啦,更有其他什么缺点啦。假如颐谷没着迷,也许他会赞扬爱默俏丽动人;现在他似乎新有了一个秘密,这个秘密初来未惯,躲在他心里,怕见生人,所以他说话也无意中合于外交和军事上声东击西的掩护策略。他母亲年轻结婚的时候,中国人还未发明恋爱。那时候有人来做媒,父母问到女孩子本人,她中意那男人的话,只有红着脸低头,一声不响,至多说句"全凭爹妈作主",然后飞快的跑回房里去,这已算女孩儿家最委婉的表情了。谁料到二三十年后,世情大变,她儿子一个大男孩子的心思也会那么曲折!所以她只打趣儿子,说他看得好仔细,旁的没讲什么。颐谷那天晚上做了好几个颠倒混沌的梦,梦见不小心把茶泼在李太太衣服上,窘得无地自容,只好逃出了梦。醒过来,又梦见淘气抓破自己的鼻子,陈侠君骂自己是猫身上的跳虱。气得正要回骂,梦又转了弯,自己在抚摸淘气的毛,忽然发现抚摸的是李太太的头发,醒来十分惭愧,想明天真无颜见李氏夫妇了。却又偷偷的喜欢,昧了良心,牛反刍似的把这梦追温一遍。

李太太并未把颐谷放在心上。建侯送颐谷出去时,陈侠君道:"这小孩子相貌倒是顶聪明的。爱默,他该做你的私人秘书,他一定死心塌地听你使唤,他这年龄正是为你发傻劲的时候。"爱默道:"怕建侯不肯。"曹世昌道:"侠君,你这人最要不得!你今天把那小孩子欺负得够了。年轻人没见过世面,怪可怜的。"侠君道:"谁欺负他?我看他睁大了眼那惊奇的样子,幼稚得可怜,所以和他开玩笑,叫他别那么紧张。"陆伯麟道:"你自以为开玩笑,全不知轻重。怪不得建侯恼你。"大家也附和着他。说时,建侯进来。客人坐一会,也陆续散了。爱默那晚上睡到下半夜,在前半觉和后半觉接榫处,无故想起日间颐谷对自己的表情和陈侠君的话,忽然感到兴奋,觉得自己还不是中年女人,转身侧向又睡着了。

明天,颐谷正为建侯描写他在纽约大旅馆高楼上望下去,电线、行人、车辆搞得头晕眼花,险的栽出窗子,爱默打门进来。看了他们一眼,又转身像要出去,说:"你们忙着,我不来打搅你们,我没有事。"建侯道:"我们也没有事,你要不要看看我游记的序文?"爱默道:"记得你向我讲过序文的大意了。好,我等你第一章脱稿了,一起看,专看序文没意思。建侯,我想请颐谷抽空写大后天咱们请客的帖子,可以不可以?"颐谷没准备李太太为自己的名字去了外罩,上不带姓,下不带"先生",名字赤裸裸的,好像初进按摩浴室的人没料到侍女会为他脱光衣服。他没等建侯回答,忙说:"可以,可以!就怕我字写不好——"颐谷说了这句谦词,算表示他从容自在,并非局促到语无伦次。建侯不用说也答应。颐谷向爱默手中接过请客名单,把眼花腿软的建侯抛搁在纽约旅馆第三十二层楼窗口,一心来为爱默写帖子了。他替建侯写游记,满肚子的委屈,而做这种琐碎的抄写工作,倒虔诚得像和尚刺血写佛经一样。回家后他还追想着这小事,似乎这是爱默眼里有他的表示。第二天他为爱默复了几封无关紧要的信,第三天他代爱默看了一本作者赠送的新小说,把故事撮要报告她,因为过一天这作者要见到爱默。颐谷并不为这些事花多少心力,午后回家的时候却感到当天的生活异常丰富,对明天也有不敢希望的希望。

写请帖的那一天，李先生已经不很高兴。到李太太叫颐谷代看小说，李先生觉得这不但截断了游记写作，并且像烧热的刀判分猪油，还消耗了中午前后那一段好时间，当天别指望颐谷再为自己工作了。他不好意思当场发作，只隐约感到不安，怕爱默会把这个书记夺去。他当着爱默，冷冷对颐谷说："你看你的小说，把稿子给我，我自己来写。"爱默似笑非笑道："抓得那样紧！你写书不争这一天半天，我明天得罪了人怎么办？你不要我管家事的话，这本书我早看了。"颐谷这时候只知道爱默要自己效劳，全听不出建侯话中用意，当真把稿子交与建侯。建侯接过来，一声不响，黄脸色里泛出青来。爱默看建侯一眼，向颐谷笑着说："费心！"出书房去了。颐谷坐下来看那小说，真是那位作者的晦气！颐谷要让爱默知道自己眼光凶、标准高，对那书里的情节和文字直挑错儿，就仿佛得了傅聚卿的传授似的。建侯呆呆坐着，对面前的稿子瞪眼，没有动笔。平时总是他看表叫颐谷回家吃饭的，今天直到老妈子出来问他要不要开饭，他才对颐谷强笑，吩咐他走，看见他带了那本小说回家，愈加生气。建侯到饭厅里，坐下来喝汤，一言不发，爱默也不讲话。到底女人是创世以来就被压迫的动物，忍耐心好，建侯先开口了："请你以后别使唤我的书记，我有正经事儿要他干。你找他办那些琐碎的事，最好留到下午，等他干完我的正事。"

爱默"哼"了一声用英语说道："你在和我生气，是不是？女佣人站在旁边听着，好意思么？吵嘴也得瞧在什么地方！刚才当着你那宝贝书记的面，叫我下不去，现在好好吃饭，又来找岔子。吃饭的时候别动火，我劝你。回头胃病又要发啦！总有那一天你把我也气成胃病，你才乐意。今天有炸龙虾，那东西很不容易消化。"那女佣人不懂英语，气色和音调是详得出的，肚子里瘖笑道："两口儿在怄气了！你们叽哩咕噜可瞒不过我。"

饭吃完，夫妇到卧室里，丫头把建侯睡午觉的被窝铺好出去。建侯忍不住问爱默道："我讲的话，你听见没有？"

爱默坐在沙发里，抽着烟道："听见！怎会不听见？老妈子、小丫头全听见。你讲话的声音，天安门、海淀都听得到，大家全知道你在教训老婆。"

建侯不愿意战事扩大，妨害自己睡觉，总结地说："听见就好了。"

爱默一眼不瞧丈夫，仿佛自言自语："可是要我照办，那不成。我爱什么时候使唤他，由得我。好一副丈夫架子！当着书记和佣人，对我吆喝！"

建侯觉得躺着吵架，形势不利。床是女人的地盘，只有女人懒在床上见客谈话，人地相宜。男人躺在床上，就像无险可守的军队，威力大打折扣。他坐起来说："这书记是我用的，该听我支配。你叫他打杂差，也得先向我打个招呼。"

爱默扔掉香烟，腾出嘴来供相骂专用，说："只要你用他一天，我有事就得找他。老实说，你给他的工作并不见得比我叫他做的事更有意思。你有本领写书，自己动笔，不要找人。曹世昌、陆伯麟、傅聚卿都写了好多书，谁还没有雇用个书记呢！"

建侯气得把手拍床道："好，好！我明天叫那姓齐的孩子滚。干脆大家没书记用。"

爱默道："你辞掉他，我会用他。我这许多杂事，倒不比你的游记——"

建侯道："你忙不过来，为什么不另用个书记，倒侵占我的人呢？"

爱默道："先生，可省俭为什么不省俭？我不是无谓浪费的女人。并且，我什么时候跟你分过家来？"

建侯道："我倒希望咱们彼此界限分得清一点。"

爱默站起来道："建侯，你说话小心，回头别懊悔。你要分咱们就分。"

建侯知道话说重了，还倔强说："你别有意误解，小题大做。"

爱默冷笑道："我并不误解。你老觉得人家把我比你瞧得起，心里气不过。前天听了陈侠君的胡说？找个相好的女人。吓！你放心，我决不妨碍你的幸福。"建侯气势减缩，强笑道："哈哈！这不是借题发挥是什么？对不住，我要睡了。"他躺下去把被蒙头不作声。爱默等他五分钟后头伸出来，又说："你去问那孩子把那本小说要回来，我不用他代我看了。"

建侯道："你不用假仁假义。我下午有事出门，不到书房去。你要使唤齐颐谷，就随你便罢。我以后也不写什么东西了，反正一切都是这样！我名分下的东西，结果总是给你侵占去了。朋友们和我交情淡，都跟你好；家里的佣人抢先忙着为你，我的事老搁在后面，我的命令抵不上你的方便。侥幸咱们没有孩子，否则他们准像畜生和野蛮人，只知道有母亲，眼睛里不认识我这爸爸。"李太太对养育儿女的态度，正像苏联官立打胎机关的标语："第一次光顾我们欢迎，可是请您别再来！"但是妇科医生严重警告她不宜生产，所以小孩子一次也没来投胎过。朋友们背后说她真是个"绝代佳人"。她此刻回答道："说得好可怜！真是苦命丈夫哪！佣人听我的话，因为我管家呀。谁爱管家！我烦得头都痛了！从明天起，请你来管，让佣人全来奉承你。讲到朋友，那更笑话！为什么嫁你以后，我从前同学时代的朋友一个都不来往了。你向我计较你的朋友，我向谁要我的朋友？再说，现在的朋友可不是咱们俩大家有的？分什么跟我好，跟你不好？你这人真是小孩子气。至于书记呢，这种时局今天不保明天，谁知道能用他多少时候？万一咱们搬家回南，总不能带着他走呀。可是你现在就辞掉他，也得送他一个月的薪水。我并不需要他，不过，你不写东西也犯不着就叫他马上走，有事时可以差唤差唤。到一个月满期，瞧情形再说。这是我女人家算小的话，我又忍不住多嘴讨你厌了。反正以后一切归你管，由你作主。"建侯听他太太振振有词，又讲自己"小孩子气"，不好再吵，便摇手道："这话别提，都是你对。咱们讲和。"爱默道："你只说声'讲和'好容易！我假如把你的话作准，早拆开了！"说着出去了，不睬建侯伸出待拉的讲和的手。建侯一个人躺着，想明明自己理长，何以吵了几句，反而词穷理屈，向她赔不是，还受她冷落。他愈想愈不平。

以后这四五天，建侯不大进书房，成天在外面跑，不知忙些什么。有一两次晚上应酬，也不能陪爱默同去。颐谷的工作并不减少。建侯没有告诉他游记已经停写，仍然不让他空闲，吩咐他摘译材料，说等将来一起整理。爱默也常来叫他写些请帖、谢帖之类，有时还坐下来闲谈一会。颐谷没有姊妹，也很少亲戚来往，寡母只有他一个儿子，管束得很严，所以他进了大学一年，从没和女同学谈过话。正像汽水瓶口尽管封闭得严严密密，映着日光，看得见瓶子里气泡在浮动，颐谷表面上拘谨，心里早蠢搅着无主招领的爱情。一个十八九岁没有女朋友的男孩子，往往心里藏的女人抵得上皇帝三十六宫的数目，心里的污秽有时过于公共厕所。同时他对恋爱抱有崇高的观念，他希望找到一个女人能跟自己心灵契合，有亲密而纯洁的关系，把生理冲动推隔得远远的，裹上重重文饰，不许它露出本来面目。颐谷和爱默接触以后，他的泛滥无归的情感渐渐收聚在一处，而对于一个毫无恋爱经验的男孩子，中年妇人的成熟的姿媚，正像暮春天气或鸭绒褥子一样泥得人软软的清醒不来。恋爱的对象只是生命的利用品，所以年轻时痴心爱上的第一个人总比自己年长，因为年轻人自身要成熟，无意中挑有经验的对象，而年老时发疯爱上的总是比自己年轻，因为老年人自身要恢复青春，这梦想在他最后的努力里也反映着。颐谷到李家第二星期后，已经肯对自己承认爱上李太太了。这爱情有什么结果，他全没工夫去想。他只希望常有机会和她这样接近。他每听见她的声音，他心就跳，脸上布满红色。这种脸色转变逃不过爱默的眼睛。颐谷不敢想象爱默会爱自己，他只相信爱默还喜欢自己。但是有时他连这个信念都没有，觉得自己一味妄想，给爱默知道了，定把自己轻鄙得一文不值。他又忙忙搜索爱默自己也记不得的小动作和表情来证明并非妄想。然而这还不够，爱默心里究竟怎么想呀？真没法去测度。假如她不喜欢自己，好！自己也不在乎，去！去！去她的！把她冷落在心窝外面。可是事情做完，睡觉醒来，发现她并没有出去，依然盘踞在心里，第一个念头就牵涉到她。他一会儿高兴如登天，一会儿沮丧像堕地，荡着单相思的秋千。

　　第三个星期一颐谷到李家，老白一开门就告诉他说建侯昨天回南去了，颐谷忙问为什么，李太太同去没有。他知道了建侯为料理房子的事去上海，爱默一时还不会走，心才定下来，然而终不舒泰。离别在他心上投了阴影。他坐立不安好半天，爱默才到书房里，告诉他建侯星期六晚上回来，说外面消息不好，免不了开战，该趁早搬家，所以昨天匆匆到上海去了。颐谷强作镇静地问道："李太太，你不会就离开北平罢？"像病人等着急救似的等她回答。爱默正要回答，老白进来通报："太太，陈先生来了。"爱默说："就请他到书房里来——我等李先生回来，就收了这儿的摊也去。颐谷，你很可以到南方去进学校，比这儿安全些。"颐谷早料到是这回事，然而听后绝望灰心，只眼睛还能自制着不流泪。陈侠君一路嚷道："爱默，想不到你真听了我的话，建侯居然肯把机要秘书让给你。"他进来招呼了颐谷，对爱默说："建侯昨天下午坐通车回南了？"

　　爱默说："你消息真快！是老白告诉你的吧？"

　　"我知道得很早，我昨天送他走的。"

　　"这事怪了！他事先通知你没有？"

　　"你知道他见了我就头痛，那里会巴巴地来告诉我？我这几天无聊，有朋友走，就到车站去送，借此看看各种各色的人。昨天我送一个亲戚，谁知道碰上你们先生，他看见我好像很不得劲，要躲，我招呼了他，他才跟我说到上海找房子去。你昨天倒没有去送他？"

　　"我们老夫老妻，又不是依依惜别的情人。大不了去趟上海，送什么行？他也不要人送，只带了个手提箱，没有大行李。"

"他有个表侄女和他一起回南,是不是?"侠君含意无穷地盯住爱默。

爱默跳起来道:"呀?什么?"

"他卧车车厢里只有他和一个十七八岁的女孩子,样子很老实,长得也不顶好,见了我只想躲,你说怪不怪?建侯说是他的表侄女?那也算得你的表侄女了。"爱默脸色发白说:"他哪里有什么表侄女?这有点儿蹊跷?"

"是呀!我当时也说,怎么从没听你们说起。建侯挽着那女孩子的手,对我说:'你去问爱默,她会知道。'我听他语气严重,心里有些奇怪,当时也没多讲什么。建侯神气很落落难合,我就和他分手了。"

爱默眼睛睁到无可再大,说:"这里头有鬼。那女孩子什么样子?建侯告诉你她的姓没有?"

陈侠君忽然拍着大腿,笑得前仰后合。爱默生气道:"有什么可笑的?"颐谷恨陈侠君闯来打断了谈话,看到爱默气恼,就也一脸的怒气。侠君笑意未敛,说:"对不住,我忍不住要笑。建侯那大傻子,说做就真会去做!我现在全明白了,那女孩子是他新有的情人,偷偷到南方去度蜜月,没料到会给我这讨厌家伙撞破。他知道这事瞒不了,索性叫我来向你报信。哈哈!我梦想不到建侯还有那一手!这都是那天茶会上把他激出来的。我只笑他照我的话一字没改地去做,拣的对象也是相貌平庸,态度寒窘,样子看来是个没见世面的小孩子,一顿饭、两次电影就可以结交的,北平城里多得是!在她眼里,建侯又阔绰,又伟大,真好比那位离婚的美国女人结识了英国皇太子了。哈哈,这事怎样收场呢!"

爱默气得管束不住眼泪道:"建侯竟这样混账!欺负我——"这时候,她的时髦、能干一下子都褪掉了,露出一个软弱可怜的女人本相。颐谷看见爱默哭了,不知所措,忽然发现了爱默哭的时候,她的年龄,她相貌上的缺陷都显示出来,她的脸在眼泪下也像泼着水的钢笔字,模糊浮肿。同时爱默的眼泪提醒他,她还是建侯的人,这些眼泪是建侯名分里该有的。陈侠君虽然理论上知道,女人一哭,怒气就会减少,宛如天一下雨,狂风就会停吹,但真见了眼泪,也慌得直说:"怎么你哭了?有什么办法,我一定尽力!"

爱默恨恨道:"都是你惹出来的事,你会尽什么力。你去罢,我有事会请你来。我旁的没什么,就气建侯把我蒙在鼓里,我自己也太糊涂!"

侠君知道爱默脾气,扯个淡走了。爱默也没送他,坐在沙发上,紧咬着牙。脸上的泪渍像玻璃上已干的雨痕。颐谷瞧她脸在愤恨里变形换相,变得又尖又硬,带些杀气。他意识到这是一个厉害的女人,害怕起来,想今天还是回家罢,就起身说:"李太太——"

爱默如梦乍醒道:"颐谷,我正要问你,你爱我不爱?"

这句突兀的话把颐谷吓得呆呆的,回答不上来。

爱默顽皮地说:"你别以为我不知道呀!你爱着我。"

怎样否认这句话而不得罪对方,似还没有人知道。颐谷不明白李太太问的用意,也不再愿意向她诉说衷情,只觉得情形严重,想溜之大吉。

爱默瞧第二炮也没打响，不耐烦道："你说呀！"

颐谷愁眉苦脸，结结巴巴道："我——我不敢——"

这并不是爱默想象中的回答，同时看他那为难样子，真教人生气，不过想到建侯的事，心又坚决起来，就说："这话倒有趣。为什么不敢？怕李先生？你看李先生这样胡闹。说怕我罢，我有什么可怕？你坐下来，咱们细细的谈。"爱默把身子移向一边，让出半面沙发拍着叫颐谷坐。爱默问的用意无可误解了，颐谷如梦忽醒，这几天来魂梦里构想的求爱景象，不料竟是这么一回事。他记起陈侠君方才的笑声来，建侯和那女孩子的恋爱在旁人眼里原来只是笑话！一切调情、偷情，在本人无不自以为缠绵浪漫、大胆风流，而到局外人嘴里不过又是一个暧昧、滑稽的话柄，只照例博得狎亵的一笑。颐谷未被世故磨练得顽钝，想到这里，愈加畏缩。

爱默本来怒气勃勃，见颐谷闪闪躲躲，愈不痛快，说："我请你坐，为什么不坐下来！"

颐谷听了命令，只好坐下。刚坐下去，"啊呀！"一声，直跳起来，弹簧的震动把爱默也颠簸着。爱默又惊又怒道："你这人怎么一回事？"

颐谷道："淘气躲在沙发下面，把我的脚跟抓了一把。"

爱默忍不住大笑，颐谷哝着嘴道："它抓得很痛，袜子可能给抓破了。"

爱默伸手把淘气捉出来，按在自己腿上，对颐谷说："现在你可以安心坐了。"

颐谷急得什么推托借口都想不出，哭丧着脸胡扯道："这猫虽然不是人，我总觉得它懂事，好像是个第三者。当着它有许多话不好讲。"说完才觉得这句话可笑。

爱默皱眉道："你这孩子真不痛快！好，你捉它到外面去。"把淘气递给颐谷。淘气挣扎，颐谷紧提了它的颈皮——这事李太太已看不入眼了——半开书房门，把淘气扔出去，赶快带上门，只听得淘气连一接二的尖叫，锐利得把听觉神经刺个对穿，原来门关得太快，夹住了它的尾巴尖儿。爱默再也忍不住了，立起来顺手给颐谷一下耳光，拉开门放走淘气，一面说："去你的，你这大傻瓜！"淘气夹着创痛的尾巴直向里面窜，颐谷带着热辣辣的一片脸颊一口气跑到街上，大门都没等老白来开。头脑里像舂米似的一声声顿着："大傻瓜！大傻瓜！"

李太太看见颐谷跑了，懊悔自己太野蛮，想今天大失常度，不料会为建侯生气到这个地步。她忽然觉得老了，仿佛身体要塌下来似的衰老，风头、地位和排场都像一副副重担，自己疲乏得再挑不起。她只愿有个逃避的地方，在那里她可以忘掉骄傲，不必见现在这些朋友，不必打扮，不必铺张，不必为任何人长得美丽，看得年轻。

这时候，昨天从北平开的联运车，已进山东地境。李建侯看着窗外，心境像向后飞退的黄土那样的干枯憔悴。昨天的兴奋仿佛醉酒时的高兴，事后留下的滋味不好受。想陈侠君准会去报告爱默，这事闹大了，自己没法下台。为身边这平常幼稚的女孩子拆散家庭，真不值得！自悔一时糊涂，忍不住气，自掘了这个陷阱。这许多思想，搀了他手同看窗外风景的女孩子全不知道。她只觉得人生前途正像火车走不完的路途，无限地向自己展开。

原载《文艺复兴》创刊号，1946 年 1 月

○ 巴金

寒夜（第一章）

紧急警报发出后快半点钟了，天空里隐隐约约地响着飞机的声音，街上很静，没有一点亮光。他从银行铁门前石级上站起来，走到人行道上，举起头看天空。天色灰黑，像一块褪色的黑布，除了对面高耸的大楼的浓影外，他什么也看不见。他呆呆地把头抬了好一会儿，他并没有专心听什么，也没有专心看什么，他这样做，好像只是为了消磨时间。时间仿佛故意跟他作对，走得特别慢，不仅慢，他甚至觉得它已经停止进行了。夜的寒气却渐渐地透过他那件单薄的夹袍，他的身子忽然微微抖了一下。这时他才埋下他的头。他痛苦地吐了一口气。他低声对自己说："我不能再这样做！"

"那么你要怎样呢？你有胆量么？你这个老好人！"马上就有一个声音在他的耳边反问道。他吃了一惊，掉头往左右一看，他立刻就知道这是他自己在讲话。他气恼地再说：

"为什么没有胆量呢？难道我就永远是个老好人吗？"

他不由自主地向四周看了看，并没有人在他的身边，不会有谁反驳他。远远地闪起一道手电的白光，像一个熟朋友眼睛的一瞬，他忽然感到一点暖意。但是亮光马上灭了。在他的周围仍然是那并不十分浓的黑暗。寒气不住地刺他的背脊。他打了一个冷噤。他搓着手在人行道上走了两步，又走了几步。一个黑影从他的身边溜过去了。他忽然警觉地回头去看，仍旧只看到那不很浓密的黑暗。他也不知道他的眼光在找寻什么。手电光又亮了，这次离他比较近，而且接连亮了几次。拿手电的人愈来愈近，终于走过他的身边不见了。那个人穿着灰色大衣，身材不高，是一个极平常的人，他在大街上随处都可以见到。这时他的眼光更不会去注意那张脸，何况又看不清楚。但是他的眼睛仍然朝那个人消失的方向望着。他在望什么呢？他自己还是不知道。但是他忽然站定了。

飞机声不知道在什么时候消失了。他这一刻才想起先前听到过那种声音的事。他注意地听了听。但是他接着又想，也许今晚上根本就没有响过飞机的声音。"我在做梦罢，"他想道，他不仅想并且顺口说了出来。"那么我现在可以回去了，"他马上接下去想道。他这样想的时候，他的脚已经朝着回家的路上动了。他不知不觉地走出这一条街。他继续慢慢地走着。他的思想被一张理不清的网裹住了。

"我卖掉五封云片糕、两个蛋糕，就是这点儿生意！"一个沙哑的声音从墙角发出来。他侧过脸去，看见一团黑影蹲在那儿。

"我今晚上还没有开张。如今真不比往年间，好些洞子都不让我们进去了。在早我哪个洞子不去？"另一个比较年轻的声音接着说。

"今晚上不晓得炸哪儿，是不是又炸成都，这们（么）久还不解除警报，"前一个似乎没有听明白同伴的话，却自语似地慢慢说，好像他一边说一边在思索似的。

"昨天打三更才解除，今晚上怕要更晏些。"另一个接腔道。

这是两个小贩的极不重要的谈话。可是他忽然吃了一惊。昨天晚上……打三更！……为什么那个不认识的人要来提醒他！

昨天晚上，打三更……究竟发生了什么事情？解除警报，他跟着众人离开防空洞走回家去。

昨天那个时候，他不止是一个人，他的三十四岁的妻子，他的十三岁的小孩，他的五十三岁的母亲同他在一起。他们有说有笑地走回家，至少在表面上他们是有说有笑的。

可是以后呢？他问他自己。

他们回到家里，儿子刚睡下来，他和妻谈着闲话，他因为这天吃晚饭时有人给妻送来一封信，便向妻问起这件事情，想不到惹怒了她。她跟他吵起来。他发急了，嘴更不听他指挥，话说得更笨拙。他心里很想让步，但是想到他母亲就睡在隔壁，他又不得不顾全自己的面子。他们夫妇在一间较大的屋子里吵，他母亲带着他儿子睡在另一间更小的屋里。他们争吵的时候他母亲房门紧闭着，从那里面始终没有发出来什么声音。其实他们吵的时间也很短，最多不过十分钟，他妻子就冲出房去了。他以为她会回来。起初他赌气不理睬，后来他又跑下楼去找她，他不仅走出了大门，并且还走了两三条街，可是他连一个女人的影子也没有看见，更不用说她。虽说是在战时首都的中心区，到这时候街上也只有寥寥几个行人，街两旁的商店都已关上铺门，两三家小吃店里电灯倒燃得雪亮，并且有四五成的顾客。他在什么地方去找她呢？这么大的山城他走一晚都走不完！每条街上都可以有她，每条街上都可以没有她。那么他究竟在哪里找得到她呢？

不错，他究竟在哪里找得到她呢？他昨天晚上这样问过自己。今天晚上，就在现在他也这样问着自己。为什么还要问呢？她今天不是派人送来一封信吗？可是信上就只有短短的几句话，措辞冷淡，并且只告诉他，她现在住在朋友家里，她请他把她随身用的东西交给送信人带去。他照样做了。他回了她一封更短更冷淡的信。他没有提到他跑出去追她的事，也不说请她回家的话。他母亲站在他的身边看他写信，她始终不曾提说什么。关于他妻子"出走"的事（他在思想上用了"出走"两个字），他母亲除了在吃早饭的时候用着怜惜的语调问过他几句外，就没有再说话，她只是皱着双眉，轻轻摇着头。这个五十三岁的女人，平素多忧虑，身体不太好，头发已经灰白了。她爱儿子,爱孙儿,却不喜欢媳妇。因此她对媳妇的"出走",虽说替她儿子难过,可是她暗中高兴。儿子还不知道母亲的这种心理,他等着她给他出主意,只要她说一句话,他就会另外写一封热情的信,恳切地要求他妻子回来。他很想写那样的一封信,可是他并没有写。他很想求他妻子回家,可是他却在信里表示他妻子回来不回来,他并不关心。信和箱子都被人带走了,可是他同他妻子中间的隔阂也就增加了一层。这以后,他如果不改变态度写信到他妻子服务的地方去(他不愿意到那里去找她),他们两个人就更难和解了。所以他到这时候还是问着那一句老问话,还是找不到一个满意的答复。

"说不定小宣会给我帮忙,"他忽然想道,他觉得松了一口气,但是也只有一分钟。以后他又对自己说:"没有用,她并不关心小宣,小宣也不关心她。他们中间好像没有多大的感情似的。"的确小宣一清早就回到学校去了。这个孩子临走并没有问起妈,好像知道了昨天晚上发生的事情似的。无论如何,向父亲告别的时候,小宣应该问一句关于妈的话。可是小宣并没有问!

他在失望中,忍不住怨愤地叫道:"我这是一个怎样的家呵!没有人真正关心到我!各人只顾自己。谁都不肯让步!"这只是他心里的叫声。只有他一个人听见。但是他自己并没有注意到这一点,他忽然以为他嚷出什么了,连忙掉头向四周看。四周黑黑的,静静的,他已经把那两个小贩丢在后面了。

"我站在这里干什么呢?"这次他说出来了,声音也不低。这时他的思想完全集中在"自己"两个字上面,所以他会这样发问。这句问话把他自己惊醒了。他接着就在想象中回答道:"我不是在躲警报吗?——是的,我是在躲警报。——我冷,我在散步。——我在想我跟树生吵架的事。——我想找她回来——"他马上又问(仍然在思想上):"她会回来吗?我们连面都见不到,我怎么能够叫她回家呢?"

没有人答话。他自己又在想象中回答:"妈说她自己会回来的。妈说她一定会回来的。"接着:"妈显得很镇静,好像一点也不关心她。妈怎么知道她一定会回来呢?为什么不劝我去找她呢?"接着:"妈现在在什么地方?是不是妈趁着我出去的时候到那里去了呢?说不定现在她们两个在一块儿躲警报。那么什么问题都解决了。我在警报解除后慢慢走回家去,就可以看见她们在家里有说有笑地等着我。——我对她先讲什么话呢?"他踌躇着。"随便讲两句她高兴听的话,以后话就会多起来了。"

他想到这里,脸上浮出了笑容。他觉得心上的重压一下子就完全去掉了。他感到一阵轻松。他的脚步也就加快了些。他走到街口,又转回来。

"看,两个红球了!快解除了罢?"这不是他的声音,讲话的是旁边两个小贩中的一个,他们的谈话一直没有中断,可是他早已不去注意他们了,虽然他几次走过他们的身边。他连忙抬起头去看斜对面银行顶楼上的警报台,两个灯笼红亮亮地挂在球竿上。他周围沉静的空气被一阵人声搅动了。

"我应该比她们先回去,我应该在大门口接她们!"他忽然兴奋地对自己说。他又看了球竿一眼。"我现在就回去,警报马上就会解除的。"他不再迟疑,拔步往回家的路上走了。

街道开始醒转来，连他那不注意的眼睛也看得见它的活动。虽然那一片墨黑的夜网仍然罩在街上，可是许多道手电光已经突破了这张大网。于是在一个街角，有人点燃了电石灯，那是一个卖"嘉定怪味鸡"的摊子，一个伙计正忙着收拾桌面，另一个在发火，桌子前聚集了一些人，似乎都是被明亮的灯光招引来的。他侧过头朝那里看了两眼，他也不知道自己为什么要看那个地方。他又往前面走了。

他大约又走了半条街的光景。眼前突然一亮，两旁的电灯重燃了。几个小孩拍手欢叫着。他觉得心里一阵畅快。"一个梦！一场噩梦！现在过去了！"他放心地想着。他加快了他的脚步。

不久他到了家。大门开着。圆圆的门灯发射出暗红光。住在二楼的某商店的方经理站在门前同他那个大肚皮的妻子讲话。厨子和老妈子不断地穿过弹簧门，进进出出。"今晚上一定又是炸成都，"方经理跟他打了招呼以后，应酬地说了这一句。他勉强应了一声，就匆匆地走进里面，经过狭长的过道，上了楼，他一口气奔到三楼。借着廊上昏黄的电灯光，他看见他的房门仍然锁着。"还早！"他想道，三楼的廊上只有他一个人。"他们都没有回来。"他在房门前站了一会儿。有人上来了。这是住在他隔壁的公务员张先生，手里还抱着两岁的男孩。孩子已经睡着了。那个人温和地对他笑了笑，问了一句："老太太还没有回来？"他不想详细回答，只说了一句："我先回来。"那个人也不再发问，就走到自己的房门口去。接着张太太也上来了。她穿的那件褪色的黑呢大衣，不但样式旧，而且呢子也磨光了。永远是那张温顺的瘦脸，苍白色，额上还有几条皱纹，嘴唇干而泛白。五官很端正，这一个二十六七岁的女人，现在看起来，还是并不难看。她一路喘着气，看见他站在那儿，向他打个招呼，就一直走到她丈夫的身边。她俯下头去开锁，她小声同她丈夫说话。门开了，两个人亲密地走了进去。他目送着他们。他用羡慕的眼光看他们。

然后他收回眼光，看看自己的房门，看看楼梯口。他并没有看出什么来。"怎么还不回来？"他想，他着急起来了。其实他忘记了他母亲往常出去躲警报，总是比别人回家晚一点，她身体不太好，走路慢，出去时匆匆忙忙，回来时从从容容，回到家里照例要倒在他房间里那把藤躺椅上休息十来分钟。他妻子有时同他母亲在一块儿。有时却同他在一块儿。可是现在呢？……

他决定下楼到外面去迎接他母亲，他渴望能早见到她，不，他还希望他妻子同他母亲一块儿回来。

他转身跑下楼去。他一直跑到门口。他朝街的两头一望，他看不清楚他母亲是不是在那些行人中间。有两个女人远远地走过来，其实并不远，就在那家冷酒馆前面。高的像他妻子，也是穿着青呢大衣；矮的像他母亲，穿一件黑色棉袍。一定是她们！他露出笑脸，向着她们走去。他的心跳得很厉害。

但是快要挨近了，他才发觉那两个人是一男一女，被他误认作母亲的人却是一个老头儿。不知道怎样，他竟然会把那个男人看作一个上了年纪的女人，他的眼睛会错得这样可笑！

"我不应该这样看错的，"他停住脚失望地责备自己道。"并没有一点相像的地方。"

"我太激动了，这不好，等会儿看见她们会不会又把话讲错。——不，我恐怕讲不出话来。不，我也许不至于在她面前讲不出话。我并没有对不起她的地方。不，我怕我会高兴得发慌。——为什么要发慌？我真没有用！"

他这样地在自己心里说了许多话。他跟自己争论，还是得不出一个结论。他又回到大门口。他听见有人在叫他的名字："宣。"他抬起头。他母亲正站在他的面前。

"妈！"他忍不住惊喜地叫了一声。但是他的喜色很快地消失了。接着他又说："怎么你一个人——"以后的话他咽在肚里去了。

"你还以为她会回来吗？"他母亲摇摇头低声答道，她用一种怜悯的眼光看他。

"那么她没有回来过？"他惊疑地问。

"她回来？我看她还是不回来的好，"她瞅了他一眼，含了一点轻蔑的意思说。"你为什么自己不去找她？"她刚说了这句责备的话，立刻就注意到他脸上痛苦的表情，她的心软了，便换了语调说："她会回来的，你不要着急。夫妻间吵架没有什么大不了的事。还是回屋里去罢。"

他跟着她走进里面去。他们都埋着头，不作声。他让她提着那个相当沉重的布袋，一直走到楼梯口，他才从她的手里接过它来。

他们开了锁，进了房间，屋子里这晚上显得比往日空阔，凌乱。电灯光也比往常更带昏黄色。一股寒气扑上他的脸来，寒气中还夹杂着煤臭和别的窒息人的臭气。他忍不住呛咳了两三声。他把布袋放到小方桌上去。他母亲走进她的房里去了。他一个人站在方桌前，茫然望着白粉壁，他什么也看不见，他的思想像飞絮似地到处飘。他母亲在内房唤他，对他讲话，他也没有听见。她后来出来看他。

"怎么你还不休息？"她诧异地问道。"你今天也够累了。"她走到他的身边来。

"哦，……我不累，"他说，好像从梦里醒过来似的。他用茫然的眼光看了她一眼。

"你不睡？你明天早晨还要去办公，"她关心地说。

"是，我要去办公，"他呆呆地小声说。

"那么你应该睡了，"她又说。

"妈，你先睡罢，我就会睡的，"他说，可是他皱着眉头。

他母亲站在原处，默默地望了他一会儿，她想说话，动了动嘴，却又没有说出什么来。他还是不动。她又站了几分钟，忽然低声叹了两口气，就回到自己的房里去了。

他还是站在方桌前。他好像不知道他母亲已经去了似的。他在想，在想。他的思想跑得快。他的思想很乱。然后它们全聚在一个地方，纠缠在一起，解不开，他越是努力要解，越是解不开。他觉得脑子里好像被人塞进了一块石头一样，他支持不住了。他跟跄地走到床前，力竭地倒下去。他没有关电灯，也没有盖被，就沉沉地睡去了。

这不是酣睡。这是昏睡。

选自巴金《寒夜》，上海晨光出版公司 1947 年版

○ 路翎

预言

　　快要过旧历年的一个早上，算命的老头子胡顺运很凄惨地对药铺的伙计邹德昌说，他是老了，太老了，六十八岁了，他不再指望什么，恨不得马上就死去。他确实老了，门牙已经脱落，破烂的棉套裤里的两条腿不住地在颤抖着，脸上有着一种在孩子们看来是很可怕的干枯的严厉的神情。他已经在这个街口，这个药铺的门前摆了十几年的算命拆字摊，这以前他是在大街上摆摊子的，少壮的时候他还背着他的箱子在外面流浪过，他见过多少事情啊！现在他对任何东西都不再发生兴趣了。他的拉车子的儿子和他的媳妇憎恶他，他自己也觉得他是他们的累赘。儿子养不活女人和小孩们，他不忍心去吃他的，就这样在他的可怜的拆字摊面前挣持着。常常地好几天没有一笔生意，没有人来算命、拆字，或是请他代写写信，他就饿着。有生意的时候，他也只能每餐啃一块大饼。今天早上离家的时候，他关心孙儿们，告诉他的儿子说要过年了，总得想办法弄点钱来买点孩子们吃的，他的儿子就大骂了他一顿。现在他就在对药铺伙计邹德昌诉说着这个。他的声音是急切的，颤抖的，他在叹息着和鸣咽着，他觉得他再不能忍受下去了。

　　药铺伙计不愿意听他。没有人关心这个颤抖着的老人。邻人们害怕看见他的拆字摊，害怕看见他的和命运苦斗的悲惨的景况，因为他们不但不能帮助他，而且还忍不住地要嫌恶他。他们害怕看见他坐在板凳上，在阳光下露着白发的头，两只手抱着一大块饼啃着的样子。他们害怕看见他的摊子上的一块破裂了的玻璃和玻璃下面压着的一张一块钱的钞票——这老头子在从这张废弃了的钞票上怀念着他过去的一生。这老头子是非常喜爱整洁，因为他觉得自己是读书人。他的摊子上的破烂的毛笔、砚台，以及粗劣的纸张，都是收拾得很干净的。但人们不高兴看见这些，因为这些都是不应该存在的了。他很知道这个，他都明白他自己已经非常的老了。

　　"要是有钱人家，你这大年纪还不是好享福！"药铺伙计对他说。

　　"享福？哼！"老人说。于是他呆了很久，望着不远的桥旁的菜市上的人群，阳光照耀着这纷忙的人群。忽然地他的嘴唇慢慢地动起来了，他茫然地说："天多冷啊！我的骨头酸痛啊！"然后他弯着腰走到他的摊子面前去坐了下来了。一个很小的，戴着红色的尖角帽子的女孩子走过摊子，不知为什么站了下来，仰着头痴呆而甜蜜地对着他看着，他觉得这女孩很可爱，就笑了一笑，可是这枯干的脸上的笑容惊骇了她，并且使她愤怒，她大哭了起来逃开去了。

很多小孩跑过他的摊子，很多女人提着满载的菜篮谈笑着走过，她们都不停留。

"难道我是一个鬼么？"老头子愤怒地想。

但立刻他就得到了一个向一切报复的机会。围着油渍的围裙的乡下女人在他的摊子面前停下来了。她穿得很破旧，面色很惨淡，然而却生得很姣好，并且挺直而丰满。就是她的这种年青和姣好，激动了老头子的怒气了。他觉得她是罪恶——应该得到惩罚的。他严厉地看着她。

"先生！拆个字多少钱？"她小声问。

"五千块钱。"

她呆着了。他看着她，他的怒气愈发强大了，他憎恨她的这种既然想得到好运却又爱钱如命的样子。

"她倒想我是便宜的呀！——五千块钱，我还吃不到两块烧饼！"他狂暴地想。

"先生！两千好不好？"女人说。

老头子看着她，忽然地大声说："好！"这样，他就接待了他两天以来的第一笔生意——这女人本能地对他投了恐惧的一瞥，从他的盒子里抽出了一个"大"字。

她屏息地看着他；他的嘴唇颤抖着。她的命运现在是操在他手里了。

"她年纪轻轻的，就不能嫁人么？——算她妈的鬼命！"老头子恶意地想。

她说，她是问家里头的事的。家在河南，半年没有信了；现在要过年了，她却不晓得哥哥跟妈妈的死活。家里头没有地，种的人家的；上半年来信向她要钱，她还寄了三万块钱回去。说到这里她摸出一封揉得稀烂的信来，并且含着眼泪了。

老头子阴沉地接过这乡下的来信去，看了一下。

"唔，"他说。

"先生，怎样？"

"听我说：'大'——就是，你的这个命是不吉利的！"

女人紧张地看着他。

"不吉利！"他忽然大声说，并且愤怒地笑着，在他的玻璃上写了一个一字一个人字，又在上面划了一横，"大一人为大，你家里只留下一个人了！"

那女人要说什么，他做手势阻止了她。

"就剩一个人！我是不说假话的，"老头子说，轻蔑地笑着，紧张而激厉，完全没有了他往常算命时的那种疲乏的，迟钝的样子了。他渴望打击这指望着好运的女人，他渴望一直打到她心里去。他这被一切遗弃的老人，渴望试一试他对这个人间的权力，他的心境是疯狂而邪恶的。"大，上面再加一横，就是天——就是天各一方，你从此不要再跟这家里人见面就是了！你指望吧？那也没有用的！你指望积几个钱，你指望享福，你在这地方过不惯，指望回家团聚，你指望！……好！那么，你听我说，从此你断了这一根肠子吧！"他大声说，喘息着而停顿了一下，看着他面前的那惨白的女子。"人生一世，姑娘！"后来他靠到椅子上去，凄凉地说，而他的嘴边含着轻蔑的笑纹，"不必计较的，说不定隔一下，你就不想家了，说不定你回到家里头去反而要跟屋里人打闹。我看你这个性子不是好性子！你爱钱如命，可是命中注定你是大——大意的，你一个钱都积不起来！说不定马上就见灾祸！"

那女人呆看着他，她的嘴唇开始颤抖着，后来突然地哭起来了。她拉起她的围裙来蒙住了脸。

"先生……"

"不必的，"老头子胡顺运感动地说，含着辛辣的眼泪，觉得可怜这指望幸运的女人；他兴奋极了！

"姑娘，哭是不必的"，他抖着说，"要忍命要安命！你家里人，就是活着，也是过苦日子，苦日子有什么意思呢？要是他们活着，他们就要替你哭，替你难过；对于别人，苦命的人不过是叫他们哭，叫他们难过！所以你也不必替他们难过了！你管你自己的路吧，指望好运，那是下贱的！"

那女人哭得更凶了。摊子的周围围满了大人孩子，静静地；而且奇特地含着敬畏，听着老头子的话。老头子大声地说着，他分明地觉得他已经操纵了人们的命运，他要教导他们，鞭策他们，他要叫他们知道人生的空虚和天意的庄严，他们，这些下贱的，势利的，指望快乐和幸福的人们。

"姑娘，人是下贱的，"他尊严地说，"你哭，是吧，说不定马上你就变了，你哭是为你自己没得好日子过，所以其实你一点也不想你家里人，这是上天叫你哭！你心里一定有不好的心思，你心惊肉跳，心慌意乱，自己还以为真的是想家呢！……你年轻，"他忽然神秘地小声说，"你不晓得的！凡是人不能安命，心里有罪过的心事，就会有祸事临头！哪个自以为快活，哪个指望快活的，就有祸事临头，所谓乐极生悲！那是天意，姑娘！"

他极其激动地沉默了，瞪着眼睛，一只手指着天——蓝天上泛滥着明亮的阳光。

年轻的悲惨的女人的哭声继续着，她不懂得她何以不能指望和平与安乐。后来她的哭声微弱了，她在喘息着，颤抖地唤着她的妈妈和她的哥哥。人们静默着。人们看着她的颇为姣好的脸和丰满的胸部，证实了她是一个有着罪恶的心思的女人。

"先生的话是不错的。"一个提着菜篮的女人说。

那女人丢下了两千块钱，站了起来，游魂一般地走了开去。人们望着她，好像望着什么可怕的东西：人们的眼光里充满着怜恤和谴责。人们长久地望着她，从她的瘦弱的身影上看见了不幸，以及对于快乐的罪恶的希望。她从房屋的暗影中走到阳光下了，她走过木料场的旁边了，她又走进阴影中了，她挺直地，慢慢地走着，一辆穿街驰过的吉普车对着她冲来，那样大的声音她都不觉得，显然她在想着她的不幸，以及对于快乐的罪恶的希望，她倒在车轮下了，车子发出可怕的大声停住，传出了她的一声惨厉的叫喊。人们呼叫起来而奔了过去。

人们把老头子胡顺运留在那里。他瞪大着眼睛颤抖着。他长久这样颤抖着。……

突然地他拿起摊子上的那封信来,看见了那封信上写着"交郭吴氏亲收":他猛烈地打开来,念了一遍。

"郭吴氏览,我的亲亲女儿,自从你男人死后,你也苦够了,家中对你不起,年纪轻轻你就出外帮人,大叔他们劝你改嫁你又不肯。儿啊!为娘的心里难过。家中无人照料,今年麦子收成不好,又要打捐,你哥哥急病了,我儿如有钱,寄几个来,日后我儿可自己做点衣裳,在外无人关心,我心甚不安,我儿啊!"

"她是一个寡妇呀!"老头子胡顺运恐怖地想,"我怎么刚才没有看清楚呢?"于是他又读着,高声地念着:"我心甚不安,我儿啊!"

他望着不远的围着那吉普车而挤着的静默的人群。忽然地有一个穿长衫的青年从人群中奔了出来,大叫着:"死了!"

老头子像受了一击似地昏晕。眼泪迷糊了他的眼睛并且涂满了他的脸,可是他哭不出声音来。他紧捏着那封信,长久地呆望着摊子上的那两千块钱。他失了一切的知觉,就这样呆坐着,一个钟点以后,就有十几个男女来找他算命:他们都佩服他的灵验,连药铺的伙计都来找他算命了。但他呆看着他们,说不出话来。好久好久,他对他们摇摇头。……

可是忽然地他喃喃地开始说话了。

"大"字,人出头,主吉利,主财喜,人字……人字两脚分叉,主平,平安……他呆望着人们,小声说,他的鼻涕流下来涂污了他的凌乱的胡须。"吉利,平安,"他摇摇头、静默了。

下午他就悄悄地走了,连他的摊子都没有收拾——他遗忘了一切,在想着"我心甚不安,我儿啊!"那句话。当天夜里他就死去了。在他的僵硬了的手里,紧捏着那一封信和那两千块钱。

这个故事,这老人的最后的灵验和他的奇怪的死,一直到现在都是市井闲谈的资料。人们说他是在临死之前得到了天启,所以预言了那个郭吴氏的命运了;人们对于在那以后的几个钟点内他没有能替他们算命,觉得很是遗憾!

1948 年 2 月 5 日
选自《蚂蚁小集》之二,蚂蚁出版社 1948 年版

○赵树理

传家宝

一

有个区干部叫李成,全家一共三口人——一个娘、一个老婆、一个他自己。他到区上做工作去,家里只剩下婆媳两个,可是就只这两个人,也有些合不来。

在乡下,到了阴历正月初二,照例是女人走娘家的时候,在本年(一九四九年)这一天早饭时,李成娘又和媳妇吵起来。

李成娘叫着媳妇的名字说:"金桂!准备准备走吧!早点去早点回来!"她这么说了,觉着一定能叫媳妇以为自己很开明,会替媳妇打算。其实她这次的开明,还是为她自己打算:她有个女儿叫小娥,嫁到离村五里的王家寨,因为女婿也是区干部,成天不在家,一冬天也没顾上到娘家来。她想小娥在这一天一定要来,来了母女们还能不谈谈心病话?她的心病话,除了评论媳妇的短处好像再没有什么别的,因此便想把媳妇早早催走,免得一会小娥回来了说话不方便。

金桂是个女劳动英雄,一冬天赶集卖煤,成天打娘家门过来过去,几时想进去看看就进去看看,根本不把走娘家当件稀罕事。这天要是村里没有事,她自然也可以去娘家走走,偏是年头腊月二十九,区上有通知,要在正月初二这一天派人来村里开干部会,布置结束土改工作,她是个妇联会主席,就不能走开。她听见婆婆说叫她走走娘家,本来可以回答一句"我还要参加开会",可是她也不想这样回答,因为她知道婆婆对她当干部这个事早就有一大堆不满意,这样一答话,保不定就会吵起来,因此就另找了个理由回答说:"我暂且不去吧!来了客人不招待?"

婆婆说:"有什么客人?也不过是小娥吧?她来了还不会自己做顿饭吃?"

金桂说:"姐姐来了也是客人呀?况且还有姐夫啦?"

婆婆不说什么了,金桂就要切白菜,准备待客用。她切了一棵大白菜,又往水桶里舀了两大瓢水,提到案板跟前,把案板上的菜搂到桶里去洗。

李成娘一看见金桂这些举动就觉着不顺眼:第一,她觉着不像个女人家的举动。

她自己两只手提起个空水桶来，走一步路还得叉开腿，金桂提满桶水的时候也才只用一只手；她一辈子常是用碗往锅里舀水，金桂用的大瓢一瓢就可以添满她的小锅，这怎么像个女人？第二，她洗一棵白菜，只用一碗水，金桂差不多就用半桶，她觉着这也太浪费。既然不顺眼了，不说两句她觉得不痛快，可是该说什么呢？说个"不像女人吧"，她知道金桂一定不吃她的，因此也只好以"反对浪费"为理由，来挑一下金桂的毛病："洗一棵白菜就用半桶水？我做一顿饭也用不了那么多！"

"两瓢水吧，什么值钱东西？到河里多担一担就都有了！"

金桂也提出自己的理由。

"你有理！你有理！我说的都是错的！"李成娘说了这两句话，气色有点不好。

金桂见婆婆鼓嘟了嘴，知道自己再说句话，两个人就会吵起来，因此也就不再还口，沉住气洗自己的菜。

李成娘对金桂的意见差不多见面就有：嫌她洗菜用的水多、炸豆腐用的油多、通火有些手重、泼水泼得太响……不说好像不够个婆婆派头，说得她太多了还好顶一两句，反正总觉着不能算个好媳妇。金桂倒很大方，不论婆婆说什么，自己只是按原来的计划做自己的事，虽然有时候顶一两句嘴，也不很认真。她把待客用的菜蔬都准备好，洗了占不着的家具，泼了水，扫了地上的菜根葱皮，算是忙了一个段落。

把这段事情做完了，正想向婆婆说一声她要去开会，忽然觉得房子里总还有点不整齐，仔细一打量，还是婆婆床头多一口破黑箱子。这口破箱子，年头腊月大扫除她就提议放到床下，后来婆婆不同意，就仍放在床头上，可是现在看来，还是搬下去好——新毯子新被褥头上放个龇牙裂嘴的破箱子，像个什么摆设？她看了一会，跟婆婆商量说："娘！咱们还是把这箱子搬下去吧？"

婆婆说："那碍你的什么事？"

婆婆虽然说得带气，金桂却偏不认真，仍然笑着说："那破破烂烂像个什么样子？你不怕我姐夫来了笑话？来，咱们搬了吧！"

婆婆仍然没好气，冷冰冰地说："你有气力你搬吧！我跟你搬不动！"

她满以为不怕金桂有点气力，一个人总搬不下去，不想金桂仍是笑嘻嘻地答应了一声"可以"，就动手把箱子一拖拖出床沿，用胸口把一头压低了，然后双手抱住箱腰抱下地去，站起一脚又蹬得那箱子溜到床底。

金桂费了一阵气力，才喘了两口气，谁知道这一下就引起婆婆的老火来。婆婆用操场上喊口令的口气说："再给我搬上来！我那箱子在那里摆了一辈子了！你怕丢人你走开！我不怕丢我的人！"金桂见婆婆真生了气，弄得摸不着头脑，只怪自己不该多事。婆婆仍是坚持"非搬上来不可"。

其实也不奇怪。李成娘跟这口箱子的关系很深，只是金桂不知道罢了。李成娘原是个很能做活的女人，不论春夏秋冬，手里没做的就觉着不舒服。她有三件宝：一把纺车，一个针线筐和这口黑箱子。这箱子里放的东西也很丰富，不过样数很简单——除了那个针线筐以外，就只有些破布。针线筐是柳条编的，红漆漆过的，可惜旧了一点——原是她娘出嫁时候的陪嫁，到她出嫁时候，她娘又给她作了陪嫁，不记得哪一年磨掉了底,她用破布糊裱起来,以后破了就糊,破了就糊,各色破布不知道糊了多少层,现在不只弄不清是什么颜色,就连柳条也看不出来了。里边除了针、线、尺、剪、顶针、钳子之类,也没有什么别的东西。破布也不少,恐怕就有二三十斤,都一捆一捆捆起来的。这东西,在不懂得的人看来一捆一捆都一样,不过都是些破布片,可是在李成娘看来却不那样简单——没有洗过的,按块子大小卷;洗过的,按用处卷——那一捆叫补衣服、那一捆叫打袼(就是用面糊把破布裱起来叫做鞋用)、那一捆叫垫鞋底:各有各的特点,各有各的记号——有用布条捆的,有用红头绳捆的,有用各种颜色线捆的,跟机关里的卷宗上编得有号码一样。装这些东西的黑箱子,原来就是李家的,可不知道是哪一辈子留下来的——榫卯完全坏了,角角落落都钻上窟窿用麻绳穿着,底上棱上被老鼠咬得跟锯齿一样,漆也快脱落完了,只剩下巴掌大小一片一片的黑片。这一箱里表都在数,再加上一架纺车,就是李成娘的全部家当。她守着这份家当活了一辈子,补补衲衲,哪一天离了也不行。当李成爹在的时候,她本想早给李成娶上个媳妇,把这份事业一字一板传下去,可惜李成爹在时,家里只有二亩山坡地,父子两个都在外边当雇汉,人越穷定媳妇越贵,根本打不起这主意。李成爹死后,共产党来了,自己也分得了地,不多几年定媳妇也不要钱了,李成没有花钱就和金桂结了婚,李成娘在这时候,高兴得面朝西给毛主席磕过好几个头。一九里(就是结婚后的九天里),为了考试媳妇的针工,叫媳妇给她缝过一条裤子,她认为很满意,比她自己做得细致,可是过了几个月,发现媳妇爱跟孩子到地里做活,不爱坐在家里补补衲衲,就觉得有点担心,她先跟李成说:"男人有男人的活,女人有女人的活……"李成说:"我看还是地里活要紧!我自己是村里的农会主席,要多误些工,地里有个人帮忙更好。"半年之后,金桂被村里选成劳动英雄,又选成妇联会主席,李成又被上级提拔到区上工作,地里的活完全交给金桂做,家事也交给金桂管,从这以后,金桂差不多半年就没有拈过针,做什么事又都是不问婆婆自己就作了主,这才叫李成娘着实悲观起来。孩子在家的时候,娘对媳妇有意见可以先跟孩子说,不用直接打冲锋;孩子走了只留下婆媳两个,问题就慢慢出来了——婆婆只想拿她的三件宝贝往下传,媳妇觉着那里边没大出息,接受下来也过不成日子,因此两个人从此意见不合,谁也说不服谁。只要明白了这段历史,你就会知道金桂搬了搬箱子,李成娘为什么就会发那么大脾气。

金桂见婆婆的气越来越大,不愿意把事情扩大了,就想了个开解的办法,仍然笑了笑说:"娘!你不要生气了,你不愿意叫搬下来,我还给你搬上去!"说着低下头去又把箱子从床底拖出来。她正准备往上搬,忽然听得院里有个小女孩叫着:"金桂嫂!公所叫你去开会啦!区干部已经来了!"

二

这小女孩叫玉凤,和金桂很好,她在院里叫着"金桂嫂"就跑进来。李成娘一听说叫金桂去开会,觉着又有点不对头,嘴里嘟囔着说:"天天开会!以后就叫你们把'开会'吃上!"

玉凤虽说才十三岁，心眼儿很多，说话又伶俐。她沉住气向李成娘说："大娘！你还不知道今天开会干什么吗？"

"我倒管他哩？"李成娘才教训过金桂，气色还没有转过来。

玉凤说："听说就是讨论你家的地！"

"那有什么说头？"

"听说你们分的地是李成哥自己挑的，村里人都不赞成。"

"谁说的？四五十个评议员在大会上给我分的地，村里谁不知道？挑的！……"玉凤本来是逗李成娘，李成娘却当了真。

李成娘认了真，玉凤却笑了。她说："大娘！你不是说开会不抵事吗？哈哈哈……"李成娘这时才知道玉凤是逗她，自己也忍不住一边笑，一边指着玉凤说："你这小捣乱鬼！"

金桂把箱子从床下拖出来正预备往床上搬，玉凤就叫着进来了。她只顾听玉凤跟自己的婆婆捣蛋，也就停住了手站起来，等到自己的婆婆跟玉凤都笑了，自己也忍不住陪着她们笑了一声，笑罢了仍旧弯下腰去搬箱子。

李成娘这一会气已经消下去，回头看见床头上没有那口破箱子，的确比放上那口破箱子宽大得多，也排场得多，因此当金桂正弯腰去搬箱子的时候，她又变了主意："不用往上搬了，你去开你的会吧！"

金桂见婆婆的气已经消了，自然也不愿意再把那东西搬起来，就答应了一声"也好"，仍然把它推回床下去，然后又把床上放箱子的地方的灰尘扫了一下。她一边扫，一边问玉凤："区上谁来了？"

玉凤说："你还不知道？李成哥回来了。"

"你又说瞎话！"

"真的！他没有回家来吗？"

正说着，李成的姐姐小娥就走进来，大家说了几句见面话以后，金桂问："我姐夫没有来？"

小娥说："来了！到村公所开会去了！——你怎么没有去开会？"

金桂抓住玉凤一条胳膊又用一个拳头在她头上虚张声势地问她："你不是说是你李成哥回来了？"

玉凤缩住脖子笑着说："一提他你去得不快点？"

"你这个小捣乱鬼！"金桂轻轻在玉凤脊背上用拳头按了一下放了手，回头跟小娥说："姐姐！我要去开会，顾不上招呼你！你歇一歇跟娘两个人自己做饭吃吧！"小娥也说："好！你快去吧！"李成娘为了跟小娥说起心病话来方便，本来就想把金桂推走，因此也说："你去吧！你姐姐又不是什么生客！"

金桂便跟玉凤走了，这时家里只留下她们母女两个。

小娥说："娘！我一冬天也顾不上来看你一眼！你还好吧？"

"好什么？活受啦吧！"

"我看比去年好得多，床上也有新褥新被了！衣裳也整齐干净了！也有了媳妇了……"

李成娘的心病话早就闷不住了，小娥这一下就给她引开了口。她把嘴唇伸得长长地哼了一声说："不提媳妇不生气。古话说：'娶个媳妇过继出个儿'。媳妇也有本事孩子也有本事，谁还把娘当个人啦？"说着还落了几点老泪。她擦过泪又接着说："人家一手遮天了，里里外外都由人家管，遇了大事人家会跑到区上去找人家的汉。人家两个人商量成什么是什么，大小事不跟咱通个风。人家办成什么都对！咱还没有问一句，人家就说'你摸不着'！外边人来，谁也是光找人家！谁还记得有个咱？唉，小娥！你看娘还活得像个什么人啦？——说起心病来没个完。你还是先做饭吧！做着饭娘再慢慢告诉你！"

小娥说："一会再做吧，我还不饿哩！"

"先做着吧！一会他姐夫回来也要吃！"

小娥也不再推，一边动手做饭，一边仍跟娘谈话。她说："他姐夫给我们镇上的妇女讲话，常常表扬人家金桂，说她是劳动模范，要大家向她学习，就没有提到她的缺点，照娘这么说起来，虽说她劳动很好，可也不该不尊重老人啊？"

李成娘又把她那下嘴唇伸得长长地哼了一声说："什么好劳动？男人有男人的活，女人有女人的活，她那劳动呀，叫我看来是狗捉老鼠，多管闲事！娶过她一年了，她拈过几回针？纺过几条线？"

小娥笑着说："我看人家也吃上了，也穿上了！"

李成娘把下嘴唇伸得更长了些说："破上钱谁不会耍派头？从前我一年也吃不了一斤油，人家来了以后是一月一斤。我在货郎担上买个针也心疼得不得了，人家到集上去鞋铺里买鞋，裁缝铺里做制服，打扮得很时行。"这老人家，说着就带了气，嗓子越提越高，"不嫌败兴！一个女人家到集上买穿！不怕别人划她的脊梁筋……"小娥见她动了气，赶紧劝她，又给她倒了碗水叫她润一润喉咙，又用好多别的话才算把她的话插断。

小娥很透脱，见娘对金桂这样不满意，再也不提金桂的事，却说着自己一冬天的家务事来消磨时间。可是女人家的事情，总与别的女人家有关系，因此小娥不论说起什么来，她娘都能和金桂的事往一处凑。比方小娥说到互助组，她娘就说"没有互助组来金桂也能往外边少跑几趟"；小娥提到合作社，她娘就说"没有合作社来金桂总能少花几个钱"；小娥说自己住在镇上很方便，她娘说就是镇上的方便才把金桂引诱坏了的；小娥说自己的男人当干部，她娘说就是李成当干部才把媳妇娇惯了的。

小娥见娘的话左右不摆脱金桂，就费尽心思捡娘爱听的说。她知道娘一辈子爱做针线活，爱纺棉花，就把自己年头一冬天做针线活跟纺棉花的成绩在娘面前夸一夸。她说她给合作社纺了二十五斤线，给鞋铺衲了八对千针底，给裁缝铺钉了半个月制服扣子。她说到鞋铺和裁缝铺，还生怕娘再提起金桂做制服和买鞋的事来，可是已经说开头了不得不说下去。她娘呢，因为只顾满意女儿的功劳，倒也没有打断女儿的话再提金桂的事，不过听到末了，仍未免又跟金桂连起来，她说："看我小娥！金桂那东西能抵住我小娥一分的话，我也没有说的！她给谁纺过一截线？给谁做过一针活？"

她因为气又上来了,声音提得很高,连门外的脚步声也没有听见,赶到话才落音,金桂就揭着门帘进来了,小娥的丈夫也跟在后面。

三

李成娘一见他们两个人进来,觉着"真他娘的不凑巧"。

小娥觉着不对,赶紧把话头引到另一边,她向自己丈夫说:"今天的会怎么散得这样快?"

她丈夫说:"这会只是和几个干部接一下头,到晚上才正式开会。"

只说了这么几句简单话大家坐下了,谁也再没有什么话说,金桂的脸色就很不平和。

金桂平常很大方,婆婆说两句满不在乎。可是这一次有些不同:小娥的丈夫是她的姐夫,可也是她的上级。她想婆婆在小娥面前败坏自己,小娥如何能不跟她自己的丈夫说?况且真要是自己的错误也还可说,自己确实没错只是婆婆的见解不对,她觉着犯不着受这冤枉。

小娥的丈夫见她们婆媳的关系这样坏,也断不定究竟哪一方面对。他平常很信任金桂,到处表扬她,叫各村的妇女向她学习,现在听见她婆婆对她十分不满意,反疑惑自己不了解情况,对金桂保不定信任太过,因此就想再来调查研究一番。他见大家都不说话,就想趁空子故意撩一撩金桂。他笑着问小娥:"你们背地里谈论人家金桂什么事,惹得人家鼓嘟着嘴!"

金桂还没有开口,李成娘就抢先说:"听见叫她听见吧,我又没有屈说了她!你问她一冬天拈过一下针没有?纺过一寸线没有?"

婆婆开了口,金桂脸上却又和气得多了。金桂只怕没有机会辩白引起上级的误会,如今既然又提起来了,正好当面辩白清楚,因此反觉着很心平。她说:"娘!你说得都对,可惜是你不会算账。"又回头向小娥的丈夫说:"姐夫你给我算着:纺一斤棉花误两天,赚五升米;卖一趟煤,或做一天别的重活,只误一天,也赚五升米!你说还是纺线呀还是卖煤?"

小娥的丈夫笑了。他用不着回答金桂就向小娥说:"你也算算吧!虽然都还是手工劳动,可是金桂劳动一天抵住你劳动两天!我常说的'妇女要参加主要劳动',就是说要算这个账!"

李成娘觉着自己输了,就赶紧另换一件占理的事。她又说:"哪有这女人家连自己的衣裳鞋子都不做,到集上买着穿?"她满以为这一下可要说倒她,声音放得更大了些。

金桂不慌不忙又向她说:"这个我也是算过账的:自己缝一身衣服得两天;裁缝铺用机器缝,只要五升米的工钱,比咱缝的还好。自己做一对鞋得七天,还得用自己的材料,到鞋铺买对现成的才用斗半米,比咱做的还好。我九天卖九趟煤,五九赚四斗五;缝一身衣服买一对鞋,一共才花二斗米,我为什么自己要做?"

等不得金桂说完,李成娘就又发急了。她觉着两次都输了,总得再争口气——嗓子再放大一点,没理也要强占几分。她大喊起来:"你做的对!都对!没有一件没理的！"又向女婿喊："你们这些区干部，成天劝大家节约节约！我活了一辈子了，没有听说过什么是'节约'，可是我一年也吃不了一斤油，我这节约媳妇来了是一月吃一斤。你们都会算账，都是干部！就请你们给我算算这笔账！"

她越喊得响亮，女婿越忍不住笑，等她喊完了，女婿已笑得合不上口。女婿说："老人家！你不要急！我可以替你算算这笔账：两个人一月一斤油，一个人一天还该不着三钱，不能算多。'节约'是不浪费的意思。非用不行的东西，用了不能算是浪费……"

李成娘说："你们这些当干部的是官官相护！什么非用不行？我一辈子吃糠咽菜也活了这么大！"

金桂说："娘！我不过年轻点吧，还不是吃糠长大的？这几年也不是光咱吃的好一点，你到村里打听一下，不论哪家一年还不吃一二十斤油？"

小娥的丈夫又帮助金桂说："老人家！如今世道变了，变得不用吃糠了！革命就是图叫咱们不吃糠，要是图吃糠谁还革命哩？这个世道还是才往好处变，将来用机器种起地来，打下的粮食能抵住如今两三倍，不说一月吃一斤油，一天还得吃顿肉哩！"他这番话似乎已经把李成娘的气给平下去了，要是不再说什么也许就没事了，可是不幸又接着说了几句，就又引起了大事。他接着说："老人家！依我说你只用好吃上些好穿上些，过几年清净日子算了！家里的事你不用管它！"

"你这区干部就说是这种理？我死了就不用管了，不死就不能由别人摆布我！"李成娘动了大气，也顾不上再和女婿讲客气。她说金桂不做活、浪费还都不是很重要的问题，最要紧的是恨金桂不该替她作了当家人，弄得她失掉了领导权。她又是越说越带气："这是我的家！她是我娶来的媳妇！先有我来先有她来？"

小娥的丈夫说："老人家！不是说不该你管，是说你上年纪了，如今新事情你有些摸不着！管不了！"

"管不了？娶过媳妇才一年啊！从前没有媳妇我也活了这么大！她有本事叫她另过日子去！我不图沾她的光！大小事不跟我通一通风，买个驴都不跟我商量！叫她先把我灭了吧！"

金桂向来还猜不到婆婆跟自己这样过不去，这会听婆婆这么一说，也真正动了点小脾气。她说："娘！你也不用跟我分家了！你想管你就管，我落上一个清净算了！"说着就跑回自己房里去。小娥当她回房去寻死，赶紧跟在她后面。可是当小娥才跑到她门口，她却挟了个小布包返出来跑到婆婆的房子里，向婆婆说："娘！让我交代你！"

小娥看见已经呕成气了，赶紧拉住金桂说："金桂！不要闹！娘是老糊涂了，像……"

小娥的丈夫倒很沉得住气，他也不劝金桂也不劝丈母，倒向小娥说："你不用和稀泥！我看就叫金桂把家务交代给老人家也好！老人家管住家务，金桂清净一点倒还能多做一点活！"又回头向金桂挤了挤眼说："金桂你不要动气！说正经的，你说对不对？"

金桂见姐夫是帮自己，马上就又转得和和气气地顺着姐夫的话说："谁动气来？"又向婆婆说："娘！我不是跟你生气！我不知道你想管这个！你早说来我早就交代你了！"说着就打开小包,取出一本账和几叠票子来。

李成娘见媳妇拿出账本,还以为是故意难为她这不识字的人,就又说:"我不识字!不用拿那个来捉弄我!"

金桂仍然正正经经地说:"我才认得几个字?还敢捉弄人?我不是叫娘认字!我是自己不看账记不得!"

小娥的丈夫也爬到床边说:"让我帮你办交代!先点票子吧!"他点一叠向丈母娘跟前放一叠,放一叠报个数目——

"这是两千元的冀南票,五张共是一万!""这是两张两千的,一张一千的,十张五百的,也一万!"……他还没有点够三万,丈母娘早就弄不清楚了,可是也不好意思说接管不了,只插了一句话说:"弄成各色各样的有什么好处,哪如从前那铜元好数?"女婿没有管她说话是什么,仍然点下去,点完了一共合冀南票的五万五。

点过了票,金桂就接着交代账上的事。她翻着账本说:

"合作社的来往账上,咱欠人家六万一。他收过咱二斗大麻子,一万六一斗,二斗是三万二。咱还该分两三万块钱红,等分了红以后你好跟他清算吧!互助组里去年冬天羊踩粪,欠人家六升羊工伙食米。咱还存三张旧工票,一张大的是一个工,两张小的是四分工,共是一个零四分,这个是该咱得米,去年秋后的工资低,一个工是二升半。大后天组里就要开会结束去年的工账,到那时候要跟人家找清……"

婆婆连一宗也没听进去,已经觉得很厌烦。她说:"怎么有这么多的穷事情?麻麻烦烦谁记得住?"

小娥听着也替娘发愁,见娘说了话,也跟着劝娘说:"娘!你就还叫金桂管吧,自己揽那些麻烦做甚哩?这比你黑箱子里那东西麻烦得多哩?"

李成娘觉着不止比箱子里的东西样数多,并且是包也没法包,卷也没法卷,实在不容易一捆一捆弄清楚。她这会倒是愿意叫金桂管,可也似乎还不愿意马上说丢脸话。

金桂仍然交代下去。她说:"不怕,娘!只剩五六宗了——有几宗是和村公所的,有几宗是和集上的,差务账上,咱一共支过十个人工八个驴工,没有算账。咱还管过好几回过路军人饭,人家给咱的米票,还没有兑。这两张,每张是十一两。这五张,每张是……"

"实在麻烦,我不管了!你弄成什么算什么!我吃上个清净饭拉倒!"李成娘赌气认了输,把腿边的一堆票子往前一推。

小娥的丈夫哈哈大笑起来。他说:"我原来不是说叫你'过几年清净日子算了'吗?"又向金桂说:"好好好!你还管起来吧!"又向小娥说:"我常叫你们跟金桂学习,就是叫学习这一大摊子!成天说解放妇女解放妇女,你们妇女们想真得到解放,就得多做点事、多管点事、多懂点事!咱们回去以后,我倒应该照金桂这样交代交代你!"

1949年4月14日

选自赵树理《传家宝》,冀南新华书店1949年版